柳鸣九 主编

雨 果 文 集

（最新修订版）

第十卷 戏剧卷

Hernani

艾那尼

〔法国〕维克多·雨果 著 谭立德 许渊冲 译

译林出版社

图书在版编目（CIP）数据

艾那尼 /（法）雨果（Hugo，V.）著；谭立德，许渊冲译. —南京：译林出版社，2013.1
（雨果文集）
ISBN 978-7-5447-3431-8

Ⅰ.①艾… Ⅱ.①雨… ②谭… ③许… Ⅲ.①剧本－作品综合集－法国－近代 Ⅳ. I565.34

中国版本图书馆CIP数据核字（2012）第268171号

书　　名	艾那尼
作　　者	〔法国〕维克多·雨果
译　　者	谭立德　许渊冲
责任编辑	韩继坤
特约编辑	史会美
出版发行	凤凰出版传媒股份有限公司 译林出版社
出版社地址	南京市湖南路1号A楼，邮编：210009
电子信箱	yilin@yilin.com
出版社网址	http://www.yilin.com
印　　刷	三河市三佳印刷装订有限公司
开　　本	640×960毫米　1/16
印　　张	38.5
字　　数	320千字
版　　次	2013年1月第1版　2013年1月第1次印刷
书　　号	ISBN 978-7-5447-3431-8
定　　价	36.80元

译林版图书若有印装错误可向承印厂调换

目录

雨果戏剧作品序言

柳鸣九

在世界戏剧史上，雨果算不上是戏剧大师，然而，他却是世界戏剧史上不可或缺的大人物，没有他，世界戏剧史将是一个缺憾。他的戏剧创作以其开拓性的作用与轰动性的时事效应而显得非常重要，如果要说雨果作为戏剧作家有什么特点的话，那就是不论在创作内容与社会效应上，他都具有巨大的戏剧性。

（一）

雨果开始写戏剧作品是在1827年，这年底，他的第一个剧本《克伦威尔》出版。此后，他在诗歌创作与小说创作的同时，也不断从事戏剧创作，连续问世的有《玛丽蓉·黛罗美》（1829年）、《艾那尼》（1830年）、《国王取乐》（1832年）、《吕克莱丝·波基亚》（1833年）、《玛丽·都铎》（1833年）、《安日洛》（1835年）、《吕伊·布拉斯》（1838年）、《城堡里的爵爷们》（1843年）。

雨果致力于戏剧比致力于诗歌与小说显然要来得迟。然而，他取得轰动性的成功，却首先是在戏剧领域。从事戏剧，就是直接面对观众，对于他来说，戏剧创作是否成功不再是在报刊杂志上与出版社里，而是在剧场中，其标志就是喝彩声与掌声，或是嘘声与倒彩声。他的第一个剧本《克伦威尔》，虽然有名声震耳的一代名优泰尔玛翘首以待，要出演克伦威尔一角，但剧本写得太长，场面过于浩大，人物太多，无法上演。不过，这个剧本的序言却另起了一种振聋发聩的轰动效应，它同时宣布了对伪古典主义的挑战与新文学流派的创作主张、美学趣味。

雨果进入戏剧领域是在这样双重的背景之下：一是代表了古老封建传统的波旁王朝仍维持着它最后几年的统治，而这种统治又已经面临着山雨欲来风满楼的形势；一是古典主义从17世纪建立起来的古老戏剧法则仍主宰着法兰西的舞台，但1827年英国剧团把莎士比亚的剧目带进了这个老式舞台，引发出了青年一代观众对新戏剧风格的热情与兴趣，并开始形成了一股冲击旧戏剧传统的浪潮。这样双重的背景，使戏剧领域成为了一个孕育着爆炸性危机的雷区，一个剧本只要一涉及在舞台上演出的问题，只要它本身带有若干诱发的因素，它就必然在剧场内外引起一场风暴。这就是雨果在戏剧上所面临的时势与必然性。

果然，雨果第二个剧本，也就是他写得符合舞台上演要求的第一个剧本《玛丽蓉·黛罗美》，在1829年就首先“触雷”。这个剧本在朋友圈子里朗读时，也曾得到了日后《艾那尼》所得到的那样的赞赏声与喝彩声，上演的成功似乎已唾手可得。但在法兰西剧院即将把它搬上舞台之时，它却被波旁王朝内务大臣禁止上演，其理由是剧本的那个“耽于狩猎、被教士操纵”的路易十三的形象，被认定不仅是“对当今国王的曾祖的糟蹋”，而且简直就是“影射国王本人”。雨果求见国王亦无济于事，查理十世也把与此有关的第四幕称为“可怕的一幕”，维持了内务部的原判，但给雨果一笔年金作为补偿，却又遭到雨果的拒绝。这个剧本的经历揭开了雨果戏剧创作过程戏剧性的序幕。这种戏剧性是风暴型的戏剧性，是政治与文学双重充满了火药味背景下的风暴型戏剧性，它在下一个剧本《艾那尼》那里发展到了高潮。

封建君主政治与古典主义的双重高压，肯定更激发起了雨果双重的逆反情绪。七月革命即将爆发的紧迫形势，也许已使他有所预感，《玛丽蓉·黛罗美》遭到禁演后，雨果立即“以近乎奇迹的猛劲”投入了《艾那尼》一剧的写作，并且十分有意识十分自觉地强化了、增加了曾使得《玛丽蓉·黛罗美》“触雷”的那种刺激性的成分与倾向。一方面在政治上，《艾那尼》对君主政治更富有挑战性、指责性与告诫性，剧中的国王像一个品格卑下的宵小之徒，如果作者不是出于开导的目的在最后让他变得宽宏大量，他简直就是一个十足的恶棍。另一方面在艺术上，《艾那尼》对古典主义的一系列法规、戒律、趣味、标准，都公然带有对抗性与践踏性。这里，古典主义的三一律已被抛到九霄云外，《〈克伦威尔〉序》中大力宣扬的对照原则在情节、人物格局与人物性格上都得到全面的贯彻，其浪漫主义明暗黑白反差达到了近乎夸张的程度，而古典主义戏剧的语言戒律则遭到公然的蔑视，日常通俗的口语也大摇大摆进入了诗行。

时势造英雄，英雄造时势。这个时期的法国、这个时期的法兰西舞台，肯定要发生某种事，就看谁来推波助澜，谁来激化引爆了！如果没有雨果，肯定也会有别的一个人来做。雨果以《艾那尼》与时局时势、与传统趣味相撞，他立即成为社会中的一个焦点、舞台上的一个中心。《艾那尼》就像一个火种被扔进了一堆干柴，很快就引起点点的火星，并燃成一场熊熊大火，引发出了一声巨大的爆炸。从剧本一开始排练，老式演员对诗句的种种挑剔姑且不说，旧派文人们的偷听、刺探、寻章摘句，故意讹传，存心曲解，凭空捏造，恶意进行攻击与抹黑等种种手段，无所不有，妄图把这个剧本扼杀在摇篮之中。而后，剧本又经过了检查制度近乎逐字逐句的刁难，还遭到报刊杂志的围攻。另一方面，拥护《艾那尼》的阵营也已形成，它包括一些新派的青年、诗人、画家、音乐家、工人以及追求新艺术趣味的人士，为数一百人的“卫队”也组织起来了，他们出场时几乎个个都奇装异服，长发披肩，为首的是青年诗人、画家泰奥菲尔·戈蒂耶，他身穿大红缎背心，配一条镶有黑绒边的浅灰裤，头戴阔边帽，在剧场里率众保卫《艾那尼》，格外醒目。剧本一上演，保守派的观众就以笑声、嘘声、倒彩声进行冲击，在整个上演期间剧本的每一个诗句几乎都遭到过这样的打击，而每当出现这种情况时，“卫队”则以掌声与喝彩声进行抵抗。每晚，区区一百人的队伍就这样与一千五百人反对派与准反对派的观众阵营进行一场场顽强的战斗，演出往往成为一场场“震耳欲聋的喧吵”。此时，离七月革命爆发只有几个月，《艾那尼》与首相府成了巴黎以至全国两个最引人注意的视点。巴黎剧场里的风浪还蔓延到了外省，曾有一个年轻人竟为了《艾那尼》而与人决斗致死；还有一个骑兵排长临终遗言，要在墓碑上刻上自己是“雨果的信徒”的字样。

《艾那尼》接连上演了四十五场，获得巨大的成功，它成为了七月革命的一个序幕，它奠定了戏剧史上浪漫派对古典派、浪漫主义戏剧对古典主义戏剧的胜利。“《艾那尼》之战”以它的意义、它的白热化、它的戏剧性而名垂史册，它无疑是雨果戏剧生涯中辉煌的一页，闪光的顶点。

“《艾那尼》之战”以后不久，爆发了七月革命，法国历史又掀开了新的一页，开始了七月王朝时期，而雨果的戏剧生涯，也进入了一个新的坦荡顺利的阶段。首先，在复辟王朝时期曾遭到禁演的《玛丽蓉·黛罗美》很快就得以搬上了舞台；接着，雨果成为了巴黎各大剧院乐于上演的走红的剧作家，他的新作一个接一个上演，他往往可以在两家剧院之间进行选择，他剧本的版权也经常是出版商以高额稿酬争取的目标。他的剧作从《吕克莱丝·波基亚》、《玛丽·都铎》、《安日洛》到《吕伊·布拉斯》，在巴黎演出都颇为成功，上演场次甚多，颇创票房价值。当然，有时由于雨果剧本的内容与倾向，有时由于演出中某些人事原因或场务原因，如演员的矛盾与派系、场务安排失当等，也曾出现过剧场风波。但雨果的戏剧深受观众的欢迎，牢牢占据了法兰西舞台，已经是一个确凿无疑的事实。这个过程一直到1843年《城堡里的爵爷们》为止，这个剧本演出完全遭到了失败，报刊杂志的评论也几乎都是否定的。剧本的难演，剧中史诗式的人物超过了平常标准，使演员力不胜任，固然是失败的直接原因，但更令人无能为力的却是这样的事实：巴黎的观众太熟悉雨果的戏剧风格了，他们已经为他的剧本鼓掌了十几年之久，现在他们要求有新的戏剧口味。在《城堡里的爵爷们》失败之后，雨果完全退出了戏剧舞台，这正标志着雨果整个前期文学创作生涯的结束。从《艾那尼》到《城堡里的爵爷们》，雨果有理由感到满意，他造就了浪漫剧十多年的繁荣局面，这对戏剧史上任何一个戏剧家来说，都是一个不小的成就。

《城堡里的爵爷们》被称为“雨果戏剧创作生涯的最后一曲”，但这只是就戏剧作品的上演而言。事实上，在这个剧本的上演失败之后，雨果还继续进行了戏剧创作，主要是短剧，如《潮湿的森林》(1854年)、《祖母》(1865年)、《介入》(1866年)、《上千法郎的报酬》(1866年)、《宝剑》(1869年)、《在林子边》(1873年)等等，这些剧本几乎都没有上演过。出版后，从来也是在文学史家、雨果学专家评论的视野之外。它们的创作，说明了雨果在戏剧上仍然颇有创作活力，仍抱有东山再起的希望，但法兰西戏剧史的“雨果专章”，毕竟已经翻过去了。

(二)

雨果在戏剧这个领域里留下的遗产与精华，显然就是他从30年代至40年代不断搬上舞台的那些剧作，我们根据这些剧作在题材上的奇特性与艺术上的浓烈色彩，把它们称为浪漫剧。它们是雨果整个戏剧创作中闪光发亮、有声有色甚至是轰轰烈烈的部分，是构成了戏剧史上“雨果专章”的内容。

雨果的浪漫剧没有一个是以当代现实生活为题材，全都是取材于历史，而且几乎都是取材于16世纪与17世纪的历史。其中，《国王取乐》与《玛丽蓉·黛罗美》分别是法国16世纪、17世纪的历史题材；《艾那尼》与《吕伊·布拉斯》分别是西班牙16世纪、17世纪的故事；《吕克莱丝·波基亚》与《安日洛》的题材来自16世纪、17世纪的意大利；《玛丽·都铎》则取材于英国16世纪。不难发现，这些剧本都是在搬演同一个旧时代的故事，即欧洲17世纪、18世纪的社会革命进程所直接清算与否定的那个旧的封建君主专制时代的故事。既然各个国家的故事都有，这也就构成了对于整个欧洲的封建君主时代的搬演。这样一个泛欧的整体构思，显然蕴涵着作者一个明确的意图，那就是对那个旧时代的本质的展示。

以历史为题材的戏剧并不等于历史剧，雨果的浪漫剧就是如此。尽管莎士比亚是雨果心目中“戏剧的天神”，是他仰慕、模仿的对象，但是，雨果以历史为题材的戏剧作品，却与莎士比亚的历史剧相距甚远。莎士比亚基本上是在历史事件的背景与轮廓上以历史人物的实在性与故事情节的可信性，表现历史的际遇与兴衰，思考历史经验，抒发历史感怀，在他那里，历史的具体性与丰富性都呈现出来了。雨果则不同，他仅仅以历史时代为框架，以历史人物为标记符号，以历史传奇与历史想象为内容，专致于表现自己对特定历史时代的认识与评判。在他这里，历史的具体性都消失在他统一的历史评判之中，历史时代的丰富性都统一在单一的历史时代的本质之中。雨果笔下的这种历史时代的本质，概括说来，就是封建君主时代的阴暗、冷酷、卑劣与腐朽。总之，雨果无意在自己的剧作中表现历史时代的五光十色，而是着意集中揭示他所认识的这种历史时代的本质，表现他对历史时代的社会评判。

不可否认，雨果的浪漫剧带有相当明显的反封建、反君主专制的政治色彩。在《艾那尼》中，专制君主作威作福、操纵控制，大权贵滥施淫威、草菅人命，世代怨仇、人间惨剧盖由此产生，西班牙王朝盛世与骑士精神荣光的堂皇其表、阴毒其里即此可见。《玛丽蓉·黛罗美》也是透过人物的命运，直接触及法国封建专制统治的最高权力，一对青年男女的爱情悲剧成为了撞开这一权力核心的有力冲击手段。从这里，作者展示出了君主专制权力核心的荒诞内幕，整个剧本具有了对封建王权结构的解析意义与讽刺意义。《国王取乐》淋漓尽致地揭示了封建君主的浪荡无行，其淫邪放荡、胡作非为的范围远非局限于宫廷之内，而是祸及社会民间，整个剧本构成了这样的艺术意象：一个荒淫无耻的法国国王在作践着、蹂躏着、伤害着被他统治的臣民。《玛丽·都铎》是对阴暗英国封建宫廷生活的形象搬演，揭示出尊严王权的可怕内幕：王室的腐朽、权臣的阴险、统治阶级中钩心斗角的卑劣、宫廷阴谋的冷酷残忍。《吕伊·布拉斯》与《玛丽·都铎》有某种相似，也是致力于揭开宫廷生活最核心的内幕，不过事情是发生在西班牙，这里，最高统治层中不可告人的隐私、激烈的争斗倾轧、权臣的恶毒奸诈也都表现得鲜明突出。这些剧本在题材内容上、在思想倾向上都如此一致，不仅在雨果的文学创作中，而且在整个19世纪文学中，构成了对欧洲封建主义时代的一次集中的批判与清算。

在这种批判与清算中，雨果有两个重要的立足点，一是他的民主主义立场，一是他的人道主义立场。

雨果浪漫剧的民主主义倾向，首先表现在他明确无误地把封建旧时代统治阶级中尊严十足的代表人物，从帝王将相到显赫权贵，几乎毫无例外地都钉在耻辱柱上。在他的展现之下，这是阴暗的一群，国王不是居心叵测的枭雄，就是浪荡无耻的淫棍，大臣与显贵一个个无不贪婪自私，奸诈冷酷，在作者所构设的特定环境情势中，他们是社会罪恶的肇始人，是人间悲剧的酿成者。

在作者对他们的描绘与搬演中，针砭的锐利锋芒与评判的严厉冷峻是随处可见的，这构成了雨果浪漫剧鲜明的批判色彩与揭发力量。而由于雨果浪漫剧的题材又不限于一个欧洲君主国，从西班牙的卡洛斯国王、法国的弗朗索瓦一世与路易十三、英国都铎王朝的玛丽女王，到意大利的大公、德国的城堡爵爷纷纷粉墨登场，雨果的揭发批判也就超出了国别而具有泛欧性与普遍性。难怪雨果的浪漫剧不止一次被当局认为“对君主制度构成了威胁”，这就是在《艾那尼》之战的胜利之后，雨果的浪漫剧还曾遭到禁演或引起剧场风波的原因。

雨果的民主主义立场，在他的浪漫剧中更主要的是表现为鲜明的平民意识。如果说，法国传统的古典主义戏剧总是以帝王将相为其主人公，并以把他们表现为尊严崇高的形象为己任的话，雨果则在自己的浪漫剧中，非常自觉地反其道而行之。在他这里，平民人物居于舞台的中心地位：在《玛丽蓉·黛罗美》中，是妓女与作为“低声下气的老百姓”的普通青年；在《艾那尼》中，是流落山林的“强盗”；在《国王取乐》中，是被人轻鄙的宫廷丑仆；在《吕伊·布拉斯》中，是地位卑贱的仆人。这些平民人物，不仅是在舞台上居于中心地位，而且雨果总把一些人性上、品格上、感情力量上与行为规范上的闪光的东西、有价值的东西赋予他们，使他们成为名副其实的正面人物。于是，在雨果的浪漫剧里，就明显地存在着人类两种类型的强烈对照：善与恶的对照，人性的正常、美好与丑恶、变态的对照。这种基本的对照往往就是雨果浪漫剧的构思的核心与主要内容，它具有扬善惩恶的双重作用，既是作者民主主义感情的张扬，也是他社会批判意识的体现。对照原则是雨果曾在他的浪漫主义文学宣言所大力阐述、大力主张的艺术方法，正是在雨果浪漫剧的创作实践中，它显示出了充实的思想内容而具有了美学原则的意义。

人道主义的立场与感情，是雨果文学遗产中最可贵的成分之一。这种成分除了在他30年代前后的小说《死囚末日记》、《巴黎圣母院》中有过大发扬，在他前期文学创作中主要就可以说是体现在他的浪漫剧中了。雨果并非在理论上是一个人道主义者，并非出于意识形态的考虑，而使自己的浪漫剧兼具人道主义的内容。他首先是一个诗人，他本人就是一个感情的储存器、感情的喷泉。他在戏剧中信奉感情的力量，而不像古典主义戏剧家那样信奉理性的力量；他总是追求诉诸观众的感情，而不是观众的理智；他总是力图使观众获得最大程度的感动，力图引起他们对善的同情与怜悯，对恶的厌弃与愤慨，仅此，就足以形成雨果戏剧创作中自然而自发的人道主义感情洋溢了，而他浪漫剧的特定题材，更大大助长了这种感情的洋溢与喷射。

雨果的浪漫剧基本上都是表现平民百姓，在封建君主时代被王公权贵操纵、压迫、逼胁、损害，最后遭到悲惨结果的故事。正常的人性，正常人的合理要求，普通人起码的生存权利，在封建主义的淫威与残暴下，往往被压得粉碎，这正是那个阴暗时代的本质特征之一，也是最足以使近代人类感到撕心裂肺的痛苦的一种人间悲剧，近代的人道主义思潮正是在抗议、谴责、批判这种封建主义暴行的基础上产生的。自从封建主义开始被推上历史审判台，封建时代开始被清算之后，这种悲剧就经常成为了文学的题材，仅戏剧而言，席勒的《阴谋与爱情》与博马舍的《费加罗的婚礼》，就是这种题材的名剧。在这个意义上，雨果的浪漫剧表现了一种常见而典型的题材、内容与时代性的社会思潮，也正因为如此，他的剧作自然也就具有了广泛的引起社会共鸣的基础，这是雨果的浪漫剧在舞台上能“激起群众的热情”的原因，也是能占据法兰西舞台十多年之久的原因。

雨果的浪漫剧既是他个人思想发展的产物，也是特定历史阶段的社会历史要求的产物。不论对雨果还是对法国历史而言，1814年后的波旁王朝都是一段曲折与弯路。雨果的戏剧创作始于波旁王朝的最后年代，正是他从保王主义的政治倾向中苏醒过来的阶段，对于虚荣心强、几乎把表白视为自己生命需要的雨果来说，在此后一个时期里，要弥补自己的弯路，要恢复自己与历史进程同步、同趋向的形象，最有效的途径莫过于在一个最直接接近群众的场合，以最易于引起群众欢呼与喝彩的方式来清算封建时代，这就是剧场与戏剧。这可以说明雨果从20年代末到40年代初何以对戏剧创作保持那么大的兴趣与热情。对于法国历史进程来说，这也是一个需要对封建时代进行清算与声讨的时期，思想理论的批判与实际的政治否定都早已由启蒙思想家与1789年的大革命完成了。但由于古典主义的优势，法国戏剧至今尚未把帝王将相、王公贵族拉到舞台上进行控诉与鞭挞，像席勒的《阴谋与爱情》那样的控诉式的剧作至今尚未在法国产生，18世纪博马舍的《费加罗的婚礼》似乎胜利得太早了，而且揭露得似乎也不够锐利、不够充分，法国历史要求戏剧补上这一课。雨果承担了这个任务。这一课虽然不是他一个人完成的（大仲马与梅里美也写过很具有批判与揭发力量的剧作），但无疑是主要由他来完成的。

（三）

雨果的浪漫剧在19世纪法兰西舞台上风光了一个时期，固然缘于它投合了时代历史的需要，但不可否认，它的确也具有相当大的艺术魅力，给当代人提供了艺术享受。而且，直到20世纪，其浪漫剧如《玛丽·都铎》、《吕伊·布拉斯》还曾在法国不止一次上演。出演主角的，甚至有赫赫大名、声誉盖世的影剧巨星钱拉·菲利普。这是一个方面的事实。另一个方面的事实是，雨果在戏剧史上毕竟不是第一流的戏剧大师，海涅甚至把他的名次排在大仲马之后。这两个方面的事实，可以说是雨果戏剧地位的上限与下限，它们构成了对雨果剧作定格评判的合理空间。

雨果在戏剧创作中，一直把莎士比亚当做尊奉与仿效的典范。莎士比亚化，是恩格斯所曾经指出过的戏剧创作的一种理应之道与理想模式。何谓莎士比亚化？在恩格斯那里，莎士比亚化不过是一般意义上的形象化，按我们的理解，莎士比亚化其实就是相当浪漫化的剧情及不寻常的戏剧性与真实的人性深度的结合。作为莎士比亚的崇拜者，雨果在这两个方面显然都颇为用心，使他的浪漫剧在这两个方面都显示出了自己的特点。

雨果浪漫剧的浪漫化剧情与不寻常的戏剧性首先与他采用历史题材有关。历史题材本身就比较容易带来一定程度的浪漫主义色彩，因为历史题材比现实题材有更大的空白，更需要也更能容纳作者的主观想象与主观意愿，大仲马的历史小说都具有浪漫主义色彩，就是一个典型的例证。雨果采取历史题材的主观随意性即使不说比大仲马更多，但至少不会更少，他在一定程度上只是给自己的浪漫剧佩上了某个特定历史时代的徽章，其故事内容不仅在正史上毫无根据，而且在野史逸闻中也找不到影子，完全是出自雨果本人的构设与想象。

雨果早就从法国19世纪初小说的状况中，深知不寻常的情节对于他那个时代的读者的强大吸引力，当他感到自己是在直接面对剧场里那个等待着演出拨弄自己的好奇心的群体——观众——时，他求助于浪漫化的剧情与不寻常的戏剧性的意图当会更为强烈。他的目标很明确，那就是要控制观众，刺激观众，激动观众。为此，就要有一个不同寻常的故事，就要有一个惊心动魄的结局。如父亲误杀了被侮辱与被损害的可怜的女儿，英雄美人的新婚之夜竟成了被索命的葬礼，居于权力顶峰的女王眼见自己的宠臣被处死，妓女从良的努力反倒引起惨烈的悲剧，等等。这样的故事，这样的结局定会给观众带来震撼，但为达到此一效果，剧本中的一切都要导向这个结局，服从这个结局，所有的情节、场面、细节、对白都是作者根据自己的主观构设、根据这个结局的需要而刻意拿出来的工具与线索，它们安排得颇具匠心，使观众总是处于悬念之中，期待之中，最后终于看到了这个惊心动魄的结果。在这个过程中，雨果尽可能地使人感觉这一切都是可信的，但更多的是力求不断地使观众感到意外与惊奇。他做得咄咄逼人，不让人喘息，不让人定神，不让人来得及推敲，观众就像被魔术师强拉着一样往前走。最后，在结局来到的时候，好奇心得到了宣泄，震栗感达到了高潮，对刺激性的需求也得到了满足。从这种艺术效果来说，雨果的浪漫剧首先就是引人入胜的戏，跌宕起伏的戏，在舞台上颇有吸引力的戏。

雨果丰富的想象力，在写作浪漫剧之前，就早已在《冰岛的凶汉》与《巴黎圣母院》中有非凡的显示了。这种能力使他的浪漫剧至少在两个方面又大为生色：一是故事的戏剧性，一是场景的奇特性。他在浪漫剧里，以想象力处理历史题材，使得历史平添了一出出奇闻；他以想象力处理故事，则使得浪漫剧里充满了高度戏剧性的巧合。也许雨果是从罗密欧与朱丽叶阴差阳错、饮毒自尽的那几场戏里得到了关于戏剧性的启迪，于是在自己的剧作里往往乐此不疲。他要搬演出一个个那么不同寻常的故事，展示出一个个那么惊心动魄的结局，不靠高度戏剧性的巧合，也是不可能到岸的。而且，故事愈奇特，结局愈触目惊心（如在《国王取乐》中，父亲最后竟误杀了自己的女儿；在《吕克莱丝·波基亚》中，母亲竟死于自己所疼爱的儿子之手），一次巧合显然是不够用的，而需要两次，甚至三次、四次。在一部戏里，一次巧合应该说就足以引起观众的惊奇与意外了，何况是多次呢？雨果在戏里往往就这样安排鬼使神差般的巧合，这是他用来吸引观众的魔力，也是他用来要说服观众接受他的结局的魔力。

同样，为了大大加强不寻常剧情的力度，渲染出尽可能鲜明的色彩，造成尽可能强烈的效果，雨果总是刻意运用他的戏剧想象力，在舞台上构设出一些不寻常的带有特殊气氛的场景，如隐蔽的密室，阴森的地下墓穴，黑暗的监狱，恐怖的刑场，等等，旨在营造出境况与氛围的奇特性。雨果最大的本领之一，就是抒情，他为了在舞台上“攫住观众”，也没有忘记大肆动用自己的这个优势与本领，他在追求场景奇特性的同时，还着意追求场景中的抒情含量，他在朝这个方向使劲的时候，当没有忘记李尔王在暴风雨中流浪悲号的那一场戏。由此，在他的浪漫剧中就有了艾那尼的深情倾诉、玛丽蓉·黛罗美的苦苦哀求、特里布莱的丧失神志，等等，有这样一些渲染感情、震撼人心的场面，加以雨果又用诗作为渲染感情的手段，更加强了某些场面的动人力量，就使得雨果的浪漫剧既成为了一出出五光十色、色彩浓烈、热闹好看、令人应接不暇的戏，又成为了一出出不乏感染力与震撼力的戏。

雨果毕竟是莎士比亚的崇拜者、仿效者，他在追求舞台上的轰动效果时，并没有忘记追求人性的真实。应该说，他在这方面做了不少努力，而他的努力总起来说，则不外是对照原则的运用。雨果的对照原则，虽然在他的文艺思想体系里是一个综合性的创作原则，但主要还是就人物塑造、性格描写而言的，如果说这个原则在雨果的小说创作中有不少运用的话，那么应该说，用得更多的还是在他的浪漫剧中。可以说，他的每一个浪漫剧都无一例外，其中雨果用心最明显的是《国王取乐》与《吕克莱丝·波基亚》。他自己这样说过：“取一个形体上丑怪得最可厌、最可怕、最彻底的人物，把他安置在最突出的地位上，在社会组织的最低下最底层最被人轻蔑的一级上；用阴森的对照的光线从各方面照射这个可怜的东西；然后，给他一颗灵魂，并且在这灵魂中赋予男人所具有的最纯净的一种感情，即父性的感情，结果怎样？这种高尚的感情根据不同的条件而炽热化，使这卑下的造物在你眼前变换了形状：渺小变成了伟大，畸形变成了美好。这就是《国王取乐》。那么，《吕克莱丝·波基亚》是什么呢？取一个在道德上丑恶得最可厌、最可怕、最彻底的人物；把她安置在最突出的地位上，在一种女性心理状态中，还加上体态的美与雍容华贵的风度，这便使她的罪过更加突出；再在这道德的畸形上加上一种纯粹的感情，一种为妇女所能体验的最纯洁的感情，即母性的感情；在这个怪物中，赋予母性，她便会使人感兴趣，她便会使人流泪，这个本来使人害怕的怪物也会使人怜悯。于是，这个畸形的灵魂在你眼中便会变得美丽起来。父性使得形体上的畸形圣洁化起来，这便是《国王取乐》；母性使得道德上的畸形纯洁化起来，这便是《吕克莱丝·波基亚》。”

雨果浪漫剧中“对照品种”当然不止于此。如果说在上述两个人物身上是形貌与内心的对照，即“卡希魔多”式的对照的话，那么其他一些人物身上还有性格发展前后反差化的对照（如《艾那尼》中的前后判若两人的堂·卡洛斯），有卑贱的地位与非凡的才干的对照（如《吕伊·布拉斯》中的出身仆役却有经国大才的吕伊·布拉斯），有身份与品格的对照（如《艾那尼》中流落山林、沦为强盗但却品格高尚的同名主人公），等等，这种种对照显然很有助于人物在舞台上形象生动、鲜明醒目，也许更为主要的是有助于舞台上的有声有色与不寻常的剧情的发展变化，因为雨果往往也利用人物性格的某个方面或某种成分当做剧情发展的契机。从这些意义上来说，雨果戏剧人物的对照，也是他在舞台上制造轰动效应以“攫住观众”的一个重要手段。

雨果本质上是一个浪漫主义诗人。浪漫主义诗人的主要特征在于其主观抒情性，这种特性用在诗歌创作中正是相得益彰，而用在小说与戏剧创作中，有时难免就表现为作者过于任性，因为小说与戏剧创作往往要求作家更多的照顾现实的可能性、逻辑性与真实程度，而不是更多的照顾自己的主观意愿、主观好恶。雨果在浪漫剧创作中，就有一个过于任性的问题。他太执著于自己的主观意图、主观构设了。他在借用历史，但历史妨碍他时，他就把历史抛在一边。他自己有一个目的，有一个故事，他已经构设了一个结局，他执著地、不可阻挡地直奔这个结局。达到结局，就是胜利。为此，他让一切都导向这个结局，都服从这个结局，结局就是一切，过程与手段都不必拘泥。可以有一个又一个令人难以置信的情节向结局过渡，可以有一个又一个意外令观众惊奇，于是在剧情上，雨果的浪漫剧就偏离了莎士比亚化所要求的某种合理的法度而有了奇情剧的倾向。同样，在戏剧人物的塑造上，雨果也太重视自己的对照原则了，太把这个原则置于绝对的至高无上的地位，以至于往往为对照原则而进行对照，不免流于刻意化、人工化与形式主义，有碍于对自然真实人性的挖掘，他的戏剧人物因此也往往经不起分析、经不起推敲。从巴尔扎克到左拉，19世纪的作家批评家，几乎都曾指出过他的这一局限。

然而，所有这一切似乎又不是才能问题，而是做法问题。当雨果首先选定了舞台上的五光十色、明暗突出、有声有色，选定了剧场里的轰动效应与观众的惊奇意外、鼓掌喝彩时，他也就是选定了一种做法、一种格调，他达到了自己的目的，他的浪漫剧的确在法国舞台上曾轰响一阵、风光一时，只不过多少给人留下了对他与莎士比亚之间的差距的惋惜。

1996年7月7日

克伦威尔

谭立德　译

剧中人物

奥利弗·克伦威尔	英国护国公
伊丽莎白·布尔希埃	护国公夫人
理查·克伦威尔	护国公长子

克伦威尔的女儿：

弗莱特伍德夫人

福尔康布丽奇夫人

克雷波尔夫人

弗朗西斯夫人

国务院：

弗莱特伍德	中将，护国公的女婿
德博洛	少将，护国公的内弟
沃里克·里奇伯爵	
卡尔利勒伯爵	护国公的警卫队长
布罗菲尔勋爵	中将
怀特洛克	勋爵，掌玺大臣
查尔斯·沃尔斯利爵士	
威廉·兰塔尔先生	
皮尔庞特	
斯托普	外交国务秘书

瑟尔洛	护国公秘书
约翰·弥尔顿	国务院的秘书——翻译

保王派的谋反分子：

雅克·巴特勒，奥尔蒙侯爵、伯爵	
威尔莫特·罗契斯特伯爵	
达文南特	桂冠诗人
塞德利	
德洛非达勋爵	
罗斯伯里勋爵	
彼得斯·道尼爵士	
克利福德勋爵	
詹金斯先生	
理查·威利斯爵士	
威廉·默里爵士	

清教徒的谋反分子：

兰伯特	中将
卢德洛	中将
哈里森	少将
欧弗通	上校
乔伊斯	上校
普赖德	上校
怀德曼	少校
奥古斯丁·加兰	国会议员
普林利蒙	国会议员
辛德康勃	士兵

巴雷布恩	护国公的皮革整理工和织挂毯工
赞美－上帝－平普尔通	
灭绝－原罪－帕尔默	
为复活－而生－热罗博·德尔梅卡尔	
沃勒	诗人
梅纳德中士	
杰弗森上校	
格雷斯上校	
居格里戈瓦夫人	弗朗西斯的女傅
玛纳塞－本－伊斯雷尔	犹太教长
洛克耶博士	护国公的小教堂神父
堂·路易·德·卡德纳	西班牙大使；随从
克雷基公爵	法国大使
芒西尼	红衣主教马扎兰的侄子
克雷基公爵与芒西尼的随从	
菲利比	瑞典女王克利斯蒂娜的使节；随从
汉尼巴尔·赛斯蒂德	丹麦国王的堂兄
汉尼巴尔·赛斯蒂德的两名侍从	
三名伏多瓦教派的使者	
六名联合修会省的使者	

护国公的四名弄臣：

特里克

吉拉夫

格拉马多克

埃雷斯布鲁

汤姆

埃诺克

内厄姆

工人首领，工人们

国会演说家，国会，教士，持权杖者，执达吏，国会的神职人员，市长大人，市政官们，市书记官，巡警，郡长，警卫官，市府弓箭手，兰特教派使团团长，兰特派数人，英国冠军，四名持戟步兵，宣读公告的差役，市府侍从，持戟步兵，弓箭手们。骑士派，圆颅党人，将领，上校，爵爷和廷臣，侍从。火枪手，使桨的士兵，护国公的官内侍从，市府接待员。平民，士兵，民众

第一幕

谋反者

〔“三鹤”酒店。

〔粗木做的桌子、椅子。舞台深处有一扇朝广场开的门。中世纪的一座老房子内。

第一场

〔奥尔蒙勋爵，化装成圆颅党人，头发剪得短短的，戴着宽檐的高帽，身穿黑呢子衣服，黑哔叽短裤，大靴子；布罗菲尔勋爵，华丽而随意的骑士服装，有羽毛饰的帽子，缀有折缝的缎子紧身短上衣和短裤，高帮皮鞋。

布罗菲尔 （他从舞台深处的门上场，门半开着，能看见晨曦微光下的广场和旧房子。他手中拿着一张展开的便条，仔细地读着。奥尔蒙勋爵坐在黑暗角落里的一张桌子旁）明天，一六五七年六月二十五日，某个布罗菲尔勋爵过去很亲近的人，一大早在酒市附近，两条街拐角处的“三鹤”酒店等候爵爷。（环顾四周）就是这家酒店；查理登上王位，当了国王后，在瓦塞斯特被上帝抛弃，他在伦敦城里，伶仃一人，为了逃避克伦威尔，他选的就是这家酒店。（他又看手中的信）可是，我昨天收到的这封信是从哪儿来的呢？字迹……

奥尔蒙 （站起身）愿上帝保佑布罗菲尔勋爵！

布罗菲尔 （以蔑视的神态从头到脚地打量他）怎么！朋友，是你，让我在这样的时候，离开我的家，来到这乌烟瘴气的破地方！报一下你的名字。你从哪里来？为什么来？受谁的委派？你要我干什么？——我在什么地方见过这个人。

奥尔蒙 布罗菲尔勋爵！

布罗菲尔 回答！像你这种无赖是给门外我们的人消遣的；好好款待一顿，那就是我们这样身份的人应该给你们这种人的全部礼遇。我看你够大胆的！

奥尔蒙 大人，不揣冒昧，这是深孚众望的老爷所说的话吗？是克伦威尔的朋友所说的话吗？

布罗菲尔 老清教徒克伦威尔，如果你碰巧那么早把他吵醒，为了换换你的脑筋，他会让人把你吊在三十库德①高的绞刑架下。

奥尔蒙 （旁白）与其把他吵醒，我倒愿意让他熟睡！

布罗菲尔 在宝座上越坐越稳的克伦威尔会好好惩罚肆无忌惮的无赖……

奥尔蒙 他的宝座好比砧板，他的衣服沾满了鲜血。我看他是斯图亚特王朝变节的奴才。您忘记这一点了。

布罗菲尔 这眼神……这声音……但您究竟是谁？

奥尔蒙 布罗菲尔在问我！大人，回忆一下爱尔兰战争。当时，我们俩都效忠于王上。

布罗菲尔 是奥尔蒙伯爵！我的老朋友，是你！（他亲热地抓着他的手）你在伦敦！天啊，上帝啊！在得意扬扬的克伦威尔登上顶峰之日的前夕，你的脑袋已被悬赏。要是有人来，知道……不幸的人，你在这儿干吗？

奥尔蒙 我的职责。

布罗菲尔 我会不知道你吗？啊！这阴森森的神情，大人，岁月，

---

① 古长度单位，约0.5米。

尤其是这一身牧师似的服装……您变化如此之大！

奥尔蒙 布罗菲尔，我可不如您变化大！您在克伦威尔面前卑躬屈膝。布罗菲尔跪倒在可耻的弑君者的脚下！我，我改变了服装，而你，你却改变了心灵！就是你，我们在战争中曾见到你如此高尚！你表现得如此高贵只是要堕落得如此低下！

布罗菲尔 （不快地）啊！我同情您，因为您失败了；我尊敬您，因为您被流放；但是，这番话……

奥尔蒙 我的话是严肃的，同样也是正确的。然而，听我说，你可以弥补一切。帮我……

布罗菲尔 向克伦威尔说情！好，我赶紧去向他求情。我能救你的命，它已不受法律保护……

奥尔蒙 住嘴！你不如请求我来保住你的脑袋吧。你那侮辱人的靠山，你那护国公，国王，你的克伦威尔比我更接近死亡。

布罗菲尔 我听到什么话？

奥尔蒙 那就听着。克伦威尔对护国公、殿下这类平庸的称号感到厌倦，十分苦恼，想最终在王家华盖下，被尊为国王陛下。在这人人都在分享的战利品中，克伦威尔从查理一世那儿夺取血淋淋的遗产。他将得到一切！宝座和棺柩。弑君者在踌躇满志时将得知，王冠是沉重的，虽然他占有了它，它有时却会压碎被它装饰的脑袋！

布罗菲尔 你在说什么？

奥尔蒙 明天，威斯敏斯特为这位国王敞开大门时，地狱要在被篡之宝座的台阶上为这一时刻加冕。我们将看到他满身鲜血地在我们剑下滚动！

布罗菲尔 疯子！他的随行人员可是全副武装的，这活动的铜墙铁壁总在他的周围。你仅仅知道他卫士的人数吗？你们怎样冲破三排持戟士兵、高头大马的步兵、传令官、持权杖者、黑衣火枪手和红衣重骑兵呢？

奥尔蒙　他们是我们的人。

布罗菲尔　你一心指望看到骑士派和圆颅党联合起来，多美好的希望！

奥尔蒙　过一会儿，你将在此亲眼看到国王的人混入国会的人中间。他们的狂热会影响忧郁的清教徒。奥利弗也好，查理也好，他们都不要。如果克伦威尔当国王，那么，他将死在他们的剑下。他的对手，他们的领袖，兰伯特已同我们联合；他当然敢觊觎替代克伦威尔；不过，我们以后再看吧！西班牙和荷兰的黄金给我们在这座铜墙铁壁里找到了许多同伙。总之，这场竞争很精彩，我们决心已定！

布罗菲尔　克伦威尔是很机灵的，你们在拿脑袋开玩笑。

奥尔蒙　上帝知道明天将是谁的节日。布罗菲尔，我们的计谋必定成功。今天早晨，罗契斯特要把塞德利、詹金斯、克利福德、诗人达文南特带到我这儿来，达文南特给我们带来国王的密旨。卡尔、哈里森、理查·威利斯……也将前来赴约。

布罗菲尔　但这些人还在牢里。这些是克伦威尔关在伦敦塔里的敌人。

奥尔蒙　一句话就可使你大吃一惊。不同的纽结把我们联系于共同的命运，为了打倒克伦威尔，在我们的行列中，还有伦敦塔的守卫，弑君者巴克斯希德，他希望得到宽恕，决定帮助我们。你看，整个计谋策划得多巧妙。克伦威尔已被裹在一个巨大的网中，他逃脱不了！他安置于王位下的意见一致的各派力量已挖掘好深渊。这就是我从大陆来的目的。布罗菲尔，我想救你；现在，我以我的主子查理二世的名义询问你，你愿意忠诚不渝地生，抑或背信弃义地死？

布罗菲尔　啊！你说什么？

奥尔蒙　回到国王的旗帜下。

布罗菲尔　唉！奥尔蒙，我曾经也是正直而忠诚的臣子，在内战时，为了国王，我攻击堡垒，保卫城镇，由于残酷的命运，我从斯图亚特王朝的士兵变成了克伦威尔的廷臣。亲爱的奥尔蒙，让那可怜的叛徒去承受他那悲惨的命运吧；现在，轮到你听着，来评判我吧：那是与国会交战的期间。我到伦敦来武装某个团；同你一样躲躲藏藏，我是被通缉的。一天，我接待了一个陌生人的来访；那就是克伦威尔。我的生命在他的股掌之中。他救了我。为了他，我忘记了我的职责；他控制了我，我对你说什么呢？不久，我和他一样成了叛乱分子和渎圣者，我的臂膀成为他的共和分子的支撑，然而，却举起来打击我的国王。从那以后，克伦威尔使我成为他的一名贵族，他的炮兵中将，最高法院和国务院的勋爵。因此，由于在他的朝廷里享有恩宠，一旦他垮台，我想必也随之成为牺牲品；我背叛了合法的国王，无论何种情感把我与他高贵的家族连接在一起，我也不可能毫无背叛的污点，恢复忠贞之心。

奥尔蒙　国内骚乱导致的普遍存在的悲惨结果！我的上帝，政治德行与何物有关？那些仅仅只是幸运的人，看上去是多么纯洁！他们的错误应归咎于他们严峻的命运！布罗菲尔！和我们一起砸烂压迫我们的枷锁，证明你的悔过之意！

布罗菲尔　怎么！再犯新的罪孽？朋友，对于你那要命的秘密，我即便不是同谋，至少可能是个守口如瓶的知情人，不过，就到此为止。我在这场斗争中保持中立，我应该接受你们的胜利，减轻你们士兵失败的痛苦，不管谁是战胜者，我始终忠于所有的人，要么和他同归于尽，要么为你们祈求他大发慈悲。

奥尔蒙　你无所作为地保持沉默！这样，你既对克伦威尔背信弃义，又不为自己真正的主子效忠。要么是可靠的朋友，要么是真正的敌人！别忠奸参半！不如去告发我吧！

布罗菲尔　（骄傲地）伯爵，要是您没有被通缉，您倒要好好给我解释解释这句话!

奥尔蒙 （向他伸出手）亲爱的布罗菲尔，请原谅！我是一名老兵。我恪尽职守，效忠王上二十年。几乎每一场战役，每一次执行任务，都在我的身体上刻下了巨大的创伤；我曾接受了蒙特鲁斯侯爵、鲁贝尔亲王等不止一位杰出的专家的教导；我谦虚谨慎地指挥，毫无怨言地服从；我已两鬓染霜，行将就木；我目睹了斯特拉福德惨死，德尔比丧生，我经历了邓巴、特里达福、瓦塞斯特、纳斯比等战役，这些唯有它们能够打倒或支持英国王权的力量间的斗争；我亲眼见到这王权一败涂地，它曾向兰特派、圣徒们、说教者宣战，在纷飞战火中摇摇欲坠；我那在不停的战事中忙碌的手，知道要使利剑变钝，必须刺杀。好吧！我终于命中我工作的目标，克伦威尔快完蛋了！新的时期开始了！但是，为了保持我的欢乐，而败坏我的荣誉，难道老朋友必须因为我的胜利而丧命吗？好朋友，想一想，我们俩曾吸进同样的战争烽烟，把我们大胆的利剑浸润在相同的血液中。布罗菲尔，我第二次，也是最后一次，以王上意旨的名义询问你，你愿意忠诚地生，还是不义地死？好好想想。奥尔蒙给你一个小时来做出回答。（他在一张纸上写了几个字，然后递给布罗菲尔）这是我的化名，我秘密的地址……

布罗菲尔 （推开纸）啊，别告诉我！不，我已经知道得太多了。朋友，我们曾长期分享同一个帐篷，我明白你所说的；但是，我命该如此。永别了。我既不是告密者，也不是同谋者。我将忘记这一切。但是，请听一声忠告：你是否肯定这样一个阴谋会成功？任何事情都逃脱不了克伦威尔。他密切监视着欧洲。到处都有他的眼睛在窥伺它，他的手笼罩着它。当你的手臂在寻找往何处打击他时，也许他正捏住驱动你手臂的绳子。奥尔蒙，发抖吧！

克伦威尔 消费税署里有人欠了他些什么。要打消他的顾虑，立刻付款就可以了，但愿出纳员搞不清楚他的利润。至于您，瑟尔洛，如果可能的话，提到《圣经》时，请格外尊重些。

瑟尔洛 （谦恭地弯腰致意后）法格觉得受到您的抱负的刺激而对您不满。

克伦威尔 我让他当伦敦城的警卫官。

瑟尔洛 特伦查德也好像不满，显得闷闷不乐。

克伦威尔 把蒙特罗斯家族的一部分财产给特伦查德。

瑟尔洛 吉尔伯特·皮克林爵士，这位各方面都受理的法官变得桀骜不驯。

克伦威尔 让他当财政部的贵族。

瑟尔洛 剩下的就是我的事了。大人只要让我去做。今天将会有人以国会的名义，恭恭敬敬地请求您接受王位。

克伦威尔 啊！我终于得到它了，这难以抓到的权杖！我的脚因此而登上沙峰的顶点！

瑟尔洛 但是，大人，您早就在统治了。

克伦威尔 不，不，不！我的确握有大权，但是，我没有这身份！瑟尔洛，你在笑。你不知道，对名利的贪欲在我们的心灵深处造成怎样的空虚！为了一个看来幼稚的目标，它怎样让人不顾痛苦、工作、危险，甚至一切！承受不完整的命运是很痛苦的事！而且，我不知道，自远古以来，苍天映照的何等光泽环绕着帝王们。国王、陛下，这些名称多富有魔力。此外，是世界的主宰，而不是国王。那是无言的事实，没有称号的权威！无聊，好吧，帝国和地位只是一样东西。朋友，你不知道，一个人出人头地，超群绝伦时，感到某样东西在头顶上，那是多么令人讨厌！只不过是一个词，这个词就是一切。

〔这时，克伦威尔很放松，甚至随便地把手肘搁在瑟尔洛的肩上，突然，他仿佛被惊醒似的转过头去，凝视着掩蔽在挂毯后的一扇慢慢开启的矮门。玛纳塞－本－伊斯雷尔出现了，站在门口，深深地行了个礼，然后向周围仔细地巡视一下。

第六场

〔克伦威尔；瑟尔洛；玛纳塞－本－伊斯雷尔，年迈的犹太教教士，身穿灰色长袍，衣衫褴褛，驼背，粗粗的白眉下一双锐利的眼睛，宽大的额顶已秃，满是皱纹，胡子拉碴，歪歪扭扭。

玛纳塞 （鞠躬）我亲爱的大人，愿上帝永远指引着您！

克伦威尔 是犹太教徒玛纳塞。（对瑟尔洛）瑟尔洛，写完您的信件。

〔瑟尔洛坐在大桌子旁。克伦威尔走近犹太教士。低声地问。

你要什么？

玛纳塞 （小声地）我有一些新消息。大人，一艘瑞典海船载着银币，眼下正停泊在泰晤士河，它要把这些银币带给被驱逐的老国王的朋友们。

克伦威尔 国籍旗是中立的。啊，如果通过您的斡旋，我能够巧妙地全部占有这些银币，那么，其中的一半将属于您。

玛纳塞 当真？大人，那艘船是您的了！但是，要尽量在需要时协助我。

克伦威尔 （在一张纸上写了几个字交给他）我的老巫师，这是无懈可击的法宝。快去，然后，马上回来告诉我结果如何。

玛纳塞 大人！还有一句话。

克伦威尔 怎么！

玛纳塞 我必须告知您，您的理查同骑士党在一起密谋。

克伦威尔 怎么回事？

玛纳塞 他替克利福德还我的债。这就说明一切。

克伦威尔 （笑）你在银箱里判断一切！我的儿子只不过是轻浮成性；他的交往乱七八糟；没什么别的。

玛纳塞 毫不吝啬地付钱！可真不错！

克伦威尔 （耸耸肩）好了，去吧！

玛纳塞 大人，求求您，既然，我有幸时不时地为您效力，请重新打开犹太教堂的门，废除不利于星相学家的法令，作为对我的奖励。

克伦威尔 （挥手示意他退下）以后再说吧。

玛纳塞 （弯腰鞠躬，几乎碰到地面）我们亲吻您的双脚。（旁白）这些卑贱的基督徒！

克伦威尔 愿你生活安宁。（旁白）邪恶的犹太人，该把他绞死。

〔玛纳塞从那小门退下，门在他身后重又关上。

第七场

〔克伦威尔；瑟尔洛。

瑟尔洛 大人！现在您能听我讲了吗？这艘外国轮船，它带来给那些心怀敌意的人分发的钱，该死的犹太人的意见，这一切不是同我说的相一致吗？多加小心。

克伦威尔 关于什么？

瑟尔洛 有关这些可耻的阴谋，一位可靠的人的意见向我提供了线索。根据我们所知道的很少的情况，我都已经在担心了。

克伦威尔 啊！每当这类报告落到我的手中，如果我信以为真，冥思苦想，耗费时间，白天黑夜地思考所提供的线索，我这辈子够用吗？

瑟尔洛 大人，我觉得目前的情况令人不安。

克伦威尔 呸，瑟尔洛！你得为自己惊慌失措而脸红。我知道，对好些人来说，我的统治是暴虐的，某些将领，我亲爱的，不愿意看到他们明天的国王是昨天与他们同等的人。但军队是忠于我的。至于这犹太人说的那笔钱，则是好心的查理送给我的礼物，它来得正好，尤其是现在这种时候，可以支付我加冕大典的费用。得啦！朋友，放心吧！想想那些曾多少次使我们绞尽脑汁，坐立不安的假消息。这阴谋是一些嫉妒成性、不怀好意的家伙做的游戏，他们别无良策，只得和我们玩玩。

〔响起一阵脚步声；克伦威尔注目凝视旁边的一条走廊。

一些喜气洋洋的廷臣来了。瑟尔洛，我要去呼吸呼吸新鲜空气。你去对付他们吧。

〔他从小门退出。

第八场

〔瑟尔洛；怀特洛克；沃勒，诗人；梅纳德中士，身穿长袍；杰弗森上校，身穿制服；格雷斯上校，身穿制服；威廉·默里爵士，穿着旧的宫廷服装；威廉·兰塔尔先生，国会从前的演说家；布罗菲尔勋爵，身着宫廷服装；卡尔。

怀特洛克 （对瑟尔洛）殿下不在吗?

瑟尔洛 是的，大人。

威廉·兰塔尔 （对瑟尔洛）我想提请他注意我的权利。

梅纳德 （对瑟尔洛）我进宫是为了一件紧急事情。

杰弗森 （对瑟尔洛）某件重要事情使我来到这里。

威廉·默里 （对瑟尔洛）这份向大人提交的申诉书中，我请求在他未来的朝廷里任职。

沃勒 （对瑟尔洛）不打扰殿下是我的法则，然而……

〔他们滔滔不绝，几乎是一起在说话。为了听清他们的话并摆脱他们的纠缠，瑟尔洛似乎在作无效的努力。

卡尔 （双眼盯着拱穹，声音响亮地）瞧，新的所多玛城！

〔所有的人都惊异地回过头来，盯视卡尔，卡尔一动不动，双臂交叉于胸前。

威廉·默里 这怪物是谁呀？

卡尔 （神情严肃地）是一个人。我想象得出，他给这神秘的地方带来了一张陌生的面孔，在这地方，太阳神露出了他的真面目，人们只看见狼、江湖骗子、伪先知、酒鬼、鹰、千头龙、有翼的蛇、秃鹫、用上帝名义赌咒发誓的人，以及尾巴是如火红色蛇舌的蜥蜴！

沃勒 （笑）如果这些是我们的写照，那么，"人"先生，多谢了！

卡尔 （发怒）撒旦的宾客！灰烬就在苹果里；吃吧！以色列的吸血鬼，人民已经死去；去吃他们的肉，吃上天神圣的选民们的肉，吃强者的肉，吃将官的肉，吃战马的肉吧！

沃勒 （笑得更大声）好！这菜肴可不一般。这样，我们便都荣幸地成为无与伦比的吃马的蜥蜴！

〔廷臣们都笑了起来。

卡尔 （怒不可遏）笑吧，地狱般的嘴巴！

沃勒 （挖苦地）我喜欢别人客气些。

所有的人 把他赶出去！

威廉·兰塔尔 （走近卡尔，想让他出去）老家伙，走吧，要是殿下进来……

〔他们想要拉他走；卡尔则作出反抗。

卡尔 不是我出去，而是你们。

怀特洛克 这是个圣人。

沃勒 是个疯子。

卡尔 你们都在发狂！你们因为傲慢、谬误、混浊的酒而头脑发热；你们竟把我的明智称为疯狂！

布罗菲尔 但是，朋友，殿下就要来了……

卡尔 我等着他。

布罗菲尔 请问，为什么？

卡尔 一会儿我必须同这个你们称为殿下的伊卡伯德讲话。

布罗菲尔 先生，请告诉我那与你有关的事，我将替你对他说，我是有信用的……我是布罗菲尔勋爵。

卡尔 （辛酸地）啊！奥利弗变化多大呀！一名老共和党人在他的随行人员中是多么不协调！布罗菲尔，一个骑士派，居然在克伦威尔的宫里保荐我！

瑟尔洛 （好像一直专心地察看卡尔，旁白）这个人我认识。他说的话不大好懂；但是，不管他是不是疯子，我觉得，这个怪人似乎待在精神病院比在伦敦塔的时间还少。去找大人吧。

〔他下。

第九场

〔同上场人物，除瑟尔洛。

布罗菲尔 （以保护者的态度对卡尔）是的，朋友，我也许能为你担保！但是……

卡尔 （伤心地微笑）好吧！如同在锡安山上，魔鬼同耶稣提供担保那样。

怀特洛克 冥顽不化！

沃勒 不可救药！

所有的人 嘿，没什么了不起的，赶走他！

〔他们重又向卡尔走去，卡尔注视着他们。

卡尔 你们都向后退！我必须同这个在我们士兵的眼中已变成犹大、叛徒的人讲话！

布罗菲尔 疯子！

沃勒 那是用来说克伦威尔的恰当的婉转说法。

卡尔 在所多玛城上空的火焰燃烧之前，我是被派来警告罗得[①]的天使。

沃勒 （笑）什么！上帝的天使像你这样理着平头！

杰弗森 （笑）我很高兴看到你高升。你从人变成了天使。

威廉·默里 （一边推卡尔，一边说）老兄，您要让大人瞧着心烦吗？（对其他人）因为他会打扰大人注意我们的请愿书！（生硬地对卡尔）出去！

杰弗森 出去！

梅纳德 出去！

所有的人 行啦，快，让他出去！

卡尔 （严肃地）我告诉你们，住手，我这样说了。

梅纳德 如果大人瞧见你，会把你送到伦敦塔去。

〔卡尔瞧着他，耸耸肩。

威廉·默里 （指着卡尔那一身清教徒的打扮）再说，这应该出现在宫廷里吗？

威廉·兰塔尔 大人同你讲话，那准是屈尊了。

所有的人 出去！

〔他们扑向卡尔，想要拉他出去。

卡尔 （哀叫着挣扎）士兵之神啊！哦，撒保思，看我一眼吧！

所有的人 （推搡他）滚！

卡尔 （继续祈祷，抬眼望天）为了你的事业，我同海中怪兽一起

---

① 《创世记》中所述：所多玛城被毁灭时，罗得得到神的救援而幸免。出逃时神告诉他不要回头看，也不要在平原上站住，要往山上跑。他的妻子不听，回头一看，成了一根盐柱。

战斗！

〔克伦威尔由瑟尔洛陪同上。所有的人都住手，脱帽，鞠躬致意。卡尔把争斗中掉地的帽子重新戴上，恢复他那严肃而恍惚的姿态。

克伦威尔 （惊讶地察看卡尔）是独立派卡尔！（对其他人做了倨傲的手势）出去。（旁白）不可理解的谜。

〔所有的人都十分惊奇，深深地行了礼，退下。卡尔依然无动于衷。

沃勒 （指着卡尔，小声对威廉·兰塔尔）他已经预告我们了。让罗得和天使在一起吧。

第十场

〔卡尔；克伦威尔。

〔克伦威尔单独与卡尔一起，神情严厉，几乎带有威胁性，默默地注视他片刻。卡尔平静而严肃，双臂交叉于胸前，眼睛盯视着护国公的眼睛毫不退缩。克伦威尔终于先傲慢地开口。

克伦威尔 卡尔，长期国会把您关进牢里。谁放您出来的？

卡尔 （泰然地）背叛。

克伦威尔 （惊奇而又不安）您说什么？（旁白）他是不是脑子有毛病？

卡尔 （沉思地）是的，我曾冒犯了圣人们的最高议会。如今，我们都被您的法令宣布为不受欢迎的人；我，曾被他们认为有罪，他们，则被您认为是无辜的！

克伦威尔 既然您同意那使您感到痛苦的判决，是谁给您以自由呢？

卡尔　（耸耸肩）我跟你说了，背叛！因为，有人要把盲目的我引向新的罪行；我已及时看到了陷阱。

克伦威尔　怎么回事？

卡尔　太阳神复活了！

克伦威尔　说清楚些。

卡尔　（坐在大靠背椅上）听着，正在酝酿一项邪恶的阴谋……（手指瑟尔洛的小凳，对光着脑袋站在那儿的克伦威尔）克伦威尔，坐下。戴上你的帽子。

〔克伦威尔气恼地犹豫了一下，随即戴上帽子，坐在矮凳上。

尤其是，别打断我的话！

克伦威尔　（旁白）亲爱的，要是在别的时候，这副样子可得给我付出昂贵的代价！

卡尔　（温和而严肃）虽然奥利弗·克伦威尔并不考虑自己的罪行；的确，他并不因为众多的牺牲品而感到内疚，而且，在他那充满恐怖的时日里，他不断地把伪善与分裂、诡诈与疯狂连接起来……

克伦威尔　（气愤地站了起来）先生！……

卡尔　你打断我的话！

〔克伦威尔勉强顺从地重新坐下来。卡尔继续说。

尽管奥利弗和摩雅人、巴比伦人、异教徒、阿里乌斯教派一起居住在埃及的土地上；他为自己做了一切，而为以色列却什么也没做；他赶走了圣徒，无限信任亚玛力人、亚扪人、以东人；他喜爱半人半鱼之神、阿斯塔耳特[①]、埃丽米；而且，那条老蛇是他最好的朋友；尽管他终于摧毁了老的“人民公约”，解散了锡安山上召集的国会，而且，他的嘴对基督的兄弟们

---

① 丰产女神。

说出：饭桶！尽管犯有那么多的罪孽，我仍然不能相信，他的心地如此冷酷，他的灵魂如此丑恶，不！我不能相信你已被天主抛弃，以至面对以色列，你竟然不承认，对于这遍体流血、苦难深重，把溃疡展示于约伯的肥料堆上的英国人民来说，在所有他能归功于命运的恩惠中，克伦威尔，最大的幸福便是你的死亡。

克伦威尔 （在凳上向后退了一下）你说，我的死亡？

卡尔 （温和地）克伦威尔，你老是打断我的话。好啦，诚实些吧！卑劣的恭维使你昏了头；暂时别像你的拥护者那样；咱们心平气和地谈谈。是的，承认这一点吧，你的死亡，也许是一大幸事。啊，是很大的幸福！

克伦威尔 （怒火中烧）大胆！

卡尔 （一直镇定自若）对我来说，兄弟，我对此确信无疑，是的，我是如此相信，以至为了这个目的，我总是把这把刀放在外套里，等待着这一天。

〔他从怀里抽出一把长长的匕首，给护国公看。

克伦威尔 （吓得往后跳了一下）匕首，凶手，喂，来人哪！（对卡尔）我亲爱的卡尔，求求你！……（旁白）幸亏我穿着护胸甲！

卡尔 （把匕首放回怀里）克伦威尔，别发抖，别叫人！

克伦威尔 （惊恐地）魔鬼！

卡尔 当我们要杀某个暴君时会让他看见兵器吗？放心吧，你的时候还没有到。我是来把你那已定罪的生命交给那不如这玩意儿单纯的复仇武器。

〔他的手指指藏在怀里的匕首。

克伦威尔 （旁白）他到底要怎么样？

卡尔 来坐在这儿。此刻，对我来说，你的生命比猪皮对于贪婪的母鹿，比约拿[1]的骨头对于把他含在宽敞的喉咙里，使他免遭海浪的大鱼更为神圣。

〔克伦威尔重又坐下，向卡尔投去好奇而又怀疑的一眼。

克伦威尔 （旁白）必须耐心地让他说。

卡尔 听着。有一个阴谋在威胁着你，你当然明白，如果，仅仅是威胁你，我不会浪费我的精力和口舌，把此事告知于你。你不如承认我是对的，相信卡尔会以加入圣徒们的行列为荣。但此刻则关系到拯救以色列。算了，我顺便救你一命！

克伦威尔 这阴谋是真的吗？您知道那帮人在哪儿聚会？

卡尔 我从那儿来的。

克伦威尔 真的，谁给您打开伦敦塔的门？

卡尔 发抖吧，是巴克斯希德！

克伦威尔 他背叛了我！然而，他曾签署了对国王的判决。

卡尔 他希望得到宽恕。

克伦威尔 难道是为了重建斯图亚特王朝吗？

卡尔 听着。我从天一亮就赶来见你，我确实希望先杀死你，以解救人民……

克伦威尔 谢谢。

卡尔 因为，要把权力还给那唯一的、被你极不公道的专制政府摧毁的国会。但是，我刚潜入城里，便瞧见一位穿着缀有绸缎缝子的丝绒紧身上衣的腓力斯人。他们一共三个人。这些秘密策划阴谋者的头儿给我咏唱教皇敕书、四行诗和教皇谕旨……

克伦威尔 四行诗？

---

① 见《旧约》：约拿是十二个小先知中的第五名。神命他去尼尼微，他不服从，乘船逃走。神使海上风浪大作，只有把他投入海中才可平息。于是，大家把他扔进海里。神预备了一条大鱼，把他吞进肚子里。他在鱼肚里呼救许愿，神让鱼把他吐出来。他便去尼尼微，劝告那里的人悔改。

卡尔 这是他们异教徒的诗篇。一会儿又来了一些圣徒，一些虔诚的居民；但是，他们的眼睛被某种奇特的魔力所蛊惑，在对混入天使中的魔鬼微笑。魔鬼喊道："杀死克伦威尔！"然而，却又低声说："利用他们的浴血斗争。"我们将使巴比伦来接替娥摩拉，雪松木屋顶替代无花果木屋顶，石头替代砖瓦，多利安替代提尔，桎梏替代约束，暴虐统治替代无情的权杖！

克伦威尔 查理二世取代克伦威尔，是吗？

卡尔 他们是这么想的。但是，雅各不愿意有人用自己的利刃宰杀牛作为祭品，而不给他应得的那份；让那些人为斯图亚特家族的利益而打击克伦威尔吧。因为，在两种不幸中，应该害怕那更糟的。尽管你很可恶，但比起某个斯图亚特家的人，比起某个希律王、放荡的王孙公子、最终寄生于被连根拔除的橡树上的槲寄生，我更喜欢你的帝国。挫败我告知于你的阴谋吧！

克伦威尔 （拍拍他的肩膀）朋友，我很感谢你的消息。（旁白）天哪！瑟尔洛是对的，真的！（亲热地对卡尔）那么，国王的、国会的对立派都联合起来反对我了？保王派方面，谁是头儿呢？

卡尔 你以为人家会给我开一张名单吗？朋友，我对这些该死的撒旦的关注如同对那我曾睡过七年的稻草一样！不过，如果我记得的话，他们曾大声叫着罗契斯特……奥尔蒙勋爵……

克伦威尔 （急忙抓起笔和纸）我的客人，你肯定吗？他们在伦敦！（他把他们的名字写在纸上。对卡尔）好吧，再尽力想想。

〔克伦威尔面对卡尔而坐，以手势和眼神询问他。

卡尔 （慢慢地努力回忆）塞德利……

克伦威尔 （写）好！

卡尔 德洛非达、罗斯伯里、克利福德……

克伦威尔 （继续写）无法无天的家伙！

〔他更加温和，更富有诱惑性地靠近卡尔。

那么，老百姓的头儿呢？

卡尔 （愤怒地向后退）得了！我，把我们的圣徒，我们的眼睛出卖给你？不，即使你像扫罗王给隐多珥的女人一样给我一万金币；不，即使你命令某个宦官把刀架在我的脖子上；不，即使你因为我曾造反而把我像但以里那样扔到狮坑中去；不，即使你使得可怕的烧沥青的火盆闪闪发亮，而且烧得比往常更热；在亚拿尼亚[①]之后，我也许会见到我周围的火焰越来越旺，就像一座塔，超过有三十九肘之高的柴堆，把那卑贱民族被淹没的房屋染成了金黄色！

克伦威尔 冷静些。

卡尔 不，永远不！即使你给我底比斯和附近的田地，给我底格里斯河和黎巴嫩，给我带有镀金大门的提尔城，和用方形石块建成的埃克塔那，给我一千头牛，和埃及尼罗河的河泥，给我某个王位，和巫师所有的技能！那位巫师能用歌声使海水生出烈火，用哨声越过辽阔的天空和蓝色的平原，把埃及的苍蝇和阿叙尔的蜜蜂从世界的尽头招来！不，即使你让我在军队里当上校也不行！

克伦威尔 （旁白）不能强迫打开紧闭的嘴。别试了！（向卡尔伸出手）卡尔，我们是老朋友了。上帝把我们俩像两块界石一般放在他的领地……

卡尔 克伦威尔则是一块有远大前程的界石！

克伦威尔 兄弟，你使我避免了迫在眉睫的危险。我将永生难忘。克伦威尔的救星……

卡尔 （生硬地）啊，别侮辱人！卡尔只是拯救了以色列。

---

① 见《新约》：他和妻子把田产卖掉，留下一部分，把其余的当做全部交给使徒。被彼得揭穿后，倒地而死，其妻子也死了。

克伦威尔 （旁白）啊！狂妄自大的宗派分子，我必须谨慎对待！以我这身份，我这把年纪，我得让伤害我的人满意！（谦卑地对卡尔）我是什么东西？一条蚯蚓而已。

卡尔 是的，在这一点上，我很同意！对于上帝来说，你只不过像阿提拉[①]一样是条蚯蚓；但是，对于我们来说，你是条蛇！你愿意不取王位吗？

克伦威尔 （眼泪盈眶）你多么不理解我呀！虽然大红衣袍裹在我的身上，但我的内心则充满怨恨。可怜可怜我吧！

卡尔 （苦笑）雅各神！你听见这装成约伯的宁录说的话吗？[②]

克伦威尔 （悲哀的语调）我感觉到，我应该受到圣徒们的谴责。

卡尔 得了，得了，天主会通过你的近亲来惩罚你！

克伦威尔 （惊奇地）怎么！你想要说什么？

卡尔 （得意地）还有一个名字你可以添加上你的名单……可是，不，为什么说出来？罪行由罪恶来惩罚。

〔克伦威尔被他的缄默勾起了怀疑，急速走近卡尔。

克伦威尔 什么名字？把这个名字告诉我！你帮了我这样的忙，可以要求一切，你什么都可以要……

卡尔 （仿佛突然想起一个念头）真的？你遵守诺言吗？

克伦威尔 我的许诺就是誓言。

卡尔 我可以以某种代价把你的伤疤指给你看。

克伦威尔 （怀着轻蔑而又满足的心情，旁白）不管他们是为欺骗他们的人，还是为报答他们的人，实际上，这些共和派都是一样的。他们蜡做的德行在我太阳般的权威下融化了。（大声地）兄弟，你要什么？是一个带纹章的爵位？军衔？领地？

卡尔 嗯？

---

① 古代亚洲土耳其－蒙古民族的国王。

② 约伯、宁录均为《旧约》中的人物。约伯转义指极能忍耐之人，宁录则是狩猎和战争之神。

克伦威尔　你要什么？说吧。

卡尔　你让位。

克伦威尔　（旁白）他简直是无药可救！（沉思片刻，大声说）朋友，要说让位，我是国王吗？

卡尔　耍花招！怎么，这就违背诺言了？

克伦威尔　（目瞪口呆）咳，不！

卡尔　我看，你动摇了。

克伦威尔　（叹口气）唉！为了保住权力，我一再克制自己。权力就是我的苦难。

卡尔　（摇头）克伦威尔，你一点儿也没改好。我想，一头骆驼走过针眼，或海中怪兽通过鳗鱼的喉咙，也要比某个富人或权贵越过天国之门更容易！

克伦威尔　（旁白）狂热之徒！

卡尔　（旁白）伪君子！（对克伦威尔）你说那么些骗人的鬼话是白费劲。

克伦威尔　（神情尴尬）兄弟，请听我说。我承认，我的统治是不公正的，专横的；但是，亲爱的卡尔，在犹大、迦得、以萨迦身上，没有人像我一样感到它的沉重①，我憎恨这些虚荣浮华，那发出如墓穴的围墙般空洞声响的言辞，我憎恨王位、权杖、查理遗留给我们的空幻的显荣，以及无始无终的虚假的神灵，我恨不得逃到地下墓穴去！然而，在二十四位老人和四头畜生来统治我们的小村庄之前，我不应该猛然把至高无上的权力放在我热爱的人民头上。去找法律顾问圣约翰、塞尔登，他们在律法方面是审判官，在祭仪方面则是圣师。告诉他们给政府拟订一个最终允许我迅速脱离的方案。这样，你满意

---

① 犹大，雅各和妻子利亚生的儿子。迦得，雅各与妻子利亚的女仆悉帕生的儿子。以萨迦，雅各和妻子拉结所生的儿子。

了吗？

卡尔 （摇头）不太满意。这些请来的圣师通常只发表一番模棱两可的权威性讲话。不过我，我不愿意让你只得到一半的满足。

克伦威尔 （急切地）那么，告诉我谁是这另一个敌人。他叫什么名字？

卡尔 理查·克伦威尔。

克伦威尔 （痛苦地）我的儿子！

卡尔 （冷静地）是他本人。克伦威尔，你满意了吗？

克伦威尔 （惊慌失措）罪恶和亵渎渐渐地把他引向忤逆、弑君。那犹太人说得对！天罚呀！我杀了我的国王，我的儿子将要杀自己的父亲！

卡尔 你想要什么？毒蛇生毒蛇。我承认，虽然你不是大卫，却有个押沙龙[①]，看到自己儿子不忠，是很难受的。至于说到查理的死，你认为是你的罪孽，却是唯一神圣的合情合理的正直的行为，你所有的滔天大罪因此而得以补过，因而，这还是你一生中最好的一面。

克伦威尔 （听而不闻）理查！我以为他无忧无虑，轻浮浅薄，就像飞来飞去，轻喉歌唱的鸟儿，居然要我死！（拉着卡尔的手，一再问）唉，兄弟，你肯定吗？是我的儿子？……

卡尔 今天早上，他就在那约会的地点。

克伦威尔 约会地点在哪儿？

卡尔 “三鹤”酒店。

克伦威尔 他说了些什么？

卡尔 我脑子里好多事都记不得了。他大声唱歌，然后又大笑，赌咒发誓地说还清了克利福德的债务……

克伦威尔 （旁白）那犹太人已经告诉过我！

---

① 《旧约》中大卫的第三个儿子，反叛大卫失败，后被杀死。

卡尔 但是，你愿意相信我吗？我瞧见他为希律的健康而干杯！

克伦威尔 希律？什么希律？

卡尔 嘿，是伯提沙撒的希律！

克伦威尔 怎么样？

卡尔 法老的！

克伦威尔 你愿意讲讲吗？……

卡尔 就是基督的敌人！人家把他叫做苏格兰王，或者查理二世！

克伦威尔 （思索状）我的儿子，不信教的浪荡子。为这样的人的健康而干杯，不啻是为我的死亡干杯！欢笑、盛宴、歌声，唯独没有内疚。忤逆畜生！有朝一日，在你苍白的额头上，别人是否会写上该隐[①]，或沙达那帕鲁斯[②]呢？

卡尔 两个都写上。

〔瑟尔洛上。他神秘兮兮地走近克伦威尔。

瑟尔洛 （低声对克伦威尔）大人，理查·威利斯候见。

〔克伦威尔一瞧见瑟尔洛便又恢复他外表的平静。

克伦威尔 理查·威利斯！（旁白）他会替我弄清楚这一切。（对瑟尔洛）我这就去。

瑟尔洛 （向他指指那扇廷臣们进出的门）老爷们正聚集在门外，他们可以进来吗？

克伦威尔 可以。既然我得出去，（旁白）恢复原状吧！始终保持从容不迫才合适。如果说我的心是肉长的，愿我的面孔是铜铸的。

〔廷臣们由瑟尔洛引上。他们向克伦威尔致意，克伦威尔则向他们挥挥手，然后向卡尔走去。

克伦威尔 （握着卡尔的手）兄弟，谢谢，但等会儿见！加入我们

---

① 亚当和夏娃的长子，因嫉妒弟弟亚伯而杀之。

② 古代亚述国王，生活穷奢极侈，因烧毁首都尼尼微而自杀。

的行列吧。克伦威尔将始终把卡尔放在其他人之前。对于您的愿望，我的权力将是无限的。

〔克伦威尔与瑟尔洛下。除卡尔外，所有的人都鞠躬致意。

卡尔 （独自一人站在前面）他就这样让位！该死的篡权者！

第十一场

〔卡尔；怀特洛克；沃勒；梅纳德中士；杰弗森上校；格雷斯上校；威廉·默里爵士；威廉·兰塔尔先生；布罗菲尔勋爵。

〔所有的廷臣以沮丧的眼光看着克伦威尔走出去，并惊奇而又羡慕地打量着卡尔。

威廉·默里 （对站在靠后的其他廷臣们）瞧殿下是怎样同这个人说话的！对他可真是和蔼相待！

卡尔 （一直单独站在舞台前沿）多么卑鄙！

威廉·兰塔尔 他却不屑于向他微笑！

卡尔 他竟敢侮辱我！

杰弗森 多高的荣誉！

卡尔 多羞辱人！我怎样报仇呢？

沃勒 这是个宠臣。

卡尔 我因此而成了他的牺牲品！只有暴君才使我感到苦恼。

威廉·默里 一切都为了他！

卡尔 克伦威尔把我最珍贵的东西，我的美德夺走了！我，为尼布甲尼撒[①]效力！我，竟待在他的宫廷里！当锡安山把我

---

① 见《旧约》：巴比伦王。曾攻陷耶路撒冷，烧毁耶和华的神殿和王宫，抢走财宝器物，拆毁城墙，焚烧民房，掠走人民。但以理曾为他解梦。

看做一根从前是白色，而今被圣殿的买卖人污染成藏红色、紫红色或靛蓝色的亚麻时，我就要把卡尔这个名字改成亚伯尼歌[①]！

威廉·默里 （端详着卡尔）他的举止中，有某种高贵的神情打动我。起先，我们错看了他。

卡尔 难道我是个骄奢淫逸的人吗？克伦威尔把我当成什么人了？

威廉·兰塔尔 （对威廉·默里）这是个有信誉的人。

威廉·默里 （对威廉·兰塔尔）先生，毫无异议，这是个上等人。他的服装并不完全……

卡尔 （一直待在原地）叛徒！

威廉·兰塔尔 （旁白）大人对他表现出来的友谊，想必偶尔对那些请求签具意见的人会有用的。假如他愿意为我所用？……他说的话能让主子注意听取。（他毕恭毕敬地走近卡尔）老爷，您能为我，一个好公民大发慈悲，对您知道的那个人说说吗？我有权成为勋爵，因为，我有举足轻重的作用，而且……

卡尔 （瞪大惊奇的双眼）我把竖琴挂在柳树枝上了，我不对侵犯我们的巴比伦人唱我家乡的歌。

〔看到兰塔尔的举动，所有的人都匆匆靠近并围往卡尔。

梅纳德 （对卡尔）对于我们的请愿书……

威廉·兰塔尔 （气馁地对梅纳德）他恨我们！

威廉·默里 （穿过人群）嘿！大人只愿意在一份请求书上批示。大人，请保荐我吧！既然就要造就一个国王，我相信，我对殿下是有用的。我是苏格兰的贵族。孩提时期，我就在威尔士亲王身边享有与众不同的恩宠。每当亲王殿下因某种恶意

---

① 巴比伦王尼布甲尼撒所派管理巴比伦事务的三人之一。他们不遵王命奉神拜像，被王投入燃烧着的窑中，窑的温度比寻常高七倍，而他们安然无恙。

而犯错误，我就有唯一的并非不足道的特惠，即承受本该亲王得的鞭打。

卡尔 （强忍着怒火）卑躬屈节的告密者！他在斯图亚特时代奴颜婢膝，如今，在克伦威尔时代，他又低三下四，这样，便犯下了双重罪恶。好比米费博塞特，他两条腿都瘸了。

沃勒 （给卡尔看一张纸）大人，我是沃勒。关于从西班牙侯爵处获取的大帆船，我已写过赞美歌。

卡尔 （嘀咕）诺尔的崇拜者，金子让你喜笑颜开，会好好报答你的。

杰弗森 （对卡尔）先生，求求您，把我的名字，杰弗森上校，告诉殿下。我的母亲是伯爵夫人。我希望成为贵族院议员。

梅纳德 （对卡尔）请告诉护国公我为他而失去的东西。乔治·科尼被罚一笔不合法的税，请我当辩护律师。虽然我粗茶淡饭，生活节俭，我还是拒绝了。

卡尔 （旁白）在他们这些莫名其妙的话中，我看到了眼镜蛇的邪恶和蜥蜴的敌意。

威廉·默里 （对卡尔）在我的陈情书下面，能好心加个附注吗？

卡尔 （生硬地）去告诉别西卜[①]在你那鬼东西上签字吧！

威廉·默里 大人生气了。（对其他人）你们都把他搞得晕头转向了。

沃勒 （对卡尔）我请求一个位子……

卡尔 在疯人院里？

格雷斯 （笑）对一位诗人来讲，这倒是挺好！（对卡尔）请支持我所要进行的活动。

卡尔 不，挪亚在他的方舟里没有畜生！

杰弗森 先生，我率先向议会提出让奥利弗当国王……

威廉·默里 大人，我只说四个字！……

---

① 即魔鬼，见《新约》中的《马太福音》。

卡尔 大人，先生，七嘴八舌地讲！镣铐的声响比起这些聒噪之声也显得柔和。的确，我喜欢一名狱卒更甚于这些太阳神的祭司，我宁可要伦敦塔，而不要巴别塔。回监牢去吧。愿以色列能挫败他们！

〔卡尔从廷臣中间冲出，下场。

第十二场

〔同上场人物，除了卡尔；后有瑟尔洛上。

威廉·默里 关于巴别塔和伦敦塔，他说了些什么？

梅纳德 大人的这位朋友说他回监狱去！

沃勒 显而易见，这只是个疯子！

威廉·兰塔尔 什么理由使殿下对这个着了魔似的人如此亲切呢？

瑟尔洛 （打招呼）护国公大人的紧急命令把我带到此地。今天，殿下无法接见。

杰弗森 （幽默地）克伦威尔接待了这个怪人，而且只接待他！

〔他们神情不满地走了出去。正当大家离开大厅时，那扇掩蔽的门打开了。克伦威尔从那儿过来，他谨慎地观看四周的动静。

第十三场

〔克伦威尔；理查·威利斯爵士。

克伦威尔 （向微微开启的门转过身去）他们走了。来吧，对您来说，重要的是不要被人瞧见，从这扇门出来吧。

〔理查·威利斯上。他裹着一件斗篷，戴着一顶帽子，遮住了他的脸；他的举止和说话声没有任何痛苦和衰弱的迹象。克伦威尔和他走了几步，要横穿舞台。克伦威尔突然停住脚步，合起双手。

我简直不能相信。我的长子，理查……

理查·威利斯 他为查理·斯图亚特国王的健康而干杯。连他称他们为兄弟的所有谋反分子，您的死敌，也觉得他太冒失。

克伦威尔 忘恩负义的儿子！我还要把他的命运提到王位上去呢！威利斯，再说一遍清教徒的名字。

理查·威利斯 首先是兰伯特。

克伦威尔 （轻蔑地笑笑）兰伯特！这就是让我生气的地方，如此大胆的阴谋却有一个如此怯懦的领袖！帝国是属于天才的，而不是属于偶然。天啊，对于一个恺撒来说，有多少个维泰鲁斯[①]！民众总是用卑微的双手把某些低劣的东西加在伟大的思想之上。罗马曾以一把干草为旗帜。（对威利斯）咱们接下去。

理查·威利斯 卢德洛。

克伦威尔 好家伙！不过，他无所作为。一个粗野汉子，而不是布鲁图斯[②]。

理查·威利斯 辛德康勃，巴雷布恩。

〔随着威利斯说出的名字，克伦威尔看手中摊开的名单。

克伦威尔 如果我记忆不错的话，那是我的织挂毯工。蠢货！

理查·威利斯 乔伊斯。

克伦威尔 乡巴佬！

理查·威利斯 欧弗通。

---

① 罗马人的氏族名。

② 罗马人的氏族名。

克伦威尔 自命不凡的人！

理查·威利斯 哈里森。

克伦威尔 小偷！

理查·威利斯 还有怀德曼。

克伦威尔 疯子！有人无意中撞见他向他的侍从口述几经润饰的反对我的文句……不过，这可真是滑稽戏！

理查·威利斯 一个叫卡尔的家伙。

克伦威尔 我知道。

理查·威利斯 加兰，普林利蒙。

克伦威尔 怎么！普林利蒙？

理查·威利斯 还有巴克斯希德，国王的一名刽子手！

克伦威尔 （仿佛突然惊醒似的）您在同谁说话？

理查·威利斯 （困窘地点头哈腰）啊！请原谅，陛下，饶恕我吧！是为另一家族服务时养成的老习惯。这个字眼不可能有损于陛下您的。

克伦威尔 （旁白）打一下再摸一下。愚蠢！（大声）够了。（指名单）这就是所有清教徒的头儿？

理查·威利斯 是的，陛下。

克伦威尔 （旁白）按顺序调查。（对威利斯）骑士派的领袖呢？

理查·威利斯 您已经允许我不对您说出他们的名字。这是些老朋友，我不会漏掉的；而且，我在监视他们；无论怎样，他们也逃不掉。

克伦威尔 好极了！（旁白）每个懦夫都有他的顾忌。（大声地）好，尊重您的伙伴的秘密吧。（旁白）况且，我知道他们的名字。多么不同的人给我口述这两份名单！威利斯给了清教徒的，卡尔给了保王派的。

理查·威利斯 陛下，您将免他们死罪吧！不然，以名誉担保，我会感到万分内疚的。

克伦威尔 （旁白）以名誉担保！

理查·威利斯 的确，我这样为他们呼吁宽恕，已经先帮了他们的大忙；我揭露他们的阴谋，因为，这使我感到可悲；如果我出卖他们，那完全是——友谊！

克伦威尔 您的薪水提到二百里佛尔。（小声嘀咕）这是你把自己人出卖给我的血的代价。山猫，舔了以后再撕咬，会仁慈地出卖别人的头颅！

理查·威利斯 （只听见"仁慈"二字）啊，是的，仁慈地！……

克伦威尔 （打开票夹，抽出一张交给他）拿着，这是汇票。

理查·威利斯 （弯腰收下）陛下，还是在秘密金库支付吗？

克伦威尔 （做了个肯定的手势）对啦！您见到达文南特，那个斯图亚特王朝的桂冠诗人吗？

理查·威利斯 达文南特？没有，我的亲王。

克伦威尔 他携带某人的一封信——给奥尔蒙的。

理查·威利斯 我认真窥测，然而，我没有看见有任何东西交给侯爵。我认为，他并不在谋反分子中间。

克伦威尔 （旁白）没用的东西！不过，我将亲自见达文南特。

〔罗契斯特，身穿清教徒牧师的服装，出现在舞台深处。

第十四场

〔克伦威尔；理查·威利斯爵士；罗契斯特勋爵。

罗契斯特 （在大厅深处）我在这儿了！再好好地重复一下我的题目。当我代表弥尔顿同克伦威尔讲话时，必须一再地用清教徒的口气说。达文南特帮了我的忙。多亏了那位他欺骗的弥尔顿，一小时前，我成了诺尔的管理小教堂的神父。老天保佑，如果，今天，魔鬼要把我带走的话，它就只带我去克伦威尔的布道牧师那儿。这样，威尔莫特，开始那悲喜剧吧！把你那大胆的脑袋放进狼口里去，为了你的国王，毫无怨言地戴上这顶帽子，穿着这条把皮肤擦破的呢子紧身长裤。你将再见到弗朗西斯啦！

〔他一眼瞅见克伦威尔和威利斯，在他自说自话时，他们好像全神贯注于密谈中。

这两个人是谁呢？

理查·威利斯 （对克伦威尔）他们是用一条瑞典的双桅横帆船来运这笔款子；而且，海德大臣在他的信里告诉我，一个犹太人也为这次行动提供了贷款。

罗契斯特 （在尽头）什么？他们说与海德勋爵有联系！难道是？……

克伦威尔 （对理查·威利斯）快回到伦敦塔去，免得引起怀疑。

罗契斯特 （一直待在大厅深处）可是，这一切使我感到不安！

理查·威利斯 （对克伦威尔）陛下了解我的耿耿忠心。

罗契斯特 （始终未被瞧见）陛下，忠心！然而，这些人是骑士派，是忠实的人！

克伦威尔 （一边对理查·威利斯说，一边向门走去）注意提防哨兵！万一有人瞧见我们，一切会弄糟的。

〔他们下。

罗契斯特 （独自一人。走向前来）明摆着的事，查理国王交友不慎，他们来此地谈论我们的事。见鬼，在克伦威尔家里密谋！非凡的胆量。如果不是我而是另一个人看见他们的话，（注视着走廊）怎么，其中一个又回来了。不过，要紧的是吓唬吓唬他，让他意识到他多暴露。躲起来吧。

〔他躲藏在大厅的一根柱子后。克伦威尔上。

第十五场

〔罗契斯特；克伦威尔。

克伦威尔 （没看见罗契斯特）唉！谋事在人，成事在天。我自以为待在平静的港湾，不会受到风浪的侵袭。如今，我却在探测一片阴谋的海洋。我重又把我的脑袋来碰运气！但是，勇敢些！迎击最后的暴风雨吧。采取断然措施。把他们吓呆。毁灭反抗力量，民众需要一个国王。

罗契斯特 （躲在柱子后）我发誓，这是个热忱的保王分子！

克伦威尔 用一张网罩住他们；跟踪他们；用一条无形的线圈住他们的步子。使他们失去判断力，严密监视他们；他们绝对逃脱不了！

罗契斯特 他同时把克伦威尔和他的家族也摒弃掉。

克伦威尔 让他们全部都死去！

罗契斯特 怎么，全部？啊，饶恕弗朗西斯吧！

克伦威尔 （沉浸在愁思中）克伦威尔，你要什么呢？你说呢？王位！有什么用呢？你名字叫斯图亚特吗？普朗塔日内？波旁？你属于这些从小有赖于祖先就像个主子似的对待土地的人吗？幸运的士兵，在你的影响下，什么样的权杖不会断裂呢？按照你宽阔的前额做成的是什么样的王冠呢？你，国王，碰运气的人！在你未来的家族里，你的统治会被算做你的冒险。你的家——王朝！

罗契斯特 显然，他是赞成斯图亚特王朝的权力！

克伦威尔 （继续）一名国会的国王！在你的步履下，受害者的身躯层层叠叠！你是否这样来登上合法的王位呢？怎么，克伦威尔，难道你并不因为走了那么多的路而感到厌倦吗？难道权杖有某种隐蔽的魔力吗？好吧。天地万物都在你的权力之下；你把它们攥在你的手里，然而，这根本是微不足道的。你建立权力的幸运之车在行驶，并且，以帝王的鲜血溅污了三王[①]！怎么，和平时期威武显赫，战争时期所向披靡，没有王位，这一切都毫无意义，庸俗的名利欲！

罗契斯特　瞧他怎样对待克伦威尔！

克伦威尔　好吧，即使你得到了英国的王位，甚至十个其他的！以后又怎样呢？你拿它们怎么办？你又会想要什么？难道一个人在生活中不应该有个目标吗？疯狂的罪人！

罗契斯特　克伦威尔，啊，要是你听到他的话就好了！

克伦威尔　再说，王位是什么东西？民众的眼睛盯视着的华盖下的一张凳子，几块按照遮盖的布料而改变名称的木板。天鹅绒盖着，那就是王位，要是一块黑呢子——断头台！

罗契斯特　有学问的人！

克伦威尔　克伦威尔，这是你需要的吗？断头台！是的，这唯一可怕的字眼使我毛骨悚然。我脑袋发烫。打开这扇窗户吧。（他向查理一世曾走过的十字窗子走去）室外的空气、阳光将驱散我的烦恼。

罗契斯特　他无拘无束，好像是在自己家里。

〔克伦威尔竭力要打开窗子，但打不开。

克伦威尔　（更使劲）很少有人开这扇窗。窗锁锈住了……（突然神色恐惧地向后退）窗户被斯图亚特家族的鲜血浸染过！是的，他就是从这儿升天的！（他沉思着回到台前）如果我是国王，它也许会容易些被打开！

罗契斯特　胃口倒不小！

克伦威尔　如果说一切罪孽都必须补赎的话，那么，克伦威尔，颤抖吧！那是一次大逆不道的谋杀。再没有更高贵的前额给

① 《圣经》中朝拜耶稣的三博士。

帝王的华盖增添光彩了；查理一世是公正而善良的。

罗契斯特 忠诚的臣子！

克伦威尔 我，当时我能阻止那些造成大量伤亡的粗暴举动吗？禁欲、熬夜、斋戒、祈祷，为了拯救受害者，我曾避免做什么呢？然而，他死亡的判决已被签署在上天。

罗契斯特 天真而单纯的人啊！正当你在祈祷时，这判决也已由克伦威尔签字，他违反了准则，悄悄地行动。

克伦威尔 （非常沮丧）这宫殿曾多少次瞧见我为这最优秀的英国人的命运而哭泣呀！

罗契斯特 （擦眼泪）正直的人哪，他使我很感动！

克伦威尔 这颗令人敬畏的头颅引起我多少的悔恨啊！

罗契斯特 啊，别对你自己这样不公正！感到惋惜，是的，但为什么悔恨呢？

克伦威尔 （双眼注视地面）那些业已死去的人们，他们怎样想我们呢？

罗契斯特 可怜的朋友，痛苦把他的脑子搞糊涂了！

克伦威尔 一件罪孽向我们揭示出多少尚不熟悉的邪恶呀！哦，查理，为了使你重新活过来，多少次我愿献出我的生命！

罗契斯特 他的嗓门提得太高了。他会被人当场抓住，那可太遗憾了！我去悄声地向他美好的情感致以敬意，不过，要去表达我这番敬意，地方可选得不大好。吓唬吓唬他。（他走出藏身之处，猛然走向克伦威尔）朋友！您在这儿干吗？

克伦威尔 （惊奇地从头到脚打量他）这怪物在跟谁说话？

罗契斯特 对您。（旁白）他说什么？怪物？我看起来可像个圣徒！好极了！扮演好我的角色。（摆出一副能干的样子，高声地）先生，您知道您在哪儿吗？

克伦威尔 那么，你呢，无赖，你可知道你在对谁说话？

罗契斯特 当然……（旁白）见鬼，别赌咒发誓的！（高声地）

我知道我在同谁说话。

克伦威尔 （旁白）这是不是个被查理国王雇佣的杀手？（他从怀里掏出一把手枪，指向罗契斯特。高声地）浑蛋，别走过来！

罗契斯特 （旁白）见鬼！谨慎些！所有这些阴谋家都是武装到牙齿的！别因为克伦威尔，我去跟一个兄弟打架。（高声地）先生，我并不想要毁了您。

克伦威尔 （感到意外，轻蔑地）嗯？

罗契斯特 相反，我来给您个忠告。在这个地方，您讲的话过于具有煽动性！

克伦威尔 我？

罗契斯特 您。先生，出去，不然，我要喊人啦。

克伦威尔 （旁白）是个疯子。（大声地）你凭什么这样说话？

罗契斯特 好好想想，您是在护国公老爷的府邸里。

克伦威尔 你是谁？

罗契斯特 我是他最卑微的仆人，他的小教堂神父。

克伦威尔 （生气地）你撒谎撒得太轻率啦！你，我的小教堂神父？

罗契斯特 （惊恐地，旁白）上帝，上帝！是克伦威尔，我听见什么了。是克伦威尔，我们的人中有叛徒！

克伦威尔 在我面前，你应该跪下，不要脸的骗子！

罗契斯特 大人，请饶恕我吧……殿下！……（旁白）别人称他殿下还是大人？（高声地）请原谅我。我所犯的错误是出自于某种过于强烈的反抗您的敌人的热情。那些没听清楚的话……

克伦威尔 但是，为什么撒这样的谎？

罗契斯特 我对您的忠诚使梦想成为现实。我斗胆求得管理您的小教堂的神父职位。

克伦威尔 你是优秀的教会圣师吗？你叫什么名字？

罗契斯特 （旁白）该死的，我好糟糕的记性！我起的圣徒名字是什么呀？我都已经忘了。（高声地）我不是什么名人……

克伦威尔　你的名字？泉水能够从井底涌出。

〔罗契斯特局促不安，仿佛突然想起某件重要的东西。他匆忙在衣袋里搜寻，掏出一封信，然后，毕恭毕敬地交给克伦威尔。

罗契斯特　大人，这封信将告诉您我是谁。

克伦威尔　（拿着信）谁的信？

罗契斯特　约翰·弥尔顿先生的。

克伦威尔　（边拆信）一个非常高尚的人！遗憾的是，眼睛瞎了。（他念了几行）这么说，别人叫你奥博德东？

罗契斯特　（弯腰，旁白）该死的，什么名字！（高声地）大人已经说了。（旁白）奥博……奥博德东。啊，可恶的达文南特给了我一个把鬼都要赶跑的名字！别人叫起来没法不做个可怕的鬼脸。

克伦威尔　（把信重新折好）您有一个挺美的名字！盖特的奥博德东曾在他家里接待正在漂泊的方舟。朋友，要使自己不愧于这值得纪念的名字。

罗契斯特　（旁白）去他的奥博德东！

克伦威尔　一位重要的圣徒，国务院书记，弥尔顿为您担保。（旁白）毕竟，我觉得他对我非常忠诚；甚至他的激动也是其一个证明。（高声地）但是，在任命您为我的小教堂神父之前，我必须要对您进行考验，让您接受教义考查。

罗契斯特　（鞠躬致意）阿们！（旁白）关键时刻到了！

克伦威尔　听着。比如说，所罗门在几月份开始建造圣殿？

罗契斯特　在西弗月，即圣年的二月[①]。

克伦威尔　什么时候建成？

罗契斯特　在布勒月。

---

① 见《旧约》中的《列王纪上》。

克伦威尔 他拉不是有三个孩子吗？在哪儿？

罗契斯特 在迦勒底的吾珥[①]。

克伦威尔 谁来使得被毁坏的土地焕然一新？

罗契斯特 圣徒们，他们将统治足足一千年。

克伦威尔 神圣的职责由谁完成得最好？

罗契斯特 每一位教徒自身都怀有足够的恩宠。只要他浸透了迦密山的泉水，来到讲坛上去布道，而且，他知道不说，A，B，C，而说 Aleph，Beth 和 Chimel 就可以了[②]。

克伦威尔 说得很好。继续吧。张帆航行吧！

罗契斯特 （热烈地）上帝显现于每个人的想象中。即使不是神父，或大臣，或圣师，我们能受到从天上来的造物主的光……（旁白）就是阳光的照射。（大声地）没有信仰，人便是在爬行。要监视着，并且用灯照亮着您的灵魂。灵魂是一座圣殿，而每个人都是教士。把您的光带到那共同的家庭；先知们在公共场所布道，神圣的礼拜堂有一些斜窗！（旁白）奥博德东·威尔莫特，要是我懂得我说的话里哪怕一个字眼，我也会同意别人把你吊死！

克伦威尔 （旁白）这是个再浸礼教派教徒。他精通逻辑学。但是，他的教义则是蛊惑人心的。

罗契斯特 （继续热烈地）语言的天赋出现在经常说话的人身上，而且很多……（旁白）我便是一个明证！（高声地）我们在沉思、祈祷、守夜的过程中，成为一名利未人。于是，我们一天后就能追上撒旦，虽然他跑得飞快，他不顾那畸形的脚，竟从圣勒保特走到圣玛卡保特。（旁白）上帝！进行得不错。要达到心醉神迷的程度！

---

① 见《旧约》中的《创世记》。

② 希腊语字母表上第一、二、三个字母。

克伦威尔　（打断他）够了。您把您的大厦建立在错误的基础上。不过，这我们以后再说。哪些是不洁净的动物？

罗契斯特　所有的鹭、鸵鸟，从方舟逐出的白鸫，（旁白）克伦威尔……（大声地）所有飞鸟走兽。

克伦威尔　哪些是我们能吃的？

罗契斯特　大人，那是松鸡、豆象，还有蛇鳗。

克伦威尔　朋友，您忘了蝗虫。

罗契斯特　（旁白）啊，见鬼！谁会把这些牲畜放在肚子里？

克伦威尔　而且，您没说适合于您知道的这句话："谁接触了尸体便是不洁净的，直到晚上！"（旁白）没关系，他还是挺博学的！在这些方面，别人不可能像我一样具有完整的概念。（大声地）最后一个问题。和神圣的说法一样，留短发还是留长发？

罗契斯特　（自信地）短发，很短！（旁白）乐一乐吧，圆颅党！

克伦威尔　谁使您作出结论？

罗契斯特　（迅速地）因为我们的头发是某种虚荣心，押沙龙就是因为他那一头漂亮的长发而丧命！①

克伦威尔　是的，但是，当参孙被剃去了头发，他却死了。②

罗契斯特　（咬咬嘴唇，旁白）见鬼！

克伦威尔　为了尽可能弄清如此严肃的问题，我得去找一下我的《圣经》。

〔克伦威尔下。

---

① 见《撒母耳记下》：押沙龙反叛大卫失败，骑马逃跑从树下经过，头发被树枝缠住，吊在那里。

② 见《士师记》：以色列的第七十五代士师，力大无比的勇士。非利士人收买他的情妇大利拉，探出他力大无穷的原因，并趁他沉睡时，剃去他的头发，他于是被缚，遭到非利士人戏侮。

第十六场

罗契斯特 （独自一人）得啦！我没有经受住这场智斗。尽管他是清教徒，这怪物并不是傻瓜！我甚至怕……圣保罗！这个奸诈之徒，克伦威尔和海德大臣的心腹是谁呢？叛徒！不过，我还是骗过了这老魔鬼。他是怎样用训斥的语句来问您，他是怎样用伪善的眼光盯着您呀！（从头到脚地打量自己）幸好，我脸色很难看，我看上去像个十足的无赖，像是个真正的杀死国王的凶手！我想，他起先把我当成窃贼了，信不信？（笑）这个好为人师的士兵，这个土匪头子，为了绝不被抓住什么差错，在他自己的府邸里行走，也总是用二难推理和精良的手枪全副武装好。他总是能够用两种方法来对付您。

〔理查·克伦威尔上。

第十七场

〔罗契斯特勋爵；理查·克伦威尔。

罗契斯特 （瞥见向他走来的理查）暧，怎么回事，理查·克伦威尔？我必须躲开！要是他认出了我，那就留神绞索或者火刑吧，博学的奥博德东就此会失去他的希伯来语！

理查·克伦威尔 （端详着罗契斯特）我觉得好像在哪儿见过这张脸。

罗契斯特 （模仿清教徒的严肃神态，旁白）熊在嗅假的死人。

理查·克伦威尔 肯定见过。

罗契斯特 （旁白）凶兆！

理查·克伦威尔 （始终仔细察看罗契斯特）这个人根本不是什么清教徒的圣师。今天上午，他同骑士派一起喝酒。我猜到这是谁了。啊，叛逆！

罗契斯特 （旁白）真该死！不，自从在西摩夫人五十岁，我曾大谈爱情的那次单独会面以后，我从未有过更倒霉的会面了。

理查·克伦威尔 （旁白）正当大家坐在一起，在同一个杯子里喝酒时，怎么会提防什么人呢？

罗契斯特 （旁白）啊！多么严肃的眼光！

理查·克伦威尔 （旁白）这肯定是我父亲派的监视人，他要写一份含有敌意的不利于我的报告。他会说我和执政权力的敌人在同一家酒店里喝酒。对我父亲来说，这就是可处以监禁的罪行。是亵渎君主罪！是叛国罪！得尽量拉拢他。防止出大事。（他在上衣口袋里搜寻）在我的钱袋里，还有几个金币……

罗契斯特 （注意他的动作，旁白）他准备攻击我。他也有手枪吗？

〔罗契斯特不安地往后退。

理查·克伦威尔 （旁白）他们只要给钱，这些仆人又在乎什么呢？（他显得轻松愉快地走近罗契斯特）先生，您好。

罗契斯特 （慌乱不安）老爷，愿天主使您快乐。（旁白）他对他的猎物展示出何等可怕的笑容！（高声地）我是一名默默无闻的随军教士，我将为您而祈祷。

理查·克伦威尔 可是，我在别处曾看见您不是在祈祷，而是放开嗓子在发誓赌咒。

罗契斯特 （急速地）老爷，您弄错了。我，发誓！

理查·克伦威尔 以圣乔治的名义，以圣保罗的名义！

罗契斯特 我起誓！

理查·克伦威尔 （笑）您起誓您并没有发誓赌咒过。

罗契斯特 我起誓！

理查·克伦威尔 喂，尊敬的神父，在这一点上，咱们坦率些吧。

罗契斯特 （旁白）见鬼！

理查·克伦威尔 您并不是您现在看上去的样子。在圣徒的伪装下，您藏着一个叛徒的眼睛。

罗契斯特 （神情沮丧，旁白）我完了。（高声地）大人老爷！……

理查·克伦威尔 是不是真的？

罗契斯特 （旁白）失策！

理查·克伦威尔 我什么都知道！但是，别告发我！

罗契斯特 （惊奇，旁白）怎么！我刚要向他提出同样的请求，他说什么？

理查·克伦威尔 我天生喜好冒险。我到处都有朋友；所以，今天早上，跟您一样，清教徒，我同骑士派们一起喝了酒！您去告诉我父亲，他的儿子在那强盗窝里同他们一块儿豪饮，而且，甚至因为我不恰当地喝了一点儿酒，便把我像个替罪羊一般逐出部落，那对您又有什么好处呢？

罗契斯特 （旁白）我得救了！

理查·克伦威尔 朋友，我知道，在任何事情上，我的父亲喜欢了解别人可能说了什么和做些什么。但是，我们是在搞阴谋吗？因为，我亲爱的，您就是他的一名密探！啊！我猜到了这一切！

罗契斯特 （旁白）的确是的！他猜到了！在扮演这圣徒的角色中，我的机智是多么超群啊！我表演得可真好，一个把我当做密探，另一个则把我当小偷！（一边鞠躬，一边大声地对理查）老爷，您可太抬举我了。

理查·克伦威尔 请别让我失去我那坏脾气父亲的宠信。答应我——我有金币——不告诉护国公您今天早上看见的情形。

罗契斯特 非常乐意。

理查·克伦威尔 （递给他挂在佩剑上的一个大绣花钱袋）拿着，这是我的钱袋。我可不是忘恩负义的。

罗契斯特 （稍犹豫后，拿着钱袋。旁白）啊，这可是一笔收入！当我们暗中策划些什么时，的确需要有钱。再说，吝啬也是我的伪装。（高声地）老爷真是慷慨大方……

理查·克伦威尔 好了，好了，拿着喝酒去吧！

罗契斯特 （旁白）以名誉担保！这可比我敢于想象的解决得更好。

理查·克伦威尔 朋友！干您那一行，不算绞架，您能得到多少？

罗契斯特 一名地区圣师……

理查·克伦威尔 当密探？

罗契斯特 赐给我贵族身份！……

理查·克伦威尔 应该符合你的处世哲学。为什么脸红呢？

罗契斯特 老爷！

第十八场

〔同上场人物；克伦威尔。

克伦威尔 （手中拿着一本饰有纹章的《圣经》）这儿，奥博德东师傅，您听听这一节有关以东王、达比尔的经文！……（瞅见了儿子）啊！（对罗契斯特）走吧。

罗契斯特 （旁白）他怎么啦？他摆出一副多么傲慢的样子！当了教育家之后，成了个多么专横的人啊！

〔罗契斯特下。

第十九场

〔理查·克伦威尔；克伦威尔。

〔克伦威尔走近他的儿子，抄着手，盯视着他。

理查·克伦威尔 （深深地鞠躬）我的父亲……但出乎意料的不安从何而来呢？大人，您前额上弥漫的阴影是什么呢？其中蕴涵的霹雳可能落到哪儿呢？您的眼里迸射出不祥的闪电之光……您怎么啦？有人做什么了吗？请说说您害怕什么？谁能在这齐天洪福中使您伤心呢？明天，从前的国王去同鬼魂相聚，共和国遗留给您三个王国，尔后灭亡；明天，在威斯敏斯特将宣告您的权力，向您的对手提出挑战，古老英国的杰出将领，在礼炮齐鸣声中，在大钟的摆动中，要以克伦威尔国王的名义向世界挑战。您缺少什么呢？欧洲，英国，伦敦，您的家庭，看来一切都符合您的愿望。我的父亲和主人，如果我斗胆说一句，我，我只为您的幸福、生活、健康而担心……

克伦威尔 （始终盯着他的儿子）我的儿子，查理·斯图亚特国王身体好吗？

理查·克伦威尔 （吓呆了）大人！……

克伦威尔 先生，以后尽量更好地选择一起用餐的人！

理查·克伦威尔 大人，即使有人把我粉身碎骨，我也愿比大街上的铺路石更低贱，如果……

克伦威尔 （打断他的话头）在“三鹤”酒店里喝好酒了吗？

理查·克伦威尔 （旁白）啊，该死的密探已提前把一切都告诉他了！（高声地）大人，我向您保证……

克伦威尔 你看来有些发愣。难道一个爱开玩笑的人，找几个朋友，围着一罐麝香葡萄酒而坐，是件坏事吗？我的儿子，毫无疑问，你举杯祝我健康喽？

理查·克伦威尔 （旁白）就是这个事。我曾为那讨厌的查理而干杯！（大声）大人，以我的名义起誓，以我的灵魂起誓，这次约会完全是清白的……

克伦威尔 （雷鸣般的声音）你是个无耻的人！我的儿子，我的亲骨肉，今天早上，竟然同骑士派一起，在令人厌恶的宴会上饮酒！

理查·克伦威尔 父亲！

克伦威尔 与我痛恨的异教徒一起喝酒，举杯祝查理健康，而且，还是斋戒日！

理查·克伦威尔 大人，我向您发誓，我对此一无所知。

克伦威尔 把你的誓言留给你的提尔王吧！叛逆，别来把你因亵渎神明而加重的忤逆弑君的罪过，暴露在我的眼皮底下！得啦，这是扰乱你理智的致命的酒！你举杯为国王的健康而喝毒药。我默默无言的复仇心关注着你的罪孽。虽然你是我的儿子，你依然将是我的受害者；为了吞食自己的果实，树木将会自燃的。

〔克伦威尔下。

第二十场

〔理查·克伦威尔独自一人。

理查·克伦威尔 为了一杯酒，就这样大惊小怪。当然，因为在斋戒日喝酒！那就成了亵渎圣明、叛逆、侮辱神明、忤逆，我知道什么？确实，最好宴席是清淡的而且同圣徒们一起守斋，而不是同疯子们一起喝酒！这是以前我敏锐的感觉所没有怀疑到的真理。我的父亲已大动肝火。

〔罗契斯特勋爵上。

第二十一场

〔理查·克伦威尔；罗契斯特勋爵。

罗契斯特 （旁白）理查好像局促不安。

理查·克伦威尔 （瞥见罗契斯特向舞台尽头走去）啊，这就是我说的密探！这无赖已经告发了。我应该把他像个苏格兰的狐狸那样围捕住。（他带着威胁的神情向罗契斯特走去）叛徒，我可又找到你了！

罗契斯特 （旁白）来吧，新的进攻！可是，我们刚才已经和解了。（大声地）老爷，我对您做错什么了？

理查·克伦威尔 我看他实际上是在取笑我！你还想对我隐瞒你那背信弃义的行径吗？怪物！我已见到我的父亲，他什么都知道了！（见罗契斯特目瞪口呆、一动不动）好好琢磨你要回答的话。

罗契斯特 （旁白）啊，要命！是的，的确，我们的人中有人给克伦威尔当密探。他会知道我是什么人吗？

理查·克伦威尔 我看他在暗暗高兴呢！

罗契斯特 啊！老爷……

理查·克伦威尔 你以为可以逃过我两次吗？你所有的背叛行为终于都暴露无遗。我的父亲气疯了。

罗契斯特 （旁白）显然，我被认出来了。来吧，我们临危不惧。

理查·克伦威尔 懦夫！

罗契斯特 （旁白）不耍计谋了，鼓起勇气吧。（大声地）理查·克伦威尔先生，既然您终于知道我是何许人了，那么，您可以给我一次决斗的荣幸。我们俩都需要进行解释。请指定时间、地点，我悉听尊便。我想，对于您来说，我是个很般配的竞争对手。

理查·克伦威尔 理查·克伦威尔同一个密探决斗！

罗契斯特 （旁白）他还是这么想！这侮辱倒使我放心了。

理查·克伦威尔 穿着你的教士长袍，披着一身蛇皮，你居然谈什么决斗！这么说，你自认为并不比犹太人低贱？无赖，给自己一个正确的评价吧！

罗契斯特 （旁白）他倒挺有礼貌！

理查·克伦威尔　我已经付了你钱，你却偷偷地出卖我！两只手都收钱，并且把收买你的人卖了！

罗契斯特　（旁白）他想说什么呀？

理查·克伦威尔　至少把钱还我！

罗契斯特　（旁白）啊！魔鬼！我已经急忙把钱送到奥尔蒙勋爵那儿去了！

理查·克伦威尔　怎么！坏蛋，你还不还我钱？

罗契斯特　（旁白）怎么办？（高声地）这笔款子并不大……

理查·克伦威尔　真的？这还太少！来吧，你将亲自为这笔款子向我付出巨大代价！（拔剑）如果我拿不到我的钱，用这把好剑，我也将获得撒旦给你交换灵魂的东西！（他高举着剑，向罗契斯特猛扑过去）来吧，我的钱袋！

罗契斯特　（后退）天哪，他要杀了我！啊，不吉利的钱袋！

第二十二场

〔同上场人物；由四名持戟步兵陪同的卡尔利勒伯爵。

〔理查·克伦威尔止步不前。卡尔利勒伯爵向他恭敬地行礼。

卡尔利勒　理查·克伦威尔老爷，奉护国公之命，请把您的剑给我。

理查·克伦威尔　（把剑交给伯爵）它正忙于惩罚一名叛徒。您来得太早了点儿。

罗契斯特　（似乎获得灵感，声音响亮地）多侥幸啊，上帝从安提奥库斯[①]的手中救出了以利亚撒[②]！

① 古代叙利亚国王。

② 见《撒母耳记下》：是大卫的三勇士之一。

卡尔利勒 （对理查·克伦威尔）请阁下前往自己的房间。我奉命在门外安排两名弓箭手。

理查·克伦威尔 （对罗契斯特）就是因为你的出卖，使我落到如此地步！

罗契斯特 我搞糊涂了。怎么，是我使得护国公的儿子被关进监狱的！而且，当我受利刃的威胁时，是克伦威尔帮我摆脱掉他儿子的怒火！

理查·克伦威尔 懦夫，你还要用你的藐视来侮辱我吗？（对卡尔利勒）当心，这个人口是心非。假如我能够如我所愿，同他干的卑贱勾当算账的话，我对此将毫无怨言。对一个两面派，必须掴他四记耳光。

〔理查·克伦威尔被持戟步兵簇拥着走下。

罗契斯特 （旁白）戴着圆颅党的假面具是个什么玩意儿！

第二十三场

〔卡尔利勒伯爵；罗契斯特勋爵；瑟尔洛。

瑟尔洛 （对罗契斯特）先生，大人很赏识您渊博的学识，任命您为他的小教堂神父，您在他家里做早祷和晚祷；给他的守门卫士讲经文；要为他餐桌上的菜肴和殿下晚上喝的肉桂滋补酒祝福。

罗契斯特 （鞠躬，旁白）好极了！这正是我们的目的。

瑟尔洛 那些就是您的职责。

罗契斯特 （旁白）罗契斯特为克伦威尔祈祷，太滑稽可笑啦！小鬼头为老魔头祝福！

瑟尔洛 （交给卡尔利勒一份文件，对他说）伯爵，明天在威斯敏斯特将发动一场阴谋。

罗契斯特 （旁白）他们并不知道全部事实！

瑟尔洛 （始终对卡尔利勒）逮捕罗契斯特。

罗契斯特 （旁白）你们去找吧！

瑟尔洛 （继续）奥尔蒙。

罗契斯特 （旁白）刚才，奥尔蒙已得到我的通知，他大概已经改换了姓名和地址。

瑟尔洛 至于其他人，必须严密监视。他们将自投罗网。

〔瑟尔洛和卡尔利勒下。

第二十四场

〔罗契斯特独自一人。

罗契斯特 让他们的计划将因为我们的计谋而落空。今天夜里，克伦威尔就会被我们抓住。一切顺利。尽管我们部分地被出卖了，我们要继续下去。为了斯图亚特王朝和我们国家，我冒着枪弹、剑弩、有关《圣经》的争论等种种风险，扮演这个危险而又可笑的角色。让我们在这披着狐狸皮的狼群的窝里，当一次偶尔为之的圣徒、即兴的小教堂神父吧！准备应付任何审查和一切小型冲突，时而是以西结，时而是斯卡拉姆齐。[①]

〔罗契斯特下。

---

① 以西结，希伯来著名先知，《旧约》中四大先知中的第三名。斯卡拉姆齐，古意大利喜剧中穿黑衣、蓄长唇髭的丑角名。

第三幕

小　丑

〔白厅内一间彩色房间。

〔舞台右侧，一把镀金的扶手椅，高高地放在铺有马扎兰送来的地毯的几级阶梯上，地毯出自戈伯兰家的手，是马扎兰派人送来的。正对着扶手椅，摆着排成半圆的凳子。近旁，有一张铺着丝绒毯的大桌子和一把折凳。

第一场

〔克伦威尔的四名小丑。

〔第一名小丑，特里克，身穿黄黑杂色的衣服，一顶同样颜色的尖帽，帽上挂着金铃铛，胸前有用金线绣的护国公的纹章。第二名小丑，吉拉夫，身穿黄红杂色的衣服，戴着同样颜色的无边圆帽，帽的四周是一串银色的小铃铛，胸前是用银线绣的护国公的纹章。第三名小丑，殿下的持后裙者，格拉马多克，穿红黑杂色的衣服，戴同样颜色的方帽，帽上挂金铃铛，胸前有用金线绣的护国公的纹章。第四名小丑，埃雷斯布鲁，一身黑衣，黑色三角帽，每个角上有一个银铃铛，胸前是用银线绣的护国公的纹章。四个人都斜挎着一把大手柄、木剑身的小剑；特里克一只手中还拿着一根人头杖。

〔他们跳跳蹦蹦地上场。

埃雷斯布鲁 （唱）好心肠的人啊，听我唱！

我曾经在地狱旅行过。
摩洛、撒督[1]、明亮之星[2]，
要用他们的铁叉，
把我扔进火里。

我的衬衣已经着火，
我的上衣已经变红。
幸亏，谢天谢地，
撒旦把我当成一只猴，
放过了我，我就来了！（唱颤音）

撒旦把我当成一只猴……

吉拉夫 （严肃地）你以为他放过你了？我们现世的国王和精神上的领袖，克伦威尔把你当成什么人呢？

格拉马多克 （对吉拉夫）作为魔鬼，是否有足够的角[3]？照这么说，吉拉夫，地狱也许是没有限制的。

埃雷斯布鲁 对伊丽莎白·克伦威尔夫人居然有这样的怀疑！

格拉马多克 听着。法国人写过这么一首歌：（唱）

大家可以相信我，
梦想从两扇门来到巴黎，
对于情人，走象牙门，
对于丈夫，走带角的门。

---

① 大卫的祭司，见《列王纪》。

② 即魔王，见《以赛亚书》。

③ 此处的角，喻头上长角，指配偶不忠。

克伦威尔让我给他提后裙；好吧，他的妻子让他头上长角。

吉拉夫　阁下，这可太下流了！您说这话该上绞刑架。我是伊丽莎白夫人的骑士。我要为克伦威尔和我的荣誉而辩护。我非常坦然地为此担保：她长得那么丑！

格拉马多克　说得有理。我无法隐瞒，我撒了谎。没什么要说时，便为说话而说。至于我，我怕会闷出病来，我来唱一首多声部的叙事曲：（唱）

加尔默罗会修士，你为什么这样吵吵闹闹？
罗丝可能已经背叛了你？
嘻，嘻！

侍从，你为什么这样大声喧闹？
难道你也是罗丝的情人？
怎么不！

罗丝，谁使你如此闷闷不乐？
没有人想得起来的丈夫，
来了。

从那爱情使你一丝不挂的床上，
你瞧见他懒洋洋地回来了。
哎呀！

你害怕听见那声响的耳朵在怀疑，
可是听到了高跟拖鞋的碎步声，
急急而来。

女人，他即将惩罚你可耻的生活，
啊，发抖吧！这就是他，他来了，
在那儿！

侍从和修士竭力快快地，
从黑黝黝的宅邸逃跑，
徒劳。

他在围墙下抓住他们嘲笑，
并且把他们交给面貌丑陋的
侍童。

他的声音如秋天的闪电怒吼：
高塔呀，把他们全都扔给
秃鹫！

让他们的身体落在塔楼的坟墓里，
让他们去喂食于美丽的
乌鸦！

大地，在奸夫淫妇的身下裂开吧！
厌恶丈夫的魔鬼，
笑吧！

当他远离时，对她忠贞不渝，
在悲伤的依依惜别时，想起了
上帝。

没有情人，没有一个温柔的克里坦人，
——其迷惑人的神情令人
害怕。

敢对桀骜不驯的美人说话。
当他回来时，她已有了
二十个。

特里克 （对格拉马多克）现在轮到你听我的故事：(唱)

奇怪的时代！
约伯和拉撒路[1]
都是豪富。
拉栖第梦[2]
向克罗伊斯国王
施舍。
不可理解的时代，
罕见的混合体！
魔鬼和天使，
黑色，白色，
贵族小姐
是或装作是
贞女。
远不是悍妇的
轻佻的美人，
听话的丈夫，
愚蠢的木头人，

---

① 乞丐。

② 古希腊城市名，即斯巴达。

他们的卢克莱修[①]，
把他们变成了伏尔甘[②]。
伪善的
德谟克利特[③]们，
爱逗乐儿的国王们，
怪诞的
海拉克力图斯[④]们，
疯狂的思想家，
作为手段的
槊，
手持药茶的
温柔的情人们，
豺狼，骡子，
萤火虫，
花魁娘，
廷臣，
被人爱的女人们，
和善的刽子手，
不甘寂寞的
温存的修女们，
没有部队的首领们，
没有宗教信仰的教士们，
矮小的泰坦[⑤]，
和魁梧的侏儒！

---

① 卢克莱修（公元前98—约前55），古罗马诗人。

② 即火神。

③ 德谟克利特（约公元前460—前370），古希腊哲学家。

④ 伊奥尼亚学派的希腊哲学家，约公元前5世纪。

⑤ 希腊神话中的巨神族。

那就是我处的年代。
在这一片混沌中，
除了灾难
什么都不存在。
我们的帝国
越来越糟。
我们伟大的恺撒们
是一些蜥蜴；
我们善良的独眼巨人们
都是目光短浅的人；
我们骄傲的布鲁图斯家族
源自于富裕之神；
所有我们的俄耳甫斯[①]
都是莫耳甫斯[②]；
我们的朱潘
是个斯卡潘[③]。
滑稽的时代，
可笑的岁月，
海格立斯[④]们始终在逃避！
这儿有一个在爬行，
另一个摔倒了，
我们的奥林匹斯
只是巫魔的舞会！

格拉马多克 你唱的歌很糟糕，韵脚束缚了理智。

① 善弹竖琴的歌手。

② 梦神。

③ 意大利喜剧中狡猾诡诈的仆人。

④ 古希腊神话中的英雄。

埃雷斯布鲁　该我了！（唱）

安古斯和埃鲁尔的巫师们，
每天夜里，地狱
给你们做许多鬼脸。
你们看得懂魔术书，
在黑暗的阴影里，
你们只有一只猫头鹰作为夜莺。
水精，你们在瀑布下，
不需要雨伞。
气精，不顾山脉与街垒，
两下便从奥尼克群岛
跳到圣保罗教堂的尖顶。
蒂罗尔那些该死的猎人们，
他们喜欢冒险的猎犬群
不停地在搜索林中空地。
阿冈特的教士，罗尔的弓箭手。
干枯的笼头上的自缢者，
在女巫的亲吻下，
你们复活了你们的遗骸；
凯列班，麦克多夫，比斯多尔，
津加里，谋杀和偷窃在尾随的
可怕的一群。
请说——哪一个更讨厌，
老尼克[①]还是老诺尔？
可知道在身为其父的蛇类中，
撒旦更喜欢谁？

---

① 英国传说中的魔鬼。

喜欢眼镜蛇更甚于蝰蛇，
喜欢蜥蜥更甚于眼镜蛇，
喜欢老尼克更甚于蜥蜥，
喜欢老诺尔更甚于老尼克。
老尼克是他的左眼，
老诺尔是他的右眼。
老尼克很机灵，
不过老诺尔也不笨。
巴力西卜[1]在飞翔，
从老尼克飞到老诺尔。
当黑色的一对在骑行，
死神跟在他们身后一瘸一拐。
地狱供给驿马，
他们各人毫不迟延地
附着于自己的坐骑上，
尼克骑在扫帚柄，
诺尔骑在一把斧头的木头柄。
为了结束这首两韵短诗，
在他去当隐士前，
但愿我能看到，
老诺尔被老尼克
带到大庭广众中！
或者看到老尼克
尽快地走进老诺尔家，
为了最终来拧断他的脖子！

〔**小丑们一边大笑，一边鼓掌，齐声重复。**

① 以革伦神，见《列王纪》，另即魔王。

但愿我们能看到

老尼克速速走进老诺尔家

为了好好地拧断他的脖子!

特里克 好，为了给我们的议论提供一些内容，你们可知道这儿发生了些怪事?

吉拉夫 知道的。克伦威尔要当国王。撒旦想要当上帝。

格拉马多克 听说有两起阴谋搅乱了他的事。

埃雷斯布鲁 军队不满意，老百姓在低声抱怨。

特里克 该死的背教者，要是他为了王袍而脱去盔甲！那么，他那卸除了护甲的心脏给复仇的匕首打开了一条更畅通的道路。

吉拉夫 至于我，我就在这片混乱中享乐。我将怂恿犬与狼互相咬噬。我想看见撒旦把一根在宽大的烤架上被火烧得通红的权杖，放在克伦威尔的手中，把骑士们变成他邪恶的坐骑，并且同圆颅党们玩耍球儿!

特里克 弟兄们，你们觉得那位眼神狡黠，刚才来给我们祝福的新神父怎么样?

埃雷斯布鲁 哼!

吉拉夫 讨厌!

格拉马多克 坏蛋!

特里克 是的！我看咱们还是考虑考虑有关他的情况吧。

格拉马多克 朋友们，让我给你们讲一讲。（其他人都围在格拉马多克四周）这位亲爱的奥博德东！我瞧见他在花园门口附近徘徊，借口给守卫的士兵布讲经文感化他们，在同卫兵们搭讪聊天。然后，他请他们喝酒而且给他们钱，最后，所有的士兵都围在他身边，他说了：今晚见！要进那地方，“科隆和白厅”将是通行的口令。

吉拉夫 （高兴地拍手）这是查理的密探!

埃雷斯布鲁 如果我根据我们主人的儿子，因叛徒密告而被关进监狱的理查不顾他父亲的残酷而辱骂他的话来判断，不如说，他是克伦威尔的密探！

吉拉夫 （大笑）这倒是真的！眼下快要被判罪的理查想要杀了他父亲！啊，真有趣！

特里克 我，我还有比这更可笑的事！

格拉马多克 真的？

吉拉夫 特里克老爷，不可能！

特里克 （拿出用玫瑰红色的带子系住的卷好的文书）看看这个。

埃雷斯布鲁 这个！是什么？

特里克 这卷文书是从圣师的口袋里落到我的手中的。

格拉马多克 好啊！这是以“地狱”开始，“魔鬼”结束，令人厌恶而又可怕的训诫。拿来！快告诉我们。每一位弄臣都应该认真研究清教徒的行话。（把特里克交给他的那卷文书打开）这个闷闷不乐的小教堂神父是否没我们那么傻？他用一根玫瑰红色的带子来缚住他的闪电形小投枪！

〔他看了一眼展开的文书，发出一阵大笑；吉拉夫拿起文书看，笑得更厉害；他递给埃雷斯布鲁，埃雷斯布鲁也大笑起来；特里克见他们三人都在笑，比他们笑得更大声。

埃雷斯布鲁 （笑）这训诫是由一个怪家伙口述的！

特里克 （笑）你们觉得怎么样？

埃雷斯布鲁 （读）“献给我的女神的四行诗：唉，美丽的爱捷丽！您使我的灵魂燃烧……”

吉拉夫 （从他手里夺过来，念）“您的明眸里，丘比特点燃起胜利的烈火……”

格拉马多克 （把文书夺在手中）“是两面热情的镜子……”

特里克 （从格拉马多克那儿拿来）“聚集起熊熊大火，火焰燃烧着我的心灵！”

〔所有的人都更大声地笑。

埃雷斯布鲁 怎么，这些诗句竟然是从清教徒的口袋里掉出来的！

吉拉夫 大胆的家伙！

格拉马多克 （仿佛闪出一个念头）是这么回事！对了，这事肯定无疑！（叫其他的小丑）弟兄们，你们认识弗朗西斯的陪媪[①]居格里戈瓦太太吗？

特里克 当然认识！怎么啦？怎么回事？

格拉马多克 我瞅见那小教堂神父跟她附耳说话，而且交给她一个钱包。

特里克 那老太婆说什么了？

格拉马多克 她说：漂亮的小伙子，今天晚上，您将单独和她在一起……我，我唱过一首歌：（唱）

巫婆对海盗说：
“英俊的船长，的确，
我不会忘恩负义，
您将得到您的美人！
但首先，在您的船员中，
为我挑选一个漂亮的侍从，
不管我的年龄，时而
给我说些殷勤的话。
为了酬劳我，我还要，
四头羊和它们的羊毛，
一头鲸的颌，
两条易变的变色龙，
偶像或护身符，
六条眼镜蛇，三张鼬皮，
和您的人中最瘦的，

① 西班牙等国旧时雇来监管小女、少妇的年长妇女。

可让我做个骨骼架！”

的确，那个居格里戈瓦把自己贱卖了。何况，她自己就是个活的骨骼；不过，我推断，这个理平头的引诱女子的家伙来这儿，确实不是为查理或诺尔，而是为了弗朗西斯。

埃雷斯布鲁 我的确从没有这样琢磨不透的。这一切是怎么回事？

吉拉夫 我不知道。不过，很怪！

格拉马多克 克伦威尔以为一切都受到他的检查，他最好借助他四位弄臣的眼睛。我们去提醒他，怎么样？

吉拉夫 什么！去提醒他吗？我们？格拉马多克，你是不是疯了？这关我们的事吗？对于诺尔来说，我们是什么？安分守己吧。他雇佣我们，甚至可能给我们的报酬不错，不是为了保住他的生命，而是为了活得高兴。就算有人拐走他的女儿，有人强行进他家，有人剪去他的头发或掐死他，跟我们有什么关系？

格拉马多克 他说得对。

埃雷斯布鲁 毫无疑问。

特里克 嘿！各守其职。他统治，我们开玩笑。让别人把他切成四块，把他烧了或剥了皮，只要我们老是会说笑话，他就没什么可说我们的。

埃雷斯布鲁 我们复仇的笑声将如何惩罚他的蔑视！被打败的国王的丑角将如何放声大笑！

格拉马多克 而且，这位假神父其实和我们很相像。小丑，钟情的人总是行动一致。他的名字奥博德东好像由 adhoc[①]组成。正适合特里克，埃雷斯布鲁，吉拉夫和格拉马多克！

特里克 但是，朋友，万一他有阴谋！我们必须自卫。如果斯图亚特家族回来，他会把我们都绞死的。

---

① 拉丁语，意为：往这里。

埃雷斯布鲁 为一句笑话绞死可怜的小丑！

特里克 哪怕只是为了看看他们在绞刑架上的鬼脸！你知道，我们将徒然高喊：苍天哪！有人想要看看木偶挂在绳子头儿的模样。

吉拉夫 我们被绞死，清白无辜地，你们都安静。让查理二世再回来，他将需要小丑。我们就在那儿。在这世界上，他能找到对这门艺术有更深研究的小丑吗？某些人是出于本能当小丑，而我们则是出于原则！得了，一个小丑总能从任何灾难中得救的。在这世界上，一切都是瞬息即逝的，要在这世界度过晚年，就应该变成小丑，这才是最明智的人。

特里克 总之，克伦威尔使我感到厌烦！听说，查理生性比较快活。

埃雷斯布鲁 暴君那具有洞察力的眼睛是否疲倦了呢？怎么！是我们知道了他本人尚未知晓的事，而且，我们掌握着他还没有看到的线索！我们，克伦威尔的小丑们！

格拉马多克 埃雷斯布鲁，你说得不对。我们是他的弄臣；但他也是我们的小丑。可怜的人，他以为我们是他的玩物；而他也是我们的玩物。他那不知所云的话曾骗过我们吗？他那些让国王们发抖，哇啦哇啦说的话，或那假装虔诚的眼色使我们害怕了吗？当他刚做完了祈祷、布道，驱逐了别人，这伪君子能看着我们而不发笑吗？他那阴险的权术和深藏不露的居心，欺骗了全世界，除了四个弄臣。他的统治，对他使之心绪不宁的民众造成如此重大的损害，从我们的位置上来看，是他演的一出傻剧。咱们认真看吧。我们就会看到有二十名演员在我们眼皮底下走过，他们时而平静，时而悲伤，时而高兴；我们待在暗处，一言不发，作为冷静的观众，为暴乱鼓掌，对灾难微笑，让查理和克伦威尔盲目作战、厮斗，给我们逗乐儿！只有我们掌握这古怪谜语的谜底。什么也别对主人说。

埃雷斯布鲁 是，让他自己去处理吧！

吉拉夫 保持缄默，笑吧！

特里克 我们处处获胜。撒旦造就暴君供弄臣取乐。正当天下在专制君主的统治下发抖时，做我们的克伦威尔权杖的人头杖吧！

第二场

〔同上场人物；克伦威尔；约翰·弥尔顿，身穿黑色服装，留着相当长的白头发，戴黑色无边圆帽，脖子上挂着国务秘书的链子，由一名身穿护国公家制服的年轻侍从搀扶着；怀特洛克；皮尔庞特；瑟尔洛；罗契斯特勋爵；汉尼巴尔·赛斯蒂德。

〔克伦威尔一到，弄臣们便静静地俯伏在地。

克伦威尔 我的四名小丑在这儿。的确，是我们散散心的时候了。

瑟尔洛 （对克伦威尔）大人，议会成员在大殿等候……

克伦威尔 （不耐烦地）嘿，让他们等吧！

瑟尔洛 （小声对护国公）他们带着表述民众请求护国公当国王的请愿书。

克伦威尔 （满面春风）已经搞好了！（旁白）让他们阿谀奉承吧！（对瑟尔洛）确实，我们可以听听他们说些什么。不过是在枢密院之后。而且，我必须去看看霍尔斯敦家族给我送来的弗里斯种灰马。我亲爱的，去跟他们逗逗乐儿，增强他们的热情。告诉他们，一边等我，一边讨论讨论经文。

格拉马多克 （低声对特里克）譬如说，《列王纪》里的。

〔瑟尔洛下。

罗契斯特 （旁白）我听见了什么？哦，查理！哦，殉难的国王！奥利弗在如何向你复仇啊！在你辉煌的权杖之后是多么可耻的鞭打啊！

克伦威尔 （指着四名小丑，对罗契斯特）既然就我们单独在这儿，我想要乐一乐。圣师，我给您介绍，这是我的小丑。（罗契斯特和四名弄臣相互致意）我们情绪好时，他们是挺令人愉快的。我们大家都赋诗咏怀。这儿，甚至连老弥尔顿也不会不参与的。

弥尔顿 （气恼地）您说，老弥尔顿！大人，请别生气，我可比您年轻九岁。

克伦威尔 随您怎么说！

弥尔顿 是的。大人，您是一五九九年生的。我，是一六〇八年生的。

克伦威尔 记忆犹新。

弥尔顿 （怒气冲冲）您也许可以对我更礼貌些！我是一名公证人，市政官的儿子。

克伦威尔 得了，您别生气。我当然很清楚您是何许人，弥尔顿，大神学家，而且，老天爷算一下他给予我们的，您甚至还是名胜过怀特和多恩的好诗人。

弥尔顿 （仿佛在自言自语）不如，这字眼多难听！等等。瞧瞧老天是否拒绝把他的才能给予我，未来是我的审判官。在那犹如温柔的梦乡降临的地狱之夜，它将理解我的夏娃，有罪而善良的亚当，和桀骜不驯的大天使，大天使因为同样支配永恒而感到自豪，它深深地绝望，精神错乱地离开它那硕大的翅膀拍打着的火湖！因为，一个热情的精灵在我的胸膛里活跃。我默默地思索一个计划。我沉溺于我的思想，而弥尔顿则聊以自慰。是的，我要由我来用我的话语，在地狱、人间和天堂之间，建立一个大胆竞争的至高无上的创造者的世界。

罗契斯特 （旁白）他在那儿说些什么鬼话？

汉尼巴尔·赛斯蒂德 （对小丑们）可笑的热心人！

克伦威尔 （瞧着弥尔顿，耸耸肩）您的《偶像破坏者》是篇好文章。

至于您的大作，另一类型的《极权主义国家》[1]，（笑）则很糟。

弥尔顿 （气愤，嘀嘀咕咕）克伦威尔在嘲笑我笔下的撒旦！

罗契斯特 （走近弥尔顿）弥尔顿先生！

弥尔顿 （没听见，转向克伦威尔）他这么说是出于嫉妒！

罗契斯特 （对心不在焉的弥尔顿）我发誓，您并不懂得诗歌。您很幽默，但是，您缺乏鉴赏力。听着：法国人在一切方面是我们的老师。研究一下拉康[2]，读一读他的田园诗。让阿曼特同蒂尔西斯一起在您的牧场上漫步，让她牵着一头由蓝缎带缚着的羊。可是，夏娃，什么亚当，地狱，火湖，多丑陋！在红棕色翅膀掩护下一丝不挂的撒旦……至少不计较他是否把他柔和的体形隐藏在优雅的服装里，是否在厚厚的假发上戴上金尖的头盔，穿上金黄色的礼服，塔夫绸的外套；如同我记得，不久以前，宫廷在巴黎邀请我们，盛装坐在法兰西歌剧院见到的太阳一样！

弥尔顿 （惊讶地）在这圣徒的口中，这种社交界饶舌的行话是什么呀？

罗契斯特 （咬住嘴唇，旁白）又干了件荒唐事！幸亏，他没听清。不过，奥博德东·罗契斯特总是会低调处理的。（高声对弥尔顿）先生，我开开玩笑。

弥尔顿 玩笑是愚蠢的玩意儿！（总是面向克伦威尔，旁白）奥利弗是怎样对待我呀！嘿，请问，归根结底，欧洲在操纵什么？儿童游戏！我想看到他像我一样作拉丁文诗。

〔正当他们俩这样交谈时，克伦威尔同怀特洛克和皮尔庞特说话；而汉尼巴尔·赛斯蒂德则在同小丑们交谈。

克伦威尔 （突然地）喂，先生们。好啦！我们该笑笑了。小丑们！

---

① 《极权主义国家》是英国哲学家霍布斯的著作，阐释了他的感觉主义、功利主义和专制主义的哲学理论。

② 奥诺拉·德·比埃伊，拉康侯爵（1589—1670），法国诗人。

你们给我找到笑话了吧。汉尼巴尔·赛斯蒂德阁下！……

汉尼巴尔 （面有愠色）老爷，请原谅。我不是小丑，我是一位国王的堂兄，他是一位具有古老家世，以数百年的权力——请别见怪——在统治着丹麦的国王。

克伦威尔 （咬嘴唇，旁白）我明白，他在侮辱我。啊！为什么我的怒火不可能触及到他呢？（粗暴地对小丑）来吧！笑吧，你们！

小丑们 （笑）哈哈哈！

克伦威尔 （旁白）但是，我看，他们的笑声是在挖苦。（愤怒地高声对小丑们）闭嘴！（小丑们不再出声。克伦威尔诙谐地继续说）是弥尔顿，这位撒旦式的史诗作者，以他的幻想搅乱了我们的头脑。（弥尔顿骄傲地转身向克伦威尔，克伦威尔继续说。旁白）忍耐些。（高声）好吧，咱们说些什么呢？特里克，给我们拿些啤酒和烟斗来。

特里克 啊！大人想要抽烟。

〔特里克下，过一会儿身后跟着两名仆人上，仆人拿来一张摆放着烟斗和酒罐的桌子。

克伦威尔 我想有人给我散散心。我要高兴高兴！（旁白）怎么！被我的儿子出卖！（沉默俄顷。克伦威尔仿佛沉湎于自己痛苦的思索中。在场的人都默不出声，双眼下垂。只有罗契斯特和小丑们好像在观察护国公阴沉的脸色。蓦然，克伦威尔好像发现他的近臣们局促不安的样子，便摆脱自己的遐想，对小丑们）自从我写了些诗，作为给利伯恩上校的十四行诗的回答以后，有人写过什么吗？

特里克 希波克瑞涅[①]对我们是不会滥用他的泉水的。不过，这儿有……

---

① 即灵泉。

〔他把卷好的那张羊皮纸交给护国公。

克伦威尔　念吧。

特里克　（打开羊皮纸）嗯！四行诗……诗写得平淡无奇！《献给我的女神》。唉，美丽的爱捷丽！……

罗契斯特　（旁白）天哪，我的四行诗！（他扑向特里克，从他手中夺走羊皮纸）恶魔，该死，侮辱！如果我说了粗话，那么苍天和大人（他向克伦威尔鞠躬）饶恕我！但是，怎么能冷静地听任猥亵言语在我身边源源而来呢？（对拼命大笑的特里克）快走，滚吧，以东人，米甸人！……（旁白）我记不起其他 ite 为韵脚的词儿，我的四行诗啊，这些恶棍从我口袋里拿走的！

克伦威尔　（对罗契斯特）我想象得出，您藐视这些诗句……

罗契斯特　（旁白）并不！

克伦威尔　但是，我们现在并非在教堂里；朋友，我要念念引起您反感的东西。给我。

罗契斯特　什么，地狱的歌曲！

克伦威尔　（不耐烦）拿来，要不然，我……

罗契斯特　但是，大人……

克伦威尔　（蛮横地）服从吧。（罗契斯特弯腰致意，把羊皮纸递给克伦威尔，克伦威尔看后，一边还给他一边说）这诗写得很蹩脚！

罗契斯特　（旁白）我写的诗蹩脚！你撒谎。瞧这个弑君者！克伦威尔，居然评论诗！

克伦威尔　这首四行诗很荒谬！

罗契斯特　（向羊皮纸瞧了一眼）大人，写这等作品的作者该下地狱；但是，诗句本身似乎挺不错。

特里克　（小声对其他小丑）他就是作者，这是肯定无疑的！（高声）我，曾把这些韵脚交叉摆放，我同意阿波罗将为此对我横加指责，这些诗句太糟糕了！

罗契斯特 （斜眼看小丑们，旁白）豹子的猴儿，轮到你们取笑了！秃鹫的鹦鹉！

克伦威尔 嘿，奥博德东师傅，评判这么一首巧妙地使人入眠的四行诗，并不是您的事。

罗契斯特 （把四行诗放进口袋，旁白）弗朗西斯肯定会觉得它更好！

特里克 （讽刺性地向罗契斯特致意）是的，老爷对我可是太好了！……

罗契斯特 对你！怎么？上帝让你入地狱时，我要鞭打你，让你反坐在一头驴子背上，漫游伦敦！

特里克 您也这样惩罚四行诗的作者吗？

罗契斯特 （慌乱）不……我不是说……

特里克 我是个向您隐瞒姓名的人吗？

罗契斯特 （越发不安）够了！

特里克 我并不打算为他求饶。他该受鞭打！

罗契斯特 （旁白）怪家伙！

特里克 （大笑，小声对其他小丑）我使他很尴尬。

〔卡尔利勒伯爵上。

让卡尔利勒见鬼去吧！他来打扰我们了。

罗契斯特 （松了口气）啊！

〔克伦威尔匆忙把卡尔利勒勋爵引到舞台一角。其他人离他们远远的，但是，眼睛都盯视着克伦威尔和卡尔利勒。

克伦威尔 （低声对向他鞠躬的卡尔利勒）奥尔蒙勋爵呢？

卡尔利勒 大人，他刚迁出住处。

克伦威尔 罗契斯特呢？

卡尔利勒 没法找到他。他藏起来了。

克伦威尔 理查呢？

卡尔利勒 他不害羞地竭力抵赖一切。拷问也许能得到某种招供……

克伦威尔 （严厉地）您的脑袋保证他不丢一根头发！卡尔利勒，您知道我不喜欢用刑。对我的儿子严刑拷打！这适用于他的同伙。兰伯特呢？

卡尔利勒 他隐居在乡下的房子里，莳花弄草，深居简出。

克伦威尔 令人可疑的谨慎！一切都从我手中逃脱了。至少，我稳稳当当地拿住了王冠！

卡尔利勒 在群众聚集的威斯敏斯特周围，老百姓和士兵高声咒骂议会为您而投票通过的国王的名义。

克伦威尔 大人，斟酌您的词句。

卡尔利勒 殿下，请原谅我！

克伦威尔 （旁白）一切都不妙。（风趣地）先生们，我不是说了，咱们来开开心吗？你们在想什么呢？（旁白）他们唯我是从，奴才！（低声对卡尔利勒）大人，在这宫殿四周加紧警卫。（卡尔利勒下。高声）那么，这首四行诗呢？（旁白）气死我也！

〔瑟尔洛上。

瑟尔洛 （对克伦威尔）受圣灵启示的兰特教派想就某个信仰问题请教大人。他们就在那儿。

克伦威尔 让他们进来。（瑟尔洛下。旁白）啊，要是我生来就是国王，我会把这一切都撵走！可是，唉！一个人民的领袖要带领群众，必须知道如何取悦他们。

〔瑟尔洛带兰特教徒上，他们身穿黑衣服，蓝袜子，灰色的宽头鞋，头戴灰色大帽子。帽上有一个小小的白色十字架。

代表团团长 （庄重地）奥利弗，锡安山上的统帅和审判官！位于伦敦的教会的圣徒们知道你的学识是个布施的圣器，通过我们来向你请教，是否应该烧死或绞死那些与圣约翰讲话不一样的人？他们不说 Schiboleth，而是说 Siboleth。

克伦威尔 （思索状）这问题很重要，要仔细考虑。说 Siboleth 的，是一种偶像崇拜。该判死刑的罪孽，巴力西卜则为此暗笑。不过，任何酷刑都应该有双重目的，对于受刑者，要有人道主义；在惩罚他肉体的同时必须拯救他的灵魂。要使一名罪人复归于上帝，绞刑或火刑，哪一种更好呢？烈火涤除他的罪恶……

罗契斯特 （旁白）而绳子则把他勒死。

克伦威尔 但以理在灼热的呈三角形的热火中变得更高尚。但是，绞刑架也有它的好处；十字架便是个绞架。

罗契斯特 （旁白）总而言之，我很欣赏奥利弗以多么亲切的风度，在各种酷刑间漫步，他放开这个，又拿起那个，从捆扎好的束薪到拴牲口的笼头，从绞刑架到焚烧的柴堆，从容不迫！他从中显现出多少隐秘的仁慈啊！

克伦威尔 （始终在思考）探求真相是多费劲啊！材料很难找到，我把这个案例列在最棘手、最微妙之例。（沉默片刻后，他突然对罗契斯特）教士！为我们作决定吧。

罗契斯特 （旁白）他像彼拉多[①]一样。

克伦威尔 （向兰特派教徒指着罗契斯特）这是又一个克伦威尔！

罗契斯特 殿下太过奖了！

兰特派团长 （对罗契斯特）那么，如果有人犯下这样大的错误，他会受到绞刑还是火刑呢？

罗契斯特 （权威性地）绞刑。他那亚摩利人的父亲和塞塔利人的母亲在同样的仇恨中，和他一起死去！

兰特派团长 （严肃地）为什么绞刑呢？

罗契斯特 （尴尬地）啊！……绞刑吗？……是这样……用一把梯子，走上去……就这些！然而……上帝使他忠诚的牧羊人

---

① 见《新约》：罗马帝国驻犹太的总督，耶稣即由他判决钉死在十字架上。

梦见人们用一把梯子照样登上天。（旁白）我很难不当面耻笑这些家伙。

克伦威尔 （满意地瞅着罗契斯特）他真是个博学的人！

兰特派团长 （做手势向罗契斯特致谢）太好了，我们将把他们绞死。

罗契斯特 （旁白）这些可怜的人按我的想法被判决了！

克伦威尔 （对罗契斯特）我对您很满意。

罗契斯特 （恭敬地）大人太多礼了！

吉拉夫 （对其他小丑）兄弟们，我们中间没有人会表达更好的意见。

〔瑟尔洛上。

瑟尔洛 （对克伦威尔）秘密议会。

克伦威尔 好。

瑟尔洛 目的是为了……

克伦威尔 我知道。让他们进来。

特里克 （对其他小丑）弄臣们，给魔术师们让位吧。

〔随着克伦威尔的手势，小丑们，罗契斯特，汉尼巴尔·赛斯蒂德，和两名抬着摆放啤酒罐和烟斗的桌子的仆人下。瑟尔洛领着秘密议会的成员上，他们排成两行纵队前行，每个人站在一铁凳前，而克伦威尔则走到扶手椅那儿去，弥尔顿始终由侍从陪送，走近折椅和桌子。怀特洛克，斯托普和卡尔利勒勋爵各自在护国公周围，在宝座的台阶上就位。

第三场

〔克伦威尔；沃里克伯爵；克伦威尔的女婿，弗莱特伍德中将；卡尔利勒伯爵；布罗菲尔勋爵；克伦威尔的内弟，德博洛少将；怀特洛克；查尔斯·沃尔斯利爵士；威廉·兰塔尔先生；皮尔庞特；瑟尔洛；斯托普；弥尔顿。这些人各自都穿着合乎自己职务或职衔的特定服装。

〔克伦威尔坐下，戴上帽子。全体人员坐下，但依然不戴帽子。

克伦威尔 （旁白）啊！听听所有这些鸟儿的啼声吧。（高声地）我内阁的议员先生们，大家开会了，做祷告。

〔他跪下，所有的议员都同样跪下。默祷片刻后，护国公站起来，又坐下；所有的人都模仿他的动作。他深深叹了口气，继续说。

先生们，要统治国家，我的功德尚浅！但是，我的拒绝终于激怒了上帝，他启示议会在仍然给我添加权力的同时，加重我的责任。所以我命人把你们召集来开会，一起商谈商谈。首先，选一个国王是否合适？我是否应该当选？在这两点上，说出你们的独自的见解。按顺序，各人提出自己的方案。我坦率地讲了，你们也同样表明自己的看法。沃里克伯爵是你们中间卓越的。让他先开始讲吧。弥尔顿先生，现在听着。

沃里克 （站起身来）大人，在这世上，任何东西都比不上您的信义，您的思想，您高贵的性格，而且，您母亲方面有沃里克家族的血缘关系，更增添了您个人的光彩。您贵族的纹章刻有相同的柱形尖顶头盔。那么，既然在一个王国里，总是应该有国王，殿下要比某个靠运气的领导者强。当然，某个里奇家族的人可以统治得与某个斯图亚特家族的人一样好。

〔沃里克坐下。

克伦威尔 （旁白）他只是因为能吹嘘他的家世而得意扬扬！默默无闻的克伦威尔一钱不值；他在宝座上引人注目，是因为里奇家族是他的祖辈。他的表兄弟，他的亲戚。是的，是我的祖辈，快四年了。（高声地）弗莱特伍德，轮到你了。

弗莱特伍德　（站起身）大人，我的岳父，我跟您明确地说。共和国！为了她，我们给斯图亚特家族竖立起绞刑架；为了她，我们浴血奋战。我们需要她。让上帝独自戴上那唯一的真正的王冠吧！不要奥利弗一世，也不要查理二世！永远不要国王！

〔他重新坐下。

克伦威尔　弗莱特伍德，你是个孩子！您，卡尔利勒！

卡尔利勒　（站起身）大人，您那春风得意的前额就是用来戴王冠的。

〔他重又坐下。

克伦威尔　该布罗菲尔了！

布罗菲尔　（站起身）大人，我斗胆要求对我的提议保密。（旁白）我完全被奥尔蒙的这个阴谋搞糊涂了。在这出大胆的戏中，我这个角色是多么畏畏缩缩啊！克伦威尔的议员，查理的密友！如果我保持沉默，便是叛徒，然而，我说了，也是叛徒！

克伦威尔　什么理由？

布罗菲尔　（鞠躬）大人，以国家的利益为名的理由……

〔克伦威尔做手势让他走近前来。斯托普、瑟尔洛、怀特洛克和卡尔利勒从护国公身边走开。

布罗菲尔　（小声对克伦威尔）难道不可能同查理做笔交易吗？您向他建议娶您的女儿怎么样？

克伦威尔　（惊愕）向……那小伙子？

布罗菲尔　是的，娶弗朗西斯小姐。

克伦威尔　那么，他的家族？

布罗菲尔　您用奥利弗这个名字给自己加冕。你们俩都是国王。

克伦威尔　那么，一月三十日呢[①]？

---

① 查理一世被处死的日子。

布罗菲尔 您给他以一位父亲。

克伦威尔 可以当他的父亲。但是，归还生父呢？

布罗菲尔 他会忘记的……

克伦威尔 （轻蔑地一笑）我的罪过！他不可能理解它！他的眼睛不会看见我追寻的目标。他太堕落以致不会原谅我的！布罗菲尔，真是疯了！

〔布罗菲尔勋爵回到自己的位置。那几位军官也回到原位。

德博洛，请说。

德博洛 （站起身）我的内兄，您暗暗思索着一项大胆的计划。我们，仍然在经受王权的侮辱！不要国王，不管他是谁！将士们将以爱的呼声向克伦威尔致敬，用诅咒来对待奥利弗。廷臣、法师、体制，全都消亡吧！

克伦威尔 德博洛，您反对一个词，反对一个名称。如果这些无辜的百姓想要一个国王？为什么不行呢？被您古怪的傲慢所弃绝的国王的名称，对于一名士兵来说是什么呢？只是他头盔上的一根翎饰。

〔他示意怀特洛克讲话。怀特洛克站起身，德博洛坐下。

怀特洛克 （瞧着德博洛，旁白）这扶犁的仆人居然比我先站起来！（高声地）大人，无论可能发生什么，我都将坦诚相告。没有不受统治的国民，没有不立君主的统治。请听，其理由值得我们注意……（旁白）在我之前！德博洛！可怜虫！蠢货！（大声）国王历来被称为法律的立法者，lator[①]，持有人，legis[②]；从亚当是属于夏娃这一点上，我注意到，君王是为法律效劳的，因此，我重申，如果法律产生的国王是元老和首领，那么就不存在没有国王的国民；为证实我这看法确凿无误，看看摩西、

① 拉丁语，意为：带信人。

② 拉丁语，意为：提议者。

亚伦、圣约翰、格林、西塞罗、方丹和塞尔登，[1]第三卷，《论流敝》章说：quid de his censetur modocodicibus[2]大人，应该执政！ Dixi[3]。

〔他坐下。

克伦威尔 （用手势和眼神赞扬怀特洛克）他推理得多好！关于拉丁文的一番讲话真是妙趣横生！现在听沃尔斯利的。

沃尔斯利 （站起身）大人，我斗胆直截了当地指出殿下的错误。按照先知所示，一个自由民族的领袖是 Tanquam in mediopositus[4]，而不是在顶端。这位领袖，不管他最终坐在什么位置上，是 majorsingulis[5]—minor nuiversis[6]，国王的称号会消除我们的天赋，Rex violat legem[7]。

〔他坐下。

克伦威尔 书生之见！我不大习惯您讲的拉丁语。道理讲得不清楚。（对皮尔庞特）您！

皮尔庞特 （站起）大人，以色列的中流砥柱通过您在俯视着大地，我要说的是：上议院被称为王室的英国国民，拥有光荣的神圣的自古以来就有的权利，即以国王作为领袖的权利；它的尊严要求这一点。愿殿下接受这一在使它苦恼的称号。您对民众有这个责任！是的，大人，我想，民众缺少的正是不是国王

---

① 摩西，古代犹太人的首领、先知，奉神命率领在埃及为奴的犹太人出埃及，迁回迦南，他在西乃山上受十诫，并颁布犹太教的教义。亚伦，摩西的哥哥，他的神杖可行神迹奇事，帮助摩西率领犹太人离开埃及。圣约翰，使徒之一。格林，不详。西塞罗（公元前106—前43），古罗马政治家。方丹和塞尔登，不详。

② 拉丁语，意为：对这些法典作怎样的评价。

③ 拉丁语，意为：我说过。

④ 拉丁语，意为：有如放在中间。

⑤ 拉丁语，意为：较大的单个儿。

⑥ 拉丁语，意为：较小的整个儿。

⑦ 拉丁语，意为：国王侵犯法律。

在统治自己。

〔他再坐下。

克伦威尔 兰塔尔先生。

兰塔尔 （站起）大人，国会主宰民族，王权则存在于民族。国会指挥小人物，同样指挥上层人物。因此，如果国会要您当国王，您必须遵循十诫，按照罗马法，服从并执政。

克伦威尔 （旁白）蛊惑人心的奉承者！

兰塔尔 （旁白）他将任人摆布，而我则希望他不会忘记让我进上议院。

瑟尔洛 （小声对克伦威尔）大人，国会一直在等候……

克伦威尔 （不耐烦地压低嗓子）住嘴！

瑟尔洛 （照样说）但是……

克伦威尔 （低声对瑟尔洛）在接受之前，我表现得犹豫不决是合适的。

弗莱特伍德 （站起身）啊！大人，拒绝吧！为了您，为了您的荣誉，我斗胆……

克伦威尔 （挥手让所有的人退下）都去祈祷，去寻找天主吧！

〔所有的人列队缓缓离去。弥尔顿走在最后，在门口处止步，让其他人都走后，再带着向导走向克伦威尔，克伦威尔正从硕大的扶手椅上下来，站在舞台前。

第四场

〔克伦威尔；弥尔顿。

弥尔顿 （旁白）不！我再也克制不住了。必须敞开我的内心。（他笔直向克伦威尔走去）克伦威尔，看着我！（他双臂交叉于胸前。克伦威尔转过身来，向他投去惊奇而又傲慢的目光）

毫无疑问，你的眼睛已经冒出怒火。你将会说，没有取得你的恩惠，我敢以怎样的态度对你说话？因为，在你的智囊团里，我的地位是很奇怪的。要是有人在所有这些面孔里寻找我，那么别人会对他说："瞧这些优秀的演说家，这是沃里克，这是皮尔庞特。这个哑巴，是弥尔顿。这弥尔顿，派什么用场？一个哑巴，就是他的角色。"因此，我，虽然这世界将听到我的说话，在克伦威尔的议会里，唯有我，我没有发言！但是，这一次，仍然又盲又哑，可是太过分了。兄弟，有人用一顶致命的王冠当做诱饵，把你毁了，我来为你辩护，反抗你自己。克伦威尔，你要当国王？然而，你暗自思忖；对于我来说，民众才是胜利者。他们斗争的目的，他们祈祷，虔诚工作，不眠的战争之夜的目的，他们抛洒热血，泫然流涕的目的，他们经历所有痛苦的目的，就是我！我在统治，这就够了。他们想必自认为很幸福，因为，在经受了那么多的痛苦之后，他们换了国王——更新了锁链。仅仅只是这一想法，我秃顶的前额便会羞得通红。克伦威尔，听我讲！问题就在于你。所有造成我们内战的大人物，一句话就会使城市动起来的皮姆，你的女婿艾尔顿，是的，这位权力的殉难者，被你的傲慢驱逐至国王陵墓，西德尼，霍利斯，马廷，宣读英国的查理死刑判决的那位严厉的法官布拉德肖，还有消失在人群中的汉普顿，死得如此年轻，他们曾都为克伦威尔工作过！是你处理两个阵营的葬礼，并且在战场上掠夺死者！因此，十五年来，仅仅为了愤愤不平的你，老百姓为你的利益而拿自由在赌博！在他们获得的巨大利益中，你只看到一件事，在国王的死亡中，你只看到这一笔遗产要继承！并不是我要在此贬低你。不。除了你，没有别人能超过你。思想上，你超群入圣，剑术上，你出类拔萃，你是如此伟大，以至我相信在你身上，我找到了我的梦想，我心目中的英雄！在整个以色列中，我爱你，并没有人把你捧上天！然而，为了一个称号，一个空洞而又响亮的字眼，使徒、英雄、圣人竟败坏自己的名声！在他深藏不露的意图里，那就是他寻找的，大红皇袍，毫无价值的破衣服！权杖，毫无意义的玩具！你置身于被风暴扔弃的国家之巅，为自己的命运而陶醉，你要用这国王的光环装饰你的脑袋，以此来迷惑我们吗？颤抖吧：当人们着迷时，他们是盲目的。奥利弗，我为了克伦威尔和最终成为我们耻辱的你的荣誉而责问你！哦！老头儿，你年轻时的德行到哪儿去了？你暗自思忖：酣战之后，当上国王，躺在王位上，周围站立着臣服的人，四处都有自己的画像，这是非常令人愉快的。起床也显得郑重其事；然后乘着漂亮的马车到威斯敏斯特坐上宝座，去礼拜堂祈祷；由随行人员簇拥着穿过奴颜婢膝的人群；你通过市府书记官发表讲话；在盔顶四周还缀有花叶饰……克伦威尔，这就是一切吗？想想查理一世。你胆敢在他流淌的鲜血里捡起王冠？用他的断头台为你重建一个宝座？怎么，克伦威尔，你要当国王！你想当吗？你不怕，有朝一日，披着一层轻纱的这同一个白厅，再一次打开那必然会带来不幸的窗户？你在笑！但你真的那么相信你的星宿？当那位国王不得不死去时，当斧子已准备好时，是一名遮住脸的刽子手使他的脑袋落地。国王，他毫无援助地死在他的全体国民面前，连谁结束他的生命也不知道。克伦威尔，你正在同一条路上走向你的失败，你的命运也被盖上了一层薄纱。要担心它像在特定的日子出现的断头台上的蒙面幽灵！傲慢的梦幻，可怕的结局！克伦威尔！王位只有一面是令人喜爱的，于是，有人便登上王位；然而，他从另一面走向坟墓。如果你穿上这件撕碎的王袍，你就要担心看到某一天，有一个你将不再是其中一员的朝廷，聚集在这个房间里。因为，相信我，很可能，到最后紧急时刻，这个国家的人民——总是人的榜样使他们下定决心——考虑你的王权比考虑你的弑君罪更少，起而反对你这老战士的新权杖。你不退却吗？……啊！把这丑角的权杖和国王的面具扔得远远的！依然是克伦威尔吧！使这世界保持平衡；让自由的人民支配国家；别去统治这个民族。拯救它的自由。哦！当他们看到了在这国会里，你这具有决定影响的人，竟以昂贵的代价来乞求一点儿专制权力，自豪的人民已经是多么脸红！不要听你那些卑劣的奉承者的话，请表现得高尚而又伟大。审判官、立法者、使徒、征服者，不止是国王。重新登上你最初的高位。只要一句话便一片光明：你，听了弥尔顿的话，重又成为克伦威尔！

〔他跪在克伦威尔的脚下。

克伦威尔 （倨傲地扶他起身）老先生用那么古怪的口气说话！哎，约翰·弥尔顿大师，国务院的秘书兼翻译，您太诗人气了。您在狂热、高昂的激情中，忘记了别人称我为“殿下和大人”。我的谦虚忍受着这毫无价值的称号；但是，虽然我非常不情愿，如今占着优势的人民却要这样，因而我为之作出牺牲。我已顺从民意，您也听之任之吧！

〔弥尔顿骄傲地站起身，走了出去。克伦威尔独自一人。

其实，他是对的。是的，但他惹我讨厌。查理一世？……不，你把我的命运看得太坏了，弥尔顿，像奥利弗那样的国王是不会这样死的；有人刺杀他们，但不会审判他们。不过，我会好好考虑的。险恶的抉择！

第五场

〔克伦威尔；弗朗西斯小姐。

克伦威尔 （瞥见弗朗西斯小姐上）啊，弗朗西斯！她容光焕发，关心我的痛苦，仿佛一颗新星冉冉升起在漆黑的夜空，她好像来减轻我难以忍受的烦恼。来，我的女儿，我的天使，每当我感到痛苦时，总有一种本能把你带到我的身边。每当我一看见你，我总是感到很快活。你明亮而活泼的眼睛，你清脆而温柔的声音,对于我,具有某种恢复青春的魅力。孩子,来,让你的父亲在你身边复活！这儿，唯有你对人世的丑恶一无所知。拥抱我吧。我爱你更甚于你所有的姐姐。

弗朗西斯 （神情快乐地拥抱他）我的父亲，求求您，告诉我，您要恢复王位，这是真的吗？

克伦威尔 听说是这样。

弗朗西斯 幸运的日子！大人，英国的幸福应归功于您。

克伦威尔 这始终是我的目的。

弗朗西斯 啊，我的父亲和老爷！大人，您的姐姐将会多么高兴！八年的等待之后，我们即将重新见到查理·斯图亚特！

克伦威尔 （惊讶）怎么！

弗朗西斯 您多好啊！

克伦威尔 不是某个斯图亚特家的。

弗朗西斯 （感到意外）什么？是波旁家的？但是，他们没有权利坐英国的宝座。

克伦威尔 我也这么想。

弗朗西斯 那么，谁敢去碰这世袭的王位呢？

克伦威尔 （旁白）的确，回答什么呢？我的名字令我难以启齿，使我感到是份罪孽。（高声地）我的弗朗西斯，不同的时代要求不同的家族。要填补这个位置，你们不会想到？……

弗朗西斯 那么，想到谁呢？

克伦威尔 譬如说，想到你的父亲，想到克伦威尔吗？

弗朗西斯 （生气地）要是我想到这一点，天主惩罚我吧！

克伦威尔 （旁白）唉！

弗朗西斯 我的父亲！我，这样侮辱您，以为您是篡位者，渎圣者，违背誓言的人！

克伦威尔 我的女儿！……您把我的德行想象得太好了。

弗朗西斯 您被授予某种暂时的权力；这是时代的不幸，您自己为此而痛苦。但是您，从殉难的国王那儿获取王冠。您加入刽子手的行列，因为他的死亡而得以统治。啊！……

克伦威尔 你知道谁造成他的死亡吗？

弗朗西斯 我不知道。那时，我尚年幼，我是在孤独中被抚育成人，我曾为我们受到的损害而痛苦，但对此我并没有深究。

克伦威尔 在国王的案件里，从未有人给你念过法庭……法官……这些人的……名单吗？

弗朗西斯 什么！弑君者的名单？

克伦威尔 是的，弗朗西斯……念过弑君者的名单吗？

弗朗西斯 没有人告诉我这些背信弃义的家伙是些什么人。我诅咒他们的罪行，然而，我并不知道他们的名字。我们从那儿来的那些地方，人们没有谈论过他们。

克伦威尔 我的姐姐从未对你们谈起我吗？

弗朗西斯 父亲！谁说这些？我学会了爱您……

克伦威尔 我希望……是的。但是，你因此而痛恨给查理判刑的那些胆大妄为的臣民吗？

弗朗西斯 啊，让他们全都受到诅咒！

克伦威尔 全部？

弗朗西斯 是的，全部！

克伦威尔 （旁白）怎么，在我自己的家庭里受到攻击！怎么，被我的儿子出卖，又被我的女儿咒骂！

弗朗西斯 但愿他们每个人都像那被放逐的该隐那样！

克伦威尔 （旁白）无法改变的无知！他们以为我逍遥法外，我最亲爱的小女儿每时每刻都好像是我顽强的信仰。小女孩的单纯，她天真的眼睛，她说话的声音，都使这位国王们所恐惧的克伦威尔发抖。面对她的纯真，我的力量消失了。我应该坚持吗？我应该占有这帝国吗？众人俯伏在我将坐的宝座下，噤若寒蝉。但弗朗西斯会说什么呢？她那如她的说话声一样温柔的眼睛会说些什么？当这眼神让我痛心时，谁还会来使我高兴呢？亲爱的孩子！她也许会多么恐惧地得知我是个弑君者，而且胆敢当国王！必须把她送回到原先那座无名城镇去。为了我未来的目的，牺牲我的欢乐，放弃我晚年希望得到的她的关怀。尤其是不要悲伤，永远不要向这全世界唯一还爱我，而不是爱我的权力，并且相信我清白无辜的人，指出她的错误。幸福的天使，愿我的命运与她的无关！应该这样：当国王，而她对此一无所知。（高声对弗朗西斯）我的女儿，保持纯洁的心灵，我喜欢你这样！

〔克伦威尔下。

弗朗西斯 （目送他）他怎么啦？在他的眼睛里，是眼泪在闪耀！好父亲！他多么爱我！

〔居格里戈瓦夫人和罗契斯特上。

第六场

〔弗朗西斯小姐；罗契斯特勋爵；居格里戈瓦夫人。

居格里戈瓦 （在舞台深处，对罗契斯特）她一个人在那儿，来吧！

罗契斯特 （旁白）魔鬼赋予多布朗[①]多妙的特性啊！多亏了它的力量，我才能使某个该入地狱的陪媪和那些神圣的火枪手变

① 西班牙古金币。

得随和些。那陪媪很快就顺从了；我起先还以为这些士兵，塔博山的中流砥柱，更不通融。啊！只要一点儿金币碰碰这些一本正经的严厉的看门人，这些圆颅党人就变得比别人更好！他们对控制着他们的克伦威尔已感到厌倦。我已派人赶紧告知奥尔蒙，今晚，花园的门将交我们所用。现在，我要去弗朗西斯那儿！我的灵魂为此而兴奋。不过，我有成功的有效秘诀，我可以倾洒大量的多布朗和四行诗！碰机会吧！

〔他向弗朗西斯小姐走去，弗朗西斯没看见他，仿佛沉浸于深深的遐想中。

居格里戈瓦 （瞧着藏在手中的钱袋）数目相当不小。（盯视罗契斯特，旁白）这位年轻绅士，他的确很英俊！为了爱情，他不顾一切，装扮成这副模样！这种年纪的人，他们都是疯子。唉，每个人都会轮到的！是的，阿玛迪斯·德·戈尔爵士就曾经这样做过。可是，我应该答应吗？……我这角色是否好呢？而且，这位骑士没有为我说过一句话；就是给钱，如此而已。（她叫住罗契斯特，罗契斯特好像正要上前同弗朗西斯攀谈。小声地）先生，等一会儿！

罗契斯特 （回过头来）什么？

居格里戈瓦 （把他带到舞台的另一端）等一会儿！

罗契斯特 怎么啦？

居格里戈瓦 （向他微笑）你没有别的要跟我说吗？

罗契斯特 （旁白）嗨！钱袋可是挺沉的，应该满意了。

居格里戈瓦 （旁白）但愿他不再用他的多布朗来羞辱我……

罗契斯特 （把手伸进空口袋里，旁白）见鬼！得了，我没有金币了，一个子儿也没了！抓住她那老妇人的弱点，在她耳边说些好听的话。（高声）嘿！谁可能会同您无话可说呢？啊！要不是迫切要去……

居格里戈瓦 （后退）多甜蜜！您过奖了……

罗契斯特 不。可是，唉！时间紧迫。

〔他朝弗朗西斯那儿迈了一步，她又把他拦住。

居格里戈瓦 我看得出，您的眼睛里只有我的女主人。

罗契斯特 啊！您非常迷人，如果必须作出选择的话……（旁白）她要让我待在这儿，在她身边干等着吗？

居格里戈瓦 （旁白）他很有鉴赏力。每当我事先稍微打扮一下，我还是值得被人注意的。总之，当我穿上我的粉红色裙子和裙撑，还有合身的灯笼短裤，戴上横8字形的饰带，双臂被漂亮的衣袖遮住，我可不是那么不中看！（高声）您觉得怎么样？……

罗契斯特 （转向弗朗西斯）但是，请允许……

居格里戈瓦 （把他拉住）先生，我很后悔。我的责任是看管好大人的女儿。

罗契斯特 夫人，您的眼睛会使见异思迁的加劳尔和朝三暮四的埃斯普朗迪安回到青春年代。

居格里戈瓦 （始终拽住他）我应该受到谴责。再说，别人可能会抓住您的。

罗契斯特 特洛伊的潘达洛斯[①]是您的仆役。

居格里戈瓦 （旁白）他说话真有气派！

罗契斯特 （旁白）我们俩都那么可笑！

居格里戈瓦 我向您保证，我突然感到很不安，我战栗不已，因此而浑身发冷。

〔她抓住罗契斯特的双手。

罗契斯特 您的手如天鹅绒般柔软。（旁白）啊！难道我应该为这个老疯子，把爱情所具有的一切珍贵的内容都耗费在这双干瘦的魔爪中！我还剩下什么给弗朗西斯呢？

---

① 吕喀亚英雄。

居格里戈瓦 别管我了。

罗契斯特 如果玛斯[1]看见了居格里戈瓦，他也会离开维纳斯的。

居格里戈瓦 （旁白）这令人透不过气来。真的，他不像是爱上我了吗？（高声）我只愿意一位当丈夫的这样对我说话。

罗契斯特 （旁白）她要一个丈夫，我将同情那位丈夫。不过，为了受到恭维，她会一直待在这儿！哦，老顽固，也许，只有在西班牙，这盛产陪媪和骡子的国家里，她才会有竞争对手！

居格里戈瓦 先生，您好像是个风雅的人，请坦率告诉我……

罗契斯特 （旁白）还没完！我简直热血沸腾。

居格里戈瓦 （向他指着弗朗西斯）这些轻率的年轻女子有什么可使您着迷的？

罗契斯特 可是……

居格里戈瓦 您的热情想要得到什么呢？您看这些小妞儿的举止有什么样的诱惑力呢？

罗契斯特 （旁白）真是，用她那种中国官吏的脸色说话！

居格里戈瓦 是的，她们正当含苞欲放；尽管如此，也只不过是有着青春美而已。

罗契斯特 （旁白）而你，则是丑陋。该死的！哦，老天，用什么办法使我摆脱掉？（高声）让我同弗朗西斯谈一会儿。我亲爱的玫瑰花蕾，谈完以后，以我骑士的信义，我答应您一件事，是的，一件……您料想不到的事。（旁白）送到精神病院去。

居格里戈瓦 好吧。我就待在两步远处。

罗契斯特 （松了口气）总算！

居格里戈瓦 谨慎些。尤其是，不管发生什么，永远别说出我的名字，不然，会把我活活烧死。

---

① 战神。

罗契斯特 放心吧。你去散一会儿步……（瞧着她下，旁白）当然，她有一身可烧得旺旺的干骨头！

第七场

〔弗朗西斯小姐；罗契斯特勋爵。

罗契斯特 （旁白）我可解脱了。碰碰运气吧！（盯视着始终一动不动，沉思默想的弗朗西斯）多么优雅，多么迷人！绝色佳人！在进攻之前，首先调整好位置。一名少女就是一座堡垒，我可能已经注意到这一点。给她递眼色，讲究的穿着，献殷勤，甜言蜜语，这些都是蜿蜒前移的战壕；爱情的表白，那是发起冲锋；四行诗，则是降书！在此，我不能遵循常规。因此，要稍微加快些预备性谈判的速度。（他向弗朗西斯走去。鞠躬并高声地）小姐……夫人！……

弗朗西斯 （吃惊地转过身来）先生？

罗契斯特 （旁白）她的眼睛使我无法说话。

弗朗西斯 （微笑）啊！是小教堂神父。

罗契斯特 （旁白）该死的服装！我白白装出一副调情老手的模样，她在我身上只看见是一名圆颅党教书先生！

弗朗西斯 圣人，请给我祝福。您要给我布讲哪篇经文？

罗契斯特 激情。

弗朗西斯 我的内心非常感动于您的热忱。我的神父，您看到，在您的面前是一名罪人。

罗契斯特 （旁白）她的神父！啊！难道我丝毫没有可疑的地方？（高声）我的女儿！……听我说。

弗朗西斯 我正洗耳恭听。

罗契斯特 （旁白）我显得这样体面是否够不幸的？（高声）我的

女儿！……听我说。在您周围撒播可怕的灾害是很不仁慈的！

弗朗西斯 （惊愕）我？

罗契斯特 （继续）只要您一个眼神就造成一百个不幸的人。

弗朗西斯 您弄错了。

罗契斯特 哦！不。

弗朗西斯 但是，我的罪孽是什么呢？

罗契斯特 您面前就有您的一个受害者。

弗朗西斯 您？我对您做了什么啦？如果我错待了您，我这就请求我的神父……

罗契斯特 （打断她的话）啊！别感到内疚。您对您造成的痛苦是无辜的。

弗朗西斯 我不懂您的话。

罗契斯特 多有趣的天真！

弗朗西斯 但是，要是我不知不觉地伤害了您，我愿意补救它。

罗契斯特 （把手放在心口上）啊！

弗朗西斯 这甚至是我的责任。

罗契斯特 我听见了什么？您会被我的愿望打动吗？哦，可爱的公主，您使我欣喜若狂！

〔他企图握紧弗朗西斯的手，弗朗西斯则往后退。

弗朗西斯 我不是公主……我们只爱上帝……您使我害怕！

〔弗朗西斯想走开。

罗契斯特 （拉住她的裙子）弗朗西斯，你别对我说再见！

弗朗西斯 他居然跟我以“你”相称！（带着怜悯的神色走近罗契斯特）他是不是头脑有点儿毛病？

罗契斯特 不，是心灵。

弗朗西斯 可怜的人！

罗契斯特 （旁白）试试看，逐步升级吧。她好像挺同情我的，那么，爱情并不遥远了。（高声）哎！救救我吧！

弗朗西斯 是的，您需要一名医生。真的，他在发高烧！

罗契斯特 快四年了，我在您的身边徘徊……（旁白）撒撒谎，这有好处！

弗朗西斯 您要什么呢？

罗契斯特 死亡！只有您那已经伤害了我的明眸才能医治我。

弗朗西斯 （往后退）他真的使我害怕！

罗契斯特 （旁白）这会讨人喜欢的。（两手合掌，仿佛在恳求似的，大声说）哦，我的王后，我的一切，我的女神，我的仙女，我的美人鱼！

弗朗西斯 （惊恐）所有这些名称都是些什么？我叫弗朗西斯。

罗契斯特 啊，公主！为了您，我又激动又害怕！爱情把我在这样的装扮下，带领到您这儿；我是名骑士，并不是德洛伊教[①]祭司。我只要献给您印度教徒的权杖！您有着这样温柔的眼睛，难道会像女祭司奥斐斯一样冷酷吗？她为了十二年前动人心魄的爱情曾无情地对待第里达特。风闻到您的美貌，我穿越了亚洲。残酷的人儿！您不回答，您在逃避。我就要为那使我心情抑郁的爱情而死去。但是，不，说一个字吧，我迷人的母老虎，一个字，对于您幸运的臣民来说，您将是最坚贞的爱情的最卓越的对象！

弗朗西斯 （张大惊奇的双眼）他究竟在说些什么？

罗契斯特 （旁白）好极了，她已经心醉神迷。我相信这一点。我的讲话几乎逐句借用《亚伯拉罕或杰出的巴沙》里的话，就像土耳其人里桑德向朱尔米说的那样。这纯粹是斯居戴利[②]式的！继续下去。（高声）薄情的人儿！（拉住似乎还想离开的弗朗西斯）啊，别走，不然，我就去淹死在幼发拉底河！

---

① 古代克尔特人及高卢人的宗教。

② 乔治·斯居戴利（1601—1667），法国著名剧作家。

弗朗西斯 （笑）幼发拉底河！

罗契斯特 确切地说，随您发落。是的，拿这把剑，然后，刺进我的胸膛。（他把手移向身体一侧，仿佛寻找他的剑似的。旁白）根本没剑！啊，穿着这身衣服，怎样装出惯常自杀的样子呢？有什么办法继续一场殷勤的谈话呢？而且没有武器，四行诗？好极了！如果我没有打动她的心扉，我愿上帝罚我入地狱！（高声）哦，神圣的芒达娜，请听您的奴隶说！（把一张用粉红色饰带系住的卷拢的羊皮纸交给她）这张纸将向您描绘我的心灵，它已经被火或水毁坏，如果我的火焰尚未烤干我的泪水，而我的眼泪也没有扑灭我的情火，夫人，拿着，念吧，判断我热烈的爱情吧！

〔他猛然跪倒在弗朗西斯小姐的膝下。

弗朗西斯 （把羊皮纸扔在地上，庄重地往后退）先生，我明白您的意思了。您恬不知耻，您竟敢这样潜入我父亲的家里！

罗契斯特 （旁白）小姑娘可不太容易上钩。

弗朗西斯 起来，要不我喊人了！

罗契斯特 （依然跪着）啊，我就跪在您的脚下！

弗朗西斯 您这些肆无忌惮的话要付出代价的，如果……

第八场

〔同上人物；克伦威尔。

克伦威尔 （瞥见罗契斯特跪在弗朗西斯膝下）师傅，因为什么意外的事情跪在我女儿的脚下？

罗契斯特 （吓呆了，姿态不变。旁白）上帝，克伦威尔，我死定了！为了一点儿过失被吊死可是太严厉了。在现行犯罪时被逮住，对于我来讲，没有比这更重的惩罚了！

克伦威尔 好哇，我的神父！

弗朗西斯 （旁白）应该宽容些。这毕竟是个疯子！

克伦威尔 （对沮丧的罗契斯特）您就是没有考虑到我的惩罚！

弗朗西斯 （旁白）我的父亲会杀了他，可怜的疯子！

克伦威尔 这古怪的家伙，他居然敢爱上我的女儿！而我的夏娃却听他说那些污言秽语。怎么，弗朗西斯，您竟允许？……

弗朗西斯 （困窘地）我的父亲，请原谅我。大人，先生同我谈的不是有关我的。

克伦威尔 那么，请问，他跪在您的脚下谈的是谁呢？

弗朗西斯 先生恳求我给他的热情戴上花冠，他向我的一名侍女求婚。

罗契斯特 （惊奇地站起身，旁白）她在说什么？

克伦威尔 是谁？

弗朗西斯 （微笑）居格里戈瓦夫人。

罗契斯特 （旁白）啊，奸诈的女子！

克伦威尔 （恢复平静）那就是另一回事了。

罗契斯特 （旁白）什么！不是陪媪，就是绞刑！在这极其危急的时刻，至少她让我自己作出选择！

克伦威尔 （对罗契斯特）我亲爱的，为什么不立刻说明呢？既然，您对肉欲还有兴趣……

罗契斯特 （旁白）肉欲！这么一张贴在变成陪媪的骨骼架上的皮！

克伦威尔 我们将满足您的要求。我讨厌别人怕我。我对您很满意，我可以把您的美人给您。

罗契斯特 （旁白）我的美人，一个该下地狱的老鬼，一个连食肉动物也嫌弃的躯体，一张会让女巫流产的面孔！

克伦威尔 （旁白）我原先就认为他挺有鉴赏力的。（高声）是的，我要你们结婚。

罗契斯特 （鞠躬）大人太仁慈了！

克伦威尔 您的一切都会如愿以偿。

〔居格里戈瓦夫人上。

第九场

〔同上场人物；居格里戈瓦夫人。

居格里戈瓦 （惊恐，旁白）那父亲和我们的情人们在一起！一切都完了。

克伦威尔 （瞥见居格里戈瓦夫人）是您，亲爱的夫人！

居格里戈瓦 （旁白）我在颤抖。

克伦威尔 这儿有人要见您。

居格里戈瓦 （目瞪口呆）大人，我？……

克伦威尔 您已知道神父的爱情了吗？

居格里戈瓦 （旁白）上帝啊！

克伦威尔 您同意了他吗？

居格里戈瓦 我知道了吗？……我同意了吗？……大人，我？我向您保证……（旁白）那么说，他把我出卖了。啊，违背誓言的小人！从他那灰心丧气的神色，不难看出，灾难……

克伦威尔 我全知道了。

居格里戈瓦 （旁白）我已经猜到了。

〔停顿。居格里戈瓦夫人好像在发呆。弗朗西斯微笑地瞅着罗契斯特，罗契斯特沮丧的目光从少女移向陪媪。

罗契斯特 （旁白）啊！这样被人出卖可是出乎意料的，而且令人难以置信！

居格里戈瓦 （跪在克伦威尔脚下）大人，饶恕我吧，饶恕吧！

克伦威尔 （转过头去）她假作正经！（做手势命她起身）得了，奥博德东师傅是我们的好朋友，他心里没什么见不得人的东西。

居格里戈瓦 那么，他可以向往他所爱的美人了？

克伦威尔 他已经如此公开地爱上了谁呢？是您！

居格里戈瓦 我！

克伦威尔 就是您本人。不如问他吧。（对罗契斯特）难道不是真的吗？说吧。

罗契斯特 （尴尬地）我承认……

居格里戈瓦 真的，真是为了我，您才如此激动？

罗契斯特 （旁白）是的，但愿我是个魔鬼！（高声）夫人……

克伦威尔 好吧，我的师傅！让您的爱情在熊熊烈火中显现吧。我准许了。把您跪在我女儿面前请求得到她的情况，给居格里戈瓦夫人讲一讲……

居格里戈瓦 我，（对惊讶得目瞪口呆的罗契斯特）就为了这个？但是，这可是糟透了的事，并没有得到我的同意！

罗契斯特 （向含笑的弗朗西斯投去责备的眼光）毫无疑问，我是不可饶恕的，（对居格里戈瓦夫人）夫人！

居格里戈瓦 大胆！小心我气得怒发冲冠！

罗契斯特 （旁白）就她那一头从前是红棕色的灰白头发！

居格里戈瓦 （旁白）可是，他多么富于魅力！（高声）这么说，鲁莽小子，您爱我？

罗契斯特 我无法对您说不。（旁白）哦，威尔莫特，你置身于西摩夫人和居格里戈瓦太太中间时的表情，将会使国王多开心啊！

居格里戈瓦 您爱我吗？

罗契斯特 （旁白）要是克伦威尔能听不见我们的话就好了！但是，我应该表现得温情脉脉，否则会被处死。（高声）我爱您。

居格里戈瓦 （故作媚态）太大声了！

罗契斯特 我承认。

居格里戈瓦　您想要娶我吗？

罗契斯特　（咬住嘴唇，旁白）来啦！（尴尬地大声说）我不能肯定……

居格里戈瓦　（对他的犹豫很气愤）要知道名誉……怎样的侮辱啊，可耻的欲念！

〔她哭了起来。

克伦威尔　（对罗契斯特）嗨，让她平静下来。您已经想要娶她为妻了！

罗契斯特　（旁白）啊，（大声对居格里戈瓦）请同意……（旁白）巫魔夜会上披着一身红棕色人皮的老巫婆！

居格里戈瓦　（叹口气，垂下双眼）我听命。

〔她伸出一只黑黑的手，罗契斯特厌恶地握住它。

罗契斯特　（旁白）而我呢，我也被处决了！

居格里戈瓦　我可是好心人，我允许这放肆的人拥抱我。

罗契斯特　（旁白）还是恩惠哪，我想要绞刑架和特赦呢！

〔居格里戈瓦夫人向他送上一边脸颊，他只得做个鬼脸在上面吻一下。

居格里戈瓦　我还允许您吻另一面。

罗契斯特　啊，谢谢！

居格里戈瓦　您生我的气了？

罗契斯特　哦，不！

克伦威尔　这儿，不会引起什么议论的。你们应该结婚。好，咱们把事情了了吧。你们的幸福不用延迟；我立刻就使你们俩得到满足。

罗契斯特　但是……

克伦威尔　爱情是急不可待的，我理解这一点。真令人感动。嘿，来人！

〔三名火枪手上。

罗契斯特　（旁白）谁会相信我要举行婚礼了？

克伦威尔 （对火枪手的领头）去告诉卡姆·比布尔尚，一位苏格兰的通灵者，让他以《圣经》的名义，为奥博德东老爷和居格里戈瓦夫人主持婚礼。（对罗契斯特和居格里戈瓦）跟他们去吧。（对罗契斯特）卡姆和您一样，是再浸礼教派教徒。

罗契斯特 （满腹怨恨地鞠了躬，旁白）多么殷勤的提醒！

克伦威尔 我知道您笃信教义。

弗朗西斯 （含笑斜视正向她行礼的罗契斯特）他是多么失望啊！

罗契斯特 （旁白）这个弗朗西斯给我开了个什么样的玩笑啊！就这样，我还是爱她。我喜欢狡猾和天真这样合二为一，她孩子般的狡黠，加上她那天使般的善良。把我从她父亲手中救出，又使我同她的陪媪结合。在救我的同时，找到办法来惩罚我！

居格里戈瓦 （对罗契斯特）我的爱，来吧。您可是一动不动。

罗契斯特 （叹口气，旁白）跟随这位女预言者，走向婚姻的地狱吧！

〔罗契斯特随着居格里戈瓦和火枪手们下。

克伦威尔 （对弗朗西斯）我走了。我要去听洛克耶有关罗马和亚蒙[①]的祭司们的讲道。

〔克伦威尔下。

第十场

〔弗朗西斯独自一人。

弗朗西斯 我可怜的骑士显得很忧郁。是的。也许惩罚有点儿太重了。还不太知道什么原因就这样结婚，而且要把温柔的目光转向居格里戈瓦夫人！这样不好，我真后悔。可是，我能做

① 埃及神。

得更好吗？的确，我的父亲更严厉。（瞥见落在地上的卷好的羊皮纸）哎，这是他的纸条……他到底给我写了些什么？我不会去读它的。（她以好奇而又渴望的眼光盯着这纸）嗳，怎么，不原谅？不怜悯？得啦，我看吗？有什么关系！只是看完后照样放回原处……我应该为他而读一读，他已受到相当的惩罚了！（她赶紧去拿起羊皮纸，解下带子，把它打开。猛然停了下来）我读它吗？这样做是否不好？哦，不！况且，一切都已结束了。念吧。（她念）“大人……”大人，多奇怪的人！他刚才叫我公主、爱人、仙女、王后、天使；现在，却叫我大人。疯子！（继续念）“一切进行顺利！……”他写的就像他说的，让人搞不懂。一切进行顺利。怎么？接着看。（念）“今晚，就是今天半夜，您到花园门口来。”他爱我；他想要把我带走吗？（念）“所有的岗哨都已被收买……”是这样。这肆无忌惮的家伙不相信会被接纳的！（念）“口令已定。肯定成功。”过于谦虚了！“……您对他们说‘科隆’；他们将回答其余部分……”不好懂。（念）“依靠他们的协助，朋友，您终于可以（此时，她的声音带有恐惧的声调）抓住由我照料的熟睡的克伦威尔！魔鬼的小教堂神父。”啊！我刚才念的是什么呀？蒙住我惊恐的双眼的布条撕开了，这恶棍看中的是我父亲！（仔细审视羊皮纸）这儿有地址：斯特朗德街，“老鼠”旅店，交布鲁姆。出于误会，这叛徒把纸条交给了我。去提醒父亲。多么可怕的事啊！有人来了。赶快走吧。也许是凶手。

〔达文南特上。弗朗西斯拿着羊皮纸赶紧离去。

第十一场

〔达文南特；然后，罗契斯特。

达文南特 （独自一人）护国公派人叫我来。有什么意图呢？啊，没什么可担心的，纯粹是好奇心而已！

〔罗契斯特上。

达文南特 （瞥见罗契斯特）嘿，这伪善的家伙是谁？上帝，多好的气色！是个圣徒？一个清教徒的吹鼓手！

罗契斯特 （没瞧见达文南特，旁白）现在，完了，我这就结婚了，（他在舞台前走，认出了达文南特）达文南特！

达文南特 （旁白）他知道我的名字！（高声）先生……可是……我想，我认出来了……罗契斯特老爷！

罗契斯特 嘘。

〔他们相互握手。

达文南特 您打扮成神父的样子。真的，哪怕您结了婚，您的妻子看您这样化装也认不出您的！

罗契斯特 （叹口气，旁白）但愿如此！（高声）达文南特，别开玩笑了。

达文南特 这可是第一回，老爷还要别人来求他取笑当丈夫的。

罗契斯特 （旁白）哎！难道能够又结婚又开玩笑吗？我倒要看看他怎么做！（高声）不说这些了。亲爱的诗人，怎么碰巧来我们这儿的？您的样子使我感到不安。

达文南特 （笑）我们这儿！不过，说话倒是自由自在的，老爷很快就适应这地狱了。此外，请放心。克伦威尔有这个习惯，他总是在我旅行回来以后召见我。和他在一起，您觉得怎么样？

罗契斯特 我？很好。受弥尔顿的保荐，克伦威尔挺需要我，而且以他的方式给予我种种恩惠。（旁白）我但愿免除最后的一次优待。（大声）此外，您要知道，我来得正是时候。在我们的队伍里有一名叛徒，一个不知其名的密探已把一切都告诉了他；但是，幸亏我机智过人，奥尔蒙躲在斯特朗德街，而我，则在克伦威尔这儿。

达文南特 卑鄙的奸细，威利斯直想要撕他的皮！我们委托了他寻找这奸细。

罗契斯特 幸亏我们准备好了对策。（指了指上衣）这儿，我放着您的小药瓶。今晚，一切都将结束。

达文南特 克伦威尔对这大胆的计划一无所知吗？

罗契斯特 是的。我们策划时只有三个人。

达文南特 警卫已被收买了吗？

罗契斯特 是的。

达文南特 这挺难的吧。

罗契斯特 清教徒精神已逐渐消失；金钱使圣徒也变得驯服了。

达文南特 诺尔没怀疑到我吗？您以为呢？

罗契斯特 我想是的。要是他得知有您的名字，您就已经被逮捕了。

第十二场

〔*达文南特；罗契斯特；居格里戈瓦夫人。*

居格里戈瓦 （对罗契斯特）怎么啦，先生？您已经在逃避您的情人？

达文南特 （后退）她在抱怨谁？

居格里戈瓦 （对罗契斯特）唉！我哀叹，我叫唤，我颓丧，我哭泣，我奄奄一息，我发出痛苦的叫喊声要劈开一块岩石，而您却不过来！啊！可怜的被遗弃的人儿！怎么，难道您的热情已然消失？看看我的眼泪！看吧！我的心正融化在泪水中。

罗契斯特 （转过眼睛，旁白）啊，可怕的鬼脸！是令人伤心还是可笑？（指着居格里戈瓦，小声对达文南特）您觉得怎么样？

达文南特 （同样）这幽灵般的人是谁？

罗契斯特 （始终低声地）是我的妻子。

达文南特 （笑）您的妻子？

罗契斯特 是的，我以名誉担保！我的诗人，快写一首祝婚诗吧！

达文南特 老爷想开玩笑吗？

罗契斯特 当然不是！一点儿也不好笑。

居格里戈瓦 背信弃义的人！您火热的誓言呢？

达文南特 （小声对罗契斯特）像这一类的情妇的确很少有。我祝贺您好运气。

罗契斯特 （悄声对达文南特）好运气。这是我妻子，仅此而已。您是在侮辱我！

居格里戈瓦 我的眼泪是多余的。他根本不听我说！

达文南特 （悄声对罗契斯特）趁她在啰唆时，给我解释一下……

罗契斯特 （小声对达文南特）克伦威尔出于好心把她许配给我，并给以嫁妆。

居格里戈瓦 （拉他的衣袖）怎么，我亲爱的丈夫！

达文南特 （小声对力图推开居格里戈瓦的罗契斯特）怎么回事？

罗契斯特 （小声对达文南特）我以后再告诉您。眼前，要知道，这女巫有充分理由用这名字称呼我。生米已成熟饭。一队警卫充当唱诗班；一名鼓手给我们讲道；一名下士为我们主持婚礼。到最后，我都担心军事管制法把婚床变成了行军床。幸好！……

达文南特 （笑）至于我，我倒挺想看看陪媪和指导神父怎样由一个粗鲁的军人撮合在一起的！

罗契斯特 （低声）在我们这儿，事情就是这样做的。

达文南特 哎呀！要给一部戏剧作品来个结尾，这样的婚礼真的是挺合适的。一名下士为美人和她的情人主婚；就这样，大局已定。

居格里戈瓦 （尖刻地）你们窃窃私语在议论谁呀？他竟然躲避

我！我人长得不错，又有二百个纯金的而且还是崭新的老雅各布斯金币[①]，难道我应该落到这般地步！

达文南特 （对罗契斯特）哟，这份利益倒是值得继承！二百个老雅各布斯金币，外加三颗几乎完整的牙齿！

居格里戈瓦 （对罗契斯特）您曾经对我讲过那么多迷人的话……

罗契斯特 （对达文南特）她自己想象这些话。（对居格里戈瓦）让我们安静些。上帝罚您入地狱！

〔他推开居格里戈瓦。

居格里戈瓦 这些无耻之徒，全是一个样！对情人温情脉脉，对妻子则强横霸道。结婚前是个猫，结婚后则是个虎。（对罗契斯特）怎么，没教养的人！我们的爱神木变成了柏树木，把你年轻的妻子丢在一边。

罗契斯特 啊，老冒险家！要是魔鬼死了，你就是他的遗孀。

居格里戈瓦 对于一个圣徒来说，这是什么话！

罗契斯特 （旁白）对啦，我忘记了！……（高声地）哦，太太，我发誓……（旁白）装我们的傻样吧。（高声）要保持贞洁。

居格里戈瓦 怎么啦？

罗契斯特 （垂下眼睛）您白白地对我说：和我一起去睡吧！……不要任何该死的感官享乐！

居格里戈瓦 居然冷酷无情地把我从夫妇的床榻赶走！

罗契斯特 夫人，请待在这儿，这个我一点儿也不在乎。我想要赶走的只是我。

居格里戈瓦 （极其激动）啊，怎样的侮辱！毒蛇，魔鬼，奸诈之徒，眼镜蛇！瞧，小心我发脾气！

罗契斯特 （往后退）小心我的眼睛，老巫婆一手钩形的指甲！

居格里戈瓦 （哭泣）既然丈夫的权利最终落到你的肩上……

---

① 英国詹姆斯一世时期的金币。

罗契斯特 啊，我的上帝！

居格里戈瓦 在您火焰般的热情之后是怎样的冷漠呢？为什么躲避我？是什么鬼在纠缠你？

罗契斯特 您问我是怎么搞的？

居格里戈瓦 来坐到我身边。我非常依恋你！

罗契斯特 （逃离）天哪！今晚，我可怎么办？

〔罗契斯特下。

居格里戈瓦 （跟随在后）薄情的人！

〔居格里戈瓦下。

达文南特 （独自一人。耸耸肩）威尔莫特疯了。这番怒骂是怎么回事？悲剧与假面舞剧相结合！

〔他向舞台深处走去，目送他们。克伦威尔上。

第十三场

〔达文南特；克伦威尔。

克伦威尔 （手持罗契斯特的羊皮纸，没看见达文南特，同时也没有被达文南特看见）又是一个陷阱……我差一点儿掉进去！他们居然在我宫里刺探我。由于狂热，他们也许会得到成功。要不是我的女儿，一个小女孩，就会群龙无首。肆无忌惮的家伙！不当面较量，却跑到伦敦来偷袭克伦威尔！如果不是跟他们一样疯狂，怎么会预见这大胆而狂热的行动呢？我白白地反复读这张纸条，我只明白某种并不全面的意见。对我来说，他们完全疯了。瞧，在把父亲赶下王位的同时，向女儿献殷勤！甚至在狮子的巢穴里给它设陷阱，而且在它的魔掌下，和它的幼狮玩耍！如果他们不是这样的疯子，那么，我相信他们更是傻瓜。“魔鬼的小教堂神父”啊，两面派！这么说，这个奥博德东只是伪装成的圣徒！他是谁？这是个该死的骑士派的头儿。谁呢？威尔莫特·罗契斯特，还是布金汉·威尔耶？这伪君子在我身边对弗朗西斯献殷勤；想必是威尔莫特或威利耶，两者之一。我的士兵都被收买了！我不再受到爱戴。走着瞧吧。我已经拟好计划。不过，我感到遗憾的是，要使他们上钩，我可只有口令的一半。好吧，我等着奥尔蒙和他的教徒们！

〔达文南特回到舞台前，瞥见了克伦威尔。

达文南特 （旁白）是克伦威尔，（鞠躬并高声地）大人！

克伦威尔 （显出一副愉快的惊奇神色）好，达文南特先生，您来得正好！

达文南特 （再次鞠躬）随时为殿下效劳。

克伦威尔 （微笑）您始终住在同一位女老板那儿吗？那“美人鱼”旅馆？

达文南特 是的，大人。

克伦威尔 这是个好地方。靠上帝的帮助，您身体好吗？

达文南特 （点头哈腰）非常好。

克伦威尔 您大概旅途很不错吗？您满意吗？

达文南特 是的，大人。（旁白）废话！

克伦威尔 您因为什么而暂时离开的呢？买卖？娱乐？

达文南特 为了健康原因。

克伦威尔 健康？（旁白）我怀疑这样奔波后健康状况会更好。（高声）时而离开一下住所，呼吸呼吸新鲜空气，是挺好的事。您参观什么了吗？

达文南特 （尴尬地）嗨……法国的北方……

克伦威尔 这太有限了！听说莱茵河畔风景优美。我这辈子都想着去那儿走走。您去看过吗？

达文南特 （更加困惑不安）去过。

克伦威尔 我非常赞赏您。大概也去过特莱维喽？美因兹？还有法兰克福？科隆？

达文南特 （旁白）他那和蔼的神色让我害怕。（高声）是的，大人。

克伦威尔 啊，科隆！一座充满学问的城市！圣布鲁诺和高乃依·阿格里帕的故乡。

达文南特 （不安，旁白）别谈这个吧。（高声）我游览了不来梅，参观了斯巴……

克伦威尔 啊！咱们就来谈谈科隆吧！（旁白）他想扯到不来梅去。（高声）那大学呢？是什么时候的？……

达文南特 是十四世纪的。

克伦威尔 对于一位文人来讲，这段逗留期间是挺有趣的，不是吗？您是顺便到那儿去看看的吗？……

达文南特 （旁白）上帝，他知道了吗？……（高声）我，没有哇！看什么？

克伦威尔 （平静地）大教堂。我特别欣赏侧门。您没看见吗？

达文南特 （旁白）他对此一无所知。（高声）见过，大人；不过，教堂总体显得趣味不高。

克伦威尔 趣味不高，趣味不高！说起来容易。这是座美丽的建筑物，值得欣赏。如果不是受到埃及祭祀的玷污，虽然它年代悠久，但任何东西也不会有损它的美观。（停顿）在这座城市里，您没见过别的什么吗？

达文南特 没有，大人。

克伦威尔 （微笑）没作一次礼节性的访问，譬如说，拜访某个斯图亚特家的人？

达文南特 （吓得目瞪口呆，旁白）出乎意料的打击！（高声）大人，我向您发誓，我并没有见过他。

克伦威尔 我知道天主教徒都非常忠于自己的誓言！但是，告诉我，谁把蜡烛灭了？不是米尔格拉夫勋爵吗？

达文南特 （旁白）他全知道了！

克伦威尔 我知道，以名誉担保，您没看见国王，我相信您。您戴着一顶式样奇怪的帽子。请原谅我这方式也许有点儿随便，先生，您愿意同我交换吗？

达文南特 （旁白）我被出卖了！（高声）大人……

克伦威尔 （把他的帽子夺过来）给我，谢谢。

〔他迅速地搜索帽子里面，抽出国王的密件，急切地把它展开。胜利的欢呼声时时打断他的阅读。

太好了！“魔鬼的小教堂神父”是罗契斯特，事情得以顺利解决。好极了！他们猜想让我把眼睛闭上是不难的。欺骗我，让我入睡，然后，抓住我；这样最好。（对达文南特）如果说，先生，您的诗篇衬托出您的不义，那么，任何东西大概都比不上您的悲喜剧。（对走进来的瑟尔洛）瑟尔洛，把先生带到伦敦塔去。

〔瑟尔洛下，然后由六名清教徒的火枪手陪同着回来，沮丧的达文南特毫无反抗地置身于他们中间。克伦威尔露出尖刻而又讽刺的笑容，打发他们下。

查理给您戴帽子，现在该我来给您安顿住所。愿老天爷保佑您高高兴兴！

达文南特 哦，阴森可怖的结尾！

〔达文南特和卫兵们下。

瑟尔洛 （对克伦威尔）大人，按照我们的顺序，一位圣徒的大臣已告诫国会。国会现在带来各种各样的议案，征求您的同意，其中特别是一份要授予您王位的请愿书或者法令。

克伦威尔 让他们进来。

〔瑟尔洛下。他独自一人。

啊！阴险而邪恶的事！他们应该断送在自己的诡计中。我要在他们为我设的圈套里把他们逮住。（他轮番注视罗契斯特的羊皮纸信件和达文南特的密件）现在，我手中掌握着一切。（用力地把双手合在一起）只要把他们一网打尽！上帝为我而显示出威力。啊！国会成员们来了。

〔国会成员身穿礼服，由瑟尔洛引导着走入。领头的是穿长袍的演说家，他身后跟随着国会教士，前面有议院执达吏、手持权杖的持权标者，以及拿着黑节杖的掌门官。克伦威尔登上护国公的坐椅前，国会成员在离他几步远设的御前凳子的界线外，神色庄重地站住。

第十四场

〔克伦威尔；国会成员；卡尔利勒伯爵；怀特洛克；斯托普；瑟尔洛。

〔克伦威尔一个手势，卡尔利勒和瑟尔洛便走近护国公身旁。

克伦威尔 （小声对卡尔利勒）卡尔利勒勋爵！即刻把今天夜里在花园门口站岗的士兵统统抓起来。

〔卡尔利勒勋爵鞠躬，下。

（把罗契斯特的羊皮纸信件交给瑟尔洛，并小声吩咐）马上把这个送到斯特朗德街，交给布鲁姆。（指着信上写的地址）这里，你会看到他的住所。或者，为了使我的计划能更好地完成，不如理查·威利斯爵士去当信使吧。去吧！

瑟尔洛 （拿着羊皮纸信件，鞠躬）大人，明白了！

〔瑟尔洛下。

克伦威尔 （旁白）布鲁姆这名字掩盖着我手下就要给我带来的老奥尔蒙。（他就座，戴上帽子）啊！（怀特洛克和斯托普分别站在他两侧。高声）先生们，现在，请讲吧。

国会演说家 （如同在场的其他人，不戴帽子地站住）大人，我们给您带来了国会的议案。殿下，在国会向您提出的建议中，您将看到我们是多么热爱这高尚的古老的事业。敬请同意我们的法案。

克伦威尔 我们这就来看看吧。

演说家 （转身向教士）那么，国会教士，请履行您的职责。

国会教士 （手持展开的审议记录，大声地念）值此上帝赐予我们自由的第九年[①]六月二十五日。以下是国会最近表决通过的议案。第一：考虑到我们可能像挪亚因葡萄园的果实而犯错误[②]那样不谨慎地犯下过错，而并无恶意地亵渎神明，国会希望宽大为怀，仅限于对酒醉者罚以鞭责，渎神者以绞索，旨在这一点上缓和我们的刑法。

克伦威尔 这太不够了。谁亵渎了我们祈祷的上帝，就等于是凶手，甚至江湖骗子！为什么减轻处罚？这些法令是暂时的……因此，我们同意了。

〔演说家和国会成员鞠躬。

教士 （继续念）第二：海军司令罗勃特·布莱克刚取得的胜利将受到一次全体斋戒的荣誉。长久地查考圣书后，议院赠予他一颗价值五百镑的钻石；此外，议院规定，如此辉煌的功勋应记录在册，使之永垂青史。

克伦威尔 同意。

〔在场的人鞠躬。瑟尔洛上，重又站在护国公身旁的老位置。

瑟尔洛 （轻声对克伦威尔）安排好了。

教士 （接着说）第三：约克郡里那些隐匿的心怀敌意的人煽动闹

① 即1649年成立共和国后。

② 挪亚喝了葡萄园中的酒，醉后赤身而卧。

事，使英国人心生恐惧，不知所措，为了立即判处约克郡的动乱为非法行为，国会要向他们的城市宪章提出令状①。

克伦威尔 （小声对瑟尔洛）二十名士兵比一百份令状更有用。我来处理这件事。（高声）同意。

〔所有的人再次鞠躬。

教士 （继续）第四：为充实空虚的国库，议院打算让每个英国人，在自己以前的过错里，寻求补偿一个大的错误，为了国家的利益，每周斋戒一天。在帮助增加财政收入的同时拯救自己的灵魂，这是少有而又符合神圣规则的办法。

克伦威尔 同意。

〔所有的人再一次鞠躬。

教士 （继续以更响亮的声音）第五：向锡安山英雄提出谦恭的请愿书或恳切的请求书。

〔国会全体成员向克伦威尔深深地行礼，克伦威尔则点头作答。

考虑到，按照惯例，国内的一切纷争由国王来宣告结束，上帝本身给他的臣民制定法律后，把讲坛变成了王位，把士师变成列王，他听取了到场的赞成或反对的演说家们的意见；国会再次向护国公大人指出，唯有一个人必须当人民的领袖，给他以从前的国王所归还的封号，它恳求英国护国公奥利弗以世袭身份接受王位。

国会演说家 （对克伦威尔）大人，我请求发言。

克伦威尔 说吧。

演说家 大人！任何时代，现在还是过去，国王们统治并管理世界各国。充满睿智的圣书上，到处都有明确的字眼说：reges

---

① 原文为quo warranto，旧时英国法庭所发的责问某人根据什么行使职权的令状。

gentium[①]。在思索基遍[②]和阿科第奥姆[③]曾发生的事情时我们看到，一旦人民内部发生对抗，难题总是由一把利刃来解决。这把利刃变成了权杖，同时，证实了任何问题都要由国王来解决。我知道，大教士们执拗地认定，受到圣徒们协助的基督自己就能统治；但是，永恒的命运的管理者不是一个为追求肉欲的人民所看得见的国王；对于尘世间的王国，必须要有血有肉的国王。有格言说道：Rexsubstantialis[④]。这是我们不能否认的理由。共和国是最近成立的国家。人民应该信赖于一位国王；因为，大人，不管怎么假定，民众是同站立着睡觉的白鹭一样的。然而，睡着的白鹭是残废的吗？民众就是这个白鹭。它以军队为它的喙，议院为翅膀，为那些争端而复仇。但是，当小船最终重新缚住链环时，就让它站着睡觉吧！ Stans pede in uno[⑤]。论点是再清楚不过的了，不用再加以发挥。犹大的利刃和亚伦的神杖正在欧洲上空伸展，愿殿下成为英国的国王，白鹭的腿！我们乞灵于为全世界共有的法律。代表下议院，Dixi quid dicendum[⑥]。

〔演说家说完话，鞠躬，克伦威尔则陷入沉思中，默想片刻后，他终于抬起眼睛朝天看，双臂交叉于胸前，深深地叹了口气。

克伦威尔　我们以后再考虑。

〔大家都感到惊讶。

国会演说家（旁白）我听见什么了？

---

① 拉丁语，意为：各氏族诸王。

② 见《约书亚记》：古代巴勒斯坦城市。

③ 古希腊城市，传说是奥古斯特战胜安东尼和克莱奥帕特丽的地方。

④ 拉丁语，意为：实在的君主。

⑤ 见《约书亚记》：用一只脚站着。

⑥ 拉丁语，意为：我说了应该说的话。

怀特洛克 （小声对瑟尔洛）他说什么？他拒绝了？

瑟尔洛 他犹豫不决。他怕有危险。

克伦威尔 （低声对瑟尔洛）必须这样！推迟。要使那些在这场斗争中成为骑士派目标的清教徒保持中立；我们不要给这双重的困境增加麻烦，使之变本加厉。首先躲过奥尔蒙在我周围设的圈套。我有的是时间来获取王位。回避掉这荣誉以使清教徒安下心来。（高声对在场的人）放心去吧！求天主保佑！

〔除了瑟尔洛，所有的人都怀着深深的敌意和惊讶的表情下。

第十五场

〔克伦威尔；瑟尔洛。

瑟尔洛 （旁白）一个小时以来，这儿有些事情起了变化。

克伦威尔 （旁白）很好！但愿我的拒绝能把他们一直骗到明天。

〔两个人都一动不动，沉默片刻。克伦威尔，倚在靠背椅的扶手上，仿佛陷入深深的沉思中。终于，瑟尔洛向他走去，并行礼。

瑟尔洛 大人，时候不早了。

克伦威尔 （突然）让人敲响熄灯的钟声。

瑟尔洛 您不需要休息会儿吗？

克伦威尔 是的，可是我不大想睡。

瑟尔洛 今天夜里，大人睡在哪儿？

克伦威尔 （旁白）什么样的生活呀！每天晚上就像个潜逃的贼，躲躲藏藏。执政，就为了每天夜里变换睡眠的床！在我们周围，在我们的心里，到处总有恐惧存在。（高声对瑟尔洛）叫人把我的床放在这里。

瑟尔洛 怎么，在这间彩色房间里？查理的审判官们……

克伦威尔 啊！总是回忆起这件事！

瑟尔洛 大人，可就是在这儿，我们见到聚集起……

克伦威尔 （旁白）这个查理……（高声）先生，您的记性太好了。服从命令！

〔瑟尔洛低下头，走了出去，然后，又回来，身后跟着几名仆人，仆人们搭好床，并带来两支蜡烛。当仆人们出去后，默不做声的克伦威尔走近一动不动的瑟尔洛。

再说，夜阑更深时，要是这个地方出现鬼魂，它也不会看见我。（握住瑟尔洛的手，并向他指着备好的床）这个床不是为我而准备的。

瑟尔洛 （惊奇地）那么，为谁呢？

克伦威尔 （压低声音）小声点儿说。为他而准备这张床的人，他并不害怕国王的幽灵和无头的鬼魂。

瑟尔洛 可是，究竟有什么秘密？

克伦威尔 住嘴。按我说的去做，你们以后会知道一切。

瑟尔洛 （旁白）不让我问。他就是这样使唤我们。总是要我们保持沉默！在不知其中奥妙的情况下，实施他的计划；时而是要你又聋又哑又盲；时而，如果有必要的话，又要你有无数的眼睛、声音和手臂！（高声对克伦威尔）大人，对不起，如果我冒昧地……有某种危险在威胁着您，究竟是什么呢？（指着床）谁应该在这儿占您的位置呢？

克伦威尔 住嘴！我的小教堂神父真是姗姗来迟。（大步地在舞台前部来回走动，旁白）他们多高兴啊！他们以为抓住我了。奥尔蒙在那一边笑，而罗契斯特则在这一边笑。好！他们的守护神在同我们的较量。他们以他们的小尺寸来给我挖坟墓！（他在上面点燃着两支蜡烛的桌子前站定，仿佛被烛光耀了眼，生硬地对瑟尔洛）为什么那么亮？一支蜡烛就够了；你们得给我节约点儿开销。（他亲自吹灭其中的一支）我们就这样消灭一个敌人。吹口气！大局已定！怎么！我的神父呢？

〔罗契斯特由一名侍从陪同上，侍从端着一个金盘，上面有一个浸泡了一根迷迭香树枝的金杯。

瑟尔洛 他正好来了！

克伦威尔 终于来了！

〔克伦威尔高兴地搓搓手。

第十六场

〔同上场人物；罗契斯特勋爵。

罗契斯特 （旁白）杯子装满了。必须让诺尔喝下去。他马上就会睡得死死的！我把整瓶药全倒进去了。嗨！我侍奉这可怜的人，我让他摆脱内心的悔恨；以名誉担保，多亏我朋友般的关心，他以后不会睡得这么久，这么好。（他从侍从手中拿过盘子，侍从退下，然后，他一边鞠躬，一边向克伦威尔端上盘子。大声地说）大人……（旁白）还应该讲究礼节。（高声）请喝下这杯我的手已降福的饮料。

克伦威尔 （冷笑）啊！您已为它祝福了？

罗契斯特 是的。（旁白）多怪的眼神！

克伦威尔 太好了。喝下它，想必对我有好处，不是吗？

罗契斯特 是的，大人，肉桂滋补酒对睡眠极有疗效。

克伦威尔 那么，您自己喝了吧！

〔他拿起盘里的杯子，猛然递给罗契斯特。

罗契斯特 （惊骇，往后退）大人！……（旁白）真是晴天霹雳！

克伦威尔 （含着暧昧的微笑）怎么，您犹豫了吗？年轻人，您得习惯我们的好意。您还没喝呢？拿着，我的师傅！克制着那也许使您局促不安的崇拜心理，喝了吧。（他强迫窘困的罗契斯特拿杯子）您不知道我们很喜欢您吗？让您的祝福降落到您自已身上！

罗契斯特 （旁白）我垮了！（高声）可是，大人……

克伦威尔 我跟您说，喝了！

罗契斯特 （旁白）不久前，这儿已经发生了奇迹。（高声）我向您发誓……

克伦威尔 喝吧。以后再发誓。

罗契斯特 （旁白）我们伟大的计划怎么办？我们那些巧妙的准备工作呢？

克伦威尔 喝了吧！

罗契斯特 （旁白）在耍诡计方面，诺尔还是胜过我们。

克伦威尔 难道您要让人再三恳求吗？

罗契斯特 （旁白）那就喝了这杯苦酒吧！

〔罗契斯特喝酒。

克伦威尔 （冷笑）您觉得怎么样？

罗契斯特 （把杯子放回桌上）愿上帝拯救国王！（旁白）对于我来说，我摆脱了居格里戈瓦太太。诺尔可以随意摆布我。这有什么关系呢？我的新娘在门外等我。我才脱龙潭又入虎穴，从我的妻子那儿逃掉，又落到克伦威尔的手中，我的失败因此不算太惨重！一个强迫你睡觉，另一个则要你开战。我换了个魔鬼，就是这么回事。我打哈欠了……已经开始了？

〔他坐在一把折叠椅上。

瑟尔洛 （对克伦威尔）他喝的是毒药吗？

罗契斯特 （哈欠）他说的话肯定是在恭维克伦威尔和我！

克伦威尔 （小声对瑟尔洛）以后再说吧。

瑟尔洛 （瞧着罗契斯特，旁白）可怜的人！

罗契斯特 （哈欠）啊！……我头晕了。（又打哈欠）当我们成天装腔作势，斋戒，祈祷，滔滔不绝地说教，不说粗话，带着圣人的面具，甚至起个希伯来的名字，遭受老诺尔有关《圣经》方面的斥责……真讨厌……（打哈欠）恰好在灾难临头时睡着了！（他又打哈欠）但愿我还没睡醒就被绞死！只是奥尔蒙将同我一起完蛋；这是我感到非常遗憾的事。赶走那悲惨的梦。（哈欠）可怕的药！我的头快抬不起来了。克伦威尔先生，晚上好。愿上帝拯救国王！

〔罗契斯特的脑袋垂倒在肩膀上，睡着了。

克伦威尔 （眼睛盯视着熟睡的罗契斯特）多么忠诚！谁会为我这样做呢？（对瑟尔洛）把他放到床上去。

〔他们俩把罗契斯特抬到安置在舞台一角的床上，放在那儿，没有把他吵醒。这时，听到有人在敲那扇矮门，这门是朝着彩色房间的侧面走廊而开的。

瑟尔洛 （不安地对克伦威尔）有人敲这扇门。

克伦威尔 开吧。我知道是谁。

瑟尔洛 （打开门）犹太教长！

第十七场

〔克伦威尔；瑟尔洛；玛纳塞－本－伊斯雷尔；熟睡的罗契斯特。

克伦威尔 （对进门时俯伏在门槛上的玛纳塞）犹太人给我带什么来啦？

〔玛纳塞站起身来，神秘兮兮地走近克伦威尔。

玛纳塞 （低声对克伦威尔）钱。

〔他微微打开长袍给护国公看他吃力地携带着的一个大

袋子。

克伦威尔 （对瑟尔洛）出去。（小声地）但别走远了。

〔瑟尔洛鞠躬，然后下。

玛纳塞 （对克伦威尔）瑞典的船已被截住，因而，我立刻把老爷的一份送来了。

克伦威尔 （审视那个袋子）怎么，什么话，我这一份！

玛纳塞 （咬咬嘴唇）大人，也就是说，先得的一点儿好处。

克伦威尔 好吧！

〔他拿起袋子，把它放在身边的桌子上。

玛纳塞 （旁白）什么也逃不过这双锐利的眼睛，骑士派至少挺容易骗过去；我窃取他们的船，然后向他们敞开我的银行。由于我的精心策划，这样一来，他们就缺乏资金；于是，如同算好的那样，我以百分之三的利率，把我从他们那儿偷来的钱转卖给他们；因为，偷窃基督教徒，是可嘉行为。

克伦威尔 炼狱方面，你有什么新闻吗？

玛纳塞 没有。除了在伦敦，到处传说有一位星相学家在多佛被绞死。

克伦威尔 做得好。不过，你自己，你不是星相学家吗？

玛纳塞 （犹豫俄顷）《十诫》里说，不可作伪证。是的，我懂得这本所罗门经常阅读的书，这本书连查拉图什特拉加[①]读起来也很费劲，而对于魔鬼来说，根本无法理解。是的，我知道怎么在天空中看到您的幸福，您的灾难。

克伦威尔 （眼睛盯视着犹太人，旁白）奇怪的魔法！窥视人类和星宿！看天上时，是个星相学家，到了人间，则是个密探！

玛纳塞 （敏捷地走近大厅尽头敞开的窗户，透过窗户依稀可见一方星空）瞧！正好，就在那儿，靠近天蝎座，现在，大人，

---

① 波斯哲人，波斯拜火教的始祖。

我看见……

克伦威尔 什么？

玛纳塞 （眼睛不离天空）您的星座。（转过身来，一本正经地对克伦威尔）您的星座能为我揭示真相。

克伦威尔 （颤抖）当真？可能吗？不，老头儿，你撒谎！你不怕尝尝刀尖的滋味？

玛纳塞 （严肃地）要是我撒谎，让死神闭上这双星宿给以回答的眼睛！死神的打击常使我们措手不及。

克伦威尔 （沉思，旁白）可能吗？掀开命运之幕；在远处的天空看到一个遥远的未来；解读每种人生，每种性格；发现谜底和这神秘的词，这个词被一个我们肉眼看不见的至高无上的手指，写在阳光四射的天书上！多么强大的力量啊！这是在同上帝共享荣誉。我，我只满足于那我自己也不知道的王位！我为自己在那国王们显赫一时的顶峰上受世人瞩目而自豪，我蔑视这个犹太人。和他相比，我是什么人？与他的威力相比，我的力量又是什么呢？与他所达到的目的相比，我所向往的目的是什么呢？他的王国是宇宙，是无边无际的宇宙，不，不可能。理性……理性！人们把一切投入进去而不能给以任何回报的深渊！由于不理解而否认的盲目的怀疑！傻瓜笑着乞灵于他。早就如此。然而，实际上，这威力从何而来呢？上帝给每个人都确定了唯一的目标。与大自然息息相关的人类，在适当的时候，都待在他们自己的领域内，他们的中心。动物对人一无所知，而人对上帝一无所知。宇宙有它的秘密，我们则有我们的秘密。灵魂能够看到死者把某个世界的火炬带给另一个世界的生者吗？它一直待在坟墓的一旁吗？它能够在死后从地下墓穴出来，或者，从这儿深入坟墓的内部吗？谁知道？应该否认我们没见到的东西吗？一切联系都因为死亡而断绝了吗？此外，我们没有见过可怕的东西吗？可是，人掀开了天国那闪闪发光的篇页！谁知道上帝在创造人类时放在他头脑里的东西？怎么！这不洁的人，这个犹太人，这个异教徒，竟然以他的象征意义来阐释世界！用他那邪恶的眼睛搜索最神圣的地方！为什么不呢？知道些什么呢？一切都不可思议。也许，有别的理由！如果他能够给我好奇的眼睛解释我星宿的语言呢？要是他能告诉我，我所进行的战争在哪儿结束呢？好吧！只有我们在这儿，没有旁人在场。试试吧。（高声对玛纳塞）犹太人！

玛纳塞 （眼睛始终不离天空，这时转过身来，鞠躬）大人？

克伦威尔 如果说，这些神光以神秘的光华照亮了你的灵魂，并且给你的眼睛以先知的闪光……

玛纳塞 （俯伏在地）主人，您向您的仆人要求什么？

克伦威尔 （压低声音）未来。

玛纳塞 （直起身子，站了起来）什么？怎么回事？竟然把你那非犹太族的目光抬向这样的高度！虽然由火焰、金沙、金刚石粉末筑成了栅栏，你的灵魂依然能清晰地看见这些被苍穹裹向其无底深渊的星宿！你想要深入这耶和华关注的天国，这荣誉之宫，这神秘莫测的至圣所，这火热的熔炼室！这个天国没有放弃不变的中枢和永恒的圆规。你想要穿过火焰、太空、海水三界，这上天的三重帷幕，世界的三重板壁！你想要知道，在茫茫黑夜里，上帝的冠冕闪耀出的火一般的字是什么样的恒星！你，看出了未来！然而，不信神的人，你居然能看到伟大奥妙中星辰的方位而没有死去！你，总是关注于尘世，为此，你是怎么安排你的日日夜夜？你隐隐预感到什么奥秘？经受了什么样的考验？看看我灰白的光秃秃的额头；我有着托比[①]一般的年纪。我在这狭窄、虚假的世界上，眼睛一刻也不

① 古代以色列英雄。

曾离开那另一个世界。想一想吧！整整一个世纪，没有一天，没有一个小时离开过。夜里，有多少回，我离开自己的住处去坟墓的门槛边倾听，去扰乱一条正在咬噬肮脏破布片的蛆！当我能够把一具尸体变成鬼怪时，当我强迫一个从绞刑架上解下来的死人，吞吞吐吐地讲出天书上的一个字时，我，阴暗王国之王，是多么的高兴！死者向我揭示了宇宙间的问题；我几乎已瞥见了尊贵显赫的人，在天上的星体和裹尸布的皱褶间写上了他那致命的只有他自己认识的名字。是你！对于你的目光来说，天国的星座是在第一夜便已熄灭的无光之火！在你所专注的伟大而轰轰烈烈的事业中，你看见你的胡子变白头发脱落了吗？虽然你比得上可敬的三王，你是否也曾度过被流放、被轻视的悲惨时日呢？……

克伦威尔 （不耐烦地打断他的话）够了。在此，我为你的侍奉而给你报酬。

玛纳塞 你搞错了。人能够服从于人。是的，然而，我过着不完整的生活。既然这肉体最终依然覆盖着我的骨骼，我的眼睛便在人间为你野心勃勃的计划而尽力；但是，我什么时候答应你窥察上天的？

克伦威尔 （旁白）不，这不像是个伪君子在说话。他相信他的科学,他吹嘘这科学已被禁止！（粗暴地高声对玛纳塞）告诉我，我的星宿是否有利于我的愿望。服从吧。

玛纳塞 我不能。

克伦威尔 我要。

玛纳塞 你要？

克伦威尔 （把手放在短刀上）如果那不能使你说话，那么，这把刀将使你沉默。

玛纳塞 （犹豫片刻后）在这秘密仪式中，如果我把地狱和上天，把犹太教法典和古兰经糅合在一起，你不会脸色吓得发白吗？

克伦威尔　不会。

玛纳塞　精神向利刃让步，占星家向暴君让步。我的儿子，说吧。

克伦威尔　向我被震撼的灵魂揭示我的生活和命运的秘密。听着。还在童年时期，我便有一种幻觉。由于出身卑微，我曾被赶出那全牛津赞不绝口的高贵的草坪，不是贵族就不能在那草坪上行走。我愤愤不平地回到我的陋室，我哭泣，诅咒我出身的等级。夜幕降临后，我坐在床旁，彻夜不眠。突然，我的身体由于一阵低语而感到阵阵发冷，在那令人难以忍受的不安中，我听到耳边有个声音在说："向克伦威尔王致敬！"在这几乎听不见的微弱声音里，同时带有威胁和哀求的意味。在黑暗中，我满怀恐惧，脸色苍白地站了起来，寻找对我这样说话的人。我凝视着，那是一颗被砍下的头颅！在发出幽微光亮的阴暗中，青灰色头颅那暗淡无光的前额上呈现出一圈光环……是的，血色的光环。而且，还带有一部分王冠。我一动不动！老头儿，你看，我现在说起来还颤抖不已。它残酷地笑着，凝视着我，悄悄地说道："向克伦威尔王致敬！"我向前迈了一步。一切都消失殆尽，没有留下一丝痕迹，而我的心灵则永远为这奇观而打寒战！"向克伦威尔王致敬！"玛纳塞，你明白吗？你对此有何高见？那个夜晚，黑暗中游移不定的火光，一颗可怕的头颅，鬼魂的一小部分，在充满血腥味的笑容中所许诺的王国……啊，这的确太恐怖了！不是吗，玛纳塞？这颗头颅！……此后，一个寒冷而暗淡的日子，某个冬日，在惶惑不安的人群中，我又看见了它，但那时，它默默无语，听着，它正挂在刽子手的手上！

玛纳塞　（沉思）真的吗？我的儿子，以西结，叶忒罗[①]的女婿曾

① 见《出埃及记》：摩西的岳父。

有过的幻觉也没那么可怕。甚至，伯沙撒[1]在酒酣耳热之际见到的幻象也不能与之相比；托勒多思·叶叙特也讲不出和你的幻觉相同的东西。看见一颗还活着的国王的脑袋在眼前出现；这太离奇了！

克伦威尔 没有比这更恐怖的了！

玛纳塞 （思索状）也许……不，我记忆中的鬼魂为过去而复仇；你的则是为将来。当时，你没睡着吗？

克伦威尔 没有。

玛纳塞 与众不同的幻象！因为，如果你不是在醒着的状态下看到的，那也许只是个梦，我知道有比这更厉害的呢。（重又陷入沉思中）唯一不是从坟墓里跑出来的鬼魂！在我漫长的一生中，我没见过像这样的。（他转向克伦威尔）它的逃跑伴随着什么样的气味？

克伦威尔 （生硬地）我不在乎！我看到的幻象究竟是什么意思？说！是真实情况吗？抑或只不过是错觉？“向克伦威尔王致敬！”我应该当国王吗？把我的命运揭示给我看。

玛纳塞 （眼睛盯着天空）是的，就是那颗星星！从天顶到天底，我都能辨认出它；凝视着它时，我们相信眼看着它在长大，一成不变，闪闪发亮，但是，在它的中心却有一点污点。

克伦威尔 （不耐烦）你的眼睛看天空看得相当久了。我将是国王吗？

玛纳塞 我的儿子，我徒然地想要讨好你；可我们不能对苍天撒谎！你的星宿并不同约德星和扎安星组成神秘的三角形。

克伦威尔 你的三角形能为我做什么？得了，该隐之子，给我解

---

① 巴比伦最后一个国王，是尼布甲尼撒的儿子。一日，他大宴群臣，吩咐把他父亲从耶路撒冷掠来的金银器皿拿出来饮酒。饮酒时，突然发现有人的手指显现出来，在墙上写字。他请但以理即伯提沙撒来解释这些文字。文字讲巴比伦国末日已到，国家将分裂。此事果然应验，伯沙撒被杀死。

释一下被砍下的头颅的神示吧！有朝一日，我肯定会当上国王吗？说啊！

玛纳塞 不，除非发生奇迹。

克伦威尔 （不满而粗暴地）你说奇迹是什么意思？

玛纳塞 一个奇迹……

克伦威尔 那么，怎么样？

玛纳塞 出现奇迹。

克伦威尔 得啦，我是个奇迹吗？

玛纳塞 （凝思）也许。

克伦威尔 你向我预示的可是宝座。

玛纳塞 不。我不能给你改变上天的答复。

克伦威尔 好！那么，这幻象是什么呢？是死神的嘲弄吗？然而，你们这些人，我相信，在这利用星宿的尘世间，你们只是些伪君子。

玛纳塞 （严肃地）我的儿子，伸出你的手，不要辱骂什么。

〔克伦威尔彷佛被占星家的威仪所征服，把手伸给他。玛纳塞抓住手，仔细端详，然后，低声地吟唱，眼睛不离开手。

这儿绝没有邪恶的精灵，
和服了用毒汁制成的媚药
而恢复青春的女巫；
没有飞龙，月亮般的神灵
和边打结边喘息的
百年的纺纱车！

没有任何穿着白袍的幽灵，
眼镜蛇，从乌鸦那儿
偷窃恶臭猎物的吸血鬼；
没有把畸形的矮子，和坟墓上

飘忽不定的火焰，
驱赶进灵魂的魔鬼！

穿上主教的长袍，
系上黄道带，
每个手指戴上金戒指，
还有短毛皮披肩，圆锥形的主教冠，
大红的法衣，和染了两次的
猩红色的轻绸祭服！

〔沉默俄顷，他高声对克伦威尔。

某种危险在威胁着你。

克伦威尔 哪种危险？

玛纳塞 死亡。我的儿子，如果你要当国王，你必死无疑。

克伦威尔 必死无疑！我的死亡？

玛纳塞 （手指指着克伦威尔的心口处）伤口将在那儿。

克伦威尔 （把手放在心口上）这儿？

玛纳塞 （点头）那儿。

克伦威尔 什么时候？

玛纳塞 明天。

克伦威尔 你没撒谎？

玛纳塞 暗嫩[①]之子！撒谎！你愿意我把你的魔鬼召唤到这儿来吗？不过，为了降伏它，必须和我一起说八段以相同字母开始的经文。

〔克伦威尔对这建议显得有些犹豫。这时，熟睡的罗契斯特翻了个身，发出一声叹息。

玛纳塞 （慌乱）可是……有人在听我们说话……（他走近床，瞥

① 以色列王大卫的儿子，因玷污妹妹他玛被兄弟押沙龙杀死。

见睡着的罗契斯特）是啊！魔法被打断了。他什么都听见了！

克伦威尔　你是这样想的！他能听见我们的话？

玛纳塞　毫无疑问。

克伦威尔　那好吧！他必须死。

〔克伦威尔拔出匕首向始终熟睡的罗契斯特走去。

玛纳塞　下手吧！你不可能做得更好了。（旁白）咱们用基督徒的手来杀一名基督徒。

克伦威尔　他可能听见了克伦威尔和犹太人的谈话，让他死吧！（他向罗契斯特举起匕首，然后，又停下手）然而，他正睡着。

玛纳塞　（推他的手臂）怎么！

克伦威尔　（一直把手悬着）他是那么年轻！

玛纳塞　今天是安息日，下手吧！

克伦威尔　今天是斋戒日！我在干什么？在神圣的守护和休息的日子里，我却要犯谋杀罪，我竟听信一个占卜者的话！（他扔掉匕首。对玛纳塞）犹太人，滚开！（叫唤）瑟尔洛！

瑟尔洛　（跑步上）大人……

玛纳塞　（惊奇地）老爷！

克伦威尔　（对玛纳塞）我跟你说，出去。

玛纳塞　（旁白）他是不是突然头晕而神志不清了？

克伦威尔　（走近犹太人，低声说）走！要是你把刚才发生的事说出一个字，那么，你就会被判为死刑。（犹太人拜倒在地，然后下。对瑟尔洛）把我从犹太人那儿救出来！瑟尔洛，把我从我自己那儿救出来！

瑟尔洛　（不安地）大人，您说什么？

克伦威尔　（做出适当的表情）我？没有哇。瑟尔洛，我爱你。

瑟尔洛　您刚才说……您好像局促不安？

克伦威尔　我说了什么事了？

瑟尔洛　是的，您说到……

克伦威尔 （粗暴地）什么也没说！住嘴，跟我来。

瑟尔洛 上帝，您的脸色多苍白。上帝！

克伦威尔 （痛苦地微笑）那是因为这蜡烛闪现出阴森森的亮光。来，我需要你。

〔瑟尔洛尾随着克伦威尔，经过罗契斯特躺着的床时，停住了脚步。

瑟尔洛 瞧他睡得多好啊！

克伦威尔 是的，睡得很熟，跟死去差不多。

〔他们下。

第四幕

岗　哨

〔白厅花园里的暗门。

〔舞台右侧，一片树丛；深处，也是一片树丛，树丛上方，宫殿黑色的哥特式屋顶显现在阴暗的天空中。左边，花园的暗门，是一扇精雕细刻的尖形小拱门。天色已黑。

第一场

〔克伦威尔，打扮成士兵模样，肩上扛着沉重的火枪，穿着水牛皮的护胸甲，戴一顶阔边锥形的大礼帽，脚蹬一双长筒靴。

〔他在暗门前像个哨兵那样来回行走。幕布拉开了一会儿以后，可听到远处一名哨兵的说话声："一切顺利！您在警戒吗？"

克伦威尔　（把火枪放下，重复）一切顺利！您在警戒吗？

〔另一名哨兵在远处重复："一切顺利！您在警戒吗？"

克伦威尔　（沉默有顷）是的，我在警戒，而且，为所有的人在警戒！因某种谨慎的关注而到这个地方来的克伦威尔，要亲自给他的凶手打开大门。

〔远处传来脚步声和说话声。

已经来了？不，还没到半夜呢。是个过路人。

〔依稀听到含糊不清的歌声。

歌声！这家伙没好好守斋。

〔声音越来越近，可听到有人按单调的曲调在唱如下歌词：

夕阳下，
你去寻找
运气，
当心别落空了；
晚上，地面
是棕色的。

迷惑人的海洋，
用雾气遮住了
沙丘。
看吧；天际处
没有一所房子，
没有！

很多小偷跟着你；
夜里，事物全是
一个样。
粗暴的太太
有时对我们
怀恨在心。

她们就要去闲逛。
小心遇上她们中的
一个。
空中淘气的小妖精

就要在月光下
跳舞。

〔歌声越来越近，然后，静默。

克伦威尔 好！是我的一个弄臣在唱；我想，是埃雷斯布鲁。

第二场

〔克伦威尔；特里克；吉拉夫；埃雷斯布鲁；格拉马多克。

〔小丑们由格拉马多克带领着，小心翼翼，蹑手蹑脚地走了进来。

埃雷斯布鲁 （哼哼）空中淘气的小妖精
就要在月光下跳舞。

吉拉夫 （低声对埃雷斯布鲁）埃雷斯布鲁，住嘴。你疯了吗？

格拉马多克 （指着由树木栽成的绿篱后草坪上的一张长凳，对其他人）咱们全都躲在那儿。

克伦威尔 （并没见到他们）是的，是我的小丑回来了。

〔四名小丑蜷缩在草坪的长凳上。

格拉马多克 （对他的伙伴）这出戏的情节集中在这一点上。从这儿，我们将看到一切。

特里克 （小声）看吗？那应该有教士般的眼睛。真的，在魔鬼的炉灶里还更亮堂些呢！

埃雷斯布鲁 （小声）无论演员是什么人，如果他们在那儿发现我们，那他们将使我们为这位置付出比较高的代价。

格拉马多克 （小声）我们来得正是时候。还没开始呢！

吉拉夫 （小声）喂喂，你们闭嘴吗？

〔全都沉默不语，一动不动。

克伦威尔 小丑走过去了，他不知道刚才他在兴奋的唱歌的地方，即将看到一个帝国命运如何得以解决。这小丑，他是多么幸福！在他的周围，甚至在白厅，他都营造出一个理想的世界。他没有臣民，没有御座；他自由自在。在他的内心，没有痛苦的感情。在他那天真无邪的胸膛上，从不裹上钢铸的护胸甲。谁会要他的命呢？他需要什么？宫廷？随行人员？警卫？他唱歌，他欢笑，他路过，而谁也不瞧他。未来对他有什么用？冬天，他总有个住所，有丝绒布片遮体，有用笑声而乞讨来的一点儿面包果腹。他不必提防暴徒们设置的陷阱，以求得生存，每天夜里，他都入睡，不做什么噩梦，醒来后，什么也不想。他多幸福！他说话就是制造声响，他的生活就是一场梦。当他达到一切都了结的终点时，对于这个老小孩来说，没有人能抵抗的死亡，将仅仅是个玩具！在此期间，每当应该哭泣或欢笑时，他的嗓子便发出人们要的声音，叫出人们希望的喊声，他随意地高谈阔论，随时地放声歌唱。他的烦躁不安掩盖了内心的宁静。他是别人的活玩具，没有头脑，夸夸其谈，说话就像流水那样悄悄流淌，渐渐消失，稍有碰撞，他便全身颤抖，比他额上抖动的银铃铛摇动得更迅速。这小丑，永远不会像我一样，失去理智般的竭力把世界封闭在自己的想象里；也从未有意义深刻的话语，富有说服力的叹息，犹如火山的火焰那样发自他的心灵。他的灵魂——他有灵魂吗？——始终在沉睡。每天，他不知道自己前一天晚上做的事。他不长记性；唉，他多幸福！夜里，他从来没有因邪恶的思想而惶惶不安，在某个昏暗的拱门下加快步子走时，也从不害怕回头时会瞅见亡灵，他不希望别人会忘记他，不希望一年里永远没有一月三十日。啊，可怜的克伦威尔！你的小丑令你羡慕。而你却拥有至高无上的权力；你曾怎样安排你的生活呢？（停顿）你统治，你凌驾于惊恐的世界之上。为这巨大的辉煌却付出了多大的代价！党派抛弃了你；人民不再相信你；你的家庭总是与你的才华抗争，以它的意志来命令你，从四面八方拉扯你的王袍。你的儿子本人……啊，上帝！人人都恨我，人人都折磨我，在这世上——甚而还有别处——甚至坟墓深处，我都有对我无比仇恨的敌人！好啦，好日子也许将会到来。更好的日子！我在说什么？十五年来，我的命运犹如一个奇迹。我所希望的事，哪个没有实现？人民在我的管束下终于养成了习惯。我只要说一个字，明天就可以当国王。在我的狂热中，我还梦想什么呢？法官，改革家，征服者，统治者，难道我不幸福吗？是的，结果是，在这儿当个人家花钱雇来守夜的弓箭手，外表看来多气派，内心则是怎样的创伤啊！（又停顿）今天夜里冰冷彻骨，马上就是半夜了；是幽灵从他们的棺材里溜出来的时刻，他们把那鲜血染红的双手，那不可治愈而且渐渐扩大的伤口，以及裹尸布留下的痕迹给谋杀犯看。但是，我还向往什么呢？多么孤独啊！我是个孩子吗？哦，我多么愿意是！这该死的犹太人使之重现的幻象给我留下了可怕的回忆。他把我搞得心神不定，我在颤抖……天气多冷啊！为了使他那些亵渎的话失去作用，当时我是否该念念抵御魔法的经文？（教堂的大钟开始缓慢地敲响子夜的钟声，哆嗦）哎呀，什么声音？……教堂的钟声，正是预定的时刻！（侧耳倾听）我从来没有听见过这时候的钟声。这简直像是丧钟，像是哭泣声。（住嘴，再倾听）是它敲响了一位殉道者的最后时刻！（最后一下钟声后）半夜了，而我却孑然一人！我是否要求助于圣人？……（树丛后传来一阵脚步声）啊，我可放心了！来杀我的凶手来了。

第三场

〔同上场人物；奥尔蒙勋爵；德洛非达勋爵；罗斯伯里勋

爵；克利福德勋爵；詹金斯先生；塞德利；彼得斯·道尼爵士；威廉·默里爵士。

〔骑士派们蹑手蹑脚地走入，奥尔蒙勋爵和罗斯伯里勋爵走在最前面。他们戴着大垂边帽，穿着宽松的黑外套，外套的一角被长佩剑微微掀起。他们低声交谈着。克伦威尔重又把火枪扛在肩上，站在暗门的尖形拱肋下。

罗斯伯里 （对其他人）就是这儿。

奥尔蒙 的确是这儿。我认出了这个地方。（指着暗门，门的阴影把克伦威尔遮蔽住了）从前，国王狩猎以后，就是从那儿回来的。

克伦威尔 （火枪扛在肩上，旁白）的确是他们。我终于知道要跟谁说话了！

彼得斯·道尼 （对奥尔蒙）威尔莫特应该在此地等我们。

克伦威尔 （耸耸肩，旁白）他完蛋了。

德洛非达 （对道尼）他能吗？他不是承担着职务吗？你以为他的脖子上挂着一条粗项链吗？

克伦威尔 （旁白）凶手！你们马上都会有的；哈曼的绞架[①]对你们来说不会太高。

奥尔蒙 （对骑士派们）既然有人留住他，我倒为此而高兴，他也许会使密谋不得成功。

克伦威尔 （旁白）我同样为此高兴。

奥尔蒙 同威尔莫特共事，我总是胆战心惊。好在我们快完了。

克伦威尔 （旁白）完了！就是这么说了。

奥尔蒙 （对骑士派们）瞧那罗契斯特疯狂到何等地步。据说，老诺尔有个漂亮女儿；威尔莫特迷恋上她了，这个我倒一点儿不在乎。

① 见《旧约·以斯帖记》。

克伦威尔 （旁白）放肆！

奥尔蒙 他为她写了一首情诗。一位威尔莫特竟扮演成蹩脚诗人的角色！而且，更有甚者，他忘记了应该怎样对待我这样年纪和身份的人，而我恰恰受到了这样的侮辱！他不是曾经要给我念念那玩意儿吗？不久前，我正在等候时，突然送来了他的一封信，来人说，这很重要。我焦急地打开信，发现密封的是赞美克伦威尔那小妞儿的四行诗！

克伦威尔 我的弗朗西斯！当着我的面居然这样说话！

罗斯伯里 （笑，对奥尔蒙）大人，我觉得这可太讨厌了！

彼得斯·道尼 （笑）几乎以国王的名义，让人宣读这首诗！那才富有诗意！

奥尔蒙 好吧，听我说。收到如此谨慎小心密封好的诗篇以后，我又收到威尔莫特的第二封信，那就是通知我们这时候到此地来。然而，先生们，这一回，只是一张用粉红色缎带系住的卷好的羊皮纸。

全体骑士派 真的！

奥尔蒙 你们瞧，这疯子把我们置于多危险的境地。

克利福德 嗨，这太可怕了！亏他相信这样妙的花招。

奥尔蒙 的确，信倒是委托威利斯交来的。但是，毕竟很可能落在不可靠的人手中！

罗斯伯里 那样，我们只要飞快地逃跑。

詹金斯 有时候，我们因为多么靠不住的根据而麻痹啊！一想到事情的命运可能由一个疯子的头脑来筹划，我就不寒而栗！一有风吹草动，过于庞大的楼房便会毁于一旦，而且，一夜之间，王位，臣民，世界便会消失殆尽！

塞德利 可是，我觉得，我们是否还缺少了达文南特？

奥尔蒙 达文南特！一个诗人，一个老学究，江湖骗子！他躲起来了。你们依靠这种没教养的人！

彼得斯·道尼 噢，对啦，我们的朋友理查，僭越者的儿子，被关进了牢里。先生们，你们知道吗？一个背信弃义的人……

德洛非达 是啊，这可怜的理查！

克伦威尔 （旁白）这可怜的忤逆之徒！

罗斯伯里 是个好人啊！

克伦威尔 （旁白）是吗？

塞德利 （对罗斯伯里）我想，他的父亲已经知道他今天早上为国王的健康而干杯了吧？

〔罗斯伯里向他点头作答。

克伦威尔 叛逆！

奥尔蒙 （对骑士派）好，时间在谈话中很快地过去了。开始吧。

克伦威尔 （旁白）他们的阴谋就在我的眼皮底下进行。让这白厅就像一个捕鼠器那样，向这些埃及老鼠，这些保王派敞开。罗契斯特就是诱饵，而克伦威尔则突然关上活门，这样，谁也跑不了！

奥尔蒙 （小声对骑士派们）咱们去跟那士兵搭话吧。（走近克伦威尔，高声）嘿！

克伦威尔 （向他举枪致意）哪一个？

奥尔蒙 （小声对克伦威尔）我的兄弟，“科隆”！

克伦威尔 （旁白）啊，我不知道口令！怎么办？

奥尔蒙 “科隆”！

克伦威尔 （旁白）回答什么呢？

〔奥尔蒙对哨兵的沉默感到惊奇，神情怀疑地往后退。

罗斯伯里 （对奥尔蒙）哎，怎么回事？

奥尔蒙 （向他指着克伦威尔）他一声不吭。

罗斯伯里 万一克伦威尔觉察出我们的秘密呢？要是他更换宫殿的守卫呢？

奥尔蒙 （困惑不安的骑士派聚集在他的周围）一旦冒险进行这样

的计划，后退，便是失去一切！必须干下去，接着干。

〔他重又向克伦威尔。

克伦威尔 （旁白）太容易引起怀疑了。（对前来的奥尔蒙）哪一个？

奥尔蒙 “科隆”！

克伦威尔 （旁白）啊！我怎样才能骗过他们呢？没有这口令，怎样让他们中圈套呢？

奥尔蒙 （小声对退向舞台右侧一角的骑士派们）始终一言不发！

克利福德 （小声而激动地）那么，把哨兵杀了！

詹金斯 （小声对克利福德）什么，在一个灵魂没能祈祷的情况下，就把它抛向上帝！

克利福德 （低声对詹金斯）有什么关系？

奥尔蒙 （对克利福德）可是，在一个人的背后袭击他！

克利福德 （低声对奥尔蒙）大人，必须过去。对他，我很恼火。

全体 （小声对奥尔蒙）对，把哨兵杀了！

詹金斯 （低声对骑士派们）打发他去见上帝，我们将被罪恶玷污的！

全体 （低声对詹金斯）必须这样！是的，让他死！

克伦威尔 （旁白）他们在那儿说什么呢？

〔骑士派们拔出他们的匕首，向克伦威尔走去。威廉·默里爵士制止了他们。

威廉·默里 除非有更好的见解，依我看，你们错了。这个人是我们的人，我对此深信不疑。否则，见我们聚集在这堵墙前，他早就告警了。先生们，毫无疑问，一点儿金币就能使他解除武装。现在，只要为我们的钱而担心；他一声不吭，是因为他想要多点儿多布朗。他之所以对你们的口令装聋作哑，是因为他有着清教徒那贪婪的本性。不过，花钱买一个安全通行证比刺死他更好，不然可是会弄出声响的。

罗斯伯里 威廉爵士说得对。总之，粗野的人只要别人打他，他就会不管不顾地叫嚷起来。

克利福德 （叹息）唉！咱们就随便人家怎么敲诈吧。

彼得斯·道尼 可惜，我们手头没钱。

塞德利 这个克伦威尔是个贼，把我们的船当做非法走私给没收了，在英国的宝座上竟坐着这样一个强盗头子！

奥尔蒙 老守财奴，犹太教长玛纳塞借给了我一些钱；可是，已经花掉了。等一等！我收到威尔莫特的一个钱包……（他在外衣兜里翻寻）就在这儿。

〔他从衣兜里抽出一个钱袋给骑士派们看。

罗斯伯里 这笔钱来得太好了！

克利福德 （指着克伦威尔）居然付一大笔钱给这个伪君子，我们本来也许可以一刀结果了他，真没劲！

奥尔蒙 （把钱包交给威廉·默里）威廉·默里，您负责解决此事。您比我们更熟悉这些圣徒的情况。

威廉·默里 （拿着钱包）放心吧。

克伦威尔 （瞧见威廉爵士慢慢向他走来，旁白）好吧，他们商量好了。就为了一个字，为了这微不足道的字眼，从来没有这样尴尬过！他们要进去，而我呢，我愿意带他们进去。我们应该合作得很好。

威廉·默里 （旁白）必须巧妙地处理这事。

克伦威尔 （对朝他走来的威廉爵士）什么人？

威廉·默里 兄弟，是个圣徒。

克伦威尔 （旁白）虚伪的家伙！

威廉·默里 愿您的佩剑受到祝福！

克伦威尔 （旁白）被保王分子这样祝福倒是蛮有趣的！

威廉·默里 （旁白）对这些福音主义者必须讲他们的话。（高声对克伦威尔）兄弟！锡安的塔楼上，有弓箭手们互相呼应，夜以继日地在警戒。您跟他们一样。

克伦威尔　谢谢。

威廉·默里　夜里挺凉的。

克伦威尔　是的。

威廉·默里　鸟儿已归巢歇息，牛群也已回到秣槽，一切都入睡了，唯有您在警戒。

克伦威尔　我在履行我的使命。

威廉·默里　对您来说，最好能在一张舒服的床上睡觉。

克伦威尔　（旁白）不如说，对你而言。

威廉·默里　伫立在冰凉的石板地上，肩上还要压着沉重的火枪，您独自一人彻夜警戒；而那个您为之忍受苦难的人，你们的头儿，克伦威尔却已进入梦乡！

克伦威尔　你这么想吗？不可能；我警戒时，克伦威尔不会睡着。

威廉·默里　他给您说了多么好听的假话！

克伦威尔　那么，你认为他已经睡了吗？

威廉·默里　我确信如此。亏了您，他才有这样幸福的宁静和温柔的梦乡。他获取一切乐趣，而把苦难留给了您。

克伦威尔　关于这一点，是做得不好。

威廉·默里　（旁白）他表示不满，好！我们的事情肯定能成。（高声）就您这样忠心耿耿，这个克伦威尔知道您的名字吗？

克伦威尔　我想是的。

威廉·默里　（耸耸肩）得了吧，您是多么老实、天真！

克伦威尔　（旁白）他挺狡猾，这家伙！

威廉·默里　奥利弗会从他那辉煌的宝座上，低下头甚至向您瞧一眼吗？不，我亲爱的，他连您的名字都不知道呢。我确信！

克伦威尔　（旁白）他确信一切，除了明天是否还保住脑袋！好像是他造就了我。

威廉·默里　我看您好像挺诚实的；不过，您希望比我更清楚地知道这些事情。

克伦威尔　我错了。

威廉·默里　我在已故国王的宫廷里日渐衰老。

克伦威尔　笨蛋！他忘乎所以了。在他那不忠诚的角色里，作为骑士派，他已经带有清教徒的色彩！

威廉·默里　亲爱的，其实，所有的朝廷都是一个样。我打赌，您对此一无所知，对吗？

克伦威尔　（旁白）他城府很深！

威廉·默里　您把青春都贡献给克伦威尔了吗？

克伦威尔　当然。

威廉·默里　怎么！为了他，您一滴一滴地倾洒着您的热血，然而，我向您保证，对此，他不会比对桥下流淌的流水——无论清浊与否——更关心！

克伦威尔　啊！我想，他也许更关心我的事。

威廉·默里　（笑）哦，您心地多好！您活着，抑或死去，在他的圈子里，能起什么作用？

克伦威尔　你知道些什么？

威廉·默里　啊！您的青春岁月有了结的时候吗？图什么呢？

克伦威尔　（旁白）是的，比你想的更多，你的灾难！

威廉·默里　难道您还不期待得到报酬吗？现在不是他酬谢您的时候吗？这不是明摆着的吗？您仅仅是名士兵，然而，我可以肯定，您很少离开他的，对吗？

克伦威尔　从来不。

威廉·默里　您参加了他所有的战争吗？

克伦威尔　是的。

威廉·默里　当中士多么不适宜于您！

克伦威尔　（旁白）为了征服我的心，这倒是走了一大步！（高声）阿谀奉承！

威廉·默里　不，居然如此傲慢地对待您！他自己不已经是大统帅了吗?

克伦威尔 (旁白)放肆!

威廉·默里 让我们来看看，为了拥有宫殿、御车、警卫、仆人，这个别人使他成为了不起的大人物的克伦威尔是什么人?跟您一样，是名士兵。

克伦威尔 仅此而已。

威廉·默里 (旁白)我们的事业获胜了!(高声)真的，他一点儿也不比您强。

克伦威尔 说得有理!

威廉·默里 那为什么卑躬屈膝地伺候他?

克伦威尔 我并不伺候他。

威廉·默里 (旁白)好，他自己缠上我打的扣结里。(高声)那为什么您没有跟他一样的地位呢?

克伦威尔 其实，也许看不出有什么变化。

威廉·默里 丝毫没有。一名士兵为另一名士兵，您怎么能够履行这份令我害怕的职责?干这么一行艰苦的职业，您的军饷是多少?

克伦威尔 我不领军饷。

威廉·默里 不领?瞧瞧，把一个老兵这样弃之不顾!我很同情您。

克伦威尔 (旁白)他同情我!

威廉·默里 为他守卫，却不给薪金，克伦威尔真是个暴君!

克伦威尔 (旁白)他就在这儿。

威廉·默里 气死我了!

克伦威尔 (旁白)他可真叫人可怜!

威廉·默里 (握着他的手)我要减轻您的痛苦，听我说，甚至，要为您报仇。

克伦威尔 为我报仇!

威廉·默里 对克伦威尔。

克伦威尔　对克伦威尔！

威廉·默里　（俯身向他的耳边）给我们打开这道暗门。让朱迪思最终被奥诺非纳[①]击中！

克伦威尔　就是说，奥诺非纳被朱迪思击中，不是吗？您举《圣经》的例子都举错了。

威廉·默里　说得对。

克伦威尔　不过，对于一位朱迪思来说，您的胡子是否太长了？

威廉·默里　（旁白）我为什么提起这见鬼的故事？确实，朱迪思是个女人。那有什么关系？（高声）朋友，让我们到已睡着的克伦威尔那儿去，以后，你将会感到满意的。

克伦威尔　你认为这样？

威廉·默里　有五六个人通过这个门，于你有什么关系呢？我亲爱的。在这幸运的时刻，就这样躺着睡大觉，财富向你滚滚而来。

克伦威尔　躺着睡大觉！

威廉·默里　（把钱包给他）拿着这笔预付款！当有人说“科隆”时，你在这儿只要说“白厅”就行了。

克伦威尔　（旁白）口令是“白厅”。

威廉·默里　拿着这钱。我们其他人，还会付给你的。

克伦威尔　（旁白）我呢，我也会付的！（一边拿钱包，一边对默里）谢谢，朋友，这可是我欠下的一笔债。

威廉·默里　我们进去后，你为我们警戒。

克伦威尔　我会守卫着的。

威廉·默里　太好了。（向他伸出手）握握手吧。以上天的名义！这是条好汉。

---

① 第二经典书中的《朱迪思书》上述：犹太女英雄朱迪思为了拯救被敌军将领亚述人奥诺非纳占据的城市，以色相诱惑，在他酒醉时割下他的脑袋。

克伦威尔 哦，对啦，告诉我，你们抓到克伦威尔以后，会把他怎么样?

威廉·默里 首先，我猜想，是的，我们会杀死他。就这样。

克伦威尔 微不足道。

威廉·默里 我们只希望一种迅速而又无痛苦的死亡。我们中间谁也不是残忍的。

克伦威尔 （旁白）我也不会比你们更残酷。

威廉·默里 那就说定了?

克伦威尔 你说得对。

威廉·默里 （对那些在舞台一角等候他的骑士派们）快来。给利未人付了钱，我们就可进入至圣所了，我早就对此深信不疑。

奥尔蒙 （对威廉·默里）成了吗?

威廉·默里 成了。

奥尔蒙 （对骑士派们）走吧。

〔骑士派们两个两个排好向克伦威尔那儿走去，克伦威尔举火枪致意。

克伦威尔 是谁?

奥尔蒙 “科隆”。

克伦威尔 “白厅”，过去吧!

奥尔蒙 （旁白）好!

克伦威尔 （瞧着走进暗门的骑士派们）正是这样。

奥尔蒙 （小声对威廉·默里）默里，留在这儿监视这个人。（对克伦威尔）兄弟，哪儿能找到克伦威尔?

克伦威尔 在那间称做彩色房间的厅里。

奥尔蒙 我们的脚步声虽然会被夜色掩盖，不过，还是请您保持警惕。

克伦威尔 放心！走吧。

奥尔蒙 （高兴地）我终于达到目的了！我的晚年至少被圆满胜利

的光圈所笼罩。我揪住克伦威尔了！我就要在他的华盖下逮住他。这就是我祈求的天赐良机。克伦威尔被攥在我的手心里！老天爷把他交给了我。

克伦威尔 （盯视着他，旁白）向上天祈求的东西，有时，由魔鬼来给你！

〔奥尔蒙匆忙走过暗门，所有的骑士派们都已进去，除了威廉·默里爵士。

第四场

〔克伦威尔；威廉·默里；四个小丑一直躲在他们的藏身之处。

克伦威尔 （注视着骑士派们经过的暗门）他们在那儿！

威廉·默里 （搓手）幸亏我老谋深算，我们总算成了！这个天下无敌的克伦威尔，这著名的将领，城府极深的政治家，全欧洲都向他吟唱赞美歌，天下人认为，对他来说，权杖太轻，王位太窄，然而，这位英雄，主宰，却像断了翅膀的鸟儿一样，终于被八个蠢货抓住了！这八个人还没有两个脑袋瓜好使。因为，在这儿，只有我的头脑灵。没有我，就一事无成。克伦威尔！一个流浪汉，一个微不足道的士兵，刚刚当上了贵族，在那儿，俨然像罗马的恺撒统治着各国君王，我们给这些君王以怎样的教训啊！这个以权势侮辱了他们权力的人在他的宫里被我们捉住了，那是怎样的耻辱啊！为此，我们付出了十五个年头！（转身向正在冷静地听他说话的克伦威尔）我亲爱的，您想象得出吗？因为他打赢了几场我不知道的什么仗……

克伦威尔 （旁白）你根本没有参加！

威廉·默里 （继续）因为，他善于言辞，知道怎样赌咒发誓、惺惺作态，来取悦人民，感动群众，人们并不给他喝倒彩，反而对这个连敬礼都不会的粗俗汉子卑躬屈膝！

克伦威尔 （旁白）他倒是不知道怎样敬礼，不过，他教别人怎样敬礼。

威廉·默里 说实在的，他的姿态几乎和您一样！

克伦威尔 几乎？

威廉·默里 作为士兵，您具有应有的举止；不过您毕竟没有把眼睛抬得那么高！您和一名瑞士大兵一样，姿态优美地扛上枪，做操练。

克伦威尔 您说得太好了。

威廉·默里 不，大家各司其职。即便在全体人民心目中，克伦威尔是按您的尺寸来量体裁衣，您也不会摆出宫廷气派或故作高傲。您估计老诺尔是否会荒唐到胆敢在光天化日之下站在王室的讲台上。他的发迹是一连串机缘造成的。昨天，当他召见时，他的样子多不自然！

克伦威尔 这么说，你在场？

威廉·默里 朋友，别对我以你相称，我们走的不是一样的步伐。您看清楚了，我是苏格兰的贵族老爷。您这样的人是在我鞍前马后跑的。您知道我的纹章上刻有狼的图案吗？我亲爱的，更有甚者，在已故雅克一世时期，我有幸代替加尔王子受鞭打。

克伦威尔 是的，先生，我们的地位是完全不同的。

威廉·默里 很好！

克伦威尔 再回到刚才我们谈的话题。过去，您时而会去这个克伦威尔您嘲笑的对象的家吗？

威廉·默里 那是为了某些琐事。总不能像蒙特罗斯[①]那样老是战斗。

---

① 苏格兰将领，效忠于查理一世，后又帮助查理二世复辟。

克伦威尔　是的，在先生可能为国王而出卖暴君前，先向暴君请求个职位。

威廉·默里　你这话说得多难听！

克伦威尔　我不会说漂亮话。

威廉·默里　（*旁白*）乡巴佬！

克伦威尔　我打赌，克伦威尔没好好接待您，对吗？他拒绝见您？

威廉·默里　他！并非如此。

克伦威尔　（*旁白*）他多会撒谎！

威廉·默里　相反，这个粗野汉子对我很亲切。他感觉到我对他的抬举，听凭我挑选他能给予的恩宠。

克伦威尔　（*旁白*）是的，挑选窗户或门。（*高声*）可是，您为什么又转而反对他呢？

威廉·默里　我考虑过。怎么能为一个极其粗俗，一个发号施令、指手画脚的下士效劳这个蠢货对您龇牙咧嘴地微笑，两脚成内八字，朝您敬礼！

克伦威尔　我想象得出。

威廉·默里　后来，我又得知他肯定会失败。

克伦威尔　于是，斯图亚特家族的权利又重新出现在您的脑海里了对吗？

威廉·默里　是的，斯图亚特的权利，加上克伦威尔的粗俗，我的朋友们也在一旁推动我，同这个可怜虫作斗争必定能成功，因此，我也就参与了这阴谋。

克伦威尔　我赞同您的理由。

威廉·默里　亲爱的，您理解吗？原则就是这样。从前，诺曼人纪尧姆违反了这些原则；不过，他通过他儿子亨利一世和苏格兰的莫德的早婚加以弥补。斯图亚特家族来源于阿瑟灵家族和他们俩；您瞧这家世，由此证明，出身于这双重名门的查理二世，在他身上同时具有诺曼人和撒克逊人的权利。

克伦威尔 这是明摆着的。（旁白）我不大明白这推理。

威廉·默里 我请您来评评理。

克伦威尔 （旁白）的确，他作出了很好的选择。

威廉·默里 显然，我们年轻国王有他的权利。

克伦威尔 毫无疑问。

威廉·默里 然而，这正是克伦威尔所否认的！这贪婪的笨蛋为了鹰巢而离开饲养场不是闻所未闻的事吗？如果说他有才能，那好！但是，我还要重复一遍，这是一座不吹号角便坍塌的耶利哥城[①]。

克伦威尔 （旁白）说得恰到好处！

威廉·默里 他当国王的事情似乎进行得挺顺利；这只是个虚无缥缈的幻想。

克伦威尔 （讽刺地）双脚用蜡做的金头偶像。

威廉·默里 我总是在想，他只不过是个可怜虫。所谓声望并不能骗过我。我曾琢磨过克伦威尔。这家伙想要当国王！我们生活在什么时代？这家伙甚至不知道如何挫败阴谋，预料别人的计策！您，您的心智要比此刻被人在床上逮住的那个傻瓜敏慧得多！

克伦威尔 （旁白）蠢货，要是他知道他说得多正确就好了！

威廉·默里 他是否以为统治是件容易的事？他当国王，我根本不会去当他的朝臣。

克伦威尔 您说得不错！

威廉·默里 我们承认，他也许具有制备啤酒麦芽汁的才能。他有权利只戴铁帽和有护面甲的头盔吗？充其量，他只是地区的贵族而已。他的名字比得上弥尔顿的名字吗？

克伦威尔 （旁白）肆无忌惮！

---

① 见《旧约·约书亚记》。

威廉·默里 他不甘心当一个受人称道的啤酒酿造商，这家伙竟敢要当大人物，摆出君主的样子，为英雄们祝福！这些小贵族地主不是很好笑吗？他学会了一边酿出苹果酒，一边则压制人民，驯服九头蛇，统治世界！

克伦威尔 （旁白）怪物！

威廉·默里 然而，因为他运气极好，他就自以为是个卡佩[①]、摩西、恺撒！我有件事搞不懂，那就是一位沃里克家的人，居然把这位国王说成是非法的！

克伦威尔 （旁白）变色龙，昨天还在我面前阿谀奉承呢！

威廉·默里 （似乎突然想起什么）啊，我自己也有点儿太天真了！

克伦威尔 怎么啦？

威廉·默里 当我们的鹰隼在上面掠获猎物时，他们把我留在这儿，就为了万一分享报酬的话——因为，最后很有可能这样的——只给他们几个！

克伦威尔 （旁白）无耻的骗子！

威廉·默里 他们会给我留下我那一份吗？哟！我，年迈的老鹰，竟然在此鹄立久等。不！我也要得到国王的馈赠。

克伦威尔 不过，请相信我，您不会被遗忘的。

威廉·默里 我也要跟他们一样，亲手逮住这老魔鬼。

克伦威尔 （旁白）那就去吧！

威廉·默里 （握住他的手）你帮了我们大忙。当然，在算总账时，我不会忘记你的。你将当一名下士！

〔威廉·默里下。

克伦威尔 （独自一人，耸耸肩）去找吧！一个宫廷的庸才以他自己的标准来度量我，装腔作势的小鹅居然讥笑展翅高飞的雄鹰！

---

① 法国古老王族世家。

〔玛纳塞小心翼翼地走来，手中持一盏暗灯。

第五场

〔克伦威尔；玛纳塞。

玛纳塞 （没有瞧见克伦威尔）清教徒，骑士派，克伦威尔，查理二世，都是些基督徒！

克伦威尔 （瞥见暗暗的灯光照着的玛纳塞）上帝，是那可憎的犹太人！他来干什么？他是从什么坟墓里出来的吗？

玛纳塞 （并未看见在听他说话的克伦威尔）这敌对的两派，哪一派失败有什么关系？反正流的是基督徒的鲜血；我希望起码是这样！这就是搞阴谋的精彩之处。奥尔蒙杀死奥利弗，还是奥利弗打败他，他们俩的命运就在此地得以解决。我，我倒要看看！一切迹象都在威胁着克伦威尔……

克伦威尔 （旁白）叛徒！

玛纳塞 （双眼向天，继续）一切，除了天上的星星。看上去他正接近死亡，然而，他的星宿却在天顶闪烁，显得更加清晰、更加纯净；我再看他的手纹也是白看，因为，我看不出有什么真正的危险——除了明天。

克伦威尔 （旁白）明天，他说什么！这些该死的占星家甚至在自言自语时也是江湖骗子吗？

玛纳塞 （继续）有什么关系？不是奥尔蒙，就是克伦威尔准死。他们将互相扼杀。（注视着星空）今天夜里，天气多好啊！

克伦威尔 （旁白）在那喋喋不休的朝臣之后，又遇上这蔑视宗教的犹太人！卑劣的乌鸦替代了喜鹊。他冷酷无情地赶来寻求战斗中死亡给予的食粮，他根本毫不内疚，也不感到恶心。

玛纳塞 （用望远镜瞄准天空）在等待我们的谋反者们到来之际，我们来研究一下卫星“黑”在“窦”轨道里画的曲线。用神圣的锤子来敲打神殿的门槛。（他对着望远镜看，然后，又停了下来）按百分之三的利率出借！值此动荡不安的时刻，我肯定能在奥尔蒙身上获得双倍的盈利。

克伦威尔 （旁白）克伦威尔的间谍！骑士派借钱的钱庄！

玛纳塞 （眼睛仍对着望远镜）这条线又弯向了白羊星座……不过，我有科隆那儿送来的卡罗路斯银币[①]；即使把它们削成圆形，质地上好的卡罗路斯也能赚得……的确，在这种情况下可能发生月食……五十五先令，九个杜卡托[②]。是的，克伦威尔，奥尔蒙，我把他们一起骗了。

〔这时，听到远处哨兵周期性的叫喊声：“一切顺利！您在警戒吗？”

克伦威尔 （不耐烦，旁白）难道就应该在这时候打断我！他们的喊声只能吓唬猫头鹰。不过，还是重复一下吧。（高声）一切顺利！您在警戒吗？

〔听到这一喊声，犹太人蓦地回过头来。

玛纳塞 （旁白）雅各，我压根儿没瞅见哨兵！岁月把一层多么厚的纱幕罩在我的眼珠上。

〔远处，另一名哨兵的声音在重复：“一切顺利！您在警戒吗？”

玛纳塞 （恭恭敬敬地走近克伦威尔）晚上好，士兵老爷。

克伦威尔 （旁白）他是被这突然的喊声吓住了吗？瞧他是怎样露面的！（高声）犹太人，晚上好！

玛纳塞 （再一次行礼）您是由奥尔蒙勋爵派在这儿监视的吗？

---

① 法国查理八世时代发行的银辅币。

② 威尼斯古金币名。

克伦威尔 先知的儿子，你怎么会需要别人来回答你“是”呢?

玛纳塞 我非常高兴见到你们旗开得胜。克伦威尔终于垮台了；我向你们表示祝贺。

克伦威尔 谢谢。

玛纳塞 （举手致意）老国王的权力又要重新行使啦，对你们来说是多么幸福啊!

克伦威尔 啊! ……

玛纳塞 我祝贺您。您当然希望得到晋升喽，对吗?

克伦威尔 是的。有人要任命我当下士。

玛纳塞 多棒的军衔！伙计，您将当下士，这可太好了！真的，一名下士得指挥四个人哪！好极了！军服上还镶上军衔的饰带。

克伦威尔 挺诱人的!

玛纳塞 士兵老爷，大家兴高采烈的同时，克伦威尔的垮台使您得以高升，我感到很高兴!

克伦威尔 （旁白）阴险的家伙!

玛纳塞 可恶的克伦威尔，你终于要为你那反犹太人的法令付出代价了。宗教狂，伪君子，吝啬鬼！（对克伦威尔）这个护国公，这个国王居然亲自来核对账，多么可耻的事啊！啊，别对我讲那些加冕了的资产者！在一个如此低下的圈子里，他们智力有限，思想狭窄！没有丰盛的宴席，没有娱乐，没有节庆活动，从来也不借钱！这样您能做什么买卖？如果，您为他们截住一艘瑞典帆船，他们就探索您的口袋，细细察看您的手指，然而，作为这件事所冒的风险，充其量给您留下所得的四分之三。

克伦威尔 那可是敲您的竹杠!

玛纳塞 就是这句话。这些小气的国王！他们倒是会辨别拜占庭金币和西昆[①]！

克伦威尔 真可恶！

玛纳塞 这个克伦威尔！有一次，我以我自己也不清楚的多少利息贷出，从而正当地使我可怜的资本翻了一番，为此，他竟敢处罚我，您说，这是怎么搞的！

克伦威尔 真可悲！

玛纳塞 老爷，这是在扼杀我这行业！请问，这暴君，他管什么闲事？为了取悦他的那些崇拜者，他有什么权利禁止演戏、娱乐、音乐会、舞会、赛马呢？那些地方麇集着各家寻欢作乐的长子，他们在那儿快快活活地挥霍钱财。剥夺他们这个权利，不是有违情理吗？阴险，嫉恨，冷酷，节俭，粗茶淡饭，简直是个魔鬼！多亏了你们，英国可以松口气了。你们高贵的双臂使它摆脱暴君所造成的最恶劣的情况，这种恶劣状况在地狱都不曾有过！我对您说这些并不是为了讨好您。

克伦威尔 我对此完全相信。

玛纳塞 （耸耸肩，偷偷地注视克伦威尔，旁白）这些战争机器，赤裸裸的恭维话就会使这庸人心花怒放！

克伦威尔 （旁白）多少假面具遮盖着这丑恶的面孔！咱们来把它们一个一个在我眼前剥落下来。（高声）对啦，犹太人，给我算算命吧。

玛纳塞 （鞠躬）让我在此给您看看您辉煌的前程！不过，下士老爷，这对我来说，也是荣幸之至。（旁白）无赖！（高声）您会飞黄腾达。（旁白）这好比用天文望远镜来看一根蜡烛！（高声）来，好吧，老天爷；咱们来为您占星算命吧。在文

---

① 古代威尼斯金币。

雅的拉丁文中，我们把这叫做 in anima vili[1]做实验。（旁白）可以用拉丁文当面取笑这目不识丁的家伙。（高声）把您的手给我。我得告诉您……这个下贱的克伦威尔……（就着提灯的光细心察看克伦威尔伸给他的手）怎样的手啊！我该死。

〔他拜倒在克伦威尔的脚下。

克伦威尔 （微笑）嘿！犹太人，你干吗？啊，什么鬼咬住了你？

玛纳塞 （前额碰地）我该死。

克伦威尔 那么，卑劣的犹太人，你现在知道我是谁了吗？

玛纳塞 （声音压抑）啊！就是这只手，宽大得足以提起整个世界！我对上面的手纹太熟悉了，上天在这手纹上，只写了克伦威尔的名字，没写别的。您的星辰一点儿也没撒谎。

克伦威尔 老头儿，听着。你只是个无耻之徒；毫无疑问，可以轮到我来在你身上试试这把光滑的刀了，（他给他看一把匕首）做一次 in anima vili 的实验。不过，我不会亲自掐死一条蚯蚓的。起来！

〔玛纳塞站起身来。克伦威尔向他指指靠近门的一张石凳。

坐那儿去。

〔吓得目瞪口呆的犹太人便坐在阴暗角落的凳子上。

特别注意别吱声。只要你说一个字，你的灵魂就会远离你的躯体，自行去补全死者的名单！

〔犹太人垂头丧气，脑袋耷拉在胸前。克伦威尔重新回到舞台前，仍然斜着眼睛瞧玛纳塞。

这个犹太人，居然效忠于奥尔蒙！把他送到我这儿来的命运，把一头夜鸟当做了猛禽！

〔他踱来踱去，时不时说几句话。

---

① 拉丁语，意为：在卑微的心灵里。

听他们说来，我的罪过仅仅是敬礼敬得不好，算账又算得太好。然而，没有一个字涉及查理一世或英国宪章！（把手伸出紧身外衣的口袋）究竟有什么在妨碍我，使我不安呢？（他从口袋里抽出默里给他的钱包）啊，这是血的代价！是的。我忘记了，这些先生为了去杀我，曾付给我钱。看看我是否应当感谢他们；数数有多少；看看他们有多慷慨。克伦威尔的脑袋，能值多少钱？要是他们付给我的钱少，那就太不礼貌了。（他从玛纳塞手中拿起灯，用灯光照着钱包。他对钱包瞧了一眼，便恐惧地往后退）上帝！我儿子的名字绣在这个钱包上，他竟然是这弑君经费的财源！（重又细细审视）我没有弄错，是他的纹章！现在，他的背叛还缺什么证据呢？啊，卑鄙的孩子，可怜的父亲！怎么，在他们邪恶的巢穴里，分享他们的肴馔，参与他们的阴谋，鼓励他们行动，为我的死亡干杯，还不满意，我的儿子竟然支付丧葬日子的费用！他把他的钱给他们，为了买我的脑袋！他同他们一起寻欢作乐，心中毫无内疚，末了，就像一场盛宴，他为他们付钱买我的死亡！（他厌恶地把钱包扔在地上）他挥霍成性，已经达到犯杀害父母罪的地步！

〔理查·克伦威尔上，他好像在黑夜中摸索着路。

我听到有人来了。

第六场

〔同上场人物；理查·克伦威尔。

理查·克伦威尔 （他慢慢地走向前台）夜色浓浓，看不清东西。

克伦威尔 （没被瞧见）可能吗？我的儿子！

理查·克伦威尔 我可解放了！

克伦威尔 （旁白）毫无疑问，被那些强盗救出来的，你已经把我交给他们了。你把你的手，如兄弟一般与他们沾满鲜血的双手联合在一起！

理查·克伦威尔 （始终没瞅见他的父亲）是因为好好地酬谢了哨兵！

克伦威尔 （旁白）他说出来了。

理查·克伦威尔 我自由了！

克伦威尔 （旁白）坏蛋，以什么样的代价？

理查·克伦威尔 这可花了我好多钱！不过，我讨厌忘恩负义。

克伦威尔 （旁白）啊！你讨厌对那些卑贱的雇佣刺客忘恩负义，他们让你心安理得地谋害你父亲！

理查·克伦威尔 又做了件荒唐事！

克伦威尔 （旁白）这个放荡的约阿施[①]用多么轻浮的语调在谈论杀我的事！

理查·克伦威尔 可是，我的父亲正在睡觉呢！

克伦威尔 （旁白）他在睡觉！

理查·克伦威尔 他一点儿也不知道！

克伦威尔 （旁白）是他在守夜，而且，他正在听你说话呢！

理查·克伦威尔 （笑）我可把他大大地作弄一番。

克伦威尔 （旁白）怎样的笑声，何等的罪行！这无赖是到这儿来问："成了吗？我是否亲自惩罚他？"

理查·克伦威尔 （笑）来吧，勇敢些！明天，当他们发现鸟儿不在笼子里，这些圣徒将是多么狼狈啊！

克伦威尔 （旁白）要是我亲手刺死他呢？（他拔出匕首向正在舞台前部走动的理查迈了一步，站在他的身后。他举起匕首，然后，又停下手）这是我的儿子！

---

① 以色列王，见《旧约》中的《列王纪》。

理查·克伦威尔 而我们的骑士派将会怎样嬉笑怒骂!

克伦威尔 （旁白）他却在这儿炫耀我的血统。（他又迈一步）下手吧!

理查·克伦威尔 结局肯定是令人高兴的。

克伦威尔 （旁白）是吗?

理查·克伦威尔 我想，我的父亲并没有原谅我。然而，我可以用这种方式逃避他的怒火。

克伦威尔 （旁白）你逃不了，叛逆！我必须下手了。别怜悯！说定了。（他又向理查那儿走去，然后，犹豫不定）嗨，怎么！我的头生子！在一个幸福的日子里，上帝把他给了我。这把刀在他的血管里找到的是我的血！孩子，他曾经使我产生多少苦恼、牵挂、困难，唉，还有幸福！每当我突然出现在他的眼前时，他全身颤抖，仿佛长着翅膀一样，把细小的双臂伸向我这当父亲的手。当他向我微笑时，我觉得，在我眼里，他是一颗星辰!

理查·克伦威尔 的确，他活该。我的父亲可是个暴君!

克伦威尔 （旁白）啊！就这句话让我下定决心。当他是个谋害父母的人，他就不再是儿子了。（他从他儿子背后向前走，举起了匕首）死吧，叛逆!

〔一阵脚步声从暗门里传来。克伦威尔停住手并转过身子。

在那黑黝黝的扶梯那儿有什么声音？是奥尔蒙和他的骑士派又回来了。接着看我儿子在他们的行列里怎样背信弃义吧；在整出悲剧演完后，咱们自会解决的!

〔他把匕首放回刀鞘。骑士派们上，他们手中持剑，把熟睡的罗契斯特架在他们中间，罗契斯特被一条手帕塞住嘴巴，手帕把他的脸也遮住了。

第七场

〔同上场人物；奥尔蒙勋爵；克利福德勋爵；德洛非达勋爵；罗斯伯里勋爵；彼得斯·道尼爵士；威廉·默里爵士；塞德利；詹金斯圣师；罗契斯特勋爵。

〔骑士派们上场时，克伦威尔回到原来的位置，而理查·克伦威尔则惊奇地回过头来。

理查·克伦威尔 （未被骑士派瞧见）我看这些人行迹可疑。待一边儿去吧。

〔他退向舞台的左边树丛中。

威廉·默里 （得意扬扬地对克伦威尔）这位护国公甚至没有一张锦缎做的床！桌上一根可怜的蜡烛业已熄灭；那儿伸手不见五指。幸亏他睡得像头死猪，我们抓他时，他一动不动；于是，我们悄没声息地蒙住他的嘴，喏，他就在这儿。

克伦威尔 啊！是他？

理查·克伦威尔 （旁白）这是怎么回事？

克利福德 我们逮住他了。胜利啦！

理查·克伦威尔 （旁白）他在说什么？

彼得斯·道尼 难关已经过了！夜色浓重；来吧，咱们别浪费时间。走吧！（对扛着熟睡的俘虏，止步不前的德洛非达、罗斯伯里、塞德利和克利福德）怎么啦？

罗斯伯里 （对道尼）对手上什么也没有的人这么说话倒是挺合适的。

塞德利 因为，为了达到确定的目标，我们根本没有换过手，应该休息一下。

理查·克伦威尔 （旁白）我听得出他们的声音。

奥尔蒙 （凝视着骑士派们放在地上的大包）那就是克伦威尔，他那闻所未闻的罪孽理应得到惩罚！这个了不起的巨人，天下人相信他似乎更甚于信上帝！现在就在我们的手里，就是他本人。他在我们的脚下，占有什么样的位置？从今以后，这个罪人，没有足够的力量和机敏来迷惑审判他的人。一切都在他面前消失了；他就在那儿，无所庇护。啊，不幸的士兵！你控制顺从的人民已有十五年，你曾身经百战，穿坏了多少护胸甲，你用你的名字替代了古老世家的名字，把白厅变成一个国王的蒙难地，这些对你有什么用呢？在这临终的时刻，这些与王冠凝固在一起的罪孽，是多么可怕的负担啊！克伦威尔，有什么话要交代？你将怎么办呢？你权势显赫时，我憎恨你，你被打倒了，我则同情你。为什么我不是在战斗中击败你，什么样的结尾啊！不是因为击败了你而抓住你，不经过斗争便获得胜利，听之任之吧。剑被刀所取代。为了使斯图亚特家族的一边更有分量，命运把一颗什么样的脑袋扔在天平上啊！

理查·克伦威尔 （旁白）我隐约感到些什么了？好好听，别出声。

克伦威尔 （旁白）我赞赏这个奥尔蒙。他说话堂堂正正，见解高超。一名真正战士的心灵是永远高尚的。

威廉·默里 （指着俘虏对奥尔蒙）大人在此给这无赖多大的面子！

克伦威尔 无耻的马屁精！

道尼 （对扛俘虏的人）走吧，见鬼！

德洛非达 求求您，等一会儿吧！因为，他已经像个死人一样重。

塞德利 要平安地带着这么个货物走可不容易。得好好商量商量。怎么办？

克利福德 那就在这儿把这个人杀了，了结这件事！

德洛非达 就这样吧！杀了他。

塞德利 好，这更简便。

理查·克伦威尔 （旁白）魔鬼的主张！被俘的究竟是谁？

克伦威尔 （旁白）鱼叉业已击中，让缆绳松开。

玛纳塞 （直到那时，始终保持沉默，静观所发生的一切，抬起头，旁白）这场面使我深感痛苦的不幸有所缓和。他们即将互相残杀；至少，这还令人快慰！

克利福德 （挥剑刺向罗契斯特，对骑士派）说定了吗？

詹金斯 （制止克利福德）怎么！先生们，没有法官，没有证人，没有陪审团的判决，没有法律，没有诉讼程序吗？这是谋杀！虽然我措辞严厉，但是，你们是受特殊委托的法院，军事法庭吗？为了不致违犯法律，请问，你们盖有国王玉玺的陪审官的信在哪儿？哪一个是诉讼代理人？哪一个是陪审长？在此我没有看见有两名辩护律师，一位为被告，另一位为国王。最后，你们有什么样的立法机构？你们会用拉丁语判决吗？知道如何让证人对质，如何讯问他们吗？知道处以徒刑或绞刑的判决要建立在正式的文本上吗？你们是哪一天开庭呢？怎样确定判决的日期？主犯是谁？所有的从犯在哪儿？你们根据什么主要罪状来判刑？在此，我维护的是法律，而不是克伦威尔。他，即便没有对他进行审判，我也相信他是有罪的；他忘记了效忠于他的主子国王；这是给以惩罚的法律所预料的案例。Qui loedit inrege majestatem dei[①]。总之，他违犯了英国的法律。为了使英国法律的威严得以发扬光大，不忠的叛逆理应脑袋落地，这很好；但是还需要通过某些形式。先生们，你们不能这样判他的刑。既当原告又当证人，又是法官，又是刽子手，这太荒谬了！我以法律的名义抗议这样的谋杀。

克伦威尔 （旁白）我听得出这是詹金斯的声音，正直的法官！

克利福德 （一边耸肩一边对骑士派们）他用那刺耳的声音究竟来对我们说什么？

德洛非达 （受到伤害的样子，对詹金斯）圣师！我想，您是否把

① 拉丁语，意为：他损害了国王身上的上帝的尊严。

我们当做法律家了？

彼得斯·道尼 您想主持王座庭[1]吗？

塞德利 （笑）什么时候起，猫头鹰对它的伙伴苍鹰讲：（他模仿詹金斯的声音和手势）“开庭，审判蝰蛇！”

罗斯伯里 （笑）他给我们讲拉丁语！

威廉·默里 该死的蠢话！

克利福德 是我的剑在审判，而且，无可挽回地作出判决。下手吧！

克伦威尔 （旁白）让他们下手吧。

所有的骑士派 了结吧！

〔克利福德举着剑向一直被蒙住脸的俘虏走去。

詹金斯 （庄严地）我抗议！

理查·克伦威尔 （旁白）上帝，多么可怕的一幕！是一场痛苦的梦吗？

克利福德 （推开詹金斯）随便您怎么抗议吧！

奥尔蒙 （制止克利福德）等一等，克利福德勋爵！圣师讲得对；我完全同意他的话。国王明确地命令我，要把我们的俘虏活着交给他。请服从命令。

克利福德 （对奥尔蒙）可是，要把他带走，明天就会经受许多场战斗。

彼得斯·道尼 此外，请问，当他活生生地到了那儿，国王想要把他贴上标签放在动物园里吗？

德洛非达 嗨！我们会给他一个动物标本。

克利福德 （对奥尔蒙）大人，一旦利剑在剑鞘外闪闪发亮，就必须出击。只有现在这时刻是我们的；得好好利用。克伦威尔在我们的手里，让他死吧！

所有的骑士派 （除了奥尔蒙和詹金斯）对！

---

① 古代英国高等法院里所设的机构。

〔他们同时举剑猛然向那始终毫无动静的俘虏走去。

詹金斯 （郑重其事地）我抗议！

理查·克伦威尔 （大怒，旁白）他们要杀我的父亲，哦。天哪！（他冲到骑士派中）住手，杀人犯！

全体骑士派 上帝啊！理查·克伦威尔！

克伦威尔 （旁白）他干吗？

理查·克伦威尔 （对骑士派）住手！啊，发发慈悲吧！罗斯伯里，塞德利，道尼，要是你们内心还记得我们的友谊，那就听听我的话吧！

威廉·默里 （不耐烦地）见鬼！

理查·克伦威尔 放了我的父亲！

塞德利 他曾放过国王吗？

理查·克伦威尔 啊！您说什么？毫无疑问，那是罪过；但我对此有罪吗？我应该为此而成为受害者吗？朋友们，在打击他的同时，你们也打击了我！

克伦威尔 （旁白）这是那怙恶不悛的忤逆理查吗？我一点儿也搞不懂。

罗斯伯里 （对理查·克伦威尔）理查，我们把您当做兄弟一般爱您；但是，我们不能逃避责任。

理查·克伦威尔 不，你们不要杀我的父亲！

克伦威尔 （旁白）他维护我。啊，多幸福啊！我看错了我的孩子。

理查·克伦威尔 （对骑士派）为了最终达到这可恶的目的，你们才让理查和你们同桌进餐吗？为此，我们才共享一切，一起赌博、豪饮、娱乐吗？为了这个目的，让我的钱包总是为你们的愿望而敞开吗？同我一起吃喝玩乐的伙伴们，现在，比较一下，我曾为你们做过什么，而你们如今又怎样对待我的！

罗斯伯里 （对骑士派）他有错吗？

詹金斯 （对理查）说得对，年轻人！好，一点儿不错！但是，必须强调指出这件事的根本错误。他们没有权利。为这案件辩护，辩护！辩护吧！

理查·克伦威尔 （对詹金斯）先生！

詹金斯 我和您一起对抗……

理查·克伦威尔 （双手合掌对骑士派们）朋友们！

克伦威尔 （旁白）现在，我以更为正确的眼光来看待一切了。我的儿子！我原来对他多么不公平啊！的确，他只知道这个以阴暗脉络构成的阴谋在吃吃喝喝方面的那一部分。

奥尔蒙 （对理查）先生，您的父亲和我们都下了大赌注；人人都在拿脑袋冒险。他输了。

理查·克伦威尔 上帝啊，就在儿子的眼前杀他的父亲。（他用力高呼）有人在谋杀！（对骑士派们）我希望不仅仅只有我一个人。（又喊）有人在谋杀！士兵们，快来呀！

威廉·默里 （打断他）士兵们已是我们的人了。

理查·克伦威尔 怎么，好吧，还是我一个人来面对你们全体吧！（他伸手到身旁寻找佩剑）嗳，怎么，我的手摸错了，拿不到复仇之剑！我的父亲，你为什么摘掉我的剑呢？

克伦威尔 （旁白）可怜的理查！

奥尔蒙 （对理查）先生，我很同情您。请相信我，走吧。让国王的人做他们要做的事情。

理查·克伦威尔 随你们去做，哦，天哪！我不要你们发善心了。在那我拥抱着的躯体上，把我一起杀死吧！

〔他扑向熟睡的罗契斯特身上，用双臂把他紧紧地抱着。

克伦威尔 （旁白）我的儿子！他太过分了；他让自己和一个假克伦威尔一起被刺死，可是太残酷了。

罗斯伯里 （试图让理查平静下来）理查！

理查·克伦威尔 （始终抱着罗契斯特）不！用无情的剑来刺我吧，不然，我要救他！

〔骑士派们竭力要把理查从罗契斯特的身上拉开；理查同他们扭斗，更加用力地趴在那儿。在他们扭斗的过程中，克伦威尔仿佛密切注视着骑士派的每一个动作，准备援助他的儿子。玛纳塞抬起头，一言不发地注意观察。

罗契斯特　（突然惊醒过来，挣扎着）您要把我扼死啦。见鬼！

〔所有的人都停住手，发愣。

奥尔蒙　上帝！这是谁的声音？

〔罗契斯特勋爵把遮住他脸的手帕拿掉，与此同时，克伦威尔把手中提灯的灯光照在他的脸上。

理查·克伦威尔　（后退）密探！

全体骑士派　罗契斯特！

罗契斯特　（对理查·克伦威尔）您是刽子手吗？我亲爱的，您使我透不过气来，是的，好像我有两条命似的！朋友，难道不能手脚轻点儿，不能对受刑的人和气些，总之，要绞死一个人时，不能不那么紧地抱着他吗？

奥尔蒙　（惊愕地）罗契斯特！

罗契斯特　（半睡半醒，摸摸围着脖子的手帕）绞索明明已经套在我的脖子上；怎么搞的！我没瞧见竖起的绞架。他们在这儿把我像个猫头鹰似的吊在一颗生锈的钉子上了吗？

奥尔蒙　克伦威尔在哪儿？

克伦威尔　（挺直身子，用响雷般的声音）在这儿！雅各，从帐篷里出来吧！以色列，从帐篷里出来吧！

〔听到克伦威尔的声音，骑士派们都吃惊地回过头来，见舞台深处站满了手持火把的士兵，他们从花园的各个角落，从宫殿的各扇门里走了出来。在他们中间是瑟尔洛和卡尔利勒。骤然间，白厅所有的窗户都亮了起来，让人看到，所有房间里，都是武装好的士兵。克伦威尔，手持佩剑，出现在这灯火辉煌的背景上。

第八场

〔同上场人物；卡尔利勒伯爵；瑟尔洛；火枪手；持槊的士兵；宫内侍从；克伦威尔的侍卫们。

威廉·默里 （惊恐万状）克伦威尔，那么多的士兵，多少闪闪发亮的武器啊！我死定了。

骑士派们 有人叛变！

奥尔蒙 （目光交替着打量罗契斯特和克伦威尔）克伦威尔，还有罗契斯特！

罗契斯特 （揉揉眼睛）我已经被绞死了吗？我是在地狱里吗？这灯光灿烂的宫殿，这些幽灵，这些摇着熊熊火把穷凶极恶的军队；这是地狱！因为，威尔莫特没有指望上天堂。（瞧着护国公）是的，那就是撒旦；他很像克伦威尔！

克伦威尔 （指着骑士派们，对瑟尔洛和卡尔利勒）逮捕这些先生！

〔一队清教徒士兵迅速地向骑士派跑去，在他们还来不及反抗时，便抓住他们并夺走了他们的剑。

奥尔蒙 （把剑放在膝盖上折断）任何人都不会得到我的剑。

理查·克伦威尔 （旁白）这一切究竟是怎么回事？我这回犯下的鲁莽行为又会使我父亲再次惩罚我，我曾经中断对我的禁闭；这下我完了。

罗契斯特 （瞪着惊讶的眼睛环顾四周）怎么！德洛非达，罗斯伯里，道尼，都在这儿！至少，我会有好朋友陪着一起被火烤。瞧！犹太人玛纳塞，他曾勒索过克利福德！毫无疑问，他们会让他和他的银箱一起煮。啊，我觉得，我们都死了，而且都下了地狱！（对骑士派们）朋友们，晚上好！不必在乎那个把我们聚集一堂的撒旦；让地狱见鬼去吧，我们当面耻笑他！

奥尔蒙　我们被引入一个何等致命的圈套啊！

罗契斯特　（对骑士派）我们策划得好好的计划结果却很糟糕；克伦威尔在我们的酒里放了科库托斯河[①]的水。

〔直到此时，克伦威尔始终保持他得胜后的沉默，他双臂交叉在胸前，神色傲慢的眼睛在羞愧而绝望的骑士派们身上扫视。

克伦威尔　（注视着奥尔蒙，旁白）我一点儿不了解奥尔蒙。看他的外表，我就情不自禁地感到某种莫名其妙的敬意。

奥尔蒙　（眼睛盯在克伦威尔身上）他是怎样骗过我们的！多么狡猾而又大胆！

克伦威尔　（旁白）只有奥尔蒙还敢正面瞧我。这是个高贵的对手！他肩负重任，他想要完成它。同这位战士谈谈。（他走近正骄傲地盯着他看的奥尔蒙）你叫什么名字？

奥尔蒙　布鲁姆。（旁白）既然命在旦夕，我不愿意他知道我是奥尔蒙。

克伦威尔　（旁白）出于骄傲，他隐瞒真名实姓。（高声）你是谁？

奥尔蒙　一个微不足道的人，只是一个为古老的英国和国王陛下而反抗你的臣民。

克伦威尔　你认为我怎么样？

奥尔蒙　你，克伦威尔？……

克伦威尔　说完吧。

奥尔蒙　那是只能用剑尖来撰写的事。

克伦威尔　不容置辩的论据！但只有一点不足之处，那就是，有时回报匕首的是断头台。

奥尔蒙　我不在乎！

---

① 冥土的河流，相传其河水会增添不公正的泪水。

克伦威尔 那么，是对流血的渴望把你带到此地来的吗?

奥尔蒙 我来用武器惩办弑君者。

克伦威尔 惩办！你什么权利?

奥尔蒙 同等报复的权利[①]。

克伦威尔 你敢闯进龙潭虎穴吗?

奥尔蒙 你的意思是老虎窝。

克伦威尔 居然到护国公居住的地方?

奥尔蒙 克伦威尔，说说弑君罪吧。

克伦威尔 弑君！老是这么说。这是他们的字眼！他们一年到头，动辄便抛出这个理由！我应该被冠上弑君者的名称吗？那时，人民拒绝交纳不合法的赋税;我为人严厉、清白，查理则轻率、冒失。他的垮台是件好事，他的死亡是件意外。他英勇、刚毅，对此，我很尊敬。总之，在为人民祈祷的同时，我不得不打击国王。

奥尔蒙 伪君子！滚开。你骗不了我。

克伦威尔 我看得出来，在这一点上，我们意见不同。

奥尔蒙 在拉瓦亚克[②]旁边为你保留着位置呢！

克伦威尔 老头儿，你的内心已完全被仇恨所支配！你那灰白的头发应该给你以启发。克伦威尔是个拉瓦亚克！难道你能把鼓动世界的手和那只平平常常的手相比较，把一国民众的斧子和一个雇佣刺客手中的小刀相比较吗？人们从地狱和天堂来到同一地点；鲜血玷污了该隐，而美化了撒母耳[③]。

---

① 古代法律中以牙还牙的惩罚法。

② 拉瓦亚克（1578—1610），法国人，受反对亨利四世运动的影响，力图证明弑君的合法性，并企图谋杀国王，被处以极刑。

③ 见《旧约》：希伯来先知的最后一名士师，幼年时被父母送去侍奉耶和华。后奉耶和华之命，遵照民意，立扫罗为王，后扫罗违背神意，撒母耳斥责他，并秘密立大卫为以色列王。

奥尔蒙 怎么！那个有着可恶记忆力的拉瓦亚克，他没有应该与你共享荣誉的东西吗？同你一样，他恰恰造成了一个国王的死亡；他到底还差些什么呢？

克伦威尔 他打得太低。我可只打国王的脑袋。

奥尔蒙 哦，我的主人！哦，查理，他刚在我面前像上朝那样的显身！（*推开克伦威尔*）我再次告诉您，离我远点儿，您的手曾触犯过一位国王的尊严！

克伦威尔 好吧，鲜血有时玷污人，有时则净化人。（*旁白*）怎么回事？他谴责我，而我则为自己辩解！我竟让他站着炫耀那愚蠢的德行，疯狂的荣誉感，而没要他跪下来！他丝毫没有意识到，在专制政治下，有时命运会夺走天才的。这个不可救药的人，随他去吧！（*他不再理睬奥尔蒙，走近詹金斯*）哎！怎么，詹金斯圣师，您，贤人，遵守教规的人，（*指指奥尔蒙和默里*）居然在这些精神失常的人中间！（*指指塞德利、克利福德和罗契斯特*）而且，和这些无赖在一起！

詹金斯 是的，您完全有权这么说，也许可以说得更坏些。

克伦威尔 詹金斯，您宁可利用我而得到与某些幻想家分享警戒性惩罚的荣誉。

詹金斯 啊，克伦威尔先生，请别见怪，咱们得有区别！您可以复仇，但不能惩罚我们。要对一切东西下定义，字眼是很重要的。Tyrannus non judex[①]，君主并不是法官。尽管由于某个叛徒，在斗争中，您得以借助一个变节者而成为最机智灵敏的人，尽管您拥有权力，而我们还是有法规的。您可以粗暴地使我们避开法律程序，那又有什么关系？我们总会死的，但是是任意死亡，仅仅是事实死亡！在这一点上，去咨询一下您自己的律师，怀特洛克，皮尔庞特，梅纳德吧。尽管怀

---

① 拉丁语，意为：暴君不是法官。

特洛克有一套虚假的分类法，尽管皮尔庞特和梅纳德中士常常为狐狸而同家禽商打官司，我甚至会把此事托付给您的顾问们。

克伦威尔 那好吧！您将得到分给您的绞刑架。

詹金斯 好吧。但是要明白我们比您强。我们将走向一个怒气冲天的暴君设的绞刑架，而您，则走向后世的示众柱！

〔克伦威尔耸耸肩。

罗契斯特 （始终处于半醒状态）我的脑子到底到哪儿去了？如果说，我没有睡着的话，那么当然，我就是死了。然而，这个克伦威尔让我困惑不解。这儿……已经！昨天，我让他待在上面的。（对围着他的士兵）难道不能变化一下梦境或地狱吗？帮我摆脱诺尔！我看你们像是好人。

克伦威尔 （沉思片刻，双臂交叉，站起身来，微笑着对骑士派们）喂，那么说，你们酝酿了一些了不起的计划。用孩子玩的圈套来捕捉克伦威尔！要把他割喉杀死！然而，先生们，在这道暗门前，你们手中决定性的匕首没能对我怎么样，就像大卫在洞穴里并不加害扫罗一样；你们中没有一个人仅满足于用你们的刀轻轻地割我外套的边；对此，我很清楚。这是显而易见的！而且，我赞同你们的态度。在赞同你们的同时，说真的，我觉得你们的计划可以构思得更好些，总之，你们的阴谋是用脆弱的材料编织而成的。可惜，兄弟们，我没有及时得知这件事，不能在这一点上，把我的知识传给你们；所以，别怨恨我。想出这么个计划，你们可已经费了很大的劲儿！我，就像约书亚[1]，二十名王联合起来攻打他也不会乱了他的阵脚，我已砍断你们的战马的飞节。我们大家都按我们应该

[1] 见《旧约》。以法莲部族人，继摩西之后成为犹太人的首领，带领他们进入迦南地方。

做的行动；你们发起攻击，我自卫。至于你们计划本身，我承认，我喜欢这种效忠心理的冲动；勇气使我高兴，胆量令我愉快。虽然你们没能取得成功，在我内心也并没有把你们放在低下的位置。你们的灵魂被一种强烈的感情所支配；你们迈着坚定而有规律的步伐，大胆地往前走；你们不屈不挠，脸不变色，镇定自若；你们是我——请接受我诚挚的赞美——优秀的敌人，可敬的对手，在你们身上，我看不出任何让人鄙视的东西，总之，我太器重你们了，以至不会赦免你们。对你们的这份器重要公诸于众，因此，我要把你们全都绞死以作证明。不必道谢！还请原谅我把你们放在一个绞刑架上。（指着沮丧的威廉·默里）这个哭丧着脸的牛皮大王，这个正在听我讲话的无赖，他连我花钱买根绳子都不值。他应该感谢你们；是的，的确如此！要没有你们，他就不会有那份激起我的怒火的荣幸。（指着始终一动不动的玛纳塞）请允许我还给你们添上这令人厌恶的犹太人。把一个灭教的人同基督徒混在一起，倒是挺让人难受的！把巴拉巴[①]和侠盗混同在一起！我会把事情安排好的。把他吊得低些。好啦，希望你们每个人都原谅我没能好好报答；我所有的，我都给了。我为你们所做的，我觉得，的确很少！得了，请准备好向上帝汇报吧；弟兄们，我们大家都是罪人！几小时后，当晨曦照在这些宅邸时，你们都将被绞死！去吧。为我祈祷吧。

〔以卡尔利勒勋爵为首的侍卫们带着俘虏们下，除了默里和犹太人外，他们全都保持一种骄傲而轻蔑的态度。克伦威尔默想片刻，猛然转身对瑟尔洛。

命人立刻准备好威斯敏斯特待用！我就是国王了。

---

① 囚犯，因作乱被判死刑。耶稣受审时，他正待处决。逾越节时，祭司长和长老挑唆众人要求总督释放巴拉巴，而处死耶稣。于是，他被释放。

〔他从暗门回到白厅，瑟尔洛向他深深行了个礼，从花园那儿下。

第九场

〔四名弄臣。

〔正当克伦威尔和瑟尔洛走下时，格拉马多克从小丑们的藏身处探出脑袋，然后，小心翼翼地走了出来，仔细地环顾四周，看看舞台上是否已空无他人，他向其他小丑做手势，让他们跟着他；于是，四名弄臣聚集在舞台上，互相瞅着并纵声大笑。

格拉马多克 （对他的伙伴们）怎么！你们觉得怎么样？

吉拉夫 （笑）越来越滑稽了。

埃雷斯布鲁 这是在这个世界上能看见的另外一个世界的场面。

特里克 某种疯狂、滑稽、陌生的东西。

吉拉夫 一出令人惊奇而又轻快的戏。能看透克伦威尔！看到没有烟雾的火，没有面具的巴力西卜[①]！

格拉马多克 在这出神怪剧的所有演员中，谁是最疯狂的？咱们来看看，给估估价。

特里克 是使克伦威尔充满鄙视的默里，他像个陀螺似的从诺尔转向查理，他把风标当做旗帜。

吉拉夫 胜利属于理查，彼列的儿子，他出于孝心，要为罗契斯特而死。

特里克 要是克伦威尔在躁狂中把理查杀了，那才叫好呢。

吉拉夫 是的；不过，戏也就完了。

---

① 即鬼王，见《新约·马太福音》。

特里克 那就太遗憾了！

格拉马多克 这么说，您要把人头杖，代表我们艺术的荣誉给他吗？

埃雷斯布鲁 我倒更喜欢詹金斯那一本正经的天真。

特里克 那奥尔蒙居然教训克伦威尔！这不是很好笑吗？要是我，我宁可教一个法官怎样用法律，给一头北极熊梳毛，或给一头母豹挤奶，或去通维苏威的火山口。

吉拉夫 这个犹太人，可不是个微不足道的人，这个当间谍的犹太教士，放高利贷的巫师，他一边想着皮阿斯特①的美妙，一边打着灯笼来看星象！

埃雷斯布鲁 两栖动物，两个毫不相干的阵营都有他，这个犹太人来到这儿，我们就好像看到一只蝙蝠夜间在墓地里飞来飞去。

吉拉夫 正好有个更确切的比喻，诺尔将把他像个稻草人那样，钉在暗门前的十字架上。

特里克 克伦威尔要惩罚骑士派的狂妄！朋友们，在他的绞架上，有不止一根绳子呢。

格拉马多克 然而，尽管他把一个世界挂在脖子上，克伦威尔是我们所谈论的人中最愚蠢的。他居然要当国王；死亡就在他的门外。

〔他这番话引起其他小丑的注意；他们迅速地都走近格拉马多克。

吉拉夫 （对格拉马多克）怎么回事？

格拉马多克 你们以后瞧吧。

特里克 （对格拉马多克）哎，说嘛……

格拉马多克 以后再说。

---

① 埃及等国的货币名。

埃雷斯布鲁 （对格拉马多克）跟你有什么关系？

格拉马多克 （摇头）秘密就好比一只鸡蛋，请你们听着，如果要得到鸡，就不应该把它打碎。等着吧。这个克伦威尔，对他来说，一切都很顺利，如果他走出这最后一步，那就陷入不幸。死亡在等待他。去参加他的加冕典礼吧，你们将会看到的。你们将会发笑。克伦威尔肯定比他顺便压垮的这些矮子更傻，他自以为最聪明，其实他愚蠢得多。

特里克 先生们，为了结束这方面的比赛，即使算上克伦威尔，最傻的还是我们。我们本可以利用这段时间什么也不干，利用这段时间睡觉，反复歌颂我们的无所事事，或者看看井底的月亮，我们在这件事上浪费时间是否明智呢？

〔他们下。

第五幕

工人们

〔威斯敏斯特的大厅

〔左侧，靠近舞台深处，看得见大厅大门的斜面。深处，排成半圆状的阶梯座位耸立在一定的高度。绚丽多彩的帷幔使大厅四周哥特式支柱形成的间隔浑然一体，只看见柱头和柱顶盘的上楣。右边，用木板铺成宝座的台和一级级阶梯的构架。幕启时，几名工人正在劳作；一些人正把台阶的木板钉完，另一些人则用华丽的带有金色流苏的猩红色丝绒地毯铺在上面，或者忙于在讲坛上吊起一个同样颜色和用同样质地的料子做成的华盖，华盖顶下有用金线绣成的护国公的纹章。好些木匠的和帷幔安装工人的工具散乱地放在地上，几把梯子靠放着支柱，表示工人们刚刚挂好帷幔。正对王位，有一个讲台。大厅四周是盖有华丽呢绒的观礼台和一排排座位。时值凌晨三点钟，晨曦微露，透过彩画玻璃窗和微开的门，水平地投射进幽幽的光线，使几盏五嘴铜灯的灯光为之而变得暗淡，这些铜灯，是为工人夜间劳作而在大厅好几个地方平放或挂着的。

第一场

〔工人们。

工头 （用手势在为摆正华盖的工人们鼓劲）干得好，有进步，来吧！这个华盖相当大。（对另一名站在一边手持《圣经》的工人）兄弟，指点我们一下！念吧。

工人 （读）“于是，圣殿内用香柏木护壁，用松木板铺地……”

工头 （对工人们）弟兄们，让我们从这天赐的面包里吸取养料。

读圣经的工人 （继续）“所罗门[①]有间隔地用五面体的支柱，四面体的木桩把它支撑起来，用金箔包裹着他的不朽之作，按照神谕，他在祭坛旁安放了两个站着并展开翅膀的二品天使。”

一名工人 （看一眼所做的准备工作）这一夜，我们的双手努力工作。为了使工程做得更完美，所罗门花了七年的时间建殿，十五年的时间造宫。而我们，所有这些准备工作，我们只花了一个小时。

工头 埃诺克，说得好。（对那些摆放华盖的工人们）喂，这把梯子更好。（对埃诺克）可以更快……（对在系帷幔的工人）好，就这个高度！（对埃诺克）什么时候把护国公大人的宝座竖起来？

第二名工人 那么说，是今天举行仪式吗？

工头 是的。幸好宝座台快做好了。（对埃诺克）啊！我们从来没有……（对在钉地板的工人）喂，你们，小声点儿！没有做过这么急迫的事，除了那个夜里……

埃诺克 哪个夜里？

工头 已经过去八年了，您不记得那又冷又黑的一夜，一月二十九到三十日的夜里吗？当时我们还是在为奥利弗大人干活呢。

---

① 以色列王大卫和拔示巴所生的儿子，大卫死后他继位为王。他娶法老的女儿为妻，联合推罗王希兰，建宫殿，筑城堡，造船只，他在位期间是以色列的强盛时期。他还以智慧著称。有两个女人为争一婴儿找到所罗门告状，所罗门佯命将婴儿劈成两半，分给二人。其中一个女人同意，一个女人反对，所罗门即将婴儿判给反对的女人。

第二名工人 那天夜里，我们不是造了个给查理国王的断头台吗？

工头 是的，汤姆。可是，人家不是这样议论王室的巴拉巴，英国的法老吗？

埃诺克 （仿佛想起来了）我记起来了。我们在宫里支起了断头台。啊！那可不是用来吊死犹太教士，焚烧巫师的粗木架；而是一个黑色的，做工挺好的，平稳的断头台。同窗户平行，没有可下来的梯子。哦，非常好使！

工头 而且很结实，足以承受希律所有的孩子！罗宾汉也找不到比这更好的厚木板了。可以在上面安安稳稳地死，什么也不用害怕。

汤姆 （在宝座的台上）这御座不大结实；走上去时，它有点儿摇晃。

埃诺克 我觉得，断头台建起来好像没这么快。

手持圣经的工人 （摇头）兄弟，那一夜的事并没有完。

埃诺克 怎么？

工人 （指着宝座）这场所同断头台联系在一起。这是克伦威尔在那儿统治我们的更高等级。那时候开始的作品在今天完成；这个斯图亚特家族的王位使断头台更完整了。

汤姆 啊！有灵感的内厄姆从总体上看事物。

内厄姆 （目不转睛地盯着御座）是的，搭支架归搭支架，我还是更喜欢另一个。当时轮到查理；今天就轮到我们了。克伦威尔在黑色的呢毯上仅仅杀死了国王；在这大红毯上，他就要杀害老百姓了！

工头 （对内厄姆）什么？胆敢这样说话！可能会有人听见您的话。

内厄姆 我在乎什么？我身穿粗布衣。况且，对于克伦威尔，我倒愿意他听见我说的话。如果他自己选自己当国王，他就完了。他会被人诅咒。我向他预言他的死亡，我，贫穷而又微不足道的人，比这个正处于那可恶的荣耀之中的人更有价值；因为，天主喜欢荒漠甚于推罗[1]，喜欢以法莲[2]的葡萄串更甚于阿皮埃择的葡萄枝！

工头 （瞧着正在出神的内厄姆）冒失的人。（对埃诺克）我们只剩下在宝座台上安放王家的大安乐椅了。伙计，帮我一把！

〔他们俩抬着大安乐椅拾级而上，椅子上满是镀金饰物，铺着猩红色的丝绒，椅背上是用金丝绣成的护国公的纹章，像浮雕似的微微隆起。他们把安乐椅安放在台的中央。

汤姆 （瞅着王座）多漂亮的安乐椅！他将像个国王一样坐在那儿。

埃诺克 （安置好椅子，对工头）您刚才说的那一夜，我想，就是我亲自为查理安排一块挺漂亮的橡木砧板，上面备有铁钩和双重锁链，而且是簇新的，只给斯特拉福德用过。

第三名工人 谁曾来要求我们锤打得轻些？

工头 嗳！那是值班上校汤姆林森。他告诉我们别开始用刑，我们不规则的锤打声使那囚犯临死前无法安息。

内厄姆 他居然睡觉！真奇怪。

第四名工人 在那阴郁的时刻，要是有人瞧见我们躲在黑暗中，就着烛光，像挖坟墓的掘墓人一样，或者像在夜里用巫术竖起高楼大厦的魔鬼似的在建造断头台，那这个目击者肯定被吓坏了！

埃诺克 我非常喜欢这种夜间工作；因为，报酬不错。搭一个这样的断头台，我可以和我的十个孩子——是十个人哪，过两个星期。

第五名工人 咱们走着瞧，看看克伦威尔做事是否得体，他是否会以断头台的代价来付做宝座的报酬。

汤姆 对挂毯商巴雷布恩师傅，只对他一个人而言，这是件好事，

---

① 古代腓尼基城邦。

② 约瑟的次子，以法莲即昌盛的意思。

而不是对我们的。他提供这些帷幔、遮帘、坐椅、锦缎，然而，拿走我们报酬的四分之三。

内厄姆　简直是圣殿的买卖人！

第五名工人　一个米堤亚人[①]！

第四名工人　真正的夏娃之子，他盲目地在剑刃上行走！

内厄姆　（又说）这方舟的砥柱，巴别塔的拱扶垛，一只脚在地狱里，另一只脚在天堂！

汤姆　嘘，万一他知道我们像他对待他的主人那样对待他，他会把我们赶走的。他来了；咱们别说了。

〔巴雷布恩上。所有的工人都默默地埋头工作。唯有内厄姆一动不动目不转睛地看着手里打开的那本已经磨损的《圣经》。

第二场

〔同上场人物；巴雷布恩。

巴雷布恩　（瞅了一眼工人们做的活儿）嗨，做得不赖。（对工人们）我对你们挺满意的。说真的，没什么再要做的了！（旁白）我的的确确从内心感到高兴，他们这么早就完成这令人厌恶的作品。我们的谋反者们快要来了，他们至少可以在这儿无拘无束，没有旁人在场的情况下开会讨论，熟悉环境，看看通过什么途径有把握地打击兴高采烈的诺尔。多么幸运！因为我是这个伪基督徒的挂毯商，所以能出入这非法暴君的门户。赶紧把所有的人都打发走。（高声对工人们）亲爱的弟兄们，走吧；请始终如一地抵抗魔鬼。热爱你们的邻居，甚至坏人。（对

① 伊朗高原西北部古国名。

工头）内艾米阿思先生！

〔工头走近巴雷布恩，这时，工人们拾起了工具，拿着提灯和梯子。

必须立刻给护国公大人——上帝保佑他——做好这件托雷多[①]水牛皮护胸甲。（俯在工头的耳边小声说）剩下的皮，在没人瞧见时，您就给我们的圣徒们做匕首的刀鞘。

〔工头点头表示同意，然后随着所有的工人下。

第三场

巴雷布恩 （独自一人，站在宝座前出神）这个宝座，它就在那儿！可憎的建筑，克伦威尔在那儿把我们作为祭品献给内斯洛克，这位长期受到祝福的首领在那儿将成为国王，这条恢复青春的蛇即将在那儿蜕皮！就是在那儿，这个貌似宁录的假左罗巴别尔[②]打算建立起他的王国；这个地狱的教士，卑鄙的下毒者，在他狂妄而邪恶的计划中，他要在出卖上帝的教堂的同时，把他的姘妇变成圣洁的妻子；这个人压迫他的灵魂业已背叛的上帝，这个比斯塔那布扎依更坏的人，这就是他那充满诅咒的不洁的宝座！正是这玩意儿，六尺高，九尺宽，而且全蒙上深红色的丝绒。必须有十捆料子才能铺成这模样。对于这个亵渎神明的人来说，能对上帝本身行使窃取来的权力，把以色列当做一根干芦苇那样藐视，在沉睡的欧洲——比阿多尼布泽克更强大、更可怕的饕餮——大地上，有六十名国王在他桌子下面吃他的残羹剩饭，那还不够！不，他需要一个宝座。这是什么样的宝座啊！一大堆流苏、羽饰、绸

① 西班牙城市名。

② 犹太国的王子。

缎、锦缎之类的东西，上面还刻有神圣的灯台，因而雕刻艺术和碑铭艺术浑然一体！克伦威尔要使自己置身于这些如金属箔一般的浮华光彩之中。不过，我说到金属箔，那可是匈牙利的纯金，地道的金子！而这些华丽的金属球可以支付四个共和国的费用！是我提供了这一切；如果这些小金属球不那么重，那么它们显得平庸的光彩就会使这天鹅绒——西班牙的天鹅绒——黯然失色。得了，让他去统治吧，让他去死吧！让王冠在此点缀他那最后时刻！咱们试试在他的前额打上西西拉的钉子[①]。（瞧瞧宝座上的坐垫）我一个垫子的丝绒付了五个皮阿斯特！按照老办法，我以十个皮阿斯特卖出。这个家伙倒是个好顾客！是的；不过，他真吝啬！……他已接近死亡。这些装饰华丽的阶梯将在他的脚步下，在这辉煌的华盖下，在这帷幔下断裂，他就在这帷幔旁，以资产者的纹章僭取王冠。要刺杀他，这倒是个好位置！（他在宝座前来回地走，他的面部表情渐渐地由愤怒转而对华丽装潢的欣赏）不过，因为他可能还要讲讲价，可能让梅纳德损坏我的记忆力，可能裁短镶金的锦缎，可能降低波纹绸的价格！然后，要是我敢抱怨的话，那么，他真的会把他的士兵归他的法官使用。为这些法老效劳！忘恩负义始终是他们冷酷心肠的第一习惯。然而，他应该对我满意！为了仿效国王的威严，对于这令人讨厌的宝座，这丑陋的舞台，这邪恶的祭台来说，什么也不缺少。真是完美无缺！总之，我已不惜一切。我心甘情愿地打扮摩洛，而且，把我的土耳其地毯和波希米亚的皮子去冒险，因为，

① 见《旧约·士师记》：希伯来女先知底波拉，做以色列的士师时，命巴拉出征与迦南王的将军西西拉作战，西西拉战败后逃跑至基尼人希百家，因迦南王与希百家和好，故西西拉求助于希百妻雅意，想要歇息和喝水，雅意给他喝奶并安顿他睡觉，趁他沉睡时，取了帐篷的橛子和锤子，把橛子从他的太阳穴那儿钉进去，一直钉入地里。

危险紧紧地跟随着这个被诅咒的人。耶布斯人,愿他死去!(仿佛突然想起了什么)是啊,他死了以后,谁付钱给我?令人敬畏的底波拉不会把钉子留在这大逆不道之人的额头上;当参孙沉睡的力量于醒悟后把敌人的神室倾覆时,他并没有冒什么险;朱迪思战胜了奥诺非纳,依然穿着盛装,提着那血淋淋的头颅逃跑了,她知道如何带着头颅,而不失去哪怕一颗珠宝。而我呢!谁会来赔偿我?克伦威尔的死亡究竟能使我获得怎样的利益作为补偿呢?不应该给我的寡妻留些什么吗?我觉得这完全是个新问题。得好好考虑。可现在我们的好朋友圣徒们来了。

〔清教徒谋反者上,兰伯特走在他们前面。他们全都穿着宽大的外套,戴着圆锥形帽,宽宽的帽檐弯向他们阴沉可怕的面庞。他们慢慢地行走着,仿佛沉浸在深深的冥想中。其中有几个人好像在悄悄地念祷告。在他们微微开启的外套里,看得见发亮的匕首柄。

第四场

〔巴雷布恩;兰伯特;乔伊斯;欧弗通;普林利蒙;哈里森;怀德曼;卢德洛;辛德康勃;平普尔通;帕尔默;加兰;普赖德;热罗博·德尔梅和其他圆颅党谋反者。

兰伯特 (对巴雷布恩)怎么样?(巴雷布恩用手指指宝座和豪华的装潢作为回答,谋反者们向这些东西投去愤怒的眼光。兰伯特转身向大家,神色庄重地继续说)你们瞧见了。兄弟们,克伦威尔坚持他的计划,继续做那被天主弃绝的事情。威斯敏斯特已经布置好了;宝座台业已竖起;这就是卑劣的议会要在那儿匍匐于克伦威尔脚下宣誓的阶梯。行动前,咱们好好利用剩下的时间；审判一下这个国王吧。他的罪行是显而易见的，那儿就是他的宝座！

欧弗通 不，那是他的断头台！他将爬得越高，摔得越狠。朋友们，他的最后时刻已被他自己确定了。愿这种从国王陵墓中再现的豪华排场是他的殡仪，愿我们的匕首今天把他的亡灵扔给斯图亚特家族的幽灵！啊，问题就在这儿！这个虚伪的独裁者为了他一己利益而寻求那被摒弃的王权；而且，为了重新拿起查理那血迹斑斑的权杖，他竟到我们把它扔弃掉的坟墓里去搜寻它。克伦威尔胆敢从墓中强夺王冠，让王冠拖着克伦威尔重又跌落墓中！以后，要是有别人还敢独自统治，那就让王袍始终是块裹尸布！

兰伯特 （旁白）他走得太远了。

欧弗通 （继续）把他开除出教！

所有的人 开除出教！

欧弗通 （继续）一切都与我们同心协力，一切，甚至克伦威尔本人。是的，先生们，运气蒙住了这个克伦威尔的眼睛，他就像马基雅维利[①]创作的一个阿第拉[②]。如果他不帮助我们，我们的怒火就会在削弱他已得民心的权力上耗尽，变得毫无意义；只有他一人迷失方向，他不懂得他已改变了他的脚步踩的场地；不懂得他离开了出生地就会死，总之，在变成国王的同时，克伦威尔就不再是一个人。在这死亡的称号下，他成了众矢之的。民众，他的依靠，离开了他，倒向我们；在民众和他之间，他单方面签署了致命的离婚协定。在把人民给予我们的同时，他给了我们力量。人民愿意按照法律受一个护国公的压迫和欺诈，但决不受一名国王的欺压。人民顺从于一个平

---

① 马基雅维利（1469—1527），意大利政治家和哲学家。主张为了达到目的而不择手段。

② 匈奴王。

民的暴君。护国公奥利弗，哪怕他比希律王更坏，对他们来说，还是唯一前额没有头带的能够支撑起国家那动摇不定的重负的人。但是，一旦这前额戴上王冠，那一切就变了；对于爱戴他的人民来说，这只是一颗适宜于刽子手的国王的脑袋！

所有人 （除了兰伯特和巴雷布恩，后者自从谋反者一来，就好像深深地思索着）说得好！

乔伊斯 我们的剑已出鞘；让它热气腾腾，甚至让它的柄第二次沾满一名国王的鲜血再回到鞘内！

普赖德 克伦威尔来威斯敏斯特寻找他的坟墓！他是他那该入地狱的不忠的教派的大祭司；他想要成为偶像。让人们在他自己的祭坛上把他作为祭品来庆贺他的节日吧！

卢德洛 如果他为自己加冕，他自己的卫队长沃尔西、高夫、斯基篷将和我们一起出击。任何东西都不能逃脱我们的复仇之剑。他的女婿弗莱特伍德，他的内弟德博洛，最终都不会管他的；因为，他们坚守信仰，他们富有共和精神的心灵宁可他死，也不愿他当国王。

哈里森 光荣属于弗莱特伍德和德博洛！他们的内心丝毫没有幼稚的恐惧和妇人的恻隐之心！

加兰 （直到那时，他始终保持沉默，眼睛盯视着初露的晨曦）在我的眼里，太阳从未如此美妙。弟兄们，今天，我们要打击的是何等样的人物啊！我从来没有这么骄傲而又快乐的感觉到，我正按照上帝的派遣而行动；当斯特拉福德按我们的意愿，把他的脑袋放在神圣的利剑和木砧之间时；当那更为可恶的“星室法庭”——这一昙花一现的恶魔——的劳德死时，这个教士在他圣地复现的神殿内，竟把亵渎神明的祭坛转向东方，而且把祈祷日出卖给挑逗情欲的巫魔夜会般的活动；甚至当以其古老的权力而自豪的斯图亚特，拿着王冠随同那至高无上的已有数百年历史的王权，跪在人民的断头台前时，我都没有这样自豪而愉快的感觉！我原以为在他们身上，不可避免地把打扮成人的伪基督杀死了；然而，今天我看到了胜利的锡安，在克伦威尔身上最终打击了这必死的诽谤者，而且，把它从还不稳固的王位台阶上重新投入撒旦把它吐出来的托非河！多好的一天啊！歌利亚[①]，英国的恐惧，会怎样从高处脸朝下地摔下来啊！

辛德康勃 用匕首好好地刺一下！

普赖德 对于为天主而战的人来说是多么光荣啊！

乔伊斯 （指着宝座）愿他在这我们设好圈套的王位上血流成河！

〔听到乔伊斯讲的话，一直在旁默默倾听的巴雷布恩颤抖了一下，仿佛因某种突然的不安而激动起来。

巴雷布恩 （敲打自己的脑门，旁白）对此，我刚才怎么想的？因为他们就要用他们的鲜血来弄脏我做好的宝座！然后怎么办呢？这些料子将毁掉百分之二十。（默想片刻后，高声地）对我的灵魂来说，你们的话有着琥珀般的芳香。兄弟们，我是这次共同行动的最后一名成员；但是，请听我说。你们听从神圣的经文要刺杀克伦威尔。那是否得到允许呢？请想想被耶稣割去耳朵的玛尔库斯，让人诅咒彼得的剑。以万能的上帝的名义，不是禁止刀剑相见，互相残杀吗？在这一点上，如果你们心里还有不明白的地方，请打开《创世记》第九章，和《民数记》的第三十五章。

〔圆颅党人顿时大感惊讶和愤怒。

乔伊斯 怎么！谁这么说话？

卢德洛 巴雷布恩，谁使您变得这样温和？

加兰 您想要赦免基督的敌人？

---

① 见《旧约》：非利士勇士，身材高大，头戴铜盔，作战时所向无敌，后被大卫所杀。

巴雷布恩 （结结巴巴）相反……我没这么说……

辛德康勃 您也许是个叛徒？

加兰 难道我们是应该受别人谴责的强盗吗？是凶手吗？

欧弗通 杀，并非谋害。在闪烁着纯净之火的祭坛前，邪恶的公山羊变成了神圣的祭祀品，而屠夫则成了祭司。撒母耳杀了亚甲①，我们则要杀护国公。我们是人民和上苍的执行者。

乔伊斯 （对巴雷布恩）先生，从您那阴森的眼光里，我不指望有什么好东西。您想救克伦威尔。就这么回事！

巴雷布恩 上帝啊，巴雷布恩庇护阿第拉！

辛德康勃 （向巴雷布恩投去愤怒的一瞥）这是个斐瑞斯人，或者至少是个信奉祆教的波斯人！

加兰 这份对克伦威尔的满怀忧郁的怜悯从何而来？

巴雷布恩 但是，杀害他，这是践踏法律！

辛德康勃 （拍拍他的肩膀）不应该把这王袍染上些颜色吗？

普赖德 巴雷布恩疯了！

怀德曼 兄弟，你退缩了吗？

卢德洛 （摇头）有些叛变行为是以一丝不苟为掩饰的！

巴雷布恩 （害怕地）您果真以为这样？……

辛德康勃 （怒不可遏，对巴雷布恩）住嘴！

加兰 （对巴雷布恩）你是否偶然喝了死海的水？

哈里森 他支持伯沙撒！

欧弗通 您是个到我们的山谷来扰乱被蹂躏部族安宁的亚哈②吗？

普赖德 我简直认不出巴雷布恩了！是不是魔鬼装成他的模样来拯救暗嫩呢？

---

① 见《旧约》：亚玛力王。以色列人出埃及时曾遭到亚玛力人的攻击，耶和华便命以色列王扫罗攻打亚玛力人，并要把他们斩尽杀绝。扫罗打败并活捉了亚玛力王亚甲，但没有杀死他，为此触怒了耶和华。亚甲后被撒母耳杀死。

② 见《列王纪上》：以色列王，暗利的儿子。

加兰 就是这么回事！昨天夜里，我做了个噩梦。

辛德康勃 （拔出短刀）咱们让他的魔法来经受一下剑刃的考验吧。

〔见到闪亮的兵器，直到那时都无法说话的巴雷布恩害怕得叫了起来。

巴雷布恩 哎，听我说！

兰伯特 说吧。

巴雷布恩 （惶恐地）朋友们，我并不愿意拯救英国的暴君，他太应该死去了；但是，可以杀死他，而又并不做出亵渎神明的行为，用重物击毙他，掐死他，毒死他，我怎么知道？

辛德康勃 （把匕首插回刀鞘）好极了！

加兰 （握住巴雷布恩的手）好吧，我刚才没听明白。

怀德曼 （对巴雷布恩）我喜欢看到你表示出美好的感情。

欧弗通 （对巴雷布恩）虽然造成流血是极大的错误，但我们没有时间按规定的程序来杀死他。

巴雷布恩 （不情愿地作出让步）好吧！随你们的便吧，刺死这该死的人吧。（旁白）这可真可怕！

加兰 朱迪思的刀子和即将割下他脑袋的短刀是一样的，在天国的武器库里，它们的位置早已准备好了。

哈里森 兄弟们，感谢天主！是他使我们免除了下贱的骑士党人的支援。他们的帮助已玷污了我们的事业，使我们的荣誉蒙受耻辱。然而，上帝使奥尔蒙和奥利弗的计划全落空了，把胜利只留给我们，他把奥尔蒙扔给了克伦威尔，而把克伦威尔交给圣徒们！

所有的人 （挥舞匕首）赞美上帝！

兰伯特 先生们，时光流逝。民众马上就会成群结队地来到威斯敏斯特。万一有人发现我们呢？

欧弗通 （小声对乔伊斯）兰伯特总是怕这怕那的！

兰伯特 我们不要因某种迷惑人的希望而麻痹大意。先生们，我们怎么干？快做出决定吧。

辛德康勃 必须在克伦威尔不穿盔甲的时候打击他。就是这样。

兰伯特 可是，在哪儿？什么时候？怎样打？

欧弗通 听着。我们大家都混在布置好的旁观者和表演的人中间，认真地参加仪式，但是，我们的手始终不离佩带的短刀。首先，我们不得不听听那些辞藻华丽而浮夸的演说家讲话，还有市政官和讲道者的致词；然后，克伦威尔将在他那瞬息即逝的宝座上从沃里克手中接受王袍，从市长那儿接受佩剑，从怀特洛克那儿接受国玺，接着，还要从托马斯·怀德林登手中接受有金搭扣的《圣经》；最后，是从兰伯特手中接过王冠。这是决定性时刻。那时，我们围在他的身边。他的额头一闪现出盔顶饰的亮光，咱们就向他刺去！

全体 阿们！

兰伯特 但是，谁第一个打？

辛德康勃 我！

普赖德 我！

怀德曼 我！

欧弗通 这份荣誉应该归我！

加兰 我要求得到这荣誉。为了不致放过诺尔，我已为这把剑祝过福。

哈里森 我来干！我的短剑就欠给老讨厌鬼这一下；而且，我可以说，十五天来，我的手臂一直在一个蜡制的克伦威尔身上练习如何准确地打击。

卢德洛 这样的一次行动是极其光荣的；我明白，我们这儿每个人都想得到这份荣誉。我本人，如果说，有一天我无休止的祈祷能使苍天发慈悲的话，那就是让我独自一人杀死克伦威尔。我想让我的子孙这么说他们的祖先：卢德洛战胜了天才的斯图亚特家族和克伦威尔，他两次杀死暴君！但这同一个卢德洛，忠诚的公民，他把人民的幸福放在他个人幸福的前面。兰伯特是我们中间级别最高的。他作为持王冠者，他将站在台上最佳方位，可以准确无误地击中目标。

兰伯特 （不安地，旁白）他要说什么？

卢德洛 （继续）在这样的时刻，为了公众的利益，每个人都应该作出自我牺牲。请跟我一样。卢德洛放弃这份荣誉，把砍第一刀的荣誉给兰伯特将军。

兰伯特 （旁白）嘿，谁要求他这样做的？他简直杀了我！他毁了我！

普赖德 好吧！我向卢德洛提出的理由让步。

辛德康勃 我也自我牺牲吧。（对兰伯特）您去打吧。

兰伯特 （结结巴巴地）先生们，在我深感不幸时，这样的荣誉使我得到了安慰……（旁白）多可怕的困境！

怀德曼 （对兰伯特）您将杀死克伦威尔！您多幸福啊！

加兰 您将像大天使一样落在撒旦头上！

兰伯特 （局促不安）弟兄们！我很惭愧……

欧弗通 （小声对乔伊斯）瞧他变化多大呀！

乔伊斯 （低声对欧弗通）懦夫！

兰伯特 （继续）我很高兴（旁白）我太失望了！怎么办？啊！这个卢德洛！（高声）对于如此荣幸的选择，我无法表示我的高兴……

欧弗通 （小声对乔伊斯）他脸都发白了！

兰伯特 （接着说）但是……

加兰 （对兰伯特）愿强者的上帝，用您的手引起人们的注意！

辛德康勃 （对兰伯特）您的任务既容易又高尚！（他登上宝座台，指着安乐椅）克伦威尔，或不如说这尼波，将坐在那儿，因为克伦威尔和尼波从来就是合而为一的魔鬼（他迈前一步。指着兰伯特在台上应该占的位置）您就站在这儿。

兰伯特 （旁白）这是无可挽回的了！

辛德康勃 （继续示范表演）您可以毫无困难地在给他王冠时，撩开他的外套，把刀刺进去。我真羡慕您。

兰伯特 （对辛德康勃）朋友，作为好兄弟，我把这荣誉让给您。

卢德洛 （激烈地对兰伯特）不，您必须做。只有您占有十拿九准的位置。要是让辛德康勃承担的话，那一切都有极大风险。

兰伯特 （坚持）可是，我是最不相称的……

欧弗通 哎，怎么！兰伯特犹豫了吗？

兰伯特 （旁白）得了。（高声）我干！

全体 （挥舞匕首）打死亚玛力人！打死克伦威尔！

巴雷布恩 （哀求的神态）弟兄们，求求你们，听我说。在刺死克伦威尔，把以色列从一个冒牌国王手中解救出来的同时，请别弄脏这个宝座！这些天鹅绒非常昂贵，一尺就值十个皮阿斯特。（听到巴雷布恩这番话，所有的清教徒都以反感的目光盯着他。巴雷布恩并未留意，继续说）动手时，请注意不要动这些帷幔！如果可能的话，让他背朝地倒下去；这样，可使这摩洛的血尽可能少地流在我那阿勒颇[①]的地毯上。

〔*在谋反分子中间又激起一阵愤怒的声音。*

辛德康勃 （斜眼瞅着巴雷布恩）这贪婪的生意人是谁呀？

普赖德 怎么回事，巴雷布恩又来了！

加兰 我以为，我听到了尼布甲尼撒在说话！

怀德曼 （对巴雷布恩）你是否学会了富豪劣绅的说教？

卢德洛 当我们奉献我们美好的时光时，您却在数您的奥波尔[②]！

欧弗通 （笑）原来如此。先生，克伦威尔的挂毯商，为了拯救他的天鹅绒，假借天意，把他的货色置于上帝的监护之下！

---

① 叙利亚地名。

② 古希腊钱币名。

加兰 要我说，把这种东西掺和进来，那就叫没事找事！

怀德曼 这是讨厌的伊拉斯谟[①]主义！

巴雷布恩 （旁白）唉！其实，就是这句话！（高声）请允许我解释。某一天，在被舍弃的大地上，上帝出于好心，给予人类以财富，在讲道时给以安慰，难道因为不鄙视这些财富和慰藉，就是抗拒上帝，背叛共和国吗？（指指宝座）这王位从底部到它的华盖，共有十肘高。我不能为这些昂贵的陈设感到惋惜吗？我所拥有的全在这儿了。

哈里森 （贪婪的眼光投向巴雷布恩所指的富丽堂皇的装潢）嗨，说真的，这真是太美了！怎么，我居然没有留意！这些小球球是金子做的。是纯金做的！哎，辛德康勃，你瞧，这把锦缎面的安乐椅，单单它就值一千个金币。

巴雷布恩 至少！

哈里森 （对辛德康勃）你觉得怎样？

辛德康勃 （贪婪地盯着那安乐椅）多美的战利品！

巴雷布恩 （哆嗦）他说什么？

辛德康勃 （对其他谋反分子）弟兄们，辅助我们的上帝要把这世界上的财富给予他的信徒。这些是属于我们的。克伦威尔一旦死于我们的剑下，我们就可以在我们之间分享他的遗物。

巴雷布恩 不！天哪，我的金线锦缎，我的帷幔，我的丝绸！

辛德康勃 金牛犊就是黎巴嫩雄鹰的猎物！

巴雷布恩 雄鹰？不如说乌鸦吧！你要怎样？……

欧弗通 （把他们俩分开）先生们，先打，然后再来解决这事！

所有的人 阿们！

巴雷布恩 （旁白）该死的，这些人简直是强盗！掠夺、抢劫才是他们的目的！海盗，忘恩负义的家伙！怎么办？他们使我背

---

① 伊拉斯谟（1466—1536），文艺复兴时期尼德兰人文主义者。

叛了锡安，和他们一起瓜分我的财产，该死的！

〔巴雷布恩从谋反分子中抽身退出，似乎陷入痛苦的思索中。

欧弗通 兄弟们！以色列在宝座上面对面地打击巴比伦的国王，并通过我们的手，高举起再现竖琴和棕榈的旗帜，反抗克伦威尔一世之前，我们中六个人将夺下大厅侍卫的哨位。

全体 好！

欧弗通 （继续）十二个人把匕首藏在戟前，聚集在理查曾在那儿鼓励诺福克的台阶上；四个人对付副官；四个人待在塔特尔院。其他人分散在所有的小教堂里，古老的金雀花王朝的，斯图亚特王朝的，以及都铎王朝的小教堂里，守着扶梯，堵住通道，那么，克伦威尔成功也好，失败也好，可以阻塞他的通路或为我们疏通去路，他们要暗中用他们的话在人群里煽风点火，激起神圣部族的怒火，加快民众这座火山的爆发。

所有人 （除巴雷布恩外，都挥舞手中的匕首）愿它吞灭掉阿比龙！愿它烧毁达荡！

加兰 （跪在清教徒谋反分子中间，把短刀朝天举着，喊道）哦，上帝，制造尘埃和海中怪兽的上帝，请好心辅助我们神圣的事业！让这刀子从克伦威尔的胸膛里冒着热气抽出，以显示你那被人蔑视的力量！好上帝，引导我们出击吧，救世的上帝，宽厚的上帝。但愿你的敌人就这样丧命！既然我们向你表示如此的虔诚，哦，上帝，让你那冒着火焰的剑刃和火舌在我们的手中和前额上闪耀出灿烂的光芒！

〔他重新站起，清教徒们低头片刻，仿佛同他一起祈祷。

巴雷布恩 （旁白）他们的算盘简直十恶不赦。要瓜分我的财产！

兰伯特 先生们，时间已过。走吧。（旁白）怎样打这一下？

卢德洛 别说了。动手吧，让这该死的人不再忽视上帝的选民！

〔除了巴雷布恩，所有的谋反分子都以同他们上场一样的庄严的模样，列队而下。当兰伯特正要跨过门槛时，欧弗通拉住了他的胳膊。

第五场

〔兰伯特；欧弗通；巴雷布恩。

〔在整个场景中，巴雷布恩仿佛沉浸在痛苦的思索中，由于被宝座的台阶挡住，避开了两名同伙的视线。

欧弗通　将军大人！

兰伯特　怎么啦？

欧弗通　请听我一句话。

兰伯特　说吧。

〔两人又回到舞台前，面对面地待了片刻，兰伯特沉默地等待，欧弗通则好像不知道该怎么发作。

欧弗通　您的手稳不稳？

兰伯特　您不信吗？

欧弗通　我怀疑。

兰伯特　（傲慢地）怎么！

欧弗通　听我说。为了推翻克伦威尔，我们把以色列的剑信任地交给您；我们选择了您来粉碎阴谋，斩除这可怕事件的纽结。然而，您只是以恐惧的心情来接受这份荣誉，而欧弗通愿以血的代价来换取它。您要别人把任务交给您。然而我太了解您了。野心勃勃，胆怯懦弱！

〔兰伯特做了个气愤的手势。欧弗通制止他。

让我说！现在，我且把你那些掩饰得相当拙劣的计划搁在一边。我也不会跟您讲我的眼睛已看透了您，而且，我感到，尽管关于这一点还是刚刚产生的，在我们共同的计划中，您有您自己的算盘；老爷，您打算用我们的手来帮助您摆脱困境。正如您傲慢地估量过，您想我们会以一名可笑的侏儒去取代一位巨人。您只是想要继承克伦威尔，他肩负的重担丝毫没有让您感到犹豫。然而，老爷，这副担子对您来说未免有点儿重；我看见了攫取它的手，而没有看见支撑它的胳膊。没有比您为满足自己的愿望所作的安排更天真了。您自认为老百姓在一切方面都会支持您，就好像在世界的历史里，当枷锁在自由的头上变得更加沉重时，他们会以为矮小一点儿的暴君就不会那么重！

兰伯特 欧弗通上校！这种侮辱……

欧弗通 我向您保证，随您的便。眼下，请听一听我说的严酷事实。您现在还不是国王，可以自以为是！不过，我不再关心您的帝国梦，是圣灵启示我来告诉您的。您只要打一下，然而，您却为此而直哆嗦；我们俩都将置身于聚集在这儿的观众中间，我将站在您的身旁。如果，您的手摇晃不定，如果克伦威尔一世把王冠戴在头上，而您却不去杀他，以惩罚他的蛮横无理，那么，我，我会更敏捷。瞧这把刀。（他把刀给兰伯特看）如果没有别的武器，那么，这把刀将穿过您的心脏刺到他的心脏里去。（兰伯特又怒又怕地往后退）现在，我就让您在这样的两种怯懦中间徘徊。选择吧。

第六场

〔兰伯特；一直待在舞台角落里的巴雷布恩。

兰伯特 （气得发抖，目视着欧弗通一直到大门）您居然敢这样，放肆！听着……他走了。我脸上，某种灼热的羞愧在谴责这只手惩罚得他太慢了。他走了，奸诈之徒，他把我羞辱得够吗？唉，我的计划把我和什么样的疯子联结在一起！自从我暗中策划以来，我的命运怎么样呢？不断地被抛到远离我所渴望达到的目的，在我们将获胜的时刻，受到失去一切的威胁，而且被各种各样的侮辱推向各种各样的危险中！受暴君的欺压，被奴才伤害！后退吗？是深渊！前进吗？是在火山口！欧弗通，或者克伦威尔！不是牺牲品，就是刽子手！怎么？从剑鞘里拔出利刃来对付我。不过，他是会这么做的！我知道他可能会这么做的。必须稳稳地出手！

巴雷布恩　（没有被兰伯特听见和瞧见）这些罪孽深重的孬种会把我掠夺一空！

兰伯特　（沉思）在他的人中间来打击克伦威尔！面对他的卫队！他，曾给过我许许多多的好处！这可是忘恩负义啊！然而，要是我失手了呢？

巴雷布恩　（思索着）抢劫一笔用来开银行的资金！

兰伯特　致命的野心，你已把我带到太高的地方！我的脚摸索到王位，然而却在木砧上绊倒！（他激动不安，急速地踱来踱去，然后朝威斯敏斯特的外面瞥了一眼）有人来了，走吧。人群已经聚集起来。去穿好衣服，参加仪式吧。

〔兰伯特下。

巴雷布恩　虚伪的兄弟，你们嫉妒我的财富，该你们倒霉，该我倒霉。该我们大家倒霉！

〔巴雷布恩下。

第七场

〔特里克；吉拉夫；埃雷斯布鲁；然后，格拉马多克。

〔三名小丑从正门来到大厅，斜眼看看走出门的巴雷布恩。

特里克 巴雷布恩！

吉拉夫 他看上去不大高兴。

埃雷斯布鲁 狂热的疯子！

特里克 站柜台的撒母耳！开店铺的耶利米[①]！

埃雷斯布鲁 是他为克伦威尔提供这一切。

特里克 他偷了他。

吉拉夫 他做得更好：他谋杀他！

特里克 这样，他对钱财和鲜血的渴望在诺尔身上得到了满足；他要从他身上同时得到钱袋和生命。

埃雷斯布鲁 关我们什么事？

吉拉夫 好吧，我们待在哪儿？

特里克 （指指宝座后一排座位上的一个狭窄的包厢）就在这个看台。

埃雷斯布鲁 好。我们都待在那儿也挺好。

〔三名小丑在帷幔下走过去，过一会儿出现在看台上。

特里克 我们在这儿挺不错。

吉拉夫 我们将看得十分清楚。

埃雷斯布鲁 （躺在坐垫上，打哈欠）是个高枕无忧的好地方！我也许需要睡睡。特里克，我们简直是傻瓜，在潮湿的树底下度过这不眠之夜，而且，在室外一幕幕地看着这出戏，冒着受凉和感冒的危险！

特里克 克伦威尔以加冕礼来补偿我们。格拉马多克向我们断言，有一个不同寻常的结局。

吉拉夫 格拉马多克！我们就要见到他，手持象牙权杖，光荣地充当持后裾者！

---

① 见《旧约》：著名的希伯来先知，是《旧约》中四大先知之一。他预言耶路撒冷将被攻陷，国民将被巴比伦掳走七十年等，这些后来都得到证实。

埃雷斯布鲁　光荣？朋友们，随你们说吧！我，我可不愿意，我，我这个卑贱的小丑，我可不愿给克伦威尔国王提后裙。多么可耻啊！当着全城和市郊的居民的面，众目睽睽之下，拉着魔鬼的后裙！

特里克　（唱）对我来说，我不能否认，

我非常喜欢最近的奥利弗

和疯狂的哲学家格拉马多克，

在一块布料的两头。

在庄严的仪式中，

看到疯狂和天才真诚地

通过一件国王的外套联结在一起，

没有比这更滑稽的了！

吉拉夫　格拉马多克只要稍微保持一点儿高贵的神情，他就会像一名疯子牵着一个有理智的人。

埃雷斯布鲁　疯子将走在前面！

特里克　但是，克伦威尔究竟为什么让别人提着他的后裙呢？

埃雷斯布鲁　嗨，特里克真细心！那是为了使他的王袍不至于拖过大厅时落在泥浆里。

特里克　我懂了，我觉得这理由很正常。但是，谁来阻止克伦威尔王袍加身呢？

吉拉夫　奥尔蒙已经这么做了！

埃雷斯布鲁　是的，但克伦威尔已把他打发去见魔鬼，他光着脚，脖子上套着绞索，当众认罪。

吉拉夫　可怜的人！他已经被绞死了吗？

特里克　没有。

吉拉夫　啊，太好了！我们在这儿看完这出无聊的戏之后，我们也许能及时去看他怎样被绞死。应该笑一会儿了！

特里克　老爷们，我想，我们毕竟可以在这儿找到可笑的事。死

亡也将在威斯敏斯特起作用！如果说我眼力不错的话，克伦威尔正笔直走向毁灭。他那可鄙的发迹最终要抛弃他的。我刚才跑遍了伦敦的大街小巷。到处，行人们都在互相攀谈着丧事。我见到在斯特朗街，在“圣殿”酒店，在城门上和两边都有红了眼的自卫队，以国王的名义在怒吼。各种派别在暗处交换暗号，恢复联盟，以对抗克伦威尔。一切都预示着危险。

埃雷斯布鲁　老百姓呢？

特里克　他们在观望。他们就像一头豹一样，看着两头狼在厮斗。他们等待着，让它们安安静静地撕咬，被打败的留给他们吞食就心满意足了。总之，炸药已在奥利弗的脚下挖好了，而且，我不骗人，它就在这儿爆炸。

埃雷斯布鲁　（唱）小心，我的主人，奥利弗！
任何一个叛徒最终都会
遇到叛徒。
这也许是由魔鬼
建成这宝座。
死亡竖起了宝座的讲台。
他可能在灵床上
突然皈依。
在这致命的建筑物上
笼罩着某种神秘的魔法。
你的星宿将撒谎。
在这阴暗的宫殿的周围，
女巫们在暗处
叙说她们的神秘字母。
在这些紫色的罩布下，
在这缀满了闪光片的华盖下，

如果这件大红袍掉下来，
人们也许会找到一些骨骼架；
在这些凶险的台阶上，
随着你弑君者的脚步，
这挂毯的富丽堂皇的皱褶中
隐藏着一把绞刑架的梯子！

特里克和吉拉夫 （鼓掌）美极了！

特里克 对啦，老爷们！我有个主意。（埃雷斯布鲁和吉拉夫走近特里克，神情专注）当那比我们高一肘的格拉马多克当着议会的面，在那些负荷着权标的教士们的眼皮底下，在那庄重的时刻，一本正经地提溜克伦威尔的袍子时，必须做鬼脸让他发笑。

埃雷斯布鲁 （拍手）好主意！

吉拉夫 （雀跃）好！

外面的声音 （唱）尤其是当女修道院院长
垂下了
眼睛，她迷人的眼神
在撒谎。
她的心徒然地在神圣的围墙里
燃烧；
她曾把心灵赠送给
丘比特。
这并不是冰冷的圣骨，
僵硬得
使这修道院的院长
出卖它。
爱神啊！当我们是修女时，
不就是

为了只知道你的名字吗？

不！

〔格拉马多克上。

特里克 怎么，是他，是他本人。格拉马多克回来了！

吉拉夫 （对格拉马多克）今天谁把你带到我们这儿来的？

特里克 （对格拉马多克）在这世界上，从什么时候起，瞧见给国王拉后裙的人走在他主子的前面？

格拉马多克 罗伯特勋爵的儿子为了要大张旗鼓地向新国王献殷勤，想方设法谋得了我的位子；考虑到一位大老爷要当我的同行，所以，今天，我是名誉持后裙者。

埃雷斯布鲁 一名勋爵的儿子居然给奥利弗提溜衣服，我们的耻辱竟是他的荣耀，他居然想要获得它！让他去干他的活儿吧。朋友，让我拥抱你吧！为了弄臣的荣誉，我自豪地向他表示感谢。

〔格拉马多克登上看台，他的伙伴们赶紧围在他的身旁。

吉拉夫 兄弟，刚才我们的欢乐还少了你的机智。

特里克 是的，俗话说，越是小丑，笑得越多。我很喜欢同一个藏身之处把我们四个人聚拢在一起。

埃雷斯布鲁 我们在一块儿，就是所有的小丑都聚在一起了，这是上帝的意愿。

格拉马多克 这正是使我高兴的事。

〔弥尔顿上。

弥尔顿大师来了，这下，咱们可是全了。

第八场

〔四名小丑；弥尔顿。

弥尔顿 （由他的向导陪着。他缓慢地向前走，久久地注视着王位，仿佛被某种凄切的绝望打垮了）必须这样。一切都完了！喝下整杯苦酒；别漏掉一丝痛苦，接受这苦刑吧；瞧这国王怎么做吧！戏台已然搭好。在这一天尚未过去之前，他将走向坟墓或跌倒在宝座上！

特里克 （小声对格拉马多克）撒旦的颂扬者讲道讲得不赖。

弥尔顿 （继续）啊！是的，在这哀伤的日子里，不管他死去，还是他执政，克伦威尔的死亡之路就从那儿开始。唉！英雄克伦威尔为国王克伦威尔牺牲了自己，他为了王冠而离开了头顶的光环。哦，高贵的额头不同寻常地低了下来！克伦威尔要当亲王！他贪婪地为了身份而牺牲荣誉，为了一个头衔而牺牲自己的姓名！

格拉马多克 （低声对特里克）尽管他不是主教，讲道倒不错。

弥尔顿 （继续）要憎恨这个我曾把他的名字写在祭坛上的讨厌的大天使，对我来说是很痛苦的！这个我把他当做真理化身的人，他是怎样用令人失望的错误来欺骗我们呀！啊，注定倒霉的使人民和上帝反感的国王，我来到这儿是为了向你永远告别！把恺撒和吉兹[①]的王位拿去吧。王冠镀上了金，匕首磨得更尖。

〔他退向舞台的一角，在小丑们待的包厢的对面，然后一动不动。

第九场

〔同上场人物；人群；理查·威利斯；然后，欧弗通、辛德康勃和清教徒的谋反分子。

---

① 系法国古老的洛林世家的分支。

〔一群人上，男女老少，身着清教徒服装。仿佛属于各种不同的职业。在他们中间有一名退役老兵。他们熙熙攘攘、急急忙忙而来；先到的人招呼后面跟着的人，并对他们喊：从这儿走！

弥尔顿 （对他的侍从）谁来了？

侍从 老百姓。

弥尔顿 （悲伤地）啊，是的，老百姓！总是天真轻信，容易受迷惑，他们来到这依靠他们而装饰一新的戏台，来看看他们的命运通过别人对他们起什么样的作用。

一平民 卫兵还没来！

第二位平民 幸亏我们最先到。

第三位平民 咱们快占好最佳位置。

〔他们全站在宝座旁。理查·威利斯上，身上裹着斗篷。

特里克 （指着那些平民和威利斯，对他的伙伴）瞧这些老百姓和这个眼神可疑的人。在同样的等待中，他是另有目的的；他们是来看热闹，而他则是来观察。那是密探威利斯。

吉拉夫 为什么谴责他呢？聪明人应该沉湎于空泛的言辞里吗？这些只是不同类型的好奇的人；仅此而已。

〔欧弗通和辛德康勃上。他们悄悄地混入已经聚集起来的观望的人群中。

第一名平民 （指着宝座的讲台对旁边的人）这将非常漂亮。

第二名平民 朋友，妙极了！

第三名平民 奥利弗做事做得很地道。

一妇女 这个宝座是用好多金子做的！

另一妇女 这些流苏太美了！

第三名妇女 我们将有游戏、演出、欢庆活动！好吧！

一商人 （在人群中）这个巴雷布恩的确很幸运。就是因为他有个兄弟在议会里!

第一位平民 （对商人）是的，他在残余议会[1]里守斋。

商人 （打量着柱子上的帷幔）这就是他当做中国料子卖给他们的东西！宫廷的挂毯商！如果我有那么多的时间，我会跪在地上，把我的证书放在《圣经》里。想必他在这儿赚了整桶整桶的金子。

第二名平民 奥利弗国王万岁!

第一名妇女 别再有单调乏味的说教者！我们又将看到舞会了。

第二名平民 还有赛马。

第三名妇女 和嘲弄宫廷大法官的演员。

第二名妇女 而这些埃及人成群结队地来到桑园，跳起了萨拉班德舞。

士兵 （直到那时为止始终一动不动的老兵，向妇女们那儿走了一步，然后，雷鸣般的吼道）女人们，住口!

〔人群中一阵惊讶的骚动。

第一名平民 怎么！我想，这不就是个兵吗?

第二名平民 他要给女人们什么教训?

士兵 （对平民们）女人们住口!

平民们 我们，女人?

士兵 是的。女人，你们比她们更女人！（指着妇女）这是些可怜的人儿；而你们呢，只是在疯狂欢乐的模样和失去理智般的笑声上超过她们，说你们是什么好呢?

欧弗通 （拍拍士兵的肩膀）好！我的朋友，毫无疑问，别人曾对您不公正，对吗？您是否同我们一样，服役多年以后，别人让您退役了并使您失了业?

士兵 有过于此，有人想要统治我!

---

① 查理一世于1640年创立，1653年被克伦威尔解散。

欧弗通 （对人群）朋友们，他说得对！其实，在上帝大发雷霆，以色列痛哭流涕之际，现在是笑的时候吗？这个人压制了曾保护过他的人，当他来把一个宝座强加在负担过重的人民的身上，当这一切使得英格兰所忍受的痛苦变得更加激烈的时候，难道是笑的时候吗？

第一名平民 说得好。但是，当兵的说话说得太生硬。

〔渐渐地人越来越多。工人内厄姆上。

欧弗通 啊！弟兄们，请原谅这位高尚的殉教者的语气，他因为提尔的豪华排场而被搅得心慌意乱；唉，让他独自一人在这儿把他痛苦的呻吟和祖国的呐喊糅合在一起吧！今天，一个国王的产生，使我们的母亲多么痛苦啊！

第三名平民 国王！我不知什么原因，这个词使我很不舒服。

第二名平民 我所想到的一切，这位先生都向我作了解释。

内厄姆 国王，就是暴君。

第二名平民 共和国万岁！

欧弗通 什么国王？这个克伦威尔！一个骗子！一个压迫者！昨天，他是个什么东西？

士兵 一个当兵的。

商人 一个啤酒酿造商。

第三名平民 谁来使我们摆脱这讨厌的好日子？

第一名平民 有人说起克伦威尔了吗？篡权吗？真可怕。

内厄姆 他竟敢自称为王！简直大逆不道。

第二名平民 是罪孽。

第一名平民 况且我们已经废除了王权。

欧弗通 你们都应当坐上宝座。

第一名平民 当然。为什么他比我们更应该呢？

欧弗通 魔鬼标出了路线。使国王和旧的恶习又重新出现！

内厄姆 把老名字耶布斯归还给耶路撒冷！

欧弗通 一座可憎的宝座的重量将压垮我们！

第一名妇女 是否听说他和魔鬼订立了公约？

第二名妇女 有人说，夜里，他的眼睛仿佛在燃烧。

第三名妇女 听说他的嘴里有三排牙齿。

〔除了兰伯特，清教徒谋反分子渐渐地都上了场。他们相遇时彼此相互握手，并无声无息地混入到人群里去。

内厄姆 这是圣约翰预示过的怪物。

第二位平民 是样子可怕的怪兽。

士兵 是的。

欧弗通 克伦威尔把新的灾难扔在我们的头上。

内厄姆 这是个亚述人！

欧弗通 是的，总之，我们的苦难已到了无以复加的地步。

商人 我做不了生意啦！

士兵 没有面包，光着脚，睡在地上！只要这种情况持续下去，当诺尔把他的名字挂在这些柱子上，我们就只能把我们的牙齿变成钉子来做我们的鞋。

欧弗通 我们到他的门前等待施舍吧！

内厄姆 克伦威尔需要的不是宝座，而是哈曼的绞刑架，巴拉巴的十字架。

辛德康勃 处死克伦威尔！

理查·威利斯 （混在人群中）是的，打死他！

弥尔顿 （听到威利斯的声音，颤抖了一下，对清教徒谋反分子）先生们，说得轻些。

理查·威利斯 杀死篡位者！

士兵 说得轻些！有什么关系？我要对他喊：杀死他，在他的门槛上杀死他！

内厄姆 （对士兵）上帝的判决是高声宣读的。士兵，你的嘴是纯洁的。

士兵 （对内厄姆）是的，正如你所看到的我，我一贫如洗，好像一根被遗忘在竞技场上的辕木，被人类命运的洪流冲击得一无所有，如果我能目睹惩罚这西拉之子，我就死也瞑目了！

欧弗通 （把士兵拉向一旁，给他看匕首）兄弟，您会得到安慰的。（士兵显得又惊又喜，欧弗通制止了他）别出声！

〔克伦威尔兵团的一支分队上，他们身着红色制服，穿着护胸甲，肩上扛着火枪和槊。

有人来上岗了；别说话。

〔士兵们从两边驱赶挤满大厅的人。

支队长 （高声地）给英格兰的雄狮之旅让路！（对几名他推推搡搡的平民）你们，走啊！

其中一平民 从他们这种傲慢的神气，就知道他们是护国公兵团的。

老兵 （指着军官小声地对欧弗通）这些亚哈的军官居然穿着丝绸的紧身短上衣！

一名年轻的哨兵 （把他推向人群）朋友，排好队！

欧弗通 （悄声对老兵）哎，他对您多么粗暴！雇佣来的刺客已那么专横，新兵已经在侮辱老兵了。

士兵 （握住他的手）忍耐些！

支队长 （对他的队伍）士兵们！圣灵把我们聚集在一起。为了我们的将军，让我们一起祈祷上帝吧！

欧弗通 （对队长）为了你们的将军？不如说你们的国王吧。

支队长 他，我们的国王？谁敢这么侮辱他？

欧弗通 我。

支队长 怎么！您撒谎。

欧弗通 不。

支队长 克伦威尔国王！上帝不许！

欧弗通 他今天就要成为国王了。

支队长　谁告诉您的?

〔英格兰武士上，全副武装，骑着马，由四名持戟步兵陪同，持戟步兵在他前方擎着一面印有护国公纹章的旌麾。

欧弗通　瞧!

第十场

〔同上场人物；英格兰武士。

老兵　（低声对欧弗通）看看他会发什么话。

武士　（骑着马，待在宝座前）和散哪[①]！我以活着的上帝的名义对你们说话。最高议会久久地祈祷，恳求圣灵的启示，为了结束人民和信仰的灾难，选择了奥利弗·克伦威尔并宣布他为王。

〔人群中一阵低语声。

特里克　（指着人群，小声对他的伙伴）看这些咏唱赞美诗的人全都感到很气愤。

武士　（继续）此刻，在伦敦，或在这三个王国内，如果有人，无论他是年轻还是年老，平民还是骑士，对奥利弗大人的权力提出异议，我们，英格兰的武士，我们就要用短剑、斧头、马刀、弯刀向他挑战，而且，无情地，不计代价地杀死他，把他的纹章挂在这匹马的尾巴上。要是这个人在此地，那么就让他说话吧，让他站起来吧，让他用他的剑来帮他说话吧。你们都可证明，我从我的右边，用力地扔出这无罪的手套!

〔武士当着众人的面，扔出护手甲，拔出佩剑，并把它举起在头的上方。

① 赞美上帝之语。

武士的旗手和持戟步兵 和散哪！

〔老百姓惊骇得鸦雀无声；所有的目光都盯着护手甲。

武士 没人说话吗？

欧弗通 （旁白）啊！是否应该保持沉默呢？

弥尔顿 （高声地）英格兰武士，为什么只有一只手套呢？如果这是他所筹划的，那么您的主子本应该扔出与他自认为是臣民的一样多的手套来。

〔人群中一阵表示同意的骚动。

武士 谁在说话？这个瞎子！好汉，请离开。

〔士兵们把弥尔顿推开。欧弗通走近率领卫兵的军官，并以目光询问他。

军官 （低垂着眼睛，脸色阴沉）一切顺利。

欧弗通 （小声对辛德康勃）一切顺利。

武士 （扫视人群）怎么！没人自告奋勇吗？

欧弗通 （握住弥尔顿的手，低声对他）我们将把克伦威尔送到这儿来同他的手套相聚。

弥尔顿 （旁白）唉！

武士 我正等着。

老兵 （盯着武士，旁白）无赖！狂妄自大的喽啰！

辛德康勃 （低声对欧弗通）我不知道谁能阻止我不去惩罚他。

〔他向护手甲那儿迈了一步。欧弗通拉住他。

欧弗通 （低声地对辛德康勃）谨慎些！

格拉马多克 （指着清教徒谋反分子，小声地对他的伙伴们）这些疯子就要搅乱这一局了。要是他们接受挑战，那就没戏了。必须阻止他们，可别把一切都毁了。

特里克 你说什么？

〔格拉马多克显得胸有成竹地摇摇头。

武士 （一直高举着剑）那么，没有人应战吗？

格拉马多克 （从他的包厢跳到大厅）不，有我呢！

〔大家感到很惊奇。

武士 （惊讶地）你来拾起这手套？

格拉马多克 （拿起手套）是的。

武士 你是什么人？

格拉马多克 跟你一样，是个出卖鬼脸的商人。我们俩的面具都是骗人的玩意儿。我的鬼脸使人发笑，而你的则使人害怕；仅此而已。

武士 我看你挺滑稽。

格拉马多克 我看你也是。

武士 （对持戟步兵）是个疯子。

格拉马多克 正是[①]。的的确确。我是以弄臣的身份在宫里当差。你说得一点儿不错。

人群中的声音 喜剧丑角亮相了——这是诺尔的小丑，举动够大胆的！——真是个弄臣吗？

弥尔顿 这场滑稽戏是怎么回事？

〔小丑们待的看台上传来久久的大笑声。

格拉马多克 好啦！往后退吧。

武士 倒霉的小丑！滚开，不然，我叫人抽你。

格拉马多克 多么骄傲的蔑视！要像我这样的模特儿，你的鬼脸还不那么令人愉快。我重复一遍。朋友，为了在这欢乐的音乐会上，制造一点儿声音，克伦威尔给我们俩都付了钱，你的声音是洪钟，而我的则是铃铛。

武士 恶棍！

格拉马多克 我认为，无论是赞成或反对奥利弗，我们都可以不失体面地一起衡量一下自己；我是他的持后裙者，而你呢，是

---

① 原文为 fou，在法文里有疯子和弄臣的意思。

他的传声筒。

武士 （愤怒地）你选什么武器?

格拉马多克 我?（他拔出他的木板条）这把木刀。（他以雄赳赳的神态挥舞着刀）这就是应该用来对付窝囊兵士的武器。准备好，冒牌好汉!（对人群）啊，开战了，开战了!（对武士）看看咱们是否与邓巴[①]相对称，看看你的杜兰达尔是否值得我的埃斯卡里巴!（对人群）你们，过来看，（指着弥尔顿）我说请这个盲人不要生气，歌唱着的福尔斯塔夫[②]在和拉直嗓门唱的斯汤托尔[③]搏斗呢。你们来看看一名小丑怎样打败一个舞刀弄剑的人。

欧弗通 （悄声对辛德康勃）我看这一幕是故意安排的。

格拉马多克 （在武士面前炫耀）怎么样，我的武士?你怎么啦?你在犹豫吗?你，不加考虑就想要斗一斗!我只要两下子就把你研成粉，然后，你可以把自己的碎片收拾起来。

武士 （指着格拉马多克）把这个疯子抓起来。

〔卫兵们围了上来并抓住格拉马多克。

格拉马多克 （一边挣扎，一边暗笑）我有我的权利。懦夫!他害怕了。要是他把我惹火了，我就起诉他妨碍公务。的确是一个 quare impedit[④]的行为。

〔看台上的小丑大声笑着，为他鼓掌。

武士 （庄重地）大家听着，除了一个瞎子和一个疯子，没有人对我刚才说的提出异议，当着大家的面，我宣布，奥利弗·克伦威尔为英国国王!

武士的卫兵 上帝保佑奥利弗国王!

---

① 邓巴（1460—1513），苏格兰诗人。

② 莎士比亚笔下的小丑。

③ 《伊利亚特》中的人物。

④ 拉丁语，意为：妨碍公务。

〔老百姓和军队都默不做声。

武士 走吧。

〔武士及其随行人员缓缓地下。

辛德康勃 （指着正在笑的格拉马多克，轻声对欧弗通）是的，是的，就是为了逗老百姓乐。

欧弗通 （指着惊愕的群众，同样轻声地）他吓唬他们，于是，他们不吱声了。

第十一场

人群里的说话声 老诺尔可真是慢吞吞的！——您想他什么时候从白厅出来？——这样等着真难受。

〔外面响起一阵巨大的钟声。远处的炮声以相等的间隔交织于钟声。

——安静！你们听见钟声了吗？还有炮声？——他走出来了。——他会从老贝莱路来吗？——不，从皮卡底里路来上帝！瞧，这些在广场上的人！——他们在那儿；是些下等人。——那儿，多少人啊！那上面，那么多的人哪！万头攒动。——尽管天气挺热，没有一片屋瓦，没有一块铺路石不充满了那些不适宜的面孔。——我知道那儿的楼厅租金很贵。——就为了看克伦威尔，为了看一副肉嘟嘟的面孔！这些巴比伦人疯了。——上帝保护我，我喘不过气来了。——小心！现在是仪仗队拥入广场了。——终于来了！——啊！

〔人群中一阵骚动。所有的眼光都热切地看着大门。

——告诉我，谁走在最前？是斯基蓬少校。——什么，斯基蓬！——一名好军人，有很好的名声！在瓦塞斯特郡的战役中，他是从浮桥过西弗恩河部队的第一名。——那一天，圣徒们可是好好地动了刀子！——没有一月三十日在白厅里干的那么好！——你这个人，你讲话的这种语气会让人揍你的。别说了。——我在笑。——别说了！——笑并不是说话。——要不是有人制止我，我就要把你掐死。——安静！市长来了。

〔市长以及市参议员、市法院书记官、市政执达吏上，全都穿着制服。市长和全体市府人员在大门左侧止步。

在那一排人里，好好欣赏市参议员帕克，诺尔用一根柴棍让他当上骑士，给这城市增添光彩。——他神气活现地站在队伍里。——就是在他的提议下，让这个彼拉多当国王的。

〔朝臣们列队而上。法官们在大厅尽头阶梯座位的高处入座。

——啊！宫里的大贵族们都穿着猩红色的长袍。——好哇，大法官黑尔！好哇，沃鲁普中士！——这些飞跑而过的是上校。——怎么？难道花钱雇来的卫兵还不够多吗？这些穿着长袍的家伙都筑成人墙了。诺尔简直是个暴君！——诺尔是个篡权的人，一个想要一步登天的巨人！武力是这另一个恩刻拉多斯[①]的唯一法律。克伦威尔并不是登上宝座，他是爬上去的。——安静，牛津跑来的家伙！看看这个书呆子！他不是在说拉丁语吧？——嘿，可是，我有权抱怨坐在象牙椅上的阿皮乌斯！——他以为用一把戒尺就可以杀死克伦威尔！

一掌门官 （身着黑衣出现在门口，高喊）给国会议员们让路！让路！

〔国会成员排成两列上，演说家在最前面，持权杖者、掌门官、教士和议会的执达吏走在演说家的前面。引起了民众的注意。当国会成员在阶梯座位第一排入座时，老百姓又继续聊了起来。

人群里的说话声 啊！——这个演说家叫什么名字？——我想，

① 巨人，曾反叛众神，后被雅典娜压在西西里岛下面。

是托马斯·威德灵顿爵士。——一个英俊男子。——一个犹大。

欧弗通 （低声对怀德曼）老百姓怨言连天。看，没有人喊：上帝保佑下议院！

怀德曼 （指着国会成员小声对欧弗通）上帝把他们弄混了！他们全都卖身投靠那僭越者了。他们喜欢克伦威尔和贝拉图卡特路斯。

特里克 （从包厢里看会场）朝臣们，市参议员，全体国会议员，是的，可怜英国的诸神们都来了！他们都来了！

吉拉夫 可笑的诸神！

埃雷斯布鲁 弟兄们，你们觉得怎么样？

吉拉夫 就像我们是弄臣一样，他们差不多是神了。

特里克 我急于想看看在这些庄重的希腊诸神中怎样刮起狂风。

吉拉夫 是的，特里克，我的古怪念头跟你一样，我喜欢群魔殿更甚于万神殿。

埃雷斯布鲁 （向他们指着一直在大厅的一角，被四名持戟步兵看住的格拉马多克，他正在不停地扭着身子）格拉马多克在向我们打招呼呢。

格拉马多克 （对他的伙伴们做鬼脸）哅！

〔小丑们纵声大笑。

埃雷斯布鲁 哦！我开的玩笑有点儿太厉害了。

特里克 他怎么从那儿脱身呢？

吉拉夫 关我们什么事？

埃雷斯布鲁 总之，我们已经笑过了；暂时完了。

一掌门官 （在面对宝座一个装潢十分华丽的观礼台）护国公夫人到！

〔全体市政人员都站了起来，脱帽，并向护国公夫人深深行礼，护国公夫人由她的四个女儿陪同上，她们各自按自己的方式打扮。护国公夫人、弗莱特伍德夫人和克雷波尔夫人都身着黑衣，佩戴煤玉项链；福尔康布丽奇夫人则身穿宫廷礼服，金黄色的锦缎外套，绣有蝎子的姜色威尼斯天鹅绒巴斯克裙；弗朗西斯穿着饰有银箔的白色沙罗长裙。护国公夫人行屈膝礼向市长和市参议员致意，然后，同她的女儿们一起在观礼台前落座。后面被她的侍女们占用。

特里克 （对其他小丑）啊！真的，幸好这张面孔还没有摆出王后的架势。

一士兵 （对着小丑们待的看台）安静，疯癫癫的老爷们！

特里克 （冷笑）要讲和，得像个军人跟我讲话。

〔当兵的做了个威胁的手势；特里克耸耸肩重又坐下。克伦威尔家人进来时，全场一阵骚动，所有的目光全都盯在大观礼台上。

人群里的声音 怎么！这是护国公夫人！她看上去矮矮胖胖的。——是某个布尔希埃家的女儿。——她在那儿正做美梦呢。——先生，在她右侧那年轻女子是谁？——这儿吗？……不，那儿。——那是弗朗西斯小姐。——她的女儿？——是的。——老诺尔有五个还是六个女儿？——不，四个。——最小的那个很可爱。——天气多热啊！——真难受！——人还越来越多。——我们在这儿被挤得像在地狱里受煎熬，就像海里的沙粒随人摆布。——鸟儿有一对翅膀多幸福。——挤死我了！

〔突然，从威斯敏斯特附近的广场传来一声炮声。

辛德康勃 （小声地对那群谋反分子）他来了！

〔响起第二声炮声。外面的广场上一片喧哗。大厅里则是一阵热烈的表示关注的议论声。

欧弗通 （低声对谋反分子们）信徒们，各就各位！

〔谋反分子们在人群中排成梯队。炮声等时间地一声接着一声。人们听到了军号声和欢呼声。全体市政人员走出大厅迎接护国公。

人群里的说话声 啊，他来了！——是他！——看哪，就是他本人！啊！——哦！国民的亚哈！——内夏法老！只有他一人坐在华丽的四轮马车上。——他在看他的表。——市长和郡长们去迎接他了。——先生，您看得见，他穿得怎么样？——一身黑色天鹅绒。——旁边这一位，您的手肘尖顶人哪。——市长走近了他的身旁。——啊！……——车停下来了。——有人向他致词。——他在点头。——有人递给他一份请求书，他把它交给布罗菲尔勋爵。——市长还在说话。——老在说！——他快说完了吗？他几乎是跪着。——霍罗菲尔纳的宦官！不管谁统治，他总是去致词的。——护国公反驳了。——你们听！——听着！——开玩笑！狼居然训斥绵羊。——诺尔有着比邓巴更难看点儿的胡子。——他下车了。——他去哪儿？——他去大厅向上帝祈祷。——他去向地狱祈祷吧！——他是怎样被铁骑军簇拥着走啊！——白费心！他的卫兵可不高兴护卫一个国王……——嘘！——得了，又要等了！——您觉得他怎么样？——他脸色阴沉。——他挺快活的。——呆板。——威严。——老了。——不，显得疲倦。——太阳光使他不舒服。——我看他有痛风病。——被八匹马这样拉着，这魔鬼真让我恶心。这就好比一辆凯旋车载着一车垃圾。——瞧他又回到我们这儿来了。好啊，到威斯敏斯特大厅了！——这是持剑的人，然后是持后裙者。——德高望重的牧师穿着蓝色的无袖外套。——这不是洛克耶吗？——是他。——然后有宫里的教士、法院的执达吏、侍从、仆人。——市长骑着马走在他的马车前，光着头，高举着剑。——残暴的篡位者，和从前的国王一样的神态！——打死最卑劣的奥利弗！——使桀的士兵老爷，让我瞅一瞅！——他来了。

〔克伦威尔在他的随从人员的簇拥下，出现在大门口。

人群中一阵激动。全体与会成员都站了起来，脱帽，毕恭毕敬地站住。护国公穿一身黑色天鹅绒衣服，没带佩剑，没穿披风。他的随从在他身后的一定距离形成一个亮闪闪的光圈。前面，离护国公最近的是市长，高举着剑；后面，是高举着剑的卡尔利勒。在随从人员中，能看到将领德博洛和弗莱特伍德，瑟尔洛，斯托普，国务秘书和内阁特别秘书们，理查·克伦威尔，身穿奢华的绣金锦缎、带着侍从和丹麦狗的汉尼巴尔·赛斯蒂德，一群将军和上校们，他们光彩夺目的制服和锃亮的护胸甲，与夹在他们队伍中间的洛克耶教士那棕色的衣服和蓝色的外套形成了对照。门的右侧，一群必须出席仪式的达官贵人，他们捧着放在红色天鹅绒垫子上的东西，沃里克勋爵捧的是大红袍，布罗菲尔勋爵捧的是权杖，兰伯特将军捧着王冠，怀特洛克捧着国玺，一位市参议员为市长拿着剑，一名下议院教士为国会演说家手捧《圣经》。

第十二场

〔克伦威尔；他的家属；他的随行人员；人群。

〔当克伦威尔在上一场不断鸣响的炮声、钟声、军号声和咚咚的鼓声中出现在威斯敏斯特大厅的门口时，人们能听到外面伴随着他的欢呼声。

外面的声音　好哇，英国的护国公！

欧弗通　（小声对加兰）这些号叫的人都是花钱雇来的。如同在格罗塞斯大厅，当诺尔使托马斯·维内成为忠实的从男爵时，他已经在切普塞德因为他的钱而得到同意。但是我们会让他们住口的。

〔克伦威尔在门口稍待片刻，多次地向外面的老百姓致意。

人群里的说话声 克伦威尔！——克伦威尔是在那儿吗？——这个国王！——这个弑君者！——他可真难看！——作为一名英雄，他长得多矮小啊！——听说他好像比较高大。——我本以为他不太胖。——这个人戴着大帽子真碍我的事！请脱掉您的帽子。——我？夫人，请问，什么时候起要对伪基督脱帽的？

〔克伦威尔转身向室内的人。寂静无声。

克伦威尔 （走了几步）以圣父的名义，以圣子和圣灵的名义，和平与你们同在！

〔全场肃静。广场上依然是一片欢呼声。

外面的声音 奥利弗，上帝帮助您！克伦威尔万寿无疆！

〔克伦威尔又回过头去，并向聚集在外面的人致意。

瑟尔洛 （轻声对克伦威尔）所有的人都向您欢笑，所有的人都服从您。多么热烈的欢呼声，怎样的热情啊！多晴朗的天。

克伦威尔 （辛酸地低声对瑟尔洛）是啊！这些幸福的爱得发狂、不计其数的民众，好像是我登峰造极的命运的一个强大的同盟，如果我身受折磨，他们也不会因此而不欢欣鼓舞。他们在我的胜利中，看到了一副光彩夺目的景象，于是，他们便跑来看，来享受，当你见到他们情绪激昂，那么，不是因为看到我被绞死，就是看到我戴上王冠，任何别的事都不会使他们如此高兴。好老百姓！瞧，这儿，多么安静！

瑟尔洛 （低声）这些人受到神圣的平均主义的烦扰。

〔演说家走在队伍的前面，国会成员排成两行，朝克伦威尔走去。他们向护国公深深地行礼，护国公脱帽，然后重又戴上。

国会演说家 （对克伦威尔）大人！撒母耳献祭时，为扫罗保留着小牝牛的肩，为的是向这位国王指出，在神圣的铁幕下，对于个人来说，民众是可怕的重负。据此，马克西米利安[1]常常不得不说，他难以适应帝国。我们很少见到普通的人，集团的头子，懂得驾驭国民的步伐。我们乘坐的大战车，满载着人，被种种事件拖曳着，笨重地向前滚动，要在崎岖不平的道路上好好导引它，就必须有坚强的手臂和有力的双手。夜里，当人们在不好的天气行走时，躲避车辙的同时，常常便跌落悬崖绝壁中去。因为，这辆大地听到它的轴在叫喊的车，停不下来，而且也无法刹车。它必须走，必须滚动，必须向前行进。人们必须看到上帝把自己的铜辕木缚住的战马，始终像激战的时日那样热情，不顾鞭打而蜂拥前往，不顾马衔而疾步奔跑；然后，压垮了国王、人民和首府，它那盲目的车轮终于走上致命的道路！当人们任凭这沉重的战车奔跑，在它碾出的深深的车辙里，将流淌着如此之多的鲜血，那些口渴的狗便跟在后面喝。于是，这世界摇摇欲坠，王国也分崩离析。因此，为了选择这辆人民心惊胆战地看着它行走的马车车夫，需要多么细心啊！必须某种双重的召唤来使他登上顶峰。他由两种力量选定，人民的选择和上帝的选择都落在他的头上；让头带与火舌相联结。这些难得的人，被人民当做远处的灯塔追随着，他就是其中的一个。然而，这一地位是用艰苦的劳作换取的。他必须面面俱到。他就像唯有上帝能创造的转动的太阳一样，把星球带入它们的轨道，它散发在空中的亮光照射着山峰，而且，始终闪耀着光辉，永远也不停止！根据我刚才所说的一切，这个国家的人民应该得出结论，国家的唯一权威完全能够调整它的步伐。我们需要在我们所有人中间产生一个领袖。这个世界需要一个人，而这个人，就是您。

---

① 马克西米利安（1459—1519），奥地利大公。

〔国会成员和所有与会者都弯腰鞠躬。

大人，无论在任何境遇中，引导我们吧，敬请接受您的下议院的信任。

〔人群中鸦雀无声。

欧弗通 （小声地对弥尔顿）他的下议院！

克伦威尔 （对演说家）先生，我非常感谢。按照万能的上帝的意愿，这个帝国繁荣昌盛。在爱尔兰，尽管发生了民族纠纷，信仰依然占据了各个城市，大踏步地前进。眼下，我的中尉哈里，用一只手摘除，另一只手烧灼的办法，来对付因火和铁而造成的教皇主义的溃疡。阿尔玛克正在燃烧。罗马的围墙上再也没有使徒。在苏格兰，宗派重新恢复了责任感。国外的情况，一切顺利。敦刻尔克已毫无希望；古老的英国掌握着受辱的西班牙、联盟的法国。我们在印度的贸易进展非常顺利。忌妒的卡斯蒂利亚人懊悔之极。上帝在帮助我们的同时，指出我们的事业是有益的。因为他们的叛乱，我们使马德里、里斯本血流成河，挥金如土。布莱克为我们的财政部，出空了他们运输金银的大帆船。我派了两支舰队到牙买加。部队在那儿一边等，一边补充他们的给养。托斯卡纳正在后悔，他们将得到宽恕。然后，当我们周围的一切都就绪后，我们就可以把莫斯科人从苏丹的游牧部落手中解救出来，因为，他们已在召唤并要求我们。如果我们提出一个愿望，上帝便立刻给以满足。最后，你们看到，没有一个民族会更杰出。让我们安安心心地在上天的庇护下生活吧。但是，为了在我们身上体现出天主的意愿，必须低下头，屈下膝。祈祷吧，愿圣灵降落到我们中间。

〔克伦威尔跪下，他的随行人员，全体国会成员，市府人员，全体法官和士兵，也都跪了下来。静默、沉思片刻，这时，只听见钟声、炮声、军号声和外面的人群声。

辛德康勃 （低声对已靠近王位的欧弗通和加兰）暴君和他的护卫全都跪下了；剑已放下。没有一个人在瞧我们。为什么我们不出手？

加兰 （恼怒地推开他）天啊！

辛德康勃 干吗那么大声嚷嚷？

加兰 在他祈祷时袭击他！

辛德康勃 那怎么办？

加兰 祈祷。用祈祷来对抗他。别再诉诸致命的粗暴举动！让上帝在两种祈祷中选择吧。

〔清教徒谋反分子低下头，祈祷。静场片刻。

克伦威尔 （站起身）好啦！

〔全体成员都站了起来。沃里克伯爵慢条斯理地朝护国公走去，单腿跪地，送上一件白鼬皮镶边的大红袍。

沃里克伯爵 （对克伦威尔）大人，请穿上这件红袍。

〔克伦威尔由沃里克爵士帮助，穿上袍子。

欧弗通 （小声对清教徒们）朋友们！朋友们！他穿上了他的裹尸布。

加兰 你们现在看他。简直是个被糟蹋的提尔的猩红色儿子。

怀德曼 （低声）哦！霹雳声响！

〔穿上大红袍的克伦威尔，由年轻的盛装华服的罗伯特爵士提着后裙下摆，庄重地走向王位。沃里克伯爵高举剑，走在他们前面。卡尔利勒爵士跟随在他们后面，剑尖朝着地面。

辛德康勃 （旁白）他从地狱那儿借来何等光彩夺目的随行人员！大红袍，白鼬皮镶边，仿佛镀了金的贵人老爷，结实强壮的士兵，一个高傲的华盖踞之上方的宝座，不顾廉耻的女人和恬不知耻的男人，奢华，权力，胜利，他应有尽有。他沉浸在骄傲和欢乐之中。好吧！为了使这一切像一个梦，像战车的阴影，像一道剑光那样消散开来，强大的上帝该怎么办？天主教怎么办？（他握紧胸前的匕首）在一个不幸的罪人手中有小小的凶器。

〔在一片寂静中，克伦威尔慢慢地穿过大厅，来到宝座脚下，准备登上去。谋反分子悄悄地混入人群并围住了宝座的台。

弥尔顿 （在人群中，以响亮的声音）克伦威尔，你得留神！

克伦威尔 （转身向人群）谁在说话？

辛德康勃 （小声对加兰）上帝使这个瞎子窘困不安，他的声音是说每个人都要留神。

弥尔顿 （对克伦威尔）想一想玛斯的ides[①]！

欧弗通 （对弥尔顿）别说出我们的秘密！

克伦威尔 （对弥尔顿）弥尔顿，您解释一下。

弥尔顿 （对克伦威尔）弥尼，提客勒，乌法珥新。[②]

〔克伦威尔耸耸肩，登上宝座。

欧弗通 （低声对加兰）他上去了！我可以喘口气了。

加兰 （旁白）啊！警兆很厉害。

〔克伦威尔坐在王位上。沃里克伯爵和卡尔利勒伯爵站在坐椅后面，手持出鞘的剑；瑟尔洛和斯托普站在他的身旁。市长捧着放有剑的软垫，身后跟着市参议员走向宝座下；他登上几级，一膝跪地，向克伦威尔呈上剑。

市长 （对克伦威尔）奥利弗爵士，我把这交到您的手中。这是剑。因为没有铁砧，全体人民在暴君们的头上锻造他的钢刃。为了让我们能使它成为正义之剑和战争之剑，剑身有两面

---

① 古罗马历中，三、五、七、十月的第十五日，其他月份的第十三日。

② 旧约的《但以理书》中所述：巴比伦国王伯沙撒大宴群臣时，突然发现有人的手指显现，在粉墙上写下这几个字样。他请但以理，即伯提沙撒来解释，但以理解释道，此三个字即：弥尼，就是神已算出你国的年月到此为止；提客勒，就是你被称在天平里，显示出你的亏心事；乌法珥新，就是你的国家即将分裂。

刃口，它在战争中和在神圣的地方都是可怕的，它时而在战士的手中闪耀，时而在上帝的手中燃烧。有信誉的伦敦城把它交给您。

〔克伦威尔佩好剑，把剑抽出剑鞘，高举在头顶上，然后，还给市长，市长把剑插回剑鞘，后退着下去。

怀特洛克 （走近克伦威尔，进行像市长一样的礼仪）大人，这是国玺。

〔克伦威尔拿起国玺，然后还给怀特洛克，怀特洛克退下。国会演说家，身后跟随着下议院的官员，手中拿着带金搭扣的《圣经》，轮到他走向前去。

国会演说家 （单腿跪在克伦威尔前）大人，这是圣书。

〔克伦威尔拿起《圣经》，演说家毕恭毕敬地退下。兰伯特将军，脸色发白，神情不安，捧着搁在华丽的深红色天鹅绒软垫上的王冠，走向前来。欧弗通挤过密集的人群，到了他的身旁。

兰伯特 （跪在克伦威尔待的宝座台的台阶上）大人……

欧弗通 （低声对兰伯特）是我！勇敢些！

兰伯特 （旁白）他就在我的身旁！（结结巴巴地对克伦威尔）请接受王冠……

欧弗通 （拔出匕首，小声对兰伯特）和死亡！

〔分散在人群中的谋反分子，都同时把手放在自己的匕首上。

克伦威尔 （仿佛猛然惊醒似的）等等！这是什么意思？为什么有这个王冠？你们要我把这东西怎么办？谁把它给我的？这是个梦吗？这就是我看见的帽圈吗？你们有什么权利来把我和国王混同一起？谁把这么一件丑事掺和到我们虔诚的节日里来？怎么！把他们的王冠给我，给使他们人头落地的我！是否弄错了我们这庄重的典礼的目的！正在听我说话的大人们、先生们、英国人、兄弟们，我不是来这儿戴王冠的，而是来把我的封号放在人民中间重新锤炼，使我的能力恢复青春，并更新我的权力。神圣的鲜红色是经过两次染色的。这件大红袍出自于一个忠诚的人，是属于人民的，我从他们的手中拿来。然而，王室的王冠！我什么时候要过它？谁说我想得到它？我不会为了这世上君王王冠上的金花叶饰，而牺牲我一头为效忠英国而变白的头发里的一根。把这玩意儿从这儿拿掉。拿开，拿开这毫无价值的可笑而虚荣的漂亮玩意儿！别等着我把这不值一提的东西踏在脚下！这些不大可靠的人，竟敢侮辱我，甚至要给我戴上王冠，他们太不了解我了！我从上帝那儿得到了比他们能给予的更多的东西，那不能接受的恩典，我是我自己的主人。一旦成为上天的儿子，能不再当他的儿子吗？全世界都忌妒我们的幸运。除了大家的幸福，我还需要什么呢？我已经对你们说过，这个国家的人民是杰出的。欧洲是这个岛屿的谦恭的行星，一切都服从于我们这星宿；蔑视宗教的人要受到诅咒。看到这些，天主仿佛说过："英格兰！长大吧，当我的长女。在所有的国家中，我的手为你加了冕；成为我心爱的人。在我的身旁行走。"他在我们身上展现了他无比的仁慈和善良；每一个结束的时日，每一个开始的时日，都在这条仁慈的大项链上增添一个金环。我们相信，这对于腓力斯人来说是可怕的上帝，像一名排字工人那样排好了我们的命运；他的手臂把这庞大机器的齿轮，固定在一个岁月都无法毁坏的轴上，神秘的工作，他长期的几百年来的努力也许已达到极限。一切就这样进行着。车轮用它的铁牙咬住被驱动的机器，钩上受驱动的轮子；实心的钟摆、钟锤、触角、有生命的迷宫，都同时活动起来。吓人的机器不停顿地完成它那必然的运行和它伟大的任务；而被它成百上千的力臂掌握着的全体人民，如果他们不排好队，他们就会被碾得粉碎，消失殆尽。然而，我会阻挡上帝！他那有益的法则为我们在这世界的境遇里谋得了安稳的生活；我将会把我这蔑视旧时权力的上帝选民的利益来替代他的利益！作为领航员，我会逆风扬帆航行！（摇头）不，我不让这些假伙伴高兴。这古老英国的航船始终是波涛之王。巨人站起来了。反对大不列颠的辉煌前途的阴谋是什么呢？给山腰上一镐是什么意思？（锐利的眼睛环顾他的四周）警告这些不怀好意的人！我们知道他们所做的一切。如果说深渊深不见底，流水则是清澈透明的。我们看到潜伏着他们思想的陷阱之底。蝰蛇有时被自己的毒舌所伤；玩火的人也常常会自焚；天主的眼睛无所不在。谁签订了民众和国王的离婚协定？是我。你们以为用这毫无意义的诱饵便能抓住我？一顶王冠！英国人，我过去曾已把它砸碎。还没有把它戴上头，我就已知道它的重量。为了一个宫廷而离开围绕着我的部队？把我的佩剑变成权杖，我的帽盔变成王冠？得了！难道我是个孩子？你们以为我昨天才出生吗？难道我不知道黄金比铁更沉重？为我建一个宝座！嗨！这是在挖我的坟墓。克伦威尔太知道了，爬得高，跌得重。此外，在他们那竖立着花叶饰，早早就起皱纹的额头上堆积着多少的烦恼啊！这每一片花叶饰都隐藏着一根灼热的刺。王冠杀了他们；忧心忡忡使他们渐渐衰弱；王冠把最温柔的人变成了暴君，而且，它使国王心头沉重，并让他使大家感到沉重。老百姓自己认输时，会赞赏这些国王，计算王冠上的闪闪发亮的每一颗红宝石；但是，如果他们注意看他们的额头，而不是帽圈，那么民众会为他们的重负怎样的战栗不已啊！他们，他们的责任使他们心绪不宁，他们统治着摇摇欲坠的国家的那双至高无上的手，很快就把缰绳搞乱了。啊！把这可憎、可恨的标记拿走！这个帽圈常常从额头掉落到眼睛。（流泪）到末了我拿它怎么办呢？我出身低微，心地单纯，生活清白。如果我曾经手里拿着弹弓，夜里看守着羊圈，如果我曾经在暗礁前，占据了舵手的位置，我应该为共同的事业献出一切。可是，我为什么在这卑微的处境里不显老呢！为什么我没看到陷于绝境的暴君们跌入我的茅屋和小树林的阴影中！唉！上天为我作证，我喜爱我们感到自在的田野更甚于照料帝国；克伦威尔早已感到，照管他的羊群比废黜国王的诱惑力要强一百倍！（哭泣）关于权杖，说什么呀？啊！我搞糟了我的生活。这光彩俗气的玩意儿丝毫不能吸引我。弟兄们，可怜可怜我吧，绝对不要忌妒你们的老将军，你们的老奥利弗。我感到我的手臂逐渐软弱无力，我的大限快到了。我不是有相当长的时间不在工作吗？我老了，我感到厌倦，我求饶了。难道这不是我也该休息的时候了吗？每天，我都求助于天主的仁慈，面对上帝，我拍打着我的胸膛。但愿我想要当国王！如此脆弱，而又那么骄傲！我起誓，弟兄们，这个计划对于我，比太阳光对母亲怀里的孩子更为陌生！新提出的权利与我的心愿相差太远！我什么也不接受——除了世袭权。我还要请一位神学家，教派的阐释者，让他来解读我的灵魂。如果需要的话，就这一问题，我将请教两位神学家。我应该把你们的自由交由上帝负责，而我要完成第一百一十篇诗篇所说，用他的律法来制定我的最高律法。

〔到处响起欢呼声和鼓掌声。因克伦威尔的高谈阔论而逐渐消失敌意的民众和士兵，欣喜若狂。然而，国会成员和护国公的随行人员则目瞪口呆。克伦威尔重又站起来，对人群做了个威严的手势，全场安静下来。

接着，朋友们，让我们怀着一颗谦恭而顺从的心，祈求上帝把你们置于他那神圣而崇高的监护之下。我们已经向你们袒露了整个灵魂，最后，再一次请求你们原谅，原谅我在这么炎热的一天，作了一次如此冗长的讲话。

〔克伦威尔重又坐下。老百姓再一次狂热地表示他们的欢欣和激昂。张皇失措的清教徒谋反分子脸色阴沉，默不做声，扔掉了他们的匕首。

欧弗通 （低声对加兰）他将寿终正寝！

加兰 （低声）他们需要他，他们得到了他！

人群 好哇！

怀德曼 （小声地）这么着他成了世袭的了，扒手！

人群 好哇，英国的护国公！奥利弗·克伦威尔万岁！光荣属于提尔的得胜者！

欧弗通 （小声对清教徒们）他是怎么把我们耍了！有人提醒他了。有人把我们出卖了；简直是叛逆。

巴雷布恩 （旁白）这是拯救我的货物的唯一办法。

〔大部分清教徒谋反分子都分散到人群中去，老百姓继续以嘈杂的欢呼声向得意扬扬的克伦威尔致意。兰伯特脸色惨白，瞠目结舌，正准备走下台，克伦威尔叫住了他。

克伦威尔 兰伯特，今天，您同我们共进晚餐。（小声地对转过身来发愣的兰伯特）为什么还在发抖呢？他已经不在那儿了。

兰伯特 （结结巴巴地）谁？

克伦威尔 （始终小声地）他，欧弗通，他本该迫使你那不大有把握的手……（脸上浮起一阵讽刺的微笑）您也参与了阴谋。

兰伯特 我，大人，我向您发誓……

克伦威尔 什么也不用发誓。

兰伯特 但是，大人……

克伦威尔 我有证人。您是其中的头儿。

兰伯特 头儿？

克伦威尔 至少名义上是。由于其他原因，您害怕自己的这份胆量，所以，您没敢当面刺杀我。

兰伯特 大人……（旁白）对于这个眼力又准又狠的暴君来说，

只要看一眼，每个人心里想的就都写在了脸上。

克伦威尔 （微笑着高声对兰伯特）大人，人家对我说的是真的吗？有一个不太谨慎的人对我说，您对退休有兴趣。听说您喜欢西番莲。（牙齿咬得咯咯响，小声地）您把得的好处给我拿来。

〔克伦威尔做了个手势把他打发走。兰伯特走下台，回到随行人员中去。这时，克伦威尔一眼瞥见了布罗菲尔爵士放在宝座阶梯上的权杖。

克伦威尔 （声音洪亮地）怎么回事？一根权杖！把这人头杖似的东西拿开。（转身对特里克）我的小丑，给你吧！

〔民众和军队中的欢呼声更加热烈。

特里克 （从包厢里）不，让那更疯的来试试看。

〔一名市府掌门官上。他在宝座前鞠躬，并对克伦威尔说。

市府掌门官 大人，郡长到。

克伦威尔 让他进来。

〔郡长上，身后跟着两名中士。

克伦威尔 （对郡长）怎么？

郡长 （行礼）大人，这个布鲁姆，这些囚犯，这些判以死刑的犯人……

克伦威尔 （颤抖）怎么？完了吗？

郡长 不，大人，还没有。

克伦威尔 好极了！

郡长 天一亮，休利特就在蒂伯恩街竖起了绞刑架。在被带到那致命的地点时，大人，他们要求领到您这儿来。我们该处决呢，还是该推迟些？

克伦威尔 他们提出什么理由？

郡长 他们要求申诉。

克伦威尔 好吧！把他们带来。

郡长 带到这儿来吗，大人？

克伦威尔 带到这儿。

〔在克伦威尔的示意下，郡长鞠躬，退下。在老百姓的欢呼声和将军们及国会成员的窃窃私语声中，克伦威尔沉默有顷；然后，他迅速地振作精神，对他随行人员中的洛克耶圣师说。

喂！洛克耶师傅，他们选了您来用神圣的话语来感化我们吗？我们正等着呢。时间流逝了，天神要飞走了。

〔洛克耶圣师缓慢地，仿佛困惑不安地登上宝座对面的讲台。

洛克耶圣师 大人，这就是我的经文……

〔他犹豫不决，好像十分局促不安。

克伦威尔 得了，说吧，说吧。

洛克耶 （读他手中的《圣经》）有一天，聚集一起的树木要立一树为王，就去对橄榄树说：请您做我们的王……

克伦威尔 （愤怒地打断他）兄弟，您从哪儿读到这些的？这段经文很轻率。

洛克耶 大人，这是在《圣经》里的。

克伦威尔 什么？

洛克耶 （把书递给他）请同我们一样，看《士师记》第九章，第八节。

克伦威尔 住嘴！这段经文同现在的局面有什么关系？在《圣经》里，读不到更好的了吗？您难道不能找到最终适合刚才所发生的一章一节吗？譬如说，听着："谁在路上欺骗流浪的盲人，该受到诅咒。""真正的智者有胆量并提出怀疑。""大天使要把魔鬼和荒漠绑在一起。"而且，还有一些雄辩的演说家可能涉及的题目，而这种情况提高了这些题目的价值和重要性。因此："人是双重的吗？"或者："上帝的天使，换了个环境，来到我们中间吗？"或者："如果真正的笃信教义者，惠加穆尔人是反对受洗礼的，那会发生什么呢？"好极了！至少，这是能理解的。为了这受过教育、虔诚而又伟大的人民，您可以探讨这些问题和其他许多问题。我知道什么？啊！我厌倦听教会的讲道者布讲，瓮着鼻子，用同样的声调来赞美太阳、月亮和埃格里顿大人！去吧！

〔又响起一阵欢呼声。尴尬的洛克耶走下讲台，消失在人群中。一名市府掌门官上，他站在大门口，喊道："大人，囚犯带到。"

克伦威尔 让他们进来。

〔被抓获的骑士派们上，奥尔蒙走在前头，他们周围是弓箭手和全副武装的巡警们，由郡长带领着走向前。

第十三场

〔同上场人物；奥尔蒙勋爵；罗契斯特勋爵；罗斯伯里勋爵；克利福德勋爵；彼得·道尼爵士；德洛非达勋爵；塞德利；威廉·默里爵士；詹金斯圣师；玛纳塞－本－伊斯雷尔，他们全都手被反绑在背后，光着脚，脖子上套着绳索；郡长；市府弓箭手数人；巡警们。

〔当骑士派们上场时，人群中一阵表示惊讶和好奇的窃窃议论声，并排好了队。

全副武装的巡警们 让开，让开！

〔骑士派们在克伦威尔的宝座前止步，奥尔蒙和罗契斯特站在第一排。他们神态坚定，镇静自若；只有默里和玛纳塞好像吓呆了。克伦威尔用满意的目光在囚犯们、与会者和看热闹的人群身上来回扫视，仿佛在享受他周围的那种充满焦虑的安静。在这整个过程中，罗契斯特则向弗朗西斯使眼色，他一进来就瞥见了看台上的弗朗西斯。

克伦威尔 （双臂交叉在胸前，对骑士派们）你们要什么？（旁白）要是他们求我宽恕就好了！

奥尔蒙 （声音坚定地）我们是有胆量的人，我们既不要求怜悯、同情，也不要什么怜悯、宽恕。像我们这样垂死的人，我们为自己所受的折磨而感到骄傲；没有任何东西会使我们心慌意乱，会使我们堕落。而且，对您，对一个凶手，一个在自己平民的财富上，放上盔顶饰、披幔和世袭的权杖，并把英格兰的军队搞得无所适从的诸侯能指望什么呢？

克伦威尔 （打断他的话）你们究竟想要什么？

奥尔蒙 克伦威尔先生，一句话。为了把我们带到天堂去，你们为我们选择了什么路？有人把我们领到绞架那儿，可是，你们知道我们是谁吗？

克伦威尔 被处以死刑的强盗。

奥尔蒙 是贵族。毫无疑问,您对此并不知道,那么,我们来教教您。绞架不是为具有我们这样姓名的人而做的。然而，无论您的高尚最终是怎样渺小，那玷污我们的绳索也会像伤害我们那样伤害您。我们不能让人吊在风雅之士和贵族之间。我们提出抗议。

克伦威尔 完了吗？（旁白）他们求我饶命！

奥尔蒙 是的，请考虑一下我们的申诉。

克伦威尔 那么，你们要怎么样？

奥尔蒙 让人将我们斩首。去他的绞架，和让人感到丢脸的侮辱！我们都有权被砍掉脑袋。

克伦威尔 （小声对瑟尔洛）多么奇特的人！看看。毫无畏惧，毫不羞愧。骄傲伴随着他们直到断头台。偏见跟随着他们一起去见上帝。对于他们来说，木砧是个虚幻的东西。（带着嘲弄的微笑对骑士派们）我懂。在进入天堂时，对你们来说，最重要的是，别人来把两扇门扉通通打开；然而，对一根邪恶的绞索来说，勒死一个十分高贵，而又有权势的老爷，那可是太荣幸了。不过，这种事情曾经发生过。再说，我的大师们，在你们的行列里，我看似乎有人被绞死过，但并没使他们的先辈恼火。他们没这个胆量。这个犹太人，这个庸俗的法官……

詹金斯 我是不被审判的。您没有权利把我处以死刑、监禁或罚款。我是自由人；我在诺曼宪章上读到：Nullus homo Liber imprisionetur[①]。

罗契斯特 （笑着对塞德利）好家伙！他是否要给他列举亚瑟王的法律呢？

克伦威尔 （对骑士派们）先生们，我们把你们逮住了，头子、将军、同谋，所有的人！你们自以为很狡猾。末日已到，惩罚的手臂已举起来。然而，你们选择了糟糕的时间来要求得到恩惠……

奥尔蒙 （打断他的话）先生，恩惠！但愿不！我们要求英国贵族应有的权利。您听见了吗？权利！什么恩惠！一块木砧？一个斧头？……

克伦威尔 您说得那么大声，安静！今天夜里，卫兵被收买了或是被欺骗了，你们佩剑来到我的家，本以为可以在没旁人在场时，从我的床上把我抓住。你们当时给我准备了什么呢？

奥尔蒙 至少不是绞刑架。

克伦威尔 是的，你们很急。匕首来得更快。今天，上苍突然把你们投入我的手中，刺客先生们，你们要我做什么呢？

奥尔蒙 让我们像骑士那样死，为我们的国王而死。

罗契斯特 是的，让我们为罗兰而死！（低声对罗斯伯里）我，我总是借给他东西。昨天，是我的钱，今天，是我的脑袋。在他的账单上又是一笔债！

---

① 拉丁语，意为：任何自由人不能受打击。

克伦威尔 （沉思俄顷，对奥尔蒙）老头儿，您自己来判断判断。瞧，如果，机遇使我当了您的俘虏，您处在我的位置，那么，您说，您会怎么办？

奥尔蒙 我不会宽恕的。

克伦威尔 我饶了你们。

〔会场上一片表示惊奇的骚动。

全体骑士派 怎么回事？

克伦威尔 你们自由了。

奥尔蒙 上帝！（对克伦威尔）您要是知道我的名字……

克伦威尔 （打断他）这我不关心。（低声对瑟尔洛）如果他说出自己的名字，不能保证老百姓会怎么样。（突然转身向随行人员中的布罗菲尔勋爵，他在随行人员中，一直保持沉默，神情沮丧）布罗菲尔勋爵，您的一个老朋友在伦敦呢。

〔奥尔蒙勋爵和布罗菲尔勋爵惊讶地回过头来。

布罗菲尔 大人，是谁？

克伦威尔 奥尔蒙。

布罗菲尔 奥尔蒙！（旁白）上帝，他知道了吗？……

克伦威尔 我亲爱的布罗菲尔，他在这儿已有五天了。（他在紧身外衣里寻找，然后，抽出他从达文南特那儿拿到的一封封好的信）瞧，这儿甚至有一封他感兴趣的信。他的名字就在信封上。您知道他的地址吗？

布罗菲尔 （局促不安地）不，大人……

克伦威尔 斯特朗街，“老鼠”旅馆，布鲁姆。

布罗菲尔 （结结巴巴地）为什么？

奥尔蒙 （仔细看了看克伦威尔拿的文书，旁白）叛徒是达文南特，那是国王的信！

克伦威尔 （把信给布罗菲尔）替我把这还给达文南特；这封信要是落在别人的手里，可能会连累他的。告诉他，让他尽早离开，别想着再回来。如果他需要钱，就给他。

罗斯伯里 （小声对奥尔蒙）钱！您是多么幸福的人啊！要是他只给我欠的债作担保也好啊！

罗契斯特 （小声地向奥尔蒙祝贺）这个行为很高尚，我非常高兴，他免除您在此受到被指名道姓的侮辱。

克伦威尔 （高声而生硬地）罗契斯特老爷！

罗契斯特 （惊诧得颤抖）怎么啦？

克伦威尔 您也得到宽恕了。滚吧！

罗契斯特 （低声对罗斯伯里）他对我不那么仁慈。没关系！他是个反复无常的人！他是个魔术师。别人一接触他，还以为看到了一头巨狮。好，就竭力麻痹他。啐！像变魔术一样，睡着的狮子成了一头窥视你们的猫；而猫则变成一头低沉地吼叫的老虎；然后，利爪变成了天鹅绒般柔软的爪子。不过，这虚伪的利爪还是穿透了天鹅绒。

克伦威尔 博学的神父，请允许我们要求您别在我们这儿待的时间太长。

罗契斯特 （旁白）这是显而易见的。

克伦威尔 （继续）赦免本应交纳的一笔罚款，教士，在英国，赌咒发誓是要出高价的。然而，不管您做什么，您都不可能保持沉默，几乎随时按照法律受到征税，因此，您很快会因为那些不必要的宣誓而破产。

罗契斯特 感谢您的忠告。（对在他身后嘲笑的人群）拍手吧，下流坯！

克伦威尔 等一等，教士。把您的妻子带走。

罗契斯特 （颤抖）我的妻子！

克伦威尔 罗契斯特夫人！

〔居格里戈瓦夫人急忙从护国公夫人的看台上下来，扑上去搂住罗契斯特。——人群中一阵喝倒彩声。

居格里戈瓦 （拥抱罗契斯特）亲爱的丈夫！

罗契斯特 （力图推开她）老天爷！

克伦威尔 愿你们和和睦睦。看见这一半没有另一半相伴就走，我们能说些什么呢？（对居格里戈瓦）跟您的丈夫走吧。

〔居格里戈瓦夫人挽起罗契斯特的胳臂，而罗契斯特则痛苦地忍受着。

罗契斯特 （旁白）威尔莫特！什么样的赦免啊！难道你不是最愚蠢，最受罪的吗？瞧瞧你这两个一半加在一起的令人发笑的效果吧，一个穿着这身衣服，另一个长着这副嘴脸！而且弗朗西斯看着我们哪！啊！我将因此而变得规矩起来！

克伦威尔 （用手指着在骑士派中的威廉·默里）默里将为了通常被称为威尔士亲王的查理的这次幼稚并不幸流产的阴谋而接受应该的鞭打。

〔老百姓鼓掌。弓箭手和法庭仆从上前抓住默里，默里把脸藏在双手中，好像非常羞愧和绝望。——克伦威尔对犹太教长。

克伦威尔 这个犹太人，曾装饰了绞刑架的半圆环饰，自由了……

〔玛纳塞高兴地抬起头。克伦威尔转身对站在宝座旁的巴雷布恩，接着说。

不过，要赎身，巴雷布恩，他得付清你的账单。

〔巴雷布恩从口袋里拿出一张长长的羊皮纸，把它教给玛纳塞。

玛纳塞 （仔细地看账单）真贵。

克伦威尔 （对其他俘虏）你们都自由了。

〔弓箭手们松开了骑士派们。

瑟尔洛 （小声对克伦威尔）所有的人！但是，情况很严重……

克伦威尔 （小声地）我有这些老百姓；十个绞架又有什么用？

〔由弓箭手带走的威廉·默里爵士跪倒在克伦威尔脚下，

并向他伸出双手。

威廉·默里 大人，饶了我吧！……

克伦威尔 饶了鞭打吗？得了！了结了吧。难道这不正是你那廷臣的脊背的用途吗？况且，是为你的王上而受鞭打！你在为美好的事业效忠哪。你将可自称是殉难者，你将成为蒙特罗斯式的人物！

〔他做了个手势，弓箭手把默里带走了。于是，护国公威严地，仿佛受到神灵启示似的对着人群。

克伦威尔 （对老百姓）神圣的人民，我们宽恕对我们俯首帖耳的敌人吧。大象也不忍踩死蛇蝎。因此，老天总是把你们从陷阱——选举的器皿——中救出。

罗契斯特 （小声对塞德利）容器就是水壶。

〔民众以长时间的欢呼来回答护国公。他用手势让他们安静下来，又说。

克伦威尔 英国人，我要以我的宽容来记住这一天。（对郡长）命人去把伦敦塔的犯人卡尔带来。

〔郡长下。克伦威尔把臂肘支在安乐椅上，仿佛在沉思。会场上一片寂静，都在等待着。有一段时间不在，刚刚回来的威利斯，上前同骑士派中的奥尔蒙搭讪。

理查·威利斯 大人，我祝贺您。

奥尔蒙 （吃惊地）怎么！是您，威利斯！您也自由了！这个人真搞不懂，他摆出国王的架势，来这样宽恕我们。（握住威利斯的手）但是，我还是感谢他，不是为了我，而是为了您。（他神秘地俯身靠在威利斯爵士的耳边）达文南特是叛徒！啊，要是我碰到他……

威利斯 您以为这样吗？有理由相信也有理由不信。提防着点儿！小心已逃脱的危险。

奥尔蒙 （再一次握住他的手）威利斯，啊，我们被骗得真惨！

克伦威尔 （从他的沉思冥想中回过神来，指着骑士派们，对斯托普）斯托普！明天，把这些疯子送到泰晤士河的船上，他们的处罚已完全免除了。

〔他严厉地呵斥汉尼巴尔·赛斯蒂德，汉尼巴尔·赛斯蒂德正在台阶上炫耀自己排场华丽的随行队伍。

汉尼巴尔·赛斯蒂德爵士！尽管您是某个国王的堂兄，您该知道我还是我自己家里的主人。您属于那种品行轻浮的人；您从外国的宫廷里捡来那种不适合上帝的选民的举止。把那套东西弄到别处去吧。得了，别再犯罪了。

汉尼巴尔·赛斯蒂德 （旁白）他宁愿宽恕阴谋，而不原谅嘲弄。我成了唯一受惩罚的了。

〔他带着侍从和狗群下。人群对他嘘声连连，为克伦威尔鼓掌。

欧弗通 （小声对加兰）您看老百姓的热情。一番高谈阔论，一席毫无意义的话，就改变了他们。

罗契斯特 （小声对罗斯伯里）上帝庇护我们反对护国公。我们就到此为止吧。

加兰 （小声对欧弗通）他一句话就粉碎了我们的武器。

克伦威尔 （瞥见置身于卫士中的格拉马多克）我的小丑待在四名士兵中间干什么？

格拉马多克 （无礼地）这是些为小丑设的警卫。

一名弓箭手 大人，这个满口胡言乱语的矮子顶撞了殿下。

克伦威尔 （生气地对格拉马多克）坏蛋！

格拉马多克 大人，只有小丑才可能这么做。

克伦威尔 （微笑，示意弓箭手放开他）行了，行了！

〔格拉马多克回到他原先待的包厢，找到他的伙伴们，他们拥抱他并愉快地接待了他。这时，护国公对弥尔顿说。

弥尔顿满意了吗？

弥尔顿 我正等着呢。

克伦威尔 兄弟，我，我对您很满意。谈谈今天的情况吧。您对我有什么要求吗？

弥尔顿 是的。

克伦威尔 什么事？

弥尔顿 请求您开恩。

克伦威尔 朋友，说吧，我会开恩的。

弥尔顿 殿下原谅了所有的敌人。但只有一个人被遗忘了。

克伦威尔 谁？

弥尔顿 达文南特。

克伦威尔 什么，达文南特，这个教皇主义者，国王的一个密探！请求别的事吧。

弥尔顿 啊！请容许我坚持。毫无疑问，他参与了阴谋；而且，您说得有理，他是教皇主义者；他曾想要谋害您；但是，后来，您已饶恕了那些人。

克伦威尔 我不能。

弥尔顿 我知道他参与策划这些阴谋，但是……

克伦威尔 （不耐烦地）别再说了！他装模作样地骗人。

〔弥尔顿沮丧地走开了。克伦威尔又温和地叫住了他。

弥尔顿，我们赞成给您桂冠诗人的头衔。

弥尔顿 桂冠诗人！大人，我只能接受职位承继人的指定权。这个职位尚未空缺。

克伦威尔 （惊奇）谁已先得到了它？

弥尔顿 达文南特。

克伦威尔 （耸耸肩）他是在已故的雅克一世时获得的！

弥尔顿 既然他还戴着镣铐，就把他的桂冠留给他吧。

克伦威尔 就这样吧。这就是诗人的理由。一句一库德长的句子！您是多么夸张！而且，您总想支配和控制国家的统治者，您这个在轻佻的格律中推敲词语来打发日子的人！

弥尔顿 所罗门曾撰写了五千则寓言。

〔克伦威尔不再理睬他，向他的儿子理查示意，让他走近。

克伦威尔 （对理查）理查，我的继承人，现在，应该给你看看军队和国会的情况了。我任命你为上校，英国贵族院议员和国会会员。

理查·克伦威尔 可是……议院的工作……我的兴趣……您是我的父亲和主人，大人，然而，我为这样的荣誉感到困惑不安。如果您允许的话，我冒昧地说，我得到了比我应有的和我希望有的更多的东西。我喜欢树木、草地、各种消遣和休闲；我喜爱猎黄鹿和成群的雄鹿；我依恋我的田野，在那儿，我只担心我的猎隼、北欧的大隼和猎犬之间会发生骚动。

〔克伦威尔感到不满和难堪，做了个手势打发他走。

克伦威尔 （旁白）要是另一个是长子就好了！我所做的这一切有什么用？

〔卡尔由郡长陪同上。他慢慢地穿过人群，愤怒地打量着他周围豪华的排场，神态庄严地向克伦威尔的宝座走去。

第十四场

〔同上场人物；卡尔。

卡尔 （交叉着双臂，直视克伦威尔）你要什么？你这利用权力犯下重罪的暴君，你的黑牢没有庇护你吗？你这背教者要我干什么？你这变节分子要什么？

人群中的声音 这疯子住嘴！

克伦威尔 （对老百姓）朋友们。让他说吧。上天要考验大卫，他曾允许塞美的儿子对他咒骂。（对卡尔）继续吧。

卡尔 伪君子！是的，这就是你的方式。用漂亮的伪装掩盖你那些骗人的谋划，在你恶毒的前额上罩上一层天意的薄纱，一边折磨人，一边嘲笑，粉饰专制！而且，尽情地嘲弄一颗流血的心灵！但是，为了同时砸碎你的权杖的面具，天主把我藏在他的箭袋里。他对我说："拿起你的诗琴，围绕着城市走，把奴颜婢膝的人从克伦威尔的神殿里赶走，把祭台研成粉末，把偶像扔进火里，告诉他们，埃及人是人，而不是神！"克伦威尔，你在这儿。竟然在你那灿烂辉煌的宝座上！发抖吧；阳光灿烂的白天之后，便是深沉的黑夜。想想猎人宁录吧。凯旋得胜的上帝像打碎一个儿童玩具似的砸烂了他的铁弓。回忆一下伊俄巴忒斯[①]这位自负而不大聪明的国王，让老百姓排在最前面；他在马背上安置了一百名以萨迦的战士，他们在他的战车前不停地奔跑着。但是，上帝总是使不幸产生于幸福中，灰烬产生于火焰中，这是灵魂的恐惧。然而，伊俄巴忒斯像一颗败育的水果，像一声被风卷走的，没有回音的声响那样掉落下来。想一想萨尔玛纳萨尔。这位国王，坐在他迅疾的战马背上，由亚历山大大帝的重装骑兵簇拥着，就像夏天傍晚，在滞留于空中云彩下的一道闪电那样，甚至没有发出雷声，便一闪而过。想一想从亚述国来的塞纳契利勃[②]，在他的帐篷后，拖着一支受过战争锻炼的部队，有几十万如此骄傲、如此激动的士兵，他们的气息吹动了天空的云彩；有邪恶的巫师，可怕的半人半马怪物，碰撞着声音洪亮的铙钹的阿拉伯人；有习惯于马衔的公牛、豹子；有用青铜装备好的战车，有母虎哺乳长大的狂热的骏马；还有，犹如活动堡垒的六百头大象，全都放开它们沉重的步履，使活动攻城塔跳到它们巨大的背上。

---

① 希腊神话中的吕喀亚王。

② 公元前705—前608年的亚述王。

一个神奇的巨兽业已灭绝的世界上，只有骆驼、水牛、斑马、大牧羊犬、猛犸；这混杂的兽群，怒号咆哮中，与饰有金鳞片战车的钢齿车轮交错而过。夜间,营地仿佛一片着了火的原野；当这支庞大的军队惊醒时，准备好小艇的渔夫觉得自己已听到远处传来的洪水的呼啸声。一切都围绕着傲慢的国王放射出光芒；他的良种牝马飞奔向前，用蹄子踩烂了草地；他过去了，他那呈星形的前额高出那用大象套的战车；在他身后，信号旗、枪旗、旌麾，接踵而来，如同拖着饰鬣的金光闪闪的星宿。但是，苍天怜悯无数心惊胆战的民众。上帝吹着这颗星宿上闪亮的鬣毛；突然，这令人可怕的奇迹消失了，就像守夜的寡妇手中的一盏灯熄灭了那样。必死的诽谤者，你自以为比这些伟大的君王，东方世界的太阳更加伟大吗？你能够按你的心愿，像翱翔在大马士革、夏尔加米、萨马里或加拉纳上空的鹰那样吗？你是否像沙粒侵吞集市那样，摧毁了索科特－勃诺特和特格拉特－法拉扎尔？你大批喧哗而嘈杂的骏马和战车是否扰乱了古老的黎巴嫩的清静？不。这一切都不可能。作为专制君王的主宰，你的手臂搬移了国家界石；民众一看到你便后退，畏缩；你把世界当做猎物一样捏在手心里。就是这样。在你向前迈进时，在你的伟大战役中，上有上帝支持，下有百姓拥护。而你本人则微不足道。你这发怒的工具，只是在打谷场上打麦的连枷。埃玛特的神在哪儿？被耶和华碰触过的塞法尔樊能做什么？这些偶像曾风行一时，你将同他们一样，就像挂在骆驼长脖上的一个铃铛。圣徒们很快就要在他们的外套上打皱褶。加博、扎布隆、阿泽尔、邦雅曼、纳法蒂将站在埃巴勒山峰诅咒你。妇女、儿童将跟在你的身后嘲笑。对于你走的每一步，对于你那双将被地狱弄瞎的眼睛来说，天空将如青铜一般冷酷，大地将如钢铁一般坚硬。一张鲜红色的床为你那傲慢的眼睑催眠；但是，上帝将在两块石头中间压碎你的脑袋，我们总有一天会看到最终强大起来的人民用你的白骨来击毙暴君们。因为，克伦威尔，在不止一个亵渎宗教的宝座上，我们看到过孟斐斯[①]的法老，埃塞俄比亚的苏丹，教皇，大公，皇帝，穿着大红袍的暴君，使受尽折磨的老百姓鲜血淋淋。但是，克伦威尔，在所有这些天主惩罚我们的灾难中，在这阳光普照的人世间，我们没有见过的就是一个人，一名占星家，一个帝王，一个暴君，像你一样不知害臊，残酷无情，阴险奸诈的。你该受诅咒！

克伦威尔 您说完了吗？

卡尔 不，还没有。你，日落时受诅咒，黎明时受诅咒，你坐在战车里受诅咒，骑在马背上受诅咒！在木制武器或钢铸的刀剑中，你都受到诅咒！

克伦威尔 完了？

卡尔 在微风带给你的空气里，在你的床顶华盖里，在你的门槛上，你都会受到诅咒！

克伦威尔 终于，完了？

卡尔 不，你该受诅咒！

克伦威尔 您要把肝都撕裂了。说完了吗？听我说。从前，由于受到某种灾祸的打击，您被投入监狱。兄弟，我现在宽恕您。走吧。我砸断您的镣铐。

卡尔 然而，暴君，你以什么权利？难道，你每年犯的罪孽还不够多？你要罪上加罪吗？你为什么要用你的弩炮攻打我的箭楼？把我从潜心生活的黑牢里拉出来！但是，你说，你为了打碎我的镣铐才锻造了它？你宽恕我，啊，无情的独裁者！你的宽大理应压制你的狂怒！我被长期国会投入牢狱，由于背叛，我罪有应得；我拒绝了神圣枷锁的羁绊；我顾及到两方

---

① 古埃及首都，现已成废墟。

面勇士们的利益。我受到了惩罚。我在一座塔楼楼底生活着，在这座塔楼里，互相交叉的铁条令人度日如年；蜘蛛把它那柔弱的网悬挂在我的床上，围住了蝙蝠的翅膀；夜里，我听到蛆虫从坟墓里冒出来的声音；我又饿又渴。夏天，我感到酷热无比，冬季里，我寒冷异常。我活该。我屈服，而且，我作出了榜样。但是，你，诺尔，你有什么权利来碰这神殿？你只是弄坏了其中的一根支柱吗？圣徒们黏结的东西，你能把它拆开吗？此外，有人把雷电的痕迹抹去吗？圣徒们判决了我，任何人都没有权利赦免我；作为他们权威的唯一活着的残存者，我骄傲地在这卑贱的民众中行走。我好比一棵被雷电劈中的松树。我把我被击中的前额上尊严的伤疤展示于悬崖之下。你非要砸碎我的镣铐吗？英国人，看多么狂妄的暴君把你们践踏在他的脚下！好吧，我，卡尔，顶撞你的我，我说什么？我喜欢我的命运甚于你的命运，我更喜欢关闭我的塔楼，甚于你那堆满战利品的宫殿；我不会以我受的苦难来换取你的罪行，不会以我合法的锁链换取你篡夺来的权杖！因为，当我们命归西天时，我们俩都是罪人，上帝将清算你的罪孽，掂量我的悔疚。再给我打开那监禁我的牢狱之门！或者，如果你让我自由——绝对的自由——那就让国家恢复平衡，把国会还给我们。然后，再说吧。你将和我一起，我们俩都低下额头，被绳索缚住，弄脏我们的脸，我们将到神圣法庭恳求上帝的宽恕。克伦威尔，在等待这如此期盼的一天时，把镣铐还给我吧；至少，尊重我的自由权。

〔*听众中响起一片笑声。*

让你那些人安静！在我的牢房里，我也许是唯一一个你无法主宰的英国人；是唯一自由的人！在此，我诅咒你，克伦威尔；在此，我把我们俩都祭献给天主。我的牢房！你徒然地强迫我不去坐牢。我的牢狱！而且，如果必须列举在你们腐败的内心里渎神的法律和世俗的经文，那么，我按照habeas corpus[1]，我还要回到那儿去。

克伦威尔 随您的便！——他引用了一个任何东西都无法废除的议案。

特里克 （在小丑们待的看台上）他的牢房！他弄错了，他想说是他的窝。

〔卡尔在人群的嘘声中，骄傲地走下。

辛德康勃 （小声对加兰）卡尔是我们中间唯一的男子汉。

人群中的声音 和散哪，光荣属于圣徒们，光荣属于基督，光荣属于西奈的上帝，愿护国公长命百岁！

〔被卡尔的诅咒和人群的欢呼而激怒的辛德康勃拔出匕首，冲向宝座台。

辛德康勃 （挥舞着匕首）杀死所多玛的国王！

卡尔利勒 （对持戟步兵）抓住凶手！

克伦威尔 （用手势赶走卫兵）给这个人让路。（对辛德康勃）你要什么？

辛德康勃 你的死亡。

克伦威尔 自由地走吧，安静地走吧。

辛德康勃 我是被激怒的复仇者。要是你那邪恶的随从人员不给我闭上嘴……

克伦威尔 （向士兵示意放开辛德康勃）说吧。

辛德康勃 啊！没什么话要对你说。可是，如果他们不攥住我的胳膊……

克伦威尔 出手吧。

辛德康勃 （向前迈了一步，并举起匕首）那就去死吧，暴君！

---

① 拉丁语，意为：人身保护法。

〔民众急忙扑向他，缴下他的武器。

人群中的说话声 怎么，他居然以屠杀来回报宽恕，杀死凶手，杀死谋反者！

〔愤怒的群众上前制伏辛德康勃，辛德康勃挣扎一番，然后被带出大厅。

克伦威尔 （对瑟尔洛）去看看他们怎么处置他的。

〔瑟尔洛下。

人群的声音 狠打背信弃义的家伙！

克伦威尔 弟兄们，我原谅他。他不知道自己在干什么。

人群的声音 （画外音）扔到泰晤士河去！扔到河里去！

〔瑟尔洛又上。

瑟尔洛 （对克伦威尔）老百姓很满意。泰晤士河接受了这个疯狂的使徒。

克伦威尔 （旁白）总之，宽宏大量也是一个手段。至少，这总是某种办法。然而，这些好心的老百姓并不是只习惯于这样的死亡。

〔停顿俄顷。只听见人群中响起欢乐和兴奋的叫喊声。克伦威尔坐在宝座上，仿佛在安静地品尝人群和军队的狂热的欢呼声。

欧弗通 （对弥尔顿）一个为偶像而被宰杀的人类的牺牲品！军队和这轻佻的人民，一切都属于他了。他最终什么也不缺！他拥有他所需要的。我们所作的努力只是把他抬得更高。我们徒然地大胆对抗！白白地大胆斗争。现在他可以把我们一个个打败；他唤起了爱情，唤起了恐惧。他想必是满意了。

克伦威尔 （沉思地）我什么时候当国王呢？

——全剧终——

玛丽蓉·黛罗美

许渊冲　译

剧中人物

<table>
<tr><td>玛丽蓉·黛罗美</td><td></td></tr>
<tr><td>狄杰</td><td></td></tr>
<tr><td>路易十三</td><td></td></tr>
<tr><td>萨韦尼侯爵</td><td></td></tr>
<tr><td>南吉侯爵</td><td></td></tr>
<tr><td>朗日利</td><td></td></tr>
<tr><td>拉费玛</td><td></td></tr>
<tr><td>贝勒加德公爵</td><td></td></tr>
<tr><td>布里尚托侯爵</td><td rowspan="6">昂儒团的军官</td></tr>
<tr><td>加塞伯爵</td></tr>
<tr><td>布沙万恩子爵</td></tr>
<tr><td>罗舍巴龙骑士</td></tr>
<tr><td>维拉克伯爵</td></tr>
<tr><td>蒙珀扎骑士</td></tr>
<tr><td>贡迪神父</td><td></td></tr>
<tr><td>沙纳塞伯爵</td><td></td></tr>
<tr><td>斯卡拉姆齐</td><td rowspan="3">乡下戏子</td></tr>
<tr><td>格拉西约</td></tr>
<tr><td>塔伊布拉</td></tr>
<tr><td>宣读告示的差官</td><td></td></tr>
<tr><td>布卢瓦城区巡逻队长</td><td></td></tr>
<tr><td>狱卒</td><td></td></tr>
</table>

记录员

罗丝，女伴

第一个工人

第二个工人

第三个工人

一个仆人

乡下戏子，卫士，群众，主仆数人

第一幕

约　会

〔布卢瓦。

〔一间卧室。里首，一扇窗开向阳台。右边，一张桌子上有盏灯，旁边有把扶手椅。左边，门上挂着垂下的绣帘。暗处，有张床。

第一场

〔玛丽蓉·黛罗美，穿着非常讲究的室内便服，坐在桌子旁边刺绣；萨韦尼侯爵，年纪很轻，头发金黄，嘴上没有胡子，穿着一六三八年最时髦的服装。

萨韦尼　（走近玛丽蓉，想要吻她）让我们言归于好吧，我的小玛丽！

玛丽蓉　（把他推开）我求求你，不要性急。

萨韦尼　（坚持）只吻一次！

玛丽蓉　（生气）侯爵先生！

萨韦尼　好大的脾气！有时你的嘴唇并不任性，而是温柔得多啊。

玛丽蓉　你忘记了……

萨韦尼　没有！我都记得，我的美人儿。

玛丽蓉　（旁白）不识相的讨厌鬼！

萨韦尼　说吧，小姐。你这样突然一下就离开巴黎，叫我们怎能猜破这个谜？大家都在王宫广场找你，你却一个人藏在布卢瓦，这是为什么？……啊，薄情的人儿！两个月来，你一个人在这里做什么呀？

玛丽蓉 我想做什么就做什么，我该做什么就想什么。我要自由自在，先生。

萨韦尼 自由自在！你说说看，小姐，那些给你迷得神魂颠倒的人也能自由自在吗？我就是其中的一个，还有贡迪神父，他在那天当着我们大家的面，只做了一半弥撒就为你决斗去了；还有纳斯蒙、普勒西尼、达基安，那两个哥萨德。你一走，大家都心神不安，闷闷不乐，连他们的老婆也像他们一样，都巴不得你在巴黎，免得她们的丈夫愁眉苦脸，唉声叹气呢！

玛丽蓉 （微笑）波维兰呢？

萨韦尼 他一直爱你。

玛丽蓉 塞雷斯特呢？

萨韦尼 他拜倒在你脚下。

玛丽蓉 蓬斯呢？

萨韦尼 这一位可是恨透了你。

玛丽蓉 那才真是一个多情的人呢。还有那个老院长呢？……（大笑）我不记得他叫什么名字……（笑得更加厉害）哦，老狼！

萨韦尼 他还在等着你，对着你的画像，一天不知要唱多少哀歌。

玛丽蓉 是的，他这样对着画像，自作多情，足有两年了。

萨韦尼 啊，那还不如把画像烧了呢！得了，说真的，你怎么狠得下心来，离开这么多的朋友呢？

玛丽蓉 （低下头来，认真地）侯爵，老实告诉你，正是为了这个缘故，我才离开巴黎。这种罪恶生活很辉煌，吸引过年幼无知的我，但是现在，它时时刻刻引起我内心的悔恨。所以我才躲到这里来，我真甘心情愿进修道院，为我过去下流放荡的生活赎罪。

萨韦尼 我敢打赌，你这话里有假，一定是你又有一个心上人了！

玛丽蓉 你以为……

萨韦尼 有谁见过修女的面纱遮得住这样闪闪发光的乌黑眼珠！不要说骗人的话了。得啦！你是到外地谈情说爱、寻欢作乐来了！你的故事编得蛮好，但是结局这样离奇，怎能掩人耳目！

玛丽蓉 不是这样。

萨韦尼 那就打赌吧。

玛丽蓉 罗丝，几点了？

罗丝 （在幕后）马上就半夜了。

玛丽蓉 （旁白）半夜了！

萨韦尼 你真会拐弯抹角，下了逐客令，又不得罪人。

玛丽蓉 我住得很偏僻……一直闭门谢客，也没人知道我……再说，这样晚了，怕你路上出事……这条路太冷清，怕有歹徒抢你。

萨韦尼 得了，抢就抢吧。

玛丽蓉 有时还杀人呢！

萨韦尼 杀就杀吧。

玛丽蓉 那……

萨韦尼 你真是个妙人！不过，我走之前，你得告诉我，哪一个情郎有这样的艳福，把我们大家的心上人抢走了。

玛丽蓉 哪有什么情郎！

萨韦尼 我会替你保守秘密。我们这些出入宫廷的人，人家以为我们靠不住，好说坏话，爱管闲事，嘴巴不紧，头脑糊涂，其实，我们只是信口开河，从来不谈别人的正经事。你还是不肯告诉我？……（坐下）那我就不走了。

玛丽蓉 也罢，告诉你又有什么关系！我是爱上了一个人，还在等着他呢！

萨韦尼 这样说就对了！怎么不早点儿说！你在哪里等他？

玛丽蓉 就在这里。

萨韦尼 他什么时候来？

玛丽蓉 马上就来。（走到阳台上听听）说不定这就来了。（回来）还没有来。（向萨韦尼）这一下你顺心了吧？

萨韦尼 还不太顺心。

玛丽蓉 我求求你，走吧。

萨韦尼 好的，不过你得把这个情郎的名字告诉我，我不能让自己被你这样打发走，而不知道你是为谁才下逐客令的。

玛丽蓉 我只知道他叫狄杰，他也只知道我叫玛丽。

萨韦尼 （哈哈大笑）当真？

玛丽蓉 当然。

萨韦尼 （大笑）那么，天哪，这样交朋友不是一首田园诗吗！简直就是腊康写的小说啊。他会不会爬墙进来？

玛丽蓉 那也说不定。你快走吧。（旁白）他真烦死人了！

萨韦尼 （变得又认真起来）你起码要晓得，他是不是一个贵族？

玛丽蓉 我也不晓得。

萨韦尼 怎么！（玛丽蓉轻轻把他推到门口，他还向着她）我这就走……（又走回来）还有一句话忘了说：有个作家，而且不是一个无名之辈（从衣袋里拿出一本书来，交给玛丽蓉），为你写了这本书，轰动一时。

玛丽蓉 （读书名）爱情的花冠——献给玛丽蓉·黛罗美。

萨韦尼 巴黎人议论纷纷，都是谈《爱情的花冠》，这本书和高乃依的《熙德》一样，成了风行一时的畅销书。

玛丽蓉 （把书放下）这真是个风流才子。再见。

萨韦尼 出名的才子又有什么用？你还不是溜到布卢瓦来，和一个乡巴佬织你的情网！

玛丽蓉 （叫她的女伴罗丝）罗丝，你替我送客，给侯爵带路。

萨韦尼 （行告别礼）玛丽蓉，玛丽蓉！唉，你贬低自己的身份了！

〔萨韦尼下。

第二场

〔玛丽蓉；狄杰后上。

玛丽蓉 （萨韦尼一走，她就把门关上，一个人自言自语）走吧，走吧！……我担心狄杰……（听见钟鸣十二下）夜半的钟声响了！（数了十二下之后）半夜了。他该来了……（走到阳台上，看看道路）没有人！（回来坐下，心情不好）已经迟到了。唉！（一个年轻人出现在阳台栏杆外面，轻捷地越过栏杆，走了进来，把外套和佩剑放在一把扶手椅上。他穿着当时人穿的服装，黑衣黑裤，长筒靴子。他向前走了一步，又站住了，瞧瞧玛丽蓉。她还低头坐着，忽然抬起头来，惊喜交集地叫道）哈！（带着责备的口气）你让我等了这么久！我在掐着指头算时间呢。

狄杰 （认真地）我刚才在考虑上来不上来。

玛丽蓉 （生气地）啊，先生！

狄杰 （没有注意她的情绪）刚才，在墙脚下，我忽然感到忧从中来，是的，我对你起了怜惜之心。我是一个没出息的倒霉人，在向你走来之前，我对自己说：那里等着我的是一个白璧无瑕的光明天使，她年轻貌美，纯洁贤惠，温柔多情，连过路的人见了她都会双手合十，顶礼膜拜的。而我是个什么人呢？唉！我只是个低声下气的老百姓而已。为什么要搅浑这美丽的清流？为什么要摘下这朵百合花？为什么要用不洁净的呼吸来玷污这平静的灵魂？既然她天真地相信我的忠诚，她的单纯使她在我看来更圣洁了，那我有什么权利接受她赐予我的爱情，让我那茫茫夜雾在她蔚蓝的晴空里弥漫呢？

玛丽蓉 （旁白）嗐，我看他是在给我讲神学呢。他是不是个新教徒？

狄杰 但是你的声音有一种温柔的魔力，在夜里传到了我的耳边，使我不再犹豫不决，于是就来到了你的身边。

玛丽蓉 怎么！你听见了我的谈话？那可怪了！

狄杰 还有另外一个声音。

玛丽蓉 （急促地）那是我的女伴罗丝。人家会不会以为那是男人的声音？她说起话来粗声粗气的。不过，既然你已经来了，我也就不再怪你了。请坐吧，（指着她身边的一个位子）就坐这里。

狄杰 不，我就坐你脚下。（坐在她脚前的蒲团上，沉默无言地瞧了她一会儿）请听我说，玛丽。我的名字只是狄杰两个字。我既不知道我的父亲，也不知道我的母亲。我生下来，就被放在教堂门口。一位好心的老大娘可怜我，把我捡了起来，既当我的奶奶，又当我的母亲；她把我抚养成一个基督徒，然后就去世了，她的全部财产都给了我，一年大约有九百银币，我就靠这笔钱生活。一个人孤苦伶仃，到了二十岁，我就到处漂泊。我见过一些人物，有的使我憎恨，有的却又使我瞧不起；因为我在他们镜子般的脸上，模模糊糊地看出他们的内心只有傲慢、烦恼、痛苦。结果我现在虽然年纪还轻，人却已经老了，对世界感到厌倦，好像已经活够了一样；无论碰到什么事，都会使我心碎肠断；我发现这个世界不好，而且人还更坏。我正这样一个人生活着，离群索居，抑郁寡欢，穷愁潦倒，忽然你来了，减轻了我的痛苦。我还不认识你呢。有一个晚上，你出现在巴黎一条街的拐角上。以后，我还碰见过你几次，每次我都觉得你的目光温柔，你的谈吐亲切。我怕我会爱上你，我就跑了……说来真是巧遇！我在这里又碰上了你，你就像保佑我的天使一样，到哪里都不离开我。最后，爱情使我心烦意乱，我感到自己飘忽不定，犹疑不决，只好找你谈谈了。多蒙你不嫌弃，现在，我把我的心和生命都交给你，听从你的支配。你有没有什么事要我去做？有没有什么人或者什么事惹你生气？你是不是需要一个人去为你牺牲生命？你要不要一个人为你的一笑而洒尽热血也毫无怨言？你要不要一个这样的人？说吧，下命令吧，有我在这里呢。

玛丽蓉　（微笑）你真是与众不同，不过我爱的也就是你这种人。

狄杰　你爱我吗！你是不是说漏了嘴？唉！这种话可不是随便说说的啊。你爱我吗？你知道什么是爱情？爱情已经成了我们的血液，我们的生命，是永远扑不灭的火焰。这火焰越压越高，在不断净化我们的灵魂，在我们心灵深处，其他感情的残渣碎片堆积如山，只有爱情的火焰能把它们烧个一干二净！爱情是既无希望，又无边际的，它比幸福更加深沉，更加长久！说，你谈的是这种爱情吗？

玛丽蓉　（感动）的确……

狄杰　你不知道，我爱你爱得多么强烈！自从我看见你那一天起，我忧郁的生活忽然抹上了灿烂的金光，你的目光照亮了我阴暗的道路。从那时起，一切都改变了。你在我的眼前闪闪发光，就像一位从天而降的无名仙子。我的桀骜不驯的心一直在生活的压迫下悲叹哀鸣，现在却几乎觉得生活是美好的，因为，唉！我一个人漂泊流浪，受苦受压，挣扎奋斗，总算找到了你……我从来还没有爱过人啊！

玛丽蓉　可怜的狄杰！

狄杰　玛丽！……

玛丽蓉　那好，告诉你吧，我爱你，是的，我爱你！我爱你不下于你爱我，说不定还在你之上！过去一直是我在跟踪你啊，我的一切都是你的。

狄杰　啊，不要骗我！如果我纯洁的爱换来了你的爱，那么我真是太幸福了，我要用一个世界来做妆奁，而我拜倒在你脚下的日子只会充满了爱情和欢乐……啊！要是你骗了我呢？

玛丽蓉　怎样才能使你相信我的爱情呢？说吧！

狄杰　我要一个证明。

玛丽蓉 什么证明？说吧。

狄杰 你大概还没有许配人吧？

玛丽蓉 （感到为难）嗯，没有……

狄杰 那就把我当做兄弟，当做依靠，嫁给我吧！

玛丽蓉 （旁白）为什么我总觉得配不上他呢？

狄杰 怎么样？

玛丽蓉 不过……

狄杰 我明白了。我是一个孤儿，又没有财产，这样胆大妄为，真是闻所未闻，荒乎其唐，未免太不识相了。那好，还是让我去过我那悲伤痛苦、被人遗弃的生活吧。再见。

〔他向前走了一下，玛丽蓉拦住了他。

玛丽蓉 狄杰，狄杰，你说的是什么话！

〔泪下如雨。

狄杰 （回来）原谅我！不过，你为什么要犹豫呢？（走到她身边）你明白吗，玛丽？对我来说，你就是世界、故乡、天堂！……不要让人知道，随你选个地方，让我们偷偷地过着连国王也会羡慕的幸福生活吧！……

玛丽蓉 啊，那真是天堂了！

狄杰 你愿意吗？

玛丽蓉 （旁白）我这个不幸的人啊！（高声）可惜我不能，永远也不能。

〔从狄杰的怀抱中挣扎出来，坐到扶手椅上。

狄杰 （冷冰冰地）我的建议不怎么受欢迎。那就算了。我再也不提了，就算我没说过！

玛丽蓉 （旁白）啊！不幸的日子！为什么他也爱上了我呢！（高声）狄杰，我对你说……你真要了我的命……我来对你解释……

狄杰 （冷冷地）我来的时候，小姐，你在看什么书？（拿起桌上的书来，口里念道）爱情的花冠——献给玛丽蓉·黛罗美。（辛辣地）哦，当代的美人！（粗暴地把书扔在地上）啊，这个卑鄙无耻、不要脸的女人！

玛丽蓉 （发抖）先生……

狄杰 你看这种无聊的书干什么？这种书怎么到你这儿来了？

玛丽蓉 （低下头来勉强答道）我偶然……

狄杰 你的目光这样纯洁，你的脸这样温柔，哪里会知道玛丽蓉·黛罗美是个什么人？这是个外貌美丽、内心丑恶的女人，一个随时随地出卖爱情给任何男人的婊子，她出卖的爱情使人害羞，也使人害怕！

玛丽蓉 （双手抱头）天哪！

〔外面有脚步声，刀剑撞击声，还有喊声。

街上喊声 杀人了！

狄杰 （吃惊）附近有什么喊声？

〔喊声又起。

街上喊声 救人呀！杀人了！

狄杰 （瞧瞧阳台外面）有人在行凶。

〔拿起宝剑，跨过阳台栏杆。玛丽蓉站起来，向他跑去，拉住他的外套，想阻止他。

玛丽蓉 狄杰！要是你爱我的话……他们会把你杀死的！不要去吧！

狄杰 （跳到街上）他们要杀那个可怜的人！（在外面对搏斗的人喊道）住手！——先生，不要松劲！（刀剑交锋的响声）冲呀！——站住，坏蛋！

〔刀剑交锋声，人声，脚步声。

玛丽蓉 （在阳台上吓得叫道）啊，天哪！六个人打两个。

街上喊声 这家伙真是个凶神再世！

〔武器交锋声越来越微弱，后来完全听不见了。脚步声也越来越远。狄杰爬上阳台，又出现了。

狄杰 （还在阳台栏杆外面，转身向着街上）你脱险了。走你的吧。

萨韦尼 （在外面）我怎能不和你握手道谢就走了呢？

狄杰 （不高兴）快走吧！先生，我不要你道什么谢。

萨韦尼 可是我总得谢谢你呀！

〔爬上阳台。

狄杰 咳！用不着爬上来，你在下面对我说声多谢，不就得了？

第三场

〔玛丽蓉；狄杰；萨韦尼。

萨韦尼 （跳进房来，手里还拿着剑）这个凶神的确古怪！他救了我的命，却不让我进门！进门，还不如说是爬窗子！不行，一个像我这样的名门贵族，多蒙一位好汉奋不顾身地救了我的性命，怎能不对他说一声："侯爵……先生，请问尊姓大名？"

狄杰 狄杰。

萨韦尼 哪一家的狄杰呀？

狄杰 无家可归的狄杰。好了，人家要杀你，可我救了你。这不就得了？走你的吧。

萨韦尼 这就是你的作风！为什么不让这些歹徒在你窗子底下把我杀了！我宁愿给他们杀死算了，因为要不是你，我是必死无疑的。六个坏蛋，六个强盗打我一个，六把短刀对我一柄长剑！怎能不死……（一眼瞥见了躲躲闪闪的玛丽蓉）哦，原来你正忙着呢，我明白了。我打扰了你的好事。请原谅我。（旁白）不妨瞧瞧这个女人是谁。（走到惊惶不安的玛丽蓉身边，认出了她。低声说道）怎么！是你！（指着狄杰）就是他吗？

玛丽蓉 （低声）唉，先生，你要坏我的事了！

萨韦尼 （敬礼）小姐……

玛丽蓉 （低声）这是我第一次爱一个人。

狄杰 （旁白）这简直叫人难以相信，这家伙怎么这样放肆大胆地瞪着她！

〔一拳把灯打翻。

萨韦尼 怎么，你把灯灭了？

狄杰 我看我们最好还是一起走吧。

萨韦尼 好的，我跟你走。（对玛丽蓉深深敬礼）再见，小姐。

狄杰 （旁白）这个花花公子像什么来着？（对萨韦尼）来吧！

萨韦尼 你很急躁，不过你救了我的命，要是你用得着我帮忙，请不必客气，就来巴黎纳尔侯爵府找萨韦尼侯爵，我会尽心尽力地报答你的恩情……

狄杰 好的。（旁白）一个这样的花花公子居然这样瞪着眼瞧她！

〔他们从阳台出去。听得见狄杰的声音在外面说：你走那条路，我走这一条。

第四场

〔玛丽蓉；女伴罗丝。

〔玛丽蓉若有所思，过了一会儿叫道。

玛丽蓉 罗丝！（罗丝上。玛丽蓉指着窗子）关窗。

罗丝 （关好窗子，转过身来，看见玛丽蓉擦眼泪。旁白）她好像哭了。（高声）小姐，是睡觉的时候了。

玛丽蓉 是的，是你们睡觉的时候了。（散开头发）来给我卸妆吧。

罗丝 （给她脱衣服）好的，小姐，今天晚上那位先生好吗？阔气吗？

玛丽蓉 不阔气。

罗丝　多情吗？

玛丽蓉　也不多情。（转身对罗丝）罗丝，他连我的手都没有吻呢。

罗丝　那你怎么办？

玛丽蓉　（深思）我爱他。

第二幕

决　斗

〔布卢瓦。

〔一个小酒馆门口。广场。背景是布卢瓦城的层层房屋，山顶上看得见圣尼古拉教堂的钟楼。

第一场

〔加塞伯爵；布里尚托侯爵；布沙万恩子爵；罗舍巴龙骑士。他们在小酒馆门前围桌而坐，有的抽烟，有的喝酒，还掷骰子。然后蒙珀扎骑士和维拉克伯爵上，然后朗日利上，然后宣读告示的差官和群众上。

布里尚托　（站起来招呼刚进来的加塞）加塞！（和他握手）你也到布卢瓦来参加我们这个团了？（对他敬礼）我们佩服你，不怕埋没了你这个人才。（打量他的衣装）啊！

加塞　这是流行的装束。橘黄色衣服加蓝色缎带。（双臂交叉放在胸前，翘起上唇上面的胡子）你知道吗，布卢瓦离巴黎有四十法里？

布里尚托　这就和中国一样远了！

加塞　这就使女人们叫苦连天，说是要跟我们走，就得离乡背井了！

布沙万恩　（放下骰子，转过身来）先生从巴黎来？

罗舍巴龙 （放下烟斗）有什么新闻？

加塞 （敬礼）没有。高乃依的脑子老是胡思乱想。吉舍得了勋章。亚斯特当了公爵。还有无数这样的小事。吊死了三十个新教徒。天天都有决斗。三号，安建恩和亚基恩决斗；十号，拉瓦丹和蓬斯决斗，因为他从蓬斯手里抢走了苏尔迪的老婆；苏尔迪和泰伊决斗，为了争蒙多里戏院一个女戏子。九号，诺让和拉沙特决斗，因为写了三行讥讽柯勒特的歪诗；戈尔德和马加朗决斗，不知道是为了什么闲事；杜米埃和贡迪争着先进教堂；还有布里沙家和苏比兹家打赌，一家赌马赢，一家赌狗赢。最后，哥萨德和拉图内尔决斗，什么原因也没有，只是为了消遣。哥萨德就把拉图内尔打死了。

布里尚托 巴黎人真有眼福！决斗越来越风行了！

加塞 这就是风气。

布里尚托 天天喝酒，搞女人，决斗。只有那里才有娱乐，才有生活。（打哈欠）在这里过老头子的生活真无聊！（问加塞）你说哥萨德打死了拉图内尔？

加塞 是的，一剑就要了他的命。（打量罗舍巴龙的袖子）你袖子上是些什么玩意儿，我亲爱的？想过没有，这不再是流行的打扮了。什么饰带呀！纽扣呀！说实话，没有什么比这更难看的了。尽是些花结和丝带！

布里尚托 请你给我们把这张决斗的名单写下来吧。国王知道后说什么？

加塞 红衣主教气得要命，要雷厉风行地禁止这种坏事。

布沙万恩 兵营没有什么消息？

加塞 好像是我们出奇兵拿下了菲盖尔，要不就是人家把我们的菲盖尔夺过去了。（想了想）唔，是人家把菲盖尔夺去了。

罗舍巴龙 国王对这次败仗说什么？

加塞 红衣主教很不满意。

布里尚托　宫廷里在做什么事？国王的玉体大概还好吧？

加塞　不好。红衣主教又是发烧，又有风湿，上朝都要人抬。

布里尚托　古怪的家伙！我们问的是国王，你回答的却是红衣主教。

加塞　啊！这也是风气。

布沙万恩　这样说来，没有什么新鲜事啰？

加塞　叫我怎么说呢？没有新鲜事吗？但是有件怪事，简直不可思议，两个月来，急得巴黎人像热锅上的蚂蚁一样！有一个人走了，不见了，不知下落了……

布里尚托　哪一个呀？

加塞　玛丽蓉·黛罗美，美人中的美人。

布里尚托　（做出神秘的姿态）这下该你听新闻了。她远在天边，近在眼前。

加塞　当真！在布卢瓦！

布里尚托　隐姓埋名。

加塞　（耸耸肩膀）玛丽蓉吗？你在开玩笑吧，布里尚托先生！她会在这里？玛丽蓉！她的穿着成了最流行的时装！而这个布卢瓦却和巴黎恰恰相反！瞧，它又丑又老，什么都不好。（指着圣尼古拉教堂钟楼）就连钟楼看起来也是歪歪斜斜、土里土气的！

罗舍巴龙　说得不错。

布里尚托　你不相信吗？萨韦尼亲眼看见她的，就隐居在这里，还有一个大情郎呢！那个情郎救了萨韦尼的命，你信不信？一天夜里，几个歹徒揪住他的衣领，要用他的钱包周济别人，还要看看他的表是几点钟。

加塞　这是捏造的故事吧！

罗舍巴龙　（问布里尚托）是真有其事吗？

布里尚托　一点儿不假，就像我家天蓝的纹章上有六颗银星一样！

从那时起，萨韦尼就一心一意要找到他的救命恩人呢。

布沙万恩 他不会到她家里去找吗？

布里尚托 找不到。她又搬了家，改了名字。人家又找不到她的踪影了。

〔玛丽蓉和狄杰慢慢走过后街，没有被这些军官发现，进了一所侧屋的小门。

加塞 我不到布卢瓦来，还不知道玛丽蓉在外地呢！

〔维拉克先生和蒙珀扎先生上，他们高声说话，吵吵闹闹。

维拉克 我说不好！

蒙珀扎 我说好！

维拉克 高乃依不好！

蒙珀扎 怎么能这样说高乃依呢！高乃依到底是《熙德》和《梅里特》的作者啊！

维拉克 《梅里特》倒也罢了！我应该承认它还不错；不过从那以后，高乃依就走下坡路了，他们大家都一样！对你我只能说到这一步。还是来谈谈《梅里特》和《王宫画廊》吧！至于《熙德》，你说说看，那算得了什么？

加塞 （问蒙珀扎）先生是温和派？

蒙珀扎 《熙德》就是好！

维拉克 不好！你的《熙德》，斯居戴利一动笔就把它批倒了！这算什么写法！尽是些稀奇古怪的事情，庸俗低级的谈吐。到处是平铺直叙。再说，《熙德》还有伤风化，违犯戒律。熙德杀了他情人的父亲，怎么还能和她结婚呢！得了，我亲爱的，你读过《比拉姆》和《布拉达芒特》[①]没有？等高乃依写出这样的好戏来，你再叫我看吧。

罗舍巴龙 （向蒙珀扎）你还可以读读梅雷先生的《最后一个伟大

---

① 《比拉姆》、《布拉达芒特》，加尼埃的剧本。

的苏里曼》，那是一部伟大的悲剧。至于《熙德》嘛！

维拉克 再说，他还大胆放肆，目空一切，自以为比得上布瓦罗贝、夏普兰、塞里赛、梅雷、贡博、亚贝尔、博特吕、吉里、法雷、戴马雷、马勒维、杜里埃、谢里济、柯勒特、贡伯维尔，总而言之，他比得上整个法兰西学院呢！

布里尚托 （悲天悯人似的笑笑，耸耸肩膀）那好极了！

维拉克 再说，这位先生还要创造、还要发明呢！真是不知天高地厚。在加尼埃之后，在泰奥菲勒之后，在阿尔迪之后，还有什么可创造的！真是妄自尊大！创造，说起来多容易，好像这些出名的才子还剩下什么陈旧的东西等他去创新呢！怪不得夏普兰毫不留情地挖苦了他一顿。

罗舍巴龙 高乃依是个乡巴佬！

布沙万恩 不过，格拉斯的主教戈多先生却对我说他很有才气呢。

蒙珀扎 很有才气！

维拉克 那除非他不像现在这样写法，除非他照亚里士多德的方法去写……

加塞 诸位先生，不要争了。高乃依还在走红运呢。加尼埃过了时就读高乃依，正像丝绒圆帽过了时，我们今天就戴大毡帽一样。

蒙珀扎 我喜欢高乃依和大毡帽。

加塞 （向蒙珀扎）不要说得太过分了！（向维拉克）加尼埃写得很美。我是中立派，不过高乃依有时也不错。

维拉克 同意。

罗舍巴龙 同意。这个小伙子会说话，我很佩服他。

布里尚托 不过这个高乃依是不是个贵族？

罗舍巴龙 他的名字听来刺耳，像是个平民。

布沙万恩 他家里人是小法官、小律师，要克扣金币才能挣到几个铜板。

〔朗日利上，一个人坐一张桌子，一言不发。他身穿黑色丝绒衣服，上有金色刺绣。

维拉克 诸位先生，要是观众欣赏他的蹩脚诗，那悲喜剧的艺术就完蛋了！我敢保证，戏剧也没有希望了！这正是黎塞留……

加塞 （斜看了朗日利一眼）说“主教大人”，要不就把声音放低一点儿……

布里尚托 呸！见鬼去吧，什么主教大人！他既有兵权，又有财权，什么都管，难道这还不够！还要管到我们的舌头上来了！

布沙万恩 该死的黎塞留，他又打又摸，手上沾满了鲜血，身上穿的是红袍！

罗舍巴龙 那还要国王干什么？

布里尚托 人们夜里走路，眼睛总要盯住灯光。黎塞留就是那盏灯。而国王却是灯罩，虽然玻璃有点儿昏暗，还可以挡挡风，免得把灯吹灭。

布沙万恩 啊，但愿有朝一日，我们的宝剑能像一阵风似的把灯吹熄，那一天可太美了！

罗舍巴龙 啊，要是每个人都像我这样想就好了！……

布里尚托 那我们就可以联合起来……（问布沙万恩）你看怎么样，子爵？

布沙万恩 那我们就可以给他一剑！

朗日利 （站了起来，声音凄惨）你们要造反吗？！年轻人，想想马里亚克[①]的下场！

〔大家吓了一跳，转过身来，垂头丧气地不开腔了，眼睛盯住朗日利，他却坐了下来，也不说话。

维拉克 （把蒙珀扎拉到一旁）骑士，刚才谈到高乃依的时候，你对我说了几句刺耳的话。现在，我也有两句话要跟你说。

---

① 马里亚克（Marillac，1563—1632），路易十三母后的亲信，被黎塞留放逐。

蒙珀扎 比剑？

维拉克 是的。

蒙珀扎 用手枪好不好？

维拉克 两样都用。

蒙珀扎 （拉住他的胳膊）我们到城里找个地方。

朗日利 （站了起来）要决斗吗？记住布特维尔[1]先生的下场。

〔在场的人又都大吃一惊。维拉克和蒙珀扎分手了，眼睛都盯着朗日利。

罗舍巴龙 这个穿黑衣服的人是谁？说老实话，他真叫人害怕。

朗日利 我叫朗日利，是供国王取乐的宫廷侍从。

布里尚托 （笑）难怪国王闷闷不乐了。

布沙万恩 （笑）一个红衣主教的弄臣怎么成了国王的宫廷侍从，真是好笑！

朗日利 （站了起来）不要随便乱说，诸位先生。主教大臣有权有势，杀起人来就像割草，杀得血流成河，而且，他的红袍可以遮天，用不着再多说了吧。

〔一阵沉默。

加塞 该死！

罗舍巴龙 要是我再乱说乱动，真是该见鬼了！

布里尚托 嗐，比起这个宫廷侍从来，连地狱里的阎王都成了有说有笑的弄臣了。

〔人群从街上、从屋里出来，拥向广场。当中是一个骑马的差官，带着四个穿号衣的差役，一个吹号，一个打鼓。

加塞 这些人到这里来干什么？啊！差官！他要来对我们胡说八道些什么？

布里尚托 （向人群中一个耍猴戏的人）我的好朋友，你们两位到

---

① 1627 年 5 月在王宫广场决斗，被处死刑。

底是要人看猴呀，还是要猴看人呀？

蒙珀扎 （向罗舍巴龙）你看我们这副扑克牌的四张杰克不都全了吗？（指着四个穿号衣的差役）我敢打赌，牌上的杰克准是照他们中一个的样子画的。

差官 （说话带鼻音）百姓们，肃静！

布里尚托 （低声，向加塞）他的样子好凶，吓得嘴巴不敢说话，只好用鼻子开腔了。

差官 “敕令。奉天承命路易王……”

布沙万恩 （低声，向布里尚托）王袍里面的人是黎塞留！

朗日利 好好听着，诸位先生！

差官 （继续念下去）“……法兰西国王兼纳瓦尔国王……”

布里尚托 （低声向布沙万恩）一个好听的头衔，从来没有哪个大臣稀罕这个空名。

差官 （继续念下去）“……特向全体臣民致意！（行礼）历代君王无不重刑严禁决斗；而列祖列宗虽曾一再颁布禁令，决斗事件至今有增无减，兹特重申禁令如下：自即日起，凡有杀害臣民之决斗歹徒，无论一方或双方幸免于死，均应押解法庭问罪，不论贵贱高低，一律处以绞刑。为使法令切实生效，务希全体臣民万勿以身试法。切切。此谕。签署者路易。副署黎塞留。”

〔贵族愤愤不平。

布里尚托 把我们像犹太人一样绞死！

布沙万恩 要绞死我们！你说说看，什么地方才能找到吊死贵族的绞索？

差官 （继续念）“执法官吏为使全体人员一律知晓，特将告示张贴广场。”

〔两个差役将一块大布告牌挂在右边墙上一个突出的铁架子上。

加塞 这倒不错！应该先把布告吊死。

布沙万恩 （摇摇头）是的，伯爵！……等等就要吊死违抗法令的人了！

〔差官下。人群也散了。萨韦尼上。天开始暗了。

第二场

〔人物同上；萨韦尼侯爵。

布里尚托 （走向萨韦尼）我的老表萨韦尼！咳，你找到了你的救命恩人吗？

萨韦尼 没有。我找遍了全城，到处打听，也没找到。歹徒、年轻人、玛丽蓉·黛罗美，全都像一场大梦一样无影无踪了。

布里尚托 不过，那个年轻人把你这个基督徒从那个水性杨花的女人手里拉走的时候，你该是看见他的？

萨韦尼 他先一拳打翻了烛台。

加塞 这倒怪了。

布里尚托 要是你碰到他还认得出来吗？

萨韦尼 认不出。我没有看清他的脸。

布里尚托 你知道他的名字吗？

萨韦尼 狄杰。

罗舍巴龙 这不是个贵族的名字，他是一个平民。

萨韦尼 他只说他叫狄杰。不少名门子弟得意扬扬，他们的名声虽然比他显赫，但是心地却不如他善良。在我面前有六个歹徒，在他面前的是玛丽蓉·黛罗美，而他却抛开了她来救我。啊，这真是恩重如山！我向你们大家发誓，就是流血牺牲，我也要报答他的大恩！

维拉克 侯爵，你从什么时候起开始报恩的？

萨韦尼 （自豪地）我一直是用鲜血还血债的。我的鲜血就是我报恩还债的本钱。

〔天全黑了。看得见城里的窗户一个个亮了。点灯人上，点着了布告牌上的街灯就走了。玛丽蓉和狄杰走进去的那扇小门忽然打开。狄杰走了出来，做梦似的慢慢走着，两臂交叉放在外套里面。

第三场

〔人物同上；狄杰。

狄杰 （慢慢走上前来，没有被人发现）萨韦尼侯爵！……我一定要找到这个花花公子，那天晚上，他居然敢在她面前放肆无礼。我怎能忘记他那股神气。

布沙万恩 （向正和布里尚托谈话的萨韦尼）萨韦尼！

狄杰 （旁白）这正是我要找的人！

〔他慢慢走上前，眼睛盯着这些贵族，在布告牌前街灯下的一张桌子边上坐下，离朗日利只有几步远，朗日利还是一动不动，一言不发。

布沙万恩 （向转过身来的萨韦尼）你知道新颁布的法令吗？

萨韦尼 什么法令？

布沙万恩 禁止我们决斗的法令。

萨韦尼 那很英明呀。

布里尚托 很英明，不过犯了法就要吊死。

萨韦尼 啊，你在开玩笑吧！不会的。只能吊死老百姓啊。

布里尚托 （指着布告）你自己念吧，布告就在墙上。

萨韦尼 （一眼看见狄杰）咳！这张苍白的脸可以给我念念。（提高声音向着狄杰）喂！咳，穿长外套的人，朋友，我亲爱的！（向布里尚托）我看这是一个聋子，布里尚托。

狄杰 （眼睛没有离开过他，慢慢抬起头来）你是对我说话吗？

萨韦尼 不错！你给我们念念你头上的布告，念了有赏。

狄杰 要我念？

萨韦尼 是的。你认得字吗？

狄杰 （站起来）布告说要绞死决斗的人，不管是贵族还是平民。

萨韦尼 你搞错了，好家伙！你要晓得，贵族是不能吊死的，在这个世界上，法律都是为我们贵族制定的，只有平民犯了法才能吊死。（向贵族）这家伙好无礼！（傻笑着向狄杰）你念错了,我的师傅！说不定你的眼睛有点儿近视。脱下你的帽子，你可以看清楚一点儿。脱帽吧！

狄杰 （推翻面前的桌子）啊，当心，先生！你侮辱了我。你说念了有赏，现在我念过了，我要的赏就是你的血，你的头！

萨韦尼 （微笑）我们两个人的头衔都是受之无愧的。我猜到了你是平民，你也闻出了我是侯爵。

狄杰 平民和侯爵也可以揪住衣领打一架嘛！侯爵，要不要把我们的热血洒在一起？

萨韦尼 （认真）先生，你走得太快了，我们还没有通名报姓呢。我叫加斯帕，萨韦尼侯爵。

狄杰 那和我有什么关系？

萨韦尼 （冷冷地）这两位是我的中人。加塞伯爵，一位无懈可击的贵族，还有维拉克先生，他是福耶德家的人，奥比松侯爵的本家。现在，请问尊姓大名？

狄杰 这和你有什么关系？我是一个在门口捡起的孩子。既无名又无姓。不过，我敢和你拼头颅，洒热血！就这已经够了。

萨韦尼 不够，先生，这还不够；不过，既然一个捡到的孩子有可能是贵族，而与其要贵族降低身份去和平民决斗，还不如把平民提高到贵族的地位，那你就理所当然的是贵族了。好，我接受你的挑战。你什么时候方便？

狄杰　马上决斗。

萨韦尼　好。你不是盗名窃誉的吧？……

狄杰　拿把剑来！

萨韦尼　他还没有剑呢！啊，天哪！这可不成。人家会以为你出身微贱呢。（把他自己的剑给狄杰）你要不要？这把剑经过千锤百炼，得心应手。

〔朗日利站出来，拔出剑来给狄杰。

朗日利　要做傻事，朋友，还是用弄臣或傻瓜的剑吧。你是一条好汉，会给我的剑增光的。（傻笑）不过，你听我说，为了给我带来好运气，回头你得让我给你拉绞索哟。

狄杰　（拿起宝剑，痛苦地）好的。（向侯爵）现在，请上帝宽恕好人吧！

布里尚托　（高兴得跳起来）真的决斗！那太好了！

萨韦尼　（向狄杰）在哪里打？

狄杰　就在街灯下。

加塞　得了！两位先生，你们糊涂了？街灯下看不清楚。圣乔治在上，他们要变独眼龙了！

狄杰　要砍人的脖子，还是看得清的。

萨韦尼　说得不错。

维拉克　看不清楚！

狄杰　我对你说，看得相当清楚！在暗处，每砍一剑都会闪闪发光！来吧，侯爵！

〔他们两人脱下外套，摘下帽子，互相行礼，把帽子往后面一扔，然后拔出剑来。

萨韦尼　先生，请。

狄杰　照剑！

〔两人交锋，刀来剑往，步步相逼，一言不发，一心要对方的命。突然，小门半开，玛丽蓉穿着白色长袍出现了。

第四场

〔人物同上；玛丽蓉。

玛丽蓉 这是什么声音？（看见狄杰在街灯下）狄杰！（向决斗双方）住手！（双方继续斗剑）巡逻队快来呀！

萨韦尼 这个女人是谁？

狄杰 （转过头来）啊，天哪！

布沙万恩 （跑来，向萨韦尼）完蛋了！这个女人一叫，老远都听得到。我看见弓箭手亮着长剑来了。

〔弓箭手拿着火炬上。

布里尚托 （对萨韦尼）赶快装死，否则，你就要给吊死！

萨韦尼 （假装摔倒）啊，（低声向弯腰看他的布里尚托）该死的石头绊得我摔了一跤！

〔狄杰以为杀死了他，这才住手。

巡逻队长 根据国王的法令！

布里尚托 （向贵族们）快救侯爵！他要是被抓去了就得吊死！

〔贵族们围住萨韦尼。

巡逻队长 站住！诸位先生！这的确太过分了！就在挂着布告牌的街灯下决斗！（向狄杰）缴械吧！（弓箭手抓住狄杰，缴了他的武器，只剩下他一个人。指着贵族们团团围住的躺在地上的萨韦尼）这个眼睛没光的人是谁？他叫什么名字？

布里尚托 他叫加斯帕，是萨韦尼侯爵，人已经死了。

巡逻队长 死了！那他的官司就打完了。算是便宜了他。死人免了，活人可是难饶。

玛丽蓉 （大惊失色）他说什么？

巡逻队长 （向狄杰）现在，这场官司只有跟你打了。来吧，先生。

〔弓箭手带着狄杰从一边下。贵族们抬着萨韦尼从另一边下。

狄杰 （向吓得一动不动的玛丽蓉）别了，玛丽，忘了我吧！别了！

〔齐下。

第五场

〔玛丽蓉；朗日利。

玛丽蓉 （跑去把他拉住）狄杰！为什么要分别？为什么要把你忘了？（士兵把她推开，她焦急地转身向朗日利跑去）难道为了这么一件事他就要完了？先生，他到底干了什么坏事？他们要把他怎样呀？

朗日利 （拉住她的手，一言不发地把她带到布告牌前）你自己看吧。

玛丽蓉 （读布告后，吓得倒退）天哪！公道点儿吧！死罪！他们把他带走了！他们还要把他吊死！这都怪我，我一喊叫反而送了他的命！我本来是想叫人来救命的，结果我这该死的喊声反把死神叫来了，反而加快了他的死亡！这不可能！一场决斗！难道这就犯了滔天大罪？（问朗日利）难道就要判他死刑？

朗日利 不错。

玛丽蓉 难道他就不能逃走？

朗日利 墙高着呢！

玛丽蓉 啊，这都怪我，是由于我的错使他犯罪的！上帝要惩罚我，却打击了他。我的狄杰！（向朗日利）你知道吗？在我看来，对他无论多么体贴都不过分，怎么能让他坐牢呢！天哪！判他死刑！说不定还要活受罪！……

朗日利 说不定。这要碰运气。

玛丽蓉 说不定我会碰到国王。国王是宽宏大量的，他会不会赦免他？

朗日利 国王也许会。主教决不会。

玛丽蓉 （精神恍惚）那你怎么办呢？

朗日利 决斗判死刑，只好让他滚下坡去，永世不得翻身。

玛丽蓉 那太可怕了。（向朗日利）先生，你吓得我浑身冰凉！你到底是什么人呀？

朗日利 我是国王的弄臣。

玛丽蓉 啊，我的狄杰！我实在配你不上，低贱下流，名声不好。不过，上帝让女人的双手能做到的事，我都要做给你看。我要跟你走！

〔从狄杰出场的地方下。

朗日利 （剩下一人）天晓得会做出什么事来！（捡起狄杰留在地上的剑）嗐！谁敢说我在这里是傻瓜？

〔下。

第三幕

演　戏

〔南吉城堡。

〔一个亨利四世时代风格的花园。背景是在高处的新老两座南吉城堡。老城堡有尖顶的主塔和小塔，新城堡是砖砌的尖顶高楼，屋角是大块方石。老城堡主塔的大门漆成黑色，远远可以看见门上有南吉家族和萨韦尼家族的盾形纹章。

第一场

〔拉费玛，穿着当时法官的小礼服；萨韦尼侯爵，扮成昂儒团的军官，戴了假发，嘴唇上下都有黑胡须，眼睛上贴了一块膏药。

拉费玛　这样说来，先生，吵架的时候你在场啰？

萨韦尼　（撩撩上唇翘起的胡子）先生，我本来是他的伙伴，现在他死了。

拉费玛　萨韦尼侯爵死了？

萨韦尼　是的，死了！对方用第三种架势，一剑刺破了他的紧身上衣，从肋骨之间刺穿了他的肺，一直刺到肝脏，你当然知道，他就大出血了，伤口看起来真是吓人！

拉费玛　他马上就死了？

萨韦尼　差不多。他痛苦的时间不算太长。我看见他先胡言乱语，然后痉挛，然后是可怕的强直性痉挛，然后是前痉挛、后痉挛。

拉费玛　喔唷！

萨韦尼　这样看来，我想，血不是从喉咙管里出来的，你说对不对？我看，佩凯这些有学问的医生都是胡说八道，他们要看狗的内脏，就把活蹦乱跳的狗开膛破肚，真是胡闹。

拉费玛　死了，这个可怜的侯爵！

萨韦尼　一剑就把他刺死了！

拉费玛　那么，先生，看来你是医学博士了？

萨韦尼　不是。

拉费玛　你起码该学过医吧？

萨韦尼　学过一点儿，从亚里士多德的书上学的。

拉费玛　这样一点儿就谈起医学来了？真该死！

萨韦尼　的确，我的心眼很坏，我喜欢做坏事。一做坏事我就高兴，我还喜欢杀生。因此，我过去一直打主意，到了二十岁就当兵，要不然就当医生。我好久打不定主意。最后还是决定舞刀弄枪。这个行当虽然不大安全，但是升官发财却快。我还有一阵子打算演戏，做诗，或者耍狗熊，不过我又喜欢天天吃喝玩乐。所以什么狗熊呀，作诗呀，都去它的吧！

拉费玛　这样说来，我亲爱的，你一心血来潮，还学过作诗啰？

萨韦尼　学过一点儿，也是从亚里士多德的书上学的。

拉费玛　这样，侯爵就认识了你？

萨韦尼　我只是一个当兵的，后来升了官。他是个中尉，我是他的部下。

拉费玛　真的？

萨韦尼　我起先是哥萨德先生的部下，他把我送给了侯爵的团长。这是一份薄礼。不过一个人只能有什么送什么。他们却给我升了官；我现在也有黑胡须了，并不比别的官儿差，这就是我的简历！

拉费玛　于是他们就派你到城堡来通知他的伯父了？

萨韦尼　我是同他的老表布里尚托一起来的，还用马车把他的棺材拖来了，好在这里埋葬，本来他是该在这里举行婚礼的啊。

拉费玛　南吉老侯爵知道他侄儿死了以后很难过吧？

萨韦尼　他不声不响，不哭不叫。

拉费玛　他不是很爱他的吗？

萨韦尼　就像每个人都爱自己的生命一样。他没有孩子，只一心一意地爱一个人，只有一个希望，那就是这个侄子，虽然他快有五年没见到他了，还是全心全意爱他。

〔南吉老侯爵从舞台后部经过。他满头白发，脸色惨白，两臂交叉放在胸前。他的穿着还是亨利四世时代的式样。他穿了重丧服，身上佩带了圣灵勋章和绶带，慢慢地走着。九个卫士身穿丧服，右肩背戟，左肩背枪，分三行跟着他，离他有一定的距离，他一站住，他们也站住，他一走，他们也走。

拉费玛　（看着他走过去）可怜的老人！

〔走向舞台后部，目送老侯爵下。

萨韦尼　（旁白）我的好伯伯！

〔布里尚托上，朝萨韦尼走来。

第二场

〔人物同上；布里尚托。

布里尚托　啊！我在你耳边说两句话。（大笑）他自从死后，身体倒好得不得了！

萨韦尼　（指着走过的老侯爵，低声）瞧，布里尚托。为什么你要逼着我对他说我死了！这对他打击太大。假如我们把实话告诉他怎么样？要不要我试一试？

布里尚托　千万不能试！一定要他真正伤心。一定要他在大家面前泪流满面。他越伤心，你就越好蒙混过去。

萨韦尼　我可怜的伯伯！

布里尚托　不要紧，要不了多久他就会见到你的。

萨韦尼　那他即使没有伤心而死，也会高兴而死的。这样的晴天霹雳，叫老人家怎么受得了。

布里尚托　我亲爱的，这是不得已呀。

萨韦尼　看见他有时苦笑，有时沉默，有时流泪，真叫我难受。我真恨不得钻进棺材里去。

布里尚托　棺材里并没有尸体呀。

萨韦尼　没有，不过我在他心里已经死了。我血淋淋的尸体已经埋在他的心里。

拉费玛　（回到舞台前部）啊！可怜的老侯爵！从他的眼睛里看得出来，他是多么伤心啊！

布里尚托　（轻声问萨韦尼）这个穿一身黑衣服、样子阴险的家伙是什么人呀？

萨韦尼　（做了一个不知道的手势）大约是城堡里的一个朋友。

布里尚托　（低声）乌鸦也是一身黑，一闻到死人的气味就来的。从现在起要格外小心，别乱说话。这个家伙面目可憎，行动可疑，连傻瓜见了他，也会变得像苏格拉底一样谨慎小心的！

〔南吉侯爵又上，一直沉浸在深思冥想中。他慢步走来，仿佛谁也没有看见，慢慢坐在草地里的一张长椅子上。

第三场

〔人物同上；南吉侯爵。

拉费玛　（走上前去迎接老侯爵）啊！侯爵先生！我们的损失真是太大了。您的侄子真是一个难得的好人。他本来可以使您的晚年过得更幸福的。因此，我跟您一样为他痛哭流泪。年轻，英俊，没有比他脾气更好的人了！敬奉上帝，敬重妇女，做事公道，说话谨慎，真是一个十全十美的贵族子弟！英勇无畏，众口赞誉，可惜这么早就离开人世了！

〔老侯爵低下头去，双手抱头。

萨韦尼　（低声向布里尚托）让魔鬼念悼词吧！他越称赞我，就越使伯伯悲哀。你说是不是？你去安慰安慰伯伯，说说我的坏话。

布里尚托　（向拉费玛）你说得不对，先生。我和萨韦尼是同事。我晓得他不像你说的那么好，他可坏着呢，最近这段时间，他简直天天糟蹋自己。至于勇敢嘛，二十岁的人都勇敢，不过，说到头，他的死还是不足惜的。

拉费玛　决斗！你说的是，真是罪大恶极。（用挖苦的口气指着布里尚托的剑）你是军官？

布里尚托　（用同样的口气指着他的假发）你是法官？

萨韦尼　（低声）说下去。

布里尚托　他脾气暴躁，信口开河，忘恩负义，其实并不值得惋惜。他上教堂，也只是和那些轻佻的姑娘眉来眼去。他不过是一个放荡无度、傻里傻气的风流哥儿。

萨韦尼　（低声）说得好，说得好！

布里尚托　对上级他不服管教，倔犟固执。至于他那英俊的外表，也早已荡然无存了，他走起路来一瘸一拐，眼珠也有很大的缺陷，头发已由金黄变成枯黄，人也由弯腰变成驼背了。

萨韦尼　（低声）够了。

布里尚托　再说，他还赌博，这点谁都知道。掷起骰子来他就不要命，我敢打赌，他在赌场上恐怕把侯爵的领地都输光了。

每天夜里，他的财产都在快马加鞭地离开他。

萨韦尼 （拉拉他的袖子。低声）够了，该死的东西，说够了！你安慰得太过分了！

拉费玛 （对布里尚托）这样说一个已经去世的朋友的坏话，恐怕是没有什么道理的吧！

布里尚托 （指着萨韦尼）不信，请问这位先生。

萨韦尼 啊，我吗？我可不知情呀。

拉费玛 （装出关心的样子，向老侯爵）大人，大人，我们会为您报仇的。我们已经抓住了凶手，好吧！我们会把他吊死的！他已经在押，跑不了。（向布里尚托和萨韦尼）你们了解萨韦尼侯爵吗？我敢发誓，有些决斗是不得不斗的，但怎么会和一个无名小子狄杰决斗呢！

萨韦尼 （旁白）狄杰！

〔老侯爵在整整一场戏中都一动不动，一言不发，这时站了起来，朝着和他来时相反的方向，慢步走了出去。卫士跟着他下。

拉费玛 （擦掉一滴眼泪，目送他下）说真的，他的悲痛使我也伤心了。

仆人 （跑来）大人！

布里尚托 不要打扰你家主人。

仆人 加斯帕侯爵几点钟下葬呀？

布里尚托 等一等告诉你。

仆人 还有，城里来了一班戏子，今夜要在这里借宿。

布里尚托 这些戏子怎么偏偏挑今天来呀！不过，接待客人还是义不容辞的事。（指着左边的一个谷仓）就请他们住谷仓吧。

仆人 （拿着一封信）这一封加急信……（念）拉费玛先生……

拉费玛 拿来，是我的信。

布里尚托 （低声向待在角落里沉思的萨韦尼）赶快，萨韦尼！

快来准备你的葬礼。（拉拉他的袖子）怎么，你还在那儿出神呢？

萨韦尼 （旁白）狄杰！

〔两人同下。

第四场

〔拉费玛一人。

拉费玛 信封上盖的是国玺。是的，火漆上盖了大印，有重要事！赶快拆开看看。（读信）“刑事长官大人，加斯帕侯爵之凶手狄杰业已潜逃，特此通知……”我的天哪！这真是太糟糕了！“据云偕同潜逃者为一女子，名玛丽蓉·黛罗美。得信速返。”赶快，备马！我还以为他在押呢。好，这件事没办妥，又落空了。真倒霉！两个人决斗，一个死了，一个跑了，一个也没逮住！啊，不要紧，他逃不了！

〔下。一伙乡下戏子上，男女老少穿着各式各样的服装。其中有玛丽蓉和狄杰，他们穿着西班牙服装，狄杰还戴了一顶大毡帽，披着一件斗篷。

第五场

〔戏子；玛丽蓉；狄杰。

仆人 （把戏子带到谷仓前）这就是给你们住的地方。你们现在是在南吉侯爵大人的城堡里。你们要规规矩矩，不要大声喧哗，因为我们明天要举行葬礼。特别是不要唱小调，也不要嘻嘻哈哈，以免干扰夜间唱的安魂曲。

格拉西约 （身材矮小，腰弯背驼）我们说话的声音绝不会比你们猎狗的吠声大，只要有人走过，你们的猎狗就会跟在后面叫。

仆人 不过猎狗可不会走江湖卖艺呀，我亲爱的。

塔伊布拉 （向格拉西约）你少说话！要是多嘴，我们就只好在露天下过夜了。

〔仆人下。

斯卡拉姆齐 （向一直待在角落里不动的玛丽蓉和狄杰）好了，现在，我们来谈谈吧。你们已经是戏班子里的人了。为什么先生背着太太跑？你们到底是夫妇还是情人？是逃避警察还是逃避监禁太太的巫师？这些都和我毫无关系。我要问你们的只是你们能演什么戏？听我说，你演黑眼睛的希曼娜好不好？

〔玛丽蓉行了个屈膝礼，表示同意。

狄杰 （生气。旁白）一个走江湖的骗子居然这样对她说话！

斯卡拉姆齐 （向狄杰）至于你呢，要是你想演一个好角色的话，我们正缺一个冒充好汉的人。你只要把两腿叉开，像两脚规一样站着，大声说话，大步走路，等到有人抢走了奥尔贡的老婆或者侄女，你就来把库尔人杀死，然后就闭幕了。这是一个悲剧角色。我看你来扮演挺合适的。

狄杰 听您吩咐。

斯卡拉姆齐 好。不过不要再叫我做“您”了。我们缺少的只是你。（弯腰行了个屈膝礼）向你致敬，我的好汉！

狄杰 （旁白）这些怪家伙！

斯卡拉姆齐 （向其他戏子）赶快准备晚餐，再排演一次吧。

〔大家走进谷仓，只剩下玛丽蓉和狄杰。

第六场

〔玛丽蓉；狄杰；然后格拉西约，萨韦尼；然后拉费玛。

狄杰　（沉默了很久之后，带着苦笑）玛丽！怎么样，这个苦海够深了吧？可怜的人儿，我是不是快把你带到海底了？你硬要跟我走。唉！把我们的命运连在一起，我命运的车轮一转动，就把你的命运也碾得粉碎了。你看，我们现在到了什么地步？我早就跟你说过了。

玛丽蓉　（两手合拢，颤抖地）狄杰！你这是责备我吗？

狄杰　啊！我心里只信任你一个人，要是我敢说出一句责备你的话，唉！那我真该天诛地灭，连人也不会容我的啊！这里一切都打击我，排斥我，驱逐我，不是就只有你才是我的救星，我的希望，我的庇护人？谁骗过了监牢的看守？谁锉开了我的锁链？谁离开了天堂跟我来到地狱？谁愿跟囚犯一起做囚犯？谁愿和难民一同做难民？还有什么人有一颗这样既多情又多谋的心，拯救了我，支持了我，安慰了我？我是个微不足道、背时倒运的人，你这个弱女子却帮我摆脱了命运的折磨，唉！还摆脱了灵魂的折磨。不是你同情我这个受苦受难的可怜人吗？不是你爱上了我这个憎恨一切的人吗？

玛丽蓉　（哭着）狄杰，爱你，跟着你，这是我的幸福啊！

狄杰　啊，让我陶醉在你这一泓秋水里吧！上帝把灵魂给了我这团烂泥般的躯体，还派了一个天使和一个魔鬼来和我一同生活。啊！感谢上帝不可思议的大恩大德，他让我只看见天使，却看不见魔鬼！

玛丽蓉　你是我的狄杰，我的主子。

狄杰　也是你的丈夫，是不是？

玛丽蓉　（旁白）唉！

狄杰　在离开这个无情而多忌的世界的时候，要是能够和你成对成双，要是你能答应做我的妻子，这是多么幸福啊！你愿意吗？说呀，回答我吧。

玛丽蓉　我是你的姊妹，你是我的兄弟。

狄杰　啊！不行！我渴望你在上帝的圣坛前答应做我的妻子，不要拒绝把这点儿甘露给我干渴的灵魂吧！好了，你可以放心和我同走，因为情人在做丈夫之前，会竭尽全力保护你的纯洁之身的。

玛丽蓉　（旁白）唉！

狄杰　你知道我是多么痛苦！我不能容忍一个江湖艺人和你谈话，怕他玷污了你。啊，看见你和这些低级的卖艺人混在一起是多么难受！你是一朵纯洁而高贵的鲜花，怎么能和这些不干不净、不清不白的男男女女混在一起啊！

玛丽蓉　狄杰，不要随便说话。

狄杰　天哪，你晓得我是怎样压制我的怒气的！……啊，这个人，他居然不尊称你做"您"！而我，你的丈夫，我都不敢不尊重你，唯恐随便说话会贬低你的身份！

玛丽蓉　要和他们好好相处，这和你的生命安全有关，也和我的生命安全有关啊！

狄杰　她说得对，她总是说得对的！啊！虽然每时每刻我都是否运临头，你却总是把你的心、你的幸福、你的青春都献给我！你这么多的恩情是从哪里来的？你对我从来不吝惜，即使我有一个王国，也报答不了你的恩情啊。我回报你的只有痛苦和不幸。上天把你给了我，地狱把你和我连在一起。我到底做了什么好事，你到底做了什么坏事，我们两个人得到的报答才这样不公平？

玛丽蓉　啊！天哪，我的幸福都是从你那里来的。

狄杰　（又阴沉沉地）听我说，你这样说的时候当然也是这样想的啰。不过，我应该警告你，是的，我是个背时倒运的人。我不知道我是哪里来的，也不知道要到哪里去。我的天上是一团漆黑。玛丽，我求求你，听我说，你现在要回去还来得及。

让我一个人走我凶险的道路吧。唉！走完了这段艰苦的路程之后，等到我走累了，等着我的只是一张冷冰冰的床铺，又冷又窄，连两个人都睡不下啊。你还是走吧！

玛丽蓉 狄杰，我情愿在黑暗的地方，也不要见证人。和你……啊，同睡一张床铺！

狄杰 那你是想干什么？难道你还不知道，跟着我走就是自讨苦吃，就是无家可归？不懂事的冤家！你明白吗？长期用眼泪洗脸，说不定会使你可爱的眼睛失去光辉。（玛丽蓉双手抱头）啊！我在这里向你发誓，我说的并没有夸大其词，你会使我可怜你的！你的前途也叫我害怕，还是走吧！

玛丽蓉 （抽抽噎噎地哭了起来）啊，你要是再这样说下去，还不如把我杀死吧！（啜泣）我的天哪！

狄杰 （把她抱在怀里）玛丽，啊，我的宝贝，你流了这么多眼泪，我宁愿流血也不愿你流一滴泪啊！你要怎么办就怎么办吧！跟我走吧，你就是我的好运、我的光荣、我的情人、我的财产、我的美德！玛丽，啊，回答我吧。我在对你说话呢，你听见了吗？

〔轻轻地坐在草地里的长椅子上。

玛丽蓉 （从他怀里挣脱）啊！你把我弄痛了。

狄杰 （跪下，低头看着她的手）我还说宁愿为她而死呢！

玛丽蓉 （泪眼中露出微笑）都是你让我哭了，不听话的人！

狄杰 你太美了！（坐在长椅子上，在她身旁）让我吻你一下，吻吻你的额头，像我们的爱情一样纯洁的吻！（吻她的额头。两人坐着，心醉神迷地互相瞧着）瞧着我，玛丽，再看看，就这样，永远这样！

格拉西约 （上）请希曼娜小姐进谷仓来。

〔玛丽蓉赶快从狄杰身边站起来。在格拉西约进来时，萨韦尼也来了，他在舞台后部站住了，专心一意地细看玛丽蓉，却没有看见狄杰，狄杰还坐在长椅子上，给一丛荆棘遮住了。

萨韦尼 （在舞台后部，没被人发现。旁白）没错，这是玛丽蓉！这次奇遇越来越离奇了！（笑）希曼娜！

格拉西约 （向要跟玛丽蓉走的狄杰）先生，你就待在那儿吧，我要逗你玩玩，你可不要吃醋。

狄杰 他妈的！

玛丽蓉 （低声向狄杰）克制一点儿。

〔狄杰又坐下来。她走进谷仓去。

萨韦尼 （在舞台后部。旁白）那么，是谁使她这样跑遍全国的呢？难道是那天夜里帮过我的忙、救了我的命的情郎？难道是她的狄杰！对了。

〔拉费玛上。

拉费玛 （穿着旅行装，招呼萨韦尼）先生，我来告辞了……

萨韦尼 （招呼）啊！你来了，先生！你要走了……

〔萨韦尼笑。

拉费玛 你有什么可笑的？

萨韦尼 （笑着）这是一件稀奇古怪的事，我可以告诉你。在这些刚来的戏子当中，你猜猜看，我刚才看见谁了？！

拉费玛 在这些戏子当中？

萨韦尼 是的。（笑得更厉害了）玛丽蓉·黛罗美！

拉费玛 （震动）玛丽蓉·黛罗美！

狄杰 （自从他们来后，眼睛一直盯住他们）哼！

〔站了起来，还没有完全离开长椅子。

萨韦尼 （一直笑着）我得告诉全巴黎了。先生，你走这边？

拉费玛 是的，我会老老实实地把这件事告诉巴黎的。不过，你敢肯定碰到的是……

萨韦尼 法兰西万岁！还有人不认识玛丽蓉！（搜搜他的口袋）我身上还有她的画像，这是她真情实意的证明，还是她特地请国王的画师画的呢。（把一个带画像的颈饰给拉费玛看）你比较一下看。（指着谷仓的门）从这扇打开的门可以看见她……穿着西班牙服装，还有一条绿色的巴斯克裙子……

拉费玛 （眼睛轮流看着画像和谷仓）是她！玛丽蓉·黛罗美！……（旁白）这一下我可逮住她了！（向萨韦尼）在这些乡下人里她有没有个伙伴？

萨韦尼 我还没有看见，这点我敢担保。咳！不过这些女人不会假装正经，她们是不喜欢一个人到处跑的。

拉费玛 （旁白）赶快叫人把守大门。我一定要把这个假戏子抓出来。我敢肯定，她跑不了。

〔下。

萨韦尼 （看着拉费玛走出去。旁白）我又做了一件蠢事。呸！（把格拉西约拉到一边，他本来一个人待在角落里指手画脚，叽叽咕咕地背他的台词）那个女人是谁，这里，在阴暗的地方，坐着的那一个？

〔向他指着谷仓的门。

格拉西约 希曼娜吗？（认真地）老爷，我不知道她的真名实姓。（指着狄杰）你可以问问那位先生，他是同她一路来的。

第七场

〔狄杰；萨韦尼。

萨韦尼 （转身向狄杰）是这位先生吗？请告诉我……他怎么这样古怪地瞧着我……哦，原来是他，正是我要找的人。（高声，向狄杰）如果他不是在监牢里，那你可真像他，我亲爱的……

狄杰 而你呢，假若他没有死，你的样子倒也像他……但愿他流血的罪落在他头上！我只对那个人说了两句话，这两句话就把他送进了坟墓。

萨韦尼 嘘，你是狄杰！

狄杰 你是加斯帕侯爵！

萨韦尼 是你某天晚上在某个地方救了我的命。我非常感激你的大恩……

〔他张开两臂走过去。狄杰后退。

狄杰 莫怪我吃了一惊，侯爵，不过，我以为你是起死回生了。

萨韦尼 不对。你救过我，并没有杀死我。现在，你是不是需要一个帮手，一个兄弟？你要我帮什么忙？要我的钱？我的血？我的命？

狄杰 不要，我都不要，只要那个女人的画像。（萨韦尼把带画像的颈饰给他。他辛酸地瞧着画像）是的！这是她美丽的脸、乌黑的眼睛、雪白的脖颈，特别是她那单纯的样子，画得真像。

萨韦尼 你看像吗？

狄杰 你说，她是为了你才画这张像的吗？

萨韦尼 （点点头，向狄杰致敬）现在，她更喜欢的是你了。在这么多情人中，她偏偏爱上了你，选中了你。幸运儿！

狄杰 （发出响亮的绝望的笑声）难道我是个幸运儿！

萨韦尼 我向你祝贺。这是个好姑娘，她从来只喜欢世家子弟。有了这样一个情人是值得骄傲的，是令人起敬的；再说，这是多么神气，多么高雅；要是有人打听你是谁，大家都会扬扬得意地说：这是玛丽蓉·黛罗美的情人！（狄杰要把带画像的颈饰还他，他不接受）不，画像你留着吧。她是你的人了，所以，画像理所当然也该归你。你留着吧。

狄杰 谢谢。

〔把画像紧紧塞在胸前。

萨韦尼 你知道，她穿起西班牙服饰来真迷人！现在，你接替了我的位子，你相信不相信？真有点儿像路易王继承法拉蒙的王位一样。我呢，是那两个布里沙克，对的，正是他们两个把我排挤掉的。（大笑）你相信吗？……连红衣主教本人也爱上了她。后来是小德菲亚，后来是那三个圣梅斯美，再后是那四个亚让托……她的心里装的都是名门望族，说起来也不会辱没了你……（笑）可惜人太多了点儿……

狄杰（旁白）可怕。

萨韦尼 好了，现在你给我讲讲……我什么事都没瞒你，这里的人以为我死了，明天还要把我安葬。你呢，你大概是瞒过了警察和司法官，大概是玛丽蓉给你打开了牢门，你们大概是在路上碰到了一个走江湖的戏班子，我猜得对不对？……这真是件妙事！

狄杰 说来话长！

萨韦尼 为了你，她当然还得给某个警察送送媚眼吧？

狄杰（大发雷霆）该死！你这样想吗？

萨韦尼 怎么，你还妒忌？（大笑）啊，太可笑了！妒忌谁？难道为了玛丽蓉·黛罗美还争风吃醋！那个可怜的姑娘！你可不能唠唠叨叨地教训她！

狄杰 你放心吧！（旁白）天哪！天使原来是个魔鬼！

〔拉费玛和格拉西约上。狄杰下。萨韦尼也跟着下。

第八场

〔拉费玛；格拉西约。

格拉西约（向拉费玛）老爷，我不明白你说的话是什么意思。（旁白）哼！法官的打扮，警察的嘴脸！眼睛这样小，眉毛这样粗！当然是在扮演特务的角色。

拉费玛 （拿出一个钱包）朋友！

格拉西约 （走近一点儿。低声向拉费玛）你搞不清楚我们的希曼娜是什么人，想要知道？……

拉费玛 （微笑，低声）是的，她的罗德里格是谁？

格拉西约 她的情郎？

拉费玛 是的。

格拉西约 就是那个唯她之命是从的人？

拉费玛 （不耐烦）他在这儿吗？

格拉西约 当然。

拉费玛 （赶快挨近他）嗨，指给我看！

格拉西约 （弯腰行了个屈膝礼）就是在下。我已经被她迷得神魂颠倒了。

〔拉费玛大失所望，很恼火地走开了，然后又走过来，把钱包在格拉西约耳边和眼前摇得叮当响。

拉费玛 你听得出这是金币响吗？

格拉西约 啊，天哪！这真是神妙的仙乐啊！

拉费玛 （旁白）狄杰到手了！（向格拉西约）你要这个钱包吗？

格拉西约 有多少钱？

拉费玛 二十个金币。

格拉西约 哼！

拉费玛 （把钱包在他鼻子底下摇得叮当响）你要不要？

格拉西约 （把钱包夺过去）当然要啰。（用演戏的腔调向着等得着急的拉费玛）老爷，要是你的背上长了一个大包，长得和你的肚皮一样大，要是你把你身前身后的两个大包都装满了金币、银币……那么……

拉费玛 （赶快）怎么样？说不说？

格拉西约 （把钱包放进衣袋）我就把这笔钱装进荷包，并且对你说（弯腰行了个屈膝礼）：多谢。你真是个好人！

拉费玛 （愤怒地旁白）该死的小猴子！

格拉西约 （笑着，旁白）见鬼去吧，老猫！

拉费玛 （旁白）他们商量好了，万一有人找他，就串通一气，来耍诡计。大家全都一样，不肯吐露真情。啊！这些该死的埃及魔鬼和波希米亚的流浪汉！（向要走的格拉西约）得了，那就把钱包还给我吧！

格拉西约 （回转身来，用悲剧的腔调）你把我当成什么人了，老爷？整个宇宙会怎么说我们呢？你出主意，要我做不名誉的事，你要出钱买一个人头，还要买我的灵魂！

〔要走。

拉费玛 （拉住他）很好！那把钱还我吧！

格拉西约 （一直用同样的腔调）我要保住我的名誉，我并不欠你的账呀，老爷！

〔行礼后，大模大样走进谷仓去了。

第九场

〔拉费玛一人。

拉费玛 卑鄙的卖艺人！下贱的灵魂居然这样高傲！如果有朝一日你落到我手里，如果我现在追捕的猎物不是更加重要……怎么在这一伙人里发现那个狄杰呢？把他们不分青红皂白地全抓起来，然后一个个审问，这办不到。那多麻烦啊！简直就像在麦地里找针一样。真得有个魔鬼附体的炼金术士的熔炉才行，这才能把铜和铅都熔掉，把这大块合金里包藏的一星半点儿纯金提炼出来。没有抓着人，回去怎样向红衣主教大人交账呢！（拍拍脑门）哦，有了……多好的主意！……啊，真走运，他跑不了啦！（走到谷仓门口叫道）喂，戏班子的诸位先生，听我说两句话！

〔戏子们一窝蜂似的从谷仓里跑了出来。

第十场

〔人物同上；戏子们，其中有玛丽蓉和狄杰；然后萨韦尼上；然后南吉侯爵上。

斯卡拉姆齐 （向拉费玛）你有什么事呀？

拉费玛 我也不必咬文嚼字了，就开门见山地说吧：红衣主教要我到外地来找几个好戏子，演出他在闲暇时写的剧本。因为他虽然尽力搜罗人才，他的戏班子是老式的，要演主教大人的戏不大合适。

〔所有的戏子都争先恐后地挤拢来。萨韦尼上，他好奇地注意发生了什么事。

格拉西约 （数数拉费玛给他的金币，旁白）十二个金币，他却说是二十个！这个老骗子，他偷了我的钱！

拉费玛 你们每个人都轮流给我念一段台词！我好挑选，最后决定要谁。（旁白）只要挑出了那个狄杰，我就大功告成了。（大声）你们人都到齐了吗？

〔玛丽蓉偷偷走到狄杰身边，想要把他拉走。狄杰却往后退，并且把她推开。

格拉西约 （走到他们面前）喂！你们两个也来吧！

玛丽蓉 老天哪！

〔狄杰离开她，走到戏子一边，她也跟去。

格拉西约 你们到我们戏班子来多走运啊！以后每天穿新衣服，吃好酒席，每天晚上念红衣主教写的诗句！真是好运气！

〔所有的戏子都排列在拉费玛面前。玛丽蓉和狄杰也站在里面。狄杰不看玛丽蓉，眼睛盯着地上，两臂交叉放在斗篷里，玛丽蓉用焦急不安的眼神望着狄杰。

格拉西约 （站在戏班子打头的位置。旁白）怎能相信这只阴险的乌鸦会给主教大臣搜罗喜剧演员呢？！

拉费玛 （向格拉西约）你带头吧。你演什么角色？

格拉西约 （行了一个大礼，踮着一只脚转了一个身，使他的驼背显得更突出）我是戏班子演员中以优雅见称的，我唱得最熟的戏是（唱）：

法官头上戴假发，
肉刑，绞刑，碾刑罚，
只要院长点点头，
犯人个个刑下趴。
律师开口像悬河，
官腔土话一大箩……

拉费玛 （打断他）你唱得不好，还不如夜鸮子呢！别唱了！

格拉西约 （笑）我唱得是不好，但唱得是真的。

拉费玛 （对斯卡拉姆齐）轮到你了。

斯卡拉姆齐 （行礼）我是黑衣丑角，老爷。我会唱《碍事的老太婆》第一场（背台词）：

西班牙的王后说，
除了床上的老婆，
绞刑架上的强盗，
谁也不如主教好，
还有乡下的警察……

〔拉费玛用手势打断了他，要塔伊布拉念。塔伊布拉深深地行个礼，再直起身来。

塔伊布拉 （装腔作势地）我是西藏来的断臂英雄。我惩罚过伟大的可汗，捉拿过叛乱的蒙古人……

拉费玛　说得容易！（低声向站在他旁边的萨韦尼）玛丽蓉的确漂亮！

塔伊布拉　这是最好的戏了。要是你不喜欢，我就演西方的查理曼大帝吧。（装腔作势地背台词）

多奇怪的命运！天哪！我要呼吁！
请你看看我的痛苦有多残酷；
我要失掉我的情人，把她奉送
给自己的情敌，使他其乐无穷，
而我却要大喝苦水。鸟儿切莫
在林中、蜜蜂切莫在田野筑窝，
羊啊，你的身上千万莫长羊毛，
牛啊，你也莫要在草原上吃草！

拉费玛　好。（向萨韦尼）好得要命，多美的诗句！这是加尼埃的《布拉达芒特》，多好的诗人！（向玛丽蓉）轮到你了，美人儿。你叫什么名字？

玛丽蓉　（发抖）我，我是希曼娜。

拉费玛　当真！你是希曼娜？那么，你有一个情郎在决斗中杀死人了……

玛丽蓉　（害怕）我吗？！

拉费玛　（冷笑）我记得很清楚，他逃走了……

玛丽蓉　（旁白）天哪！

拉费玛　那你给我们讲讲这个故事吧。

玛丽蓉　（半面转向狄杰）

既然生命和荣誉都已变得对你暗淡无光，
亲爱的罗德里格，为了阻止你奔向死亡，
如果我爱过你，现在我要请求
你的保护，免得落入堂·桑齐之手。
不要让我厌恶的人能占有我，

战斗吧，保卫自己，这还用我多说？
为了逼我不得不尽我的责任，
为了使我报复之心沉默无声；
如果你的心里对我还有爱情，
胜利了，希曼娜就是你的奖品！

〔拉费玛献殷勤地站起来吻她的手。玛丽蓉脸色发白，瞧着狄杰，狄杰还是一动不动，两眼望地。

拉费玛 我敢肯定，没有一种声音能比你的更能打动我们心灵深处神秘的心弦，你真太可爱了！（向萨韦尼）不能否认，高乃依到底还是比不上加尼埃。不过，自从他荣幸地成了红衣主教的人以后，他的诗也写得好些了。（向玛丽蓉）你真有才华！眼睛也真美丽！但却埋没在这里！小姐，这不是你应该待的地方。坐到这边来吧。

〔坐下，并且做手势要玛丽蓉坐在他身边。玛丽蓉后退。

玛丽蓉 （低声，焦急地向狄杰）老天爷！让我们待在一起吧！

拉费玛 （微笑）坐到我身边来。

〔狄杰把玛丽蓉推开，她吃了一惊，倒在长椅上，在拉费玛旁边。

玛丽蓉 （旁白）啊，我害怕！

拉费玛 （带着责备的神气对玛丽蓉微笑）你总算……（对狄杰）你，你叫什么名字？

〔狄杰向拉费玛走了一步，脱了斗篷，把帽子往下戴。

狄杰 （庄严的声调）我是狄杰。

玛丽蓉　拉费玛　萨韦尼 狄杰！

〔大吃一惊。

狄杰 （向得意扬扬在冷笑的拉费玛）你现在可以打发他们大家走了！你已经逮住了你的猎物。我是自投罗网。啊，为了这一件事，你费了多少心机啊！

玛丽蓉 （向他跑来）狄杰！

狄杰 （冷冰冰地看她一眼）小姐，请你不要碍事！（她往后退，沮丧地倒在长椅上。狄杰向拉费玛）魔鬼！我早就看见你的脚步围着我团团转，我在你眼里看到地狱的火焰照亮了你恶毒的灵魂！你设下的圈套有一半是无用的，我本来可以远走高飞，但是，我可怜你枉费心机，所以才来自投罗网！把我带走，去为你的奸诈伎俩请赏吧！

拉费玛 （抑制怒火，勉强笑道）那么，先生，你不再演戏了？

狄杰 是你在演戏！

拉费玛 哦！我演得不好。不过我还要和红衣主教大人合写一出悲剧,那里面有你演的角色。(玛丽蓉听得大叫。狄杰不屑一顾，转过身去）不要那样转过头去，我们看你演戏一直要看到底。得了！先生，求上帝保佑你的灵魂吧。

玛丽蓉 啊！

〔这时，南吉侯爵又像刚才一样走过舞台后部，后面跟着一队执戟卫士。听见玛丽蓉的叫声，他站住了，转过头来看看在场的人，脸色苍白，一言不发，一动不动。

拉费玛 （向南吉侯爵）侯爵先生，我正要人帮忙。好消息！请把您的卫队先借给我。杀加斯帕侯爵的凶手跑了，不过又给我们抓住了。

玛丽蓉 （跪在拉费玛面前）先生，可怜可怜他吧！

拉费玛 （献殷勤）小姐，你怎么跪在我脚下！应该是我拜倒在你脚前啊！

玛丽蓉 （一直跪着，双手合十）啊，法官大人！可怜可怜别人吧，你要想到，有朝一日你犯了法，也会请求更不饶人的法官可怜你的啊！

拉费玛 （微笑）怎么，你也会讲道说教啦？啊！小姐，你是跳舞会上的王后，欢乐场中的明星！可不是传道说教的神父。为了你，我什么事都肯干，不过这家伙杀了人，他是一个凶手……

狄杰 （对玛丽蓉）起来！

玛丽蓉 （又站起来，浑身颤抖地向拉费玛）你说得不对！那只是一场决斗。

拉费玛 先生……

狄杰 你是说得不对。

拉费玛 住嘴！（对玛丽蓉）血债要用血来还。王法无情，我也无能为力。他杀了人！杀了谁？萨韦尼侯爵加斯帕，（指着南吉先生）这位老人的侄子，一个十全十美的年轻贵族！这是法国和国王最大的损失！……要是他没有死，当然，我倒不说……我的心也不是石头做的……要是……

萨韦尼 （向前一步）你们以为死了的人并没有死。就在这里！

〔大家吃了一惊。

拉费玛 （震惊）加斯帕·德·萨韦尼没有死！那除非是奇迹！……他的棺材不就在那里吗？！

萨韦尼 （揪掉他嘴唇上的假胡须，眼睛上的膏药，头上的假发）我对你们说：他没有死！你们认得我吗？

南吉侯爵 （好像大梦初醒，大叫一声，把他抱在怀里）我的加斯帕，我的侄儿，我的孩子！

〔他们紧紧地拥抱。

玛丽蓉 （双膝跪下，两眼望天）啊，狄杰得救了！天开眼了。

狄杰 （冷冷地，向萨韦尼）有什么用？我自己本来想死。

玛丽蓉 （一直匍匐在地）上帝保佑！

狄杰 （不听他说，自己继续说着）否则，你以为他的圈套能逮得住我？我不会快马加鞭，冲破他这个捉小虫的蜘蛛网？我现在只想死。你救了我的命，反而帮了我的倒忙。

玛丽蓉 你说些什么？你要活下去！

拉费玛 不过事情还没有完。这个人肯定是加斯帕·德·萨韦尼吗？

玛丽蓉 是的！

拉费玛 那现在就该把事情搞清楚。

玛丽蓉 （指着一直抱住萨韦尼的南吉侯爵）你看老人家不是又哭又笑吗？

拉费玛 他真是加斯帕·德·萨韦尼？

玛丽蓉 看见他们这样拥抱，还有什么怀疑？

南吉侯爵 （转过身来）这是他，我的加斯帕，我的孩子，我的骨肉，我的命根子！（向玛丽蓉）小姐，他是不是问：这是不是他呀？

拉费玛 （向南吉侯爵）那么，您肯定这是您的侄子加斯帕·德·萨韦尼？

南吉侯爵 （使劲地）是的。

拉费玛 根据这一证明，（向萨韦尼）奉国王的命令，加斯帕侯爵，我逮捕你。交出剑来。

〔在场的人全都大吃一惊。

南吉侯爵 啊，我的孩子！

玛丽蓉 天哪！

狄杰 又要砍一个头！的确，应该砍上两个。罗马的红衣主教至少也要一只手上拿一个人头呀！

南吉侯爵 你有什么权利？……

拉费玛 请您去问红衣主教大人。决斗不死的人也要依法问罪。（向萨韦尼）交出你的剑来。

狄杰 （瞧着萨韦尼）傻瓜！

萨韦尼 （拔出剑来要交给拉费玛）拿去。

南吉侯爵 （阻止他）慢着！在我这里只有我能做主。城堡里的大小官司都要问我，就连国王陛下来了，也不过是我的客人。（向萨韦尼）你的剑只能交给我。

〔萨韦尼把剑交给他，并且紧紧拥抱他。

拉费玛 大人，这是早已过时的封建权利了。红衣主教大人可能怪罪下来，不过我不想使你难过……

狄杰 卑鄙无耻！

拉费玛 （向侯爵鞠躬）我听您吩咐。不过，您得把卫士和监牢借给我，这才说得过去。

南吉侯爵 （向卫队）你们的父辈都是我祖先的臣仆，我禁止你们向前走一步！

拉费玛 （大发雷霆）我的主人，你们听着！我是秘密法庭的法官，红衣主教大人手下的刑事长官。我命令你们把他们两人都带到监牢里去。四个人看守一间牢房。你们都得对我负责。要是你们敢不服从，那就真是胆大包天，因为，要是我叫你们谁去做什么事，而这个人居然还敢慢手慢脚，那就是说，他的脑袋要搬家了。

〔惊愕的卫士默默地把两个犯人带走。南吉侯爵转过身去，非常气愤，用手遮住眼睛。

玛丽蓉 一切都完了！（向拉费玛）先生，如果你的心……

拉费玛 （低声向玛丽蓉）今天晚上你来看我，我有两句话要对你说。

玛丽蓉 （旁白）他找我有什么事？他笑里藏刀，城府很深，用心一定险恶。（向狄杰扑过去）狄杰！

狄杰 （冷冷地）再见，小姐！

玛丽蓉 （他的语气使她心寒）唉，我做了什么错事啦？啊，真不幸！

〔倒在长椅上。

狄杰 是的，你真不幸！

萨韦尼 （拥抱南吉侯爵，然后转身向拉费玛）先生，两个人头是不是可以领到加倍的赏钱？

仆人 （进来，向侯爵）加斯帕大人的葬礼已经准备好了。请大人吩咐什么时候安葬。

拉费玛 过一个月再说。

〔卫士把狄杰和萨韦尼带走。

第四幕

国　王

〔尚博尔[①]。

〔尚博尔城堡的侍卫室。

第一场

〔贝勒加德公爵，身穿有刺绣和花边的华丽朝服，颈上挂着圣灵绶带，外套上露出勋章；南吉侯爵，身穿重丧服，后面一直跟着他的卫队。他们两人走过大厅深处。

贝勒加德公爵　判刑了？

南吉侯爵　判刑了！

贝勒加德公爵　不要紧。国王可以赦免。这是君王的特权，世代相传的特赦权。你放心吧。他的心地善良，名不虚传，不愧为亨利四世的好儿子。

南吉侯爵　而我却是亨利四世的战友。

贝勒加德公爵　老天在上，我们兴高采烈地为他的父王效劳，穿烂的并不是锦缎衣服，而是不止一件铁甲战袍啊！侯爵，找他的儿子去吧，凭了你满头花白的头发，不用多说，只要提

---

① 尚博尔（Chambord），法国布卢瓦市一区，该地以弗朗索瓦一世的城堡闻名于世。

起他父王的口头禅——“灰肚子圣徒”，也就够了！难道黎塞留还有什么理由作难！不过，你还是先不露面好些。（打开一扇边门）他马上就要出来了。说老实话，你这套衣服剪裁的式样会叫人发笑的。

南吉侯爵 笑我的丧服！

贝勒加德公爵 啊，你对那些花花公子有什么办法！老朋友，你在这里等一等。我想国王马上就会出来。我先去提醒他，不要听红衣主教的坏主意。然后，我会顿顿脚，听见这个信号你再进来。

南吉侯爵 （握握他的手）好心会有好报的！

贝勒加德公爵 （向一个在金黄色的小门前踱步的近卫兵）喂！纳瓦耶先生，国王在做什么事呀？

近卫兵 公爵，陛下在办公事……（低声）同一个穿黑衣服的人。

贝勒加德公爵 （旁白）我想他这时正在签署死刑的法令呢。（握握老侯爵的手）拿出勇气来！（把他带到邻近的走廊里）你在这里等我叫你，先看看普里玛蒂斯画的天花板吧。

〔两人同下。玛丽蓉身穿重丧服，从舞台后部楼梯口的大门进来。

第二场

〔玛丽蓉；卫士。

执戟卫士 （向玛丽蓉）小姐，不能进去。

玛丽蓉 （往前走）先生……

执戟卫士 （用戟挡住门）不能进去。

玛丽蓉 （蔑视地）在这里拿长枪来对付一个女人！到别处去逞威风吧。

近卫兵 （笑着对执戟卫士）给人逮住了！

玛丽蓉 （用坚决的声音）卫士先生，我立刻要见贝勒加德公爵。

执戟卫士 （把戟收回，旁白）哼！这些老风流！

近卫兵 小姐，请进。

〔她头也不回，坚定地走了进去。

执戟卫士 （瞟了她一眼，旁白）这还不清楚！老公爵并不像他看起来那样老。否则，国王从前就不会派他去守卫罗浮宫的城楼，好在他那里幽会。

近卫兵 （示意执戟卫士不要多话）门开了。

〔金黄色的小门打开。拉费玛走了出来，手里拿着一卷羊皮纸，上面挂着一个火漆大印，还有丝质缨子。

第三场

〔玛丽蓉；拉费玛。

〔两个人都吃了一惊。玛丽蓉厌恶地转过身去。

拉费玛 （慢步走向玛丽蓉，低声）你到这里来干什么？

玛丽蓉 你呢？

拉费玛 （打开羊皮纸卷给她看）国王签署的。

玛丽蓉 （看了一眼之后，用双手遮住脸）天哪！

拉费玛 （俯身在她的耳边）你愿意来吗？（玛丽蓉颤抖地看着他的脸。他也瞪大眼睛看着玛丽蓉，然后低声问道）你愿意来吗？

玛丽蓉 （把他推开）色鬼！让我走！

拉费玛 （伸直了腰，冷笑着）那么，你是不愿来啰？

玛丽蓉 你以为我怕你？国王会赦免的，到底有国王做主啊！

拉费玛 那你就试试看。看国王能不能帮你的忙！（转过身去，然后突然又回身走来，两臂交叉，俯身在她的耳边）小心，总有那么一天，你送上门来我也不要了！

〔下。贝勒加德公爵上。

第四场

〔玛丽蓉；贝勒加德公爵。

玛丽蓉 （走向公爵）公爵先生，您是这里的总管。

贝勒加德公爵 哎哟！美人儿，是你呀！（行礼）你来有什么事，我的王后？

玛丽蓉 来见国王。

贝勒加德公爵 什么时候？

玛丽蓉 马上。

贝勒加德公爵 喔唷，这可是硬性的命令呀！有什么事？

玛丽蓉 我有事。

贝勒加德公爵 （哈哈大笑）得了！把国王叫来。看她说话多大的口气！

玛丽蓉 这是不是拒绝？

贝勒加德公爵 说哪里话来！（微笑）你什么时候拒绝过我？我什么时候拒绝过你呀？

玛丽蓉 那说得好，大人，我可以和国王谈谈吗？

贝勒加德公爵 先和公爵谈谈吧。我向你担保，待会儿国王走过时，你马上可以见到他。不过，我们先聊聊吧。我的小美人！你听话吗？为什么穿一身黑衣服！人家还以为你是个宫女哩。你从前是多么爱笑啊。

玛丽蓉 大人，我再也笑不出来了。

贝勒加德公爵 真的！我看她在哭呢。你！

玛丽蓉 （擦干眼泪，声音很坚决）公爵大人，我要马上和国王谈谈。

贝勒加德公爵　有什么要求呀？

玛丽蓉　啊！这是要……

贝勒加德公爵　是不是也要告红衣主教的状？

玛丽蓉　是的，公爵。

贝勒加德公爵　（打开走廊的门）到这里来，告状的人都在这边的走廊里。不过在我叫你之前，请你不要出来。（玛丽蓉走进去。他又把门关上）我又大胆帮了侯爵一个忙。反正帮两个人并不比帮一个人多费力气。

〔许多朝臣渐渐来到大厅里，他们随便谈天。贝勒加德公爵在他们中间走来走去。朗日利上。

第五场

〔朝臣们。

贝勒加德公爵　（向博普雷奥公爵）早上好，公爵。

博普雷奥公爵　早上好，公爵。

贝勒加德公爵　有什么消息吗？

博普雷奥公爵　听说新选了一位红衣主教。

贝勒加德公爵　谁呀？是不是阿尔勒大主教？

博普雷奥公爵　不是，是奥坦主教。至少，整个巴黎都相信他要穿上红衣了。

贡迪神父　也该归他穿了。不是他带了炮兵去围攻拉罗谢尔[①]的吗？

贝勒加德公爵　对了！

朗日利　罗马教廷的选择真是英明。至少有一位红衣主教既是按照法规，又是从炮口里出来的。

① 拉罗谢尔的新教徒造反，反对路易十三，黎塞留红衣主教亲自带兵围城。

贡迪神父 （笑着）朗日利这个小丑！

朗日利 （行礼）先生既知道我的真名，又知道我的外号。

〔拉费玛上。朝臣都争先恐后地围着他献殷勤。贝勒加德公爵不高兴地冷眼旁观。

贝勒加德公爵 （向朗日利）小丑，那个穿鼬皮衣服的是什么人？

朗日利 对什么人大家才会笑脸相迎呢？

贝勒加德公爵 不错。我在这里还没见过这个人呢。他是不是奥尔良亲王[①]的人？

朗日利 要是的话，恐怕得不到这样热烈的欢迎吧！

贝勒加德公爵 （眼睛看着大摇大摆的拉费玛）这股神气简直像是西班牙的大人物！

朗日利 （低声）这是拉费玛先生，香槟的总管，刑事长官。

贝勒加德公爵 （低声）地狱里的长官吧！就是那个红衣主教的“刽子手”？

朗日利 （一直低声）是的。

贝勒加德公爵 这个人怎么到宫廷里来了？

朗日利 我倒要问一声：有什么不可以来的呢？不过是动物园里多了一头山猫而已。要不要我给您介绍？

贝勒加德公爵 （高傲地）啊，小丑！

朗日利 说实话，假如我是个大人物，我是不得罪他的。还是交个朋友好些。您看，大家都在捧着他呢。要是你不和他握手，他就会要你的脑袋！

〔他去把拉费玛找来介绍给公爵，公爵勉强弯了弯腰。

拉费玛 （敬礼）公爵先生……

贝勒加德公爵 （行礼）先生，我很高兴……（旁白）天哪！我们落到什么地步了！……黎塞留先生！

---

① 国王的兄弟，红衣主教黎塞留的对头。

〔拉费玛走开。

罗昂子爵 （在大厅深处和一群朝臣哈哈大笑）妙极了！

朗日利 什么？

罗昂子爵 玛丽蓉在走廊里！

郎日利 玛丽蓉？

罗昂子爵 我开过这个玩笑：玛丽蓉来见纯洁的路易[①]，真是妙极了。

朗日利 说得对，先生，说得很俏皮，真的！

贝勒加德公爵 （向沙纳塞伯爵）猎狼官先生，你捉到了狼没有？

沙纳塞伯爵 没有。昨天，我空欢喜了一场。狼吃了三个乡下人。起先，我以为是我们把狼赶到尚博尔来了。呸！我在树林里搜索了好久，一只狼也没看见，一点儿影子也没有！（向朗日利）小丑，有什么有趣的消息吗？

朗日利 还没有发生什么有趣的事。啊！有了，听说要在博让西吊死两个决斗的人。

贡迪神父 呸！决斗算得了什么。

〔金黄色的小门打开了。

掌门官 国王驾到！

〔国王上。全身黑衣，脸色苍白，垂头丧气，上衣和外套上露出圣灵勋章，头戴王冠。朝臣分列两行，脱帽肃立。卫士执矛持枪致敬。

第六场

〔人物同上；国王。

---

① 据占星术说，路易十三是在天平下出生的，所以外号叫“公平的路易”。这里故意换了个形容词。

〔国王慢步走了进来，头也不抬，穿过两行朝臣，然后在舞台前部站住，若有所思，沉默无言地站了一会儿。朝臣们退向舞台后部。

国王 一切都越来越坏……一切！（向朝臣们点点头）诸位，上帝保佑你们！（一屁股坐在一把大安乐椅里，深深地叹了一口气）啊！……我没睡好，贝勒加德先生！

公爵 （走上前行了三次弯腰屈膝礼）陛下，现在可不能睡呀。

国王 （激动地）是吗？但是国家正在走向深渊，并且步子越来越快！

公爵 啊，陛下！给国家带路的人是既有力又宽大的啊……

国王 是的，红衣主教身上的担子太重了！

公爵 陛下！……

国王 我不该让他老人家操劳过度。不过，公爵，我这样有名无实的日子也过够了！

公爵 陛下……红衣主教并不老呀……

国王 贝勒加德！说老实话，这里没人听见，也没人看见，你看他怎么样？

公爵 谁呀，陛下？

国王 他呀。

公爵 主教大人吗？

国王 咳！是的。

公爵 我的老眼昏花，看不清楚……

国王 这是你的实话吗？（看看周围）这里又没有主教大人，既没有红衣主教，也没有灰衣主教，也没有密探！说吧，你怕什么？国王要你坦率谈谈你对红衣主教的看法。

公爵 什么！坦率谈谈，陛下？

国王 坦率谈谈。

公爵　（大着胆子）谈就谈吧！这是一个伟人。

国王　如果在必要时，你去罗马也会这样说吗？明白没有？国家在受苦受难，明白没有？他是什么都管，我什么都不管。

公爵　啊！……

国王　他不是什么都管吗？和平、战争、内政、财务？不是他在制定法律，发布命令吗？我对你说：他是国王！他说天主教联盟要叛乱，就解散了联盟；他见奥地利王室对我好，王后又是他们一家人，就打击他们。

公爵　陛下，他不是让您在罗浮宫打猎吗？您也有您的事呀！

国王　他和丹麦暗中勾结！

公爵　他不是让您给珠宝商人规定一马克的含银量吗？

国王　（越说越有气）他居然和罗马打起来了！

公爵　他不久前不是让您一个人颁布了一条法命：禁止一个人在小酒馆里吃的东西超过一个金币吗？你想吃也不准吃啊！

国王　还有那些秘密签订的条约！

公爵　他不是还安排您去普朗舍特打猎吗？

国王　他一个人说了算数。申诉请求都得找他。我呢，在法国人看来，我只是一个影子。还有没有一个人有事来找我的？

公爵　等到人家得了瘰疬症[①]，就要来找陛下治病了。

〔国王越说越生气。

国王　他要把我的勋章授给他的兄弟里昂先生，不行，我也要抗议了！

公爵　不过……

国王　我讨厌他家里的人。

公爵　陛下，这是有人妒忌！

国王　他的侄女贡巴勒过着豪华的生活！

---

① 从前法国人有这样一种迷信，国王抚摩可治瘰疬病。

公爵　这是有人诽谤！……

国王　他有两百个步兵护卫。

公爵　但是他只有一百个骑兵护卫呀。

国王　真可悲！

公爵　陛下，他拯救了法国。

国王　真的吗，公爵？他可使我丧魂失魄了！他一手遮天，对内发动战争，真是卑鄙无耻！对外却和瑞典的新教徒签订条约。（低声附在贝勒加德耳边）再说，要是我敢屈指一数他在格雷沃广场砍下的人头，你说那该多少！而且都是我的朋友！他的大红袍是他们的鲜血染红的啊！所以我只好穿丧服了！

公爵　他对他自己的朋友也毫不客气呀！他有没有放过圣普勒伊？

国王　如果说他对朋友还有一点儿怜悯的话，那对我可真说是热爱了。（沉默了一会儿，忽然两臂交叉）他把我的母后都赶走了。

公爵　陛下，他总以为他是照您的意愿行事的，他是忠实可靠……

国王　我恨他！他折磨我，压迫我！我既不是主子，也不自由，我还算是个什么角色呢？！他这样不断地用沉重的脚步践踏我的身子，难道就不怕国王总有一天会觉醒吗？因为，我虽看起来虚弱，但只要我吹一口气，他那光芒万丈的红运就会不断地摇晃，只要我大声疾呼，说出我现在低声想说的话，他就会土崩瓦解！（沉默了一阵）这个人把好事做坏，把坏事做得更坏了。国家也像国王一样，本来已经有病，现在病得更厉害了。对外是红衣主教，对内也是红衣主教，从来没有国王的事！他想大口吞噬奥地利，把加斯科涅湾的军舰随便送人，和瑞典国王古斯塔夫·阿道夫暗中勾结……还有什么？……他到处都使国王变得有名无实，他占领了我的王国、我的王室，还有我！啊，我真可怜！（走到窗前）怎么一直下雨！

公爵　那么，陛下很不舒服？

国王 我很烦恼。（沉默了一阵）我是法国的第一人，实际上却成了人下人！还不如一个违禁的猎人。啊，猎人一天到晚打猎！自由自在，无拘无束，在树下睡大觉，嘲笑王家的仆从！闪电时放声歌唱，在林中自由生活，就像空中的鸟一样！乡下人至少在自己的茅屋里还可以称王做主。而在我眼前总是看到这个穿红衣的人，他总是板着脸，毫不客气，从容不迫地对我说："陛下，这应该是您的圣意！"简直是开玩笑！这个人使我见不到我的百姓。他就像对孩子一样，用他的大红袍把我裹了起来，使我不见天日。要是有个过路的人问：红衣主教的长袍里藏的是什么呀？谁知道那竟是国王！还有每天都要新开几张黑名单。昨天是新教徒，今天又是决斗的人，他要砍他们的脑袋。决斗成了滔天大罪，总要几个人头落地！那么，他要人头干什么呢？

〔贝勒加德用脚顿地。南吉侯爵和玛丽蓉上。

第七场

〔人物同上；玛丽蓉，南吉侯爵。

〔南吉侯爵带着侍卫，走到离国王几步远的地方，屈一膝行半跪礼。玛丽蓉在门口双膝跪下。

南吉侯爵 冤枉！

国王 你告谁呀？

南吉侯爵 我告阴险毒辣的阿尔芒，就是红衣主教大臣。

玛丽蓉 开恩！

国王 为谁求情呀？

玛丽蓉 狄杰……

南吉侯爵 萨韦尼侯爵，加斯帕。

国王 我在什么地方见过这两个名字。

南吉侯爵 陛下开恩，主持公道吧！

国王 你的身份？

南吉侯爵 我是加斯帕的伯父。

国王 你呢？

玛丽蓉 （坚定地）我是狄杰的妹妹。

国王 那好，一个是伯伯，一个是妹妹，你们两个有什么要求呀？

南吉侯爵 （轮番指着国王的两只手）请陛下一手申冤，一手开恩吧。我是南吉侯爵威廉，百枪队队长，山地的贵族，我要告阿尔芒·杜普勒西·黎塞留红衣主教，恳请法兰西国王和上帝为我做主，主持公道。加斯帕·德·萨韦尼是我的侄子。

玛丽蓉 （低声，向侯爵）大人！请为他们两个人说话吧！

南吉侯爵 （继续说下去）上个月他和一个身份不明的贵族子弟，一个名叫狄杰的勇士进行了一场光荣的决斗。这是错误的。不过他们两人都是正大光明地决斗，而主教大臣却派了几个警察……

国王 我知道这回事，不用说了。你有什么请求？

南吉侯爵 （站了起来）我说，陛下，现在您该想想了，红衣主教心怀叵测，他要把忠臣义士的鲜血都喝光啊。您的令人缅怀的父王亨利不肯让人这样摆布他忠心耿耿的贵族，要不经再三考虑，他绝不打击他们；他们保护过他，所以他也知道保护他们。他知道舞枪弄剑的人另有用武之地，大可不必把他们的头颅砍去，为什么不让他们去打仗呢？他知道这一点，因为不止一颗子弹打穿过他的衣甲。那个时代真好。我是过来人了，至今仍念念不忘。那时贵族还有气派，砍头也不这么便宜，从来用不着一个神父给他们做绞刑前的祷告。陛下！今天可不同了，相信一个老人的话吧，保留一些贵族子弟吧。说不定您也会用得着他们的。唉！说不定有朝一日，您也会唉声叹气：格雷沃广场怎么这样热闹！这么多勇敢无畏的贵族怎么人还不老就早已去世！那时您后悔也来不及了！因为我们内战的血迹还没有擦干，昨天的警钟至今仍在响彻全城。不要让刽子手操劳过度吧，应该让他们把刀插在刀鞘里，而不是指向我们啊！少立一些绞刑架吧，以免有朝一日为这些英雄豪杰失声痛哭时，他们已经成了绞刑架上披枷戴锁的白骨了！陛下！鲜血不是甘露，用它灌溉的土地不会有好的收成，等到隼山吊死的人比罗浮宫的活人还多时，老百姓和国王就离心离德了。当刽子手磨刀霍霍时，哪个大臣还有心情在陛下驾前说笑，那真是罪该万死了。阿谀奉承的人会把天下说成太平无事，会吹捧您是亨利四世的儿子，波旁王室的后代，不管他们的花言巧语说得多么好听，也掩盖不了人头落地的咕咚声。我要向您进一句忠言：不要玩这套把戏了，国王啊，有朝一日您也要去见上帝的。因此，我对您说，不要把事情办绝了，总的来说，战死总比处死好吧，刽子手比兵士还忙总不是国家的喜事，也不是国家的光荣吧。今天的法国有了一个严酷的带路人，一个神父每做十次祷告，就有一次是在绞刑架前听忏悔，这个赫赫有名、毫无人性、想要染指王权的人物，双手却沾满了鲜血，这些都不是国家的喜事或光荣吧！

国王　红衣主教先生是我的朋友。爱我的人怎么会不爱他！

南吉侯爵　陛下！……

国王　够了。他就是我的替身。

南吉侯爵　陛下！……

国王　不要再夸夸其谈来使我费神了。（指指他花白的头发）就是那些夸夸其谈的人把我的头发都气成花白的了。

南吉侯爵　不过，陛下，一个老人在哭，一个女人在哭！这是一个生死攸关的时刻啊！

国王 那么，你要求什么？

南吉侯爵 赦免加斯帕！

玛丽蓉 也赦免狄杰！

国王 国王赦免的人往往还会再受国法制裁。

玛丽蓉 啊，陛下！请您同情同情我们的不幸吧。您知道这意味着什么？两个不懂事的年轻人就要给一场决斗推下死亡的深渊了！老天爷，他们就要不清不白地死在绞刑架上了！您也会可怜他们的啊！我是一个女人，不晓得该怎样对国王说话。哭也许是不好的，不过您的红衣主教实在是个杀人不眨眼的魔王！他们有什么事得罪了他？他们做了什么坏事？他甚至从来没有见过我的狄杰哟。唉！谁见过他都会喜欢他的。在他们两个人那样的年纪，为了一次决斗就要把他们处死，想想他们的母亲会怎么样！啊，真可怕！天哪，这不会是您的意愿！……啊！我们是女人，不会像男人那样讲话，我们只有眼泪和哭声，只要国王瞪我们一眼，我们就会下跪，甚至把膝盖跪折！他们犯了错误，这是真的！即使他们的错误伤害了您，也请您原谅他们吧。您知道，年轻人嘛！我的天哪！年轻人哪里知道他们干的是什么？动一动手，看上一眼，说上一句，其实这算得了什么？他们却受伤了，生气了，发火了。事情天天如此；每位先生都知道。陛下不信，可以问问他们。是不是这样，诸位先生？天哪，你们怎么不肯帮忙，只要说一句话就可以救两条命啊！陛下啊，只要您说一句话。您会受到我的爱戴的！开恩吧，开恩吧！啊，我的天！要是我会讲话，您也会看得出，您也会说：应该安慰她，她是个可怜的孩子，她的狄杰就是她的命根子啊……我喘不过气来了。可怜我吧！

国王 这个女人是谁？

玛丽蓉 陛下，我是一个跪在您面前发抖的姊妹！您理应对老百姓施恩啊。

国王 是的，我应该对老百姓施恩。不过，决斗也为害太大了。

玛丽蓉 陛下，您应慈悲为怀啊！

国王 那也该杀一儆百啊。

南吉侯爵 陛下，请您想想，他们还是两个二十岁的孩子呢。啊！他们两个人的年纪加起来还不到我一半啊！

玛丽蓉 陛下，您也总会有位母亲，有个妻子，有个儿女，有个心爱的人，有个兄弟的，陛下！那就请您可怜可怜一个姊妹吧！

国王 一个兄弟？没有，小姐。（想了片刻）哦，有个兄弟，奥尔良亲王。（看见侯爵的卫队）喂，南吉侯爵，这是谁的队伍？难道我被围了？难道我要东征？你为什么把你的卫队带到我面前来？难道你是公爵还是重臣？

南吉侯爵 不是，陛下，我是比公爵重臣地位还高的人，因为没有领地的人只要举行仪式，也就成了公爵，而我却是布列塔尼四块男爵领地的大贵族。

贝勒加德公爵 （旁白）这样傲慢未免有点儿过分，也实在太笨了！

国王 那好。把你的权利带到你的领地上去吧，先生。在我的国土上，我有我的权利。只有我才有权做主。

南吉侯爵 （颤抖）陛下！看在您父辈的分儿上，考虑考虑他们的年龄和他们受到的冤屈吧，（双膝跪下）一个高傲的老臣在您面前跪倒了。开恩吧！（国王突然怒冲冲地做了一个拒绝的手势。侯爵慢慢站了起来。）我是您父王亨利的老臣，当先王被毫无人性的刺客一刀刺死的时候[①]，我就在他身边，我守卫先王的玉体直到晚上，因为这是我的职责。陛下，我看见我的父亲，唉！还有我的六个兄弟，一个个都在党派斗争中倒下，

① 1610年，亨利四世遇刺身亡。

我还失去了爱我的妻子。现在，您看见的这个老人就像被一个刽子手绑在车轮上的囚犯，时辰一到就要碾死。天主已经用铁杠把我的四肢一一敲断。我的日子快完了，（把手放在胸前）我又受到了最后的打击。陛下，上帝保佑您！

〔他弯腰敬礼，然后退出。玛丽蓉艰难地站了起来，又有气无力地倒在国王密室的金黄色小门的门口。

国王 （擦掉一滴眼泪，目送侯爵出去，然后向贝勒加德）不是国王要维持尊严的话，我也几乎支持不下去了。装模作样也不容易啊……这个老人打动了我的心……（出了一会儿神，然后突然打破沉默）今天不能恩赦，昨天我犯的错误太大了。（走到贝勒加德身边）公爵，在他来之前，你对我说了好多大胆的话，要是今天晚上我如实告诉红衣主教，那会对你不利的啊。我真为你担心。从今以后要小心点儿……（打哈欠）啊！我没有睡好觉，我可怜的贝勒加德！（示意卫士和朝臣退下）诸位先生，你们请便吧。好了。（向朗日利）你一个人留下。

〔大家都出去了。国王没有看见玛丽蓉还在那里。贝勒加德公爵看见她蹲在门口，就向她走去。

贝勒加德公爵 （低声，向玛丽蓉）你不能待在国王门口呀。你站在那里像一尊塑像似的，干什么呢？我亲爱的，走吧。

玛丽蓉 我在这里等死。

朗日利 （低声，向公爵）别管她，公爵。（低声，向玛丽蓉）就待在那里吧。

〔又回到国王身边，国王坐在大安乐椅里，陷入沉思。

第八场

〔国王；朗日利。

国王 （深深地叹了一口气）朗日利！朗日利！来吧，我心里很难过，有苦也说不出。嘴上没有笑容，眼里没有泪水。只有你有时能给我消愁解闷，来吧。你从来不怕我这个陛下，让一线快乐的光辉照入我的灵魂吧。

〔沉默了一阵。

朗日利 生活是不是件苦事，陛下？

国王 唉！

朗日利 人是不是随时要断的一口气？

国王 只不过是一口气。

朗日利 请告诉我，陛下，做个人是不是可怜？做个国王是不是也可怜？

国王 国王有加倍的负担。

朗日利 那么，与其活在世界上，还不如死在坟墓里？

国王 我总是这样说。

朗日利 陛下，只有死或还没出生，才是唯一的幸福。活人总要受罪。

国王 你这样谈话倒还有点儿意思！

〔沉默了一会儿。

朗日利 一旦进了坟墓，您以为人还能出来吗？

国王 （越听小丑的话就越悲哀）那要死了以后才会知道。就是为了要知道我也愿进坟墓啊。（沉默了一会儿）小丑，我真可怜！你懂得我的意思吗？

朗日利 我看得出来。您的眼睛没神，您的脸瘦了，您的悲伤……

国王 那么，你怎么能希望我笑呢？（靠近小丑）因为你看得出，想要我笑，那是白费工夫。那么，你活着又有什么意思呢？做国王的弄臣，系着一个音不准的铃铛，看起来是个好差事，其实是人家随手扔掉、随手捡起的玩偶，老一套的笑容只是个鬼脸！既然你注定了要在世上演戏，那活着又有什么意思？

朗日利 我活着是因为好奇。而您呢，您为什么活着？啊，我心里可怜您！因为您虽然是个国王，其实还不如一个女人！我只是您牵线的木偶；可是您的王袍下也有一根看不见的线，而牵线的却是一只更粗的手；我可宁愿做国王手里的玩偶，而不愿做主教手里的傀儡！

〔一阵沉默。

国王 （出神，越来越难过）你说说笑笑，不过倒是说对了。他真是一个地狱里来的人。魔鬼难道就不会变成一个红衣主教？我的灵魂是不是给魔鬼缠住了？你说是不是？

朗日利 陛下，我也时常有这样的想法。

国王 不要再这样谈下去，再谈又要犯罪了。你看，不管我到哪里，苦难总是和我形影不离的。我到这里来，本来带了几只西班牙的鸬鹚，这里却一点儿水也没有，叫我到哪里去钓鱼！该死的尚博尔是一片原野，连一个大点儿的池塘都没有，你在水边上看看，连一条钓鱼的小虫也找不到！我要打猎吧，人就到了海上。我要钓鱼吧，人又到了平原。你说我是不是背时倒运？

朗日利 是的，您的生活里充满了可怕的烦恼。

国王 你怎样安慰我呢？

朗日利 还有一件事。您不是喜欢放猎鹰去抓山鹑吗？您是一位好猎手，好猎手总是喜欢放鹰打猎的。

国王 （激动地）猎鹰者是天神！

朗日利 那好，不过有两个放鹰打猎的人马上就要死了。

国王 同时死？

朗日利 是的。

国王 谁呀？

朗日利 两个出色的人！

国王 谁呀？不要卖关子了。

朗日利 就是那两个要求您赦免的年轻人。

国王 那个加斯帕？那个狄杰？……

朗日利 我想是的。最后两个。

国王 多不幸啊！的确，两个放鹰的猎人！他们一死，他们的本领不是要失传了吗？啊！害死人的决斗！我一死，这一行不也像别的行当一样，就要后继无人了吗？他们为什么要决斗？

朗日利 还不是一个人对另一个说：放鹰远飞不如近飞。

国王 他说错了。不过这也不至于有死罪呀。（沉默了一会儿）但是，我到底还有我的赦免权吧。我也不能老是顺着红衣主教的意思呀。（沉默了一会儿后，向朗日利）黎塞留要他们死。

朗日利 陛下，您有什么法子呢？

国王 （沉默，考虑了一会儿之后）那他们就只好死！

朗日利 您说对了。

国王 可惜的是那放鹰打猎的技术！

朗日利 （走到窗口）陛下，您来看看！

国王 （突然转过身来）什么？

朗日利 我请您来看看。

国王 （站起来，走到窗口）看什么？

朗日利 （指着外面发生的事）您看哨兵来换班了。

国王 就看这个？

朗日利 那个军装上有黄色条纹的是什么人？

国王 你还不知道？那是班长。

朗日利 他让另外一个人站岗了。他这样低声在对哨兵说什么？

国王 告诉他口令呀！小丑，你这样问到底是什么意思？

朗日利 我的意思是：国王也不过是在世上站岗而已。不过他们手里拿的不是长矛，而是权杖罢了。等到他们把国王宝座的上下左右都坐遍了，死神这个班长也要来换个人去拿权杖，并且要把上帝发出的口令告诉新国王，这个口令就是："慈悲为怀！”

国王 不对。口令是：“主持公道。”啊！两个猎人，多大的损失！不过，他们总是要死的！

朗日利 就像您一样，也像我一样。大人物也好，小人物也好，死神吞食一切，都是一样津津有味的。不过，死前虽然匆匆忙忙，死后倒是睡得安安稳稳。红衣主教先生缠住您的身子，压在您的心上，等着吧，陛下！总有一天，也许是一个月，也许是一年，等我们三个人的时辰一到，我这个小丑，您这位国王，他那位主子，我们都要长眠地下的，到了那时，不管你多么了不起，不管你多么自高自大，不论哪一个在棺材里也只有六英尺长！您已经看到人家是怎样用轿子抬着他走的！……

国王 是的，生活是阴暗的，而坟墓是宁静的。假如我没有你来使生活变得快活一点儿……

朗日利 陛下，我正是来向您告别的。

国王 你说什么？

朗日利 我要离开您了。

国王 得了，别胡说了！只有死亡才能免掉你的差事！

朗日利 因此，我就要死了！

国王 你怎么当真开起玩笑来了？说！

朗日利 我是您法兰西波旁王室的国王判处死刑的。

国王 如果你要开玩笑，小丑，那就告诉我是怎么回事吧。

朗日利 陛下，我也参加了那两个先生的决斗。虽然我自己没有动手，但至少我的剑是参与其事了。我现在把剑呈上。

〔拔出剑来，一膝跪地，交出剑去。

国王 （接了宝剑仔细看）的确，是一把剑！是的，一点儿不假！这把剑是从哪里来的，朋友？

朗日利 陛下，明人不做暗事。您没有开恩赦免犯人，所以我要老实认罪。

国王 那么，别了。可怜的小丑，在砍你头之前，让我先拥抱你一次吧。

〔拥抱朗日利。

朗日利 （旁白）他的确认真了！

国王 （沉默了一会儿之后）一个真正的国王从来不反对公平的惩罚。不过，阿尔芒主教，你也太狠心了。两个出色的猎人，还有我的小丑，都只为了一次决斗！（非常激动地走来走去，一只手放在额头上。然后焦急不安地转过身来对朗日利）得了，得了！安慰你自己吧，生活是痛苦的，还不如死在坟墓里，人不过是随时要断的一口气而已。

朗日利 见鬼！

〔国王继续走来走去，显得越来越激动。

国王 这样说来，可怜的小丑，你相信他们真要吊死你了？

朗日利 （旁白）他当真了，我的额头也冒汗了！（高声）除非陛下说一句话……

国王 那么，谁来引我发笑呢？要是死人能从坟墓里出来的话，你就来告诉我。这倒是个机会。

朗日利 这个差事真好极了！

〔国王继续大步走来走去，随时对朗日利说几句话。

国王 朗日利，那是阿尔芒主教多大的胜利啊！（双臂交叉放在胸前）你相信吗，要是我愿意的话，我也可以当家做主的！

朗日利 那蒙田会说：我知道什么呢？而拉伯雷却会说：也许是吧。

国王 （做了一个下决心的姿态）小丑，拿一张羊皮纸来！（朗日利赶快从文具箱旁的桌子上拿了一张羊皮纸来。国王匆匆忙忙在上面写了几个字，然后把羊皮纸给朗日利）我赦免你们大家了！

朗日利 赦免我们三个人了？

国王 是的。

朗日利 （跑向玛丽蓉）小姐，快来！跪下吧，感谢国王开恩了！

玛丽蓉 （双膝跪下）我们得到赦免了？

朗日利 是我……

玛丽蓉 那我应该吻谁的膝盖，你的还是他的？

国王 （吃了一惊，仔细看看玛丽蓉。旁白）这是什么意思？这是不是一个骗局？

朗日利 （把羊皮纸给玛丽蓉）拿着这张纸吧。（玛丽蓉吻了吻羊皮纸，把它藏在怀里）

国王 （旁白）我是不是上当了？（向玛丽蓉）等一等，小姐！先把那张纸还给我……

玛丽蓉 天哪！（露出胸脯，大胆向着国王）陛下，到这儿来拿，把我的心也拿走吧！

〔国王停住了，尴尬地向后退。

朗日利 （低声，向玛丽蓉）好！不要给他，坚决不给！国王不敢把手伸到你怀里来的。

国王 （向玛丽蓉）我说，给我吧！

玛丽蓉 您拿吧。

国王 （眼往下看）这个迷人的魔女是谁呀？

朗日利 （低声，向玛丽蓉）他连王后怀里都不敢伸手进去的！

国王 （犹豫了一阵之后，做个手势，打发玛丽蓉走，也没有抬头看她）算了，走吧！

玛丽蓉 （弯腰敬礼）赶快去救犯人吧！

〔下。

朗日利 （向国王）这是猎人狄杰的妹妹。

国王 管她是谁！奇怪的是她使我抬不起头来，你还是个男子汉呢！（沉默了一会儿）小丑，你骗我了。我还得要我再宽恕一次。

朗日利 唉！陛下，那就宽恕吧！国王每宽恕一次，就会减轻心上一个负担。

国王　你说对了。格雷沃广场一死人我就难过。南吉说得有理，死人有什么用！隼山吊死的人一多，罗浮宫的活人就少了。（大步走来走去）当面取消亨利王儿子的赦免权，这是欺君罔上。我为什么要这样丧失特权、王位和军队，系在这个人身上，就好像关在坟墓里？他的红袍就是我的尸布，我的百姓都在哭我呢！不行，不行！我不能要这两个年轻人死。上天有好生之德嘛。（如梦初醒）知道人命运的上帝才能打开坟墓之门。而一个国王倒是不行的。我要他们两个回家。他们要活下去。那个老人和这个少女会感恩戴德的。一言既出，就要算数。我是国王，我签过字了！红衣主教会生气的，不过，管他呢，那反而可以使贝勒加德高兴，岂不更好！

朗日利　一个人将错就错，倒可以做一次真正的国王！

第五幕

主　教

〔博让西。

〔博让西城堡主塔。一个监狱的院子。背景是城堡主塔；主塔周围有堵大墙。左边是高大的尖形拱门。右边是嵌在墙里的扁圆形小门。门边有张石桌，石桌后面有条石凳。

第一场

〔几个工人。

〔他们正在拆毁舞台后部左边的墙角。缺口已经相当深了。

第一个工人　（挖墙）哼！真难挖！

第二个工人　（挖墙）该死的大墙！可是我们非拆掉它不可。

第三个工人　（挖墙）皮埃尔，你见过断头台没有？

第一个工人　见过的。（走到大门口，量量大门）小门太窄了，红衣主教大人的轿子恐怕过不去。

第三个工人　难道轿子有房子那么大？

第一个工人　（点头称是）轿子里还挂了帘幕。要二十四个轿夫来抬呢。

第二个工人　我见过那玩意儿，一天晚上，天气阴沉沉的，那玩意儿一走动……真像是一条海中的怪兽呢。

第三个工人　他带那么多兵到这里来干什么？

第一个工人 来看着那两个年轻人处死刑呗。他病了，需要消愁解闷嘛。

第二个工人 快点儿干完了事！

〔他们又挖起墙来。墙角差不多拆掉了。

第三个工人 你见过黑色断头台吗，我的兄弟？那就是贵族的下场！

第一个工人 他们什么事都高人一等！

第二个工人 看看人家会不会给我们老百姓做一个漂亮的黑色断头台！

第一个工人 这些贵族少爷干了什么事，要把他们吊死？咳，莫里斯，你知道吗？

第三个工人 我不知道。这就是公道吧。

〔他们继续拆墙。拉费玛上。工人不说话了。拉费玛从舞台后部向前走，好像是从监狱内院出来的。他在工人面前站住，看来是在检查大墙的缺口，并且作了一些指示。缺口挖完之后，他要他们用一大块黑色幕布把缺口挡住，然后把他们打发走了。

〔差不多就在同时，玛丽蓉也出现了。她穿着白衣，戴了面纱，从大门进来，迅速穿过监狱的院子，跑来敲小门的窗口。拉费玛也慢步走向小门。窗子一开，看门人出现了。

第二场

〔玛丽蓉；拉费玛。

玛丽蓉 （拿出一张羊皮纸给看门人看）国王的命令。

看门人 小姐，不能进去。

玛丽蓉 怎么！

拉费玛 （拿出一张纸给看门人看）红衣主教签署的。

看门人 请进。

〔拉费玛在进门的时候，转过身来，端详了玛丽蓉一会儿，又向她走来。看门人把门关上。

拉费玛 （向玛丽蓉）怎么，的确又是你到这里来了！这可不是个好地方。

玛丽蓉 是的。（得意地拿羊皮纸给他看）我得到恩赦令了！

拉费玛 （也拿一张纸给她看）我却得到了撤销恩赦的命令。

玛丽蓉 （吓得叫了一声）恩赦令是昨天颁发的！

拉费玛 我的命令却是昨夜颁发的。

玛丽蓉 （双手遮住眼睛）啊，没有希望了！

拉费玛 希望是一闪而过的。国王的慈悲是靠不住的。它来得慢，走得快。

玛丽蓉 不过这是国王自己感动得要救他们！……

拉费玛 国王能违背主教的意愿吗？

玛丽蓉 啊，狄杰！最后一线希望也落空了！

拉费玛 （低声）不是最后的希望。

玛丽蓉 天哪！

拉费玛 （走到她身边，声音很低）有个人就在这院子里，只要你一句话就可以使他比国王还更幸福，也比国王还更有权！

玛丽蓉 啊，去你的吧！

拉费玛 还有没有转圜的余地呀？

玛丽蓉 （高傲地）老天开恩吧！

拉费玛 女人的心反复无常，真猜不透！从前要你温存体贴，并不费力。今天，要救你的情人……

玛丽蓉 你真卑鄙无耻，真不要脸，我敢这样说！你居然以为一个女人，像我玛丽蓉·黛罗美这样的女人，在爱上一个天下最纯洁的男人之后，在爱情的烈焰中净化了自己之后，在用他的灵魂改造了我的灵魂之后，还会从崇高而甜蜜的爱情的顶峰下来，堕落到找你的地步！

拉费玛　那你就爱他去吧！

玛丽蓉　这畜生！不犯罪，就做坏事。不要玷污了我！

拉费玛　那现在还要不要我帮你一个忙？

玛丽蓉　什么忙？

拉费玛　如果你想看看，我还可以让你进来。只有今天晚上。

玛丽蓉　（全身发抖）天哪，今天晚上！

拉费玛　是的，今天晚上。让你在门帘后面看看，红衣主教大人要坐轿子来。

〔玛丽蓉全身抽搐，陷入了深思。忽然她用双手擦擦额头，转过身来，精神恍惚地向着拉费玛。

玛丽蓉　那你有什么办法能让他们逃走？

拉费玛　（低声）要是……你愿意？……那么，我就可以要我的两个人来把守这个缺口，主教大人要从这里过……（听听小门那个方向）有声音……我想，有人来了。

玛丽蓉　（两只手扭来扭去）你可以救他们？

拉费玛　是的。（低声）墙的回声太大，不能在这里谈……换个地方……

玛丽蓉　（绝望地）走吧！

〔拉费玛走向大门，并且用手指示意，要她跟着他走。玛丽蓉双膝跪下，转向监狱的小门。然后她痉挛地站了起来，跟着拉费玛走进大门去了。监狱的小门打开。一队卫兵押着萨韦尼和狄杰上。

第三场

〔狄杰；萨韦尼。

〔萨韦尼穿着最新式的衣服，快快活活地走了进来；狄杰全身穿黑，脸色苍白，慢步走来。一个狱卒和两个执戟卫士领着他们。狱卒把卫士领到黑色幕布两边站岗。狄杰静静地在石凳上坐下。

萨韦尼 （向刚刚给他开门的狱卒）谢谢你！这里空气真好！

狱卒 （把他拉到一旁，低声）少爷，请你听我说两句话。

萨韦尼 四句都行！

狱卒 （声音越来越低）你想逃走吗？

萨韦尼 从哪里走？

狱卒 那儿有我管。

萨韦尼 真的？（狱卒点头）红衣主教先生，你想禁止我回去跳舞！老天在上，我们还是要跳舞的！活着多么好啊！（向狱卒）什么时候走？

狱卒 今晚天黑的时候。

萨韦尼 （高兴得搓搓手）说实话，我很高兴离开这个鬼地方。谁救我出去的呀？

狱卒 南吉侯爵。

萨韦尼 我的好伯伯！（向狱卒）对啦，我想是两个人走吧？

狱卒 我只能救一个。

萨韦尼 给你双倍的钱呢？

狱卒 我也只能救一个。

萨韦尼 （摇摇头）只救一个？（低声向狱卒）那么，听我说，（指着狄杰）那就该救那个人。

狱卒 你开玩笑。

萨韦尼 不是玩笑。救他。

狱卒 少爷，你这是什么怪念头！你的伯伯要救的是你，不是别人。

萨韦尼 是那样说的吗？那你就准备两块尸布吧。（转过身去，狱卒惊愕地下。一个记录员上）好，连片刻单独在一起的时间都没有！

记录员 （招呼两个犯人）两位先生，王家大理院的一位推事要来了。

〔行礼后下。

萨韦尼 好的。（笑着）才二十岁，到了九月却见不到十月了！你说恼火不恼火？

狄杰 （手里拿着带画像的颈饰，一动不动地面朝台下，仿佛陷入沉思）来吧，来吧。瞧着我。好，你的眼睛瞧着我的眼睛。就是这样，她多美啊！美得不可思议。这是个女人吗？啊，不，这是个天使！上帝造她的时候，给了她天真无邪的眼神，如果再加一把火，就会使她显得羞答答的。这张孩子气的小口，因为任性撒娇而半开半闭，清白无辜的嘴唇还在微微颤动！……（粗暴地把带画像的颈饰扔在地上）啊！为什么我的养母在捡到我这个可怜的孩子时，没有把我的头砸烂在铺石路上！我有什么事对不起我的母亲？为什么她要生我？为什么在她不幸的时候，也许是在她犯罪的时候，她不但没有给我温暖，反而把我赶出了她的怀抱？这样的母亲为什么不干脆把我掐死！

萨韦尼 （从监狱院子里回来）瞧，我的朋友，这只燕子飞得多低！今天晚上要下雨了。

狄杰 （没有听见他说的话）女人真靠不住，莫名其妙，就像海水一样又苦又深，朝夕万变，风雨无常！唉，我已把我的孤帆交托给这一片苦海了！我的天上是一片漆黑，只有一颗小星。我一直往前走，我翻了船，现在，我已经到了坟墓的边缘！然而，我降生的时辰并不坏，本来还有美好的前途，也许还有神圣的爱情，心灵中的神明！……啊，不幸的女人！啊，你这样对我说谎怎么不发抖？我把我的灵魂都交给你了啊！

萨韦尼 还是在说玛丽蓉！你对她真是念念不忘。

狄杰 （没有听他的话，捡起带画像的颈饰来，瞪着眼睛看）怎么！骗了我的女人，用天使的翅膀遮住了眼睛的魔鬼！我怎能把你丢到废物堆里去！（又把画像放在怀里）回来吧，这才是你应该待的地方！（走到萨韦尼身边）说也奇怪！这个画像还有生命。我告诉你，它是活的！当你不声不响地睡着了的时候，听，它整整一夜都在啃我的心！

萨韦尼 可怜的朋友！让我们来谈谈死吧。（旁白）这使我伤心，但是可以安慰他。

狄杰 你要我谈什么？我刚才没有听。因为你只要一提到这个名字，我就神魂不定，心不在焉了。我既不记得也不知道，什么都忘了。

萨韦尼 （抓住他的胳臂）谈死！

狄杰 （高兴）啊！

萨韦尼 给我谈谈死吧，我的朋友。死到底是怎么回事？

狄杰 昨天夜里你睡得好吗？

萨韦尼 睡得不好。我的床太硬，一碰床就会皮青肉肿！

狄杰 那好。等你死了以后，我的朋友，你的床铺比这里的还硬，不过你却会睡得好。这就是死。死了要进地狱，不过比起人间来，地狱又算得了什么呢？

萨韦尼 得了！我的恐惧已经消失了。不过，见鬼，吊死总有点儿讨厌！

狄杰 唉！吊死也一样是死。不要要求太多了！

萨韦尼 随你的便吧！我可不喜欢吊死。要死就死，只要不是上绞刑架，我并不太在乎，这不是吹牛皮。

狄杰 死有一千种死法。绞死只是其中的一种。当然，那个时刻恐怕不太舒服，绞索勒紧你的脖子，勒得你的灵魂出窍，就像吹灭一支蜡烛一样！不过，这到底又有什么关系！反正是一团漆黑，你在世上也看不见什么，那坟墓对你好也罢，坏也罢，夜里的风摇动你也罢，把你的尸体卷起来也罢，乌鸦一嘴一嘴地啄绞刑架上的肉也罢，这对你又有什么关系呢？

萨韦尼　你是个哲学家。

狄杰　不管鹰嘴啄我的肉也好，蛆虫啃我的尸身也好，它们对国王不也是一样吗？这都是肉体的事，那对我有什么关系呢？只要沉重的坟墓闭上了我们的眼皮，灵魂用手指推开石头的棺盖，飞向天外……

〔一个推事上，前后都有身穿黑衣的执戟卫士。

第四场

〔人物同上；一个身穿盛装的大理院推事；狱卒；卫士等。

狱卒　（宣告）王家大理院的推事先生到。

推事　（先后招呼萨韦尼和狄杰）两位先生，我的职责是来宣告一件痛苦的事，而王法是不容情的……

萨韦尼　我明白。不再有希望了。那好，你就说吧，先生。

推事　（打开一卷羊皮纸来念道）“法兰西兼纳瓦尔国王路易拒绝接受该犯人等委托上诉书之内容，唯念其情可悯，特准罪减一等，死刑方式改为斩首。”

萨韦尼　（高兴）好极了！

推事　（再施一礼）这样，两位先生，请你们准备好。行刑可能就在今天。

〔行礼后准备走。

狄杰　（还在出神，向萨韦尼）我对你说过，人死之后，不管是人家用蒲席卷起你的尸体还是使你四肢上的伤口裂开、胳膊扭转、骨头断裂或让尸体烂在沟渠里，从这个鲜血淋漓、不干不净的肉体里，不朽的灵魂还是会脱颖而出，一尘不染，毫无伤痕的！

推事 （半途折回，向狄杰）两位先生，准备过这一关吧。好好想想。

狄杰 （温和地）先生，不要打搅我。

萨韦尼 （快活地朝着狄杰）不上绞刑架了！

狄杰 我知道。这不过是换了一个节目。红衣主教怎能没有断头台！铡刀也总得要用用，否则要生锈了。

萨韦尼 得了！你怎么对这事漠不关心，这关系大着呢。（向推事）谢谢你带来的好消息。

推事 先生，我希望消息还更好些。我的好心……

萨韦尼 啊！对不起。几点钟行刑？

推事 九点，今天夜里。

狄杰 那好。至少那时天上和我心里是一样黑的。

萨韦尼 断头台在哪里？

推事 （用手指着隔壁的院子）就在这里，在隔壁院子里。主教大人可能来看。

〔推事带随从下。只剩下两个犯人在一起。天慢慢地黑了。只看得见舞台后部哨兵的戟闪闪发光，两个执戟卫士一言不发，在大墙缺口前走来走去。

第五场

〔狄杰；萨韦尼。

狄杰 （沉默一阵之后，严肃地）在这最后的时刻，应该想想等待着我们的命运了。我们差不多是同年，然而我比你大。因此，我的一言一行，一直到底都应该指引你，鼓励你。尤其因为是我害了你；是我向你挑衅的；你本来生活得很幸福，但在生活中一接触到我，唉！你的生活就变质了。你的命运被我的命运压垮了。现在，我们两人要一同进入黑暗的坟墓。让我们牵起手来吧……

〔听见铁锤敲打的声音。

萨韦尼 这是什么声音？

狄杰 这不是在搭断头台，就是在给我们钉棺材。（萨韦尼在石凳上坐下。狄杰继续说下去）往往到跨最后一步时人的勇气却丧失了。我们暗中还在对生命恋恋不舍呢。（钟敲一下）我想这是召唤我们的声音……听！

〔钟又敲了一下。

萨韦尼 不是，这是钟响。

〔钟敲第三下。

狄杰 对了，是钟响。

〔钟敲第四下。

萨韦尼 小教堂的钟。

〔钟又响了四下。

狄杰 兄弟，这还总是一种召唤我们的声音。

萨韦尼 还有一个小时。

〔他用双手托住下巴，两肘支在石桌上。执戟卫士换班。

狄杰 朋友！小心不要屈服，我们只差一步就要跨过门槛，小心不要跌倒！刽子手给我们准备了一个血淋淋的坟墓，墓门很低，没有任何人能带着头颅进去。兄弟！让我们用坚定的步子去迎接铡刀。让断头台发抖吧，我们决不发抖。他们要我们的头？那好！对着砍头的刽子手，我们一定要昂首挺胸。（走到一动不动的萨韦尼身边）拿出勇气来！（拉他的胳膊，才发现他已经睡着了）他睡着了，而我还在叫他拿出勇气来！……他早就睡着了！比起他的勇气来，我的勇气算得了什么？（坐下）睡吧，只要你能睡着！等一等也要轮到我睡的。啊，但愿一切都死掉！但愿关在坟墓里的心不会再活回来恨它太爱的人！

〔天全黑了。当狄杰越来越陷入深思时，玛丽蓉和狱卒从舞台后部的大墙缺口上。狱卒在前，一手提着一盏暗灯，一手拿着一个包袱。他把包袱和暗灯放在地上，然后小心翼翼地向玛丽蓉走去。玛丽蓉待在门口，脸色惨白，一动不动，好像魂不守舍似的。

第六场

〔人物同上；玛丽蓉；狱卒。

狱卒 （向玛丽蓉）特别要记住，不等时间到就要出来。

〔走开。一直在舞台后部走来走去。

玛丽蓉 （摇摇晃晃地往前走，仿佛还沉浸在痛苦的思想中。有时用手擦擦脸，好像要擦掉什么东西）……他的嘴唇好像烙铁，在我身上到处都留下了烙印！（突然看见狄杰在暗处，喊了一声，急急忙忙跑上前去，气喘吁吁地倒在他的脚下）狄杰，狄杰，狄杰！

狄杰 （仿佛突然惊醒一样）她来了！天哪，（冷淡地）是你？

玛丽蓉 你还希望是谁呀？啊，让我跪在你脚下吧！我在这里觉得这样好！你的手，我心爱的手，把你的手给我！你的手怎么又青又肿！是锁链吧，是不是？还是镣铐？……这些该死的东西！我来了，你看见吗？这是……这真可怕！

〔哭了，听得见她的哭泣声。

狄杰 你有什么可哭的？

玛丽蓉 不。我哭了吗？不，我是在笑。（笑）我们马上就可以逃走了。我笑，我真高兴，他得救了。一切都过去了。（又倒在狄杰脚下哭了起来）啊！这一切真要了我的命，我的心都碎了！

狄杰　小姐……

玛丽蓉　（站了起来，没有听见他在说话，就跑去找她给狄杰带来的那个包袱）利用我们现在这一点时间吧。赶快化装吧。我买通了两个人。我们可以偷偷离开博让西。顺着这堵墙走，走到尽头有一条出路。黎塞留要亲自来监斩。我们一分钟也不能耽搁。大炮一响他就来了。那时要是我们还在这里，那就一切都完了！

狄杰　那好。

玛丽蓉　赶快。啊，我的天！这真是他！是他本人！得救了！对我说句话吧！我的狄杰，我爱你！

狄杰　你说这堵墙转弯的地方有一条路？

玛丽蓉　是的，我就是从那条路来的，一路上我都看过。这条路很安全。我看见所有的窗子都关上了。我们在路上最多只会碰到几个妇女，人家会以为你是过路人。就是这样。等到我们走得很远了——赶快换上这一身衣服！——我们会笑你改装后的样子的。赶快！

狄杰　（用脚踢开衣服）不忙。

玛丽蓉　啊，死神就在门口！赶快逃吧，狄杰！是我到这里来了。

狄杰　为什么来？

玛丽蓉　为了救你呀，老天爷，怎么这样问我！为什么说话这样冷冰冰的？

狄杰　（忧郁地微笑）你知道我们往往是莫名其妙的，我们这些可怜的男人！

玛丽蓉　来吧！啊，来吧！时间紧迫，马已经准备好了。你想要说的话，以后再说。现在我们赶快走吧！

狄杰 那个东张西望的人在那儿干什么？

玛丽蓉 那是监狱的看守人。他是我买通了的，卫士也是一样。你怀疑这些人吗？你看起来好像还在担惊受怕似的……

狄杰 不，没什么。不过人是往往容易上当受骗的。

玛丽蓉 啊，来吧！要是你知道，每过一分钟，我都好像要死了，我都好像听到远远的地方有很多人来了。啊！我们赶快走吧，我要跪下来求求你！

狄杰 （指着睡熟了的萨韦尼）告诉我，你是为我们两人中的哪一个来的？

玛丽蓉 （一下子目瞪口呆，旁白）加斯帕倒还宽厚，他没有说出我的真名实姓。（高声）狄杰就是这样对他的情人说话的吗？我的狄杰，我有什么事对你不起呢？

狄杰 没有什么。瞧，抬起头来，好好瞧着我。（玛丽蓉战战兢兢瞪着眼看他的眼）好，真像极了。

玛丽蓉 我的狄杰，我真爱你，走吧！

狄杰 你再瞧瞧我好不好？

〔他瞪着眼看她。

玛丽蓉 （给狄杰看得吓坏了。旁白）天啊！他是不是看见了那坏蛋吻我的痕迹？（高声）听我说，狄杰，你心里有个秘密。你对我不好。你心中有事！应该把什么都告诉我。你知道，人总是往坏处想的，不要等到将来出了什么事，让我怪你隐瞒了某个秘密！啊！我过去是知道你的思想的！难道过去的思想都成为过去了？难道你现在不爱我了？你还记得布卢瓦吗？记得我们从前的那个小房间吗？那时，在一片沉静中，我们是多么相爱啊！那时，我们不是把世界上别的事都忘了吗？只是有时你显得心神不安。我时常说：我的天，假如有人看见了他，那真可爱！只消一天，就把什么都忘掉了。亲爱的命根子，你用火热的字眼对我说过多少次我是你心爱的人儿。你对我没有秘密，我要你做什么，你就心甘情愿地做什么！那时，我有没有对你提过任何要求呢？你知道，我经常是为你着想的，但是今天，请你依了我一次吧！这是有关你生命的问题。啊！不管是生是死，我都永远跟你到底；狄杰，只要和你在一起，一切对我都会是甜蜜的，逃亡也好，死亡也好！……怎么，他把我推开了！为什么要把你的手抽走？这对你不是一样吗？我的头放在你的膝盖上对你有什么不方便呢？我是跑来的，我已经很累了。啊！那些看见过我兴高采烈的人，要是看见我在这里哭泣流泪，他们会怎么说呢？你是不是对我有什么不满的地方？告诉我吧！唉！让我这个可怜的薄命人待在你的脚下吧！朋友，你为什么一言不发？这对我真是很难受的事啊！你到底有什么事，就说什么事呀！不，你还不如一刀把我杀死吧！好了，我的眼泪已经干了，我要对你微笑，而我要你也对我笑，要是你不笑，我就不再爱你了！我很长的时间一直对你百依百顺，现在你也该依依我了。铁链使你的灵魂也变得乖戾了。说吧，好了，说吧，叫我一声：玛丽！……

狄杰 是玛丽，还是玛丽蓉？

玛丽蓉 （大惊失色，跌倒在地）狄杰，宽厚点儿吧！

狄杰 （用可怕的声音）小姐，要进到这里来可不容易！国家的监狱日夜都有人把守，门是铁的，墙又有十米高。要使监狱的门在你面前这样大开，你又卖身给什么人了？

玛丽蓉 狄杰，谁对你说的？……

狄杰 没人说。我猜的。

玛丽蓉 狄杰！我敢在这里对天发誓，这都是为了救你，使你能够离开这里，为了使这些刽子手软下心来，才能救你！

狄杰 多谢！（双臂交叉放在胸前）啊！一个人不要脸，不知羞到了这种地步，小姐，真可耻啊！（在监狱院子里大步走来走去，爆发出一阵愤怒的喊声）这个厚颜无耻、要人付出这种代价来买我的头颅的买主在哪里？狱卒、法官在哪里？人在哪里？我要在这里砸烂他们的狗头，就像捏碎这个一样！（正要捏碎手中的画像，忽然又停住了，心烦意乱，继续说着）法官！得了！各位先生，制定你的法律吧，审判吧！这和我有什么关系！在你们的不清不白的天平上，你们一手捏成的砝码不总是比男人的头或女人的身子更重吗？！（向玛丽蓉）去把他找来！

玛丽蓉 啊，不要这样对我！你越瞧我不起，我就发抖得越厉害；你再说一句这样的话，狄杰，我就要死了！啊，世上要是有真正的爱，强烈的爱，世上要是有谁得到过真正的爱，狄杰，狄杰！那就是你得到过的我的爱！

狄杰 哈！不要说了。假如我不幸生为女人，假如我像另外一个女人一样，也卑鄙无耻，假如我为了黄金就不惜卖身，为了在黄金床上睡一个小时，就不惜对任何人献出我赤裸裸的肉体，如果来了个容易上当受骗的老实人，他真以为自己爱上了一个天真无知的纯洁姑娘，如果我偶然碰到一个心上人，他的心还依然充满了错觉和幻想，与其不告诉这个老实人“我不像你所想的那样”，与其天天和他在一起寻欢作乐，与其不亲自告诉他“我纯洁无邪的眼睛只会说谎”，与其无情无义、假心假意到了这种地步，我还不如用自己的手指去给自己挖一个坟！

玛丽蓉 啊！

狄杰 要是你能看到你在我心里的形象，你会觉得多么好笑！我的心是一面奇怪的镜子，在里面你是又天真，又纯洁，好在你把它打碎了！……啊，女人！这个人做了什么对不起你的事？他心地善良，对你又有深情厚意，并且这样长久地拜倒在你的脚下啊！

狱卒　时间到了。

玛丽蓉　啊，时间过得真快，片刻也不停留！狄杰，我没有权利再说话了，我只不过是一个谁也不感激的女人，你责备我，咒骂我，我是罪有应得，我不但是可恨，而且可笑，但是你太好了，我碎了的心也为你祝福；不过，现在灾难的时刻就要到了。啊，快走吧！你忘了刽子手，他可记得你啊！好在我把一切都安排好了。你可以走了……听我说，不要拒绝我，你知道这花了我什么代价！打我吧，把我留在耻辱的深渊里，用脚踢我，踏在我的身上走过去，但是快逃吧！

狄杰　逃走！逃开谁呀？世界上除了你以外，我并不要逃开别人，而我现在正要离开你，逃到深不可测的坟墓中去。

狱卒　时间过了。

玛丽蓉　走吧！逃吧！

狄杰　我不走！

玛丽蓉　可怜！……

狄杰　可怜谁？

玛丽蓉　老天爷在上，看到你被扣押，看到你被捆绑！看到你……不要看到，只要想到这些，我就吓得要死了。啊！喂，来吧，来吧！你要不要我侍候你？如果我的罪赎清了，你还要不要把我踩在你的脚下？在那些考验人的日子里，蒙你不嫌弃，还要过我做妻子呢……

狄杰　妻子！（听见远处炮声）那么，你马上就要做寡妇了。

玛丽蓉　狄杰！……

狱卒　时间已经过了。

〔鼓声咚咚。大理院推事上，还有一些拿着火炬的悔罪修士，一个刽子手，后面跟着士兵和百姓。

玛丽蓉　啊！……

第七场

〔人物同上；推事；刽子手；百姓；士兵。

推事 各位先生，我已经准备好了。

玛丽蓉 （向狄杰）我早就告诉你刽子手要来了！

狄杰 （向推事）我们也准备好了。

推事 哪一位是萨韦尼侯爵呀？（狄杰用手指着睡熟了的萨韦尼。推事向刽子手）把他叫醒。

刽子手 （推醒他）他睡得多好呀！喂，少爷！

萨韦尼 （擦擦眼睛）啊！……他们怎么不让我好好睡一觉？

狄杰 他们不过是打断你的睡眠而已。

萨韦尼 （半睡半醒，忽然一眼看见玛丽蓉，就向她敬礼）瞧！我正梦见你呢，美丽的小姐。

推事 你向上帝祷告过了吧？

萨韦尼 是的，先生。

推事 （把一张羊皮纸递给他）那好。请你在这张纸上签名。

萨韦尼 （接过羊皮纸看了一遍）这是案件记录。真奇怪，记载我死亡经过的文字要我自己签名画押！（签名之后，再看了一遍记录，向记录员）先生，你写错了三个字。（拿起笔来改正错字。向刽子手）你刚才吵醒了我，现在要让我好好再睡一觉。

推事 （向狄杰）狄杰？（狄杰走上前。推事把笔给他）在这儿签名。

玛丽蓉 （遮住眼睛）天哪，这真叫我发抖！

狄杰 （签名）我以前签名的时候，从来没有这么高兴！

〔卫士围成一道人墙，把他们两人围在里面。

萨韦尼 （向群众中一个围观的人）先生，你让开一点儿，好让这个孩子也看得见。

狄杰 （向萨韦尼）我的兄弟！你是为了我才走这一步的，让我们拥抱吧。

〔拥抱萨韦尼。

玛丽蓉 （向他跑去）我呢！你不拥抱我吗？狄杰，拥抱我吧！

狄杰 小姐，他是我的朋友。

玛丽蓉 （双手合十）啊，你对我这样严厉，真叫我受不了！我只是一个弱女子，不断地跪在法官或国王面前，求他们宽恕你，现在又求你宽恕我！

狄杰 （突然向玛丽蓉冲去，气喘吁吁，泪流满验）啊，不，不，我的心碎了！这真可怕。不，我太爱她了，不能这样和她生离死别。不！如果心碎时还要保持严厉的面孔，这太难了。来吧！啊，到我的怀抱里来吧！（抽搐地把她紧紧抱在怀里）我要死了。我爱你！在临死时告诉你，就是至高无上的幸福了！

玛丽蓉 狄杰！……

〔他身不由己，非常激动地再拥抱她。

狄杰 来吧，可怜的女人啊，告诉我，你们中有哪一个在这样的时刻，能够拒绝一个自始至终、全心全意地献身给他的薄命人吗？我过去错了！我过去错了！诸位先生，你们难道愿意看到我在她眼里，连死的时候都不怜悯她，也不原谅她吗？啊！来吧，让我告诉你！在所有的女人中，还有那些在灵魂深处同情我的人中，我最热爱的，我最相信的，总而言之，我最崇拜的人，还是你啊！因为你善良、温柔、多情、忠诚！听我说：我的生命已经解脱，我就要死了，而死才能看清一切的真面目。好了，即使你欺骗过我，那也只是因为你太爱我！再说你的堕落，难道你没有赎罪吗？也许你还在摇篮中，你的母亲就把你忘了，像我的情况一样。可怜的孩子！年纪轻轻的，他们就出卖了你的清白之身！……啊，抬起头来！你们大家听着：此时此刻，对我来说，地球好像一个影子，就要烟消云散了，人之将死，其言也善！好，此时此刻，我从断头台的高处——当清白无辜的人就要在台上死去，还有什么比这更高尚的呢！——玛丽，你是天上的谪仙，受到人间的摧残，我的爱人，我的妻子，听我说，玛丽，死亡马上就要引我去见上帝，现在，我以上帝的名义原谅你！

玛丽蓉 （眼泪使她窒息）啊，天哪！

狄杰 现在轮到你原谅我了，（在她面前跪下）宽恕我吧！

玛丽蓉 狄杰！……

狄杰 （一直跪着）宽恕我吧，我对你说，是我心眼不好。上帝用我来打击你，使你痛苦，而你居然还为我的死亡哭泣。使我感到不幸，这是我一生最大的遗憾。不要让我死后还悔恨吧，原谅我，玛丽！

玛丽蓉 啊！……

狄杰 说一句话，把手放在我的额头上，我求求你。要是你心里的话太多，说不出来，那就做个手势……我要死了，你也该安慰安慰我啊！（玛丽蓉把手放在他的额上。他站起来紧紧地拥抱她，脸上露出只应天上有的欢乐笑容）永别了！走吧，诸位！

玛丽蓉 （忘乎所以地插身在狄杰和士兵之间）不行，这是荒唐的事！要是有人以为可以这样容易就把你杀死，那是忘了我还在这儿呢！诸位，诸位，饶了我们吧！瞧，你们要我怎样说呢？下跪吗？我已经跪下了。现在，要是一个女人的声音还会引起你们灵魂共鸣的话，要是上帝还没有诅咒或打击你们大家的话，就不要杀死他吧！（向观众）而你们呢，诸位先生，你们呢，当你们今天晚上回到家里时，你们的妻子儿女不也会对你们说：我的天哪！你们本来可以阻止这种事的，而你们居然袖手旁观，这不是罪过吗？！狄杰！要让他们知道，我生死都要跟着你。他们若要我活，就不能要你死！

狄杰　不，让我一个人死。这样要好得多，你看不是吗？我受的伤太深了，朋友！再努力也治不好了。还不如死了好些。只是，你看我也哭了！万一有另外一个更幸福、更漂亮的人来找你，希望你不要忘了我这个可怜的长眠地下的朋友！

玛丽蓉　不！你要为我而活着。难道他们真那样不通人情？你要活着！

狄杰　不要说做不到的事。还不如常来看看我的坟。拥抱我吧。你看，我死了，你可能更爱我。我可以在你的记忆中占有一个神圣的地位。而我活着，在你身边活着，心里充满怨恨，啊，天哪！我从来只爱你，天天这样，你想起来能不害怕吗？我会使你痛哭流泪，对于过去的事，我心里不知要产生多少说不出口的念头，我会流露出猜疑、刺探、痛苦的样子，那你受得了吗？啊，还不如让我死吧！

推事　（向玛丽蓉）红衣主教马上就要来了，你要请求赦免他们还来得及。

玛丽蓉　红衣主教！的确。红衣主教就要来了，就要来了。你们看，诸位先生，他会听我陈述的。我的狄杰，你会看到我要对他说什么。啊！你怎么能相信这不过是痴心妄想呢？这位红衣主教，一个老人，一个基督徒，怎么能不宽恕你呢？请你原谅我吧！

〔钟报九点。狄杰做手势请大家不要做声。玛丽蓉恐怖地听着。九点钟敲过了，狄杰靠着萨韦尼。

狄杰　（向百姓）你们路过这里，顺便见到我们，要是有人谈起我们，那就请你们大家作证：在钟声向我们揭开永恒的序幕时，我们两人都面不改色！

〔城堡主塔的门口响起了炮声。遮住大墙缺口的黑色幕布落下了。出现了红衣主教的大轿，由二十四个卫士抬着，另外有二十个执戟卫士拿着火炬，簇拥着大轿。轿子是猩红色的，上面有黎塞留家族的纹章。轿子的窗帘全都放下。大轿慢慢地穿过舞台后部。群众中人声嘈杂。

玛丽蓉 （跪着爬到轿前，扭着自己的胳臂）主教大人，看在天主分儿上，看在您祖先的分儿上，赦免了他们吧！

轿内的声音 不能赦免！

〔玛丽蓉倒在铺石路上。大轿过去了，押解人犯的队伍也跟着走了。群众急急忙忙、吵吵嚷嚷地跟着走。

玛丽蓉 （半抬身，还用手爬着走，瞧瞧周围）他说什么？他们到哪里去了？狄杰，狄杰！一个人也没有了！……那些人呢？……这是梦吗？还是我疯了？（群众乱哄哄地又上。大轿从原来出去的地方回来。玛丽蓉站起来，发出悲惨的叫声）他回来了！

卫士 （分开人群）让路，让路！

玛丽蓉 （站了起来，披头散发，指着大轿向着群众）大家看呀！两手沾满鲜血的人来了！（倒在铺石路上）

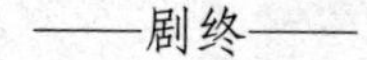
——剧终——

艾那尼

许渊冲　译

剧中人物[1]

艾那尼

堂·卡洛斯

堂·吕伊·葛梅兹·德·西尔瓦

堂娜·莎尔·德·西尔瓦

拜恩公爵

哥达公爵

吕泽堡公爵

堂·桑科

堂·马西亚斯

堂·里卡多

堂·加尔西·苏西雷斯

堂·法朗西斯科

堂·璜·德·哈罗

堂·吉尔·泰莱·纪隆

伊亚克丝

堂娜·约瑟华·杜亚特

一个山里人

一个贵妇

第一个同盟会盟员

① 此表系雨果所列，照译，人物不全，伊亚克丝不知何人。

神圣同盟会盟员，日耳曼人和西班牙人，山里人，贵族，士兵，仆从，群众等

西班牙，1519年。

第一幕

国　王

〔萨拉戈萨。

〔一间卧室。夜里。桌上有盏灯。

第一场

〔堂娜·约瑟华·杜亚特，一个穿伊萨伯拉女王式的黑袍、天主教修女般打扮的老太婆；堂·卡洛斯。

堂娜·约瑟华 （独自一人。她把紫红色的窗帘拉上，把几张扶手椅摆好。有人敲右边通暗道的小门。她听了听，又一次听见敲门）难道他就来了？

〔又敲了一下门。

是敲暗梯的门。

〔第四次敲门。

来了，就开！

〔她打开隐蔽的小门。堂·卡洛斯上，披风遮住了他的面孔，帽子遮住了他的眼睛。

你好，漂亮的骑士！

〔她把他带进来。他解开披风，露出一五一九年在卡斯蒂利亚流行的富丽堂皇的丝绒服装。她没留神地看了一眼，大吃一惊，向后退了两步。

怎么，你不是艾那尼老爷？来人哪！救救我！

堂·卡洛斯 （抓住她的胳膊）老太婆，你再喊两声，就要你的命。

〔他瞪着眼看她。她吓得不敢出声。

我不是在堂娜·莎尔家里吗？这不是德·帕斯特腊纳老公爵藏娇的金屋吗？这位老伯伯是不是把他的未婚妻藏在这里？这个老太爷老态龙钟，看起来道貌岸然，肚子里却醋劲十足。他的美人儿爱上了一个嘴上没毛的骑士，她不管人家吃醋不吃醋，也不把老头儿放在眼里，每天晚上都在这里会见她那没长胡子的情郎。我没有说错吧？

〔她不开腔。他就摇她的胳膊。

你说不说？

堂娜·约瑟华 你刚才不是说喊两声就要我的命吗？老爷。

堂·卡洛斯 我只要你说一声“是”或“不是”。你的女主人是堂娜·莎尔·德·西尔瓦吗？说！

堂娜·约瑟华 是的。你问这干什么？

堂·卡洛斯 不用你管。她的未婚夫老公爵现在不在家吧？

堂娜·约瑟华 不在。

堂·卡洛斯 那她当然是在等她的情郎啰？

堂娜·约瑟华 是的。

堂·卡洛斯 这真要我的命！

堂娜·约瑟华 不错。

堂·卡洛斯 老太婆！他们就是在这里会面吗？

堂娜·约瑟华 是的。

堂·卡洛斯 把我藏起来吧！

堂娜·约瑟华 把你？！

堂·卡洛斯 是的。

堂娜·约瑟华 为什么？

堂·卡洛斯 你不用管。

堂娜·约瑟华 我把你藏起来？

堂·卡洛斯 就在这里。

堂娜·约瑟华 不行！

堂·卡洛斯 （从腰间拿出一个钱包和一把匕首）大娘，你是要这个钱包，还是要吃我一刀？

堂娜·约瑟华 （拿起钱包）你难道是魔鬼？

堂·卡洛斯 不错，老太婆。

堂娜·约瑟华 （打开一个狭窄的壁橱）进去。

堂·卡洛斯 （看看壁橱）这个棺材！

堂娜·约瑟华 （关上橱门）不进去就拉倒！

堂·卡洛斯 （重新打开橱门）也罢！（再看看壁橱）这不是你这个扫帚星放扫帚的地方吗？（他费劲地钻进壁橱，缩成一团）算了！

堂娜·约瑟华 （良心不安地把双手合在一起）一个男人藏在这里！

堂·卡洛斯 （橱门开着）难道你的女主人等的是个女人？

堂娜·约瑟华 天哪！我听见堂娜·莎尔的脚步声了。老爷，快关橱门。

〔她把橱门关上。

堂·卡洛斯 （在壁橱内）老太婆，要是你敢声张，那就小心你的脑袋。

堂娜·约瑟华 （自言自语）这是个什么人？我的天哪！要是我一声张？……谁会来？除了小姐和我，公爵府里的人都睡了。呸！那一位该来了，这是他的事。他的剑好厉害，老天保佑，不要让他把人送进地狱！（掂掂钱包）不过这个人并不是贼。

〔堂娜·莎尔上，她全身素白。堂娜·约瑟华把钱包藏起。

第二场

〔堂娜·约瑟华；堂·卡洛斯（藏在壁橱内）；堂娜·莎尔；艾那尼后上。

堂娜·莎尔 约瑟华！

堂娜·约瑟华 小姐！

堂娜·莎尔 唉！我怕出事了。艾那尼怎么还不来？！

〔小门外有脚步声。

啊，他上楼了！快去开门，不要等他敲门，马上去开。

〔约瑟华打开小门。艾那尼上。他身披大斗篷，头戴高帽，里面是阿拉贡山里人的装束，灰色的衣服上罩着皮制的胸甲，腰间系着一把宝剑，缠着一把匕首，还挂着一个号角。

堂娜·莎尔 （朝着他跑过去）艾那尼！

艾那尼 堂娜·莎尔，啊，我到底看见你了！我到底听见你的声音了！命运为什么要把我们分开？为了忘记别的人，我是多么需要你啊！

堂娜·莎尔 （摸摸他的衣服）天哪，你的斗篷都在滴水！是不是下雨了？

艾那尼 我不知道。

堂娜·莎尔 你冷吧？

艾那尼 没什么。

堂娜·莎尔 脱下斗篷吧！

艾那尼 堂娜·莎尔，我的知心人！在你夜里入睡的时候，当你平平静静，纯洁无瑕，让欢乐的睡神用手指把你的眼睛闭上，使你的嘴唇微微分开的时候，告诉我，有没有一个天使对你说，你对一个遭到世人嫌弃的不幸人是多么的温存体贴？

堂娜·莎尔 你来得太晚了，我的主子！告诉我你冷不冷？

艾那尼　我怎么会冷呢！在你身边是多么温暖啊！妒忌的爱情在我们头脑中沸腾，我们心中的风浪汹涌澎湃，天上的风云雷电算得了什么！

堂娜·莎尔　（为他解开斗篷）好了！脱下你的披风，解下你的宝剑吧！

艾那尼　（手按宝剑）不行。宝剑也是我忠实的伴侣。堂娜·莎尔，你的未婚夫，你的老伯父，那位老公爵不在家吗？

堂娜·莎尔　不在。这个时刻是我们的。

艾那尼　这个时刻！那就够了。我们只要这千金一刻。然后，管它呢！人总是要死的，什么都会忘记的！天使啊，和你在一起过上一个小时，一个小时的确抵得一生，抵得上永生啊！

堂娜·莎尔　艾那尼！

艾那尼　（辛酸地）公爵不在家，我是多么幸福！就像一个小偷战战兢兢地撬开了一扇门，我一进来就看见了你，立刻从老头儿那里偷到这宝贵的一小时，尽情享受你的珠喉玉颜，我是多么幸福。谁不羡慕我这偷来的千金一刻呢！而老头儿是会要我的命的。

堂娜·莎尔　平静点儿吧。（把披风交给老太婆）约瑟华，把披风晾干去。

〔约瑟华下。莎尔坐下，并向艾那尼招手，要他到她身边来。

到这边来。

艾那尼　（没有听见）公爵真不在家？

堂娜·莎尔　（微笑）你怎么念念不忘这位大人物？

艾那尼　他不在家？

堂娜·莎尔　亲爱的人儿，不要再想公爵了。

艾那尼　啊，想想看，小姐，这个老头儿，他爱你，他要和你结婚！嘿，那一天他不是还吻了你吗？怎么能不再想他呢？

堂娜·莎尔 （笑着）这就要了你的命了？那是一个长辈的吻！吻的是前额！简直和爸爸吻女儿一样！

艾那尼 不对。那是一个情人的吻，一个丈夫的吻，一个唯恐失掉你的吻。啊！你快成为他的人了，小姐，你想到没有？啊！这个老浑蛋，他腰弯背驼，日暮途穷，走上尽头路了，却还要讨老婆！他像个浑身冰凉的幽灵，却还要娶个年轻的姑娘！真是个自不量力的老浑蛋。他一只手牵着你的手，难道还没有看见死神已经拉住他的另一只手吗？他厚颜无耻，难道硬要拆散我们的良缘？老头儿，去量量你棺材的尺寸吧！这桩婚事是谁做的主？我想，是逼你结婚的吧！

堂娜·莎尔 听说是国王做的主。

艾那尼 国王，国王！我的父亲死在断头台上，就是国王的父亲干的好事！虽然这是年深月久的老账了，但是我对国王父子一家的深仇大恨，却是终生难忘的！老国王已经死了，也就算了。不过我从小就发誓要为父亲报仇，这仇要落在他儿子头上。我到处找你，卡斯蒂利亚国王卡洛斯！我们两代的世仇不报，我死也不瞑目。父亲那一代咬牙切齿地斗了三十年！他们虽然死了,但仇恨却还活着。他们的死亡并没有带来和平，因为他们的儿子都还没有倒下，决斗还在继续。啊，这该死的婚事原来又是你做的主！那好。我本来就在找你，你却又来拦我的路！

堂娜·莎尔 你说得我都害怕了！

艾那尼 我遭受迫害，忍辱含恨，结果连我也不得不害怕我自己了！听我说：你年纪轻轻的，国王就把你许配给你的老伯父吕伊·德·西尔瓦。他是帕斯特腊纳公爵，阿拉贡的大阔佬，还是卡斯蒂利亚的伯爵。虽然他的青春已经一去不复返了，啊！年轻的姑娘，但是他却能给你带来这么多的金银珠宝，使得你头上的珠光宝气简直可以和王室的公主媲美；他能给你带来的荣华富贵，甚至连王后都要羡慕你这位公爵夫人呢！这是他的情况。我呢，从小光着脚逃进了绿林，除了树林以外，我穷得一无所有。也许我也有显赫的家世，但是此刻血污玷辱了我的门庭；也许我也有合法的权利，但是埋没在断头台的黑布之下，还不得见天日。如果老天不负苦心人的话，有朝一日，我的宝剑出鞘，我也能够出头。目前，妒忌我的艳福的老天爷给我的财产却只是人人有份的空气、阳光和水。在公爵和我两个人中间，你总得要摆脱一个。没有别的选择余地了：不嫁给他，就跟我走。

堂娜·莎尔 我跟你走。

艾那尼 我的伙伴都很粗野，有些是狱卒闻名丧胆的罪犯，有些是铁石心肠的好汉，他们都有血海深仇要报，你就来带领我的队伍，像人家说的那样来发号施令吧！因为，你还不知道，我是一个绿林大盗！当整个西班牙都在追捕我的时候，只有鹰迹罕到的加泰罗尼亚的高山、深林、巉岩，像老母亲一样收容了我。山里的人贫困、忧郁，然而无拘无束，我就是在他们中间长大的。明天，只要我去山里吹响这管号角，三千勇士就会应声而来……你发抖了！再考虑考虑吧。跟不跟我去山崖、林中、水边，去生活在这些凶神恶魔之间，处处都要留神，注意人的眼神、说话声、脚步声及一切声响；睡的是青青草地，喝的是湍湍流水，夜里起来喂奶的时候，耳边还会听到枪弹呼啸；跟不跟我流浪，逃亡，不得已还要步我父亲的后尘，跟我上断头台？

堂娜·莎尔 我跟你走。

艾那尼 公爵有钱有势。他没有玷辱他父亲的名声。他无所不能。他会亲手献给你名利幸福……

堂娜·莎尔 我们明天就走。艾那尼，不要怪我胆大得近乎荒唐。你到底是个迷住了我的魔鬼还是保护我的天使？我不知道。不过我却是你的奴婢。听我说：随便你去哪里，我都跟你去。无论你去或留，我都是你的人。我为什么这样做呢？我也不明白。我需要看到你，一直看着你，永远看见你。你的脚步声一消失，我就觉得我的心不跳了，少了你，我就丧魂落魄，但是我的耳朵一听到我日思夜想、魂牵梦萦的脚步声，我就如梦初醒，才记得我还活着，才感到出了窍的灵魂又回来了！

艾那尼　（把她紧紧抱在怀里）我的天使！

堂娜·莎尔　明天，半夜，把你的卫队带到我的窗下。行了，我会勇敢坚强的。你拍三下巴掌。

艾那尼　现在，你知道我是什么人了？

堂娜·莎尔　那有什么关系！我的主子，我跟你走。

艾那尼　不对，既然你要跟我走，脆弱的女郎，你就应当知道我这个牧羊人能给你带来什么名誉地位，什么精神生活，会给你带来什么神秘的命运。你愿意要一个强盗？愿意要一个逃犯吗？

堂·卡洛斯　（啪啦一声把壁橱的门推开）你这样没完没了的准备讲到什么时候去？你以为我待在这个壁橱里很好受吗？

〔艾那尼吃了一惊，往后退了一步。堂娜·莎尔喊了一声，倒在艾那尼的怀里，眼里露出惊慌的神色，瞪着堂·卡洛斯。

艾那尼　（手握剑柄）这个人是谁？

堂娜·莎尔　天哪！来人啊！

艾那尼　不要喊了，堂娜·莎尔！你会把妒忌我的人喊醒的。只要我在你的身边，不管发生了什么事，都请你只管叫我，不要叫别人帮忙。（向堂·卡洛斯）你在这儿干什么？

堂·卡洛斯　我吗？看来我并不像在骑马跑进森林。

艾那尼　得罪了人还敢嘲笑人，难道不怕子孙后代被人嘲骂？

堂·卡洛斯　那谁也免不了。先生，打开窗户说亮话吧。你爱上了这位黑眼睛的小姐，每天晚上都来饱餐秀色，顾盼自得，这很好。我也爱上了这位小姐，所以我也想知道：当她对我闭门不纳的时候，什么人却能越窗而入，在这里欢度了这么多的良宵。

艾那尼 先生，我敢发誓，我从哪里进来，就叫你从哪里出去。

堂·卡洛斯 我们等着瞧吧。我也是来把我的爱慕之情献给这位小姐的。让我们春色平分好不好？我看这位美人儿百般妩媚，千般温存，万般体贴，一定可以使两个情人同时销魂的。今天晚上，我想了结这段相思，就冒名顶替，出其不意地来到这里。我藏在壁橱内，不瞒你说，还偷听来着呢，可惜我听得不清楚，却闷得要命。加上我的上衣也压皱了，像法国人的上衣一样，一团糟。天哪，我就出来了。

艾那尼 我的短剑也跃跃欲试，要出鞘了！

堂·卡洛斯 （向他敬礼）先生，那就请吧！

艾那尼 （拔出宝剑）看剑！

〔堂·卡洛斯也拔出宝剑。

堂娜·莎尔 （跑到他们两人中间）艾那尼！天哪！

堂·卡洛斯 不要惊慌，小姐。

艾那尼 （向堂·卡洛斯）你叫什么名字？

堂·卡洛斯 嘿！你叫什么名字？

艾那尼 我有一个死对头，所以我的姓名还要保密。有朝一日，我这胜利者的脚踏在仇人的身上，我的短剑插在他的心窝里，那时，他听到我这如雷贯耳的大名，就会吓得魂不附体！

堂·卡洛斯 那你的死对头是谁？

艾那尼 这和你有什么关系？照剑！

〔两人交锋。堂娜·莎尔吓得发抖，倒在一张扶手椅里。有人敲门。

堂娜·莎尔 （惊慌失色地站起来）天哪，有人敲门！

〔交锋的双方住手了。约瑟华慌慌张张地从小门上。

艾那尼 （向约瑟华）谁这样敲门？

堂娜·约瑟华 （向堂娜·莎尔）小姐，真没想到，是公爵回来了！

堂娜·莎尔 （双手合十）公爵，那一切都完了，真不幸！

堂娜·约瑟华 （两眼向周围一扫）天哪，陌生人，你们怎么动刀动枪，演起全武行来了！

〔两个剑客都把剑插回剑鞘。堂·卡洛斯用披风把身子裹紧，把帽檐拉低，遮住眼睛。有人敲门。

艾那尼 怎么办？

〔又敲门。

一个声音 （在门外）堂娜·莎尔，给我开门！

〔堂娜·约瑟华向着门走了一步。艾那尼挡住她。

艾那尼 不要开门。

堂娜·约瑟华 （数数念珠）保佑我们的圣雅各呀！救救我们吧！

〔又敲门。

艾那尼 （向堂·卡洛斯，指指壁橱）躲进去吧。

堂·卡洛斯 进这个壁橱？

艾那尼 躲进去吧。我担保，里面容得下两个人。

堂·卡洛斯 敬谢不敏，那里面太宽大了。

艾那尼 （指着小门）那就从后门走吧。

堂·卡洛斯 你请便吧。我就留在这里。

艾那尼 啊，该死的东西，我将来再和你算账！（向堂娜·莎尔）要是我去挡住门呢？

堂·卡洛斯 （向约瑟华）打开门。

艾那尼 他说什么？

堂·卡洛斯 （向目瞪口呆的约瑟华）打开门吧！听见没有？

〔一直有人在敲门。堂娜·约瑟华哆嗦着走去开门。

堂娜·莎尔 我要死了。

第三场

〔堂·卡洛斯；堂娜·莎尔；艾那尼；堂·吕伊·葛梅兹·德·西尔瓦上，他的头发胡子都白了，身穿黑衣；仆从拿火炬上。

堂·吕伊·葛梅兹 半夜三更，我侄女这儿怎么来了这么多人！你们都过来！我不怕声张出去，一定要把事情都搞清楚。（向堂娜·莎尔）圣若望·德·阿维拉在上，我用灵魂起誓，小姐，我看到你这里有三个男人，但有两个是多余的。（向两个年轻人）年轻的骑士，你们来这里干什么？在熙德和贝尔纳统治西班牙的时代，这两个威震天下的巨人走遍了卡斯蒂利亚，尊重老人，保护姑娘。他们力大无穷，挥舞钢刀宝剑，比你们摇鹅毛扇还更轻便。他们尊敬白发苍苍的老人，谈情说爱也遵循教堂的规矩，决不害人，决不玷辱家庭的名声。如果他们想要一个女人，他们会在光天化日之下，大庭广众之中，手拿刀枪剑戟，无可非议地娶走一个白璧无瑕的人儿！至于那些眼睛盯着脚后跟，夜半私入人宅，背着人家丈夫搞偷香窃玉勾当的歹徒，我敢肯定熙德的在天之灵也不能容忍他们这样卑鄙的行径，一定会罚他们双膝跪倒，剥夺他们窃取的贵族称号，用宝剑给这些名门望族打一记响亮的耳光！一想到这，我也不免难受，我们的祖先会怎样来惩罚他们的后人。你们来这里干什么？难道不是两个年轻人来取笑一个老头子？居然有人敢来笑我这个萨莫拉的老兵！等我满头白发，要死的时候再来笑我吧！但无论如何，也轮不上你们来笑我呀！

艾那尼 公爵……

堂·吕伊·葛梅兹 不要插嘴！怎么！你们有的是比武的刀枪，

打猎的鹰犬，吃不尽的山珍海味，阳台下唱不完的夜半情歌。你们头插花翎，身穿绫罗，出入舞会，寻欢作乐，骑马竞技，虚度青春。孩子们，你们玩腻了！于是不管三七二十一，随便怎么也要找个新鲜玩意儿！你们就找上我这个老头子了！啊，你们就来把这玩意儿砸碎。但是上帝呀！我这把老骨头就是化成碎片，也要打在你们脸上！跟我走吧！

艾那尼 公爵大人……

堂·吕伊·葛梅兹 跟我走，跟我走！先生们，怎么，你们这样干难道是开玩笑吗？我家里有个无价之宝，那就是一个少女的名声，一个妻子的名声，一个家庭的名声。这个少女，我爱她，她是我的侄女，但是不久就要戴上我的结婚戒指了！我相信她纯洁无瑕，对任何男人她都是神圣不可侵犯的。但是我有时不得不离家一会儿，即使我是无人不知的吕伊·葛梅兹·德·西尔瓦，只要我一出去，就会有人溜进我家里来破坏我的名声。走开！去洗干净你们的双手,不要脸的男人。因为，只要你们一碰我家里的妇女，她们就被你们玷污了！你们不走？那好。你们就继续往下干。难道我还有什么别的东西值得你们偷的？（他扯下颈上的勋章绶带）来，踩吧，践踏我这金羊毛骑士勋章吧！（把帽子扔掉）来揪我的头发吧，踩在你们的脚下吧！明天你们就可以在全城大吹大擂：从来没有一个道德败坏的人做过比你们更胆大妄为的事，去侮辱一个非常高贵而头发已白的老人。

堂娜·莎尔 老爷……

堂·吕伊·葛梅兹 （向仆从）马夫，马夫，快来！拿斧头匕首来，还有我那把托莱多的短剑。（向两个年轻人）你们两个都跟我走！

堂·卡洛斯 （向前走了一步）公爵，不要纠缠这种小事了。你知道日耳曼皇帝马克西米利安晏驾了吗？

〔他解开披风，露出帽子遮住的面孔。

堂·吕伊·葛梅兹　你开玩笑……天哪，是国王！

堂娜·莎尔　国王！

艾那尼　（眼睛闪闪发光）西班牙国王！

堂·卡洛斯　（严肃地）是的，我是卡洛斯。公爵先生，你怎么糊涂了？我的祖父已经晏驾，今天晚上我刚得到消息。我匆匆忙忙立刻就来告诉你，因为你是忠于我的爱卿，我深夜微服出行，想来征求你的意见。事情本来非常简单，但是你却闹得满城风雨！

〔堂·吕伊·葛梅兹做了一个手势，叫仆从退出去。他走到堂·卡洛斯面前，堂娜·莎尔又害怕又惊讶地打量着国王，艾那尼待在一个角落里，闪闪发亮的眼睛也盯住国王。

堂·吕伊·葛梅兹　那为什么等了那么久才给我开门呢？

堂·卡洛斯　问得好！你带了那么一大队人马，而我到府上来是谈国家机密大事的，公爵，难道你要我告诉你的下人？

堂·吕伊·葛梅兹　殿下，请恕罪……看起来……

堂·卡洛斯　老先生，我让你当了费盖尔堡的总管，现在，我应该派谁来做你的总管呢？

堂·吕伊·葛梅兹　请恕罪……

堂·卡洛斯　算了。不要再提这件事了，先生。还是谈谈先皇晏驾的事吧。

堂·吕伊·葛梅兹　殿下的祖父晏驾了？

堂·卡洛斯　公爵，你看我是多么悲痛。

堂·吕伊·葛梅兹　谁来继承皇位呢？

堂·卡洛斯　论资排辈该轮到萨克森公爵，法兰西的弗朗索瓦一世也是一个候选人。

堂·吕伊·葛梅兹　选帝侯在什么地方开会？

堂·卡洛斯　我想，他们选择的地方是艾克斯拉查珀尔[①]，或者是施佩耶尔[②]，或者是法兰克福。

堂·吕伊·葛梅兹　上帝保佑我王万寿无疆，我王难道就没想过继承皇位？

堂·卡洛斯　一直放在心上。

堂·吕伊·葛梅兹　皇位该归我王。

堂·卡洛斯　我知道。

堂·吕伊·葛梅兹　我王的父亲是奥地利大公，我希望全帝国应该知道这件事：刚刚穿着紫皇袍晏驾的是我王的祖父。

堂·卡洛斯　此外，我还是根特人哪。

堂·吕伊·葛梅兹　我年轻时见过尊祖父。唉！上个世纪的人物，只有我一个人幸存。其他的人现在都已经离开人世了。尊祖父真是一位光照四海、威震天下的大皇帝！

堂·卡洛斯　罗马支持我继承皇位。

堂·吕伊·葛梅兹　他英勇坚强，又不专断，古老的日耳曼帝国有这样一位明主，真是群龙有首！（俯首吻国王的手）您在青年时期就陷入如此沉痛的哀伤，老臣谨此表示深切的慰问！

堂·卡洛斯　教皇想要收回归我所有的西西里岛，因为西西里岛不能属于帝国。他要使我成为皇帝，于是，作为一个驯服的天子，我就要把那不勒斯归还他。有了雄鹰，你看我能让他剪掉翅膀吗？！

堂·吕伊·葛梅兹　您的王冠已经太小，假如这位老皇帝能够看到您戴上皇冠的话，他会多么高兴！啊，我主，我们要同您

---

① 艾克斯拉查珀尔（Aix-la-Chapelle，德文名Aachen），德国城市，通译亚琛。因雨果采用的是法国对该城的传统称呼，两名相差甚远，为保留雨果原作本色，故采用作者原用名。

② 施佩耶尔（Spire，德文为Speyer），德国城市。

一起哀悼这位非常伟大、非常善良、非常虔诚的老皇帝！

堂·卡洛斯 圣父教皇非常巧于辞令。他说："西西里算得了什么？它是孤零零地吊在我的王国脚下的一个区区小岛，一个小岛，一块破布，只是破衣烂衫上的一个角，和西班牙沾不上边。你要这个驼背的小岛干什么？我的孩子，你能用线把它和你的帝国缝在一起吗？那帝国的版图也太难看了。快去拿剪刀来把它剪掉！"我说："谢谢圣父的美意！要是我洪福齐天的话，我还不止打算把一件破衣重新缝入神圣帝国的版图呢！要是撕去我几块破布，我就只好另外补上几个小岛或者几个公国了。"

堂·吕伊·葛梅兹 放心吧！还有一个公正人的天国，在那里可以和死者重逢，他们会比生前更加神圣，更加可敬！

堂·卡洛斯 弗朗索瓦一世是个野心勃勃的国王！老皇上一晏驾，他就立刻觊觎皇位了！他不是已经有了他那非常虔诚的法兰西吗？啊，他那一份国土还很不错，值得抓住不放哩！先皇曾对国王路易说过："假如我是天父，而且有两个儿子的话，我就会要大儿子做上帝，而要小儿子做法兰西国王。"（向公爵）你认为弗朗索瓦有几分希望吗？

堂·吕伊·葛梅兹 他是一个常胜将军。

堂·卡洛斯 那就应该改变情况。日耳曼帝国的金规玉律禁止外国人当选。

堂·吕伊·葛梅兹 不过，我主，您也是西班牙国王呀！

堂·卡洛斯 我本来是根特人。

堂·吕伊·葛梅兹 最近的胜仗又大大提高了弗朗索瓦国王的声望。

堂·卡洛斯 我头盔上的雄鹰也会展翅高飞。

堂·吕伊·葛梅兹 殿下会说拉丁语吗？

堂·卡洛斯 说得不好。

堂·吕伊·葛梅兹 那可不妙，日耳曼的贵族非常喜欢听人讲拉丁语。

堂·卡洛斯 听到高尚的西班牙语，他们也该心满意足了。国王查理说得不错：说话只要声高，说什么语言是没有多大关系的。我要到佛兰德去了。西尔瓦爱卿，你的国王不当上皇帝不好回来呀。法兰西国王会搞个天翻地覆的。我要比他抢先一步。我马上就走。

堂·吕伊·葛梅兹 殿下就要走了？您还没有肃清阿拉贡新出现的匪帮呢！他们还在山里耀武扬威哩！

堂·卡洛斯 我下令给阿柯斯公爵，要消灭这帮土匪。

堂·吕伊·葛梅兹 您还能下令给匪帮的头目，要他们束手待毙吗？

堂·卡洛斯 咳！他们的头目是什么人？叫什么名字？

堂·吕伊·葛梅兹 我也不知道。听说是一条好汉。

堂·卡洛斯 呸！我知道他日前藏在加利西亚，有些乡勇就足够对付他们了。

堂·吕伊·葛梅兹 有谣言说他们就在附近。

堂·卡洛斯 有这等谣言！那我今天晚上就住在你这里。

堂·吕伊·葛梅兹 （鞠躬到地）谢殿下赏光！（呼唤仆从）国王驾临，迎接圣驾！

〔仆从拿火炬上。公爵要他们分列两行，一直排到舞台深处的门口。那时堂娜·莎尔慢慢走到艾那尼身边。国王不露声色地盯住他们两人。

堂娜·莎尔 （低声，向艾那尼）明天半夜来我窗下，不要耽误。来了你就拍三下巴掌。

艾那尼 （低声）明天。

堂·卡洛斯 （旁白）明天。（向堂娜·莎尔走去，高声，殷勤地）请牵着我的手，让我送你回去吧。

〔他把堂娜·莎尔送到门口。堂娜·莎尔下。

艾那尼 （用手摸着藏在胸前的短剑的剑柄）我的匕首！

堂·卡洛斯 （回来。旁白）这汉子看起来好像上当了。（把艾那尼拉到旁边）我曾赏你面子和你交过锋，先生。从种种迹象看来，你都是一个可疑的人物，不过堂·卡洛斯不是一个不讲义气的国王。走吧，我再赏脸保护你过关。

堂·吕伊·葛梅兹 （回来，指着艾那尼）这一位是谁?

堂·卡洛斯 他要走了。他是我的随从。

〔公爵手拿蜡烛，领国王下，仆从拿火炬下。

第四场

艾那尼 （独自一人)对了,你的随从,国王啊,我是你的随从。的确，日日夜夜，我要寸步不离地追随你，手里拿着匕首，眼睛盯着你的踪迹，我要追到天涯海角，我们两家世世代代的冤仇一定要清算！你还是我的情敌呢，我有一阵子在爱与恨之间犹豫不决，我的心里容不下她和你两个人，我一爱她，就忘了对你的仇恨，但是，既然你要如此，既然你提醒了我，那好，我再也不能忘记了！我的爱情使摇摆不定的天平倒向一边，完全倒向我的仇恨那边。对了,我是你的随从,这是你自己说的！那好，自从你登上王位以来，没有哪个善于逢迎的朝臣，没有哪个阿谀奉承的贵族，没有哪个违背良心来侍候你的总管，没有哪个形影不离追随国王的宫廷走狗，会比我追你追得更紧！卡斯蒂利亚的王公大人所求于你的，只不过是些空虚的头衔，华而不实的玩意儿，挂在颈下的金羊毛勋章；而我呢，我才不像他们那样爱名利哩！我所求于你的，不是空虚的恩宠，而是要你的三魂六魄，要你血管里的血。只要一把锋利的复仇的匕首，插入你的心脏，就可以挖出我所要的东西！你先走吧，我在后面追随。我的报仇之心使我睡时也闭不上眼睛，它不断在我耳边叮咛。行了！我来啦，我瞧着，我听着，我的脚步毫无声息地追寻着你的踪迹，一步不舍地紧紧跟随你！白天，你一转过头来，国王啊，你就会看见我一动不动，阴沉沉地扰乱你的欢乐；夜里，你一转过脸来，国王啊，又会看见我在你后面，眼里闪烁着愤怒的火焰。

第二幕

强　盗

〔萨拉戈萨。

〔西尔瓦公爵府的一个内院。左边是公爵府的高墙，有一个带阳台的窗户。窗户下面有一扇小门。右边和舞台深处，都是街道和房屋。夜里。在公爵府大厦的正面，到处可以看到有些窗户灯火辉煌。

第一场

〔堂·卡洛斯；堂·桑科·桑歇·德·齐尼加（蒙特雷伯爵）；堂·马西亚斯·桑杜里翁（阿谬南侯爵）；堂·里卡多·德·罗萨斯（卡扎帕尔玛的贵族）。

〔四人同上，堂·卡洛斯在前。他们的帽檐都拉得很低，披着长长的斗篷，但他们的宝剑使袍角微微翘起。

堂·卡洛斯　（察看阳台）就是这个阳台，就是这扇小门……我的血液沸腾了。（指着还没有灯光的窗子）还没有灯光！（用眼睛巡视着灯火辉煌的窗户）在我不想看到灯火的地方，到处都有灯光，偏偏是我想看到灯光的这个窗户不亮！

堂·桑科　主公，还是谈谈那个反贼吧。您怎么让他跑了？

堂·卡洛斯　就像你说的那样。

堂·马西亚斯　说不定他还是个强盗头子哩！

堂·卡洛斯　不管他是个小头目还是个大头领，从来没有一个戴王冠的国王看起来比他更神气的。

堂·桑科　主公，他叫什么名字？

堂·卡洛斯　（眼睛始终盯着窗户）他叫谬诺……还是费南……（做出一个突然想起的姿势）最后是个“尼”字。

堂·桑科　是不是艾那尼？

堂·卡洛斯　对了。

堂·桑科　是他？

堂·马西亚斯　是艾那尼！这个强盗头子！

堂·桑科　（向国王）您还记得他说的话吗？

堂·卡洛斯　（眼睛不离窗户）嘿！在那个该死的壁橱里，我什么也听不见！

堂·桑科　那您逮住了他，干吗又放他走了呢？

〔堂·卡洛斯转过身来，严厉地看着他的脸。

堂·卡洛斯　蒙特雷伯爵，你怎么质问起我来了？

〔两个贵族后退两步，不敢出声。

再说，那时他并没有使我不安。我想到的是他的情人，并不是他的脑袋。我爱她都爱得发疯了！那双最美丽的黑眼睛，我的朋友们，那是两面镜子，两道光，两团火！他们讲些什么？我都没有听见，只听见几个字：“明天半夜来！”这是最重要的了。那个强盗打扮得像个情郎，在哪儿行凶或者盗墓，耽误了他的良宵，我却乘机悄悄地来捣他的老巢，摸走他窝里的鸽子，难道这不是绝妙的好事吗？

堂·里卡多　殿下，若要大功告成，摸走鸽子，还要杀死老鹏。

堂·卡洛斯　（向堂·里卡多）伯爵高见，你是眼明手快！

堂·里卡多　（深深鞠躬）请问国王赏我哪个伯爵的头衔呀？

堂·桑科　（迅速地）这是说漏了嘴！

堂·里卡多　（向堂·桑科）这是国王封我做伯爵了。

堂·卡洛斯 不要争了！好。（向堂·里卡多）我说错了。你就将错就错吧。

堂·里卡多 （再鞠躬如也）多谢我主隆恩！

堂·桑科 （向堂·马西亚斯）多美的伯爵，意外捡到的伯爵！

〔国王在舞台最里边走来走去，不耐烦地察看有灯光的窗户。两个贵族在前台谈天。

堂·马西亚斯 （向堂·桑科）美人儿一到手，国王怎么办呢？

堂·桑科 （斜着眼看看里卡多）先封她为伯爵夫人，再封她为贵妃。等她有了儿子，那就是王太子了。

堂·马西亚斯 主啊，那怎么行！那是偏房生的。伯爵，虽然他是殿下，伯爵夫人也生不出一个国王来呀！

堂·桑科 那就先把伯爵夫人晋升为侯爵夫人如何，我亲爱的侯爵？

堂·马西亚斯 偏房庶子只能封为总督，统治那些被征服的国家，这才是给他们安排的好出路。

〔堂·卡洛斯回到前台。

堂·卡洛斯 （生气地瞧着那些有灯光的窗户）这些窗户难道是妒忌地瞧着我们的眼睛？到底又有两个窗户灭灯了，好了，先生们，等待的时间多长啊！谁能使时间过得快些呢？

堂·桑科 我们在殿下那儿也时常这样说。

堂·卡洛斯 我的老百姓不也是这样说你们的吗？

〔最后一扇窗户的灯灭了。

最后一扇窗户的灯光灭了！

〔转过头来看见堂娜·莎尔的窗户还是黑的。

啊！该死的窗子！你什么时候才亮呢？今夜很暗。堂娜·莎尔，快像明星一样在黑暗中放射出光芒吧！（向堂·里卡多）是半夜了吧？

堂·里卡多 快到半夜了。

堂·卡洛斯 要快点儿干完！那一个情郎随时都可能来哩。

〔堂娜·莎尔的窗户亮了，玻璃上看得见她的影子。

朋友们！灯亮了！窗子上有她的影子！我从来没有看见过比这更吸引人的日出。赶快！发出她在等待的信号，拍三下巴掌。等一会儿你们就会看到她了！现在我们人太多，不要把她吓坏了……你们三个都到暗处去，在那里等那个情郎。朋友们，让我们把这两个情人分开吧！美人儿归我，强盗头归你们。

堂·里卡多 多谢多谢！

堂·卡洛斯 他一来，你们就赶快从埋伏的地方冲上去，捅这家伙一刀。当他倒在地上神志还没清醒的时候，我就把美人儿带走，以后我们再庆功吧。但是不要把他杀死！因为他到底是个勇士，杀了人事情就严重了。

〔三个贵族鞠躬退出。堂·卡洛斯等他们走远后，拍了两下巴掌。拍第二下巴掌时，窗户开了，堂娜·莎尔全身素白，出现在阳台上。

第二场

〔堂·卡洛斯；堂娜·莎尔。

堂娜·莎尔 （在阳台上）是你吗，艾那尼？

堂·卡洛斯 （旁白）见鬼！不要说话！

〔他再拍一下巴掌。

堂娜·莎尔 我就下来。

〔她关上窗户，灯光也灭了。过了一会儿，小门开了，堂娜·莎尔走了出来，手里拿着灯，肩上披着斗篷。

堂娜·莎尔 （小门半开）艾那尼！

〔堂·卡洛斯把帽檐拉低，遮住面孔，匆匆向她走去。

堂娜·莎尔　（灯掉在地上）天哪！这不是他的脚步声！

〔她要回去。堂·卡洛斯跑上去抓住她的胳膊。

堂·卡洛斯　堂娜·莎尔！

堂娜·莎尔　这不是他的声音！啊！糟了！

堂·卡洛斯　你想要听到什么声音？难道还有什么声音比这更充满了爱情的吗？这也是一个情人的声音，而且这个情人还是一个国王啊！

堂娜·莎尔　国王？

堂·卡洛斯　只要你愿意，只要你下命令，王国就是你的！因为想用柔情留住你的，正是你的主公国王，正是你的奴仆卡洛斯！

堂娜·莎尔　（要从他怀里挣扎出来）救人啊，艾那尼！

堂·卡洛斯　你难免要害怕！不过留住你的不是你的强盗，而是国王！

堂娜·莎尔　不对。你才是强盗哩！你怎么不害羞？啊！我都为你脸红了。难道这是值得国王大事吹嘘的丰功伟绩？半夜三更，用暴力来抢走一个女人，我的强盗要比你好一百倍！国王啊，如果按照一个人的灵魂美丑来定地位的尊卑，如果上帝根据心灵是否高尚来划分人的等级，我敢说我的强盗配当国王，而你只配做个小偷！

堂·卡洛斯　（试着要把她拉过来）小姐……

堂娜·莎尔　你忘了我的父亲是伯爵？

堂·卡洛斯　我可以封你为公爵夫人。

堂娜·莎尔　（把他推开）走开！可耻！（退后几步）我们之间不可能有什么关系，堂·卡洛斯。我年老的父亲已经为你洒遍了热血，我有贵族女儿的血统，既不可能高攀做你的妻子，也不愿进你的后宫当嫔妃！

堂·卡洛斯　我封你做贵妃！

堂娜·莎尔 卡洛斯国王，你去找个下流的女人调情吧！要是你敢对我无礼，我就会给你颜色看，叫你知道我是贵族之后，名门之女！

堂·卡洛斯 这好极了！那你就来和我同登王位，共享荣华吧。来！你是我的王后，将来还是我的皇后！

堂娜·莎尔 不。这是骗人的圈套。再说，殿下，说老实话，如果不是和你这个国王有关，如果一定要我直说，那我还是宁愿和我的艾那尼，我的国王，一同过流浪的生活。哪怕是忍饥挨饿，终年奔波，只要逍遥法外，天天共患难同甘苦，哪怕要被世界抛弃，要经历战争、流亡、贫困和恐怖，我也不愿做一个皇帝的皇后！

堂·卡洛斯 这个艾那尼多么幸福啊！

堂娜·莎尔 幸福？他穷得要命，而且还是个亡命之徒！

堂·卡洛斯 只要能得到你的爱情，贫穷和亡命又有什么关系？我是多么孤独！他还有个天使和他形影相随！这样说来，你恨我吗？

堂娜·莎尔 我不爱你。

堂·卡洛斯 （凶暴地抓住她）嘿！管你爱我不爱我，那有什么关系！你来吧，我的手比你的手力气大。你来吧，我要你！老天在上，你看看我是不是个西班牙国王，而且还是个印度国王！

堂娜·莎尔 （挣扎着）主公啊，请你发发慈悲吧！怎么，你还是殿下，你还是国王呢！公爵夫人，侯爵夫人，伯爵夫人，都随你任意挑选。宫廷里的妇女，哪一个不乐意得到你的宠爱？但是我可怜的亡命徒，吝啬的老天爷给了他什么呢？啊！你拥有卡斯蒂利亚、阿拉贡、纳瓦拉、穆尔西亚、莱昂，还有十多个王国！还有佛兰德，还有印度和金矿！你的国土没有哪个国王敢于染指，它是这样辽阔广大，真是一个日不落的国家！你是国王，你有一切，你还要抢我干什么？而他除了我这个弱女子之外，却一无所有啊！

〔她跪倒在地，他却要把她拉过来。

堂·卡洛斯 来吧！我什么也不要听。来吧！如果你陪伴我，我就给你西班牙的四个省！说，你要哪几个省？随你挑选吧！

〔她在他怀里挣扎。

堂娜·莎尔 为了我的名誉，我什么也不要你的，只要你这把匕首，主公！

〔她夺过他腰间的匕首。他赶快把她放松，并且后退了几步。

你现在过来吧！你敢再过来一步！

堂·卡洛斯 美人儿！无怪乎有人爱造反的人了！

〔他要向前走一步。她就举起匕首。

堂娜·莎尔 你走一步，我就杀了你再自杀！

〔他又后退。她转过身去拼命叫喊。艾那尼！艾那尼！

堂·卡洛斯 不要叫喊！

堂娜·莎尔 （举起匕首）你走一步，就叫你一切落空。

堂·卡洛斯 小姐！对你的爱情已经使我不能约束自己了。为了使你就范，我还带了三个人来……

艾那尼 （突然在他背后出现）不止三个，你还忘了我哩！

〔国王转过身去，看见艾那尼在他后面一动不动地站在暗处，两臂交叉，披着长斗篷，帽子的宽边翘起。堂娜·莎尔喊了一声，就向艾那尼跑去，并且用双臂拥抱他。

第三场

〔堂·卡洛斯；堂娜·莎尔；艾那尼。

艾那尼 （一动不动，两臂一直交叉，两眼闪闪发光，瞪住国王）啊！老天有眼，我本来还打算走遍天涯去找你呢！

堂娜·莎尔 艾那尼，把我救走！

艾那尼 请放心吧，我心爱的人儿！

堂·卡洛斯 我的伙伴们在城里干什么？居然让这个流浪汉的头子跑到这里来了！（喊叫）蒙特雷！

艾那尼 你的伙伴落到我的伙伴手里了。你休想要他们无用的宝剑来助你一臂之力。你只有三个伙伴，而我却有六十个。他们每一个都抵得上你们四个。所以，还是就在这里，在我们两个人之间解决我们的问题吧。怎么！你胆敢对这个年轻的小姐动手动脚！卡斯蒂利亚的国王老爷，你真是个考虑不周的欺软怕硬的家伙！

堂·卡洛斯 （轻蔑地微笑）强盗先生，你不配教训我！

艾那尼 他居然还敢笑我！啊！我虽然不是国王，但当一个国王侮辱了我，并且还敢笑我的时候，我的万丈怒火会使我义愤填膺，和他分个高低上下。小心点儿，一个人得罪了我的时候，他怕我脸上的火气远远超过怕国王的头盔！如果你还妄想能逃脱的话，那你是太糊涂了！（抓住他的胳膊）你知道你现在落在什么人的手里？听着：你的父亲害死了我的父亲，我恨你。你剥夺了我的财产和爵位，我恨你。我们两个都爱同一个女人，我恨你，我恨你，是的，我恨你简直恨入骨髓！

堂·卡洛斯 那好！

艾那尼 不过，今夜我本来并没有想到报仇雪恨，我来时只有一个愿望，一股热情，一个需要，堂娜·莎尔！我怀着满腔的热情跑来……我用灵魂起誓！我发现你居然狗胆包天，要对她做出无礼的行为，怎么！我忘了你，你还敢来挡我的路！……老爷，我对你说，你真是太糊涂了！堂·卡洛斯，你这叫做作茧自缚，自作自受！你逃不了，也没人来救你！我逮住了你，围住了你！你一个人，四面八方都是冤家对头，你怎么办呀？

堂·卡洛斯 （傲慢地）怎么！你居然质问起我来了？

艾那尼 得了，得了，我不愿你死在不明不白的人手里，大丈夫报仇要亲自出马！我要叫你死在我的剑下。你准备招架吧。

〔他抽出宝剑。

堂·卡洛斯 我是你的主公国王。你砍吧，我是不会和你对打的。

艾那尼 主公，你应该记得：就在昨天，你还和我比剑来着呢。

堂·卡洛斯 昨天可以。那时我不知道你姓甚名谁，你也不知道我的身份。今天可不同了。伙伴，你知道我是谁，我也知道你是什么人。

艾那尼 你也许说得对。

堂·卡洛斯 我是不和你对打的。你要杀害我就杀吧。动手吧！

艾那尼 你认为对我来说，国王是神圣不可侵犯的吗？去你的吧！你招架不招架？

堂·卡洛斯 你可以杀害我。啊！强盗，你认为你们这帮歹徒可以在城里横行霸道，逍遥法外吗？

〔艾那尼后退。堂·卡洛斯用他的鹰眼盯着他。

坏家伙！你们双手沾满鲜血，杀人行凶之后，难道还想装得慷慨激昂！难道还要受骗受害的人用清白无辜的宝剑来和你们的匕首交锋，使人家以为你们的刀也是清白无罪的吗？不行！你们不会无罪脱身，你们到天涯海角也是有罪的。你妄想要我和你对打！去你的吧！你要杀就杀。

〔艾那尼阴沉沉地深思了一会儿，用手折腾他的剑柄，然后突然转过身来，当着国王的面把宝剑在石头路上折断。

艾那尼 走吧！

〔国王转过半个身子，高傲地瞧着他。

我们后会有期。走你的吧。

堂·卡洛斯　那好，先生。我几个钟头之后就会回公爵府。作为你的国王，我要办的第一件事，就是下命令给国库。他们有没有悬赏要你的头？

艾那尼　悬赏了。

堂·卡洛斯　我的头领，从现在起，我宣布你是乱臣贼子。我告诉你，我要到处追捕你。你要在全国受到通缉。

艾那尼　我已经领教过了。

堂·卡洛斯　那好。

艾那尼　可惜法兰西离西班牙太近，那里还有港口呢。

堂·卡洛斯　我就要当日耳曼帝国的皇帝了。我要在整个帝国通缉你。

艾那尼　你可以为所欲为。不过世界上还有许多你鞭长莫及的地方，我可以在那里和你对着干。

堂·卡洛斯　等到我拥有了全世界呢？

艾那尼　那时坟墓就是我藏身之地。

堂·卡洛斯　我有办法挫败你们胆大妄为的阴谋。

艾那尼　复仇女神是个跛子，姗姗来迟，但善恶到头终有报应。

堂·卡洛斯　（微微一笑，轻蔑地）拍拍这个强盗崇拜的女神吧！

艾那尼　（眼睛又射出怒火）你是不是忘了你还在我手中？未来的罗马皇帝呀，不要使我想起：我只要一捏紧这只正直的手，就可以把你这个微不足道的羽毛未丰的帝国雏鹰，扼杀在蛋壳里！

堂·卡洛斯　你下手吧！

艾那尼　走吧，走吧！（脱下斗篷，抛在国王肩上）披上这件斗篷逃命吧，恐怕我这帮人见了你，都会白刀子进，红刀子出的。

〔国王披上斗篷。

现在，悄悄地走吧！我改变了报仇的念头，除了我以外，谁也不会动你头上一根毫毛。

堂·卡洛斯 先生，你刚才出言不逊，有朝一日，你休要向我求饶，我也不会向你道谢！

〔国王下。

第四场

〔艾那尼；堂娜·莎尔。

堂娜·莎尔 （抓住艾那尼的手）现在，我们快走吧！

艾那尼 （温柔而严肃地把她推开）我的知心人，无论我是多么不幸，你总是越来越坚定，毫不动摇，也决不抛弃我；无论天涯海角，你都要伴我一生，追随我到底。只有一颗忠心才会有这样高尚的志向！不过，我的上帝，你看，要接受她的深情厚意，要把这个引起国王妒忌的美人儿兴高采烈地带回我的虎穴，要使我的堂娜·莎尔永远追随我，属于我，要强使她的生命和我的生命永远结合在一起，要既无愧色又不后悔地把她带在我的身边，天哪，时间已经来不及了！我看见断头台已经离我近在咫尺。

堂娜·莎尔 你说什么？

艾那尼 我刚刚不放在眼里的这个国王，因为我居然敢饶了他的命，他马上就要来惩罚我的。他跑了！说不定他已经到了王宫，正在叫他的人，叫他的卫队、仆从、大臣、刽子手……

堂娜·莎尔 艾那尼，天哪，我害怕了！好啦，那我们就赶快走吧，我们一起走吧！

艾那尼 一起走！不行，不行。时间已经过了！唉，堂娜·莎尔，过去我看见你好心好意地怜悯我，用能起死回生的爱情来挽救我，我虽然是个受苦受难的可怜人，但也能把我的一山一水、一草一木都献给你，你的同情使我变得更大胆了！我还能给你亡命徒的一块面包、绿林中的青青芳草铺成的半个床位，但是，如果要我和你同上断头台啊！那使不得，堂娜·莎尔，断头台只能是我一个人的！

堂娜·莎尔 但是你答应过我的呀！

艾那尼 （跪下）天使啊！在这生死关头，一个阴森的下场也许就要了结我这暗淡的一生。我要在这里说句心里话：虽然我是一个亡命之徒，虽然我心事重重，虽然我是在一个鲜血淋漓的摇篮里长大的，虽然我这一生受苦受难，暗无天日，但我却是一个幸福的人，并且我想人家还会羡慕我，因为你爱过我！因为这是你亲口对我说过的！因为我这个该死的人还得到过你悄悄的祝福啊！

堂娜·莎尔 （俯身摸他的头）艾那尼！

艾那尼 感谢温存而慈悲的命运给我在悬崖边上栽上这朵鲜花！（站起来）我不是在这里对你说，我是说给天听，说给上帝听的！

堂娜·莎尔 让我跟你走吧！

艾那尼 啊！如果在掉下深渊的时候，还要把这朵鲜花也拉下去，那就是犯罪了！我已经闻过花的香味，已经心满意足了！我扰乱了你的生活，你还是和别人另结良缘吧。嫁给那个老人吧！我要解开你系足的红丝带。我要回到茫茫的黑夜中去了。你呢，祝你幸福，忘了我吧！

堂娜·莎尔 不行，我要跟你走！就是在坟墓里也要和你同枕共席、寸步不离！

艾那尼 （把她紧紧抱在怀里）啊，让我一个人走吧！我是个无家可归的人，我是个亡命之徒，我是个凶神恶煞！

〔他做出一个痉挛的动作，离开了她，想要走了。

堂娜·莎尔 （痛苦地合起双手）艾那尼，你要离开我！

艾那尼 （又走回来）那好，我不走了，我不走了，我就留在这里。这是你的意思，那我就不走了。来吧，到我的怀抱里来！你要我留多久，我就留多久。忘掉他们吧！让我们待在一起，（坐在一个石凳上）坐到这块石头上来！（跪在她面前）你眼睛里的火焰在我的眼睑上闪耀。给我唱支歌吧，你晚上不是常含着眼泪给我唱歌的吗？让我们尽情享受幸福吧！因为生命之杯已经斟满幸福，因为这千金一刻是我们的，其他一切，管他呢！对我说话吧，让我陶醉吧！爱情是多么甜蜜！知道有人爱你，拜倒在你脚下，这难道不甜蜜吗？只有两个人在一起，在夜深人静的时刻，互相倾吐爱恋之情，这难道不甜蜜吗？啊！让我睡在你的怀里做梦吧，堂娜·莎尔，我的情人，我的美人！……

〔远处响起钟声。

堂娜·莎尔 （惊起）警钟！你听见没有？这是警钟！

艾那尼 （一直跪在她面前）不是！这是庆祝我们婚礼的钟声。

〔钟声越来越响。杂乱的叫喊声。所有的窗户、房屋和街道上的灯都亮了。

堂娜·莎尔 快起来吧，快逃走吧！老天爷，萨拉戈萨满城都是灯火！

艾那尼 （半身起立）那我们就用火炬来庆祝婚礼吧！

堂娜·莎尔 那是死人的婚礼，墓前的婚礼啊！

〔刀剑响声。群众喊声。

艾那尼 （重新躺在石凳上）让我们再睡睡吧！

一个山里人 （手里拿着剑跑来）头领！警察法官的大队人马已经拥向广场来了！要小心些，我的头领！……

〔艾那尼起立。

堂娜·莎尔 （脸色苍白）啊，你不幸说对了！

山里人 来人哪！

艾那尼 （向山里人）我在这里。不要紧。

嘈杂的人声 （在幕后）捉强盗！

艾那尼 （向山里人）你的剑呢……（向堂娜·莎尔）别了！

堂娜·莎尔 是我坏了你的事！你要到哪里去？（指着小门）来吧，从这扇门逃走吧！

艾那尼 天哪，丢下我的伙伴！你说行吗？

〔人声喧哗。

堂娜·莎尔 这些喊声喊得我的心都要碎了。（拉住艾那尼）记住：要是你死了，我也活不了。

艾那尼 （紧紧拥抱她）亲一个吻！

堂娜·莎尔 我的丈夫，我的艾那尼，我的主子！

艾那尼 （吻她的前额）唉，这是第一个吻！

堂娜·莎尔 也许是最后一个。

〔他走了。她倒在石凳上。

第三幕

老　人

〔在阿拉贡山中的西尔瓦城堡。

〔西尔瓦家族的画像陈列室。大厅里的画像装潢富丽，画框都是锦绣镶边，上方装饰着公爵的冠冕和金色的纹章。在舞台深处是一扇高高的哥特式的门。画像之间陈列着各个世纪的甲胄。

第一场

〔堂娜·莎尔，全身素白，站在一张桌子旁边；堂·吕伊·葛梅兹·德·西尔瓦，坐在一张公爵专用的栎木制的大交椅上。

堂·吕伊·葛梅兹　啊，总算等到了今天！再过一个小时，你就是我的公爵夫人，我不再是你的伯伯了，你就要拥抱我！不过你原谅我了吗？我承认，我错怪你了。我使你气得额头变红，我使你气得面颊发白，我猜疑过多，我不应该没听你讲就怪你。表面现象多么容易迷惑人！我们男人又是多么不公平啊！当然，这两个年轻漂亮的小伙子的确来了！那有什么关系。我也不应该只相信我的眼睛呀。不过，我可怜的孩子，我已经老了！这有什么办法呢？

堂娜·莎尔　（一动不动，严肃地）您为什么总是谈这件事，谁怪您来着？

堂·吕伊·葛梅兹 我错怪你了！我应该想到，既然你是堂娜·莎尔，既然你的灵魂是这样崇高，既然你心头流动的都是西班牙的高贵血液，你怎么会有情郎呢？

堂娜·莎尔 是的！大人，我的血液是高贵而纯洁的，可能您不久就会看到。

堂·吕伊·葛梅兹 （站起来向她走去）听我说：像我这样爱你，而且又上了年纪，我就不能控制自己了。人总是妒忌的，总没有好心眼，为什么？因为人老了；因为别人的青春、美貌、风度，都会使我害怕，都会对我成为威胁；因为我妒忌别人而自惭形秽。这样老少不相称的爱情真是荒唐！爱情使我的心灵燃烧、陶醉，使我的精神返老还童，但却忘了使我的身体恢复青春！只要走过一个年轻的牧羊人，是的，总会走过年轻人的！我们往往各走各的路，他唱他的歌，我想我的心事，他在青春的草场上走，我在阴暗的小道上走，我往往悄悄地说：啊！我古老的公爵府邸，壁垒森严的城堡，我都可以放弃。啊！我还可以放弃麦地和森林，放弃在山脚下吃草的羊群，放弃我古老的家世门第，甚至不久就要和我在黄泉相会的祖先，只要我能出生在他的新茅屋里，只要我能脱胎换骨，变得和他一样年轻！因为他的头发是漆黑的，他的眼睛闪闪发亮，和你的一样；你一看见他就会说："这个年轻人！"然后才会想到我这个老头子。我知道是这样！虽然我是西尔瓦的名门望族，但是这还不够！是的，我就是这样自言自语。你看我爱你爱到了什么地步。总而言之，我就是要和你一样年轻漂亮？这是在胡思乱想些什么？我能变得年轻漂亮？我都快要进坟墓了，而你却来日方长呢！

堂娜·莎尔 那谁说得准？

堂·吕伊·葛梅兹 好了，相信我吧，这些轻浮的骑士谈什么伟大的爱情，他们磨磨嘴皮子就把爱情磨光了。一个姑娘爱上了一个这样的小伙子，而且相信他的话，她真会伤心死的，而他却会笑死了。这些年轻人像鸟儿一样拍拍华而不实的翅膀，发出含情脉脉的鸣声，他们朝三暮四的爱情，也和鸟儿的羽毛一样轻浮。老年人的声音容貌随着岁月的消失而黯然失色，但是他们的翅膀却更结实，他们虽然不那么好看，但是却更善良。他们才真懂得爱情。我们走路慢吞吞的吗？我们的眼睛没神吗？我们的前额起皱吗？我们的内心却是永远没有皱纹的。唉！当一个老年人在恋爱的时候，那总得原谅他三分。他的心总是年轻的，受了伤也总是会出血的。啊！我的爱情不像玻璃做的玩具那样闪闪发光。啊，不像！我的爱情是严肃认真的，非常深厚的，十分踏实的，说一是一的，慈父般的，良友似的，就像我这把公爵的交椅一样，是栎木做的！我就是这样爱你，另外我还千方百计地爱你，像爱朝阳，爱鲜花，爱青天一样爱你！我每天看见你，看见你千媚百娇的步态，纯洁无瑕的额头，炯炯有神的眼光，我就心花怒放，笑逐颜开，我的灵魂在享受无穷无尽的幸福！

堂娜·莎尔 唉！

堂·吕伊·葛梅兹 还有，你看见吗？世界上都把这当做好事：当一个人日薄西山，三魂七魄快要归天的时候，当他在大理石的坟墓前摇摇欲坠的时候，有一个少女，一个纯洁的天使，一只无瑕的鸽子，来照顾他，来看护他，甚至不惜牺牲自己来陪伴一个除死以外别无他事的老人！这是一件神圣的工作，完全有理由受到赞美。这种至高无上的献身精神，使她愿意安慰一个快要入土的老人，直到他生命的最后一刻。这种艰巨的工作也许并不带有爱情，但是看起来却好像带有几分爱情似的。啊！你就是我的慈悲为怀的天使，使我这个可怜的老人心旷神怡。你像女儿一般孝敬我，像妹妹一般同情我，来和我共度这风烛残年！

堂娜·莎尔 大人，您不会在我之前，也许会在我之后再离开这个世界。年纪轻并不一定活得长。唉！我对您说，老年人总是行动迟缓的，年轻人却往往走在前面！两只眼睛突然一下闭上，就像挖好了的坟墓给倒下的碑石封上了一样！

堂·吕伊·葛梅兹 啊！你怎么说这样不吉利的话！这可要怪你了，孩子！像今天这样的日子应该是兴高采烈的。怎么，良辰吉时已在召唤我们，你还没有准备好去教堂吗？赶快梳妆打扮吧。我在一分钟、一秒钟地数时间哩！结婚礼服呢？

堂娜·莎尔 时间总是来得及的。

堂·吕伊·葛梅兹 不一定。

〔一个侍从上。

伊亚克有什么事？

侍从 老爷，大门口来了一个人，一个香客，说不准是个乞丐，他来请求借宿。

堂·吕伊·葛梅兹 不管他是什么人，接待离乡背井的人总会得到幸福，让他进来吧！外面有什么消息？那个犯上作乱、霸占绿林的强盗头子怎么样了？

侍从 艾那尼已经完蛋了。这只山中的雄狮完蛋了。

堂娜·莎尔 （旁白）天呀！

堂·吕伊·葛梅兹 （向侍从）怎么样了？

侍从 强盗已被打败。听说国王御驾进行追剿，悬赏一千金币，要艾那尼的头。有人说艾那尼已经死了。

堂娜·莎尔 （旁白）怎么，也不等我。艾那尼呀！

堂·吕伊·葛梅兹 谢天谢地，这个反贼死了！现在可以庆祝一下，我亲爱的美人儿。去梳妆打扮吧，我的爱人，我的骄傲！今天真是双喜临门，喜上加喜啊！

堂娜·莎尔 （旁白）啊，我要换丧服了！

〔堂娜·莎尔下。

堂·吕伊·葛梅兹 （向侍从）赶快给她把我的珠宝拿来。（又在交椅上坐下）我要她打扮得美如天仙，有了她千媚百娇的眼睛，再加上我的珍珠宝贝，连朝拜圣地的香客见了她也会拜倒在她的裙下的。哦，刚才说的那个要求借宿的客人呢？请他进来吧，请他不要怪我们怠慢，快去。

〔侍从行礼，然后退出。

让客人在外面等候！啊！这不好！

〔舞台深处的门开了。艾那尼扮作香客上。公爵起立。

第二场

〔堂·吕伊·葛梅兹；艾那尼扮作香客。

〔艾那尼走到门槛边站住。

艾那尼 老爷，祝您平安幸福！

堂·吕伊·葛梅兹 （做手势向他致意）祝你平安幸福，我的客人！

〔艾那尼走进来。公爵坐下。

你不是香客吗？

艾那尼 （鞠躬）是的。

堂·吕伊·葛梅兹 那你当然是从阿米拉来的啰？

艾那尼 不是，我走的是另外一条路。那边在打仗哩！

堂·吕伊·葛梅兹 是在剿土匪吧？

艾那尼 我不知道。

堂·吕伊·葛梅兹 那个土匪头子，那个艾那尼，你知道他怎么样了？

艾那尼 老爷，他是个什么人呀？

堂·吕伊·葛梅兹 你不认识他？你运气不好！那一大笔赏金你就拿不到了。你知道吗？这个艾那尼胆敢反对国王，并且长期逍遥法外。不过这一会儿，如果你到马德里去，就可以看到他上绞刑架的。

艾那尼 我不去马德里。

堂·吕伊·葛梅兹 这个乱臣贼子，真是人人得而诛之。

艾那尼 （旁白）看谁敢来！

堂·吕伊·葛梅兹 你要到什么地方去，香客？

艾那尼 老爷，我要去萨拉戈萨。

堂·吕伊·葛梅兹 是给圣徒烧香还愿吧？是不是去圣母院？……

艾那尼 是的，公爵，是去圣母院。

堂·吕伊·葛梅兹 皮拉尔圣母院？

艾那尼 皮拉尔圣母院。

堂·吕伊·葛梅兹 要是向圣徒许了愿而不还愿，那一定是没有灵魂的人。不过，你还了愿之后没有别的事吗？你就只想去看看柱廊？

艾那尼 是的，我想看看人家烧香点蜡，看看在阴沉沉的长廊尽头，在火红的神龛里闪闪发光的披着金黄斗篷的圣母像，然后我就回家。

堂·吕伊·葛梅兹 那好得很。你叫什么名字，老弟？我叫吕伊·德·葛梅兹。

艾那尼 （迟疑）我的名字吗？……

堂·吕伊·葛梅兹 你不愿意说就可以不说，这里谁也无权过问。你不是来借宿的吗？

艾那尼 是的，公爵。

堂·吕伊·葛梅兹 那好。我欢迎你！住下来吧，朋友，不要客气。至于你的名字，你就叫做“客人”吧！不管你是谁，我都一视同仁，只要是上帝派来的，哪怕是魔鬼下凡，我也会问心无愧地接待他的。

〔舞台后部的双折门打开了。堂娜·莎尔穿新娘的礼服上。她后面跟着侍从、仆人，还有两个女仆捧着一个丝绒垫子，上面放着一个精工雕镂的银盒，盒里装着琳琅满目的珠宝，有公爵夫人的冠冕、手镯、项链、珍珠、钻石等等。女仆把银盒放在一张桌子上。艾那尼呼吸急促，不知所措，冒火的眼睛注视着堂娜·莎尔，没有听公爵在讲什么。

第三场

〔艾那尼；堂·吕伊·葛梅兹；堂娜·莎尔；侍从；仆人；女仆。

堂·吕伊·葛梅兹 （接着）这就是我的圣母马利亚。向她祈祷会给你带来幸福的。

〔他伸手去牵堂娜·莎尔，她一直是脸色苍白，心情沉重的。

我美丽的新娘，过来吧！怎么，没戴结婚戒指，还没有戴凤冠？

艾那尼 （霹雳一声大喊）这里有谁想赚一千金币吗？

〔大家吃了一惊，转过头来。他撕下香客穿的长袍，踩在脚下，露出了山里人的服装。

我是艾那尼！

堂娜·莎尔 （喜出望外，旁白）天哪，他还活着！

艾那尼 （向仆人）我就是他们通缉的人！（向公爵）您不是想知道我的名字是佩雷兹还是狄埃戈吗？不是，我的名字是艾那尼！这是一个如雷贯耳的大名，这是一个强盗的名字，这是一个逃犯的名字。您看见这脑袋吧？它价值千金，够您开销婚礼的费用了。（向仆人）我把这脑袋送给你们大家，你们就可以得到一大笔钱了。来拿吧！来捆住我的手，来绑住我的脚。来吧！不，不必了，一根情丝绑住了我，我再也挣不脱了！

堂娜·莎尔 （旁白）这要了我的命！

堂·吕伊·葛梅兹 疯了，我的客人是个疯子！

艾那尼 您的客人是个强盗!

堂娜·莎尔 啊，别听他的!

艾那尼 我说的话一字不假。

堂·吕伊·葛梅兹 一千金币! 先生，这笔钱不少啊，我不敢担保我这里没有坏人!

艾那尼 那有什么关系? 要是这些人里有一个想要我的脑袋，那岂不是更好? （向仆人）把我交出去，领赏去吧!

堂·吕伊·葛梅兹 （努力要他住嘴）不要胡说八道了，说不定有人会把你说的当真话哩!

艾那尼 朋友们! 机会不要错过! 我告诉你们我是逃犯，我是反贼，我是艾那尼!

堂·吕伊·葛梅兹 不要说了!

艾那尼 我是艾那尼!

堂娜·莎尔 （有声没气地附在他耳边）喂，不要说了!

艾那尼 （转过半个身子来向着堂娜·莎尔）这里在举行婚礼? 我也要结婚呢! 我的新娘也在等我! （向公爵）她没有您的新娘漂亮，老爷，但也是一样不会变心的。她就是死神! （向仆人）怎么你们谁也不向前走一步?

堂娜·莎尔 （低声）发发慈悲吧!

艾那尼 （向仆人）我是艾那尼，我值一千金币!

堂·吕伊·葛梅兹 真是魔鬼下凡!

艾那尼 （向一个年轻的仆人）你过来吧! 你可以把这笔钱捞到手。有了钱，你就可以不再低三下四，可以重新做人了! （向那些一动不动的仆人）怎么，你们也发抖了! 我多么倒霉呀!

堂·吕伊·葛梅兹 老弟，要是他们敢碰你的脑袋，就要小心自己的脑袋了! 就算你是艾那尼也罢，就算你再坏一百倍也罢，即使砍了你的脑袋不止得到一千金币，而是得到一个帝国，我的客人啊! 你在我这里也要受到我的保护，就连国王也拿你无可奈何，因为你是上帝交给我的，我死也不能让人动你一根头发！（向堂娜·莎尔）我的侄女，再过一小时你就是我的妻子了，你进去吧！我去要人来把守城堡，把大门都关上。

〔下。仆人同下。

艾那尼 （失望地看看腰间，已经没有武器）唉！连刀也没有一把了。

〔堂娜·莎尔在公爵走后也走了几步，好像要跟女仆同走，后来忽然停住，等女仆一走，就着急地回转身来找艾那尼。

第四场

〔艾那尼；堂娜·莎尔。

〔艾那尼仿佛心不在焉，冷眼端详放在桌上的妆奁盒子，然后摇摇头，眼睛闪闪发亮。

艾那尼 我向您祝贺！我简直说不出这些珠宝使我多么心醉神迷，我羡慕您！（走近珠宝盒）这个戒指真是雅致，这顶凤冠也讨人喜欢，这挂项链是精工细作的，这个手镯也是罕见的，不过更罕见千百倍的，是一个外表纯洁、内心卑鄙的女人！（再看一遍盒子）这些珠宝是用什么换来的呢？非常便宜！只要一点儿爱情，是吗？的确，这算得了什么！老天爷！这样负心！也不害羞，还有脸活着！（仔细看看珠宝）不过，说不定这珍珠是假的，这是铜的，不是金的，这是玻璃的，是铅做的，这些金刚钻、蓝宝石是赝品，这些闪闪发光的金银珠宝都是假的。啊！要是果真如此，公爵夫人，你的心也和这些珠宝一样是假的了，那你也不过是个镀金的玩意儿啊！（回到盒子旁边）不对，不对。都是真的，都是好的，都是漂亮的。他都快进坟墓了，哪里还敢骗人呢！再说他什么也不缺呀！

（他一件一件地取出盒子里的珠宝）项链、钻石、耳环、公爵夫人的冠冕、金戒指……真是美不胜收！谢天谢地，这就是天长地久、忠贞不渝的爱情，这珍贵的珠宝盒！

堂娜·莎尔 （走到盒子旁边，搜出一把匕首）你还没有翻到底下哩！这把匕首是我在我的保护神庇护下，从卡洛斯国王那里夺过来的。他要我登上王后的宝座，我却为你而拒绝了，你现在竟来侮辱我！

艾那尼 （跪倒在她脚下）啊！让我跪在地上，把你痛苦的眼睛里令人丧魂落魄的眼泪擦干，然后再用我的鲜血来偿还你的眼泪吧！

堂娜·莎尔 （心肠软了）艾那尼，我爱你，我原谅你，我除了你的爱以外还有什么呢！

艾那尼 她原谅我了，她还爱我呢！谁会这样做？我自己会吗？在我那样胡言乱语之后，我会原谅自己，还会爱自己吗？啊！只应天上有的安琪儿，我要知道你走过的道路，我只配吻你走过的石头！

堂娜·莎尔 我的好人！

艾那尼 不！对你来说，我应该是个可憎的人！不过，听我说，请你再说一遍“我爱你”吧！唉，打消我心头的顾虑。请你再说一遍！因为往往就是这寥寥几个字，从一个女人的嘴里说出来，治好过多少心病啊！

堂娜·莎尔 （心有所思，没有听见他说什么）你以为我的爱情会那么见异思迁！你以为这些自命高贵，并不光彩的人能使我变得三心二意，忘了心上人的名字！

艾那尼 唉，我得罪你了！要是我处在你的地位，堂娜·莎尔，我会受不了的，我会讨厌这个发了疯的傻子，这个阴阳怪气的人，他只有在伤害了人之后才去抚摸人。我会对他说：“去你的吧！”把我赶走吧！把我赶走。我倒会感激你，因为你过去太好了，太温存了，因为你受够了我的气，因为我太坏了，我的黑夜会使你的白天变得昏暗无光！这到底是太过分了，你的灵魂是美丽的，高贵的，纯洁的，而我的心肠狠毒。难道这能怪你？嫁给老公爵吧！他是个好人，是个贵族，他拥有阿尔卡拉和奥尔默多，那是他父母给他的产业。再说一遍，和他同享富贵，同享幸福去吧！我呢，你知道我这慷慨的双手能献给你什么豪华的东西？我的彩礼只是痛苦。你可以挑选，到底是要鲜血，还是要眼泪。流放、镣铐、死亡、恐惧包围着我，这就是我能给你的金项链，这就是我能给你的冠冕。有哪一个丈夫给他的妻子送上过更富丽的珍宝盒，盒里装满了贫穷和悲哀？嫁给老头子吧，我对你说，他配得上你！嗯，有谁会相信我这个流浪汉的面孔配得上你纯洁无瑕的容貌？你娴静而美丽，而我却粗暴又不安分，你是在绿荫里平静地生长的一朵鲜花，而我却在暴风雨中碰到过无数暗礁。谁看到我们两个人会说我们可以共命运呢？不会，造物主安排好了一切，不是为了我才造你的。上天没有给我占有你的权利，我也只好听天由命！我占有了你的心，那是偷来的！我要把它还给那受之无愧的人。上天从来没有允许我们相爱。如果我说这是你命里注定了的，那是胡说！再见吧，爱情，复仇，我的日子已经完了。我一事无成，要带着这两个梦想离去了。我非常惭愧，既不能报仇雪恨，又不能令人心醉。我本来是只应知道仇恨的，而我却只知道爱情。原谅我吧！离开我吧！这是我的两个心愿。不要拒绝我的恳求，因为这是我最后的愿望！你还活着，我却死了。你看不出你为什么要把自己和我一起关在我的坟里！

堂娜·莎尔　负心人！

艾那尼　阿拉贡山，加利西亚，埃什特雷马杜拉！啊，我给周围的环境也带来了不幸！我带走了你们优秀的子弟；为了夺回我的权利，他们毫无怨言地进行战斗，而现在他们却都死了！他们是勇冠三军的西班牙勇士，他们死了！他们都是在山中阵亡的，都是仰卧在沙场上，面向上帝，英勇牺牲的。如果他们死不瞑目的话，他们都会看到青天，这就是和我结合在一起的好下场！难道这是值得你羡慕的命运吗？堂娜·莎尔，嫁给公爵吧，嫁给魔鬼吧，嫁给国王吧！这都不错。只要不是嫁给我，无论什么都比我强！我不再有一个记得我的朋友了，他们都离开了我。最后，该轮到你了，因为我是注定了要孤独的。不要让我的晦气传染了你，不要把爱情当做宗教。啊！为了怜惜你自己，走吧！也许你以为我是一个和大家一样的人，一个有头脑的人，一个向自己梦想的目标一直前进的人？你搞错了。我是一股就要消失的力量，我是神秘的死神又瞎又聋的奴才，我是浑浑噩噩的不幸的灵魂！我要到哪里去？我也不知道。我只感到一股激流，一种盲目的命运在后面推我。我每况愈下，怎么也停不住。如果我有时累得上气不接下气，胆敢回过头来，就有一个声音会对我说："往前走！"而前面是无底的深渊，我看见深渊里冒出的火焰和喷出的鲜血，一片通红！但是在我拼命奔跑的途中，我会破坏周围的一切，摧毁周围的一切。谁碰到我都要遭殃！啊，快逃吧！离开我这毁灭的道路。唉！我会情不自禁地害了你的！

堂娜·莎尔　老天爷！

艾那尼　我告诉你，主宰我的魔鬼是个凶神恶煞。我的幸福，那是他唯一不可能给我的奇迹。而你就是幸福！所以你不是为我而存在的！另外去找一个主子吧！走吧，如果上天万一回心转意，对我的命运微笑……不要胡思乱想了！这真是异想天开。还是嫁给公爵吧！

堂娜·莎尔　那么，你还嫌你做得不够！你已经撕裂了我的心，你还要把它捣得粉碎。啊！你不再爱我了！

艾那尼　啊！我的心上人，我的灵魂，你是我取得光和热的源泉，你是我心爱的人儿，不要怪我想离开你吧！

堂娜·莎尔　我不怪你。不过你一走，我就会伤心而死的。

艾那尼　死！为了谁？为了我？为了一个微不足道的人，犯得着吗？

堂娜·莎尔　（眼泪涌出）我有什么办法呢！

〔她倒在一张扶手椅上。

艾那尼　（在她身边坐下）啊，你哭了，你哭了，这又是我的错！谁来惩罚我呢？因为你还是会原谅我的！我喜欢看到你的眼睛发亮，谁会来告诉你，当一滴眼泪盖住你眼里的火焰时，我会感到多么痛苦？啊，我的朋友都死了！啊，我真是发了疯！原谅我。我知都不知道，我还是痴心地爱着你呢！唉，我还在用无比的深情爱着你呢！不要哭了，还不如让我们同归于尽吧！我为什么没有一个世界，可以拿来献给你呢？我是多么不幸啊！

堂娜·莎尔　（搂住他的脖子）你真是我漂亮高贵的雄狮！我真爱你。

艾那尼　啊！爱情是无价之宝，要是因热爱而死，那就好了！

堂娜·莎尔　我爱你，我的主子！我爱你，我的一切都是你的。

艾那尼　（把头放在她肩上）啊！要是你现在用匕首结果了我，那是多么甜蜜！

堂娜·莎尔　（哀求地）啊！你这样说话，难道不怕上天报应？

艾那尼　（一直在她怀里）好吧，让上天把我们结合在一起吧！既然这是你的意愿，那就只好这样！违抗你怎么行？

〔他们两人互相拥抱，彼此凝视，心醉神迷，视而不见，听而不闻，仿佛沉醉在对方的眼神里。堂·吕伊·葛梅兹从舞台深处的门口上。他看了一看，目瞪口呆地在门口站住了。

第五场

〔艾那尼；堂娜·莎尔；堂·吕伊·葛梅兹。

堂·吕伊·葛梅兹 （一动不动，两臂交叉地站在门口）难道这是殷勤好客的报应！

堂娜·莎尔 天哪，公爵！

〔他们两人转过身来，仿佛大梦初醒一般。

堂·吕伊·葛梅兹 （一直不动）难道这是我应得的报应，我的客人？“好老爷，去看看你的围墙是不是够高，你的大门是不是关得够紧，你的弓箭手是不是在城楼里，请你为我们绕你的城堡走两圈。从你的武器库中找出一副合身的盔甲来，到了六十岁还重新穿上你的战袍吧，对你的好意，我们会用忠诚来报答的！你为我们做了好事，我们也为你做件不可告人的好事！”天上的圣徒啊！我活了六十多岁，我碰到过无法无天的亡命徒，我的刀一出鞘，往往会使鬼哭神嚎，我见到过杀人犯、伪币制造者、乱臣贼子、在餐桌上毒死主人的侍仆、临死既不信神也不祈祷的异教徒，我见过斯福察[①]，我见过波基亚[②]，我还见过路德，但是我从来没有见过这样恩将仇报、调戏主妇、不怕雷劈的客人！这哪有一点儿我那个时代的古风！这样欺人太甚的黑心肠，把一个老人都吓呆在自家门口，虽然他还没有归天，看起来却已经像墓前的石像了！摩尔人和卡斯蒂利亚人！这个人是什么人哪？（抬头看看大厅四壁的画像）啊！西尔瓦家的列祖列宗都在听我讲话，请原谅我，如果我在一怒之下，在你们面前说了什么坏话，败坏了好客

① 斯福察（Ludovic Sforza，1451—1508），米兰的暴君，曾毒死侄子。

② 吕克莱丝·波基亚之兄，他杀害了亲兄弟。

的家风的话，那请原谅我吧！

艾那尼 （站起来）公爵……

堂·吕伊·葛梅兹 不要插嘴！

〔他慢慢地在大厅里走了三步，把西尔瓦家族的画像全都看了一遍。

神圣的列祖列宗啊！铁打的英雄汉啊！你们看见过天堂里和地狱里出来的东西。请告诉我，列祖列宗，这是个什么人？这不是艾那尼，这个人应该叫做犹大！啊，你们说说看他应该叫什么名字！（两臂交叉）你们生前见过这样的事吗？没有吧！

艾那尼 公爵大人……

堂·吕伊·葛梅兹 （一直对画像）你们看见了吗？他还要说话呢，这个不要脸的家伙！不过，你们比我还更能看清他的本来面目。啊，不要听他的，这是一个存心不良的骗子！他满以为我的双手一定会血染我的家门，我的心里也许在酝酿着复仇的风暴，要邀请砍了七个人头的复仇女神赴宴；他会对你们说他正受到追捕，他会说人家将来谈到西尔瓦家也会和现在谈到血腥的拉腊家一样，然后他会说他是我的客人，因此也是你们的客人……我的列祖列宗啊，你们看，这难道是我的过错？请你们裁判谁是谁非吧！

艾那尼 吕伊·葛梅兹·德·西尔瓦，如果世上有位顶天立地的贵人，有位心胸宽大为怀、灵魂高尚可敬的人，那就是您，我的大人！那就是您啊，我的主人！在这里对您说话的是一个罪人，我除了对您说我罪该万死之外，还有什么可说的呢？不错，我本来想抢走您的妻子，不错，我本来想玷辱您的床笫，不错，这真是无耻极了！我只有一腔鲜血，您可以随便把它洒在哪里，然后擦干您的宝剑，从此再也不放在心上！

堂娜·莎尔 老爷，不能怪罪他，要杀就杀我吧！

艾那尼　不要多嘴，堂娜·莎尔，因为这是我最后的时刻！这个时刻是属于我的。我也只有这一时刻了。所以，让我在这里向公爵解释清楚吧。公爵！相信我嘴里说出来的最后几句话，我发誓，我是有罪的，但是请您放心，她是清白的！这就是我要说的话。我有罪，她无辜；请您信任她，请您给我一刀，那就万事大吉。然后把我的尸体扔到门外，再叫人擦干地板，不过这都无关紧要了！

堂娜·莎尔　啊，一切都是我干出来的。因为我爱他啊！

〔堂·吕伊一听见这句话就颤抖地转过身来，很厉害地看了堂娜·莎尔一眼。她立刻跪倒在地上。

是的，饶恕我吧！我爱他啊，老爷！

堂·吕伊·葛梅兹　你爱他！（向艾那尼）那么你要胆战心惊了！

〔外面有号角声。一个侍从上。

（向侍从）这是什么声音？

侍从　大人，国王驾到，还带了一大队弓箭手来，这是传令官在吹号。

堂娜·莎尔　天哪！国王来了！这是致命的打击！

侍从　（向公爵）他问为什么大门紧闭，并且说要开门。

堂·吕伊·葛梅兹　开门接驾。

〔侍从鞠躬下。

堂娜·莎尔　他没有救了。

〔堂·吕伊·葛梅兹走到左边最后一幅画像前，那是他自己的画像，他按一按开关，画像像门一样打开了，露出一个藏身的密室来。他转身向艾那尼。

堂·吕伊·葛梅兹　先生，到这里来。

艾那尼　我的脑袋随您怎么办。大人，把它交出去吧。我准备好了，我是您的囚犯。

〔他进入密室。堂·吕伊再按一下开关，一切恢复原状，画像也归原位。

堂娜·莎尔 （向公爵）老爷，可怜他吧！

侍从 （上）国王殿下驾到！

〔堂娜·莎尔赶快蒙上面纱。双折门打开了。堂·卡洛斯穿战袍上，后面跟着一大群武装的随从，有持戟兵、火枪手、弓弩手。

第六场

〔堂·吕伊·葛梅兹；堂娜·莎尔蒙着面纱；堂·卡洛斯；随从。

〔堂·卡洛斯慢步走上前来，左手按着剑柄，右手放在胸前，眼睛瞪着老公爵，露出既不信任而又生气的神色。公爵走上前来迎接国王，深深行礼。全场肃静无声。周围的人都在等待，感到害怕。最后国王到了公爵面前，忽然抬起头来。

堂·卡洛斯 怎么，我的表兄，你的大门今天怎么锁得这样严？圣徒在上，我本来以为你的宝刀比你的锁还锈得厉害呢！谁知道我们来看你的时候，你的宝刀却已经跃跃欲试，在你手中闪闪发光了！

〔堂·吕伊·葛梅兹想要说话，国王做了一个威严的手势，就继续往下讲。

现在要装得年轻不懂事就太晚了！难道我们戴了穆斯林的头巾？难道我不是卡洛斯而是博阿迪[①]或是穆罕默德？回答我吧！你为什么要对我们放下吊闸，挂起吊桥？

堂·吕伊·葛梅兹 （低头）主公……

① 博阿迪（Boabdil），西班牙最后一个摩尔人之王，1481年被击败。

堂·卡洛斯 （向侍从）把钥匙都要来，把守各处的门户！

〔两个军官下。另外几个军官就在大厅里把士兵排成三行，从国王跟前一直排到大门口。堂·卡洛斯转过身来向着公爵。

啊！你要唤醒这些犯上作乱的祖先！诸位公爵先生，如果你们要对我摆出这一副姿态，那国王也要显显国王的威风！我要踏遍群山，用我战斗的双手把你们消灭在壁垒森严的老巢里！

堂·吕伊·葛梅兹 （抬起头来）殿下，西尔瓦一家是忠心耿耿的……

堂·卡洛斯 （打断他的话）不要回避问题，回答我，公爵！否则，我就要把你的十一个城楼夷成平地！大火熄灭了还有火种在，强盗死了还有匪首漏网。谁把他藏起来了？就是你！艾那尼这个杀人放火的乱臣贼子就在这里，在你的城堡里，你把他藏起来了！

堂·吕伊·葛梅兹 主公说得不错。

堂·卡洛斯 那好得很。我要他的脑袋，否则就要你的脑袋。你听见没有，我的表兄？

堂·吕伊·葛梅兹 （鞠躬）这倒不难办到！……您会如愿以偿的。

〔堂娜·莎尔双手掩面，倒在扶手椅上。

堂·卡洛斯 （软下去了）啊，你能改过就好，把我要的犯人交出来！

〔公爵两臂交叉，低下头来，若有所思地待了一会儿。国王和堂娜·莎尔静静地观察着他，他们两人为了不同的原因心情都很激动。最后，公爵又抬起头来，走到国王面前，拉着他的手，领着他慢步走到最古老的画像前，也就是观众右手第一张画像前面。

堂·吕伊·葛梅兹 （向国王介绍古老的画像）这张像画的是西尔瓦家最远的祖先，创家立业的伟人！堂·西尔维乌斯，他曾三度当过古罗马的执政官。

〔走到第二张画像前。

这是堂·加尔塞朗·德·西尔瓦，也是一位英雄！在托罗[①]，在瓦拉多利附近，有一个金碧辉煌的神龛，点燃着成百成千的蜡烛来供奉他，因为他解了莱昂之围，使得成百个少女没有成为贡物。

〔走到第三张画像前。

堂·布拉斯，他自觉自愿地离乡背井，因为他给国王出谋划策，犯了错误。

〔走到第四张画像前。

克里斯托瓦！在埃斯卡洛纳[②]的战斗中，堂·桑歇国王徒步败逃，他头盔上的白缨引来了万箭齐发，他大喊一声："克里斯托瓦！"克里斯托瓦就把白缨插在自己头盔上，并且把马让给国王。

〔走到第五张画像前。

堂·乔尔纪，他为阿拉贡国王拉米尔赎过身。

堂·卡洛斯 （两臂交叉，从头到脚打量公爵）堂·吕伊，我真佩服你，说下去吧！

堂·吕伊·葛梅兹 （走到第六张画像前）这是吕伊·葛梅兹·德·西尔瓦，得过圣雅各勋章和卡拉特拉瓦大勋章。他的甲胄太大了，我们的身材太小了，配不上他。他缴获过三百面战旗，打过三十次胜仗，为国王征服过莫特里尔、安特克拉、苏伊士、尼雅尔[③]，自己死的时候却一贫如洗。殿下，向他致敬吧！

〔他脱帽鞠躬，然后走到第七张画像前。国王越听越不耐烦，越发生气。

在他旁边是他的儿子纪耳，心灵高贵的人都很爱他。要是他举手发了誓的话，那就和国王的金口玉言一样算数。

---

① 托罗（Toro），西班牙城市，在萨莫拉省。

② 埃斯卡洛纳（Escalona），西班牙托莱多省一镇。

③ 莫特里尔（Motril），西班牙安达卢西亚城市名。安特克拉（Anteguera），马拉加省城市名。尼雅尔（Nijar），在阿尔梅里亚省内。

〔走到第八张画像前。

堂·加斯帕，他是芒多萨和西尔瓦两家的光荣！随便哪家贵族和西尔瓦家都有关系，主公！桑多瓦家不是害怕我们，就和我们结亲。芒里克家羡慕我们，拉腊家妒忌我们。阿朗卡斯特家恨我们，我们真是顶天立地，上接国王，下接公侯！

堂·卡洛斯 你是在开玩笑？……

堂·吕伊·葛梅兹 （走到其他画像前）那是足智多谋的堂·瓦斯凯，这是英勇无敌的堂·雅伊姆。有一天在路上，他单枪匹马挡住了扎梅特[①]和一百个摩尔人。我不一一细说了，他们都是好样的。

〔看见国王生气的样子，公爵就走过了许多画像，直接走到左边最后三张画像前。

这是我高贵的祖父，他活了六十岁，一生信誓旦旦，即使对犹太人也是一样。

〔走到倒数第二张画像前。

这个老人，这张神圣的画像，就是我的父亲。虽然他是他们当中最后的一个，但是他也是同样伟大的。格林纳达[②]的摩尔人俘虏了我父亲的好朋友阿尔瓦·纪隆伯爵，我的父亲带了六百人去救他，他要人用石头刻了一个阿尔瓦·纪隆伯爵，把石像也带在队伍后面，并且用他保护神的名义起誓，只要石头伯爵自己不转过身来向后逃跑，他就决不后退。他进行了一场恶战，然后把伯爵救了出来。

堂·卡洛斯 我的犯人呢？

堂·吕伊·葛梅兹 这才是个葛梅兹·德·西尔瓦！在这里看到这么多英雄人物之后，您怎么还说得出这种话来呢！

---

① 扎梅特（Zamet），公元8世纪统治西班牙的阿拉伯酋长。

② 格林纳达（Grenade），西班牙安达卢西亚省一城市。

堂·卡洛斯　马上把我的犯人交出来！

〔堂·吕伊·葛梅兹向国王深深施礼，拉住国王的手，把他带到最后一张画像前面，画像后面的密室就是艾那尼藏身之处。堂娜·莎尔焦急万分，目不转睛地盯着他。大厅里没有一点儿声音，大家都在等待。

堂·吕伊·葛梅兹　这是我的画像。卡洛斯国王，对不起！因为你要人家看见这张画像就说："这最后一个名门望族的不肖子孙，竟是一个背信弃义、出卖客人的败类！"

〔堂娜·莎尔喜出望外。周围的人都不知所措。国王仓皇失色，愤怒地走开，然后又站住了，一言不发，嘴唇哆嗦，眼睛冒火。

堂·卡洛斯　公爵，你的城堡在这里碍事，我要把它夷成平地！

堂·吕伊·葛梅兹　殿下是不是打算赔偿我的损失？

堂·卡洛斯　公爵，我要把你的城楼推倒夷平，因为你胆敢如此放肆，我还要人就地种上桑麻！

堂·吕伊·葛梅兹　宁可看到我的城楼化为平地，种上桑麻，也不愿玷辱西尔瓦家族的名声。（向画像）不知列祖列宗以为如何？

堂·卡洛斯　公爵！这个脑袋是我们的，你已经答应过了……

堂·吕伊·葛梅兹　我答应过在两个脑袋里给您一个。（向画像）是不是这样，列祖列宗？（指着自己的头）我还是给您这一个吧。（向国王）来，拿去吧！

堂·卡洛斯　公爵，很好。算我输了，对不起！我要的是一个青年的脑袋，砍下头来，要抓住头发提着示众。你的头有什么用呢？连刽子手也抓不住你的头发，因为你的头发稀稀拉拉，还不够他一把抓呢！

堂·吕伊·葛梅兹　殿下，不要当众凌辱一个老人！我的脑袋还是好好的，我想不会比不上一个乱臣贼子的脑袋。一个西尔瓦家的人头！怎么您还不心满意足？

堂·卡洛斯 把艾那尼交出来吧！

堂·吕伊·葛梅兹 主公，我的确是一言既出，驷马难追。

堂·卡洛斯 （向随从）到处搜查！侧屋、地窖或城楼都不要漏查……

堂·吕伊·葛梅兹 我的城楼和我一样可靠。只有它和我知道这个秘密，它也会和我一样保守秘密。

堂·卡洛斯 你眼里还有国王没有？

堂·吕伊·葛梅兹 除非我的城堡化为一片废墟，成为我的葬身之地，否则是什么也找不到的！

堂·卡洛斯 软硬兼施都没有用！把强盗交出来吧，公爵，否则你的脑袋和城堡都保不住了！

堂·吕伊·葛梅兹 我说过的话是算数的。

堂·卡洛斯 那好吧！既然一个人头不够，那我就要两个。（向阿尔卡拉公爵）乔尔纪，把公爵抓起来！

〔堂娜·莎尔揭下面纱，投身在国王、公爵和卫士之间。

堂娜·莎尔 堂·卡洛斯国王，你是个昏君！

堂·卡洛斯 老天爷，我看见谁了？堂娜·莎尔！

堂娜·莎尔 殿下，你没有西班牙人的好心肠！

堂·卡洛斯 （神色不安）小姐，你这样说国王，未免太苛刻了。（走到堂娜·莎尔面前，低声）正是你使我怒从心头起的！一碰到你，人不变成天使，就要变成恶魔。啊，你恨一个人，那个人立刻就会变坏的！啊，年轻的姑娘，要是你早就希望我做个伟大的君王，也许我早就是卡斯蒂利亚的雄狮了，但是你的怒气使我变成了一头猛虎。瞧，猛虎在咆哮了！小姐，你不要多说了！

〔堂娜·莎尔瞧了他一眼。他低下了头。

不过我还是会听你的。（转过身来向着公爵）我的表兄，我尊重你。你的重重顾虑看来到底也算是合情合理的。那你就忠于你的客人，不忠于你的国王吧！也好，我赦免你了，不和你计较。不过我要把你的侄女带走，作为人质。

堂·吕伊·葛梅兹 这个！

堂娜·莎尔 （不知所措）我吗，主公？！

堂·卡洛斯 是的，是你！

堂·吕伊·葛梅兹 得了，啊，大慈大悲、宽宏大量的君王，您留下了我的头，却撕裂了我的心，真是仁慈宽厚！

堂·卡洛斯 那么你就自己选择吧。不给我堂娜·莎尔就把反贼交出来。两个人里总得给我一个。

堂·吕伊·葛梅兹 啊，您做主吧！

〔堂·卡洛斯走到堂娜·莎尔面前，要把她带走。她逃开他，向着堂·吕伊·葛梅兹走来。

堂娜·莎尔 救救我吧，我的老爷！……（她停住了。旁白）真不幸啊！有什么法子呢？不是要老伯伯的人头，就是要另外一颗！……还不如要我的命吧。（向国王）我跟您走。

堂·卡洛斯 （旁白）圣徒在上，这个主意居然奏效了。我的公主，你的心肠到底不得不软下来了！

〔堂娜·莎尔严肃地稳步走向珠宝盒，打开盒子，取出匕首，藏在怀里。堂·卡洛斯走到她面前，伸出手来搀她。

堂·卡洛斯 （向堂娜·莎尔）你要带走什么？

堂娜·莎尔 没什么。

堂·卡洛斯 是不是珍贵的珠宝？

堂娜·莎尔 是的。

堂·卡洛斯 （微笑）让我们看看吧。

堂娜·莎尔 您会看到的。

〔她伸出手来扶着他的手，准备要跟他走。堂·吕伊·葛梅兹本来一动不动地待在那里，陷入了沉思，忽然转过身来走了几步。

堂·吕伊·葛梅兹 （高声）堂娜·莎尔，皇天后土呀！堂娜·莎尔，既然世上的人都没存心肝，那就天崩地裂吧！武器呀，城墙呀，帮帮我的忙吧！（跑到国王面前）把我的孩子留给我吧！我只有她一个人了，我的国王啊！

堂·卡洛斯 （放开堂娜·莎尔的手）那么，我的犯人呢？

〔公爵低下头来，仿佛内心在进行激烈的斗争，然后抬起头来，瞧瞧画像，双手合十，向画像作揖。

堂·吕伊·葛梅兹 列祖列宗呀，可怜我吧！

〔他向密室走了一步，堂娜·莎尔焦急地盯着他。他又转过身来，向着画像。

啊，遮上你们的面孔吧！你们这样瞧着我，叫我不敢下手了！

〔他摇摇晃晃地走到自己的画像前，然后又转过身来向着国王。

这是你要我这样干的！

堂·卡洛斯 是的。

〔公爵抖抖索索地举起手来要按开关。

堂娜·莎尔 天哪！

堂·吕伊·葛梅兹 不行，（跪倒在国王前）发发慈悲吧，把我的头拿去！

堂·卡洛斯 我要你的侄女！

堂·吕伊·葛梅兹 （站起来）那你就把她带走，给我留下没有玷污的荣誉吧！

堂·卡洛斯 （抓住堂娜·莎尔发抖的手）再见，公爵！

堂·吕伊·葛梅兹 再见。

〔他目随国王同堂娜·莎尔慢慢走下，然后用手按住匕首。

上帝保佑您吧，主公！

〔他回到舞台前方，气喘吁吁，一动不动，瞪着眼睛，什么也看不见，什么也听不见，两臂交叉放在胸前，随着胸脯起伏。那时国王带着堂娜·莎尔走了出去，贵族侍从按照爵位高低，排成两行，庄严地跟在后面。他们在低声议论。

堂·吕伊·葛梅兹 （旁白）国王，你兴高采烈地离开了我的家门，我世代的忠心也就离开了我泣不成声的胸膛，一去不复返了！

〔他抬起头来向周围一看，看见只剩下他一个人了，就跑到墙边，从武器架上取下两口剑来，比比剑是不是一样长，然后把两口剑都放在一张桌子上。放好之后，他走到自己的画像旁边，按一下开关，暗门又打开了。

第七场

〔堂·吕伊·葛梅兹；艾那尼。

堂·吕伊·葛梅兹 出来。

〔艾那尼出现在暗室门口。堂·吕伊指着桌上的两把剑。

挑一把吧！堂·卡洛斯已经走了，现在是我和你算账的时候了。挑一把吧！快点儿。怎么，你的手发抖了？

艾那尼 决斗吗？老人家，我们不是对手呀！

堂·吕伊·葛梅兹 为什么不是？你害怕了吗？难道你不是个贵族子弟？见鬼去吧！管你是不是贵族，只要你得罪了我，你就和我门当户对，可以和我交锋了！

艾那尼 老人家……

堂·吕伊·葛梅兹 你不杀死我，我就杀死你，年轻人！

艾那尼 杀死我，好的。您不管我愿不愿，就救了我的命。我这条命是您给我的，您要就拿去吧！

堂·吕伊·葛梅兹 你是心甘情愿？（向画像）你们看见他是自愿的。（向艾那尼）那好，做祷告吧！

艾那尼　啊！大人，我最后要向您祷告！

堂·吕伊·葛梅兹　向上帝祷告吧！

艾那尼　不，不，向您！老人家，杀死我吧。用什么都行，刀、剑、匕首！不过，请您开恩，公爵，在我死前，让我见她一面！让我死也死个痛快！

堂·吕伊·葛梅兹　见她一面？

艾那尼　至少让我再听一次她的声音，只要一次！

堂·吕伊·葛梅兹　听她的声音？

艾那尼　啊！大人，我懂得你的妒忌心理。不过既然死亡就要夺走我的青春，请您恕我大胆了。要不让我见她，就只听听她的声音也行，然后我今晚就死好不好？只要听听她的声音，满足我的心愿吧！但是，如果在我的灵魂归天之前，您肯让我看她一眼，让我们的灵魂再会一面，那我吐出最后一息时，会感到多少温暖啊！我可以不对她说一句话，您就在身边，老爸爸！然后，您就夺走我的生命吧！

堂·吕伊·葛梅兹　（指着仍然敞开的密室）天上的圣徒！难道这个小洞有那么深？人一进去就聋得什么都听不见？

艾那尼　我什么也没听见。

堂·吕伊·葛梅兹　我不交出你，就不得不交出堂娜·莎尔。

艾那尼　把她交给谁？

堂·吕伊·葛梅兹　交给国王。

艾那尼　糊涂的老人家，他爱她！

堂·吕伊·葛梅兹　他爱她吗？

艾那尼　他把她从我们手里抢走了！他是我们的情敌！

堂·吕伊·葛梅兹　啊，该死，来人哪！快上马，快上马，快追这个拐骗犯！

艾那尼　听我说，报仇要有把握，就不能走漏风声。我是您的人。您可以杀死我。不过，您愿意让我来为您的侄女，为她洁白的身子报仇吗？为您报仇也是为我报仇！请您高抬贵手，如果要我吻您的脚，我也不会推辞的。让我们一同追赶国王吧！快走，我会是您的左右手，我会为您报仇雪恨。公爵，事成之后您再杀死我吧！

堂·吕伊·葛梅兹　那么，就像今天一样，你听我支配？

艾那尼　是的，公爵。

堂·吕伊·葛梅兹　你对天发誓！

艾那尼　我对先父在天之灵发誓。

堂·吕伊·葛梅兹　有什么信物作凭据？

艾那尼　（解下他腰间的号角，交给公爵）听我说，我给您这管号角。不管发生了什么事，不管在什么地方，什么时候，大人，只要您认为我离开人世的时辰到了，那好，请您吹响这管号角，就用不着多费心机，一切都会按您的心意办好。

堂·吕伊·葛梅兹　（伸出手来）伸出你的手来！一言为定，（握手。公爵向着画像）列祖列宗，你们都是见证啊。

第四幕

陵　墓

〔艾克斯拉查珀尔。

〔查理曼大帝陵墓的地下宫。巨大的伦巴第式的拱形屋顶。又粗又短的石柱，柱顶上有石刻的鸟雀和花朵。右边是查理曼的陵墓，有一道半圆形的又低又小的铜门。只有一盏灯挂在拱顶石上,照亮了墓碑上的“查理曼大帝”五个大字。夜里，看不清地下宫的深处，只隐约看见阴森森的纵横交错的拱道、石梯和石柱。

第一场

〔堂·卡洛斯；手里拿着灯笼的卡扎帕尔玛伯爵堂·里卡多·德·罗萨斯，他们披着大斗篷，帽檐拉得很低。

堂·里卡多　（帽子拿在手上）就是这里。

堂·卡洛斯　黑帮原来就在这里聚会！我要把他们一网打尽！啊！特里尔[①]的选帝侯先生，就在这里，你把这个地方借给他们，当然，地方选得不错！黑帮的阴谋在地下墓穴的空气里更容易策划，墓碑更是磨刀霍霍的好地方。不过，这可是一场倾家荡产的赌博，下的赌注是人头啊！刺客先生们，我们等着

① 特里尔（Trerves，德文 Trier），德国城市。

瞧吧！说真的，他们挑了一个坟墓来干这种勾当倒很不错，他们要进坟墓就可以少走路！（向堂·里卡多）这些地下室有地道通到很远的地方去吗？

堂·里卡多 一直通到城堡。

堂·卡洛斯 那太远了。

堂·里卡多 这边还有地道一直通到阿尔滕海姆修道院[①]……

堂·卡洛斯 就是鲁道夫消灭洛泰尔的修道院？那好。伯爵，请你再说一遍黑帮有哪些人，在什么地方，和我有什么冤仇。

堂·里卡多 哥达。

堂·卡洛斯 我知道这个勇敢的公爵为什么要造反。他想要一个日耳曼人当皇帝。

堂·里卡多 霍亨堡。

堂·卡洛斯 我想，霍亨堡宁愿同弗朗索瓦进地狱，也不愿同我升天堂。

堂·里卡多 堂·吉尔·泰莱·纪隆。

堂·卡洛斯 卡斯蒂利亚和圣母呀！他居然也造起国王的反来了，这个该死的家伙！

堂·里卡多 听说就在您刚封他为男爵的那天晚上，他发现您私入纪隆夫人的卧房。所以他要为他温柔的伴侣报仇，要恢复她的名誉。

堂·卡洛斯 难道这样一来，他就要造西班牙的反了？还有什么人呀？

堂·里卡多 据说和他们一起的还有阿维拉的主教，可尊敬的瓦斯凯。

堂·卡洛斯 难道他也是为他贞洁的妻子报仇？

堂·里卡多 还有居兹曼·德·拉腊，他不满意，因为没有得到您的骑士勋章。

---

① 阿尔滕海姆修道院位于德国巴登地区。

堂·卡洛斯　啊！居兹曼·德·拉腊！如果他只是要一个勋章，那给他就是了。

堂·里卡多　还有吕泽堡公爵。据说他的计划是……

堂·卡洛斯　吕泽堡公爵太高大了，掉了脑袋也不低。

堂·里卡多　堂·璜·德·哈罗想要得到阿斯托加[①]。

堂·卡洛斯　这些哈罗家的人总是出双倍的价钱收买凶手的。

堂·里卡多　就这些了。

堂·卡洛斯　我要的脑袋不止这些吧？伯爵，你只说了七个人，我看还不够数呢！

堂·里卡多　啊！那些特里尔或者法兰西花钱雇佣的强盗，我就没有算了……

堂·卡洛斯　那些不怕鬼、不信神的人，他们的匕首可是不吃素的。只要谁钱出得多，他们就会被吸引住，好像磁石吸铁一样！

堂·里卡多　但是我发现了两个不怕死的家伙，两个都是新来的，一老一少……

堂·卡洛斯　他们叫什么名字？

〔堂·里卡多耸耸肩膀，表示不知道。

多大年纪？

堂·里卡多　年轻的那个只有二十岁。

堂·卡洛斯　那太可惜了。

堂·里卡多　年纪大的那个少说也有六十。

堂·卡洛斯　一个还不到年龄，另外一个却又过了。真糟糕！这件事我自己来管。如果需要的话，我还可以助刽子手一臂之力。啊！我的宝剑对乱党是毫不留情的，要是刽子手的斧头砍不动了，我还可以把宝剑借给他。伯爵，要是断头台上的布不够大，我甚至不惜把我的紫皇袍缝上去。不过，我会不会当

---

① 阿斯托加（Astorga），西班牙莱昂省城名。

选为皇帝呢?

堂·里卡多　选帝侯这个时候正在开会商量呢。

堂·卡洛斯　谁知道他们会选哪一个?也许会选弗朗索瓦一世,或者是萨克森公爵,那个英明的弗里德里希!啊,路德说得不错,大势不妙!这些神圣帝王的选举人啊,他们认为只有金光闪闪的论据才算论据!他们中有一个是相信异教邪说的萨克森公爵,一个是愚不可及但却享有王权的伯爵,一个是放荡无度的特里尔大主教!至于波希米亚国王,他倒是支持我的。还有几个赫斯的公侯,他们的领地比一个省还小。他们不是年轻的傻瓜,就是年老的浑蛋!他们有的是冠冕,但是有没有头脑呢?……找找看,全是些小丑!我可以像大力神一样,用我的狮子皮把他们裹挟而去!这真是个荒唐的会议,而他们一旦脱掉了裹身的紫色王袍,头脑是会比装疯卖傻的特里布莱[①]还更空空如也呢!里卡多,我还少三票呢!唉,一切都要落空!里卡多老兄,我宁愿拿出根特、托莱多和萨拉曼卡三个城来换这三票,如果他们愿意的话!你看如何?为了得到这三票,我宁愿让他们从卡斯蒂利亚或者从佛兰德挑三个城市!当然,这三个城市将来还是要收回的!

〔堂·里卡多对国王深深施礼,并且戴上帽子。

你怎么戴上帽子了?

堂·里卡多　主公,您刚才和我称兄道弟了,(又施一礼)这样一来,我就成了西班牙的贵人了。

堂·卡洛斯　(旁白)真是个可怜虫!你苦心钻营的不过是个虚名,自私自利的小人!他们挖空心思,以己之心度人之腹!他们恬不知耻,乞求国王施舍,给这些饥不择食的人撒下一点儿伟大的称号,就像撒食饲养家禽一样!(沉思默想)只有上

① 特里布莱(Triboulct),本书《国王取乐》中人物,请参看该剧。

帝和皇帝是伟大的！还有教皇圣父！其他的人……国王和公爵！那算得了什么？

堂·里卡多 我呢，我希望他们会选殿下。

堂·卡洛斯 （旁白）殿下，殿下是我呀！我做什么都该倒霉。如果我还只是个国王的话！

堂·里卡多 （旁白）管你当不当得上皇帝！反正我已经是西班牙的贵人了。

堂·卡洛斯 等到他们选出了日耳曼皇帝的时候，用什么信号向全城宣布谁当选了？

堂·里卡多 要是萨克森公爵当选，只鸣礼炮一响。要是弗朗索瓦当选，就鸣礼炮两响。要是殿下当选，那就鸣礼炮三响。

堂·卡洛斯 而那个堂娜·莎尔呢！……什么事都使我恼火，令人痛心！伯爵，如果我侥幸当上皇帝，你就赶快去找她，也许她会要一个恺撒的！……

堂·里卡多 （微笑）殿下真是不能忘情！

堂·卡洛斯 （鄙视地打断他的话）啊！关于这件事，你就免开尊口吧！我还没有说我希望人家有什么看法。什么时候可以知道谁当选了？

堂·里卡多 这个，我想，最多再过一个小时。

堂·卡洛斯 啊，三票，只差三票！不过还是先粉碎这个阴谋集团，然后再看帝国是谁的吧！（屈指一算，又跺跺脚）还是差三票！啊！帝国是他们的了！不过那个高乃依·阿格里帕[①]能未卜先知！他在茫茫的天上看见十三颗星，从北方全速飞向我的紫微星。帝国应该是我的！且慢。听说约翰·特里泰姆[②]修

---

① 高乃依·阿格里帕（Corneille Agrippa，1486—1535），医生、占星家，后来成为卡洛斯（即查理五世）的史官。

② 约翰·特里泰姆（Jean Trithème），神学家和历史学家，弗朗索瓦一世的占星家。

道院长预言帝国是弗朗索瓦的。要看清楚我的命运，我不得不用武力来促使预言实现！在命运还没有决定的时候，有一支训练有素的军队，有既持矛又打炮的士兵，那么，最有先见之明的巫师作出的预言才会很好地实现，就像有了接生婆才能顺利分娩一样。谁的预言更高明？是高乃依·阿格里帕还是约翰·特里泰姆？那要看谁的预言有武力支持，谁的嘴里吐得出长矛，谁有雇佣兵或者是土匪，用刀枪来改造不算十全十美的命运，使事情称心如意地按照预言来实现。可怜的笨蛋是那些目中无人、昂首阔步、笔直地向世界帝国走去，并大声疾呼“我有权利”的人！他们的大炮可以排成一字长蛇阵，吐出的烈焰可以把城市烧成灰烬，他们有船，有兵，有马，你以为他们可以一直走向目标，把人们压得粉碎……去你的吧！到了人类命运的十字路口，他们与其说是在走向皇位，不如说是在走向深渊，他们才走三步，就踌躇不前，摇摆不定，枉费心机地想读懂命运那本无字天书，他们徘徊歧途，对自己也没有把握，他们犹豫不决，只好问道于盲，求教于路旁的巫师！（向堂·里卡多）你去吧，黑帮快要来了。啊，把陵墓的钥匙给我！

堂·里卡多 （拿一把钥匙交给国王）主公，请不要忘了管教堂的林布格伯爵，是他把钥匙交给我，并且乐意为您尽力效劳的。

堂·卡洛斯 （打发他走）一切都照我说的办，一切！

堂·里卡多 （鞠躬）我这就去，殿下！

堂·卡洛斯 需要鸣礼炮三响，是不是？

〔堂·里卡多鞠躬退出。

〔堂·卡洛斯一人陷入了沉思默想。他的两臂交叉，脑袋低垂，然后抬起头来，转身向着陵墓。

第二场

堂·卡洛斯 （独自一人）查理曼，原谅我！在这寂寞的墓穴里本该只响起庄严的回声，由于我们野心勃勃，你墓碑前发生的一片混乱一定会使你感到愤慨。查理曼在此！怎么，阴森森的陵墓，你容得下一个如此伟大的英灵而不爆裂？创造世界的巨人，这是你的葬身之地吗？这里容得下你高大的身躯吗？啊！他当年留下的那个欧洲，真是令人神往，那是一座大厦，两个顶峰人物，两个众望所归、使任何天生的君王都不得不俯首听命的领袖。几乎所有的国家，不论是王国、公国，还是侯爵的领地，都是子承父业的，不过，人们有时却还可以选出他们的教皇或恺撒。一切都会顺利进行的，偶然的机会使人又改正了偶然犯下的错误。这样又恢复了平衡，总是天下大治。穿黄袍的选帝侯，穿紫袍的大主教，翻手作云覆手雨的神圣元老院，都不过是过眼烟云而已，上帝还是随心所欲，为所欲为的。有一天，他会使一个思想应运而生，使它成长壮大，会走会跑，千变万化，化为人身，抓住人心，开辟新天地；不少国王想把它踩在脚下，或者设法堵住它的嘴，但它却神出鬼没地进入议会或选举教皇的会场，国王们会发现他们踩在脚下的这个思想，突然化为手里拿着地球、头上戴着教皇三重冕的巨人，出现在他们的头上，并且用双脚踩得他们低头弯腰。教皇和皇帝主宰一切。世上的一切都是为他们而生，为他们所用。他们身上存在着一种至高无上的神秘力量，他们对老天拥有无限的权力，老天也为他们摆下了盛宴，让他们鱼肉百姓，宰割王侯，并且用鸣雷闪电的乌云保护他们。上帝把地球放在他们两个的餐桌上，供他们尽情享受。他们分庭抗礼，发号施令，瓜分世界，安排宇宙，就像农民收割庄稼一样。一切都是他们两个说了算。国王都不得其门而入，只好待在门外，垂涎三尺地闻着菜肴的香味，眼睁睁地瞧着玻璃窗，踮起脚来想看清楚，虽然聚精会神，但也感到乏味。他们两人脚下的世界按等分级组成，有合有分。他们两人一个慢慢解开死结，另一个快刀斩乱麻。一个代表真理，另一个代表力量。他们公有公的理，婆有婆的理，因为他们两人平起平坐，都受神权庇护，一个穿紫皇袍，一个穿白圣衣，因此全世界看到教皇和皇帝这两个上帝的化身时，不得不头昏眼花，胆战心惊。皇帝，皇帝，一定要当皇帝！当不上皇帝，真要发疯，而且还感到心里有的是勇气！在这个陵墓里长眠的人是多么幸福，多么伟大呀！他那个时代还更美呢。教皇和皇帝！他们不再是两个人。彼得和恺撒！在他们身上，两个罗马已经合二为一，他们神奇的结合使得双方都繁荣昌盛，使得人类面目一新，精神一振，使得芸芸众生如同再造，使得四分五裂的王国成为一个新的欧洲。他们两个亲手把古罗马帝国的残渣倒入熔炉，要炼出新的青铜。啊，多么伟大的命运！然而，这个陵墓却是他的葬身之地！难道一切就是为了这个结局？怎么，你当过王子、国王和皇帝！你是个挥舞过干戈、执行过法律的巨人！日耳曼曾是你的垫脚石。怎么，你的尊号是恺撒，你的大名是查理曼！你比汉尼拔、阿提拉都更伟大，简直是顶天立地！……而现在这小小的角落就容得下你了，啊！争夺帝国吧！看看一个皇帝遗留下来的一抔黄土，把全世界闹得人仰马翻吧！建立你的帝国吧！但是永远不要说："这已经够了！"建筑一座其大无比的大厦吧！你知道到头来它剩下的会是什么？啊！说来伤心：一块大石头！威震天下的声名和称号呢？剩下来的只是几个字母，好教孩子学习拼写！不管你的雄心多大，奢望多高，这就是你的极限！……啊，帝国，帝国！不过这有什么关系！我已经沾到边了，并且觉得它很合我的心意呢。有什么东西在对我说："你会得到帝国！”我会得到的。要是我得到了……天哪！那就是遥遥领先，高高在上，独自一个人像拱顶石似的站在无边无际的穹隆顶端！而大大小小的国家，一层层地排列在拱顶之下。看到国王也都排在自己脚下，就在他们头上擦净自己的鞋子。看看国王下面还有封建贵族、总督，还有红衣主教、大小公侯，再下面是主教、修道院长、族长、男爵，再下面还有教士和兵士，最下面，远离我们所在的顶峰，在暗无天日的无底深渊中，是芸芸众生。芸芸众生啊！那就是群众的汪洋大海，永无休止的喧嚷，啼饥号寒，有时还有一声苦笑，他们的呻吟惊醒了大地，穿过重重回声传到我们耳边时却像是鼓乐之声了！芸芸众生，城市、高塔，教堂钟楼像个大蜂窝，高耸入云，警钟长鸣！（梦想着）芸芸众生，你们是有生命的海洋，你们肩负起巨大的金字塔，你们是国家的基础，你们总是用巨大的波涛冲击着这座高塔，使它摇摇晃晃；你们使一切都不断改换位置，就像一些矮板凳使高高在上的王座动摇一样，动摇得这样厉害，使国王都不得不中断他们的空谈，抬起头来望着青天……国王啊，低头看看下面吧！啊，下面是人民，是海洋，滚滚的波涛！无论你把什么投进去，都会引起动荡！砸烂王位的巨浪，催墓中人安眠的巨浪！你是一面镜子，难得有一个国王在镜子里不是丑态百出的。啊，如果人们时时瞧瞧这阴沉沉的波涛，就会看见海洋深处埋葬着无数帝国，好像沉没的大船一样。来回起伏的波涛不断地冲击这些沉船，冲得它们面目全非，这就是阻挡洪流的下场，你去统治这一切吧！如果人家选上了你，你就去登上这一顶峰吧！明知道你只是孤家寡人，也登上去吧！下面就是无底深渊……我只要在登上去时不头晕眼花就行了！啊，由王国和国王堆积而成的摇摇晃晃的金字塔，你的顶峰也太窄了，一失足就要成千古恨啊！我有什么可以依靠的呢？……啊！

如果我感到脚下的世界开始晃动，扑扑跳动，地球活过来了，动起来了，而我却站不住脚，那怎么办？再说，即使我把这个地球拿到手，那又怎么办？我背得起吗？我有多大的力量？上帝呀！我当国王都受不了，还能当皇帝吗？皇帝一定要是个不同凡响的人物，他的灵魂一定会因伟大的命运而变得更伟大。而我呢！谁来使我变得伟大？谁来为我制定法律，谁来指点指点我呀？……（双膝跪倒在陵墓前）查理曼,只有你。啊！上帝面前无难事，既然上帝使我们两个帝王在这里会面，就请从陵墓的深处，把一些伟大、崇高、美丽的事物灌输到我的心里来吧！啊，让我看任何事物都能面面俱到！让我看到这个世界是微不足道的，因为我还不敢碰它呢！让我看看在这座通天塔上，从牧童到恺撒，不论高低贵贱，都安分守已，知足常乐，并且不耻笑下面的人。告诉我你胜利的秘诀和你统治的秘诀，告诉我惩罚是不是比宽恕更好！不是吗？假如一个伟大的英灵在孤寂的灵床上有时真的会被大地的喧嚷惊醒，假如他宽阔明亮的坟墓突然裂开，向黑暗的世界投下一线光明，假如这种事真的发生，日耳曼帝国的皇帝啊！告诉我查理曼的接班人可以做些什么事。说吧！即使你说话的气息有千钧之力，会使我的头颅在铜门上撞得粉碎，还是说吧！或者不如让我独自进入你的寝宫，让我看看亡灵的面容，不要刮起凛冽的寒风把我吹走，还是靠住床头的石块坐起来吧！让我们谈谈。是的，即使你的声音会置人于死命，你说的话会使人的眼睛黯淡无光，会使人的脸惨淡失色，还是说吧！不要让你丧魂失魄的子孙视而不见，因为你的坟墓里一定是充满了光明的！如果你什么也不说，那就让卡洛斯像观察世界一样，来观察你沉睡安眠的面容。巨人啊，让他从容不迫地端详你吧，因为你虽然已经一无所有，但下界还是没有什么比你更伟大的！如果你的英灵已经不在，那就让你的遗体指点我吧！（把钥匙放进锁孔）进去吧！（后退）天哪，如果他对着我的耳朵说话怎么办？如果他站在那里，慢步向我走来，那怎么办？如果我出去时头变白了，又怎么办？管它呢，还是进去吧！

〔脚步声。

有人来了！除了我之外，还有什么人居然敢在三更半夜来惊扰英灵的安息呢？还有什么人呢？

〔脚步声近了。

啊，我忘了，这是来谋杀我的凶手啊！进去吧。

〔他打开陵墓的铜门，进去后又随手关上。好几个人悄悄地走进来，他们的斗篷和帽子遮住了脸。

第三场

〔几个同盟会盟员，他们互相致意，握手，低声交谈几句。

第一个盟员　（只有他拿了点着的火炬）不入虎穴[①]。

第二个盟员　焉得虎子[②]。

第一个盟员　圣徒保护我们。

第三个盟员　英灵帮助我们。

第一个盟员　上帝保佑我们。

〔黑暗中有脚步声。

第二个盟员　谁呀？

黑暗中的声音　不入虎穴[③]。

第二个盟员　焉得虎子[④]。

〔又进来了几个盟员。脚步声。

---

①②③④　原文都是拉丁文。

第一个盟员 （向第三个盟员）瞧，又来了几个人。

第三个盟员 谁呀？

黑暗中的声音 不入虎穴[①]。

第三个盟员 焉得虎子[②]。

〔又进来了几个盟员，和其他盟友握手致意。

第一个盟员 好了！我们人到齐了。哥达，你来报告。朋友们！黑暗在等待光明。

〔盟员们围成半圆形，坐在坟上。第一个盟员按顺序走过每个盟友面前，用火炬点着每个盟友拿在手里的蜡烛。然后，第一个盟员在圆圈中央一个比较高的坟上静静地坐下。

哥达公爵 （站起来）朋友们，西班牙的查理母系具有外国血统，他却在登上神圣帝国的宝座。

第一个盟员 让他进坟墓吧！

哥达公爵 （把他的火炬扔在地上，用脚把它踩灭）把他的脑袋像火炬一样砸烂！

齐声 把他砸烂！

第一个盟员 要他的命！

哥达公爵 要他死！

齐声 要他的命！

堂·璜·德·哈罗 他的父亲是日耳曼人！

吕泽堡公爵 他的母亲是西班牙人！

哥达公爵 他不再是西班牙人，也不是日耳曼人。要他死！

第一个盟员 如果此刻选帝侯选他当皇帝呢？

第一个盟员 他们选他？不会！

堂·吉尔·泰莱·纪隆 那有什么关系？朋友们！砸烂他的头，皇冠也就落空了！

---

①② 原文都是拉丁文。

第一个盟员 要是他得到了神圣帝国，那不管他是什么人，就变成神圣不可侵犯的了，只有上帝才能用手指头碰他呢！

哥达公爵 最好不等他当上皇帝就干掉他！

第一个盟员 不能让他当选！

齐声 不能让他当皇帝！

第一个盟员 要送他归天，需要几只手呀？

齐声 一只。

第一个盟员 要击中他的心窝，需要打几下呀？

齐声 一下。

第一个盟员 谁去打呢？

齐声 我们大家！

第一个盟员 这个祭品是个背信弃义的家伙。他们要选皇帝，我们就来选一个大祭司。让我们抽签吧。

〔盟员都把自己的名字写在小本子上，然后撕下一页，卷成一团，轮流把纸卷投入骨灰坛里。

第一个盟员 让我们祈祷吧。

〔大家跪下。

第一个盟员 （站起来）中签的人要信奉上帝，要像罗马人一样打击敌人，要像希伯来人一样杀身成仁！要不怕车碾，不怕烙刑，要在拷问架上高声歌唱，要在灼热的灯下放声大笑。[①]最后，不管杀人还是被杀，他都要舍生取义，全力以赴！

〔他从骨灰坛里抽出一张羊皮纸。

齐声 谁中签了？

第一个盟员 （高声）艾那尼。

艾那尼 （从盟员中走了出来）我中了头彩了！这一次报仇雪恨的机会可落到我手里了，我寻找这个机会寻了多久啊！

---

① 从车碾、烙刑开始都是酷刑，灯刑不详，有说系用火烤炙阴部。

〔堂·吕伊·葛梅兹从群众中跑了出来，把艾那尼拉到一边。

堂·吕伊·葛梅兹 啊！把这个机会让给我吧！

艾那尼 那怎么行！大人哪，这是我头一次交上好运，不要和我争了！

堂·吕伊·葛梅兹 你一无所有。我呢，我可以什么都给你：封地、城堡、臣仆、三百个村庄和上万个农夫，只要你让我去结果了他，朋友！

艾那尼 不行！

哥达公爵 老头儿，你的胳膊打人力气不大！

堂·吕伊·葛梅兹 你们都让开！虽然我的胳膊不太有力，我的灵魂可刚强呢！不要一见刀鞘上长锈就说宝刀老了。（向艾那尼）不要忘了你是我的人哩！

艾那尼 我的生死由您做主，他的生死可得由我做主。

堂·吕伊·葛梅兹 （从腰间拿出号角来）我把这管号角还给你，连她我也让给你了！

艾那尼 （动摇）什么？我的命和堂娜·莎尔都不要了，不行！我还是要报仇！关于这点，我连上帝都疏通了。我要为父报仇啊！……也许还不止呢！

堂·吕伊·葛梅兹 我把这管号角还给你，连她也让给你！

艾那尼 不行！

堂·吕伊·葛梅兹 仔细想想吧，孩子！

艾那尼 公爵，不要抢走到了我嘴边的肥肉吧！

堂·吕伊·葛梅兹 那好！这件事你不让我称心，你可会倒霉的！

〔他把号角插回腰间。

第一个盟员 （向艾那尼）兄弟，不要等卡洛斯当选，今晚就先下手为强……

艾那尼 不用担心！我知道怎样把人送进坟墓。

第一个盟员 对背信弃义的人，只好也背信弃义，愿上帝保佑你！

（向大家）万一他事败身亡，我们这些伯爵男爵就接着干！让我们宣誓要前仆后继，不杀死卡洛斯决不罢休。

大家 （拔出剑来）让我们宣誓！

哥达公爵 （向第一个盟员）对谁宣誓呀，我的兄弟？

堂·吕伊·葛梅兹 （倒拿宝剑，剑柄朝上，剑尖朝下，他手拿住剑尖，高高举在头上）让我们对这个十字架宣誓吧！

大家 （照样举起剑来）要他死也不能得救！

〔远处一声炮响。大家都停下来，谁也不出声。陵墓的门半开，堂·卡洛斯出现在门口，脸色苍白，他在听着。第二声炮响。第三声炮响。他把陵墓的门完全打开，但并没有向前走一步，只是一动不动地站在门口。

第四场

〔同盟会盟员；堂·卡洛斯；然后，堂·里卡多、贵族、卫士、波希米亚国王、拜恩公爵；最后，堂娜·莎尔。

堂·卡洛斯 诸位先生，往下说吧！皇帝正在洗耳恭听呢。

〔火炬和蜡烛一下全都熄灭了。一片寂静。他在黑暗中走了一步，但是墓穴里黑得看不清一言不发、一动不动的同盟会盟员。

夜深人静了！一窝蜂从黑暗中飞了出来，又沉没到黑暗中去。不过，难道你们以为这样来来去去可以像做梦一样毫无痕迹吗？难道没有火把，我就会把你们当做坐在墓前的石头塑像吗？你们刚才说话的声音相当高哇，我的石头塑像！得了，抬起你们低下去的头来，查理五世就在你们面前！打吧！再走一步吧！看你们敢不敢？不敢，谅你们也不敢！你们血淋淋的火把照红了这个墓穴。我一口气就把它们全吹灭了！瞧吧，转过你们的头来，不要拿不定主意。既然我能吹灭你们的蜡烛，我就能点着更多的火把！

〔他用铜门上的铁环敲陵墓的门。一听见敲门声，墓穴深处全都涌现出拿着火把的士兵和执戟兵。为首的是阿尔卡拉公爵、阿谬南侯爵等人。

快来吧，我的雄鹰！我已经入了虎穴，得到虎子了！（向同盟会盟员）我也要照亮墓穴，让陵墓大放光明！瞧，（向士兵）你们都来，他们的罪行是抵赖不了的！

艾那尼　（瞧瞧士兵）来得好！单独一人，我觉得他太伟大了。这一下好！我本来还以为是查理曼显灵呢，原来只不过是查理五世！

堂·卡洛斯　（向阿尔卡拉公爵）西班牙王室的总管！（向阿谬南侯爵）卡斯蒂利亚海军司令，到这里来！解除他们的武装。

〔士兵包围同盟会盟员，解除他们的武装。

堂·里卡多　（跑来，鞠躬到地）陛下！……

堂·卡洛斯　我封你为宫廷司法大臣。

堂·里卡多　（再鞠躬）两个选帝侯代表金色议会前来向神圣的皇帝陛下致敬！

堂·卡洛斯　请他们进来！（低声，向里卡多）把堂娜·莎尔带来。

〔里卡多施礼退出。波希米亚国王和拜恩公爵上，他们身穿金色锦缎，头戴王冠，前面有火炬和喇叭开路，后面跟着一行行日耳曼贵族。他们高举帝国的旗帜，旗上有双头鹰，中间是西班牙纹章。士兵分列两行，让两个选帝侯一直走到皇帝面前。他们两人向皇帝深深施礼，皇帝掀帽作答。

拜恩公爵　罗马王查理，神圣不可侵犯的皇帝陛下！现在世界是您的了，因为您已拥有帝国！这任何君主都心驰神往的帝位是您的！最初当选的是萨克森公爵弗里德里希，但他认为您更合适，就自动让位。因此，您来接受皇冠，同时也接受全世界吧！国王啊！神圣罗马帝国给您穿上皇袍，给您佩上宝剑，您就是至高无上的至尊了。

堂·卡洛斯 我回头再去向选帝侯会议致谢。好了！诸位先生。多谢你，我的波希米亚兄弟！拜恩老表，好了！我会亲自去的。

波希米亚国王 查理！我们的祖先是称兄道弟的。我的父亲和你的父亲相亲相爱，他们的父辈也是一样。查理，你从小历尽坎坷，说，要不要我做你情同手足的兄长？我看着你从小长大，忘不了……

堂·卡洛斯 （打断他的话）好了，波希米亚国王！你说话太随便了！

〔他伸出手来给他吻，也给拜恩公爵吻，然后让这两个选帝侯退出，他们退出时深深施礼。

去吧！

〔两个选帝侯和他们的随从下。

群众 万岁！

堂·卡洛斯 （旁白）我到底大功告成了！一切都为我铺平了道路，我当上了皇帝！而英明的弗里德里希却落选了！

〔堂娜·莎尔随堂·里卡多上。

堂娜·莎尔 这么多的兵士，还有皇帝！啊，天哪，真是出乎意料的打击！艾那尼！

艾那尼 堂娜·莎尔！

堂·吕伊·葛梅兹 （站在艾那尼旁边，旁白）她没有看见我！

〔堂娜·莎尔向着艾那尼跑去。艾那尼不信任地瞪了她一眼，使她倒退一步。

艾那尼 小姐！……

堂娜·莎尔 （从胸前抽出匕首来）我一直带着他的匕首！

艾那尼 （向她伸出手来）我的知心人！

堂·卡洛斯 大家肃静！（向同盟会盟员）你们心神定了没有？

我应当给全世界一个教训了。卡斯蒂利亚的拉腊和萨克森的哥达，你们大家到这里来干什么勾当？说！

艾那尼 （上前一步）陛下！事情非常简单，我可以告诉您。我们在伯沙撒墙上刻下了这一判决[①]。（他拔出匕首，上下舞动）欠恺撒的还恺撒，血债要用血来还。

堂·卡洛斯 住嘴！（向堂·吕伊·葛梅兹）你，背信弃义的西尔瓦！

堂·吕伊·葛梅兹 陛下，我们两人中，谁背信弃义呀？

艾那尼 （转身向盟友们）我们的头颅和帝国，他一下都得到了！（向皇帝）蓝色的王袍可能使你行动不便，紫色的皇袍要方便得多，染上了鲜血也不会露出来。

堂·卡洛斯 （向堂·吕伊·葛梅兹）我的西尔瓦老表，你这是犯上作乱，为臣不忠，我可以撤销你的爵位！堂·吕伊，你想想！

堂·吕伊·葛梅兹 没有罗德里格斯的国王[②]，于连伯爵怎会造反！

堂·卡洛斯 （向阿尔卡拉公爵）只抓公侯，其余的……

〔堂·吕伊·葛梅兹、吕泽堡公爵、哥达公爵、堂·璜·德·哈罗、堂·居兹曼·德·拉腊、堂·吉尔·泰莱·纪隆、霍亨堡男爵等被隔离了，阿尔卡拉公爵用卫队把他们紧紧围住，艾那尼却留在其他盟友中间。

堂娜·莎尔 他得救了！

艾那尼 （从盟友中走出来）我认为我也算得上是个公侯！（向堂·卡洛斯）既然这是个上断头台的问题，既然你不屑惩罚脚下的艾那尼这个默默无闻的牧羊人，既然你砍他的头还怕玷污你的刀，既然要是大人物才配从容就义，那我就只好挺身而出了。王权是神授的，上帝把王权授予了你，也封了我

---

① 事见《圣经》故事：伯沙撒犯渎圣罪，后遭神罚。

② 罗德里格斯（Rodrigue），岛名，属毛里求斯。该岛国王污辱伯爵于连之妹，于连向阿拉伯人求援，杀死了他的仇敌。

做塞戈布[①]公爵、卡多纳[②]公爵、芒罗伊[③]侯爵、阿尔巴特拉[④]伯爵、戈尔[⑤]子爵，还有不计其数的地方都是我的领地。我是让·德·阿拉贡，阿维斯[⑥]的骑士，生在流亡中，长在通缉下，我的父亲是你的父亲下令杀害的，卡斯蒂利亚的卡洛斯国王啊！我们两家有血海深仇。你家有断头台，我们只有匕首。上帝授予我公爵爵位，流亡却使我成山里人了。我的宝剑曾在山中磨利，又在激流之中浸炼，竟然这一切都是白费工夫。（戴上帽子，向其他盟友）戴上冠冕吧，西班牙的贵人们！

〔西班牙的贵人都戴上帽子。

艾那尼 （向堂·卡洛斯）国王啊！要砍我们的头，就连我们的冠冕一起砍吧！我们是有这个权利的。（向被围住的犯人）西尔瓦，哈罗，拉腊，名门望族的公侯，给让·德·阿拉贡留个位子！列位公侯，给我留个位子！（向朝臣和卫队）我是让·德·阿拉贡，国王啊，侍卫啊，刽子手啊！如果你们的断头台太小，就扩大一点儿吧！

〔他走到被围住的贵族一边。

堂娜·莎尔 天哪！

堂·卡洛斯 的确，我已经忘记了这段历史。

艾那尼 流过血的人是不会忘记血迹斑斑的历史的。欺压百姓的人糊糊涂涂就忘记了的罪恶，却永远活在受欺压的人心里，并且使他们热血沸腾！

堂·卡洛斯 这样说来，我就是和你有杀父之仇、不共戴天的对

---

① 塞戈布，西班牙巴伦西亚省小城。

② 卡多纳，位于西班牙巴塞罗那省境内。

③ 芒罗伊，位于葡萄牙埃什特雷马杜拉境内。

④ 阿尔巴特拉，位于西班牙阿利坎特省内。

⑤ 戈尔，位于西班牙格林纳达省内。

⑥ 阿维斯（Avis），葡萄牙城市。

头了，有了这个称号，别的头衔都微不足道了！

堂娜·莎尔 （跪倒在皇帝面前）陛下开恩吧！请陛下仁慈为怀吧！要不然，就把我们两人一同处死，因为他是我的情人，我的丈夫！我们是同呼吸、共生死的啊！我发抖了。陛下！请您大发慈悲，把我们一同处死吧！陛下，我匍匐在您神圣的膝下求情，因为我爱他啊！他是我的，就像帝国是您的一样。啊，开恩吧！……

〔堂·卡洛斯一动不动地看着她。

堂娜·莎尔 您心里起了什么阴沉的念头呢？

堂·卡洛斯 好了！起来吧，塞戈布公爵夫人，阿尔巴特拉伯爵夫人，芒罗伊侯爵夫人……（问艾那尼）你还有什么头衔呀，堂·璜？

艾那尼 这是谁在说话？是国王吗？

堂·卡洛斯 不是，是皇帝。

堂娜·莎尔 （起立）老天爷！

堂·卡洛斯 （指着她对艾那尼）公爵，这是你的夫人！

艾那尼 （两眼望着天，两臂抱着堂娜·莎尔）老天有眼！

堂·卡洛斯 （对堂·吕伊·葛梅兹说）我的表兄，我知道你这个贵人是会妒忌的。不过，阿拉贡配西尔瓦，这也是天作之合呀。

堂·吕伊·葛梅兹 （阴沉沉地）这并不是我的高贵在使我妒忌。

艾那尼 （含情脉脉地瞧着堂娜·莎尔，把她抱在怀里）啊！我的仇恨已经烟消云散了！

〔他把匕首扔掉。

堂·吕伊·葛梅兹 （瞧着他们两个，旁白）我要不要发作呢？啊，不要！我爱得发疯，悲哀得也要发疯了！西班牙的傻老头，你会叫他们可怜你的！老头儿，燃烧不要火光熊熊，烈焰腾腾，爱慕也罢，忍受也罢，都不要露声色，让痛苦啃你的心吧！一声也不要喊！否则，人家就要笑你了！

堂娜·莎尔　（在艾那尼怀里）我的公爵啊！

艾那尼　我的心中只有爱情的位置了。

堂娜·莎尔　幸福啊！

堂·卡洛斯　（手放在胸前，旁白）熄灭了吧，充满了青春之火的心灵！让理智统治吧，不要再兴风作浪了。从今以后，你的爱人，你的情妇，唉！都只能是日耳曼，是佛兰德，是西班牙。（眼睛盯着他的旗号）皇帝也和他旗帜上的雄鹰一样，它没有心，只有一面护心镜！

艾那尼　啊！您是恺撒！

堂·卡洛斯　（向艾那尼）堂·璜，你高贵的心灵配得上你高贵的门第。（指着堂娜·莎尔）也配得上她。跪下吧，公爵！

〔艾那尼跪下。堂·卡洛斯摘下自己的金羊毛骑士勋章，将绶带挂在艾那尼颈上。

接受这枚勋章吧！

〔堂·卡洛斯拔出剑来，在艾那尼的肩上拍了三下。

你要忠心耿耿！公爵，我对圣艾蒂安发誓，我封你为骑士。（扶他起来，和他拥抱）不过，你用不着这个装饰品，因为你已经有了最甜蜜而又最美丽的项圈，那正是我所缺少的，也是一个至高无上的君主所无法强求的，那就是一个你爱而又爱你的女人的两只手臂。啊！你会是幸福的，我呢，我只不过是皇帝而已。

〔向同盟会盟员。

诸位先生，我不再记住你们的名字了！我要忘记一切仇恨！好了，我宽恕你们，这就是我应当给全世界的教训！

〔同盟会盟员跪下。

盟员们　光荣归于卡洛斯！

堂·吕伊·葛梅兹　（向堂·卡洛斯）只有我一个人受到了惩罚。

堂·卡洛斯　还有我呢！

艾那尼 卡洛斯宽恕了我们，我也不再恨他了。是谁这样改造了我们大家的？

大家 （士兵，盟员，贵族）日耳曼帝国万岁！荣誉归于查理五世！

堂·卡洛斯 （转身对着陵墓）荣誉归于查理曼大帝！让我们祖孙两人单独谈谈吧。

〔众人下。

第五场

〔堂·卡洛斯，独自一人，向陵墓鞠躬致敬。

堂·卡洛斯 你对我满意了吗？王国的残局我收拾得怎么样？查理曼啊！我当了皇帝，是不是脱胎换骨，成了一个新人？我能不能使我的皇权和罗马的教权结合起来呢？我有权去碰碰运气、主宰全世界的命运吗？我的脚跟有没有站稳，能不能走上这条曲折的小道？小道上布满了汪达尔人破坏的遗迹，是你巨大的铁鞋才为我们开辟了道路的啊！我有没有接过你的火炬，点着我的火把？我有没有听懂你陵墓里发出的声音？我本来独自一人不知所措地面对着一个帝国，一个叫嚣、威吓、阴谋篡位的世界，面临着丹麦人要我惩罚，圣父教皇要我还债，还有威尼斯、苏里曼[①]、路德、弗朗索瓦一世，成千上万把妒忌的匕首已经在暗处闪闪发亮，还有陷阱、暗礁、数不清的冤家对头、几十个敌对的外族，只要一个就可以吓得许多国王发抖。而一切都迫不及待，迫在眉睫，都要一下解决！我不得不向你求救了："我应该从哪里下手呀？"你回答我说："我的孩子，一开头就要仁慈宽厚！"

---

① 苏里曼（Soliman，1494—1566），土耳其苏丹（1520—1566）。

第五幕

婚　礼

〔萨拉戈萨。

〔阿拉贡公爵府的一个平台。舞台深处是通往花园的阶梯。左边和右边是两扇朝平台开的门，后面是一排栏杆和两层摩尔式的弓形结构，再后面看得见公爵府的花园、在阴凉处的喷泉、小树林和流动的灯光，最深处是灯火辉煌的公爵府的哥特式和阿拉伯式的屋顶。夜里。听得见远处的铜管乐声。戴假面具、穿化装衣、参加舞会的人零零落落或者三五成群地走过平台。在舞台前方，有一伙年轻的贵族，手里拿着假面具，高声谈笑。

第一场

〔堂·桑科·桑歇·德·齐尼加（蒙特雷伯爵）；堂·马西亚斯·桑杜里翁（阿谬南侯爵）；堂·里卡多·德·罗萨斯（卡扎帕尔玛伯爵）；堂·法朗西斯科·德·索托梅约（韦拉卡扎伯爵）；堂·加尔西·苏亚雷斯·德·卡巴雅（佩纳韦尔伯爵）。

堂·加尔西　天哪！但愿我们永远这样快活！新娘永远这样年轻！

堂·马西亚斯　萨拉戈萨今晚简直是倾城出动了。

堂·加尔西　那很不错！从来没见过哪一次婚礼的灯火晚会有这样热闹，哪一个夜晚有这样甜蜜，那一对新婚夫妇有这样美满！

堂·马西亚斯　皇帝真好！

堂·桑科　侯爵，有天晚上暮色苍茫的时候，我们两人陪着他去碰碰运气，谁料到今天竟是这样的结果？

堂·里卡多　（打断他的话）那天我也在场。（向别人）听我讲一件往事：有三个情郎，一个是断头台上挂了号的强盗，一个是公爵，还有一个是国王，三个人同时围攻一个女人的心。围攻之后，哪一个取得了胜利呢？居然是那个强盗。

堂·法朗西斯科　这一点也不奇怪！爱情和运气都是掷假骰子的赌博，不管是在西班牙还是在哪里，赢钱的总是骗子！

堂·里卡多　但是我只看人谈情说爱，也走运了。我先当伯爵，再当贵人，还当上了宫廷司法大臣，我总是出人意料地利用时机。

堂·桑科　你这位先生的秘诀，就是凡事逢迎国王……

堂·里卡多　我坚持我的要求，我的行动……

堂·加尔西　你利用他说漏了嘴。

堂·马西亚斯　老公爵怎么样了？他是不是叫人给他钉棺材了？

堂·桑科　侯爵，不要说笑话。这是个高傲的人。这个老头儿真爱堂娜·莎尔。六十年的光阴只使他的头发变得花白，一夜之间却使他满头银丝了！

堂·加尔西　据说萨拉戈萨再也没人见到他了。

堂·桑科　你也不愿意要他抬棺材来庆贺婚礼吧？

堂·法朗西斯科　皇帝在干什么？

堂·桑科　皇帝今天闷闷不乐。那个路德在给他添麻烦。

堂·里卡多　路德这个家伙真是叫人担心，还叫人提心吊胆！我巴不得赶快派四个兵士去把他解决，完事大吉！

堂·马西亚斯　土耳其苏丹苏里曼也使皇帝发愁。

堂·加尔西　啊！路德、苏里曼、海神、魔鬼还有朱庇特，这些家伙和我有什么关系？今夜的女人多么漂亮，化装舞会多么难得，我已经神魂颠倒，说过一百遍胡话了！

堂·桑科 这才是最重要的。

堂·里卡多 加尔西说得一点儿不错。我呢,我一过节就神不守舍,一戴上假面具就成了另外一个人了,当真的!

堂·桑科 (低声,向堂·马西亚斯)为什么不天天过节呢?

堂·法朗西斯科 (指着右边的门)诸位先生,那不是新人的新房吗?

堂·加尔西 (点点头)新人马上就要来了。

堂·法朗西斯科 真的?

堂·加尔西 嘿,当然不假!

堂·法朗西斯科 那太好了。新娘多漂亮啊!

堂·里卡多 皇帝真是太宽大无边了,艾那尼这个反贼居然得了金羊毛骑士勋章!而且得了娇妻,还恕他无罪!要是皇帝听了我的话,那这位情郎早倒卧在断头台的石头床上,而这位新娘却躺在象牙床上的鸭绒被里了。

堂·桑科 (低声,向堂·马西亚斯)我真恨不得一刀宰了这家伙!金玉其外,败絮其中的假贵族!穿着伯爵的衣服,一肚子狼心狗肺!

堂·里卡多 (走过来)你们在说什么?

堂·马西亚斯 (低声,向堂·桑科)伯爵,在这里吵起来可不好!(向堂·里卡多)他在对我念彼特拉克的十四行诗,歌颂他的美人儿呢!

堂·加尔西 诸位先生,你们有没有注意到,在鲜花和女人中间,在五颜六色的衣饰中间,有一个幽灵靠栏杆站着,他的黑色外衣给化装舞会留下了一个污渍?

堂·里卡多 的确是的!

堂·加尔西 那是谁呢?

堂·里卡多 他的身材,他的神气……看起来像是海军司令堂·普朗卡西奥。

堂·法朗西斯科 不是。

堂·加尔西 他一直没有脱下假面具。

堂·法朗西斯科 他故意不脱。一定是索马公爵要人注意他。没有别的。

堂·里卡多 不对，公爵刚才还和我说话呢！

堂·加尔西 那么，这个假面人是谁呢？瞧，他来了！

〔一个穿黑色外衣的假面人上，他慢慢地穿过舞台后部。大家都转过头去看他，他却显得心不在焉。

堂·桑科 要是死人会走路的话，那就是这样走的。

堂·加尔西 （向假面人跑去）好漂亮的假面具！

〔假面人转过身来站住。堂·加尔西向后退了。

我敢发誓，诸位先生，在他眼里我看见了火焰。

堂·桑科 如果这是魔鬼的话，我也要找他说话。（向一直不动的假面人走去）魔鬼！你是从地狱里来的吗？

假面人 我不是从地狱里来，我要到地狱里去。

〔他继续往前走，顺着阶梯走下去。大家都毛骨悚然地盯着他，一直盯到看不见了为止。

堂·马西亚斯 简直可以说，他的声音像是从坟墓里出来的。

堂·加尔西 别胡说了！在别的地方这样说也许会使人害怕，在舞会上说就只会使人见笑了！

堂·桑科 那也是倒胃口的玩笑！

堂·加尔西 即使真是魔王在回地狱之前来看我们跳舞，也让我们尽兴跳吧！

堂·桑科 这一定是有人要开玩笑。

堂·马西亚斯 明天就知道了。

堂·桑科 （向堂·马西亚斯）请你看看他怎么样了？

堂·马西亚斯 （靠着平台的栏杆）他走下阶梯，再也看不见了。

堂·桑科 这是个扫兴的玩笑！（做梦似的）真是稀奇！

堂·加尔西 （向一个走过的贵妇人）侯爵夫人，我们跳这个舞好吗？

〔他向她敬礼，并且伸出手来挽她。

贵妇人 我亲爱的伯爵，你知道，同你跳舞，我的丈夫都记着次数呢。

堂·加尔西 那更好。他喜欢记次数，就让他记他的，让我们跳我们的吧。

〔贵妇人伸出手来给他挽着，两人同下。

堂·桑科 （深思）的确，真是稀奇。

堂·马西亚斯 新郎新娘来了。不要说话！

〔艾那尼和堂娜·莎尔手挽着手同上。堂娜·莎尔穿着华丽的新娘礼服。艾那尼穿着黑色丝绒礼服，颈下挂着金羊毛骑士勋章。他们后面是成群结队的假面人、贵妇和贵族。两个穿着豪华制服的执戟兵紧跟着他们，前面还有四个青年侍从开路。他们走过时，大家都排成两行，鞠躬致敬。奏铜管乐。

第二场

〔人物同上一场；再加艾那尼、堂娜·莎尔、随从。

艾那尼 （还礼）亲爱的朋友们！……

堂·里卡多 （走到他面前鞠躬）公爵阁下，你的幸福也使我们大家幸福！

堂·法朗西斯科 （注视堂娜·莎尔）天哪！圣雅各在上，这不是天仙下凡吗！

堂·马西亚斯 凭良心说，这样的吉日良宵，真是够人消受的了！

堂·法朗西斯科 （指着新房，向堂·马西亚斯）今夜新房里还会有多少令人销魂的事啊！在关门熄灯之后，要是能变成一个仙女，什么都看得见，那不是会令人神魂颠倒吗？

堂·桑科 （向堂·马西亚斯）时间不早了，我们走吧！

〔大家都向新郎新娘告辞，有的从左边门口出去，有的从舞台后部的阶梯出去。

艾那尼 （送客）上帝保佑你们！

堂·桑科 （最后一个出去，和艾那尼握手）祝你们幸福！

〔下。

〔只剩下艾那尼和堂娜·莎尔两人。人声和脚步声越来越远，最后一点儿也听不见了。在下一场开始时，远处的铜管乐和灯光也逐渐消失。夜深了，又慢慢恢复了宁静。

第三场

〔艾那尼；堂娜·莎尔。

堂娜·莎尔 他们到底都走了！

艾那尼 （要把她拉到怀里来）心爱的人儿！

堂娜·莎尔 （脸羞红了，向后退缩）这……时间不早了，我觉得……

艾那尼 我的安琪儿！想要两个人在一起，总是觉得时间不够的！

堂娜·莎尔 这样热闹使我疲倦！我亲爱的主子，这种欢乐不会使幸福也变得头晕目眩吗？

艾那尼 你说得对！我的知心人，幸福是深刻的东西，要慢慢地刻在青铜铸成的心上。要是乱撒欢乐的鲜花，就会把幸福也吓得飞到九霄云外去了。幸福的微笑是眼泪多于笑声啊！

堂娜·莎尔 你眼睛里的微笑就是阳光。

〔艾那尼要把她带入新房。她脸红了。

等一会儿！

艾那尼 啊，我是你的奴隶！好的，等一会儿，等一会儿！你要怎么就怎么吧。我不提出什么要求。你知道你要做什么！你要做的就是好的！你要我笑我就笑，你要我唱我就唱。我的灵魂在燃烧……哎！你叫火山熄灭吧，火山就会闭上它裂开的大嘴，山腰间就会鲜花盛开，绿草如茵！因为巨人已经就擒，维苏威火山已经成了奴隶！虽然熔岩在啃它的心，那和你有什么关系？你要的只是鲜花！那好。火山虽然发高烧也要尽力使百花怒放，鲜艳夺目。

堂娜·莎尔　啊，你对一个孤零零的女人是多么好啊！艾那尼，我的心上人！

艾那尼　夫人，你说的是谁呀？啊，发发慈悲吧！不要再叫我那个名字了！你使我想起我已经忘了的一切。我知道从前在梦里有过一个艾那尼，他的眼睛像宝剑一样露出寒光，他是一个夜行英雄、绿林好汉，一个走遍天涯海角也要报仇雪恨的罪犯，一个到处受到诅咒的不幸人！不过我现在不认识这个艾那尼了。我现在喜欢的是草地、鲜花、树林、夜莺曲。我是让·德·阿拉贡，堂娜·莎尔的丈夫！我是多么幸福！

堂娜·莎尔　我也是多么幸福啊！

艾那尼　我进来时扔在门口的破衣烂衫和我有什么关系呢？现在，我不是回到了失去过主人的公爵府吗？上帝派了一个天使在门口等我。我一进来，就把倒下的柱子扶直，把火重新点着，把窗户重新打开，要人把院子里砖地上的乱草拔掉，我感到的只是欢乐、愉快、爱情。把我的城堡、楼台、高塔都还给我，给我的头盔装上簪缨，恢复我在卡斯蒂利亚议会的席位，让我的堂娜·莎尔低着头、红着脸来到我的身边，让我们两人待在一起，其他的一切都让它一去不复返吧！我过去什么也没看见，什么也没说过，什么也没做过，我现在重新开始，我把过去一笔抹杀，我要忘记一切，不管人家说这是大智还是大愚，反正我有了你，反正我爱你，而你就是我的一切！

堂娜·莎尔　这套黑色的丝绒礼服配上这金链子的勋章是多么相称啊！

艾那尼 你以前看见过国王这样佩戴吧！

堂娜·莎尔 我没有留意。别人怎样佩戴和我有什么相干呢？再说，管它是丝绒还是锦缎？我的公爵，那都没有关系。是你的颈子最配挂金项链啊！你真是高贵超群，我的主子。

〔他要拉她进新房去。

等一会儿，只要一会儿！你看见没有？我这是高兴得流泪了。来看看这良宵美景吧！（走到栏杆旁边）我的公爵，只要看一会儿，透一口气，并且看上一眼，那就够了！节日的灯火和音乐，一切都无影无踪，无声无息了。只剩下了深夜和我们！这是十全十美的幸福！说，难道你不这样想吗？半睡半醒的大自然含情脉脉地守护着我们。天上，孤独的月亮和我们一样在休息，和我们一同呼吸着玫瑰的香气！瞧，没有灯火，没有声息。剩下的只是一片寂静。月亮刚刚升上天边，它颤抖的光线和你说话的声音一齐沁入我心，我感到既愉快又宁静，我心爱的人呀！我就是这样死了，又有什么遗憾呢！

艾那尼 啊！此曲只应天上有，人间哪得几回闻？谁听了你这美妙的歌声能不忘怀一切呢？我好像一个在河上漫游的旅客，在一个美丽的夏天黄昏顺水漂流，看见无数鲜花盛开的旷野在眼前掠过，我的心也随着你的心一齐梦游幻境了！

堂娜·莎尔 这里寂静无声，过于阴沉。说，难道你不想看见天上有一颗明星，或者听见温柔而美妙的夜半歌声忽然升起？……

艾那尼 （微笑）你的心真是变幻莫测！刚才你不是还要远离灯光和歌声吗？

堂娜·莎尔 那说的是舞会！我现在说的是一只在田野里歌唱的小鸟！一只在长满苔藓的老树丛中的夜莺，或者是遥远的笛声……因为音乐是悦耳的，也能怡性悦情，还能在心灵深处唤起千百种和谐的共鸣，就像圣歌一样！啊，那真是令人心旷神怡！（听见遥远的号角声从树荫深处传来）天哪，这真是天从人愿！

艾那尼 （颤抖，旁白）唉，不幸的人儿！

堂娜·莎尔 一个天使知道了我的心思，那一定是保佑你的天使啰？

艾那尼 （有苦说不出）是的，是保佑我的天使！（号角又响了。旁白）又响了！

堂娜·莎尔 （微笑）堂·璜！我听出来了，这是你的号角！

艾那尼 是吗？

堂娜·莎尔 这小夜曲也有你的份吧？

艾那尼 有我的份，你说对了。

堂娜·莎尔 没意思的舞会！啊，这树林深处的号角声要好听得多！何况这还是你的号角呢！那就跟你的声音一样。

〔号角又响了。

艾那尼 （旁白）唉，张牙舞爪的老虎在那里长啸，它要吃人了！

堂娜·莎尔 堂·璜，这和谐的音乐使人心情愉快。

艾那尼 （可怕地站了起来）叫我艾那尼吧！叫我艾那尼！这个置我死命的名字缠得我不能脱身呢！

堂娜·莎尔 （颤抖）你怎么啦？

艾那尼 老头儿！

堂娜·莎尔 天哪！多么阴森可怕的眼色！你怎么啦？

艾那尼 老头儿在暗处笑呢！你没有看见吗？

堂娜·莎尔 你扯到哪里去了？哪个老头儿呀？

艾那尼 就是那个老头儿！

堂娜·莎尔 我跪下来求你，啊！说吧，什么秘密在撕裂你的心？你怎么了？

艾那尼 我发过誓了？

堂娜·莎尔 发过誓了！

〔她焦急地注视他的一举一动。他突然停住了，并且用手摸摸前额。

艾那尼 （旁白）我打算说什么？何必要使她难过呢？（高声）我没什么。我对你说什么来着？

堂娜·莎尔 你说……

艾那尼 不，不，我刚才精神恍惚……你看，我有点儿不舒服。不过，不要惊慌。

堂娜·莎尔 你要什么东西吗？吩咐你的奴婢吧！

〔号角又响了。

艾那尼 （旁白）他要我的命！他要我的命！我对他发过誓的。（找他的匕首）没有！发过誓的就要做到！啊！……

堂娜·莎尔 你很难受吗？

艾那尼 一个似乎愈合了的伤口又裂开了……（旁白）把她支使开吧。（高声）我心爱的堂娜·莎尔，听我说，在我不幸的日子里，我随身携带的那个盒子……

堂娜·莎尔 我知道你要什么。不过，你要盒子做什么呢？

艾那尼 盒子里有一瓶止痛药水，去吧！

堂娜·莎尔 我就去，我的主子。

〔她走进新房的门。

第四场

艾那尼 （独自一人）他要使我的幸福化为乌有，这就是在墙上发亮的命运的手指头[①]！啊，命运和我开玩笑，开得好苦啊！

〔他陷入沉思冥想，时时抽搐，然后忽然转过身来。

怎么？……没有声音了。我没有听见人来。是不是我听错了？……

〔穿黑外衣的假面人出现在阶梯上。艾那尼目瞪口呆地停住了。

① 即指在伯沙撒墙上刻下的判决，要遭神罚。

第五场

〔艾那尼；假面人。

假面人 “不管发生了什么事，不管在什么地方，什么时候，大人，只要您认为我离开人世的时辰到了，那好，请你吹响这管号角，就用不着多费心机，一切都会按您的心意办好。”这个诺言有死去的列祖列宗作证。嘿！一切都办好了吗？

艾那尼 （低声）果然是他！

假面人 我到你府上来，告诉你时辰到了。这是我选的时间，不过我发现你还没准备好呢。

艾那尼 好的。您要什么？您要拿我怎样？说吧！

假面人 你可以选择用刀还是用毒药。需要的东西我都带来了。让我们同归于尽吧。

艾那尼 好的。

假面人 要不要做祈祷？

艾那尼 那有什么关系？

假面人 你挑选哪一样？

艾那尼 毒药。

假面人 那好！伸手过来。

〔他拿出一个小瓶子交给艾那尼，艾那尼接过瓶子时脸都白了。

喝吧，喝了完事儿。

〔艾那尼把小瓶子放到嘴边，然后倒退两步。

艾那尼 啊，请您发发善心，让我明天再喝吧！公爵啊，如果你还有点儿恻隐之心，至少，如果你还有点儿灵魂，如果你不是一个炼狱里出来的恶鬼或魔王，如果上帝还没在你的前额打下烙印，咒你“永世不得翻身！”如果你知道二十岁的人和自己心爱的人儿结婚是怎么一种无上的幸福，如果你心爱的女人在你怀里颤抖过，那就请你等到明天。你明天再来吧！

假面人 这样说话的人头脑倒很简单！明天？明天？你在开玩笑！你的丧钟今天早上就敲过了！再说，你叫我今夜怎么办？我会恨恨而死的。那么，明天谁来要你的命呀？要我一个人进坟墓吗？年轻人，你要跟我走啊！

艾那尼 不行！魔鬼，我要甩掉你！我不听你的。

假面人 我早就猜到了。那很好。不过，你对什么发过誓来的？啊！没有发誓？这算得了什么？不过是你父亲的在天之灵罢了！这是很容易忘记的。年轻人靠不住啊！

艾那尼 我的父亲，我的父亲！……啊，我简直要发疯了！

假面人 不！这不过是背信弃义而已。

艾那尼 公爵！

假面人 既然西班牙名门世家的长子现在说话都不算数了，（走了一步，要离开这里）那就后会有期吧！

艾那尼 不要走。

假面人 那么……

艾那尼 残酷无情的老头儿！（拿起小瓶子来）让我回到天堂的门口吧！

〔堂娜·莎尔从新房出来，没有看见假面人站在舞台后部的栏杆旁边。

第六场

〔人物同上一场；再加堂娜·莎尔。

堂娜·莎尔 我找不到那个盒子！

艾那尼 （旁白）天哪，是她。来得真不是时候！

堂娜·莎尔 他怎么啦？他害怕了，一听见我的声音就站不稳！你手里拿的是什么？真叫人疑心！你手里拿的是什么？告诉我！

〔假面人脱下假面具。她喊了一声，认出来是堂·吕伊。

这是毒药！

艾那尼 老天爷！

堂娜·莎尔 （对艾那尼说）我做了什么对不起你的事？这是多么可怕，简直莫名其妙！你骗了我了，堂·璜！

艾那尼 唉！我本来不该对你说的！公爵救过我的命，我答应过他要我死我就死。阿拉贡应该还西尔瓦这笔债啊！

堂娜·莎尔 你不是属于他的，你是属于我的。你对别人发过的誓和我有什么关系呢？！（向堂·吕伊·葛梅兹）公爵，爱情使我有力量。我要保护他不受你、不受任何人的伤害。

堂·吕伊·葛梅兹 （无动于衷）你能保护他不受誓言的约束吗？

堂娜·莎尔 什么誓言？

艾那尼 我发过誓了。

堂娜·莎尔 不算，不算，什么誓言也不算数，这不可能！这是犯罪，发疯，谋杀！

堂·吕伊·葛梅兹 行了，公爵！

〔艾那尼做个手势要服毒。堂娜·莎尔设法阻挡。

艾那尼 让我喝了吧，堂娜·莎尔，我怎么能不喝呢？我和公爵有言在先，还有我父亲在天之灵作证啊！

堂娜·莎尔 （向堂·吕伊）你要抢走我心爱的人吗？还不如去虎穴抢虎子吧。你知道堂娜·莎尔是个怎么样的人？长期以来，我怜悯你六十岁的高龄，像女儿一般孝敬你，对你百依百顺，但是，你看见我泪眼中的愤怒吗？（从胸前拔出匕首）你看见这把匕首吗？啊！糊涂的老头子，你看见逼人的眼光，难道就不怕杀人的刀光？小心点儿，堂·吕伊！我也是将门之后，我的老伯伯，听我说，即使我是你亲生的女儿，要是你敢伤害我的丈夫，我也要叫你遭殃的！（把匕首扔掉，跪在公爵面前）啊！我跪在你脚下！求求你可怜我们两个吧！唉，老爷，开开恩吧！我只是一个女人，我很脆弱，我的力量在我心中就会夭折。我很容易心碎，我向你下跪了！啊，我恳求你可怜我们两个吧！

堂·吕伊·葛梅兹 堂娜·莎尔！

堂娜·莎尔 原谅我们吧！我们西班牙人的悲哀会化为愤激的言语，这你是知道的。唉！你并不是硬心肠的人，可怜我们吧！我的老伯伯，如果伤害了他，就是要了我的命！发发慈悲吧，我是多么爱他呀！

堂·吕伊·葛梅兹 （阴沉沉地）你爱他爱得太过分了！

艾那尼 你哭了！

堂娜·莎尔 不，不，我心爱的人，我不能让你死！不，我不能够。（向堂·吕伊）今天开开恩吧，我也会爱你的。

堂·吕伊·葛梅兹 在他之后吗？难道你以为用这点儿剩下来的爱情、友情，连友情都说不上，就能止住我的饥渴吗？（指着艾那尼）他是你唯一的人，他是你的一切！而我呢，多漂亮的同情！我要你这一点儿同情有什么用？啊，气死我了！他占有你的心，你的爱情，还有爵位，而让我看你一眼都是他的施舍！如果需要说一句话来满足我这个老糊涂，那也要他对你说："这样说就够了！"还低声咒骂我这贪得无厌的老乞丐，说赏给我一个空杯子里的渣滓都是恩赐呢！可耻啊！荒唐啊！不行，这事非了结不可。喝吧！

艾那尼 我答应过他的，我应该遵守诺言。

堂·吕伊·葛梅兹 那就喝吧！

〔艾那尼把药瓶放到嘴边。堂娜·莎尔扑上去抓住他的胳臂。

堂娜·莎尔 啊，等一下！你们两个都听我说。

堂·吕伊·葛梅兹 坟墓已经张开了大口，我不能再久等了。

堂娜·莎尔 只等一会儿，我的老爷，我的堂·璜！唉，你们两个都好狠心哪！我要了你们的什么呢？只要一会儿工夫！这就是我所要求的一切！最后让一个可怜的女人说说她的心里话……啊，让我说吧！

堂·吕伊·葛梅兹 （向艾那尼）我等不及了。

堂娜·莎尔 两位老爷，你们吓得我发抖了！我什么事对不起你们？

艾那尼 啊！她喊得我的心都要碎了。

堂娜·莎尔 （一直拉住艾那尼的胳膊）你明知道我有千言万语要说。

堂·吕伊·葛梅兹 （向艾那尼）死的时辰到了。

堂娜·莎尔 （拉住艾那尼的胳膊不放）堂·璜，等我说完了，你想做什么，就做什么吧！（夺过他的药瓶来）药瓶拿到手了。

〔她在大吃一惊的艾那尼和老头儿面前把药瓶举起来。

堂·吕伊·葛梅兹 既然我碰到了两个没有丈夫气的人，堂·璜，那我只好到别处去找不怕死的好汉了。你对你父亲的亡灵发过誓的，我只好到九泉之下去找你的父亲讲理！我们后会有期！

〔他走了几步要出去。艾那尼留住他。

艾那尼 公爵，请留步。（向堂娜·莎尔）唉！我求求你，你要我做个说话不算数、背信弃义的人吗？你要我头上写着“无信无义”几个大字到处示众吗？同情我吧，把药瓶还给我！看在爱情分儿上，为了我们灵魂的永生……

堂娜·莎尔 （阴沉地）你要这样？（喝毒药）现在，你拿去吧！

堂·吕伊·葛梅兹 （旁白）啊，没想到这竟是为她准备的！

堂娜·莎尔 （把喝了一半的药瓶给艾那尼）拿去吧，我说。

艾那尼 （向堂·吕伊）你看见了吧？作孽的老头子！

堂娜·莎尔 不要怪我，我给你留了一份。

艾那尼 （拿起药瓶）天哪！

堂娜·莎尔 你恐怕不会这样给我留下一份吧！你呀，你不知道一个虔诚的妻子的心，你不会像一个西尔瓦家的女人那样爱恋。我先喝了，我并没事。好了，如果你要喝就喝吧！

艾那尼 唉！你干了什么事了？不幸的人儿！

堂娜·莎尔 不是你要这样的吗？

艾那尼 这样死是很痛苦的。

堂娜·莎尔 不怕！有什么可怕的？

艾那尼 这种药一定把人带进坟墓。

堂娜·莎尔 我们今夜不是应该共枕安眠吗？在哪张床上睡有什么关系呢？

艾那尼 先父在天之灵啊！我忘记了为你报仇，你就来报复了。

〔他把药瓶放到嘴边。

堂娜·莎尔 （扑在他身上）天哪，痛得要命！……啊，赶快把药瓶扔掉！……我精神恍惚。住手！唉，我的堂·璜！这种毒药好厉害，好像胸膛里长了一头毒蛇，在用一千颗毒牙啃我的心，咬我的内脏！啊，我还不知道会痛到这个地步！这是什么？这是火，别喝了！啊，你会太难受的！

艾那尼 （向堂·吕伊）你的心肠太狠毒了！你就不会给她选别的毒药？

〔他喝毒药，然后扔掉药瓶。

堂娜·莎尔 你干什么了？

艾那尼 你干了什么？

堂娜·莎尔 来吧，我年轻的爱人啊，到我怀里来吧！

〔他们互相依偎，坐在一起。

堂娜·莎尔 是不是难过得要命？

艾那尼 不。

堂娜·莎尔 这就是我们的新婚之夜！我的脸色苍白，不像个新娘子，你说是不是？

艾那尼 唉！

堂·吕伊·葛梅兹 这是天意，在劫难逃。

艾那尼 这真是无可奈何的折磨啊！堂娜·莎尔在受煎熬，我却无能为力！

堂娜·莎尔 静一点儿吧！我已经好些了。我们马上就要展开翅膀，一同飞向新的光明。让我们比翼双飞，飞向一个更好的世界去。让我吻你一次，只吻一次！

〔他们互相拥抱。

堂·吕伊·葛梅兹 痛苦啊！

艾那尼 （声音逐渐微弱）啊！感谢上苍给了我生命，虽然我生活在苦海之中，被恶鬼缠身，但在崎岖不平的道路上奔波劳累之后，我到底能够用嘴吻着你的手，安眠在你怀里！

堂·吕伊·葛梅兹 他们多么幸福！

艾那尼 （声音越来越微弱）来吧，来吧……堂娜·莎尔，我只看见黑黑的一片，你难受吗？

堂娜·莎尔 （用同样微弱的声音）没，没什么。

艾那尼 你看见昏暗中有火光吗？

堂娜·莎尔 还没有。

艾那尼 （叹一口气）这里……

〔他倒下了。

堂·吕伊·葛梅兹 （扶起他的头来，头又低下去了）死了！

堂娜·莎尔 （头发散乱，半坐半立）死了？不！我们只是睡了。他睡着了！他是我的丈夫，你看见吗？我们相亲相爱，我们就在这里睡了。这是我们的新婚之夜。(有气无力的声音) 不要吵醒他，芒多萨公爵大人[1]，他疲倦了。(她把艾那尼的脸转过来) 我心爱的人儿，把你的脸转过来向着我吧！……过来一点儿……再过来一点儿……

〔她倒下了。

堂·吕伊·葛梅兹　死了！啊，我也该死了！

〔自杀。

——剧终——

① 指堂·吕伊·葛梅兹。这是表明在堂娜·莎尔眼中，堂·吕伊·葛梅兹已不是伯父，而是一个敌对的外人了。

国王取乐

许渊冲　译

剧中人物

弗朗索瓦一世

特里布莱

白朗雪

圣瓦烈

萨塔巴迪

玛格朗娜

克莱芒·马洛

皮恩

戈尔德

帕达扬

布里翁

蒙什尼

蒙莫朗西

柯塞

杜朗德里

柯塞夫人

贝拉德太太

王后的侍从官

国王的侍从

医生

贵族，侍从，百姓

巴黎，152× 年。

第一幕

圣瓦烈

〔罗浮宫的佳节良宵。豪华的大厅里到处是盛装的男女。灯火辉煌，音乐悠扬，男女翩翩起舞，发出阵阵笑声。仆人端着金盘玉盏，贵人贵妇三五成群，来来往往。佳节已近尾声，彩画玻璃窗上曙光初现。意兴阑珊，佳节略带狂欢气息。建筑、家具、服装都是文艺复兴时期的风格。

第一场

〔国王，就像提香画的像[①]一样；杜朗德里伯爵。

国王 伯爵，这种艳遇，我可不愿半途而废。虽然这是个平常百姓家的女子，而且出身微贱，但是多迷人啊！

杜朗德里 您每个礼拜天都在教堂里碰见她？

国王 在圣日耳曼草场的教堂里。我每个星期天都去做礼拜。

杜朗德里 就这样差不多两个月了？

国王 是的。

杜朗德里 这个美人儿住在？……

国王 比西巷底。

杜朗德里 就在柯塞公馆附近？

---

① 此像现存罗浮宫。

国王 （点头）那里有堵高墙。

杜朗德里 啊！我知道了。您老跟着她走，陛下？

国王 一个不好亲近的老妈子老是跟着她，不让她看，不让她听，也不让她说话。

杜朗德里 真的？

国王 最奇怪的是，每天晚上，总有一个神秘人物，全身用黑色短披风裹得紧紧的，从黑暗的地方溜进她家里去。

杜朗德里 咳！那您也可以如法炮制呀！

国王 嗯？她家的门关得紧紧的，墙又高，外人进不去！

杜朗德里 陛下尾随这个女人的时候，她有没有表示一点儿情意呢？

国王 从她的眼色看来，我想我猜得不算太错，她对我不会是讨厌得不得了。

杜朗德里 她知道是国王爱上了她吗？

国王 （摇摇头）我化了装，穿的是侍从的毛料服，罩了一件灰色长袍。

杜朗德里 （笑）我看您是用一种纯化了的爱情，爱上了一个神父的情妇！

〔几个贵族同特里布莱上。

国王 （向杜朗德里）嘘！有人来了。谈情说爱想要成功，也不能把爱情挂在嘴上。

〔转向走来的特里布莱，他听见了这几句话。

你说是不是？

特里布莱 私通的爱情总是不能天长地久的，只有罩上了神秘的外衣，自己才能心安理得。

第二场

〔国王；特里布莱；戈尔德；几个贵族。

〔贵族穿着华丽。特里布莱，小丑的服饰，就像博尼法斯画的那样。国王瞧着一群贵妇走过。

杜朗德里 万多美夫人真是天姿国色！

戈尔德 达尔布夫人和蒙什弗勒夫人也是非常漂亮的女人呀！

国王 柯塞夫人赛过了她们三个。

戈尔德 柯塞夫人吗？陛下，小声点儿！

〔指着在舞台后部走过的柯塞先生。柯塞先生个子很矮，肚子很大，布兰多姆[1]说他是“法国四大胖子之一”。

不要让她丈夫听见。

国王 咳！我亲爱的西米安，那有什么关系！

戈尔德 他会去告诉狄安娜夫人的。

国王 那又有什么关系！

〔走到舞台后部，和其他走过的贵妇谈话。

特里布莱 （向戈尔德）他正要气气狄安娜夫人呢。他已经整整一个礼拜没有和她谈话了。

戈尔德 会不会把她送回给她的丈夫？

特里布莱 我希望不会。

戈尔德 她为她父亲的恩赦已经付出了代价。因此，也可以算是账目两清了。

特里布莱 说起她的父亲圣瓦烈来，这个古怪的老头子也不知道打的是什么主意，居然把他的女儿乱七八糟地嫁给一个驼背的总管大臣，而狄安娜可是一个洁白如玉、天仙下凡般的绝代佳人啊！

戈尔德 圣瓦烈是个老糊涂。他在断头台上得到恩赦的时候，我

① 布兰多姆（Brantôme，1540—1614），法国回忆录作家，作品有《名媛传》、《将领传》等。

正好在他身边。这个老头子脸色惨白，表情紧张。我那时离他比现在离你还近。他什么也不会说，只是说：“上帝保佑国王！”现在，他是完全糊涂了。

〔国王同柯塞夫人走过。

国王 这样无情！你怎么就要走？

柯塞夫人 （叹息）我的丈夫要带我到苏瓦松去！

国王 你怎么好意思就走！整个巴黎的贵人和才子都用爱慕的眼光看着你，在你生命最美好的时刻，决斗的勇士都要为你施展他们的绝技，才华横溢的诗人都要为你写出最美的诗句，你的眼睛点着了男人心里的烈火，使女人都提心吊胆，唯恐失掉她们的情郎，你像光芒四射的分枝吊灯，照亮了整个宫廷，你这个太阳一走，大家都会怀疑还有没有白天，你怎能把帝王公侯不放在眼里，要去做颗平民的明星，照耀在外省的天空中呢！

柯塞夫人 请您冷静点儿吧！

国王 不行，不行。舞会开得正热闹的时候，怎能心血来潮就把分枝吊灯熄掉！

〔柯塞先生上。

柯塞夫人 我多疑善妒的丈夫来了，陛下！

〔赶快离开国王。

国王 啊！真是鬼迷心窍！（向特里布莱）我还为他的妻子写了一首四行诗。马洛[1]有没有把我那首诗给你看？

特里布莱 我不谈您的诗。国王的诗总是写得很坏的。

国王 你这个坏家伙！

特里布莱 （无动于衷）让老百姓去押韵吧！什么爱情呀，光明呀。您二位在美人儿面前缘分有所不同，陛下，您去谈情说爱吧，

---

① 克莱芒·马洛（Clément Marot，1496—1544），法国16世纪诗人。

让马洛写情诗。国王一写情诗，就降低身份了。

国王 （兴奋）啊！为美人儿押韵写诗，会使心灵飞到九霄云外，连我王宫的塔楼都会长上翅膀啊！

特里布莱 那塔楼不就变成磨坊了吗！

国王 要不是库瓦丝兰夫人来了，我可要用鞭子抽你一顿呢！

〔跑去向库瓦丝兰夫人献殷勤。

特里布莱 （旁白）你也跟着这阵风跑，去讨好这位夫人吧！

戈尔德 （走到特里布莱身边，叫他看舞台后部发生的事）你看柯塞夫人从另外一个门进来了。我敢和你打赌，她把花束掉在地上，是要国王来捡。

特里布莱 让我们看看吧。

〔柯塞夫人看见国王向库瓦丝兰夫人献殷勤，真生气了，就让手中的花束掉到地上。国王赶快离开库瓦丝兰夫人，来捡柯塞夫人的花束，并且和她攀谈起来，显得非常温柔。

戈尔德 （向特里布莱）我说对了吧？

特里布莱 真精彩！

戈尔德 国王又落网了。

特里布莱 女人是精通这一套的魔鬼！

〔国王抱住柯塞夫人的腰，吻了吻她的手。她笑了，高兴地聊起天来。忽然，柯塞先生出现在舞台后部的门口。戈尔德要特里布莱注意。柯塞先生站住了，瞪着眼睛看国王和他的妻子。

戈尔德 （向特里布莱）丈夫来了！

柯塞夫人 （看见她的丈夫，就向几乎是抱着她的国王）我们分开吧！

〔从国王手里溜走。

特里布莱 这个大腹便便、醋劲十足的大胖子到这里来干什么？

〔国王走到舞台后部的酒柜台前喝酒。

柯塞 （走到舞台前部，做梦似的，旁白）他们两个说些什么？

〔杜朗德里向他招手，好像有话要跟他说，他赶快走来。

什么事？

杜朗德里 （神秘地）你的老婆非常漂亮！

〔柯塞懒得听，又看见戈尔德好像有什么事要告诉他，就向戈尔德走来。

戈尔德 （低声）你脑子里胡思乱想些什么？为什么你老是斜着眼睛看人？

〔柯塞生气地离开了他，迎面碰到特里布莱，当戈尔德和杜朗德里放声大笑时，特里布莱不引人注目地把他拉到一个角落里。

特里布莱 （低声，向柯塞）先生，你的样子真是糟糕—马屎！

〔哈哈大笑地转过身去，柯塞气得要命，走了出去。

国王 （回来）啊，我多幸福！比起我来，大力神和万神之王都不过是可笑的花花公子而已，连奥林匹斯山也成了陋室。这些女人真是迷人！我真幸福！你呢？

特里布莱 大大的幸福。我低声嘲笑这个舞会，笑这些玩意儿，笑这种轻浮的爱情。我在这里批评，您在那里享受。您享受的是国王的幸福，陛下！而我享受的却是一个驼子的幸福。

国王 我的生辰一定是个欢乐的日子！（瞧着柯塞出去）只有这个柯塞扰乱了我们的佳节。你看他这人怎么样？

特里布莱 笨得要命。

国王 啊，没关系！除了这个醋瓶子，一切都令人高兴。我什么都能，什么都想，什么都有！特里布莱，活在世上是多么快乐，生活是多么美好，多么幸福啊！

特里布莱 我想，陛下，您是醉了！

国王 不过我看得见……美丽的眼睛！美丽的胳膊！

特里布莱 柯塞夫人？

国王　来吧，你来给我们放哨！（唱）

巴黎真可爱！

礼拜天万岁！

女人皮肤白……

〔特里布莱唱。

男人一身灰！

〔他们二人下。几个贵族上。

第三场

〔戈尔德；帕达扬，一个金发的年轻侍从官；维克；克莱芒·马洛，穿着王室侍从官的服装；然后是皮恩，还有一两个侍从官。有时，柯塞沉思冥想地走来走去。

克莱芒·马洛　（招呼戈尔德）今天晚上有什么新鲜事没有？

戈尔德　没有，只知道节日过得好，国王很开心。

马洛　啊，这是新消息！国王开心吗？啊，那好！

柯塞　（从他们后面走过）那才真倒霉呢！因为国王一开心，可要了我的命。

〔走远了。

戈尔德　柯塞这个可怜的大胖子真叫人心里难受。

马洛　（低声）好像是国王搂着他的妻子搂得太紧了！

〔戈尔德点点头。皮恩公爵上。

戈尔德　咳，这位时髦的公爵来了！

〔互相招呼。

皮恩　（带着神秘莫测的神气）朋友们，新消息！有一件事，最聪明的脑子也搞不清楚，非常精彩，简直好笑，风流艳史，天下少有！

戈尔德　什么事？

皮恩　（使他们都围在自己周围）嘘，（向走到角落里去和别人谈天的马洛）到这里来，克莱芒·马洛学士！

马洛　（走过来）大人有什么吩咐？

皮恩　你是一个大傻瓜。

马洛　我想，我什么事都不是"大"字号的。

皮恩　我读了你写的《佩斯基拉[①]围城记》，诗中说特里布莱是个"头上断了角[②]的小丑，活了三十岁就像呱呱坠地时一样聪明"。你是一个大傻瓜。

马洛　让爱神罚我入地狱吧，要是我明白你的话是什么意思！

皮恩　那好。（向戈尔德）西米安先生，（向帕达扬）帕达扬先生。

〔戈尔德、帕达扬、马洛以及刚来到的柯塞一齐上前围着公爵。

请你们猜猜看，特里布莱做了一件闻所未闻的妙事。

帕达扬　他的驼背变直了？

柯塞　他升为王室总管了？

马洛　是不是厨子错把他当成驼峰，煮熟后端到餐桌上来了？

皮恩　都不对。比这还有趣。他……你们猜猜看他怎么了。简直令人难以相信！

戈尔德　他和卡冈都亚这个巨人决斗了？

皮恩　不对。

帕达扬　他找到了一只比他还难看的猴子？

皮恩　也不对。

马洛　他的口袋里忽然装满了金币？

柯塞　给人用烤肉叉烤来吃了？

---

① 佩斯基拉（Peschière），在意大利东北部威尼托地区。

② 头上长角，是妻子有外遇的意思。

马洛　和天堂的圣女有个约会?

戈尔德　灵魂出窍了?

皮恩　你们再猜十次也猜不到！特里布莱这个小丑，特里布莱这个丑八怪，你们再猜猜看他做了什么……简直是异想天开!

马洛　切除了他的驼背?

皮恩　不对,他……你们再猜一百次也猜不着！他有了一个情妇!

〔大家哈哈大笑。

马洛　啊，啊！公爵真会开玩笑。

帕达扬　无稽之谈!

皮恩　诸位先生，我用灵魂担保，我还可以带你们到他情妇的门口去。他每天晚上都要去的，穿着一件褐色的外套，神气既阴沉又激动，就像一个既吃不饱也饿不死的诗人。我要和他开个玩笑。这是我在天黑的时候，在柯塞公馆附近随便走走时发现的。请你们给我保守这个秘密。

马洛　这真是回旋诗的好题材！怎么，特里布莱到了夜里摇身一变成了爱神?

帕达扬　（笑）一个女人来按摩特里布莱!

戈尔德　（笑）一匹木马上加一个鞍子!

马洛　（笑）我想，要是哪个英国佬还敢偷渡海峡，这个轻佻的女人骑上她的木马，也会像圣女贞德一样把他们赶走的!

〔大家都笑了。忽然维克来到。皮恩把手指放在嘴唇上。

皮恩　嘘!

帕达扬　（向皮恩）因此国王每天晚上也要一个人出去，好像是想碰碰运气似的?

皮恩　这就要请维克来解释了。

维克　我知道的第一件事，是陛下显得非常开心。

柯塞　（叹一口气）啊，别再提了!

维克　他一心血来潮，就不知道给风吹到哪里去了。不过我可管不着，我也不管他为什么每天晚上出去，披着他那冬天穿的短斗篷，从举止和服饰上都不让人认出他来，因为如果他要把人家的窗子当做大门的话。反正我还没有结婚，朋友们，我也不用担心他偷我的老婆！

柯塞 （摇头）一个国王，诸位先生，老一点儿的贵族都知道，总是把别人的乐趣全盘端走。哪一个有姊妹、妻子、女儿的人都得当心，不要上他的当！一个有权有势、寻欢作乐的国王只会想到害人，并且也满有理由叫人害怕。笑口一开，不就露出了满嘴锋利的牙齿吗？

维克 （低声，向别人）他多么怕国王啊！

帕达扬 他的老婆非常迷人，并不像他那样害怕国王。

马洛 这就更使他害怕了。

戈尔德 柯塞，你错了。要使国王高兴，要他挥霍浪费，心满意足，这是很重要的。

皮恩 （向戈尔德）伯爵，我同意你的看法。一个感到无聊的国王就像一个穿丧服的女人，一个多雨的夏天。

帕达扬 就像爱情没有决斗。

维克 就像酒瓶装满了水。

马洛 （低声）国王同爱神特里布莱回来了。

〔国王同特里布莱上。朝臣们毕恭毕敬地分列两旁。

第四场

〔人物同上；国王；特里布莱。

特里布莱 （进来时好像继续在谈着）让学者进王宫，那真是千古奇谈！

国王 你去和我姊姊纳瓦尔王后讲讲道理吧！她硬要我接近学者。

特里布莱　我们之间不必客气，您总得承认我喝酒没有您喝得多吧。因此，陛下，若要判断是非，分析因果，我比您有一个，我想甚至是有两个大有利的条件，那就是我既没有喝醉，也不是国王。我说，与其接近学者，还不如得瘟病，发高烧呢！

国王　这话说得有点儿放肆。是我王姊要我接近学者的呢！

特里布莱　就是一个姊姊这样说话也不大好。没有一种禽兽，不管是贪吃死人的乌鸦、爱吃活人的狼，还是猫头鹰、小鹅、老牛，还是诗人、伊斯兰教徒、神学家、佛兰德的法官，不管是熊是狗，没有什么比学者这种无知的蠢驴更难看、更讨厌、更肮脏的了！他们满头乱发，满身长刺，满嘴谬论，满肚子臭屁！您寻欢作乐，争权夺利，南征北战，还不够吗？难道您欢度佳节还缺少如花似玉的女人吗？

国王　唉！……我的王姊玛格丽特有一天晚上悄悄地对我说，光有女人是不够的，等到我烦闷无聊的时候……

特里布莱　这真是闻所未闻的灵丹妙药！劝一个烦闷无聊的人去接近学者！恐怕您也不得不承认吧，玛格丽特夫人出的主意总是令人失望的。

国王　那好！就不要学者吧，不过，要五六个诗人怎么样……

特里布莱　陛下，假如我是您的话，我可以说，我怕一个乱七八糟拼凑韵脚的诗人比魔鬼怕圣水刷还更厉害呢！

国王　只要五六个……

特里布莱　五六个！那不是可以住满一个牛棚，组织一个协会，拿到动物园去展览吗！（*指着马洛*）难道有了这么个马洛还不够，还要找些诗人来放毒吗？

马洛　多谢！（*旁白*）这个小丑怎么老是胡说八道！

特里布莱　还是找女人吧，陛下！啊，上帝！女人就是天堂，就是人间乐园，就是一切！不过，您已经有女人了，您已经有女人了！那就别麻烦我了。要找学者，那是胡思乱想！

国王 我呢，说老实话，我才不在乎什么学者哩！就像鱼不在乎苹果一样。

〔舞台后部的人群里发出一阵笑声。国王向特里布莱。

听，那些花花公子在笑你呢！

〔特里布莱去听他们说些什么，然后回来。

特里布莱 他们不是笑我，笑的是另外一个傻瓜。

国王 呸！那是谁呀？

特里布莱 就是国王。

国王 当真？他们胡说了些什么？

特里布莱 陛下，他们说您吝啬，把金钱和恩典都施舍给纳瓦尔了，没给他们什么好处。

国王 啊，我在这里看得见他们三人：蒙什尼、布里翁、蒙莫朗西。

特里布莱 您说对了。

国王 这些大臣真是讨厌的孬种！我把他们一个封为海军司令，一个封为陆军元帅，还有一个蒙什尼封为王室总管。他们还不满意！你见过这样的人吗？

特里布莱 不过您还可以极其公道地把他们封做……

国王 还封什么？

特里布莱 封他们做吊死鬼。

皮恩 （笑着向三个一直在舞台后部的大臣）三位先生，你们听见特里布莱说的话吗？

布里翁 （愤怒地瞧了小丑一眼）当然听见！

蒙莫朗西 他会得到报应的！

蒙什尼 该死的奴才！

特里布莱 （向国王）不过，陛下，您有时也会觉得灵魂空虚吧……您周围没有一个女人的眼睛敢说您不好，也没有一个女人的心会说您好的！

国王 你怎么知道？

特里布莱　得到一个眼花缭乱的女人的心，并不是得到了真正的爱情。

国王　你知道世上就没有一个女人真正爱我吗？

特里布莱　不知道您是国王就爱上了您？

国王　咳！是的。（旁白）可不要把我比西巷底的小美人也扯进去。

特里布莱　那是一个老百姓家的姑娘吧？

国王　那又有什么不可以的呢？

特里布莱　（激动地）小心，老百姓家的姑娘！天哪！和她们谈情说爱可不能胡搞乱来。老百姓有时还像古罗马人一样粗野。碰了他们的东西，手上总会留下痕迹的。得了，既然我们都是傻瓜，又是国王，还是安分守已，去找找贵族的夫人小姐吧！

国王　好的，还是去找柯塞的老婆。

特里布莱　要把她搞到手。

国王　（笑）说时容易做时难。

特里布莱　今夜就去把她抢走。

国王　（指着柯塞先生）那你拿伯爵怎么办？

特里布莱　您不是有巴士底狱吗？

国王　啊！那不行。

特里布莱　有进账就得有出账，那就封他为公爵吧！

国王　他的妒忌也不在老百姓之下。他什么也不会接受，反而会嚷得满城风雨。

特里布莱　这个人倒是难办了，既不要赏，又不能罚……

〔柯塞走到国王和小丑背后偷听他们谈话已有一会儿了。特里布莱忽然高兴地拍拍额头。

有了，有了，有一个既方便又容易的简单办法，我早就该想到的。

〔柯塞走得更近了。

把柯塞的头砍掉。

〔柯塞吓得倒退几步。

就说他私通西班牙或罗马……

柯塞 （爆发）啊，这个小魔鬼！

国王 （笑着拍拍柯塞的肩膀，向特里布莱）瞧，说老实话，你真是那样想的吗？要砍掉这个脑袋，瞧瞧这个朋友的脑袋！你看见没有？要是他脑袋里有了个想法，那也是离奇古怪的。

特里布莱 就跟他的脑袋一模一样。

柯塞 要砍我的脑袋！

特里布莱 那又怎么着？

国王 （向特里布莱）你要说得他受不了。

特里布莱 见鬼！难道做了国王还要束手束脚？还不能随心所欲？

柯塞 啊，要砍我的头，这真叫我痛心！

特里布莱 那还不简单！有什么理由不能砍你的头呢？

柯塞 的确！我非叫你吃苦头不可，坏蛋！

特里布莱 啊，我不怕你！先生，我是四面树敌，但我并不怕你们这些权贵，因为我脖子上只长了一个小丑的头，不会丢掉别的东西。我什么也不怕，只怕我的驼背从后面缩进去，又从前面鼓出来，像你一样成了一个大肚皮，那可难看死了。

柯塞 （要拔剑）你这坏蛋！

国王 伯爵，不要生气。走吧，小丑！

〔同特里布莱笑着走开。

戈尔德 国王笑得伸不直腰了！

帕达扬 他有点儿小事就笑个不亦乐乎，太随便了！

马洛 一个国王屈尊来开玩笑，真是少见！

〔小丑和国王一走开，朝臣们就聚在一起，用仇视的眼光看着特里布莱出去。

布里翁 这个小丑真会气人，非出这口气不可！

大家 嗯！

马洛 他有护身符呀！从哪里下手呢？哪里是要害呢？

皮恩　我有一个办法。我们大家都有一口怨气要出，非叫他尝尝厉害不可。

〔大家都迫不及待地围拢来。

今天晚上黄昏时候，你们大家都带着武器，到比西巷底来，就在柯塞公馆附近。不要泄露秘密。

马洛　我猜到了。

皮恩　一言为定了？

大家　一言为定。

皮恩　不要再说！他又来了。

〔特里布莱和国王上，一群女人围住国王。

特里布莱　（一人在角落里独白）现在来捉弄谁呢？来捉弄国王吧！……见鬼！

〔一个侍从上，低声向特里布莱。

侍从　圣瓦烈先生，一个全身穿黑色丧服的老头儿，求见国王。

特里布莱　（高兴地搓手）来得正好！让我们见见圣瓦烈先生吧。

〔侍从下。

怎么这样巧，不过，这恐怕要大闹一场，闹得天翻地覆了！

〔舞台后部的大门口有嘈杂声。

一个声音　（在门外）我要求见国王！

国王　（停止谈话）不见！……谁进来了？

同一个声音　求见国王。

国王　（赶快）不见，不见！

〔一个身穿丧服的老人穿过人群，来到国王面前，瞪着眼看着国王。朝臣们都惊愕地站开。

第五场

〔人物同上；圣瓦烈，身穿重丧服，须发全白。

圣瓦烈 （向国王）怎能不见呢？我要和您说话！

国王 圣瓦烈先生！

圣瓦烈 （一动不动站在门口）不错，是我。

〔国王生气地向他走去。特里布莱挡住国王。

特里布莱 啊，陛下！让我来教训这个老儿吧。（用演戏的姿态向圣瓦烈）大人！你阴谋造反，仁慈宽大的国王赦免了你。这是再好不过的事。现在，你怎么怒气冲冲地来怪你的女婿给你生了几个外孙呢？你的女婿真是难看，身材长得不好，五官也不端正，鼻子当中有个瘤，有人说是瞎了一只眼，浑身长毛，体质虚弱，脸色苍白，肚子大得像这位先生。

〔指柯塞，柯塞气得要命。

背又驼得像我。不管是谁，只要看见你的女儿和女婿在一起，就会哈哈大笑。要不是国王好意来矫正你外孙的外形，你就要有一些七扭八歪、龇牙咧嘴、赤发黄脸、缺胳膊短腿的孩子了，那多可怕又多可笑呀！他们肚子大得也会像这位先生。

〔又指柯塞，还向他行了个礼，柯塞气得没有办法。

弯腰驼背而像我，那是多么吓人呀！你的女婿实在太难看了！为什么不让国王来帮帮忙呢？那你将来还会有些蹦蹦跳跳的外孙爬上你的膝盖，来揪你的胡须啊！

〔朝臣又嘘又笑，给特里布莱喝倒彩。

圣瓦烈 （看也不看小丑）这是侮辱之上再加侮辱！陛下，请听我说，既然您是国王，就该听听下情！那一天，您把我赤脚戴枷，绑到格雷沃刑场，忽然，您又王恩大赦，使我如在梦中。我曾对您感恩戴德，但是却不知一个国王的恩赦里还有什么见不得人的名堂。啊！原来你是用恩赦来遮掩我的耻辱。是的，陛下！您不尊重一个古老的家族，不尊重普瓦杰这个有一千年历史的名门世家。当我从格雷沃法场慢步回家时，我心里还在向胜利之神祝祷，愿神将我的有生之年为您赢得光荣。不料就在当天晚上，您，弗朗索瓦·德·瓦罗亚，居然无情无义、厚颜无耻，把您的卧榻变成了埋葬妇女贞操的坟墓，用您卑鄙龌龊的拥抱，冷酷无情地摧残蹂躏了狄安娜·德·普瓦杰的肉体，玷污败坏了布雷泽伯爵夫人的名声！怎么？当我在等待处决的时候，啊，我纯洁的狄安娜！你却在罗浮宫奔走！而他，这个巴亚尔骑士护卫过的神圣国王[①]，却是一个要剥夺老人幸福的青年，只有上帝才知道我还能活几天啊！而他却把你的父亲踩在脚下，和你讨价还价，要买你的贞操！而刽子手一早就在格雷沃法场树起来了绞刑架，想起来真可怕呀！到了晚上，多悲惨啊！它不是成了女儿失身的卧榻，就是成了父亲的断头台！啊，主持公道的上帝！您在天上看见这个断头台，看见这个凄凄惨惨、鬼鬼祟祟、血淋淋、懒洋洋的国王在给他的淫乐披上慈悲为怀的外衣，您会怎么说呢？陛下！您这件事做得太缺德了。您可以让我这个老头儿血染法场，那我是罪有应得的，因为我虽然年高德劭，但谁叫我同波旁元帅一起造反呢！不过，您放走了父亲，却抓起了女儿，您糟蹋了一个战战兢兢、哭哭啼啼的女人，这是伤天害理的事，您要作出交代！您的所作所为大大超越了您的权限。您可以支配父亲，却不能摆布女儿。啊，您赦免了我啊，您把这种事叫做恩赦！这样说来，是我忘恩负义了！陛下，与其糟蹋我的女儿，您还不如亲自来到我的牢房，那我就会向您哭诉：开恩吧，让我死吧！啊，饶了我的女儿，饶了我这个名门世家吧！

---

① 巴亚尔（Bayard，1470—1524），法国著名骑士，以勇猛见称。曾随查理八世、路易十二及本剧国王弗朗索瓦一世出征。1515 年弗朗索瓦一世在马林雅诺（意大利城市）作战时，他一人挡住二百个西班牙人的进攻。此处指国王无道，不应有如此忠勇的骑士。

啊，让我死吧！我宁愿进坟墓，也不愿受侮辱！宁愿抛头颅，也不愿玷污门庭啊！我的国王陛下，既然大家都这样尊称您，难道您以为对一个基督徒、一个伯爵、一个贵族来说，败坏他的名声和砍掉他的脑袋，不是同样厉害的死刑吗？请回答我，我的王上！我本来会这样说的，陛下。到了晚上，在教堂里，我的心灵纯洁的狄安娜，我的面容神圣的好女儿，在血淋淋的棺木里吻着我的花白胡须的时候，她没有受到污辱，本来也会为她没受污辱的父亲祷告的！陛下，我不是来讨还我女儿的。名声已经玷污，还要她回家做什么！不管她是不是精神失常，是不是爱上了您，既然耻辱无法洗刷，我也不能把耻辱带回家去，您就把她留在身边吧！不过，我已经打定主意，每逢您欢度佳节的时候，我就要来煞您的风景，一直等到有个父亲，有个兄弟，或者有个丈夫，这种事总会发生的，他为我们报了仇为止。在这之前，我苍白的脸总是会出现在您花天酒地的宴会上，我会对您说："您真缺德，您真伤天害理，陛下！"我要说得您脸上无光，说得您抬不起头，一直等到我说完了为止。您要是不许我报仇申冤，除非再把我送上断头台去。那也不行。您也不敢那样做了，因为您怕我的阴魂不散，明天还会提着这颗头颅（指着自己的头）来纠缠您的！

国王 （好像气得喘不过气来）你胆大妄为，胡说八道，忘乎所以，居然到了这种地步！……（向皮恩）公爵，把这位先生带走！

〔皮恩做个手势，两个执戟卫士就把圣瓦烈押在中间。

特里布莱 （笑）陛下，这个老头儿疯了！

圣瓦烈 （举起手来）你们两个都会恶有恶报的！（向国王）陛下，这可太不像话了！狮子就是要死，您也不该放出狗来咬它！（向特里布莱）不管你这个奴才是什么人，你这条毒蛇的舌头居然敢嘲笑一个父亲的痛苦,你一定会恶有恶报的!（向国王）我有权和您平起平坐。您是国王，我是家长，年高并不低于位高。我们两人头上都有冠冕，谁也不能目中无人，您头上戴的是百合花徽的金冠，我头上戴的是白发苍苍的银冠，国王啊！要是哪个亵渎神明的人胆敢侮辱您的金冠，您会亲自报仇雪恨的；要是谁敢侮辱我的银冠，那也有上帝为我报仇雪耻啊!

第二幕

萨塔巴迪

〔比西巷底最偏僻的一个角落。右边是一所不显眼的小房子和一个小院子，周围有一道墙，占了舞台的一部分。在院子里有几棵树和一条石凳。院子朝街开了一扇门。靠墙有一个狭窄的平台，上面有顶篷，下面有文艺复兴时期风格的拱廊。房屋一楼的门开向平台，平台有台阶通到院子里。左边是柯塞公馆的花园，围墙很高。舞台后部，远处有些房屋，看得见塞沃兰教堂的钟楼。

第一场

〔特里布莱；萨塔巴迪；皮恩和戈尔德后上。

〔特里布莱披着一件斗篷，没有任何小丑的标记，出现在街上，朝着小院子的门走去。一个黑衣人也披着一件短斗篷，斗篷下露出了一口剑，跟着他走来。

特里布莱 （若有所思）这个老头儿诅咒我，说恶有恶报！

黑衣人 （招呼他）先生……

特里布莱 （生气地转过头来）啊！……（摸摸身上的口袋）我身上一无所有。

黑衣人 我并不要你的东西，先生，得了！

特里布莱 （做个手势叫他走开，不要打扰他）那好！

〔皮恩和戈尔德上，站在舞台后部观察。

黑衣人 （再招呼他）先生看错人了，我是一个剑客。

特里布莱 （后退，旁白）是不是一个强盗？

黑衣人 （过分做作地走到他身边）先生看起来心事重重。每天晚上我都看见你在这一带转来转去。你的样子像是怕有个女人被抢走似的？

特里布莱 （旁白）见鬼！（高声）我的私事从来不告诉外人。

〔他要走开，黑衣人挡住他。

黑衣人 不过我是为了你好，才来管你的闲事的。要是你了解我，你就不会这样对待我了。（走近一点儿）是不是有个花花公子给你的老婆送秋波，你就妒忌了？……

特里布莱 （不耐烦）你到底想要什么？

黑衣人 （讨好地笑笑，低声快速地）只要给我一点儿小费，我就可以把你的情敌干掉。

特里布莱 （松一口气）啊，那好极了！

黑衣人 先生，你可以看得出我是一个好人。

特里布莱 该死！

黑衣人 我跟着你，是要帮你的忙。

特里布莱 不错，你当然是个用得着的人！

黑衣人 （不好意思）我是维护女人名声的卫士。

特里布莱 你干掉一个情郎要多少钱？

黑衣人 这要看是个怎么样的情郎，还要看他有多大的本领。

特里布莱 要干掉一个贵族老爷呢？

黑衣人 喔唷！那风险很大，肚子上恐怕不止吃一剑。那些贵族都有武器，搞得不好连命都要送掉。贵族老爷的价钱高。

特里布莱 贵族老爷的价钱高！难道老百姓就可以随随便便干掉？

黑衣人 （微笑）不过他们总是要干掉的！话又得说回来，干掉一个人也是种奢侈品。奢侈品，你明白，一般只有出身高贵的人才用得着。不过也有一些打肿了脸充胖子的人，他们也要我帮忙。我可怜他们。他们就先给一半钱,事成之后再给一半。

特里布莱 （摇摇头）你冒的风险太大，要受刑，要吊死……

黑衣人 （微笑）不会，不会，我们还要交钱给警察局呢！

特里布莱 干掉一个人交这么多？

黑衣人 （点点头）除非……叫我怎么对你说呢？除非是杀掉了，我的天哪！……除非是杀掉了……国王！

特里布莱 你怎么下手呢？

黑衣人 先生，我在街上或在家里，都可以干掉一个人。

特里布莱 你的办法倒还文明。

黑衣人 要是在街上干，我有一把很尖的长剑。我可以在晚上等着这个人……

特里布莱 要是在家里，你怎么干呢？

黑衣人 我在家里有个妹妹，她叫玛格朗娜，长得非常漂亮，在街上跳起舞来，过路的人都会着迷。一到夜里，她就把情郎引回家来……

特里布莱 我明白了。

黑衣人 你看，我这样不声不响地干掉一个人，非常稳当。先生，把你的事交给我吧，包你满意。我干的这一行不能开铺子，也不能招徕顾客。尤其是，我不是那种用匕首的刺客，他们动不动就要十个人出马，他们的胆子也和他们的刀子一样，都不算大。（从斗篷下拔出一把非常长的剑来）这就是我的武器。

〔特里布莱吓得倒退。

可以为你效劳。

特里布莱 （惊讶地瞧着长剑）的确是！不过，谢谢你了，我暂时还不用人帮忙。

黑衣人 （把剑插回剑鞘）那就算了。如果你要找我，我每天中午都在梅纳公馆门前散步。我的名字是萨塔巴迪。

特里布莱 波希米亚人？

黑衣人 （行礼）勃艮第人。

戈尔德 （在舞台后部，把名字写在小本子上。低声，向皮恩）这是个千金难买到的人，我把他的名字记下来了。

黑衣人 （向特里布莱）先生，请你不要以为我是坏人。

特里布莱 不会。唉，一个人总得干一行嘛！

黑衣人 否则就只好穷苦潦倒，无事可干，乞讨过日子了。我还有四个孩子呢……

特里布莱 当然要把他们养大……（打发他走）老天爷保佑你快活！

皮恩 （在舞台后部，指着特里布莱向戈尔德）天还没有黑呢。不要让他看见我们。

〔两人下。

特里布莱 （向黑衣人）再见吧！

黑衣人 （行礼）再见。但愿我能为你效劳。

〔下。

特里布莱 （看着他走远了）我们两人实在难分高下。一张尖刻的嘴，一把尖锐的剑。我会笑人，他会杀人。

第二场

〔黑衣人不见了，特里布莱轻轻地打开院子围墙的小门。他谨慎地瞧瞧门外，然后把钥匙从锁眼里拿出来，小心地把门从里面锁上。他忧心忡忡地在院子里走了几步。

特里布莱 （一人自言自语）那个老头儿诅咒我！……就在他和我说话的时候，就在他对我喊叫的时候："啊，奴才，恶有恶报！"就在那时，我还嘲笑他的痛苦！啊！是的，我真是卑鄙无耻，口里在笑，心里却吓坏了。（在石桌旁的小凳上坐下）恶有恶报！（陷入深思，手放在额头上）啊，天和人都使我变得非常坏，非常残酷，非常懦弱！啊，气死我了！当了一个小丑，还是个畸形人！不管醒来还是睡着，什么时候我都忘不了这点！你在梦中可以周游世界，但是到头来还是会想起：我是一个宫廷小丑！什么也不想，什么也不能，什么也不该，什么也不干，只会笑！这是多么可耻，多么可悲啊！怎么？成群结队围着一面破烂旗子的兵士，西班牙的乞丐，突尼斯的奴隶，监牢里的囚犯，任何会呼吸又会断气的人都有不笑的权利，都有哭的自由，我却没有！啊！上帝！闷闷不乐的坏脾气关在丑恶的身体里，叫我怎能感到舒服？对自己畸形的厌恶使我怎能不羡慕一切强壮美丽的东西？光辉灿烂的环境更使我显得阴沉凄惨。有时，我一个人担惊受怕，要找一个阴暗的角落，静下心来，安慰我痛哭流泪的灵魂。突然，我的主子出现了，我那无忧无虑、有权有势的主子，他享尽女人的恩爱，满足于自己的生活，他太幸福了，甚至忘记了坟墓。他伟大、年轻、身体健康，又是法兰西漂亮的国王。他用脚踢踢在暗处唉声叹气的我，打个哈欠对我说道："小丑，让我笑笑！"啊，可怜的宫廷弄臣，我到底也是个人嘛！在我灵魂的深处也有沸腾的热情，在我胸中也有怨气、傲气、怒气、火气和妒忌，也有万古不变、见不得人的打算和考虑，还有各种各样折磨人心的肮脏感情，但是，只要我的主子做个手势，我就得把这些感情全都压得粉碎，把它们变成欢乐，送给任何想要欢笑的人！卑鄙！不管我在走路、起立还是坐下，我都感到有根线在牵住我的脚。谁也瞧我不起！谁也可以侮辱我。要是一个王后，一个漂亮的女人，袒胸露背，迷得我神魂颠倒，我当然也想销魂一番，她也让我在她床上胡闹，但是就像她玩的狗一样！因此，我漂亮的老爷，嘲笑我的大人，哼，我是多么恨你们啊！我们是活冤家死对头！有时，你们目中无人，我就要你们付出高昂的代价！我会出其不意地对你们突然反击！我就是给主子出坏主意的恶魔。诸位先生，你们的好运气还没出头，若是给我抓住，我就会用手指把它捏得粉碎！是你们使我变坏的。啊，痛苦！难道这是生活？给别人的美酒里掺进苦汁；善良的天性刚刚露头，就把它压回去；心灵想要思索，就用铃铛声吵得它糊糊涂涂；每天像个鬼影一般扰乱你们的良辰佳节，使你们感到佳节成了忌日；由于无聊，摧毁了幸运儿的幸福；除了破坏别人之外，没有别的奢望；不管你们跑到哪里，我心里对你们大家总是怀着根深蒂固的仇恨，并把这种仇恨掺到任何东西里去，而外表还要装出满不在乎的笑容！啊！我是多么不幸！（从石凳上站起来）不过到了这里，一切都和我没有关系了。一进这道门，我就成了另外一个人。我暂时忘记了我刚离开的世界。到了这里，我不该把外面的东西带进来。（又陷入沉思）但是那个老头儿诅咒我！为什么这个思想总是一赶走又回来？但愿不要出什么事才好！（耸耸肩膀）难道是我疯了不成？

〔他走到房屋门口敲门。门开了。一个穿白衣裳的姑娘走了出来，高兴地投入他的怀抱。

第三场

〔特里布莱；白朗雪；贝拉德太太后上。

特里布莱 好女儿！（非常激动地把她抱在怀里）啊！把你的胳膊抱住我的脖子，放在我的胸前！在你身边，一切都在对我微笑，不再有什么压在我心上的事。孩子！我真快活，连呼吸也不费力了！（心醉神迷地瞧着她）你出落得一天比一天漂亮了！告诉我，你不缺少什么东西吧？在这里过得好吗？白朗雪，好好地亲亲我吧！

白朗雪 （在他怀里）爸爸，您真好！

特里布莱 （坐下）我只是喜欢你。难道你不是我的命根子，我的亲血肉？要是我没有你，我真不知道该怎么办，我的上帝！

白朗雪 （把手放在他的额头上）您在喘气。是不是有什么心事？告诉您可怜的女儿吧。唉！我连我的家世都不知道呢。

特里布莱 孩子，你并没有家！

白朗雪 我连您的姓名也不知道。

特里布莱 我的姓名和你有什么关系？

白朗雪 我是在希农那个小城长大的。在您来接我之前，我们的邻居还以为我是个孤儿呢！

特里布莱 我本来应该把你留在那里，那也许更稳当些。不过我一个人实在活不下去了。我需要你，需要一颗爱我的心。

〔又把她抱在怀里。

白朗雪 要是您不愿意谈自己的事……

特里布莱 不要出去！

白朗雪 我来这里两个月了，一共只去过八次教堂。

特里布莱 那好。

白朗雪 好爸爸，您起码也该谈谈妈妈的事呀！

特里布莱 啊！不要唤醒痛苦的回忆吧，不要提起当年的往事吧，要不是看见你在这里，我还真以为是自己做了场梦呢！在这个只讲门当户对、不见灵魂配对成双的世界上，我碰到了一个与众不同的女人，她看见我孤苦伶仃，残废丑陋，居然爱上了我这个可怜的驼子。她已经去世了，把忠贞爱情的秘密带进了坟墓，她天使般的爱情像瞬息消逝的电光闪过我的心头，这天堂的光辉照亮了我所在的地狱！随时准备给我们安息的土地啊，轻轻地不要压坏了给我带来过安宁的胸膛吧！

她只给我留下了你。（抬头望天）那好，我的上帝，我感谢你！

〔哭了起来，用双手遮住脸。

白朗雪 您一定是很伤心了！看见您哭成这个样子，不，我受不了！不，我的心也要碎了！

特里布莱 （痛苦地）要是你看见我笑，你才会更受不了呢！

白朗雪 爸爸，您怎么啦？告诉我您的姓名吧！啊，把您的痛苦全都吐出来吧！

特里布莱 不行。说出我的名字又有什么用？我就只是你的父亲。你听我说，要不是在这里，你知道吗，说不定人家还怕我呢，谁晓得？有的人瞧我不起，有的人咒骂我。我的名字，告诉你又有什么用？我希望至少在这里，在你面前，在世界上这一个清清白白的角落里，我只是一个父亲，一个受到尊敬的父亲，一个庄严神圣的父亲！

白朗雪 爸爸！

特里布莱 （激动地把她抱在怀里）世界上什么地方会有人和我这样心心相印？啊！我爱你，因为我恨这个世界！坐到我身边来，来谈谈吧！说，你爱你的父亲吗？既然我们坐在一起，既然你的手捏在我的手里，那我们又何必勉强去谈别的呢？女儿啊！你是上天赐给我的唯一幸福！别人有父母、兄弟、朋友、妻子、丈夫、仆人、列祖列宗、姑表亲戚、子孙后代，多得数不清！我呢，我只有你一个人！别人有钱，那好，只有你才是我的宝贝、我的财富！别人相信上帝，我只相信你的灵魂！别人占有女人的青春和爱情，他们骄傲、光荣、高雅、健康，他们真美，我呢，你看得出，我引以为荣的只是你的美丽！亲爱的孩子！我的故乡、祖国、家园、配偶、母亲、姊妹、女儿、幸福、财富、信仰、法律、宇宙，就是你，一直是你，而且只有你！在其他一切方面，我可怜的灵魂都受到摧残蹂躏。啊，要是我失掉了你！……不，这个想法我片刻也受不了！对我微笑一下吧，你的微笑真是可爱。是的，你长得就和你母亲一模一样！她从前也和你现在一样美丽。你老是用手抚摸前额，这也和她一样，你好像是要把额头抚摸得干干净净，对的，因为纯洁无瑕的心灵自然需要清清白白的额头，需要一碧如洗的天空。对我你像天使般灿烂夺目，透过你美丽的身体，我的灵魂看见了你的灵魂，我即使闭上眼睛，也一样看得见你。因为光明来自你的灵魂。我有时真想变成一个瞎子，两眼沉浸在一片黑暗之中，看不见世界上的光明而只看见你啊！

白朗雪 啊，我多么希望使您幸福！

特里布莱 使谁幸福？使我吗？我在这里已经很幸福了！只要一看见你，我的女儿，我的心里就会冰消雪融。（微笑着用手抚摩她的头发）啊，美丽的黑头发！孩子，你的头发本来是金黄的，谁想得到？

白朗雪 （用温柔的口气）我希望有一天，在熄灯时间以前，我能出去看看巴黎。

特里布莱 （急躁地）不行，不行！我的女儿，你还没有同贝拉德太太出去过吧？

白朗雪 （颤抖）没有。

特里布莱 要当心啊！

白朗雪 我只去过教堂。

特里布莱 （旁白）啊，天哪！有人会看见她，有人会跟随她，说不定还会把她抢走！一个小丑的女儿，说起来多丢人，人家只会把这当做笑话！啊，（高声）我再对你说一遍，就这样关门闭户地待在家里吧！孩子，你还不知道巴黎的空气对女人来说是多么污浊！全城满街跑的都是酒色之徒！啊，尤其是那些贵族！（抬头望天）啊，上帝呀！让这朵纯洁幽雅的玫瑰花在这个隐蔽的地方，在您的眷顾之下生长吧！不要让痛苦来侵袭她，不要让狂风暴雨来摧残她，即使是在梦中，也不要让肮脏的气息来玷污她，好让一个可怜的父亲在休息时，可以呼吸到她没有被玷污的芳香啊！

〔抱头哭了起来。

白朗雪 我再也不提出去的事了，我求求您，不要这样哭吧！

特里布莱 不要紧，这可以使我松一口气。我昨天夜里笑得太多了！（站了起来）我忘了时间，耽搁得太久了。白朗雪，我又得去戴上我的颈圈了。再见。

〔天暗下来了。

白朗雪 （拥抱他）您马上就回来吧？告诉我。

特里布莱 我说不准。你看，我可怜的孩子，我是身不由主呀。（喊人）贝拉德太太！

〔一个年老的女仆出现在房子的门口。

贝拉德太太 什么事呀，先生？

特里布莱 我回来的时候，没有人看见我进门吧？

贝拉德太太 我想没有，这里很偏僻呀！

〔差不多是黑夜了。国王穿着深色的普通衣服，从围墙的另外一边走来，出现在街上。他打量了一下墙有多高，看了一眼关着的门，露出不耐烦而又恼火的迹象。

特里布莱 （抱住白朗雪）再见，我亲爱的女儿！（向贝拉德太太）靠河滨路的门关上了吧？

〔贝拉德太太点点头。

我知道圣日耳曼后面还有一所更偏僻的房子。明天我去看看。

白朗雪 爸爸，我喜欢这一所房子，平台上看得见花园。

特里布莱 不要上平台去，我求求你！（听）外面有没有人走路？

〔他走到院子门口，把门打开，心神不安地瞧瞧街上。国王藏在门旁边的一个角落里，特里布莱没有把门关上。

白朗雪 （指着平台）怎么！我晚上不能到平台上去歇歇？

特里布莱 （走回来）要小心点儿！你在平台上，人家看得见。

〔在他转身的时候，国王穿过半开的门，溜进院子，藏在一棵大树后面。特里布莱向贝拉德太太。

你不要把灯放在窗台上。

贝拉德太太 （双手合十）亏你想得出，人家怎么进得来?

〔她转过身来，看见国王藏在大树后面。她目瞪口呆地说不出话，正要张嘴喊叫，国王把一个钱包塞进她的领饰，她用手掂了掂，就不开口了。

白朗雪 （向打着灯笼去看平台的特里布莱）您太小心了！爸爸，告诉我，您担什么心呢?

特里布莱 我不是为自己,而是为你提心！（再一次把她抱在怀里）白朗雪！我的女儿，再见！

〔贝拉德太太提着的灯笼照亮了特里布莱和白朗雪。

国王 （在树后面，旁白）特里布莱！（笑）真是见鬼！特里布莱的女儿！这场艳遇真是稀奇古怪！

特里布莱 （正要出去又走了回来）我在想，你上教堂做礼拜的时候，没有人跟随你吗?

〔白朗雪为难地低下头来。

贝拉德太太 没有！

特里布莱 要是有人跟着你走，就要喊叫。

贝拉德太太 啊，我会叫人帮忙！

特里布莱 不管谁来敲门，都不要开。

贝拉德太太 （好像比特里布莱还更小心）就是国王来了也不开！

特里布莱 尤其是国王！

〔再一次拥抱他的女儿，走了出去，小心地把门关上。

第四场

〔白朗雪；贝拉德太太；国王。

〔上半场国王藏在树后面。

白朗雪 （沉思默想，听着她父亲的脚步声远去）我总感到有点儿内疚！

贝拉德太太 内疚！为了什么？

白朗雪 为了一点儿小事，他是多么惊慌不安！在他离开的时候，我还看见他的眼睛里有眼泪呢。可怜的爸爸！他人这么好！我早就该告诉他，礼拜天他准我们出去的时候，总有一个年轻人跟着我们。你记得那个漂亮的年轻人吗？

贝拉德太太 为什么要告诉他呢，小姐？说到头，你的父亲不是有点儿稀奇古怪吗？难道你也恨那个年轻人？

白朗雪 我恨那个年轻人？啊，不！唉，恰恰相反，自从我见了他，怎么也忘不了他，自从他的眼睛对我的眼睛说了话，我就什么也不放在心上，总是看见他在面前，我简直成了他的人了！你看，我老是胡思乱想……在我看来，他显得高人一等。他是多么勇敢、温柔！又是多么高贵、自豪！贝拉德，骑在马上，他一定很神气！

贝拉德太太 他的确很可爱！

〔走到国王身边，国王给她一把金币，她就把钱装进口袋。

白朗雪 一个这样的人应该是……

〔贝拉德太太把手伸向国王，国王总是给钱。

贝拉德太太 十全十美的。

白朗雪 从他的眼睛里可以看见他的心，他的心胸宽大！

贝拉德太太 当然是宽大无比。

〔每说一句话总把手伸向国王，国王就给她一把金币。

白朗雪 英勇。

贝拉德太太 （继续干着她敲诈的伎俩）英勇无双！

白朗雪 然而……他还善良！

贝拉德太太 （伸手）温存体贴！

白朗雪 慷慨。

贝拉德太太 （伸手）慷慨大方！

白朗雪 （深深地叹了一口气）我喜欢他！

贝拉德太太 （每说一句话就伸一次手）他的身材独一无二！他的眼睛，他的面孔，他的鼻子！

国王 （旁白）啊，上帝！这个老太婆算起细账来了，她会把我的钱包掏光的！

白朗雪 我喜欢你这样说他。

贝拉德太太 我知道。

国王 （旁白）这是火上加油！

贝拉德太太 善良、温存、心胸宽大、英勇、慷慨大方……

国王 （钱包空了）见鬼！她又从头来起！

贝拉德太太 （继续）这是个大贵族，他的神气很高尚，他的手套上还绣了金线。

〔她还伸手。国王做手势，表示没有钱了。

白朗雪 不。我不希望他是王公贵族。我希望他是个外省来的穷书生，那才懂得真正的爱情！

贝拉德太太 这也可能，要是你喜欢这样的话。（旁白）女孩子的头脑里尽是些稀奇古怪的反常念头！（还向国王伸手）这个年轻人爱你爱得要疯了……

〔国王不再给钱。

（旁白）我想这个年轻人身上的钱也榨光了。不给钱我就不再说好话。

白朗雪 （一直没有看见国王）我等礼拜天，怎么老也等不来？我看不见他的时候，日子可难过呢。啊！那个礼拜天做奉献仪式时，我看他要来和我说话了，我的心跳得多厉害呀！我日日夜夜都想他。而他呢，你看，他对我的爱情使他忘了一切。

我敢肯定说他的心中只有我的形象。这是个天生多情的人，啊，谁都看得出来！别的女人都打动不了他的心。他没有什么东西能够消愁解闷的，也没有什么良辰佳节，一心一意想的是我。

贝拉德太太 （作出最后一次努力，再向国王伸手）我敢用脑袋担保，是这样的！

国王 （取下戒指给她）用我的戒指换你的脑袋！

白朗雪 啊！我日思夜想，连做梦也希望他出现在我面前。

〔国王从隐蔽处出来，跪在她身边。她的脸朝着另一个方向。

我要对他说："幸福吧，满足吧！啊！是的，我爱……"

〔转过脸来，看见国王跪在她身边，一愣就打断了话头。

国王 （伸出双臂）我爱你，说下去吧，说下去吧！啊，说我爱你吧！不要害怕。你这样的小口说这样的甜言蜜语再合适不过了！

白朗雪 （吃了一惊，用眼睛寻找贝拉德太太，却不见她的踪影）贝拉德，啊，上帝！怎么没有人答应我，怎么没有人！

国王 （一直跪着）两个幸福的情人，怎么说没有人呢？

白朗雪 （颤抖）先生，您从哪里来的？

国王 从天堂或者从地狱，那有什么关系！不管我是天使还是魔鬼，我爱你呀！

白朗雪 天哪，天哪！可怜我吧……我希望没有人看见您进来。出去吧，上帝！要是我父亲……

国王 出去吗？当我抱住了一颗扑扑跳动的心，当我属于你你属于我的时候，怎么能出去呢！你爱我，你不是说过了吗？

白朗雪 （羞愧）他听见了我说的话！

国王 不错，还有什么比这更好听的人间仙乐呢！

白朗雪 （恳求）啊！您已经和我谈过话了。现在，请可怜我，您出去吧！

国王 出去，当我的命运和你的命运连在一起，当配对成双的星辰在天边闪闪发光，当我来唤醒你这颗少女的心，当上天选择我来对你的眼睛显示光明，对你纯洁的灵魂显示爱情的时候，怎么能出去呢？来吧，看哪，爱情就是灵魂中的太阳！你感到这温和的光辉使你全身温暖了吧？死神能够给你王位，也能够把王位夺走，在战争中冲锋陷阵可以获得荣誉，得到显赫的名声和广阔的领地，甚至封王称帝，这都不过是人间的假事；在这个世界上，一切都要烟消云散，只有一件神圣的事，那就是爱情！白朗雪，你的情人给你带来的是幸福，幸福羞答答地在你门口等了好久呢！生活就是花朵，爱情却是花中的蜜。在天上是鸽子和雄鹰比翼齐飞，在人间是战战兢兢的柔弱美和强壮的力并肩前进，你的手在我的手里甜蜜地忘记了自己……让我们相爱吧！让我们相爱吧！

〔他要吻她。她在挣扎。

白朗雪 不，放开我！

〔他把她紧紧抱在怀里，吻了她一下。

贝拉德太太 （在舞台后部的平台上，旁白）他干得不错！

国王 （旁白）她落网了！（高声）说你爱我！

贝拉德太太 （在舞台后部，旁白）坏蛋！

国王 白朗雪，再对我说一遍！

白朗雪 （低下头来）你已经听见了。你明明知道了。

国王 （扬扬得意地再吻她一次）我真幸福！

白朗雪 我可完了！

国王 不对。你也幸福！

白朗雪 （从他怀中挣脱出来）你对我还是个陌生人呢。告诉我你叫什么名字？

贝拉德太太 （在舞台后部，旁白）早就该问了！

白朗雪 至少你不是贵族老爷吧？我的父亲怕他们怕得厉害呢！

国王 我的天哪！不是的！我的姓名是……（旁白）说什么好

呢？……（想了一想）戈舍·马叶。我是个书生……家里很穷……

贝拉德太太 （这时正在数他给她的钱）睁着眼睛说瞎话！

〔皮恩和帕达扬裹在斗篷里，手里提着暗灯，出现在街上。

皮恩 （低声，向帕达扬）就是这里，骑士！

贝拉德太太 （急急忙忙地从平台上走下来，低声）我听见外面有人声。

白朗雪 （害怕）说不定是我的父亲。

贝拉德太太 （向国王）走吧，先生！

国王 我真恨不得抓住这个坏人好事的家伙！

白朗雪 （向贝拉德太太）赶快让他从河滨路的后门走吧！

国王 （向白朗雪）怎么，就要离开你了！你明天还爱我吗？

白朗雪 你呢？

国王 我的生命都是你的！

白朗雪 啊！你会骗我的，因为我也骗了我的父亲！

国王 不会的！白朗雪，让我吻吻你美丽的眼睛。

贝拉德太太 （旁白）他吻起人来简直不要命！

白朗雪 （有点儿抗拒）不，不！

〔国王吻了吻她，然后同贝拉德太太走进屋里。白朗雪一人待了一会儿，眼睛瞪着看他走出去的那扇门，然后自己也回到屋里去。这时，街上来了一些武装的贵族，他们披着斗篷，戴着假面具，戈尔德、柯塞、蒙什尼、布里翁、蒙莫朗西、克莱芒·马洛，接二连三地与皮恩和帕达扬会合在一起。夜已经很黑了。这些先生提的灯笼都不透光。他们之间互相用暗号招呼，并指指白朗雪的房子。一个仆人带着一张梯子跟在他们后面。

第五场

〔贵族们；然后特里布莱上；最后白朗雪上。

〔白朗雪再次出现在一层楼门口的平台上。她手里拿了一支蜡烛，照亮了她的脸。

白朗雪 （在平台上）戈舍·马叶！这就是我心爱的人的名字，我要把你刻在我的心里！

皮恩 （向贵族们）诸位先生，就是她！

帕达扬 让我们来看看。

戈尔德 （轻蔑地）一个庸俗的美人儿。（向皮恩）要是你看见一些俗里俗气的女人也算饱享眼福，那真是太可怜了！

〔这时，白朗雪转过身去，贵族们都看得见她。

皮恩 （向戈尔德）你看她怎么样？

马洛 这个俗气的女人倒很漂亮呢！

戈尔德 简直是个仙女，是个天使，是个十全十美的人儿！

帕达扬 怎么，这是特里布莱先生的情妇？这个小丑暗地里还真有一手！

戈尔德 这个流氓！

马洛 最美的配上最丑的，这是天公地道的事。朱庇特大神不就喜欢杂交吗？

〔白朗雪回房间去了。只见一扇窗里有灯光。

皮恩 诸位先生，不要浪费时间做鬼脸了。我们不是决定了要惩罚特里布莱吗？那好，现在，我们大家都来了，要出这一口恶气，我们还有一把梯子，让我们爬过墙去把他的美人儿抢走，送到罗浮宫去，让国王陛下明天一起床就看到这个绝代佳人吧！

柯塞 我想，国王不会放过她的。

马洛 魔鬼自有魔鬼的办法。

皮恩 说得好。让我们动手吧！

戈尔德 说实在的，这真是个天姿国色。

〔特里布莱上。

特里布莱 （在舞台后部，做梦似的）我回来了……有什么用？啊！我也不知道为什么回来？

柯塞 （向贵族们）得了，诸位先生。你们发现没有？我们的国王不管是谁的老婆都要，不管是黄头发还是黑头发也都要。我倒想要知道，要是有人占有了他的王后，他会怎么办？

特里布莱 （向前走了几步）啊，我的秘密！这个老头儿诅咒我。我的心里有事，心情不安！

〔天太黑了，他看不见身边的戈尔德，走过时撞了他一下。

谁呀？

戈尔德 （吓了一跳，回转身来，低声向贵族们）诸位先生，特里布莱！

柯塞 （低声）那是双重的胜利，我们干掉他！

皮恩 啊，不行！

柯塞 他在我们手里。

皮恩 那我们明天就没有可笑的人了。

戈尔德 你说得对，要是把他干掉，这事也就没什么好笑的了。

柯塞 不过他一来可要碍事了。

马洛 让我来对付他几句，我自有办法。

特里布莱 （待在角落里，竖起耳朵来听）有人在低声说话。

马洛 （走到他身边）特里布莱！

特里布莱 （用吓人的声音）谁呀？

马洛 得了！你不是要吃人吧？是我。

特里布莱 你是谁呀？

马洛 马洛。

特里布莱 啊，天太黑了！

马洛 是的，魔鬼把天空变成墨水瓶了。

特里布莱 你来干什么？……

马洛 难道你没想到，我们是来帮国王把柯塞夫人抢走的?

特里布莱 （透了一口气）啊！……很好！

柯塞 （旁白）我真想打断他的胳膊大腿！

特里布莱 （向马洛）不过，你们怎么能进她的房间呢?

马洛 （低声，向柯塞）把你的钥匙给我。

〔柯塞把钥匙给他，他又交给特里布莱。

你摸摸这把钥匙。上面不是刻了柯塞的家徽吗?

特里布莱 （摸摸钥匙）上面有三片锯齿形的叶子，对的。（旁白）我的上帝，我真蠢得像匹驴子！（指着左边的墙）那就是柯塞公馆。我脑子里想的是什么鬼事?（把钥匙还给马洛）你们要抢柯塞胖子的老婆?我也来一个！

马洛 我们都戴了假面具。

特里布莱 那好，给我也戴一个！

〔马洛给他戴上一个假面具，加上一根蒙住耳目的布条。

现在该干什么?

马洛 你给我们扶住梯子。

〔贵族们把梯子靠在平台前的墙上。马洛把特里布莱带到梯子旁边，叫他扶住梯子。

特里布莱 （双手扶住梯子）哼！你们人多吗?我一点儿也看不见。

马洛 那是因为天太黑了。（笑着向旁人）你们现在可以放心大声喊叫，大步走路。这根布条子使他变得又瞎又聋了。

〔贵族们爬上梯子，撞开一楼的楼门，走进房子里去。过了一会儿，他们中的一个又出现在院子里，把门从里面打开；然后大伙儿先后来到院子里，再走出门去，把白朗雪抢走了。白朗雪衣不蔽体，堵住了嘴，还在挣扎。

白朗雪 （蓬头散发，在远处喊）爸爸，救人哪！爸爸！

贵族的声音 （在远处）胜利了！

〔带白朗雪下。

特里布莱 （一人在梯子下）得了，他们要我在这儿活受罪吗？到底干完了没有？真是寻开心！（放松梯子，用手摸摸面具，摸到了布条）我的眼睛给蒙住了！

〔他撕掉布条，脱下假面具。地上有盏丢掉的暗灯，他在灯光下看见一块白色的东西，捡起来一看，认得是他女儿的面纱。他转身一看，梯子靠在他家的墙上，房屋的门大开，他发疯似的跑了进去，过了一会儿，又拖着衣不蔽体、堵住了嘴的贝拉德太太出来。他目瞪口呆地瞧瞧她，然后扯自己的头发，泣不成声，好不容易才说出话来。

啊！诅咒灵验了！

〔昏倒在地。

第三幕

国　王

〔罗浮宫的国王接待室。家具、帷幔，雕金镂银，都是文艺复兴时期的风格。舞台前部有一张桌子、一把安乐椅、一把折叠椅。舞台后部是一扇镶金的大门。左边是通往国王寝宫的门，门上挂了帘幔。右边有一个餐具柜，上面摆满了金盘玉盏，珐琅瓷器。舞台后部的门外是一条林荫道。

第一场

〔贵族们。

戈尔德　现在，安排一下这台好戏怎样收场吧！

帕达扬　一定要让特里布莱挖空心思，绞尽脑汁，也猜不到他的美人儿在这里！

柯塞　让他去找他的情妇吧，那太好了！不过，万一昨夜门房有人看见我们把她带进来呢？

蒙什尼　罗浮宫的门房都交代过了，他们会对他说，昨夜没有看见女人进来。

帕达扬　要把他搞得晕头转向，我还派了一个善于捣鬼的仆人到他门口去对他的熟人说，昨天半夜，他看见一个拼命挣扎的女人，横抬竖拉地给拖进欧特福公馆去了。

柯塞 （笑）那好，欧特福公馆离罗浮宫可远着呢！

戈尔德 把那蒙住他眼睛的布条蒙紧一点儿。

马洛 今天早上，我还给小丑送去了一张便条：（拿出一张纸条来念）“特里布莱啊！我刚抢走了你的美人儿，告诉你一个消息，我把她带出国去了。”

〔大家都笑。

戈尔德 （向马洛）签名的是谁？

马洛 让·德·尼韦勒[①]。

〔大家笑得更加厉害。

帕达扬 啊，让他去找吧！

柯塞 看到他找人，我可开心呢！

戈尔德 让这个倒霉的家伙灰心失望，气得咬紧牙关，捏紧拳头，在一天之内，偿还拖欠已久的债务吧！

〔侧门开了。国王穿着华丽的晨便服上。皮恩跟在身边。朝臣们分列两行，脱帽致敬。国王和皮恩哈哈大笑。

国王 （指着舞台后部的门）她是谁？

皮恩 特里布莱的情妇！

国王 当真的？天哪，抢走我小丑的情妇，真有意思！

皮恩 不是他的情妇，就是他的老婆！

国王 （旁白）老婆，女儿，我还不知道他是个好家长呢！

皮恩 陛下要不要看一看？

国王 当然要看！

〔皮恩出去了一会儿，又扶着摇摇晃晃、戴了面纱的白朗雪回来。国王懒散地坐在安乐椅里。

皮恩 （向白朗雪）我的美人儿，进来吧！你等一等要发抖就发抖。现在是在国王面前。

---

① 16世纪的名歌手。

白朗雪 （一直戴着面纱）这是国王吗！这个年轻人！……

〔她跑到国王跟前跪下。听见白朗雪的声音，国王又惊又喜，示意大家退出。

第二场

〔国王；白朗雪。

〔国王单独和白朗雪在一起，国王揭开她的面纱。

国王 白朗雪！

白朗雪 戈舍·马叶，天哪！

国王 （哈哈大笑）说老实话，不管这是有意的玩笑，还是无意的巧合，反正对我来说，这一招的确是妙极了。上帝万岁！我的美人儿，我的白朗雪，我心爱的人，到我怀里来吧！

白朗雪 （后退）国王，国王！放我走吧，陛下，我的上帝！我也不知道怎么说，怎么讲……戈舍·马叶先生……不对，您是国王。（跪倒在地上）啊！不管您是谁，请您可怜我吧！

国王 可怜你吗？白朗雪，我爱你呀！戈舍说过的话，弗朗索瓦全都认账。你爱我，我爱你，我们不是很幸福吗？做了国王难道反而没有福气做情人了？孩子！你本来以为我是一个老百姓，一个穷书生，也许还要差些。但是，难道因为我的命运好了一点儿，难道因为我当了国王，你反倒翻脸无情，非常讨厌我了？我没有当乡下佬的福气，那又有什么关系呢？

白朗雪 （旁白）他笑得多厉害！啊，我的上帝，我真愿意死了才好！

国王 （微笑，然后又笑得更厉害）啊！天天都是良辰佳节，吃喝玩乐，轻歌曼舞，比枪赛马，晚上在树林的深处谈情说爱，甜言蜜语，让黑夜展开它的翅膀，来遮掩我们的千般恩爱，万种欢乐，这就是你将来的生活。而我的生活也和你的难解难分！啊！让我们做一对情侣，做两个幸福的人，做一对夫妻吧！人总是要老的，要不虚度岁月，就要让恩爱的时刻使我们的锦绣生活闪闪发光，如果没有光彩夺目的爱情，生活简直就是不值一顾的破衣烂衫了！（大笑）白朗雪，我是时常这样想的，我觉得最聪明的办法是遵从天父上帝的意旨，相亲相爱吧，寻欢作乐吧，大吃大喝吧！

白朗雪　（吓呆了，往后退）啊，他一点儿也不像我想象中的人！

国王　怎么！难道你以为我是一个会在你面前发抖的情郎，一个书呆子，一个垂头丧气、没有热情的傻瓜？难道我会以为只要唉声叹气、做出一副可怜相来，就能赢得天下女人的心，使她们拜倒在我脚下？

白朗雪　（把他推开）放开我吧！我真伤心！

国王　啊！你知道我是什么人吧？法国的土地、人民、一千五百万生灵、财富、荣誉、欢乐、无限的权力，都是我的，我是国王！好吧，你可以做一国之主的夫人。白朗雪！我是国王，而你呢，你就是王后！

白朗雪　我是王后！那您的妻子呢？

国王　（笑）你真是天真无邪！啊，善良的女人！啊，难道你不知道，我的妻子并不是我的情妇？

白朗雪　做您的情妇？啊，不！那多可耻！

国王　骄傲的女人！

白朗雪　我并不是您的人，不，我是我父亲的！

国王　你的父亲，就是我的弄臣，我的小丑！我的特里布莱，你的父亲，他也是我的人！我高兴要他做什么，他就做什么！

我的愿望，就是他的愿望！

白朗雪 （抱头痛哭）啊，上帝，我可怜的爸爸！怎么，一切都是您的？

〔她抽抽噎噎地哭。他跪在她脚下安慰她。

国王 （用软下来的声调）白朗雪，啊！我多么爱你！白朗雪，不要再哭了，到我怀里来吧！

白朗雪 （抗拒）不！

国王 （温柔地）你还没有再说一遍你爱我呢。

白朗雪 啊，一切都已经完了！

国王 我是无意之中伤害了你。不要像一个被遗弃的女人那样抽抽噎噎地哭了。啊！与其让你的眼睛流泪，还不如让我流血死去呢！白朗雪，你这不是要我整个王国、要我国土上的人民都说我是个无情无义、没有骑士风度的国王吗！一个国王怎么能让一个女人哭泣呢？啊，我的上帝，真不像话！

白朗雪 （精神失常，啜泣着）这是不是开玩笑？即使您是国王，我也有我的父亲呀！他会为我急得哭的。把我送回到他身边去吧。我就住在柯塞公馆对面。不过这点您分明知道嘛。啊！您到底是什么人？我一点儿也搞不清楚。他们把我抢走的时候，怎么大叫大嚷，就像过节一样！这真像是一场噩梦，把我的头脑也搞糊涂了。（哭泣）我本来以为您很温柔，现在，我自己也不知道是不是还爱您了！（突然吓了一跳，又往后退）您是国王！我怕您！

国王 （要把她抱在怀里）我使你害怕吗？薄情人！

白朗雪 （把他推开）放开我！

国王 （把她抱得更紧）你说什么？让我吻你一下，表示你原谅我了！

白朗雪 （挣扎）不！

国王 （笑着，旁白）这个女孩子真古怪！

白朗雪 （挣开）放开我！这里有门。

〔她看见国王寝宫的门是打开的，一下就冲了进去，并且使劲把门关上。

国王 （从腰间拿出一把小小的金钥匙）啊！我身上还带了钥匙。

〔他把门锁打开，用力推门，走了进去，然后又把门关上。

马洛 （在舞台后部的门口看了好一会儿。笑着）她要逃避国王，却躲进国王的寝宫去了！啊，这个可怜的小姑娘！（喊戈尔德）咳，伯爵！

第三场

〔马洛；然后贵族们上；然后特里布莱上。

戈尔德 （向马洛）他们进去了吗？

马洛 狮子把小羊拖到洞里去了。

帕达扬 （高兴得跳起来）啊，倒霉的特里布莱！

皮恩 （待在门口，眼睛望着门外）嘘，他来了！

戈尔德 （低声，向贵族们）声音小一点儿！得了，要做出没有事的样子，不要泄露了天机。

马洛 诸位先生，他昨夜只和我说过话，他只认得出我一个。

皮恩 不要露了马脚。

〔特里布莱上，看起来没有什么变化。他还穿着小丑的服装，显出满不在乎的神气。不过他的脸色惨白。

〔皮恩装出在继续谈话的样子，向几个年轻贵族眨眨眼睛，他们看见特里布莱，就压住了笑声。

皮恩 是的，诸位先生，就是那个时候，咳！特里布莱，早上好！

他们写了这段歌曲：（唱）

波旁看见马赛，
就对部下说道：
天哪！这位元帅
我们怎能找到？

特里布莱 （接着往下唱）

山路狭窄崎岖，
走进库隆山里，
大家一起上去，
对着手指呵气。

〔嘲笑声和喝彩声。

大家 好极了！

特里布莱 （慢慢走到舞台前部。旁白）她可能在哪里呢？（又哼起来）

大家一起上去，
对着手指哈气。

戈尔德 （喝彩）啊！特里布莱，太好了！

特里布莱 （看看他周围的笑脸。旁白）他们这勾当一定是合伙干的！

柯塞 （哈哈大笑，拍着特里布莱的肩头）有什么新消息吗，小丑？

特里布莱 （指着柯塞，向别人）看见这位先生笑真叫人难过得要哭。（模仿柯塞的样子）有什么新消息吗，小丑？

柯塞 （一直在笑）是的，你有什么消息告诉我们吗？

特里布莱 （从头到脚打量了他一番）要是你再装出这副讨人喜欢的模样，你就更叫人恶心了！

〔前半场，特里布莱看起来好像是在搜索，查看，打听。但是，往往只有他的眼神才会泄露他的心事。有时，在他以为人家不注意他时，他会移动一下家具，转动门上的把手，看看门是不是关紧了。别的时候，他像平常一样，满不在乎、毫无拘束地和大家谈天说笑。贵族们也一面说东道西，一面打手势，眨眼睛，叽叽咕咕，笑个不停。

他们把她藏到哪里去了？啊！要是我问他们，他们更要笑我了！（笑着走到马洛跟前和他攀谈）马洛，你昨天夜里居然没有伤风感冒，我真高兴。

马洛 （装出惊讶的样子）昨天夜里？

特里布莱 （眨眨眼睛，做出心照不宣的样子）花招耍得不错，连我也迷住了！

马洛 什么花招？

特里布莱 （点点头）就是你们耍的花招嘛！

马洛 （装作坦率的样子）昨天夜里熄灯之后，我耍过的花招，就是钻到被窝里去，一直等到今天红日高照才起来。

特里布莱 啊！你昨天夜里没有出去？那是我做梦了！

〔一眼看见桌上有块手帕，赶快去拿。

帕达扬 （低声，向皮恩）瞧，公爵，他在看我手帕上的字母。

特里布莱 （把手帕放下，旁白）不，不是她的。

皮恩 （向几个在舞台后部大笑的年轻人）诸位先生！……

特里布莱 （旁白）她可能在哪里呢？

皮恩 （向戈尔德）什么事使你笑成这个样子？

戈尔德 （指着马洛）是他使我们大笑的！

特里布莱 （旁白）他们今天都很高兴！

戈尔德 （笑着向马洛）不要用这样不正经的样子瞧着我，否则，我要把特里布莱扔过来打你的头了。

特里布莱 （向皮恩）国王还没有睡醒吗？

皮恩 没有，真的没有！

特里布莱 他房间里有没有什么动静？（他想走到寝宫门口。帕达扬挡住了他。）

帕达扬 不要吵醒了陛下！

戈尔德 （向帕达扬）子爵，你听马洛这个浪子对我们讲了个多好笑的故事。有一天夜里，居伊家三兄弟不知道从哪里回来，发现他们三个人的老婆——你猜这个浪子怎么说的？正和别人……

马洛 瞒着他们……

特里布莱 时代的风气变得这样放荡！

柯塞 女人总是这样靠不住的！

特里布莱 （向柯塞）啊，你要小心门户！

柯塞 什么？

特里布莱 小心门户，柯塞先生！

柯塞 什么？

特里布莱 我看这样的祸事随时都会落到你的头上。

柯塞 什么祸事？

特里布莱 （当面耻笑他）和居伊家完全一样的祸事！

柯塞 （愤怒地威胁他）哼！

特里布莱 诸位先生，畜生也真古怪，它一生气就会这样喊叫。（模仿柯塞）哼！

〔大家都笑。王后的一个侍从官上。

皮恩 有什么事，沃德拉贡？

侍从官 王后有要紧事，要见国王。

〔皮恩表示这是办不到的事，侍从官坚持。

布莱泽夫人并没和陛下在一起呀。

皮恩 国王陛下还没起床。

侍从官 怎么，公爵！陛下刚才还和你在一起呢。

〔皮恩更生气了，向侍从官做了些手势，侍从官不懂，特里布莱却在全神贯注地看着。

皮恩　国王打猎去了！

侍从官　怎么没带随从和鹰犬？他们全在那里嘛。

皮恩　（旁白）真见鬼！（生气地瞪着侍从官）已经告诉你了，你怎么不懂？国王谁也不见！

特里布莱　（晴天霹雳似的喊了起来）她在这里！她在国王这里！

〔贵族们都大吃一惊。

戈尔德　他怎么啦？怎么胡说八道！她是谁？

特里布莱　啊！诸位先生，你们分明知道我说的是谁！关于这件事，你们可不能对我说"走开吧"！你们大家，柯塞、皮恩、撒旦、布里翁、蒙莫朗西，你们大家昨天从我家里抢走的人，帕达扬先生，也有你的份！啊！诸位先生！我要把她带回去！她就在这里！

皮恩　（大笑）特里布莱丢掉了一个情妇！管她好看不好看，到别的地方去找吧！

特里布莱　（令人惊慌）我要找的是我女儿！

大家　他的女儿！

〔骚动。

特里布莱　（双臂交叉放在胸前）是我的女儿！是的，你们现在笑吧！啊！你们不说话了，你们觉得奇怪的是这个小丑居然做了父亲，怎么还有一个女儿！连狼都和老爷一样有个家庭，难道我就不能有个家？得了！够了！（用可怕的声音）假如你们要开玩笑，那好，玩笑也该开完了！我要我的女儿，你们知道吗？是的，你们谈天说地，叽叽咕咕，有说有笑，得意扬扬。我呢，我不需要你们那种神气。诸位大人，我对你们说，我只要我的孩子！（冲到国王门前）她就在里面！

〔贵族们挡住门，不让他进去。

马洛　这个小丑变成一个疯子了。

特里布莱 （绝望地后退）王公大臣啊，王公大臣啊！你们这些魔鬼！该死的名门子弟啊！你们这些强盗当真抢走了我的女儿！一个女人在你们眼里算不了什么，我知道！你们的运气好，碰上了一个荒淫无道的国王，只要不是太笨的王公大臣，你们的老婆对你们都非常有用。一个处女的贞操在你们看来，简直是没有用的奢侈品，是负担太重的财宝。一个女人应该是一块有收益的土地，一块国王按期付租金的田产。这租金就是从天而降的恩宠，一官半职，勋章绶带，还不断地加官晋级！（面对面地瞧着他们大家）你们当中有哪一个敢反驳我的话？难道事实不是这样，诸位大人？事实上（他从一个人面前走到另一个人面前）你们为了一个空名、一个爵位，或者为了别的浮华虚荣，不是都在卖身投靠吗？如果不是已经靠上去了的话。（向布里翁）你出卖了你的老婆，布里翁！（向戈尔德）你出卖了你的妹妹！（向年轻的侍从官帕达扬）你出卖了你的母亲！

一个侍从官 （在柜台上给自己倒了一杯酒，一面喝一面哼着歌曲）

波旁看见马赛，
就对部下说道：
天哪！这位元帅……

特里布莱 （转过身来）要是我忍不住了，奥比松子爵，我会让你的牙齿把酒杯和歌曲一起咬碎的！（向大家）谁能相信呢？你们这些王公贵族，西班牙大人物的后代，可耻啊！一个查理曼大帝的败家子韦芒杜瓦，一个米兰公爵的子孙布里翁，一个戈尔德·西米安，一个皮恩，一个帕达扬，还有你，一个蒙莫朗西家的人！你们都是些名门望族，世家子弟，怎么能抢一个可怜人的女儿呢！不对，这些高贵的世家大族，怎么会有这样卑鄙下流的不肖子孙，来使他们的门庭蒙羞呢！不对，你们不是他们的嫡系子孙！一定是你们的母亲做了丢脸的事，一定是他们和奴仆私通了，才生下你们这些杂种来！

戈尔德 越说越不像话了！

特里布莱 国王给了你们多少报酬，你们才把我的心肝宝贝儿卖给他了？是他买通了你们，你们才干出这勾当来的，是不是？说呀！（揪自己的头发）我只有她这么一个女儿！要是我想要，当然，她年轻，漂亮，我一定要他付出代价！（瞧着他们大家）难道你们的国王以为他赔得起我的损失吗？难道他能给我加官晋爵，就像赏给你们爵位一样吗？难道他能使我不再弯腰驼背，变得像旁人一样吗？可怕呀，他把我的一切都拿走了！啊，他这漂亮的一手干得多么阴险、毒辣、凶狠，又是多么卑鄙！恶棍、凶手，你们是些不要脸的强盗、土匪、糟蹋女人的歹徒！各位老爷，我要我的女儿！说到头，我还是要我的女儿，你们赶快把她还给我吧！啊，你们看！这只手，这只没有什么了不起的手，一个普通人、一个奴才、一个乡巴佬的手，这只手在说说笑笑的人看来是没有什么威胁的，手上没有刀子，但是手上还有指甲啊！诸位先生，我觉得好像已经等了很久了，把她还给我吧！开门，把门打开！

〔他又怒冲冲地冲向门口，贵族们挡住他。他搏斗了一阵，最后还是回到舞台前部，精疲力竭，上气不接下气，跪在地上。

你们大家一起欺负我，十个人打一个！（痛哭流泪）好吧！我只好大哭一场了。是的！（向马洛）马洛，你把我耍弄得够了。要是你的侍从官服下面还有灵魂，还有一点儿人性，还有对普通老百姓的恻隐之心，那就告诉我吧，他们把她藏到哪里去了？他们把她怎么样了？她在国王房里，是不是？啊！在这些该死的人当中，只有你和我还算合得来。在这些侍从官里，只有你还有点儿头脑。马洛，我的好马洛，你不说话了！（爬到贵族们面前）啊，你们看！诸位大人，我跪在你们面前求饶了！我病了……求求你们，可怜可怜我吧！

换一天，这种玩笑也许我还受得了。但是现在，你们看，我每走一步，身体简直痛得说不出话来。畸形的人总有这样倒霉的日子。多年来我一直是你们的小丑！我现在请求你们开恩，开恩吧！不要这样打碎你们的玩具！这个可怜的特里布莱曾经使你们笑过这么多次！现在，我真不知道对你们说什么好。把我的孩子还给我吧，诸位大人，把我的女儿还给我吧，不要把她藏在国王房里了！她是我唯一的心肝宝贝儿啊！我的好老爷，开恩吧！要是我没有了女儿，你们还能要我做什么呢！我的命已经这样苦！我在世界上本来就只有这么一个亲人啊！

〔大家都不开腔。他又绝望地站了起来。

啊！上帝！你们不是笑，就是不开腔！难道看见一个可怜的父亲这样捶胸顿足，揪掉头上的头发，是件开心的事？不消两个晚上，我的头发就会全白了。

〔国王寝宫的门突然打开。白朗雪跑了出来，披头散发，精神失常，手足无措；她一眼看见自己的父亲，就大叫一声，倒在他的怀里。

白朗雪 爸爸！啊！

特里布莱 （把她紧紧抱在怀里）我的孩子！啊，果然是她！啊，我的女儿！啊，诸位先生！（哭得透不过气来，哭声中迸发出笑声）你们看，这就是我的全家，我的天使！少了她，我这个家就要办丧事了！各位大人，我刚才没有说错吧？你们不能怪我为什么放声大哭吧？一个这样温柔可爱的孩子，只要一看到她，人都会变得好些，失掉了她，怎能不号啕痛哭呢？（向白朗雪）不要害怕。这是一场玩笑，笑过也就算了。我敢肯定，他们把你吓怕了。不过他们都是好人。他们看见我多么爱你，白朗雪！从今以后，他们会让我们平平静静过日子的。

（向贵族）是不是？（向抱在怀里的白朗雪）再看见你，我是多么高兴啊！我心里是这样快活，我甚至不知道我刚才还哭呢，现在却笑了！先失掉你，后来又再得到你，是不是福大于祸啊！（不安地瞧瞧她）不过，你为什么哭了？

白朗雪 （双手遮住羞得通红、满是眼泪的脸）我们真不幸啊！我真羞愧……

特里布莱 （发抖）你说什么？

白朗雪 （把头藏在她父亲的怀里）不要当着这些人说，脸红也只要你一个人看见！

特里布莱 （气得发抖，转过身去，向着国王寝宫的门）啊，卑鄙无耻！连她也不放过！

白朗雪 （哭哭啼啼，跪倒在他脚下）我要和你一个人待在一起！

〔特里布莱向前走了三步，做了一个横扫一切的手势，贵族们都发愣了。

特里布莱 你们全都给我走开！要是弗朗索瓦国王时运不好，他要走过这里，（向韦芒杜瓦）你是他的卫士，就叫他不要进来，说是我在这里！

皮恩 从来没有见过一个小丑这样发疯。

戈尔德 （示意叫他走开）对小丑也像对小孩一样，总得让他三分。小心不要出事。

〔下。

特里布莱 （坐在国王的安乐椅里，扶起他的女儿，用平静而又带有杀气的声音）好了，说吧，把一切都告诉我。（转过身去，看见柯塞还没走开，就半身起立，指着大门）难道你没有听见我说的话，老爷？

柯塞 （走开时仿佛被小丑的威风和杀气压倒了）这些小丑，他们简直是无法无天了！

〔下。

第四场

〔白朗雪；特里布莱。

特里布莱 （严肃地）现在，说吧。

白朗雪 （两眼望地，抽抽噎噎地）爸爸，我应该告诉您，他昨天溜到家里来了……（双手遮住眼睛，哭了起来）我感到羞愧！

〔特里布莱把她紧紧抱在怀里，温存地擦干她的眼泪。

好久以来，我早就该告诉您的，他就跟随我了。（又一次中断）应该从头谈起。他没有对我说话。我应该告诉您，这个年轻人每个礼拜天都上教堂……

特里布莱 是的，就是国王！

白朗雪 （继续）他每次走过我身边的时候，都要移动我的椅子，我想，他是要我看见他。（声音越来越微弱）昨天，他设法溜到家里来了……

特里布莱 算了，不用讲下去了，免得你难为情。以后的事我猜得到！（站了起来）痛苦啊！他把耻辱和轻视的烙印打上了你的额头！他的呼吸污染了你周围纯洁的空气！他粗野地摘下了你桂冠上的绿叶！白朗雪，在我目前的情况下，你是我唯一的庇护所！是把我从黑暗中唤醒的光明！是把我的灵魂引渡到至善境界的灵魂！是遮掩我的耻辱的庄严面纱！是众叛亲离的倒霉鬼的唯一避难所！是上帝大发慈悲给我留下来的天使！天哪！在这个污浊的世界上，我本来认为是唯一神圣的东西，现在也失掉了，埋葬了！受了这个致命的打击，叫我怎么办呀？在这个干尽了坏事的宫廷里，在我身外，就像在我身上一样，我看见的只有腐化堕落，卑鄙龌龊，厚颜无耻，荒淫无道，放荡无度，天底下除了你的纯洁以外，看不到一片净土！我逆来顺受，只怪自己命苦。我眼泪往肚子里流，我不得不低三下四，我心碎了流着血还要争一口气，我听见轻蔑的笑声在使我的苦难变得更加尖锐，所有这些悲愤和耻辱，我都愿意落在自己头上，我的上帝，可不能落在她身上啊！我自己越堕落，越希望她崇高。断头台旁边一定要有一个祭台。现在，神圣的祭坛翻倒了！遮起你的脸来！是的，哭吧，亲爱的孩子！我刚才要你讲得太多了，是不是？现在哭吧！在你这个年纪，痛苦有时也会随着眼泪流掉一些。那就把你的痛苦全都倾倒到你父亲的心里来吧！（出神）白朗雪，等我做完了剩下的事，我们就离开巴黎。要是我能脱身的话！（一直出神）怎么，一天之内就起了这么多的变化！（愤怒地又站起来）啊，该死！这个卑污龌龊胡作非为的宫廷，不顾天理人情，摧残妇女儿童，犯下了越来越古怪的滔天大罪，使污血烂泥溅得越来越远！谁料得到，不管你躲到多么隐蔽的地方，他们也要玷污这个纯洁而虔诚的面容！（转过身去向着国王的寝宫）啊，弗朗索瓦一世国王陛下，但愿上帝开眼，不久会使你在这条路上栽倒！但愿明天你的坟墓就会打开大门！

白朗雪 （抬头望天。旁白）啊，上帝！不要听我父亲的话，因为我一直都是爱他的呀！

〔舞台后部有脚步声。在外面走廊里，出现了一队士兵和贵族侍从官。打头的是皮恩。

皮恩 （叫人）蒙什尼先生，把铁栅门给圣瓦烈先生打开，把他带到巴士底狱去。

〔在舞台后部，一队士兵排成两行，圣瓦烈在他们中间。在他们经过门口时，圣瓦烈站住了，转过身来向着国王的寝宫。

圣瓦烈 我饱受了你们国王的凌辱摧残，但是我的诅咒在人间和天上都没有一点儿回声，天上没有一声霹雳，人间也没人助我一臂之力。既然事情就是这样，我也不再指望什么了。这个国王会万事亨通的。

特里布莱 （抬起头来，面对面地看着他）伯爵，你说错了，会有人给你报仇雪恨的！

第四幕

白朗雪

〔巴黎旧城区杜尔内尔门附近的荒凉沙滩。右边是一栋破房子，里面只有一些简陋的家具和几个栎木凳子，楼上就是顶楼，靠窗放着一张简陋的床。破房子的正面朝着观众，光线照进屋里，使内部可以一览无遗。厅堂里有一张桌子、一个壁炉，后部还有一个很陡的楼梯。演员的左边是一堵墙，有一扇朝里开的门。墙垒得不好，到处有裂缝、窟窿，屋里发生的事，墙外可以看得清清楚楚。门上有个窥视孔，门外有块挡雨板，上面是旅店的招牌。舞台的其他部分就是沙滩。左边有一道坍塌的护城墙，塞纳河在墙脚下流过，墙上钉了一个钟架，渡船来往都在那里敲钟。舞台后部，在塞纳河对岸，是巴黎的旧城区。

第一场

〔特里布莱和白朗雪在破房子外面，萨塔巴迪在破房子里面。演这场戏时，特里布莱应该显得心神不安，害怕突然被人看见或给人碰到，或有人干扰他的行动。他应该经常东张西望，特别是朝着破房子的方向张望。萨塔巴迪坐在旅店里一张床旁边，在擦亮他的腰带，没有听见旁边有人说话。

特里布莱　而你还爱他？

白朗雪　我一直爱他。

特里布莱　我给了你这么多时间去治你荒谬的相思病。

白朗雪　但是我爱他。

特里布莱　啊，可怜的痴心女人！但是，你说说看，你为什么爱他？

白朗雪　我说不出。

特里布莱　那可怪了，真是稀奇！

白朗雪　啊！一点儿不怪。正是为了说不出的缘故我才爱他。的确，有的男人甚至救过你的性命，有的丈夫可以使你发财，使人羡慕。但是，你能一直爱他吗？他只给我带来了，我想只带来了痛苦，而我却爱他，我也不知道为什么。请听我说，我爱他到了这种程度，我什么也忘不了，如果需要的话——看我多么糊涂！——爸爸，您对我这样好，而他几乎要了我的命，但我却可以为他而死，就像可以为您而死一样！

特里布莱　我原谅你，孩子！

白朗雪　但是，请听我说，他也爱我。

特里布莱　不会的，傻孩子！

白朗雪　他亲口对我说的，他甚至还发了誓呢！他谈起爱情来谈得那样好，那样有说服力，你永远也忘不了！再说，他一看见女人，眼睛就那样温柔多情！他真是个勇敢、漂亮、出名的国王！

特里布莱　（忍不住）他是个卑鄙无耻的人！这个勾引女人的骗子，我可不能让他剥夺我的幸福而不得到报应！

白朗雪　爸爸，您已经原谅了……

特里布莱　这个冒犯神明的人！我得有时间来布置一个圈套。得了。

白朗雪　一个月来，现在我和您说话还发抖呢，您看起来不是很爱国王的吗？

特里布莱　那是装出来的。（愤怒地）我要为你报仇雪恨，白朗雪！

白朗雪　（双手合十）饶恕我吧，爸爸！

特里布莱　要是他欺骗你，难道你心里一点儿也不恨他？

白朗雪　他吗？不会的。我不相信他会骗我。

特里布莱　要是你亲眼看见他骗你呢？说，要是他不再爱你，你还会爱他吗？

白朗雪　我不知道。他爱我，他说他爱我。昨天他还说了呢！

特里布莱　（痛苦地）什么时候说的？

白朗雪　昨天晚上。

特里布莱　那好！你瞧瞧看，要是你能看得见的话！

〔指着破房子墙上的一条裂缝。白朗雪往里瞧。

白朗雪　（低声）我什么也看不见，只看见一个人。

特里布莱　（也放低声音）等一等看。

〔国王穿着普通军官的服装，出现在旅店的矮小的厅堂里。他是从通到隔壁房间的一个小门里出来的。

白朗雪　（颤抖）爸爸！

〔她贴着墙上的裂缝，又看又听，忘了别的一切。她注意厅堂里发生的事，有时激动得抽搐地发抖。

第二场

〔人物同上；国王；然后玛格朗娜上。

〔国王拍拍萨塔巴迪的肩膀，萨塔巴迪正在擦亮他的腰带，忽然受了干扰，就转过身来。

国王　有两件事要马上办。

萨塔巴迪　什么事？

国王　你的妹妹和我的酒。

特里布莱 （在破房子外面）这就是他的习惯。一个秉承天命的国王，居然经常一个人冒险到些不干不净的地方来，而最能使他喝得酩酊大醉、身不由主的美酒，却是一个小酒店的年轻姑娘灌他的迷魂汤。

国王 （在酒店里唱起来）

女人老是变心，
信她就要上当。
比根鹅毛还轻，
老是随风飘荡！

〔萨塔巴迪不声不响地到隔壁房间里去拿了一瓶酒和一个酒杯来，放在桌上。然后，他用剑柄的圆头在天花板上敲了两下。一听到这个信号，一个年轻漂亮的姑娘穿着波希米亚人的服装，轻飘飘、笑嘻嘻、蹦蹦跳跳地下楼来了。她一到楼下，国王就要吻她，但是她避开了。

〔国王向萨塔巴迪说话，萨塔巴迪又认真地擦起腰带来了。

国王 朋友，如果你在露天里擦你的腰带，不是可以擦得更亮些吗？

萨塔巴迪 我知道了。

〔他站起来，不自然地向国王行了一个礼，打开通到房子外面的门，走了出来，又顺手把门关上。一看见特里布莱，他就走了过来，脸上带着神秘的表情。在他们说话时，那个年轻姑娘正向国王卖弄风情，把白朗雪看得目瞪口呆。萨塔巴迪用手指指屋内，低声问特里布莱。

你要活的还是死的？你要的人已经在我们手中了。就在里面。

特里布莱 等等再说吧。

〔做手势要他走开。萨塔巴迪慢步走到坍塌的护城墙后面去了。这时，国王正在调戏那个年轻的波希米亚姑娘，姑娘笑着把他推开，国王想要吻她。

玛格朗娜　不行！

国王　那好。刚才我要搂住你,你狠狠地打了我。现在只说“不行”，这已进了一步了。只说“不行”，就已进了一大步——她总是往后退！——让我们谈谈吧。

〔波希米亚姑娘过来了一点儿。

自从我头一回看到你美丽的眼睛，那是在武仙馆，谁把我带去的？我记得是特里布莱，已经有八天了。这八天来，漂亮的孩子，你迷得我神魂颠倒，我只爱上了你一个人！

玛格朗娜　（笑）还爱上了二十个吧！先生，我一看就知道你是个十足的风流公子！

国王　（也笑）是的，我的确使许多女人痛苦。我真是个负心人。

玛格朗娜　啊，这个花花公子！

国王　请你放心好了。今天早上，你把我引到你的房子里来，这是一个蹩脚的旅店，吃得不好，喝的是你哥哥自己酿的酒。你哥哥是一头难看的畜生，哪一个要是敢来亲亲你的嘴，那可真是一个色胆包天的家伙。不过我不在乎，我还是打算在这里过夜。

玛格朗娜　（旁白）那好，省得我费劲了！（向还要吻她的国王）放开我！

国王　干吗这么大的声音？

玛格朗娜　放正经点儿！

国王　亲爱的，听听正经人说的正经话:相亲相爱吧，寻欢作乐吧，大吃大喝吧。关于这点，我和先王所罗门的想法是一样的。

玛格朗娜　我看你上酒店比上教堂还勤。

国王　（向她张开两臂）玛格朗娜！

玛格朗娜　（避开他）明天！

国王　要是你再说这两个野蛮而讨厌的字，我可要打翻桌子了。一个美人儿永远不该说“明天”。

玛格朗娜 （忽然变得好说话了，快活地来到桌子前，坐在国王身边）那好，我们讲和吧。

国王 （拿起她的一只手）我的上帝，多么美丽的手！只要不是传教士，谁都愿意被你打一个耳光，而不愿要教士抚摩的。

玛格朗娜 （高兴）你真会开玩笑！

国王 不是！

玛格朗娜 我不好看。

国王 啊，不对！你怎能对你天仙般的美貌说这样不公道的话呢？我的心在燃烧！无情的仙后，难道你不知道，我们这些凡夫俗子，一旦坠入情网，得到了美人的青睐，就成了熊熊的炭火，一直要烧到俄罗斯人那里去呢！

玛格朗娜 （放声大笑）你这是从书上看来的吧！

国王 （旁白）这很可能。（高声）让我吻一下！

玛格朗娜 得了，你喝醉了！

国王 （微笑）爱情使我醉了！

玛格朗娜 无忧无虑、不发脾气的好先生，你这亲切可爱的样子，又是在开玩笑吧！

国王 啊！不是。

〔国王拥抱她。

玛格朗娜 够了！

国王 啊，我要和你结婚。

玛格朗娜 （笑）当真？

国王 你真是个撩得人心里痒痒的野姑娘！

〔他把她抱起来，让她坐在双膝上，和她低声谈话。她笑着撒娇。白朗雪再也看不下去了。她转过身来，脸色苍白，全身发抖，朝着一动不动的特里布莱。

特里布莱 （默默地看了她一会儿之后）好了！孩子，我给你报仇雪恨好不好？

白朗雪 （几乎说不出话来。声音非常低沉）啊，虚情假意！这个负心人！老天呀，我的心都碎了！啊，他多么会欺骗人啊！他根本就没有灵魂！真是可恶透了，他对这个女人说的话，原来也曾对我说过。（把头藏在她父亲的怀里）而这个女人，她多么不要脸！啊！……

特里布莱 （阴沉，低声）不要说了，也不要哭，让我来替你报仇雪耻！

白朗雪 （心碎了）唉！您要做什么，就做什么吧。

特里布莱 （高兴得叫了一声）多谢！

白朗雪 老天！您真吓人。您打算干什么？

特里布莱 （迫不及待）一切都准备好了。不要怪我，这件事逼得我透不过气来！听我说：快回家去，换上一套男人的衣服，骑一匹马，带一点儿钱，随便带多少都行。赶快到埃夫勒去，路上一刻也不要停留，我后天会到埃夫勒去找你。你知道，就是你母亲遗像旁边的那个衣箱，衣服就在里面，我事先特意为你做了一套，马也备了鞍。你一定要一切照办。走吧！特别要记住，千万不要回这里来，因为这里要发生可怕的事。走吧！

白朗雪 （吓得不知所措）同我一起走吧，好爸爸！

特里布莱 不行。

〔他拥抱她，并且做手势叫她走。

白朗雪 啊，我发抖了！

特里布莱 再见！

〔再拥抱她。白朗雪摇摇晃晃地走了。

照我说的话办。

〔在这一场和下一场，国王和玛格朗娜一直在矮小的厅堂里打情骂俏，低声说笑。白朗雪一走远，特里布莱就走到护城墙边，打了一个招呼，萨塔巴迪又出现了。天也暗了下来。

第三场

〔特里布莱、萨塔巴迪在破房子外面。玛格朗娜、国王在破房子里面。

特里布莱 （当着萨塔巴迪的面，算金币的数目）你向我要二十个金币。我现在先付给你十个。（正要付钱又打住了）他肯定在这里过夜吗?

萨塔巴迪 （回答之前，遥望天边）天上起乌云了。

特里布莱 （旁白）实际上，他并不是每夜都在罗浮宫住的。

萨塔巴迪 你放心吧。不到一个钟头，就要下一场大雨。暴风雨和我妹妹今夜会留住他的。

特里布莱 那么我半夜再来。

萨塔巴迪 不用再跑一趟了。我一个人就可以把尸身扔到塞纳河里去。

特里布莱 不，我要自己把它扔下去。

萨塔巴迪 随你的便。反正我把它缝在麻袋里交给你。

特里布莱 （把钱给他）好的，半夜再见！到时我再给你另外一半金币。

萨塔巴迪 一切都会办好。这个年轻人叫什么名字?

特里布莱 他的名字吗？你怎么不问问我的名字？他的名字是罪恶，我的名字是惩罚。

〔下。

第四场

〔人物同上，只少了特里布莱。

〔只剩下萨塔巴迪一人，他瞧瞧乌云四起的天空。天几乎全黑了，电光闪闪。

萨塔巴迪 暴风雨要来了，城里已经乌云密布。这样更好。沙滩上马上会更冷清。（思索）要是我的判断不错的话，这些人真不知有些什么心事。我猜也猜不到，真是见鬼。

〔他看看天，又摇摇头。这时，国王在和玛格朗娜开玩笑。

国王 （想要抱住她的腰）玛格朗娜！

玛格朗娜 （避开）等一等！

国王 啊，调皮捣乱的姑娘！

玛格朗娜 （唱）

四月里发的芽，
酒桶装不满啦！

国王 多美的肩膀！多美的胳膊！迷人的冤家，你的胳膊真白！朱庇特大神，多美的体型！上帝为什么要造一对这样漂亮的胳膊，却在这个维纳斯女神的身体里装进了一颗土耳其人的心？

玛格朗娜 莱尔朗莱！（又把国王推开）不行，我的哥哥来了。

〔萨塔巴迪上，随手把门关上。

国王 那有什么关系！

〔远处雷声。

玛格朗娜 打雷了。

萨塔巴迪 等等下雨才好看呢！

国王 （拍拍萨塔巴迪的肩头）好！下雨就下雨吧。我今夜倒想把你的房间当做行宫。

玛格朗娜 （挖苦）承蒙陛下不弃，你倒摆起国王的架子来了！先生，你家里人会担惊受怕的吧？

〔萨塔巴迪拉拉她的胳膊，向她示意。

国王　我家里既没有老祖母，也没有小女儿，我是毫无牵挂。

萨塔巴迪　（旁白）那就更好！

〔开始落大雨点。天全黑了。

国王　（向萨塔巴迪）我的好伙计，你去马房里睡，或者去见魔鬼，都随你的便吧！

萨塔巴迪　（行礼）谢谢。

玛格朗娜　（一面点灯，一面心情非常激动地低声向国王）走吧！

国王　（哈哈大笑，高声）下大雨了！就是一个唱诗的叫花子来了，也不能把他赶出门呀！你怎么能叫我走呢？

〔瞧瞧窗外。

萨塔巴迪　（把手里的金币给玛格朗娜看，低声）让他住下吧！十个金币，还有十个半夜交钱。（和蔼可亲地向国王）非常高兴老爷今夜光临我的房间！

国王　（大笑）你的房间七月能够把人烤焦，十二月又能使人冻僵，对不对？

萨塔巴迪　先生要不要看看房间？

国王　看看吧。

〔萨塔巴迪拿起灯来。国王笑着在玛格朗娜耳边说了两句话，然后上楼。萨塔巴迪在前，国王在后。

玛格朗娜　（只剩下一人）可怜的年轻人！（走到一扇窗口）啊，我的上帝，天多么黑呀！

〔从楼上的天窗可以看见萨塔巴迪和国王在顶楼的房间里。

萨塔巴迪　（向国王）先生，这里有床、椅子，还有桌子。

国王　一共有几条腿？（数床、桌子和椅子的腿）三条，六条，九条，真棒！你的家具难道也去马林雅诺打过仗，好伙计，怎么它们都断了一条腿？（走近天窗一看，玻璃也是破的）这不是在露天里睡觉吗？既没有玻璃，又没有挡风板。风要进来，就只好老老实实请它进来了！有什么法子呢？

〔萨塔巴迪刚点着桌上的油灯。

再见。

萨塔巴迪 上帝保佑!

〔他推开门走了出来。听得见他下楼时笨重的脚步声。

国王 （一人，解开腰带）啊！我累了，该死！等着美人儿，还是先睡一会儿吧。（把帽子和佩剑放在椅子上，脱下长筒靴后，躺在床上）这个玛格朗娜真是一朵鲜花,又活泼,又机灵！（又站起来）我希望他没有把门关上。门是开的，那好！

〔他又躺下，一会儿就在破床上睡着了。这时，玛格朗娜和萨塔巴迪两人坐在楼下的厅堂里。风暴已经刮了一阵。到处下雨闪电，时时听到雷声。玛格朗娜坐在桌子旁，手里拿着针线活。她的哥哥带着深思的样子，喝完了国王剩下的那瓶酒。他们两人有一会儿都不说话，仿佛心里有要紧的事。

玛格朗娜 （叹一口气）这个年轻人真可爱!

萨塔巴迪 我也这样想。他使我口袋里增加了二十个金币。

玛格朗娜 多少?

萨塔巴迪 二十个金币。

玛格朗娜 他不止值这一点儿钱。

萨塔巴迪 小娃娃！上楼去看看他睡着了没有。他不是有一把剑吗？把剑拿下楼来。

〔玛格朗娜上楼。风暴刮得厉害。在舞台后部，看得见白朗雪穿了男子的骑装，还有马靴马刺。一片漆黑。她慢慢向破房子走来，那时萨塔巴迪在喝酒，玛格朗娜在楼上，拿着一盏灯端详睡着的国王。

玛格朗娜 （含着眼泪）真是可惜！（拿起剑来）他睡着了。可怜的小伙子!

〔走下楼来，把剑交给她的哥哥。

第五场

〔国王，在顶楼上睡着；萨塔巴迪和玛格朗娜在楼下厅堂里；白朗雪在破房子外面。

白朗雪 （借着闪电的亮光，在黑暗中慢步摸索着前进。时时刻刻听到雷声）这真可怕！啊！我都失去理智了。他就在这所破房子里过夜。啊，我觉得现在快到紧急关头了！爸爸，原谅我吧。您不在这里。我没有听您的话，又回到这里来了。我怎能做得到呢？（走近破房子）叫我怎么办？这件事会怎样结束呢？不久以前，我这个可怜的女孩子对未来，对世界，对痛苦，都还一点儿不知道，只是和花草一起生活在隐蔽的地方，忽然，我发现自己被抛在黑暗中了！我的贞操，我的幸福，唉！一切都变成了尘埃！一切都穿上了丧服！在爱情的火焰燃烧过的心房里，难道只留下了一片废墟？在这场大火的浩劫之后，就只剩下了一点儿灰烬！他不再爱我了！（痛哭起来，然后抬头）我刚才恍惚听见一声巨响，震动了我的思想，就在我的头上，那是打雷，我想。可怕的黑夜！一个绝望的女人有什么做不出来的？我本来连自己的影子都害怕啊！（看见破房子里的灯光）啊！他们在干什么呢？（先往前走，又往后退）上帝！只要我在这里，我的心就紧张。但愿这里不要杀人就好！

〔玛格朗娜和萨塔巴迪又在厅堂里谈天。

萨塔巴迪 多坏的天气！

玛格朗娜 又下雨，又打雷。

萨塔巴迪 天上的雷公和雨婆也在吵架，一个哭来一个骂。

白朗雪 要是爸爸知道我现在在哪里，唉！

玛格朗娜 哥哥！

白朗雪 （颤抖）有人说话了，我想。

〔颤抖地走向破房子，把眼睛和耳朵贴在墙缝上。

玛格朗娜 哥哥！

萨塔巴迪 什么事？

玛格朗娜 哥哥，你知道我在想什么？

萨塔巴迪 不知道。

玛格朗娜 猜猜看。

萨塔巴迪 该死！

玛格朗娜 这个年轻人的模样真可爱。高大，像太阳神一样英俊，漂亮，尤其是会讨人喜欢。他很爱我。睡着了像童年时期的耶稣。不要杀死他吧！

白朗雪 （听到看到之后，吓得脸无人色）天哪！

萨塔巴迪 （从一个箱子里拿出一个旧麻袋和一块大石头，没有表情地把麻袋交给玛格朗娜）马上给我把这个旧麻袋补好。

玛格朗娜 干什么用？

萨塔巴迪 等我把你楼上的太阳神送归西天之后，赶快把他的尸身和这块大石头装进麻袋，一起丢到水里去。

玛格朗娜 不过……

萨塔巴迪 你少管闲事，玛格朗娜。

玛格朗娜 要是……

萨塔巴迪 要是有人听见，就干不成了。赶快把麻袋补好。

白朗雪 这两人是干什么的？是不是只有在地狱里才看得到这样的人？

玛格朗娜 （开始补麻袋）我听你的。不过我们还是来聊聊吧。

萨塔巴迪 可以。

玛格朗娜 你和这位年轻的军官无冤无仇吧？

萨塔巴迪 怎么会有呢！他是一个舞刀弄剑的军官！我也是个剑客，好汉惜好汉嘛。

玛格朗娜 为了一个弯腰驼背的丑八怪，杀死一个美得异乎寻常的小伙子！

萨塔巴迪 管他美男子不美男子，驼子已经先给了我十个金币，要我干掉他。等把死人交给他的时候，还要再给我十个金币。一手交钱，一手交货，这还不清楚吗？

玛格朗娜 等小驼子送钱来的时候，你可以把他干掉。结果还不是一样？

白朗雪 啊，爸爸！

玛格朗娜 行不行？

萨塔巴迪 （瞪住玛格朗娜的脸）哼！妹妹，你把我当成什么人了？难道我是一个谋财害命的强盗？我怎能干掉一个出钱的主顾呢！

玛格朗娜 （指着一块木柴）那好！就把这个大树根装进麻袋里去吧。反正黑咕隆咚的，他也看不清是树是人。

萨塔巴迪 谁会相信呢？你怎么能要人家把树根当成死人！树根不会动，整整一块，又干又硬，哪里像人呢？

白朗雪 这雨真冷啊！

玛格朗娜 饶了他吧。

萨塔巴迪 废话！

玛格朗娜 我的好哥哥！

萨塔巴迪 声音低点儿！他怎能不死呢！得了，少说废话！

玛格朗娜 （激怒了）我不答应！我要把他叫醒，叫他逃走。

白朗雪 好姑娘！

萨塔巴迪 那十个金币呢？

玛格朗娜 的确。

萨塔巴迪 还是乖乖听话，让我干吧！小妹妹！

玛格朗娜 不行，我要救他！

〔玛格朗娜坚决挡住楼梯，不让她哥哥上去。萨塔巴迪扭不过倔犟的妹妹，回到舞台前部，好像在寻思一个两全之策。

萨塔巴迪　你看，驼子半夜要来找我。要是他来之前，有一个人，一个过路的人，或者不管是什么人，只要他来敲我们的门，找个住的地方，我就让他进来，把他干掉，然后，把他装进麻袋。驼子不会看出来的。在这样的黑夜，只要能把一个人扔到河里去，他就会高兴的。你看，为了你，我也只能做到这一步了。

玛格朗娜　多谢你的好意。不过，有什么倒霉鬼会走过这里呀？

萨塔巴迪　要救你的人，就只有这一个办法。

玛格朗娜　在这半夜三更？

白朗雪　啊，上帝，不要引诱我吧！您是要我死吗？难道要我为了这个负心人走这一步？啊，不，我还太年轻呢！啊！不要推我进去，我的上帝！

〔雷声隆隆。

玛格朗娜　要是在这样的黑夜里还会有人过路，我敢打赌，用竹篮子舀水还可以把海水舀光呢！

萨塔巴迪　要是没有人来，你那个漂亮的小伙子就只好死了。

白朗雪　（哆嗦）可怕！我去叫哨兵来怎么样？……不行，大家都睡了。再说，这个人还可以告发我爸爸呢。不过，我可不愿死呀。我要做的事还多着呢，我还要照顾爸爸，安慰爸爸。而且，不到十六岁就死，太可怕了，我做不到！啊，上帝，我真感到有一把钢刀插进了我的胸膛！唉！

〔钟敲了一下。

萨塔巴迪　妹妹，钟声响了。

〔钟又敲了两下。

十一点三刻。半夜之前，恐怕没有人来了。你听听外面有没有声音？这件事总得要干完。只剩一刻钟了。

〔他把脚踏上楼梯。玛格朗娜哭着拉住他。

玛格朗娜　哥哥，再等一等！

白朗雪　怎么！连这个女人都哭了！而我能够救他，我却待着不动！既然他不爱我，我还不如死了算了。那好，就为他死了吧！（又犹豫了）反正都一样，真太可怕了！

萨塔巴迪 不行，我也不能等个没完。不行！

白朗雪 也不知道他们会怎样打死你。你会不会痛苦？要是打你的头，打你的脸……啊，我的上帝！

萨塔巴迪 （一直在设法挣脱拉住他的玛格朗娜）你叫我怎么办呢？你以为还会有人来替死吗？

白朗雪 （在雨里瑟瑟发抖）我冷死了！（走向门口）进去吧！（站住）反正这样冷也要冷死的！

〔摇摇晃晃地走到门口，轻轻地敲了一下门。

玛格朗娜 有人敲门！

萨塔巴迪 是风吹得屋顶响吧？

〔白朗雪再敲门。

玛格朗娜 有人敲门！

〔跑去打开天窗往外看。

萨塔巴迪 真怪！

玛格朗娜 （向白朗雪）喂，什么事呀？（向萨塔巴迪）一个年轻人。

白朗雪 我要借住一夜！

萨塔巴迪 这下可以大捞一笔了！

玛格朗娜 好的，夜长着呢。

白朗雪 开门吧！

萨塔巴迪 等一等！该死！把我的刀拿来，我要磨一磨。

〔她把刀给他，他在磏石上磨磨刀口。

白朗雪 天哪，我听见他们在磨刀呢！

玛格朗娜 可怜的年轻人，他在敲自己坟墓的大门。

白朗雪 我发抖了！怎么，我就要死了吗？（跪下）啊！上帝，我就要到您那儿去了，我原谅所有害过我的人，爸爸，还有您，我的上帝，请您二位也一样原谅他们吧，原谅国王弗朗索瓦一世吧，我是又怨他又爱他哟！原谅一切人吧，甚至原谅魔鬼，原谅这个举起刀来在暗处等着我的恶人吧！为了一个负心人，我要献出生命，作出牺牲。要是我的死能使他幸福，啊，那就让他忘了我吧！但愿他福寿双全，什么也不缺，活到一百岁吧！（站起来）那个人大概准备好了！

〔再敲敲门。

玛格朗娜 （向萨塔巴迪）嘿！赶快，他等累了。

萨塔巴迪 （在桌上试试刀锋）好的，等我站在门后面再开门。

白朗雪 我听见他说的话了。啊！

〔萨塔巴迪站在门后面，门一打开，进去的人看不见他，观众却看得见。

玛格朗娜 （向萨塔巴迪）我等你的信号。

萨塔巴迪 （手里拿着刀，站在门后面）开吧。

玛格朗娜 （给白朗雪开门）进来吧。

白朗雪 （旁白）天哪，我怕痛！（后退）

玛格朗娜 怎么！还等什么？

白朗雪 （恐怖地，旁白）妹妹帮哥哥。啊，上帝，原谅他们吧！原谅我，爸爸！

〔她走进去。当她走到木头房子门口时，观众看见萨塔巴迪举起短刀。幕落。

第五幕

特里布莱

〔布景同上，只是在幕启时，萨塔巴迪的破房子已经关门，旅店的门面也上了挡雨板。看不见一点儿光，只是一片黑暗。

第一场

〔特里布莱一人。

〔他披着一件斗篷，从舞台后部慢慢走上前来。风暴已经减弱，雨也停了，偶尔还有闪电，远处还有雷声。特里布莱正在沉思默想，眼里露出阴郁的喜悦。

特里布莱 我这一下要报仇雪恨了！事情到底要办好了。我等待时机，差不多等了一个月，一面还不能忘记小丑的身份，要隐藏自己内心的苦恼，在强作欢笑的假面具下，我哭得眼睛流出了血泪。（看看破房子正面的一扇矮门）这一扇门……啊，马上就要报仇雪耻了！我想，他们就要从这一扇门里把他扛出来。现在还不到时间呢，我等等再来吧。不，还是在这里等着，看住这扇门吧。是的，这样稳当一点儿。（雷声）多坏的天气，神秘的夜晚！天上有暴风雨，地上有谋杀案！我在世上多么伟大！今夜我的怒火简直可以和上帝的相比。我杀死的是个怎样的国王啊！二十多个国王对他俯首听命，他的手可以撒下和平或者战争！现在，他肩负全世界的重担，他若不在，这个世界就要垮台！等我推倒了这根擎天柱，全世界的震惊会有多么厉害！我的手会推得欧洲动荡不安，哭泣不止，不得不另外寻求稳定的支柱！想想吧：假如明天上帝对大地说："啊，大地，哪座火山刚才张开了大口，喷出了基督徒、奥斯曼土耳其人、克雷芒七世[①]、多里亚[②]、查理五世、苏里曼？哪一个恺撒，哪一个耶稣，哪一个战士，哪一个传教士使得这些国家互相残杀？哪一个人的胳臂能随心所欲地使你发抖？大地啊，说吧！"大地会战战兢兢地答道："特里布莱！"啊！存心不良的小丑，你的高傲自负应该心满意足了吧！一个丑角的报复居然使全世界动荡不安了！

〔*在暴风雨的尾声中，遥远的钟楼响起了夜半钟声。*

（听着）半夜了！

〔*向破房子跑去，敲敲那扇矮门。*

屋内的声音　谁呀？

特里布莱　是我。

声音　就来。

〔*矮门下半扇的挡板开了。*

特里布莱　（弯腰喘气）赶快！

声音　不要进来。

---

① 克雷芒七世（Clément-Sept），罗马教皇（1478—1534），他以与神圣罗马帝国皇帝查理五世及英王亨利八世的争执著名于世。

② 多里亚（Doria，1466—1560），热那亚海军上将，热那亚执政（1523—1560），他曾轮流为神圣罗马帝国皇帝查理五世与法王弗朗索瓦一世效劳。

〔萨塔巴迪从矮门下爬了出来。他从这个相当窄的门洞里拖出一个椭圆形的麻袋来，在黑暗中看不清楚是什么。他手里没有拿灯，屋子里也没有灯光。

第二场

〔特里布莱；萨塔巴迪。

萨塔巴迪 喔唷！好重。先生，帮我拖几步路。

〔特里布莱激动得抽搐了，帮他把麻袋拖到舞台前部，袋是棕色的，里面看来有具尸体。

你要的人就在麻袋里面。

特里布莱 我们来看一看，多高兴啊！快拿个火把来！

萨塔巴迪 不行！

特里布莱 你还怕谁看见？

萨塔巴迪 抓叫花子的弓箭手，还有夜里的巡逻兵。喔唷！不能点火把！这声响已经够大了，快拿钱来！

特里布莱 （给他一个钱包）拿去！

〔萨塔巴迪数钱时，他看着放在地上的麻袋。

我这下总算报仇雪恨了！

萨塔巴迪 我帮你把它扔进塞纳河去吧？

特里布莱 我一个人就够了。

萨塔巴迪 （坚持）我们两人干不是快一点儿吗？

特里布莱 一个要埋到坟墓里去的仇人是不会重的。

萨塔巴迪 你的意思是说要丢到塞纳河里去？那好，老板，随你的便！（走到护城墙上）不要从这里扔下去，这里不好。（指着护城墙的缺口）从这里扔吧，这里水很深。快点儿扔掉。再见。

〔走进破房子，把门关上。

第三场

〔特里布莱一人，眼睛盯着麻袋。

特里布莱 他在里面，死了！然而，我还是想看上一眼。（弯腰摸摸麻袋）看不看都一样，反正是他。虽然隔了一层麻布，我还感觉得到是他。瞧，这不是他的马刺刺穿了麻袋吗？一定是他！（伸直腰身，脚踏在麻袋上）现在，世界啊，瞧瞧我吧！我是一个小丑，他是一个国王！什么样的国王啊！最伟大的国王！至高无上的国王！他现在却在我的脚下，落在我的手中。就是他，只剩下塞纳河做坟墓，麻袋做裹尸布了。这是谁干的呢？（双臂交叉放在胸前）多棒！就是我一人干的。不，我给胜利冲昏了头脑，还没恢复过来，明天，人家就不相信这件事了。以后，人家会怎么说呢？世界各国对这样一件大事会感到多么震惊啊！命运啊，你掌握了生杀予夺的大权！啊！弗朗索瓦·德·瓦罗亚，一个人间的至尊，心如烈火的君主，一个法兰西国王，查理五世的对手，一个天神，他几乎可以千古流芳，一个战争中的常胜将军，每走一步都会震撼城墙的基石，（阵阵雷声）马林雅诺战场上的英雄，一夜之间，他指挥千军万马，杀声震天，白天一到，他双手血污，带的三把长剑，只剩下了一截剑柄。这个国王！他的光荣像天上灿烂的星光，上帝啊！怎么突然之间就一去不复返了呢？带着他赫赫的权势、名声和威望，还有那顶礼膜拜他的朝廷，忽然间怎么就无影无踪了？就像一个生不逢辰的孩子，在一个雷电交加的黑夜，被一个无名的歹徒拐走了一样！

怎么！这个宫廷，这个时代，这个王朝，全都烟消云散了？这个如旭日东升、光芒四射的国王，忽然销声匿迹，化为泡影了？就像闪电一般，昙花一现，化为乌有了？说不定到明天，差官就要跑遍全国各地，徒劳无益地喊叫报告，并且拿出成吨的黄金来悬赏，对过路的人说："弗朗索瓦一世失踪了，找到的人重重有赏！"这才真是妙不可言呢！（沉默了一会儿）我的女儿，啊，我可怜的受苦受难的女儿，我总算为你报仇雪恨了，他也总算得到惩罚了！啊，我多么需要他的血来洗刷你的耻辱啊！我只花了一点儿金币，就得到了他的血！（愤怒地弯下腰去向着尸体）大坏蛋！你还能听到我的话吗？我的女儿比你的王冠更宝贵啊！我的女儿没有做过对不起人的事，你却眼红心毒，把她抢走！使她丢脸出丑，使她吃苦受罪。唉，好了！说吧，你听见了吗？现在，说也奇怪，的确，居然是我在笑了，是我报仇雪恨了！因为我假装忘记了冤有头，债有主，就把你蒙在鼓里了！可怜虫！难道你以为一个父亲的愤怒，会这样容易失去锋芒吗？啊！不会的。在我们之间的这场斗争中，在这场以弱对强的斗争中，弱者居然胜利了，过去舔你脚跟的人，现在居然啃你的心了！你居然落到我手里了！（越来越弯下腰去看麻袋）你听见我的话没有？是我呀，高贵的国王，是我这个小丑，我这个弄臣，我这个四不像，你本来认为比狗还不如的畜生！（他打尸体）你看见没有？当复仇的火焰在我身上燃烧的时候，连已经死了的心也会复活，最孱弱的人会变得强大，最卑贱的人会变得面目全非，奴隶会从剑鞘里拔出仇恨的长剑，猫会变成老虎，小丑也会变成杀人的凶手！（腰身伸直一半）啊！我多么希望他还能听见,却不能动弹啊！（又再弯下腰去）你听见没有？我恨你！你就要葬身水里了，看看河底下有没有暗流能把你带回圣德尼去！看你还有没有出头之日！（伸直腰身）下水去吧，弗朗索瓦一世！

〔他拉起麻袋的一头，把它拖到河边。当他把麻袋放在护城河墙上的时候，破房子的矮门小心翼翼地开了一半。玛格朗娜走了出来，慌张不安地东张西望，做了一个什么也没看见的手势，又进去了，过了一会儿，再同国王出来，并且用手势告诉他，外面没有人，他可以走了。她回到破房子里，把门关上，国王穿过沙滩，顺着玛格朗娜指的方向走。这时，特里布莱正要把麻袋推下塞纳河去。

特里布莱 （手放在麻袋上）下去吧！

国王 （在舞台后部唱）

女人老是变心！

信她就要上当！

特里布莱 （战栗）谁的声音！什么？是不是夜里的错觉在跟我开玩笑？

〔转身去听，大惊失色。国王走了，但听得见他还在远处唱。

〔国王的声音。

女人老是变心！

信她就要上当！

特里布莱 啊，该死！麻袋里装的不是他！他们把他放走了，有人帮了他的忙，他们骗了我！

〔跑到破房子前，只有楼上的窗子开着。

骗子！（用眼睛打量窗子，好像想爬上去）窗子太高了！（愤愤不平地回到麻袋旁边）那么麻袋里装的是谁呢？该死的骗子！哪个无辜的人受害了？我发抖了……（摸摸麻袋）不错，是一个人的尸体。（用短刀把麻袋从上到下划开，焦急地往里看）什么也看不见，天太黑了！（转过身去，不知所措）怎么，路上什么也看不见，房子里也什么都看不见，连一个火把也没有！（大失所望地把胳膊靠在尸体上）等闪电吧。

〔眼睛盯住划破了的麻袋，白朗雪露出了半身。

第四场

〔特里布莱；白朗雪。

特里布莱 （电光一闪就站起来，发了疯似的大叫，人往后退）我的女儿！啊，上帝！我的女儿！我的女儿！苍天哪！大地啊！这是我的女儿，现在（摸摸他的手）上帝！我的手都湿了！这是谁的血啊？我的女儿！啊，我不明白，这是一桩可怕的怪事！这是一场噩梦！啊！不对，这不可能，她不在这里，她已经动身到埃夫勒去了？（跪在尸体旁边，两眼望天）啊，我的上帝！这不是一场可怕的噩梦吗？我的女儿不是在您的保护之下吗？这不是她吧，我的上帝？

〔电光再一闪，照亮了白朗雪苍白的脸和闭上的眼睛。

啊，这是她！这真是她！（扑倒在尸体上，抽抽噎噎地哭起来）我的女儿！孩子！回答我吧，说呀，他们把你杀害了！啊，回答呀！啊，凶手！这里一个人也没有，老天呀，这个罪恶之家！对我说吧！对我说吧！我的女儿！天哪，我的女儿！

白朗雪 （仿佛给她父亲的呼声唤醒了，微微睁开眼皮，奄奄一息）谁在叫我？

特里布莱 （惊喜若狂）她说话了！她动了！她的心还在跳！她的眼睛张开了！她还活着，啊，上帝！

白朗雪 （半起半坐，只穿内衣，满身血污，披头散发，下半身还在麻袋里）我在什么地方？

特里布莱 （把她扶起，抱在怀里）我的孩子，我在世上唯一的宝贝，你听得出我的声音吗？你听得见我的话吗？说呀！

白朗雪 爸爸！……

特里布莱 白朗雪，你怎么了！这里搞的是什么名堂？我不敢碰你，怕把你碰伤了。我又看不清楚。我的女儿，你受了伤没有？你拉住我的手摸摸！

白朗雪 （断断续续地）刀伤？——我知道——我的心——我感到……

特里布莱 这一刀是谁砍的？

白朗雪 啊！都怪我，我瞒了您。我太爱他，我死也是为了他。

特里布莱 残酷的命运啊！在我报仇的时候把你夺走了！啊，这是上帝要我受罪！他们怎么动手的？我的女儿，讲给我听，说吧！

白朗雪 （垂死）不要让我说话！

特里布莱 （到处吻她）原谅我吧，不过，我不知道怎么失掉你的！啊，你的头歪了！

白朗雪 （挣扎着要转身）啊！……转个身！……我气闷！

特里布莱 （焦急地扶住她）白朗雪，白朗雪，你不能死！（绝望地转过身去）救人呀！来人呀！这里没有人吗？难道就让我女儿这样死去吗！啊！轮渡的钟就在那里，就在护城墙上。我可怜的孩子，你能等一下吗？等我去找点儿水，去敲钟叫人来？只要一会儿！

〔白朗雪表示不必了。

不要吗？你不要吗？怎么能不要呢！（就地呼唤）来人哪！

〔一片寂静。在黑暗中的破房子里毫无动静。

老天爷，这所破房子真是一个坟墓！

〔白朗雪临死挣扎。

啊，你不能死！孩子，我的宝贝，我的小鸽子，白朗雪！要是你一死，我可没有活头了！你不要死，我求求你！

白朗雪 啊！……

特里布莱 我的胳膊没放好，是不是？它妨碍你了。等我换个姿势。这样是不是好一点儿？老天发发慈悲吧！你要尽量呼吸到有人来帮我们忙的时候！没有人来，一个人也没有！

白朗雪 （最后挣扎着，有气无力地）原谅他吧！爸爸……永别了！

〔头又垂下。

特里布莱 （揪自己的头发）白朗雪！……她断气了！（跑到轮渡钟前，敲得钟乱响）救人啰！杀人了！救人啊！（回到白朗雪身边）再对我说句话吧！只要一句！说吧，可怜我吧！（试着把她扶起来）你为什么要这样弯腰待着？才十六岁啊！你，你太年轻了！啊！不，你没有死！白朗雪，你怎能这样离开你的父亲呢？难道我不应该再听见你说话吗？啊，上帝！为什么呢？

〔一些老百姓听见钟声，拿了火把跑来。

老天太残忍了，为什么要把你给我呢！为什么又把你夺回去了呢？啊！可怜的女儿，我刚刚才看到你灵魂的美！为什么要让我真正认识我的宝贝儿呢？唉！在你年纪还小的时候，同你玩耍的小伙伴就伤害过你，那时你为什么不死了算了！我的孩子！我的孩子！

第五场

〔人物同上；男女群众。

一个女人 他的话真叫人揪心。

特里布莱 （转过身来）啊，你们来了！你们现在来了！时间还来得及！（抓住一个车夫的衣领，车夫手里拿着马鞭）你有马吗？你，老乡？你有车吗？说呀！

车夫 有的。他揪我揪得多紧啊！

特里布莱 有吗？那好，用车轮把我的头压碎吧！（回身扑倒在白朗雪的尸体上）我的女儿！

一个在场的人 是杀人了？这个父亲太难过了！把他们分开吧！

〔他们要把特里布莱拖开，特里布莱挣扎。

特里布莱 我要待在这里！我要看住她！我又没有得罪你们，为什么要把我们分开，我又不认识你们。请你们听我的话好不好？（向一个女人）太太，你哭了，你是个好人，你！告诉他们不要把我拉走吧。

〔那个女人替他说情。他又回到白朗雪身边跪下。

跪下，跪下，该死的家伙！就死在她旁边吧！

那个女人 啊，控制自己吧。要是你越喊越厉害的话，人家又要把你拉走了。

特里布莱 （精神失常）不要，不要！让我留下！（抓住白朗雪，把她抱在怀里）我想，她还在呼吸呢！她需要我！赶快去城里找人来救命。让她在我怀里，这样我才放心。（把她紧紧靠在自己身上，就像一个母亲抱着一个睡着了的孩子一样）不，她没有死！啊！上帝不会要她死的。因为上帝知道，我在世上只有她一个亲人啊！大家都讨厌畸形的人，都躲开我，谁也不关心我的痛苦，只有她一人爱我！她是我的安慰，也是我的依靠。大家嘲笑她的父亲，她就和我一同大哭。她是这样美丽，怎么能够死了！啊！不行。给我一块布擦擦她的额头。（他擦她的前额）她的嘴唇还是粉红色的。啊！要是你们看见过她两岁的样子，那时她的头发还是金黄的啊！我现在还看见她金黄的鬈发呢！（激动地把她抱在心上）我可怜的受了欺负的白朗雪！我的幸福，我心爱的女儿！（平静下来，用爱慕的眼光看她）当她还是孩子的时候，我就是这样抱她的。她在我身上睡着了，也像现在一样！等到她醒过来，你们知道她是个多美的天使啊！她并不觉得我的样子有什么古怪，只是用她神圣的眼睛对着我微笑，而我呢，我就吻她的两只小手！可怜的小羔羊！死了！啊，不对！她只是睡着了，在休息呢。诸位先生，刚才她不是还醒过来了吗？啊！我在等她醒来。过一会儿，你们又会看到她睁开眼睛的！诸位先生，你们看我现在不是很清楚吗？我不吵不闹，和和气气，不得罪人，既然我没有做什么违法的事，那你们就放心让我瞧着我的孩子吧！（他仔细端详她）额头没有一点儿皱纹！也没有痛苦的痕迹！她的手在我手里也变暖和了，你们看，摸摸她的手看！

〔一个医生上。

那个女人 （向特里布莱）医生来了。

特里布莱 （向走过来的医生）好，你看看她，我不会碍事的。她昏过去了，是不是？

医生 （检查白朗雪的尸体）她死了。

〔特里布莱站了起来，全身痉挛。

（继续冷冷地）左边腰部伤口很深，流血过多，她就死了。

特里布莱 我杀死了我的孩子！我杀死了我的孩子！

〔倒在铺石路上。

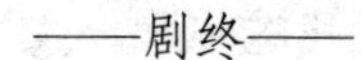

——剧终——

题　解

《克伦威尔》

1825年，雨果偕同夏尔·诺迪埃及另外两位朋友一起前往兰斯，参加查理十世的加冕典礼。在旅途中，这几位年轻人在下榻的客栈闲谈，熟谙西班牙语的雨果向他们朗读了《罗曼采罗》，而夏尔·诺迪埃则即席翻译吟诵莎士比亚的《约翰王》。当时，二十三岁的雨果还没有真正接触过莎士比亚的作品。对于他来说，诺迪埃的朗读无疑是一大启示。

翌年夏，雨果在他的朋友、法兰西喜剧院王室督察泰勒男爵的鼓动下，开始撰写《克伦威尔》。前四幕写得非常顺利，几乎平均十八天便写成一幕。雨果曾向当时享有盛誉的悲剧演员塔尔马解释他后来在序言里阐明的思想。他试图用对照法来打破伪古典主义戏剧的因袭成法，扩大艺术表现的范围，以莎士比亚式的戏剧，替代拉辛式的戏剧。塔尔马对他的这一革新戏剧的主张深表赞赏。但不久，塔尔马不幸逝世。雨果感到他失去了一位能在舞台上准确地阐释他思想的合作者。嗣后，雨果坚定信念，继续按照自己的美学主张撰写这部剧作，终于在1827年夏完成全剧。

《克伦威尔》是一部五幕诗剧。1657年，权倾一时的克伦威尔当上了英国护国公，但他权欲熏心，觊觎王位，便先导演了一出各地贵族、爵爷上书请愿的闹剧，假惺惺表示接受民意，并下令在威斯敏斯特悬挂彩旗，确定日子举行加冕大典。在此期间，他已获得骑士派和清教派策划在他登基时谋反的情报。他略施巧计，把谋反分子一网打尽。然而，就在加冕典礼上，当大臣们向他呈献国王权杖的瞬间，他却忽然改变了主意，拒绝接受权杖，并宽恕了所有的谋反分子。诙谐而新奇的场面，浓郁的喜剧色彩，四个弄臣的莎士比亚式的戏谑，使这部剧作成为一部颇有独创意味的作品。但由于篇幅过长，场面宏大，人物众多，除群众角色外，需六十二位正式演员参加演出，故《克伦威尔》始终未能搬上舞台。

《克伦威尔》完稿后不久，1827 年 9 月，英国剧团在巴黎奥德翁剧院演出莎士比亚的名剧，引起少有的轰动，有赞赏，有反对，气氛十分热烈。雨果和维尼、大仲马、德拉克瓦等一起观看了《哈姆雷特》，演出深深打动了雨果。不久，雨果便写出了著名的《〈克伦威尔〉序》，这篇序言成为浪漫主义文艺理论的经典而载入文学史册。

《玛丽蓉·黛罗美》

1829 年 6 月 1 日，雨果开始写《玛丽蓉·黛罗美》，6 月 24 日写完全剧。玛丽蓉是巴黎一位名妓，她隐姓埋名爱上了狄杰，狄杰因为违法决斗，被判死刑，她却舍身救情人，请求国王特赦，狄杰知道她是妓女之后，却宁死不愿得救。

7 月某日晚上，雨果公开朗诵这个诗剧，听众很多，其中有巴尔扎克、缪塞、大仲马、维尼、圣佩韦、梅里美、贝朗瑞等著名作家，大家印象很好，认为可以排演，只有梅里美认为狄杰至死不肯宽恕玛丽蓉，未免薄情。最后，雨果作了修改。

剧本申请上演，内务大臣因为剧中把国王写得懦弱无能，不准演出。雨果去见国王，国王就把内务大臣免职，但剧本还是不准上演。直到七月革命废除了出版检查之后，1831 年 8 月 11 日，《玛丽蓉·黛罗美》才在圣马丁门戏院演出。观众男的个个鼓掌，女的个个流泪。但戏院老板换了人，《玛》剧只演了四天，就停演了。

《艾那尼》

《艾那尼》是 19 世纪浪漫主义诗剧的代表作。戏剧歌颂的是浪漫主义的骑士精神。剧中的三个男主角都热爱荣誉，热爱美人，但当爱情和荣誉发生冲突的时候，又都为了荣誉而牺牲爱情。剧本写作的时间在《玛丽蓉·黛罗美》之后，1829 年 10 月 1 日，雨果才在审查会上朗读《艾那尼》，受到欢呼；1830 年 2 月 25 日，《艾那尼》就在法兰西剧院上演。

法兰西剧院一直是古典主义戏剧的天下，雨果的新剧想要占领一席之地，就得进行艰苦的争夺战。演出的第一晚，雨果的朋友巴尔扎克、贝朗瑞、戈蒂埃、内瓦尔等都穿了奇装异服，特来捧场助阵；而古典派也不示弱，就报以嘘声、笑声，双方混战一场，一个白菜根还打在巴尔扎克头上。但演到第三幕第六场，公爵宁可牺牲性命和情人，也不出卖情敌时，引起了满场的喝彩声，这才奠定了《艾那尼》的胜利。以后《艾》剧接连演了四十五场，场场都是混战。直到 1838 年，《艾》剧再上舞台，就只听到喝彩声，没有嘘声，观众总算是改造过来了。

《国王取乐》

《国王取乐》描写荒淫无耻的法国国王弗朗索瓦一世，爱上了弄臣的女儿白朗雪。弄臣是个外形丑陋、内心深处却痛恨官廷、热爱女儿的畸形人。诗剧的主题是写父爱，使得丑陋的畸形人也圣洁化了。

雨果在1832年6月1日开始写《国王取乐》，写完之后，由法兰西剧院排演。那时，剧院归工务部管理，梅里美是工务部办公厅主任，陪同雨果去见了工务大臣。大臣说：国王在剧本中大出其丑，恐怕有损王室尊严，希望作者加以修改。雨果却说：王室体面固然要紧，但历史真相不容掩盖，所以不便改动。

演出那天，戈蒂埃又领了一百五十个青年人来捧场。但一开幕，就传出了法国国王遇刺的消息。第二天，内务大臣下令停演《国王取乐》。

后来，韦伯把剧本改编为歌剧《弄臣》，演出经久不衰，其中国王唱的《女人真靠不住》一曲，由意大利著名男高音唱出，重唱达十七次之多，是世界最高纪录之一。